1781

Uri Jitzchak Katz

Aus dem Nichts kommt die Flut

Roman

Aus dem Hebräischen von
Markus Lemke

Hoffmann und Campe

Die hebräische Originalausgabe erschien 2015 unter dem Titel האיש שתנקע לו הפרצוף הזועף (Ha-ish she-nitka lo ha-partzuf ha-so'ef) bei Keter in Tel Aviv. Sie wurde für die deutsche Übersetzung vollständig durchgesehen.

Die Arbeit des Übersetzers am vorliegenden Text
wurde vom Deutschen Übersetzerfonds gefördert.

»Und an jedes Volk in seiner Sprache«
Esther 1:22

Die Veröffentlichung dieses Werks wurde unterstützt von
The Israeli Institute for Hebrew Literature, Israel,
und der Botschaft des Staates Israel in Berlin.

1. Auflage 2024

www.hoffmann-und-campe.de
Umschlaggestaltung: © Lübbeke Naumann Thoben, Köln
Umschlagabbildung: © Engin Korkmaz/depositphotos
Satz: Pinkuin Satz und Datentechnik, Berlin
Gesetzt aus der Sabon LT Pro
Druck und Bindung: GGP Media GmbH, Pößneck
Printed in Germany
ISBN 978-3-455-01724-3

Der Mann, dem das Gesicht in Grimm erstarrte
Von Pavel Klemczek
Aus dem Tschechischen von Jitzchak Jeschajahu Katz
23. des Monats Kislew, Samstag, 6. Dezember 1947

1. Kapitel

Die grimmige Miene erstarrt – Beim Arzt –
Ein Dilemma

Die grimmige Miene erstarrt

Es geschah morgens um kurz nach zehn. Der leitende Direktor der »Staatlichen Fabrik für Bleistifte und Schreibwaren« saß in seinem Büro, als seine Sekretärin, die Frau Sopček, mit dem Zehn-Uhr-Kaffee hereinkam. Nicht genug, dass dieser mit Verspätung serviert wurde, zu allem Überfluss war er auch noch zu stark gesüßt. Er überlegte kurz, sie darauf hinzuweisen, doch da er, selbstverständlich unbeabsichtigt und ohne dem nachgeholfen zu haben, Kenntnis erlangt hatte von der kriselnden Ehe seiner Angestellten, allem Anschein nach wegen der notorischen Untreue ihres Gatten, beschloss er, seine unverlässliche Vorzimmerdame bei ihrem Abgang lediglich mit einem grimmigen Blick zu bedenken. Er kniff die Augenbrauen zusammen, verzog den linken Mundwinkel – und verharrte so. Frau Sopček hatte das Zimmer bereits verlassen, eine Entschuldigung murmelnd, jedoch ohne die Absicht, ihren Fehler durch die Zubereitung eines anständigen Kaffees wettzumachen. Wie groß ihre Abscheu gegen das männliche Geschlecht sein muss, dachte er bei sich, beschloss jedoch, aufgrund der neuen Umstände, seines in Grimm erstarrten Gesichtes nämlich, sich zu einem späteren Zeitpunkt mit ihr zu befassen.

Erst aber begab er sich in das private Waschkabinett seines Büros. Einer der Vorzüge einer Stellung als leitender Direktor bestand zweifellos in einem solchen privaten Waschkabinett, jedoch nicht als bloßer Luxus oder Vergünstigung, bestimmt, seinem Ego zu schmeicheln, sondern vielmehr als schlichte Notwendigkeit. Denn geradezu undenkbar wäre, würde er in einem Augenblick neben einem kleinen Angestellten urinieren und ebendiesen Mitarbeiter einen Augenblick später instruieren, denn sicher würde dieser, hatte er doch, da sie Seite an Seite am Urinal gestanden, einen verstohlenen Blick geworfen, nun seinen Anweisungen mit einem ironischen Lächeln auf den Lippen nachkommen, nur um später, nach Dienstschluss, mit den Kollegen noch auf ein Bier loszuziehen und Witzchen zu reißen, der große Chef sei in Wahrheit gar nicht so *groß*. Er wusste, wie die Dinge laufen, war schließlich nicht als leitender Direktor zur Welt gekommen. Auch er war einmal kleiner Angestellter und bekam die Scherze seiner Kollegen über Vorstände und Direktoren zu hören. Auch wenn er, im Gegensatz zu anderen, nicht gelacht und stattdessen auf derart üble Nachrede mit grimmiger Miene reagiert hatte, just wie die, die ihn auf seinem Gesicht erstarrt nun aus dem Spiegel über dem Waschbecken anschaute. Er spülte sich das Gesicht mit kaltem Wasser, doch die Miene blieb grimmig. Vielleicht war die gar nicht mehr erstarrt, dachte er, vielleicht verspürte er ja tatsächlich Ingrimm über diesen kleinen Angestellten mit seinem großen, schmutzigen Mundwerk, dessen Identität im Moment zwar noch nicht feststand, dessen Name aber eines

Tages herauskommen würde. Und der dann flugs mit einem Verweis oder gar einer Kündigung zu rechnen hatte, wegen Verhöhnung eines leitenden Direktors und übler Nachrede in Dingen, von denen nur die Frau des leitenden Direktors und vielleicht noch dessen Privatarzt wussten ... Zugleich begriff er, er durfte daran nicht denken, musste an Erquicklicheres denken, doch es gelang ihm nicht, seine Gedanken auf etwas Freudiges zu lenken. Was ihn noch mehr erzürnte. Freude lässt sich genauso schwer oktroyieren, wie ein falsches Lachen zustande zu bringen ist, während gespielte Wut ganz natürlich sich einstellt. Oder war das vielleicht nur bei ihm der Fall? Nein, sagte er sich, ein erfolgreicher leitender Direktor muss nun einmal resolut auftreten, und das grimmige Gesicht im Spiegel nickte ihm mit erzürnter Beipflichtung zu.

Er musste sich freudige Gedanken machen, musste vielleicht eine Erinnerung aus der Kindheit bemühen: Ferien in Apša[1], ein Sommertag am See, blauer Himmel, ein hübsches, sommersprossiges Mädchen im grünen Kleid. Die Dorfkinder erklären dem Jungen aus der Stadt, bei ihnen gehe man nackt schwimmen, und alle springen ins Wasser, das herrlich kühl ist. Die älteren Mädchen in Sommerkleidern jagen Schmetterlingen nach, alle, bis auf das Mädchen mit den Sommersprossen, das am Seeufer in einem Buch liest und mit den Füßen im Wasser plantscht. Und es gibt keinen Grund, zornig zu werden, alles ist friedlich und leise, schrecklich leise indes, weil alle Kinder verschwunden sind und mit ihnen seine Kleider. Er kommt aus dem Wasser und verbirgt seine Blöße, und alle Mädchen hören auf, Schmetterlingen nachzujagen, und lachen über ihn, vielleicht auch das Mädchen mit den Sommersprossen, er wagt nicht, in ihre Richtung zu schauen, doch ein anderes Mädchen wirft ihm

---

1 Bis zum Zweiten Weltkrieg in Tschechien gelegenes Dorf unweit der ukrainischen Stadt Lwiw (Lemberg) [Anm. U. K.].

ihren Strohhut zu, und Scham und blinde Wut überkommen ihn, da er weinend den ganzen Weg zurück zur Villa rennt.

Er verließ sein privates Waschkabinett. Meinte, sein ganzes bisheriges Leben sei eine Abfolge zorniger Augenblicke gewesen, unterbrochen nur von kleinen Illusionen des Glücks, die den Schmerz, der sich hernach einstellte, bloß verstärken sollten. Vielleicht half ein Tee? Doch welcher Tee, davon verstand er nichts. Für gewöhnlich, wenn er es am Magen oder mit dem Kopf hatte, rief er nach der Frau Sopček, die ihm den passenden Tee brachte, ohne dass er je gefragt hätte, welchen genau. Also rief er nach seiner Sekretärin, doch da er sich schämte, sie um einen Tee gegen grimmige Miene zu bitten, erbat er einen gegen Kopfschmerz, und sei es nur, weil ihm ein solcher plausibler erschien als einer gegen Magenschmerzen.

Erst nach zwanzig Minuten und erst, nachdem der leitende Direktor gezwungen war, sie erneut zu erinnern, erschien Frau Sopček mit dem Tee. So groß war ihre Wut auf ihren untreuen Ehemann, dass sie es nicht einmal für nötig befand, sich zu entschuldigen. Der leitende Direktor schwankte, ob er es ihr diesmal durchgehen und sie ohne grimmigen Blick davonkommen lassen sollte, realisierte aber sogleich, diese Möglichkeit bestand ja nicht mehr. Mit einer in Grimm erstarrten Miene hat man zwar weniger Manövrierspielraum, doch Entscheidungen fällen sich leichter. Er probierte den Tee. Der schmeckte bitter. Er spürte, wie sich seine Miene noch mehr verdüsterte.

Den restlichen Morgen bis zum Mittag brachte er mit grimmiger Miene in seinem Büro herum. Um zwölf teilte ihm Frau Sopček über die interne Sprechröhre[2] mit, sie gehe jetzt zu

2 Die Sprechröhre (tschechisch: *zvukovod*) war ein Gerät, das auf zwei Kegeln basierte, die durch ein Luftrohr verbunden waren. Es diente vor Erfindung der Sprechanlage zur Verständigung zwischen einzelnen Räumen und war in Bürogebäuden des 19. Jahrhunderts weit verbreitet [Anm. U. K.].

Tisch. Er wartete, dass sie ihn fragte, ob sie ihm etwas aus dem Café an der Ecke mitbringen solle, doch ausgerechnet heute überging sie die Frage. Vor Jahren, noch ehe der Herr Direktor zum leitenden Direktor geworden war, hatte seine Frau ihm jeden Tag eine leichte Mahlzeit zubereitet, die er mit ins Büro nahm. Mit den Jahren aber war diese Verpflegung immer seltener geworden, bis seine Gattin schließlich verkündet hatte, sie habe keine Zeit mehr, ihm überhaupt noch etwas zu machen. Der leitende Direktor fand, dies entbehre einer gewissen Ironie nicht. Als sie noch beinahe mittellos gewesen waren, hatte seine Frau sich selbst um den Haushalt gekümmert und geputzt, hatte Zeit gefunden, ihm zu Mittag etwas zu kochen, doch seit er aufgestiegen war und sich ihr Wohlstand derart gemehrt hatte, dass sie es sich leisten konnten, zwei Dienstmädchen und eine Köchin zu beschäftigen, hatte seine Gattin zunehmend weniger Freizeit, was sonderbar anmutete, da ihre ganze Beschäftigung darin bestand, loszugehen und einen Hut nach dem anderen zu kaufen. Wie viele Hüte braucht ein Mensch denn? Das fragte sich der leitende Direktor. Inzwischen war er bereits empfindlich hungrig. Hungrig und verstimmt. Aus einem Bauchgefühl heraus wusste er, Hunger ist nicht der geeignete Weg, eine erstarrte Miene zu lockern. Natürlich hätte er selbst rausgehen können, um irgendwo etwas zu essen, hatte jedoch Sorge, was sein würde, wenn auf dem Weg nach draußen Mostovitz zu ihm träte und ihm die Berichte früher als erwartet überreichte? Wie sollte er ihm dann seine grimmige Miene erklären? Ja, schlimmer noch, was würde geschehen, wenn ausgerechnet heute der Herr Generaldirektor ins Mittelgeschoss hinabgestiegen käme und ihn grüßte? Er konnte sich nicht erlauben, den Herrn Generaldirektor zu brüskieren. Es wurde Zeit, dies einzugestehen, er war nicht in der Position, den ganzen Tag mit grimmiger Miene herumlaufen zu können. Und angenommen, es sollte ihm gelingen, sich aus dem Büro zu stehlen, würde er dann eine ganze Mahlzeit lang im Kaffeehaus sitzen und dem Kellner grundlos seine grimmige Miene zur Schau stellen? Sicher würde man ihm künftig den so begehrten Ecktisch versagen und, wer weiß, vielleicht sogar in die Suppe spucken?

Auf dem Tisch, neben dem längst erkalteten Tee, wartete noch eine Zitronenscheibe, die Frau Sopček irrtümlich beigelegt hatte, obgleich eine solche überhaupt nicht zum Tee gegen Kopfschmerz passen wollte. Doch die Frau Sopček hatte ihr eigenes Kopfweh, und in nächster Zeit war wohl kein Verlass auf sie. Er biss in die Zitronenscheibe, die besonders bitter schmeckte, und sein Gesichtsausdruck veränderte sich nicht. Erst nach anderthalb Stunden kehrte seine Sekretärin aus der Mittagspause zurück, und er bat sie, Herrn Gugel in sein Büro zu bestellen.

Herr Gugel war ein einfacher Direktor, der unter ihm arbeitete. Ein aufgeräumter junger Mann, der umtriebig, gewandt und ein nicht eben kleiner Neuigkeitenkrämer war. Über ihn hatte der leitende Direktor auch von den Sorgen seiner Vorzimmerdame erfahren, selbstverständlich, dies noch einmal, ohne Entsprechendes verlangt zu haben. Herr Gugel hatte als Laufbursche der Poststelle bei der »Staatlichen Fabrik für Bleistifte und Schreibwaren« angefangen und nur acht Jahre gebraucht, um aufzusteigen und die Position eines Abteilungsleiters zu erreichen. Der leitende Direktor selbst hatte den jungen Gugel wiederholt befördert, bis dieser beinahe so etwas wie seine rechte Hand geworden war. Er erinnerte ihn an sich selbst, als er jung gewesen war, oder vielmehr an sein jüngeres Ich, wie er es gerne in Erinnerung hatte: intelligent, ordentlich, scharfsinnig und nicht gänzlich ohne persönlichen Charme. Stillschweigend hatte der leitende Direktor sich wiederholt schon eingestanden, dass seine Arbeit sehr viel leichter und fruchtbarer geworden war wegen Gugel, ja dass er dabei war, eine Abhängigkeit von seinem Untergebenen zu entwickeln. Aus ebendiesem Grund wollte er ihn auch nicht in die Sache mit der erstarrten Miene einbeziehen, doch inzwischen war es bereits zwei und sein Magen leer. Der leitende Direktor sah ein, einen Ausweg gab es nicht, Gugel würde gewiss schnell eine Antwort finden. Er würde ihm die Mühe und Diskretion allerdings entgelten müssen, was ein Problem für sich darstellte, da der leitende Direktor schon nichts mehr hatte, wohin er Herrn Gugel noch hätte befördern können. Die nächste Position nach der des einfachen Direktors war die eines leitenden, seine eigene mithin. Undenkbar, dass er ihn auf seine eigene Position beförderte. Zumal er nicht sicher war, ob dies überhaupt erlaubt war, und wenn ja, ob Gugel ihn dann herabstufen konnte, hatte er erst seine Stellung inne. Auch eine Gehaltserhöhung kam nicht infrage, aus eben demselben Grund. Ein einfacher Direktor konnte nicht das Gehalt eines leitenden beziehen. Vielleicht würde er gezwungen sein, diskret etwas von seinem eigenen Gehalt abzuzweigen, als Entgelt für die Wahrung der Diskretion?

Aber alldem, ebenso wie der nachlässigen Pflichterfüllung seiner Sekretärin, musste er sich später zuwenden. Die Stimme, die aus der Sprechröhre kam, teilte ihm mit, Herr Gugel befinde sich schon vor der Tür, und tatsächlich wartete der patente junge Herr eine Aufforderung gar nicht erst ab, sondern kam wie selbstverständlich mit breitem Lächeln herein. Doch als er die grimmige Miene vor sich sah, erstarrte er, und das Lächeln verschwand. Gleichwohl nahm sein Gesicht nicht den verwunderten Ausdruck eines Angestellten an, der nicht versteht, warum sein Chef ihm zürnt, nicht den Ausdruck von unschuldiger Ratlosigkeit. Im Gegenteil, den Ausdruck eines auf frischer Tat gefassten Diebes stellte sein Gesicht vor, als wappnete er sich und versuchte abzuschätzen, was der leitende Direktor wusste und wie schlimm seine Lage tatsächlich war. Gugel begann zu sprechen, in hektischem Stakkato: »Verehrter Herr leitender Direktor, sicher haben Sie aus wenig verlässlicher und auch nicht selbstloser Quelle von dem Mittagessen erfahren, das ich rein zufällig mit dem Herrn Generaldirektor hatte.« Der leitende Direktor der »Staatlichen Fabrik für Bleistifte und Schreibwaren« war verblüfft, nur dass anstelle eines Ausdrucks von Erstaunen jene grimmige Miene auf seinem Gesicht blieb, was Gugel dazu brachte, sich noch mehr zu verrennen. »Der Grund, weshalb ich Ihnen dies noch nicht angezeigt habe, ist der, dass ich gerade an einem ausführlichen Bericht arbeite, welcher den Hergang des Essens darlegen und alle gewünschten Informationen enthalten wird, angefangen mit allem, was gesagt wurde, und endend mit dem Geschmack des Desserts.« Der leitende Direktor dachte bei sich, in Zukunft müsse er sich nur unwirsch über seine Mitarbeiter zeigen, wollte er ihnen Informationen entlocken. Er teilte Gugel mit, nicht in dieser Angelegenheit habe man ihn gerufen. Jetzt, da er Kenntnis hatte von dem Treffen seines Untergebenen mit dem Herrn Generaldirektor, ein Schritt, der ohne weiteres als Intriganz ausgelegt werden mochte, fühlte sich der leitende Direktor sicher, Gugel die Sache mit der erstarrten Miene anzuvertrauen. Er erzählte ihm von den Ereignissen an diesem Morgen und von seinen Versuchen, die Misere aus der Welt zu schaffen. Er erwähnte den Tee gegen Kopfschmerz, der das Ganze noch verschlimmert hatte, und ließ auch den versäumten Mittagstisch nicht aus. Herr Gugel hörte ernst zu, betrachtete prüfend das Gesicht des leitenden Direktors, zog dann ein Notizbuch aus der Tasche und schrieb auf eine neue Seite:

Dringliche Aufgaben:
einen Arzt finden
etwas zu essen finden

Der leitende Direktor verspürte Erleichterung, kein Zweifel, der junge Gugel war aus Direktorenholz geschnitzt. Kaltschnäuzig und gegen Druck gefeit. Stolz erfüllte ihn, dass er es war, der ihn gefördert hatte. Vielleicht intrigierte Gugel auch gar nicht gegen ihn, vielleicht war er dem Herrn Generaldirektor tatsächlich nur zufällig im Kaffeehaus begegnet, und der Herr Generaldirektor hatte ihn der Form halber eingeladen, sich zu ihm an den Tisch zu setzen. Wer hätte da ablehnen können?

Gugel machte sich an die erste Aufgabe. Sie kamen überein, der leitende Direktor konnte nicht zu seinem Hausarzt gehen, zum einen wegen der Sache mit der Diskretion und zum anderen, weil es sich nicht um einen gewöhnlichen Fall handelte. Gugel erinnerte sich an einen entfernten Verwandten, von dem er meinte, er habe sich in eine Schabe verwandelt, und nachdem alle Ärzte nichts hatten ausrichten können, auch Nervenärzte aus Deutschland nicht, war er von einem auf chinesische Heilkunst spezialisierten Doktor namens Chen behandelt worden. Gugel schrieb in sein Notizbüchlein »Doktor Chen« und ging ab.

Im Nu war er mit Resultaten zurück, genauer: der Anschrift der Praxis von Doktor Chen. Auch hatte er bereits Zeit gefunden, den Laufburschen mit einem Telegramm loszuschicken, das den Arzt vom baldigen Eintreffen des leitenden Direktors in Kenntnis setzte und ihm die Art der Erkrankung erklärte. Nachdem er dem leitenden Direktor den Zettel mit der Anschrift überreicht hatte, schlug Gugel sein Notizbüchlein auf und strich *»einen Arzt finden«* sauber durch. Dann zog er eine eingerollte Serviette aus der Tasche, in der ein paar Hefestangen lagen. »Ich hebe mir vom Mittagstisch immer welche für den Kaffee um vier auf«, lächelte er. »Außerdem habe ich eine Sendung von Gebäck veranlasst, die in der nächsten Stunde hier sein sollte, damit sich Fälle wie dieser in Zukunft nicht wiederholen.« Er schlug sein Notizbuch auf und strich *»etwas zu essen finden«* durch.

Der leitende Direktor schaute seinen Untergebenen mit grimmiger Miene an, unter der sich eine noch grimmigere verbarg. Er hatte die Serviette wohl erkannt, in die die Hefestangen gewickelt waren und die nicht vom Kaffeehaus an der Ecke, sondern aus dem Rémy stammte. Vor acht Jahren, als er selbst noch einfacher Direktor gewesen war, hatte ihn der Herr Generaldirektor in das erlesene Restaurant eingeladen und ihm eröffnet, er werde ihn zum leitenden Direktor ernennen, anstelle seines ausscheidenden Vorgängers.

Dennoch verspeiste er die Hefestangen. Gugel drängte zur Eile, bis zur Praxis des Doktor Chen sei es ein ganzes Stück, und wer weiß, ob der Doktor ihn zu so später Stunde noch empfing, selbst wenn, wie in seinem Fall, von einem leitenden Direktor die Rede war, dessen Zustand keinen Aufschub duldete. Und sie dachten sich eine List aus: Der leitende Direktor sollte Gugel anschreien, denn so würde er sein Büro verlassen und den Hauptsaal mit den Schreibkräften und Angestellten mit grimmiger Miene durchqueren können, ohne Verdacht zu erregen. Gugel öffnete die Tür des Büros einen Spalt weit und bedeutete dem leitenden Direktor, er möge ihn anschreien. »Wer denken Sie denn, dass Sie sind ...«, brachte der leitende Direktor in verhaltenem Ton zustande. Gugel signalisierte ihm, die Stimme zu heben. »Ein einfacher Direktor, der sich aufführt wie ein leitender? Ein Skandal ist das!« Die Bleistifte im Saal stellten das Schreiben ein, und der leitende Direktor gewann an Sicherheit. Er hob die Stimme noch mehr: »Eine Unverschämtheit ist das! Es vergehen noch hundert Jahre, bis Sie nur die Hälfte von dem gelernt haben, was ich weiß!« Gugel reckte anerkennend den Daumen in die Höhe. »Sie sind entlassen, Sie Lump!« Und ohne ihn eines weiteren Blickes zu würdigen, verließ der leitende Direktor sein Büro und stapfte mit grimmiger Miene durch den Saal.

Beim Arzt

Das Empfangszimmer des Doktor Chen war wie das Empfangszimmer jedes anderen Arztes. Die Wände waren cremefarben gestrichen und mit mehreren einigermaßen banalen Ölgemälden behängt, die Landschaften und Pferde zeigten. In einer Ecke stand ein Zeitungsständer. Abgesehen von einer kleinen Buddhastatue, die auf dem Tresen der Empfangsdame als Briefbeschwerer diente, erinnerte nichts im Raum an die chinesische Kultur. Die Empfangsdame selbst war eine stämmige Person, blond und mit zu blauen Augen. Sie trug ein gelbes Kleid und darüber einen weißen Laborkittel. Ein spitzes Geburtstagshütchen saß auf ihrem Kopf, gehalten von einem Band, das sich durch ihr Doppelkinn spannte. Sie lächelte dem leitenden Direktor zu und sagte mit schwerem deutschem Akzent: »Der Doktor hat heute Geburtstag.« Der leitende Direktor machte Anstalten, sich vorzustellen, doch die Person wusste bereits, worum es ging. Er entschuldigte sich, sich derart verspätet zu haben, offenbar seien die Droschkenkutscher nicht erpicht, grimmig dreinschauende Kundschaft zu bedienen. Die Dame am Empfang unterbrach ihn mit einem Lächeln, sagte, auch der Arzt sei heute ungewöhnlich spät dran, und bedeutete dem leitenden Direktor, doch auf dem Wartesofa Platz zu nehmen. Dort saß bereits ein Mann, in der Uniform eines Verkehrspolizisten, dessen Augen kolossal in Richtung Nase schielten. Der leitende Direktor nahm unbehaglich Platz, griff sich eine Zeitung aus dem Ständer und stellte fest, dass sie auf Deutsch war. Außer weiteren deutschen Zeitungen gab es nur noch eine auf Russisch. Eine tschechische Zeitung fand sich ebenso wenig wie eine auf Chinesisch. Der leitende Direktor legte die Zeitungen zurück und verschränkte lustlos die Arme.

»Ich habe Quatsch gemacht«, begann der Schielende. »Habe ein Schielgesicht gemacht, um die Kameraden auf dem Revier zum Lachen zu bringen, und das ist hängen geblieben.« Absoluter Leichtsinn sei das gewesen, denn mehrfach schon sei er gewarnt worden, eine solche Grimasse könne sich festsetzen, habe das aber abgetan. »Für einen Witz, für die Aussicht, jemanden zum Lachen zu bringen, kann man doch mal das Risiko eingehen, ist es nicht so?« Der leitende Direktor kam nicht dazu, etwas zu erwidern, denn der Schielende fuhr bereits fort: »Mein Name ist Pipkin, aber alle nennen mich Pip, denn wenn ich den Verkehr regle, bekommt man viele Pips zu hören. Wie die Hupen der Fahrräder und Automobile. Pip, pip, pip ... Kurzum, Pip.« Er streckte die Hand aus, schätzte aber aufgrund seines Schielens die Entfernung nicht richtig ein und verpasste der Nase des leitenden Direktors einen leichten Stüber. »Oh, verzeihen Sie, mein Herr.« Der leitende Direktor erhob sich und verharrte vor einem der Gemälde, das eine Gruppe von Männern und Frauen in traditioneller bayerischer Tracht zeigte, offenbar bei einem Bierfest. Einige Leute saßen an langen Holztischen, andere tanzten im Kreis, und alle hielten sie große Bierkrüge in der Hand. Im Zentrum des Bildes stand mit einem Tablett voller Gläser vor der Brust eine bayerische Kellnerin, die der Empfangsdame wie aus dem Gesicht geschnitten war. Der leitende Direktor besah sie sich erneut, danach wieder die Kellnerin auf dem Bild, und kam zu dem Schluss, die Ähnlichkeit müsse mehr als rein zufällig sein. Er trat näher heran und inspizierte die Signatur auf dem Gemälde, »Boris 1871«, stand da. Abermals sah er zu der Empfangsdame, die ihm ein Lächeln schenkte. In seinem Rücken versuchte der Schielende, sich eine Zigarette anzuzünden, und versengte sich dabei fast die Augenbrauen. Der leitende Direktor fühlte, wie er zunehmend ärgerlicher wurde. Er trat zu der Rezeptionistin. »Wann ist denn mit dem Herrn Doktor zu rechnen?« Von der Toilette erschallte das Rauschen fließenden Wassers. »Schon sehr bald«, erwiderte die Empfangsdame, noch immer lächelnd. Die Tür des Kabinetts sprang auf, und heraus trat ein Mann in Arztkittel. »Doktor Chen, der leitende Direktor ist schon eine ganze Weile hier.« Der leitende Direktor drehte sich um und hatte für einen Moment das Gefühl, als wäre sein Gesichtsausdruck von Ingrimm zu Erstaunen gewechselt. Immerhin hatte er einen chinesischen Arzt erwartet, doch Doktor Chen war nicht im Entferntesten Chinese. Er war kahl und von kräftiger Statur, vielleicht fünfzig Jahre alt, hatte ebenfalls ein Geburtstagshütchen auf dem Schädel und eine Zeitung auf Tschechisch unter dem Arm. Er ließ die Zeitung unter den anderen Arm wandern und schüttelte dem leitenden Direktor die Hand. »Ich entschuldige mich für die Verspätung. Ich bin heute Morgen mit Kopfschmerzen aufgestanden und habe mir einen chinesischen Tee gemacht, bloß dass ich anstatt von Safran, welcher das Blut ins Hirn strömen lässt, Ingwer genommen habe, der die Darmtätigkeit anregt und, wie ich jetzt verstanden habe, auch die Beinmuskulatur kräftigt, da ich alle zwei Minuten zur Toilette muss.« Er lachte laut, und der Schielende schloss sich ihm mit dem ungestümen Wiehern eines Menschen an, der gerne lacht, unabhängig von der Beschaffenheit des Witzes oder dem eigenen Vermögen, diesen zu verstehen.

»Das ist nicht zum Spaßen«, sagte die Empfangsdame, noch immer lächelnd, »du bist schrecklich spät dran.« Der Arzt drehte sich zu dem leitenden Direktor. »Sie müssen meiner Frau Helena verzeihen. Sie ist Deutsche, und bei ihren Landsleuten gilt Unpünktlichkeit als ein Vergehen, auf das mindestens die Todesstrafe steht.« Der Schielende brüllte vor Lachen. »Siehst du, sogar Pip denkt, das ist ein Witz«, meinte der Arzt vorwurfsvoll zu seiner Empfangsdame, um sich sogleich dem Schielenden zuzuwenden: »Was soll nur werden, Pip? Hast wieder versucht, deine Kameraden auf der Arbeit zum Lachen zu bringen? Komm, auf ins Behandlungszimmer. Wir befreien dich von dem Schielen.« Der leitende Direktor versuchte zu protestieren: »Herr Doktor, darf ich Sie daran erinnern, dass ich trotz allem leitender Direktor der ›Staatlichen Fabrik für Bleistifte und Schreibwaren‹ bin, und man dort meiner baldigen Rückkehr harrt …«

»Sie mögen zwar ein leitender Direktor sein«, gab der Arzt zurück, »aber Pip hier regelt den Verkehr, und wenn er das tut, während er noch unter seinem Schielen leidet, sorgt das für großen Tumult in der Stadt. Leute würden mehr als zehn Minuten in ihren Droschken warten. Können Sie sich eine derartige Unannehmlichkeit vorstellen? Ja, vielleicht würde sogar die Droschke, in der Sie selbst sitzen, wegen des Schielens an einen anderen Ort dirigiert werden, und anstatt zur ›Staatlichen Fabrik für Bleistifte und Schreibwaren‹ zu gelangen, würden Sie sich vor der ›Internationalen Perückenmanufaktur‹ wiederfinden.«

Dieser Gedanke erschütterte den leitenden Direktor derart, dass er verstummte. Der Arzt aber winkte, noch immer lächelnd, Pip ins Behandlungszimmer, und der marschierte selbstgewiss und aufreizend geradewegs in die nächste Wand. Der Arzt nahm ihn bei der Hand, und beide verschwanden sie im Nebenraum. Der leitende Direktor aber ließ sich grimmig wieder auf das Sofa sinken.

Ein Dilemma

Gugel blieb minutenlang im Büro des leitenden Direktors stehen, das Gesicht zu einem Lächeln gefroren. Hatte er gerade seine Anstellung verloren? Wie war das möglich, dass er vor einer Stunde erst in Rémys Feinschmeckerrestaurant Hühnerkaumagen in Saft[3] gegessen hatte mit dem Herrn Generaldirektor, der ihm unmissverständlich angedeutet hatte, man werde ihn anstelle des jetzigen zum leitenden Direktor ernennen, wenn dieser in den vorzeitigen Ruhestand ginge, und das alles in weniger als einem halben Jahr, und jetzt plötzlich war er entlassen. Aber war ihm tatsächlich gekündigt worden, oder war das nur eine Laune des leitenden Herrn Direktors gewesen, der sich zu sehr in ihr kleines Täuschungsmanöver hineingesteigert hatte? Doch auch wenn die Worte im Überschwang gesagt wurden, so waren sie doch gültig und – schlimmer noch – von allen gehört worden. Selbst wenn der leitende Herr Direktor gar nicht die Absicht gehabt hatte, ihn zu entlassen, wie sollte er jetzt einen Rückzieher machen können, da es derart viele Zeugen gab? Und welcher Vorwand würde eine Rücknahme der Kündigung rechtfertigen, ohne den Eindruck eines wankelmütigen Direktors zu erwecken? Vielleicht war das Ganze von Anfang an eine Intrige des leitenden Direktors und des Herrn Generaldirektors gewesen, um ihn, Gugel, loszuwerden. Vielleicht war die Geschichte mit dem grimmigen Gesicht nur ausgedacht gewesen, und jetzt saßen die beiden gewiss bei Rémy, erfreuten sich an

3 Auf Tschechisch: *žaludky ve vlastní šťávě*. Im Gewerbearchiv der Prager Stadtverwaltung findet sich tatsächlich für die Jahre 1870 bis 1874 der Eintrag eines französischen Restaurants namens *Le Restaurant de Rémy*. In der lokalen Presse jener Zeit wird es zweimal erwähnt, das erste Mal in einer Restaurantkritik, die zu dem Urteil kommt, man serviere dort »arg kleine Portionen zu überhöhten Preisen«, jedoch ausdrücklich die *Hühnerkaumägen in Wein* lobt (auf Französisch: *gésier au vin*), worin allem Anschein nach der Ursprung des Irrtums liegt, da im 19. Jahrhundert Angehörige der tschechischen Aristokratie die Angewohnheit pflegten, spaßeshalber das Wort *víno* (Wein) durch *šťávě* (Saft) zu ersetzen. Die zweite Erwähnung bezieht sich auf die Schließung des Restaurants durch das Gesundheitsministerium aufgrund des Verdachts von Verstößen gegen Hygienevorschriften sowie die Flucht des Inhabers und Chefkochs Rémy aus Tschechien, offenbar aufgrund eines gegen ihn anhängigen Mordverdachts [Anm. U. K.].

Hühnerkaumagen in Saft und lachten auf seine Kosten. Gugel konnte spüren, wie seine Gedanken sich überschlugen. Er holte sein Notizbuch hervor, schlug eine neue Seite auf und schrieb:

Mögliche Vorgehensweisen:
Zur Allgemeinen Beamtenkammer[4] *gehen und mich als gekündigt registrieren lassen*
Zurück an meinen Schreibtisch gehen und weiterarbeiten, als wäre nichts geschehen
Beim Herrn Generaldirektor um ein Gespräch ersuchen und ihm vom grimmigen Gesicht des leitenden Direktors erzählen
Hier im Kontor des leitenden Direktors bleiben, bis er zurückkommt
Mir das Leben nehmen

Überflüssig zu erwähnen, dass Gugel den Freitod nicht in Erwägung zog, sich jedoch verpflichtet fühlte, alle denkbaren Vorgehensweisen aufzuschreiben, und der Tod war nun einmal, ob er es wollte oder nicht, eine davon. Möglichkeit Nummer eins strich er als Erstes durch, da ihm diese nicht eine Vorgehensweise, sondern eine mögliche Folge zu sein schien, weshalb sie nichts auf einer Liste möglicher Schritte zu suchen hatte, wohl aber auf eine künftige Liste gehörte, die vielleicht mit »Was ist jetzt zu tun?« überschrieben wäre. Auch Möglichkeit Nummer zwei strich er aus. Arbeitete er weiter, als wäre nichts geschehen, würde er sich der Kündigung durch seinen Vorgesetzten widersetzen, was allein für sich genommen Grund genug für eine Kündigung wäre, sodass, auch wenn ihm in Wahrheit gar nicht gekündigt worden war, er auf der Stelle entlassen wäre.

4 Allem Anschein nach ist hier die Gewerkschaft der Regierungsangestellten gemeint [Anm. U. K.].

Möglichkeit drei strich er ebenfalls durch. Der Herr Generaldirektor würde ihm nicht helfen können, denn damit müsste er sich selbst inkriminieren, geplant zu haben, den leitenden Direktor durch einen Jüngeren zu ersetzen. Eine weitere Minute verging, und er strich auch Möglichkeit fünf aus, sich das Leben zu nehmen. Blieb nur noch Möglichkeit vier, hierzubleiben, bis der leitende Direktor zurück wäre. Plötzlich fühlte er sich sehr müde und nahm auf dem Besucherstuhl Platz. Sein Magen begann, absonderliche Geräusche von sich zu geben. Und er verspürte das Bedürfnis, die Toilette aufzusuchen, allem Anschein nach hatte der empfindliche Magen des jungen Abteilungsleiters Mühe mit Rémys Hühnerkaumägen. Er überlegte, auf die Privattoilette im Büro des leitenden Direktors zu gehen, fragte sich aber, was geschehen würde, wenn dieser ausgerechnet dann, nach erfolgreicher Behandlung, freudig und gut gelaunt zurückkäme und aus seinem Privat-WC wenig erquickliche Geräusche vernähme, für die niemand anders verantwortlich zeichnete als sein junger Schrägstrich entlassener Untergebener. Er warf einen Blick zur Uhr. Kurz nach drei. Auch wenn der leitende Direktor die Behandlung bereits hinter sich hatte, würden noch mindestens zwanzig Minuten vergehen, bis er zurück wäre. Dennoch und obwohl die Hühnerkaumägen sich erneut rührten, versagte sich Gugel die Benutzung der Toilette, denn ließ man dort das Wasser laufen[5], war dies im ganzen Hauptsaal mit seinen Schreibkräften und Angestellten zu hören. Gugel selbst pflegte jedes Mal, wenn man im Saal das Wasser fließen hörte, für alle vernehmlich zu witzeln, »na bitte, der Herr Direktor hat eine weitere wichtige Sitzung beendet« oder »eine entscheidende Sitzung« oder »eine besonders langwierige Sitzung«. Ließe er jetzt das Wasser dort laufen, wüssten alle,

5 Vor Erfindung des Spülkastens wurde ein von Hand betätigter Wasserhahn benutzt, um die Toilette »zu spülen« [Anm. U. K.].

dass er in Abwesenheit des leitenden Direktors dessen Privatklosett benutzte. Und nach erfolgter Benutzung nicht zu spülen kam selbstverständlich auch nicht infrage. Ehrlich gesagt wäre da sogar »mir das Leben nehmen« eine plausiblere Option.

Ein Autor sucht einen Stil, Vorwort des Lektors

oder: Lug und Trug, Literatur im Zeitalter des Internets und das Unvermögen eines Autors, die Verbrennung aller seiner Schriften zu veranlassen

An einem unaufdringlichen Sommermorgen rief mich der Cheflektor unseres Verlags an und fragte, ob ich wisse, wer Pavel Klemczek sei. Natürlich wusste ich das. Vor einiger Zeit hatte ich die Aufgabe übertragen bekommen, eine »Tschechische Reihe« herauszugeben, die dreizehn Werke der besten tschechischen Autoren durch alle Generationen umfassen sollte. Klemczek galt als Phantom, ein Schriftsteller, der von anderen tschechischen Autoren als Genius bezeichnet wurde, augenscheinlich aber sämtliche seiner Schriften verbrannt hatte, von denen nichts überdauert hatte. Manche behaupten gar, der Name sei ein Pseudonym Max Brods oder gar Kafkas selbst. »Ich weiß, wer Klemczek ist«, teilte ich dem Cheflektor mit.

»Kennst du auch einen Uri Katz?«, fragte er. Kannte ich

nicht. »Ein Drehbuchautor. Behauptet, eine halbe Erzählung von Klemczek zu haben.«

Ich schluckte. Vor allem, weil solche Dinge immer seltener werden. Heutzutage ist es schwer, vergessene Geschichten zu finden, denn im Zeitalter des Internets scheint es beinahe unmöglich, etwas in Vergessenheit geraten zu lassen. Lebte Kafka heute, hätte er Mühe, seine Schriften von jemandem verbrennen zu lassen. Andererseits, auch zu seiner Zeit ging der Plan ja nicht wirklich auf.

Uri traf ich am nächsten Tag und verstand recht bald, die Geschichte, wie die Erzählung in seine Hände gelangt war, war nicht weniger spannend als die Novelle selbst. Zu dem Zeitpunkt wussten wir beide nicht, was das Ende der Geschichte sein würde und ob sie überhaupt ein Ende finden sollte. Die erste Aufgabe bestand in dem Versuch, den Rest der Erzählung zu finden. Wir hatten ein paar wenige Hinweise, Informationen aus dem Internet und den sozialen Netzwerken, die gerade Fahrt aufnahmen. Ein Post wurde in den entsprechenden Internetforen und Literaturblogs platziert, der jeden, der etwas von Klemczek wusste oder schon einmal auf eine Erzählung »Der Mann, dem das Gesicht in Grimm erstarrte« gestoßen war, aufforderte, in Kontakt mit uns zu treten. Die zweite Aufgabe, die ich Uri übertrug, war, ein Vorwort zu schreiben und darin zu berichten, wie er in Besitz gelangt war der ersten Hälfte der Erzählung, die von Hand auf Briefbögen des Kibbuz Kfar Etzion geschrieben war und vom 23. des Monats Kislew im Jahre 5708, Wochenabschnitt *Wajechi*, datierte, dem 6. Dezember 1947, rund eine Woche nach der UN-Resolution.[6]

Uri entpuppte sich als ein beinahe »tschechischer« Autor. Zynisch, voller Humor und dabei ein wenig zerstreut und aus-

6 Am 29. November 1947 rief die Vollversammlung der Vereinten Nationen zu einer Teilung des britischen Mandatsgebiets in Palästina auf [Anm. U. K.].

schweifend, oder, wie er sich selbst definierte, ein manisch Depressiver, der auf die Manie wartet.

Nach etwa einem Monat erhielt ich eine E-Mail von ihm:

Hi,
habe angefangen zu schreiben. Weiß aber nicht, wie ausführlich es werden und was ich weglassen soll. Und der Stil? Eher literarisch, feuilletonistisch oder informativ? Hänge Datei an für einen ersten Eindruck.
Uri

Ich beschloss, seine Versuche, die eine Art von Making-of des Werkes darstellen, in das Buch mitaufzunehmen, neben einigen Anekdoten, die uns im Verlaufe unserer Arbeit zu Ohren kamen und sich als bedeutsam herausstellen sollten.

Auch wenn dies nicht unsere Intention war, wirft das Buch eine Reihe von Fragen auf hinsichtlich der Rolle des Lektorats in der modernen Literatur. Meiner Meinung nach ist auch der Nichteingriff durch das Lektorat eine verlegerische Entscheidung. Oder, wie es der spätberufene Autor tschechischer Provenienz formuliert: »Noch nie hat ein Lektor so viel Geld dafür bekommen, sich rauszuhalten.« Meiner wohlüberlegten und sehenden Auges getroffenen Entscheidung folgend, muss ich auch verletzenden Kommentaren dieser Art Raum geben. Einschränkend möchte ich aber darauf hinweisen, dass wir hier nicht von Unsummen sprechen. Es geht schließlich um Literatur, letztendlich.

Der Lektor

Vorwort von Uri Jitzchak Katz, schlanke Version

Den Namen Pavel Klemczek hörte ich zum ersten Mal 1991, als ich im Krankenhaus am Bett meiner Großmutter Zippora, Gott hab sie selig, saß und ihr von den Erlebnissen meiner Grundausbildung erzählte. [Groteske, aber amüsante Schilderung einer Grundausbildung in Kriegszeiten.] Meine Großmutter erwähnte Klemczek im Zusammenhang mit anderen tschechischen Autoren vom Anfang des Jahrhunderts, die wir beide liebten. Das zweite Mal, dass ich den Namen hörte, war Jahre später, als ich mir die Audiokassetten erneut anhörte, die sie vor ihrem Tod aufgenommen hatte und auf denen sie mit etwas monotoner Stimme ihr ganz und gar nicht monotones Leben Revue passieren ließ. Beim ersten Mal, da ich den Aufnahmen gelauscht hatte, war er mir entgangen, vielleicht, weil ich da erst dreiundzwanzig und ihr Tod noch zu präsent war, als dass ich auf Details hätte achten können. Als ich die Bänder Jahre später erneut abhörte, hoffte ich, eine unter den vielen Erinnerungen sich verbergende Geschichte zu finden, eine, die mir als Grundlage für einen Roman dienen könnte, wie noch keiner geschrieben worden war. Nie hätte ich mir vorstellen können, wie gut sie sich versteckt hielt.

Auf einer der Kassetten schilderte meine Großmutter eine Unterhaltung, die sie kurz vor der Staatsgründung mit angehört hatte, zwischen ihrem Schwiegervater, dem Schriftsteller Anschel Katz, und dem großen Literaten und späteren Nobelpreisträger Samuel Joseph Agnon. Meine Großmutter und ihre beiden kleinen Kinder waren gerade aus dem belagerten Kibbuz Kfar Etzion evakuiert worden, zusammen mit allen anderen Frauen und Kindern, und nach Jerusalem ins Kloster Ratisbonne gebracht worden. Großmutters Ehemann, Jitzchak, war mit den übrigen Männern geblieben, um den Etzion-Block zu verteidigen. [Anmerkung zur Absurdität, für einen »Haufen« zu sterben.][7] Eines Nachmittags, als Großmutter sich im Haus ihres Schwiegervaters aufhielt, traf dessen alter Freund Agnon ein, und die beiden Männer diskutierten (wie sie es für gewöhnlich taten, wenn sie sich trafen) über die Frage, wer denn der größte tschechische Autor aller Zeiten sei. Agnon sagte, das sei er ja wohl selbst, und Anschel, dem jeglicher Sinn für Humor fehlte, wenn es um Agnon ging, rief dem anderen in Erinnerung, er sei aber doch Galizier, worauf Agnon mokant abwinkte und sagte, er sei so brillant, dass seine Herkunft überhaupt keine Rolle spiele. Am Ende aber, als Agnon sah, dass Anschel die Geduld verlor, räumte er unwillig ein, der größte tschechische Schriftsteller von allen sei vermutlich Pavel Klemczek. »Wer?«, fragte Anschel ungläubig, und Agnon wiederholte: »Pavel Klemczek.« »Schon gut, schon gut«, sagte Anschel, der einfach nicht glauben konnte, dass dies Agnons Favorit war. »Pavel Klemczek«, meinte er verächtlich. »Nicht einmal in Theresienstadt hätten sie den genommen.« [Die Idee weiterentwickeln vom Getto Theresienstadt als Statussymbol und Qualitätssiegel für Intellektuelle.] Agnon erwiderte,

7 Im Hebräischen meint der Begriff »Gush« sowohl Block als auch Haufen, mit allen daraus sich ergebenden Doppelsinnigkeiten [Anm. M. L.].

er verstehe nicht, was das heißen solle, und dass Klemczek der Vater der tschechischen Literatur sei, der alle beeinflusst habe. Anschel beharrte, außer dieser einen Erzählung von der Schreibmaschine habe Klemczek nun wirklich nichts Nennenswertes zustande gebracht, worauf Agnon behauptete, Max Brod höchstpersönlich habe ihm gesagt, Klemczek sei der Autor, der Kafka am stärksten beeinflusst habe, und dass ohne diesen weder *Die Verwandlung*, *Der Process* noch *Das Schloß* geschrieben worden wären und auch nicht *Amerika*. »Ach, hör doch auf«, sagte Anschel abfällig. »Du hast ja keine Ahnung, wie wenig Ahnung du hast«, um noch hinzuzufügen, *Amerika* sei ohnehin ein Titel, den Max Brod sich ausgedacht habe, und dass Kafka den Roman ursprünglich »Der Verschollene« hatte nennen wollen. Agnon winkte seinerseits bloß ab, was Anschel noch mehr in Rage brachte, der drohte, seinem Freund »Maxi« einen Brief zu schicken, damit dieser den arroganten Autor in die Schranken wiese. Der Disput wurde nicht beigelegt an jenem Tag, und die Zankereien gingen weiter, bis es für Agnon Zeit wurde, sich zu verabschieden. »Als Agnon gegangen war, gestand ich Vater«, so nannte meine Großmutter ihren Schwiegervater, »dass, auch wenn ich nur von einer seiner Geschichten gehört hatte, ›Der Mann, dem das Gesicht in Grimm erstarrte‹ nämlich, Klemczek mein Lieblingsautor sei.« An dieser Stelle machte meine Großmutter eine Pause und nahm vielleicht einen Schluck von dem brühend heißen schwarzen Tee, den sie immer zu trinken pflegte. Dann fuhr sie fort: »Vater lächelte nur und sagte: ›Das ist wirklich eine famose Erzählung. Kaum zu glauben.‹ Aber er stellte klar, dass er das vor Agnon nicht hatte zugeben wollen, um dessen Arroganz nicht noch mehr Nahrung zu geben.« Großmutter gestand ihrem Schwiegervater zu, der hochgeschätzte Autor leide tatsächlich am Jerusalem-Syndrom, worauf Anschel lachte und sagte, Agnon sei der Einzige, der unter dem Jerusalem-Syndrom leide, auch wenn er in Tel Aviv sei. »Vater fürchtete, an dem Tag, an dem er einer Meinung wäre mit dem egozentrischen Autor, würde der aufhören, ihn zu besuchen«, erzählte meine Großmutter in trockenem Ton. Und wenige Monate später hörte Agnon tatsächlich auf, ihn zu besuchen, aber nicht, weil die beiden über dieses oder jenes einer Meinung gewesen wären, sondern weil Anschels Sohn Jitzchak, der Vater meines Vaters und Ehemann meiner Großmutter, bei den Kämpfen um Kfar Etzion getötet wurde. Und danach hörte Anschel auf, Gäste zu empfangen oder bei anderen zu Gast zu sein.

In jener Woche bekam ich den Namen Pavel Klemczek abermals zu hören, als ich in Tel Aviv in einem Pub saß und versuchte, eine tschechische Touristin namens Julia zu beeindrucken mit meinem Wissen über die Literatur ihres Landes. Ich war gerade dabei, ihr die größten tschechischen Autoren des 20. Jahrhunderts aufzuzählen, als sie mich unterbrach und sagte, ihr Lieblingsautor sei ohnehin Pavel Klemczek. »Ach«, sagte ich, »der, von dem ›Der Mann, dem das Gesicht in Grimm erstarrte‹ ist«, worauf Julia fast ohnmächtig wurde. Sie hätte nie geglaubt, dass jemand schon einmal von Klemczek gehört hätte, und hatte seinen Namen nur eingeworfen, weil sie sicher war, ich würde ihn nicht kennen, und mich loswerden wollte. Schließlich war sie eine wunderschöne junge Frau von höchstens Mitte zwanzig und ich beinahe doppelt so alt wie sie. Am Ende wurde sie mich nicht nur nicht los, sondern gab mir sogar ihre Telefonnummer und bat, ich solle sie am nächsten Tag gegen Abend anrufen. Ich hatte also etwas weniger als vierundzwanzig Stunden Zeit, um ein paar Informationen über Pavel Klemczek zusammenzutragen und die Inhaltsangabe von einem oder zwei seiner Bücher zu lesen. Wie schwierig sollte das sein im Zeitalter des Internets?

Ich fand rein gar nichts. Wikipedia lieferte eine einzige Zeile: *»Pavel Klemczek, 1866–1936, tschechischer Schriftsteller und*

Dichter.« Ich nahm mir Großmutters Kassetten noch einmal vor, obwohl die Chance, in der kurzen Zeit etwas aus sechzig Stunden Audiomaterial zu filtern, gleich null war. [Bemerkung darüber, wie wir einst mit Medien ausgekommen sind, die keine Suchfunktion hatten.] Und tatsächlich fand ich keine weitere Erwähnung Klemczeks, vor allem jedoch weil ich die Kassetten nur flüchtig durchging, immer wieder vorspulte und versuchte, nicht an Julia in ihrem kurzen pinkfarbenen Kleid zu denken (das sie danach nie wieder tragen sollte), zusammen mit dem Bild meiner an den Dialyseapparat angeschlossenen Großmutter. Ich muss einräumen, dass zwischen ihnen eine gewisse Ähnlichkeit bestand, offenbar wegen ihrer Zugehörigkeit zur selben Nation. An jenem Abend, als ich mich mit Julia traf, gestand ich ihr, dass ich nichts über Klemczek wusste und nicht eines seiner Bücher gelesen hatte, einmal abgesehen von »Der Mann, dem das Gesicht in Grimm erstarrte«.

»Ich weiß«, sagte sie. »Ich auch nicht. Man bekommt sein Werk nicht. Offenbar ist es nie gedruckt worden.«

Die spärlichen Informationen, über die Julia verfügte, stammten von ihrem Urgroßvater, dessen Familie in einem Sommer ein Zimmer ihres Hauses im Dorf Karlovy Vary[8] an Franz Kafka vermietet hatte. Der Untermieter erzählte Julias Urgroßvater, der damals noch ein kleiner Junge war, jeden Abend zum Einschlafen seine Lieblingsgeschichte, Pavel Klemczeks Erzählung vom »Mann, dem das Gesicht in Grimm erstarrte«. Und Jahre später pflegte der Urgroßvater seinem eigenen Sohn vor dem Schlafengehen eben dieselbe Geschichte zu erzählen, die dieser wiederum noch viel später seiner Enkelin erzählen würde, Julia.

Ich berichtete Julia, wie ich von Klemczek erfahren hatte, und überfiel sie dann mit einem Vorschlag, der zweifelsohne als der schlimmste Anmachspruch aller Zeiten in die Geschichte

---

8 Ein Ort mit heißen Quellen im Nordwesten Tschechiens [Anm. U. K.].

eingehen wird: »Hättest du Lust, noch mit zu mir zu kommen und dir die Kassetten meiner verstorbenen Großmutter anzuhören?«

Zu meiner hellen Begeisterung willigte Julia ein, und als wir das Restaurant verließen und uns auf den Weg zu meiner Wohnung machten, versprachen wir einander, nicht zu ruhen, bis wir »Der Mann, dem das Gesicht in Grimm erstarrte« gefunden hätten. Schweigend gingen wir weiter, und nach einer Weile blieb sie plötzlich stehen und sah mich an, als begutachtete sie den Mann, den sie im Begriff war, in ihr Leben zu lassen. Auch ich blieb stehen.

An jenem Abend hörten wir uns Großmutters Kassetten nicht mehr an. Am nächsten Morgen bat ich Julia, bei Google den Titel von Klemczeks Erzählung auf Tschechisch einzugeben.

»Habe ich schon versucht«, sagte sie. »Weder zu ihm noch zu seiner Erzählung gibt es irgendwelche Suchergebnisse im Netz.«

»Bei Wikipedia findet man genau eine Zeile«, sagte ich.

»Ich weiß«, sie nickte. »Die ist von mir.«

In den darauffolgenden Monaten unternahm ich gelegentliche Versuche, die verlorene Erzählung Klemczeks zu finden, hauptsächlich weil ich spürte, das war der Faden, der mich mit Julia verband, die in der Zwischenzeit bei mir eingezogen war. Gleichzeitig wurde ich das traurige Gefühl nicht los, sobald ich die Geschichte gefunden hätte, würde Julia aus meinem Leben verschwinden. Dennoch entschied ich, ich durfte nicht aufgeben und musste die Geschichte finden. Zu dem Zeitpunkt war ich, wie schon erwähnt, verzweifelt auf der Suche nach der Idee für eine Geschichte, dem Ende eines Fadens, und der Gedanke, eine vergessene Geschichte aufzutun, sie ein bisschen zu adaptieren und zu modernisieren, erschien mir absolut vernünftig, wenn auch ethisch nicht ganz einwandfrei. Ich begann

Tschechisch zu lernen, in Vorbereitung auf den Tag, an dem ich endlich auf die Erzählung stoßen sollte, die Agnon als die Wiege der modernen Literatur definiert hatte. Was sich selbstverständlich als überflüssig erweisen sollte, da Kafka ja auf Deutsch geschrieben hatte, wie mir der Lektor sehr viel später erklären würde. Julia ihrerseits begann, als Zeichen der Solidarität, Hebräisch zu lernen. Nur in Unterwäsche saß sie auf meinem Sofa und übte mit schwerem osteuropäischem Akzent die nicht jugendfreien Verwünschungen, die ich ihr aufgeschrieben hatte: »Kusheli rab rabak!«, »Imash'cha!«.

Dank des Internets gelang es mir, die E-Mail-Adresse des berühmtesten, inzwischen leider verstorbenen tschechischen Autors herauszubekommen, Milan Kundera. Ich schickte ihm eine Nachricht und fragte, ob er Klemczek kenne und wisse, wie man an dessen Schriften komme. Kunderas Antwort fiel einigermaßen lakonisch aus: »Hört auf, mir mit diesem Klemczek auf den Geist zu gehen! Der Mann existiert nicht und hat nie existiert. Das ist ein Legende, ein Mythos oder bloß ein wenig originelles Pseudonym.«

Monate vergingen, ohne dass sich etwas tat. Als wir im Winter nach Prag reisten, um mich Julias Familie vorzustellen, konnte ich mich schon einigermaßen stammelnd auf Tschechisch verständlich machen. Julias Großvater hatte nie eine schriftliche Fassung der Geschichte von dem »Mann, dem das Gesicht in Grimm erstarrte«, gesehen, bestätigte aber, diese sei ihm von seinem Vater erzählt worden, der seinerseits immer behauptet hatte, Kafka habe sie ihm als Kind erzählt. Julias Urgroßvater war schon lange tot, doch seine jüngere Schwester Júli lebte noch und bewies der ganzen Welt, dass man auch mit einhundertundvier Jahren, wenn man einen älteren Bruder gehabt hatte, noch immer »die kleine Schwester« sein konnte. Wir nahmen uns einen Leihwagen und fuhren in die Sudeten, zu ihrem Gehöft im Dorf Harrachov. [Landschaftsbeschreibung,

Landschaftsbeschreibung, Landschaftsbeschreibung.] Urgroßtante Júli lebte dort schon gut sechzig Jahre, seit ihrer dritten Heirat. Und nur wenige Augenblicke am Tag war sie noch klar genug bei Verstand, um mit anderen kommunizieren zu können, doch in jenen Momenten erinnerte sie sich weder an Klemczek noch an seine Erzählung. Um ehrlich zu sein, sie erinnerte sich auch nicht mehr, wer Julia war, und hielt mich irrtümlich für ihren Gärtner. Erst als Kafkas Name fiel, hellte sich ihr Gesicht auf, und sie begann, in allen Einzelheiten dessen Zimmer zu beschreiben. Doch schon bald wurde sie müde und verstummte, nicht aber bevor sie mich gebeten hatte, die reifen Tomaten zu pflücken, damit diese nicht erfrören. Auf dem Rückweg zum Wagen wurden wir von Júlis Haushälterin angehalten, die uns erzählte, vor einigen Jahren (und mit *einigen* meinte sie fast vierzig) sei ein junger Mann namens Klemczek auf dem Hof aufgetaucht und habe Júli nach dem Verbleib eines Schlüssels zu einem Schließfach bei der Tschechischen Nationalbank in Prag ausgefragt.

»Pavel Klemczek?«, fragte Julia.

»Nein«, erwiderte die Haushälterin. »Er hieß Miloš Klemczek, stellte sich aber noch unter einem anderen Namen vor.«

»Franz Kafka?«, versuchte ich.

»Nein«, gab die Frau ohne ein Lächeln zurück. »Er nannte sich Anschel, Anschel Katz.«

Julias Eltern waren nur wenig älter als ich. In ihrer Gesellschaft fühlte ich mich wohl, auch wenn mich das wieder zu einem alten Mann werden ließ. Erst da verstand ich, wie sehr ich mich verändert hatte, seit ich ihre Tochter kannte. Als ich Julia sagte, sie mache, dass ich mich wieder jung fühle, sagte sie, das sei der greisenhafteste Satz, den sie je gehört habe. Ich ließ das unkommentiert, meinte stattdessen, die ganze Geschichte sei zweifelsohne noch einmal verworrener geworden. Warum ist mein Urgroßvater Anschel bei deiner Urgroßtante aufgekreuzt? Und warum hat er sich als Miloš Klemczek ausgegeben?

Wir saßen in der Hauptfiliale der Tschechischen Nationalbank in Prag und warteten auf den für das Archiv der Schließfächer zuständigen Mitarbeiter. Nach etwas weniger als einer Stunde erschien er. [Groteske Beschreibung eines alten Mannes, entstiegen einem vergessenen Jahrhundert und seiner Kultur.] Obwohl wir alles zweimal durchgingen, fanden wir kein Schließfach, das auf den Namen Klemczek eingetragen gewesen wäre, weder Pavel noch Miloš, und auch nicht auf Anschel Katz. Im Nationalen Zeitungsarchiv dagegen hatten wir mehr Glück und fanden drei Einträge, die sich auf Klemczek bezogen. Der erste war eine Anzeige des Staatlichen Patentamtes, in der dem Angestellten P. Klemczek zur Geburt seines Sohnes gratuliert wurde. Die zweite sprach von einem Schriftsteller namens Janusz Klemczek und dessen Buch *König Mottel der Erste*, das ins Tschechische übersetzt worden war. Ich nahm an, das erklärte sich aus einem Druckfehler und dass in Wahrheit von Janusz Korczak und seinem Kinderbuch *König Matz der Erste* die Rede war. Die dritte und interessanteste Referenz bezog sich auf die erste Nummer der Literaturzeitschrift *Die Sargträger* aus dem Jahre 1908, die ein Interview des Herausgebers Max Brod mit dem vielversprechenden jungen Autor Pavel Klemczek bot. Darin erzählte Klemczek von seinem Leben und seiner Arbeit als Angestellter des Patentamtes und erläuterte auch, was ihn bewogen hatte, die Erzählung »Der Mann, dem das Gesicht in Grimm erstarrte« zu schreiben. »Ich wollte eine Geschichte über die Erfindung der Schreibmaschine schreiben«, erzählte er Brod, der seinerseits nicht mit Lobeshymnen auf die Erzählung sparte und versprach, einen Auszug daraus in der nächsten Nummer der Zeitschrift zu veröffentlichen. Bedauerlicherweise aber sollte es für *Die Sarg-*

träger zu keiner weiteren Ausgabe reichen. Die erste Nummer jedoch bot auch ein Foto, das mit »P. Klemczek und Arbeitskollegen« untertitelt war.

Als wir zurück in Israel waren, zeigte ich meinem Vater das Foto. Er betrachtete es ausgiebig, während Julia sich die Bilder auf seinem Schreibtisch ansah.

»Das ist meine große Schwester, das ist meine jüngere Schwester, und das ist mein Cousin Itzik, der nach unserem getöteten Großvater Jitzchak benannt ist.«

»Ich dachte, du wärst derjenige, der nach deinem Großvater benannt ist?«

»Bin ich auch. Aber es ist kompliziert ... Und das ist meine Mutter, als sie ungefähr in deinem Alter war.«

Sie nahm Mutters Bild vom Schreibtisch, das sie rauchend in ihrer Krankenschwestertracht zeigte. »Dann ist sie also auch Krankenschwester.«

Ich sah Julia verständnislos an.

»Genau wie deine Großmutter.«

Und da ging mir zum ersten Mal auf, dass mein Vater eine Frau geheiratet hatte, die dieselbe Profession wie seine Mutter hatte. Doch diese semi-ödipale Entdeckung ließ meinen Vater unbeeindruckt. Er gab mir das Foto zurück. »Ich kann Klemczek darauf nicht erkennen«, sagte er. »Aber der hinter ihm ist ganz sicher Großvater Anschel.«

Ich sah erst ihn erstaunt an und dann Julia, die noch immer dabei war, die Fotos auf dem Schreibtisch zu studieren. »Interessant«, sagte sie zerstreut. Dann erhob sie sich, um zu signalisieren, was sie betraf, war der Besuch beendet.

Der Mann, dem das Gesicht in Grimm erstarrte
Von Pavel Klemczek
Aus dem Tschechischen von Jitzchak Jeschajahu Katz
Zweite Niederschrift – übergeben an Hamdha al-Husseini, am Ausgang des Schabbats, 13. Dezember 1947

2. Kapitel

Julias Geschichte

Julias Geschichte

Julia Sopček stand am Bahnsteig des Schnellzugs nach dem Sudentenland. Sie war zerstreut, wie man es durchaus von einer jungen Frau erwarten kann, die kurz zuvor mitten am Tag und, ohne ihrem Vorgesetzten ein Sterbenswörtchen zu sagen, den Arbeitsplatz verlassen hatte, zu Hause nur eben vorbeigeschaut hatte, um einen kleinen Koffer zu packen und ihrem Mann eine kurze Nachricht zu hinterlassen, und die jetzt allein auf dem Bahnsteig stand, mit einem Fahrschein einfache Fahrt. Wie sonderbar: Noch am Morgen war sie die Sekretärin eines leitenden Direktors der »Staatlichen Fabrik für Bleistifte und Schreibwaren« gewesen, frisch verheiratet mit einem Angestellten des Patentamtes, und jetzt war sie eine Reisende – ungebunden, spontan, abenteuerlustig und wagemutig, genau wie Rosa. Wie schade, dass Rosa sie jetzt nicht sehen konnte, und wie überrascht sie sein würde, wenn sie sie in kaum zwei Stunden sähe, am Bahnhof des Städtchens Harrachov stehend und nur auf sie wartend. Es fiel ihr schwer zu glauben, dass sie Rosa erst seit zehn Tagen kannte. Am letzten Tag des Jahrmarktes hatten sie sich getroffen. Julia und ihr Mann Jiří[9] hatten geplant, einige der Aufführungen zu sehen und vielleicht sogar die neue Frucht zu probieren, von der alle Welt sprach, eine Köstlichkeit, die aus den Ländern Siam und Indien stammte, Ananas genannt wurde und süßer als Honig und Zucker zusammen schmecken sollte. Nach der Arbeit war sie zu Fuß zum Patentamt gegangen und hatte nicht die Droschke genommen, damit das Geld reichte für ein Stück Ananas für jeden von ihnen, doch als sie den Schreibsaal des Patentamtes betrat und Jiřís Gesicht sah, verstand sie, heute würde sie weder auf den Jahrmarkt gehen noch Ananas kosten.

Unmittelbar vor Schalterschluss war ein Ungar ins Patentamt gekommen, der einen Hut auf dem Kopf trug, welcher nicht die Form eines Zylinders, sondern eines Würfels hatte. Und obgleich es eigentlich schon zu spät war, um ein Patent anzumelden, entschied der Amtsleiter, eine Ausnahme zu machen und mit der Patenteintragung zu beginnen, da die Angelegenheit pressierte: Denn besagter Hut war ja für alle Welt sichtbar, sodass jeder, der den Hut sähe, bis zur Schalteröffnung am nächsten Morgen das Patent kopieren und es als das seine beanspruchen könnte. Den Amtsleiter zu überzeugen, half auch ein nicht zu schmales Bündel Geldscheine, das von einer ungarischen Hand in eine tschechische wanderte. Flugs wurde eine neue Akte angelegt, die den Titel »Würfelförmiger Zylinderhut« trug, und sämtliche einfachen Angestellten wurden angewiesen, zu bleiben und die revolutionäre Kopfbekleidung zu studieren, zu vermessen und zu katalogisieren. »Ich habe das Gefühl, der ungarische Würfel wird ein großer

---

9 Tschechische Version des englischen Namens George [Anm. U. K.].

Schlager«, meinte der Amtsleiter servil zu dem aufgeregten Erfinder. »Jawohl, wir leben in historischen Zeiten«, fuhr er fort und schaute dabei, ohne einen Versuch, dies zu verbergen, Julia auf die Beine, die neben ihrem Mann stand und abzuschätzen versuchte, wie lang dessen Arbeit denn noch dauern würde. Jiří bekam gewiss mit, dass die Augen des Amtsleiters auf den Beinen seiner Frau ruhten, sagte jedoch nichts und blickte stattdessen zu Boden.

Julia überlegte, wie es wohl wäre, mit einem durchsetzungsfähigeren, impulsiveren oder einfach bloß eifersüchtigeren Mann zu leben. Sie hatten sich getroffen, als sie die höhere Sekretariatsschule besuchte. Einmal hatte die Schule einen Tagesausflug zum Patentamt organisiert, und dort bekamen die angehenden Sekretärinnen die Utensilien der Zukunft vorgeführt (natürlich nur die, die gezeigt werden konnten), Erfindungen, die die Welt des Sekretariatswesens verändern sollten. Ein lang aufgeschossener, ein wenig blässlicher junger Patentbeamter zeigte den Mädchen einen Bleistiftanspitzer, einen Tintenschaber[10] und ein Gerät, das zwei Löcher in den Rand der Seite stanzte. Obwohl Julia nicht verstand, wozu man Löcher in die Bögen machen sollte, starrte sie den jungen Mann mit ihren großen, verträumten Augen an, bis dieser so durcheinandergeriet, dass er sich beinahe selbst zwei Löcher ins Ohrläppchen gemacht hätte. Julia fragte sich, was er wohl mit zwei Löchern in einem Ohr anfangen würde, stellte ihn sich vor mit einem Ohrring in jedem Loch und musste laut lachen. Der junge Beamte senkte die Augen. Noch in derselben Woche bekam sie einen Brief von Jiří. Damit sie wusste, wer er war, hatte er zwei Löcher in den Briefbogen gestanzt. Er erzählte ihr darin ein wenig von sich selbst und von seiner Familie und bat um

10 Die Rede ist hier von einem kleinen Messer, mit dem die Tinte schlicht vom Blatt gekratzt wurde [Anm. U. K.].

Erlaubnis, ihr weiter zu schreiben. Eine Zeit lang erhielt Julia einmal in der Woche einen Brief mit zwei Löchern in jedem Bogen. In der letzten Woche vor ihrer Zulassung als Sekretärin erschien Julias Vater, um sie im Wohnheim der Mädchen zu besuchen. Er erzählte ihr, Jiří habe bei ihm um ihre Hand angehalten. Auch meinte er, er sei sehr überrascht gewesen, da er nicht gewusst habe, dass seine Tochter, die immer schüchtern gewesen war und sich nie etwas aus Männern gemacht hatte, ein solch geselliges Leben führe und Heiratsanträge erhalte. Dank seiner Kontakte habe er nun bei den Vorgesetzten Erkundigungen über diesen Jiří eingeholt und herausgefunden, dass, alles in allem, von einem anständigen, tüchtigen jungen Mann die Rede sei. Wenn Julia wolle, dann habe er, ihr Vater, keine Einwände und sie könne ihren Auserwählten heiraten. Julia willigte ein, und der Vater strahlte vor Freude.

Dem Anschein nach war es eine gute Ehe. Das junge Paar wohnte zur Miete in einer kleinen Wohnung, Jiří hatte nichts dagegen einzuwenden, dass auch seine Frau arbeitete, und wenigstens alle zwei Wochen gingen sie aus. Auch pflegte Jiří Julia von allerlei sonderlichen Erfindungen und Patenten zu erzählen: eine Falle nur für weiße Mäuse, mehrfach verwendbare Streichhölzer, Tinte, die gleichzeitig an zwei verschiedenen Orten schreibt. Julia mochte das Leben mit Jiří, hatte aber nichtsdestoweniger immer das Gefühl, es fehlte etwas, dass dies nicht ihr Leben war und sie bloß eine Hülle, in der eine ganz andere Frau lebte. Oft beschlich sie eine Ahnung, als stünde sie am Rand und schaue nur zu. Sie betrachtete sich selbst bei der Arbeit und an der Seite ihres Mannes und vermochte nicht zu verstehen, was sie tat und wie sie dorthin geraten war. Derlei war Julias Sinnen, als sie allein vom Patentamt nach Hause ging und mit einem Mal gedankenverloren in Richtung Jahrmarkt abbog. Sie lief zwischen den Attraktionen umher, bis sie plötzlich vor dem Obststand angelangt war, wo noch ein letztes Stück der exotischen Ananasfrucht übrig war. Julia war schon in Begriff, dem Verkäufer das Geld zu reichen, als sich zwei junge Burschen, Halbwüchsige noch, vordrängelten und ihm die Frucht abkauften. Enttäuscht wandte Julia sich ab und wäre beinahe mit einer schönen jungen Frau zusammengestoßen. Diese trug ein dünnes schwarzes Kleid, auf dem pechschwarzen Haar ein rotes Barett und Lippenstift, der nicht minder rot war. Sie lächelte Julia zu und sagte: »Pas encore terminé.«[11] Mit einem Schritt war sie bei dem Jungen, der gerade von dem Stück Ananas abbeißen wollte, blieb vor ihm stehen, näherte ihr Gesicht bis auf wenige Zentimeter dem seinen, öffnete den Mund und schaute gebieterisch auf die Fruchtscheibe. Ein wenig überrascht schob er ihr den Ananasschnitz in den Mund. Sie lächelte, biss zu, sodass die Hälfte der Fruchtscheibe noch aus ihrem Mund ragte, und näherte sich damit noch ein wenig mehr dem Mund des Jungen. Doch in dem Moment, in dem er versuchte, davon abzubeißen, fuhr sie zu Julia herum und hielt das Ananasstück so nah vor deren Lippen, dass es sie fast berührte. Julia wich ein wenig zurück, als die junge Frau den Rest der Frucht herunterschluckte und sagte: »Diese Welt ist für Schnellentschlossene gemacht. Wer zaudert – der versäumt etwas.« Die Jungen lachten und trollten sich. »Ich bin Rosa«, sagte die Frau. »Komm, ich kenne den Lieferanten dieser Früchte.« Sie ergriff Julias Hand und zog sie hinter sich her.

Eine Stunde oder länger liefen sie durch die engen Gassen Prags, auf der Suche nach irgendeiner Adresse, bis sie schließlich einen kleinen, von Wohnhäusern eingefassten Platz erreichten, mit einem Springbrunnen in der Mitte. Rosa streifte die Schuhe ab, kletterte auf den Springbrunnen und schrie: »Wo ist der jämmerliche Stefan?«

---

11 Französisch: »Es ist noch nicht vorbei« [Anm. U. K.].

»Hier gibt's keinen Stefan!«, schallte es aus einem der Häuser zurück. »Geht schlafen, ihr weckt noch die Kinder!«

»Egal, sollen die kleinen Schädlinge doch aufwachen«, brüllte Rosa. »Wozu sind die denn gut, außer das Geld ihrer Eltern zu stehlen?«

»Gib sofort Ruhe, oder wir rufen die Polizei!«, meldete sich von einem anderen Balkon eine Stimme.

Julia zog Rosa von dem Springbrunnen und setzte sie auf eine nahe Bank. Sie war einigermaßen betrunken. »Wer ist dieser Stefan?«, fragte Julia.

»Der jämmerliche Stefan, er hat verkündet, bei ihm gäb's eine Feier. Elender Lügner, ich sag's dir, den Deutschen kann man nicht trauen«, erwiderte Rosa lallend, und schon war sie eingeschlafen.

Julia öffnete Rosas Handtasche und fand darin einen roten Lippenstift und die Karte einer Pension. Sie ging zum Springbrunnen, befeuchtete den Ärmel ihres Kleides und betupfte Rosas Gesicht. Rosa wachte auf und lächelte. Sie brauchten lange, bis sie die Hauptstraße erreicht hatten, wo es Julia gelang, eine Droschke anzuhalten und dem Kutscher die Adresse von Julias Pension zu geben. In letzter Sekunde zog sie einen Bleistift und ein Stück Papier aus der Tasche und schrieb:

Bitte nimm diesen Bleistift als Geschenk. Er ist in der »Staatlichen Fabrik für Bleistifte und Schreibwaren« hergestellt, wo ich arbeite.
Julia

Sie legte Bleistift und Zettel in Rosas Handtasche, zahlte den Kutscher mit dem Geld, von dem sie sich ein Stück Ananas hatte kaufen wollen, und ging zu Fuß nach Hause. Dort traf sie um kurz nach zehn ein. Jiří war noch nicht zurück von der Arbeit.

Am nächsten Tag erschien ein Botenjunge bei der »Staatlichen Fabrik für Bleistifte und Schreibwaren« und überreichte Julia einen Obstkorb, darin ein bleistiftgeschriebener Zettel.

Ananas hatten sie keine mehr, aber Äpfel sind auch nicht schlecht. Komm heute um sieben, um mich im Theater in der Pierre Ménard Nr. 6 auftreten zu sehen.
R.

Versiegelt war die Nachricht von Rosas Mund mit einem leuchtend roten Lippenstiftabdruck.

Julia spürte, wie sie errötete. Sie sah sich im Saal um, ob jemand es bemerkt hatte. Alle schienen beschäftigt, bis auf den Herrn Gugel, den sie bei sich immer »Gugel die Schlange« nannte und der jetzt auf sie zugekrochen kam. »Aha, die Frau Sopček hat also einen Obstkorb bekommen. Der ist ganz sicher nicht von einem heimlichen Verehrer, denn der wäre gewiss nicht so dumm, ihr ein Geschenk an den Arbeitsplatz zu schicken, wo jeder es sehen kann. Sicher ist das eine Aufmerksamkeit von dem Herrn Gemahl, dabei war doch ihr Geburtstag erst grad vor einem Monat. Ich erinnere mich sehr wohl, da sie ja darum bat, eine halbe Stunde vor Dienstende gehen zu dürfen, um es rechtzeitig ins Restaurant zu schaffen, wo das freudige Ereignis gefeiert werden sollte. Auch ihr Hochzeitstag jährt sich erst in drei Monaten, weshalb es sich zweifellos um ein Versöhnungsgeschenk handeln muss. Vermutlich ist es im Nest der Turteltäubchen zu einem Streit gekommen, und jetzt schickt ihr der Gatte einen Präsentkorb und bittet um Verzeihung. Bin ich nicht ein Meisterdetektiv? Es gibt nichts, was Gugel nicht weiß, habe ich recht? Sagen Sie mir, weshalb bittet er Sie um Entschuldigung? Hat er mit den Schuhen Dreck ins Haus getragen? Oder Ihnen keine Komplimente für ein neues Kleid gemacht? Was hat der Unhold getan?«

Ohne zweimal nachzudenken, erwiderte Julia: »Er hat mich mit einer Ausländerin betrogen, einer Französin.«

Gugel erstarrte. »Frau Sopček, sagen Sie dem Herrn leitenden Direktor, ich lege ihm die Berichte in einer Stunde vor. Danke.« Und schon eilte er davon.

Julia fragte sich, warum sie das gesagt hatte, aber der fassungslose Ausdruck auf Gugels Gesicht war es allemal wert gewesen.

Später am Abend fand sie sich in der Pierre Ménard Nr. 6 wieder, doch ein Theater gab es dort nicht. Sie folgte einem Pfad, der zu einem Innenhof führte, auf dem zwei dunkelhäutige Mädchen irgendein Spiel mit Pflaumenkernen spielten. Sie fragte nach dem Theater, und die beiden wiesen auf einen der Eingänge. Julia trat in einen überschaubar großen Raum, in dem etwa ein Dutzend Personen auf Strohmatten vor einem aufgehängten Laken saßen, das augenscheinlich als Vorhang diente. Nach einer ganzen Weile ging das Licht aus, der Vorhang öffnete sich, und dahinter hockte Rosa auf einem niedrigen Schemel, vollkommen nackt, und deklamierte einen Text auf Französisch. Von Zeit zu Zeit spreizte sie zum immer schnelleren Rhythmus afrikanischer Trommeln die Beine. Julia spürte, dass sie kaum noch Luft bekam.

Nach der Vorführung folgte Julia den anderen in eine winzige Kammer, die als Garderobe diente. Dort saß Rosa, von Männern umstanden. Als sie Julia sah, stieß sie alle beiseite, stürzte auf sie zu und umarmte sie. »Ich freue mich ja so, dass du gekommen bist, hatte schon Sorge, du hättest meine Nachricht nicht erhalten. Ich war nicht sicher, ob ich sie an die richtige Adresse geschickt hatte, denn außer der ›Staatlichen Fabrik für Bleistifte und Schreibwaren‹ gibt es auch noch eine ›Staatliche Fabrik für Schreibwaren und Tintenfedern‹, und das ist etwas ganz anderes. Aber du bist hier! Hat es dir gefallen? Peter hat Regie geführt, er ist Student am Experimentellen Theater und einfach ein Genie. Ich denke wirklich, es ist uns gelungen, Marie-Antoinettes komplexen Charakter zu veranschaulichen. Wir wollten dem Publikum das Gefühl geben, in ihr zu sein, ist es nicht so? Peter, bist du noch da? Er ist offenbar schon weg, wird mit Kritik nicht fertig. Hast du es eilig? Gib mir fünf Minuten, ich sterbe vor Hunger, wir gehen essen.«

Julia wartete geschlagene vierzig Minuten, bis Rosa endlich mit ihrem roten Barett und dazu passend aufgetragenem Lippenstift erschien. Sie gingen essen und danach nach Kampa[12], saßen unter der Karlsbrücke und sprachen über alles. Rosa erzählte von ihrer Familie in Frankreich, darüber, wie kleinbürgerlich und spießig dort alles sei und dass sie sich geweigert hatte, so zu werden wie sie, die den ganzen Tag nur daran dächten, was man essen und wen man einladen soll, wer mit wem ins Bett geht, wer wen betrügt und mit wem, wer wem eine Halskette und einen Ring gekauft hat. Deshalb war Rosa geflüchtet und zum Musikstudium nach Österreich gegangen, doch die Österreicher seien derart geistlos, dass sie es dort nicht ausgehalten hatte. Am Ende sei sie nach Prag gekommen, um hier Tanz zu studieren, und habe sich einfach in das tschechische Theater verliebt, in das tschechische Volk und die tschechischen Mädchen, die die schönsten auf der Welt seien, wie Julia. Julia erzählte ihr, sie fühle sich wie eine Hülle, in der eine andere Frau lebe, und Rosa küsste sie auf den Mund, sagte: »Ich muss pinkeln, pass auf, dass niemand kommt«, und lief hinter einen Baum.

Eine ganze Woche lang trafen sich Julia und Rosa jeden Abend. Sie gingen in Restaurants, spazierten durch die Stadt und lagen eng umschlungen unter dem Sternenhimmel. Kam Julia nachts nach Hause, fand sie Jiří im Dunkeln in seinem Sessel sitzend. Sie sagte kein Wort, und er fragte nicht. Am

12 Eine künstliche Moldauinsel in Prag [Anm. U. K.].

achten Abend ging Julia zu Rosas Pension, doch Rosa war nicht dort. Julia wartete auf den Treppenstufen vor dem Haus. Gegen Mitternacht stieg Rosa betrunken aus einer Droschke, schwankte an Julia vorbei und sagte kein Wort, hatte sie womöglich vor lauter Trunkenheit noch nicht einmal erkannt. Am nächsten Abend fing Julia Rosa beim Verlassen der Pension ab. Rosa entschuldigte sich, sagte, sie sei unterwegs zu Peter, um ein neues Theaterstück zu lesen, das er über Desirée geschrieben habe. Julia fragte, ob sie mitkommen könne, und Rosa erwiderte, Peter sei sehr empfindlich beim ersten Lesen seiner Stücke, und dass es wohl besser wäre, wenn außer ihr niemand dabei sei. Am nächsten Tag aber würden sie sich treffen. Am darauffolgenden Abend meinte der Mann an der Rezeption, Rosa sei nicht da, doch Julia bemerkte, ihr Schlüssel hing nicht am Schlüsselbrett, was nahelegte, dass sie auf ihrem Zimmer war. Sie zog Zettel und Bleistift aus der Tasche und schrieb:

Ich muss Dich sehen, warte morgen Mittag um zwölf vor der »Staatlichen Fabrik für Bleistifte und Schreibwaren« auf mich.
Julia

Am nächsten Morgen saß Julia hinter ihrem Schreibtisch und wartete, dass es Mittag würde. Die Uhr schien stillzustehen. Draußen dräute der Himmel mürrisch, und drinnen war es das Gesicht des leitenden Direktors, das ebenfalls und ohne erkennbaren Grund grimmig dreinblickte. Nur weil ihm der Kaffee ein oder zwei Minuten zu spät serviert worden war? Wie pedantisch und rigide tschechische Männer doch sind, dachte Julia bei sich, und als der leitende Direktor sie um einen Tee gegen seinen Kopfschmerz bat, machte sie ihm einen Abführtee. Das wird ihn lehren, ein bisschen lockerer zu sein, sagte sie sich.

Um fünf Minuten vor zwölf konnte Julia nicht länger an sich halten und teilte mit, sie gehe in die Mittagspause. Eine Erlaubnis wartete sie nicht ab. Erst nach einer Stunde traf Rosa ein, mit einem kleinen Koffer in der Hand. Sie gingen zu Rémys Restaurant, doch weil sie den für zwölf reservierten Tisch versäumt hatten, wollte der Oberkellner ihnen keinen anderen geben. Julia flehte vergeblich, bis Rosa lächelte und auf Französisch meinte, sie sei eigens aus Frankreich gekommen, um Rémy zu treffen, ein Franzose, der ganz sicher ein Freund ihrer äußerst angesehenen Familie sei. Der Oberkellner ließ sich umstimmen und wies ihnen einen Tisch zu.

Julia schaute auf Rosas kleinen Koffer, ein abgetragenes, von vielen Reisen erschöpftes Gepäckstück. »Brichst du auf?«, fragte sie.

Rosa erwiderte, sie sei Prag satt, und bliebe sie nur eine einzige Sekunde länger, würde sie sterben. Sie fahre nach Harrachov in die Sudeten. Der jämmerliche Stefan habe dort ein Gehöft. Sie habe nicht viel Zeit, erklärte sie dem Kellner, der endlich mit dem Essen kam. In einer halben Stunde müsse sie einen Zug nach den Sudeten besteigen. Ja, sie habe nicht einmal mehr Geduld genug, auf den Schnellzug zu warten, und außerdem bevorzuge sie ohnehin den Regionalzug, in dem sich Fahrgäste mit unterschiedlichen Zielen vermischten und der einem Begegnungen mit interessanten Menschen beschere. Außerdem sei er viel günstiger als der langweilige Expresszug.

Julia fragte, ob Rosa sie liebe, nur dass sie es etwas anders formulierte: »Möchtest du, dass ich mitkomme?«

Rosa lachte. »Was soll denn aus der Welt der Bleistifte werden ohne ihre kleine, fleißige Sekretärin? Und was wird aus dem Beamten im Patentamt ohne sein Frauchen?« Sie streichelte Julias Wange.

Julia schloss die Augen und neigte den Kopf.

»*Ces gésiers sont pourris!*«[13], rief Rosa plötzlich laut aus. Alle Köpfe im Restaurant fuhren zu ihr herum. »Ich muss laufen, der jämmerliche Stefan wartet am Bahnhof auf mich. Sie sind sehr pedantisch, diese jämmerlichen Deutschen. Wir reden, wenn ich zurück bin.« Und ohne sich vor dem Publikum ringsum zu schämen, küsste sie Julia auf die Lippen und war fort.

Julia wollte ihr nachlaufen, doch der Oberkellner kam mit der Rechnung und einem sehr verärgerten Rémy: »Was stimmt nicht mit den Kaumägen?«

Zurück im Büro, saß Julia lange hinter ihrem Schreibtisch und starrte auf die Uhr. Um halb drei bat der leitende Direktor sie, Herrn Gugel kommen zu lassen. Gugel war auf der Stelle da und wirkte verlegen und nervös. Jetzt erinnerte sie sich, dass sie ihn in Rémys Restaurant in Gesellschaft des Herrn Generaldirektors gesehen hatte. »Herr Gugel«, sie hielt ihn auf. »Wissen Sie, wann der Expresszug in die Sudeten geht?«

Gugel überraschte sie mit einer Antwort, wie sie noch nie aus seinem Mund gekommen war. »Ich habe keine Ahnung«, stieß er hervor und betrat das Büro des leitenden Direktors, jedoch nicht, ohne zuvor ein falsches Lächeln aufgesetzt zu haben.

---

13 Französisch: »Diese Kaumägen sind verdorben!« [Anm. U. K.].

Vorwort von Uri Jitzchak Katz, schlanke-aber-allmählich-länger-geratende Version

Eine Paarbeziehung, hat Woody Allen einmal gesagt, ist wie ein Hai. Hört sie auf sich zu bewegen, ist sie tot. Wir aber, Julia und ich, hatten dieses Geheimnis um Klemczek und seine Erzählung, der wir versuchten nachzujagen wie ein Hai auf Raubzug. Doch Beute war weit und breit nicht in Sicht. Außer der Entdeckung, dass Urgroßvater Anschel und Pavel Klemczek zusammen im Patentamt in Prag gearbeitet hatten, fanden wir nichts, was uns zu der Geschichte von dem »Mann, dem das Gesicht in Grimm erstarrte« geführt hätte. Der Hai begann Anzeichen von Gereiztheit zu zeigen. Und Julia fing an, sich in Dingen zu widersprechen, die sie mir über ihre Vergangenheit, ihr Alter und ihre Familie erzählte. Mehrfach deutete sie ein furchtbares Geheimnis an. Und überdies fing sie an, mir gegenüber Feindseligkeit an den Tag zu legen, wurde launisch, behauptete wiederholt, ich sei der Mann, dem das Gesicht in Grimm erstarrt sei, und dass ich sie einsperren würde. Ich verstand nicht, warum sie trotzdem mit mir zusammenblieb, und noch weniger verstand ich, warum ich dem kein Ende machte. Jedes Mal, wenn ich das Gefühl hatte, das Maß sei voll, tat Julia irgendetwas, um mich zu versöhnen. Kaufte mir eine alte

LP oder ein Vintageshirt, machte Essen, backte einen Kuchen, sagte, ich hätte sie gerettet, und dass ich ihre einzige Familie sei. Emotionale Verkümmerung ist eine sonderbare Erkrankung: Sie lässt dich auch noch die kleinste Gefühlsregung schätzen, die dir vonseiten des Kranken entgegengebracht wird. Irgendwann wusste ich nicht mehr, ob ich nach der Erzählung suchte, um mit Julia zusammenzubleiben, oder ob ich mit Julia zusammenblieb, um weiter nach der Geschichte suchen zu wollen.

In der Zwischenzeit stöberte ich weiter in Großmutter Zipporas Papieren, die vor allem aus Briefen ihres Mannes Jitzchak während der Belagerung des Gush Etzion bestanden und aus der Korrespondenz mit Anschel in den Jahren, nachdem der Gush gefallen war.

Im März 1939, rund eine Woche, nachdem sie die Nazis durch die Straßen Prags hatte marschieren sehen, floh Zippora nach Palästina und schloss sich ihrem Bruder Benjamin an, der schon zuvor emigriert war und im Kibbuz Sdeh Elijahu lebte. Der Rest der Familie kam um, und so waren sie und ihr Bruder die einzigen Überlebenden der einst stattlichen Familie Wirzberger, Nachfahren einer berühmten Rabbinerdynastie, die angeblich, auf die eine oder andere Weise, mit dem Gaon von Wilna verwandt war. Meine Großmutter Zippora schloss sich dem Avraham-Kollektiv an, wo sie Jitzchak Katz kennenlernte, den Sohn des Schriftstellers Anschel Katz. Die beiden heirateten und bekamen zwei Söhne, Amos und Jerucham. Gegen Ende 1942 gründeten die Mitglieder des Avraham-Kollektivs Kfar Etzion, einen religiösen Kibbuz, auf einem Stück Land, das kurz zuvor am Berg Hebron erworben worden war. Der junge Kibbuz begann seinen Weg in aller Bescheidenheit und war stolz, die Gottesarbeit mit der Landarbeit zu vereinen. Der gesamten Gemeinschaft dienten ein einziger Fiat-Pritschenwagen, eine Schreibmaschine, ein kleiner Kuhstall, eine Tischlerei und eine Schlosserei. Doch dank des eisernen Willens und des

Enthusiasmus der jungen Pioniere entwickelte sich die Ansiedlung mit beeindruckender Geschwindigkeit. Bald wurde ein Genesungsheim errichtet, das schnell landesweite Bekanntheit erlangte, es gab ein religiöses Kulturzentrum und Obstplantagen, die exzellente Erträge erwirtschafteten. Obgleich inmitten der arabischen Bevölkerung des Bergs Hebron gelegen, unterhielt der jüdische Kibbuz ein recht gutes Verhältnis zu den umliegenden arabischen Dörfern. Avraham P. wurde zum »Muchtar«, zum Dorfältesten, von Kfar Etzion ernannt und hatte die Aufgabe, einvernehmliche Beziehungen und wirtschaftliche Kontakte zu den arabischen Nachbarn zu pflegen. Abordnungen beider Gemeinschaften waren manches Mal bei Festen und feierlichen Anlässen der anderen Seite zu Gast.

Am 29. November 1947 verabschiedete die Generalversammlung der Vereinten Nationen den Plan zur Teilung Palästinas. Der Etzion-Block, der zu dem Zeitpunkt neben Kfar Etzion noch drei weitere Gründungen zählte, galt fortan als Siedlung, da er nach dem Teilungsplan nicht zum künftigen jüdischen Territorium gehörte, und fand sich über Nacht abgeschnitten und belagert wieder. Die zionistische Führung aber sah die Siedlungen am Berg Hebron als wichtiges strategisches Faustpfand bei der Verteidigung Jerusalems. In den sechs Monaten der Belagerung versuchten jüdische Konvois, beladen mit Nahrungsmitteln und Waffen, arabischen Banden, jordanischen Legionären und britischen Soldaten zu entgehen, doch nicht immer mit Erfolg. Der tragischste Fall war der des »Konvois der Fünfunddreißig«, einer Gruppe jüdischer Freiwilliger, die in einen Hinterhalt der Falangisten Abd al-Qadir al-Husseinis gerieten und von diesen massakriert wurden. Am 5. Januar 1948 wurden alle Frauen und Kinder des Gush evakuiert und, eskortiert von der britischen Armee, ins Kloster Ratisbonne nach Jerusalem gebracht. Ab da setzte der Briefwechsel zwischen den Frauen und ihren Männern ein, die geblieben waren, um ihr Heim zu verteidigen. Aufgrund der Lage riss die Verbindung zuweilen ab, und nicht wenige Briefe und Nachrichten wurden zensiert, aus Furcht, dem Feind könnten Geheimnisse in die Hände fallen. Nach Monaten der Belagerung und heftigen Kämpfe fiel der Etzion-Block schließlich. Sei es, da sie beschlossen hatten, sich wie die Verteidiger der Bergfeste Masada nicht zu ergeben, sei es, weil ihnen die Möglichkeit einer Wahl gar nicht gegeben war, auf jeden Fall kämpften die Bewohner von Kfar Etzion bis zur letzten Patrone. Nur einen Tag vor der historischen Ausrufung des Staates Israel fielen die Zäune des jungen Kibbuz, und ein aufgestachelter arabischer Mob stürmte darüber hinweg. Die Sieger plünderten und brannten alles nieder, was sie konnten, in einem Ausbruch über Monate angestauter Wut und als Rache für das nur Wochen zuvor von den Zionisten im Dorf Deir Yasin verübte Massaker. [Der Feind ließ sich nicht beirren von den heftigen Kontroversen unter den Juden im Land und dem Sturm der Empörung, der sich nach dem Massaker erhoben hatte.] Alles Hab und Gut und sämtliche schriftlichen Aufzeichnungen gingen verloren, und unter denen, die nicht überlebten, war auch Jitzchak, der also am Vorabend der Ausrufung des Staates fiel. Wie Moses auf dem Berg Nebo sollte meinem Großvater nicht vergönnt sein, das verheißene Land zu betreten. Er starb am vierten Tag des Monats Ijjar, ebenjenem Datum, das später von David Ben-Gurion zum Tag der nationalen Erinnerung an die gefallenen Soldaten der israelischen Streitkräfte bestimmt wurde.

Jitzchaks Briefe an seine Frau bestanden vor allem aus Beschreibungen seines Alltags in Kriegszeiten, Briefe, die Optimismus verbreiteten, der allmählich schwand, je stärker das Gefühl wurde, dass sie unterliegen würden. Jitzchak erzählte von der Monotonie der Wachdienste und der Arbeit. Später bekam er die Verantwortung für das Versorgungsdepot der vier Siedlungen des Gush übertragen, was ihn nicht eben wenig beschäftigte. Zipporas Briefe an ihn hatten, wie gesagt, ebenfalls nicht überlebt, bis auf einen, der offenbar nicht abgeschickt worden war. In einem von Jitzchaks Briefen aber stolperte ich über einen Absatz, der in einem etwas intimeren Ton gehalten war. Gegen Ende des Krieges war Jitzchak nach einem großen Angriff, den seine Kameraden und er heldenhaft hatten abwehren können, in sein Zimmer zurückgekehrt und gestattete sich, ein wenig offener zu sein:

> *... wir haben erfahren, dass der Krieg kein Kinderspiel ist. Das russische Kloster ist bloß noch eine Ruine, alle Wände sind von Granaten durchsiebt, das Dach zerstört, alle Türen und Fenster in Scherben. Auch der Kibbuz hat schwer einstecken müssen. Unsere armen Kühe, sie hatten kein Glück. Unsere Kameraden haben gekämpft wie Löwen. Dov sagt, wenn das alles vorbei ist, gibt er eine Sammlung mit Erinnerungen vom Tag des Angriffs heraus, und auch die Geschichte über den »Mann, dem das Gesicht in Grimm erstarrte«, die uns in diesem Krieg so sehr geholfen hat und die Zippora mit der Schreibmaschine schon größtenteils abgetippt hat. So hat er gesagt, und Du kennst ja Dov, ein Mann, ein Wort ...*

»*... und auch die Geschichte über den ›Mann, dem das Gesicht in Grimm erstarrte‹, die uns in diesem Krieg so sehr geholfen hat ...*«. Jitzchak musste die Geschichte von seinem Vater gehört haben, von Anschel, der zusammen mit Klemczek in Prag gearbeitet hatte. Aber wie genau sollte sie während des Krieges geholfen haben? Und vor allem, wo war die Kopie, die »Zippora mit der Schreibmaschine ... abgetippt hat«? Wie üblich, mehr Fragen als Antworten. Ich packte eine kleine Tasche, für mich und Julia, die zu dem Zeitpunkt bereits die meiste Zeit auf dem Sofa vor dem Fernseher verbrachte. »Komm«, sagte ich. »Wir fahren.«

»Wohin?«

»Auf die andere Seite der Grünen Linie.«

»Was?«

»Ins Land der Vorväter.«

Julia wirkte verwirrt, wie jemand, der nicht weiß, ob das Problem bei ihm selbst liegt oder aber ein Teil der Information bei der Übersetzung verloren gegangen ist.

»Wir fahren nach Kfar Etzion. Das ist ein religiöser Kibbuz in Judäa und Samaria. Sie haben dort ein Museum und ein Archiv.«

Es fiel ihr sichtlich schwer, sich vom Bildschirm zu lösen. »Ist das nicht gefährlich?«

»Sehr«, sagte ich. »Meinen Großvater haben sie dort sogar ermordet.«

Der Mann, dem das Gesicht in Grimm erstarrte
Von Pavel Klemczek
Aus dem Tschechischen von Jitzchak Jeschajahu Katz
Dritte Niederschrift – übergeben an Hamdha al-Husseini, Montag, 22. Dezember 1947

3. Kapitel

Heilmittel gegen ein erstarrtes Gesicht – Der Abteilungsleiter sitzt immer noch fest

Heilmittel gegen ein erstarrtes Gesicht

Der Schielende war schon eine Weile drinnen beim Doktor, und die ganze Zeit über wurde aus dem Behandlungszimmer laut und vernehmlich gelacht. Der leitende Direktor verstand nicht, warum dort so viel gelacht werden musste, und je lauter die Heiterkeitsausbrüche erklangen, desto ungehaltener wurde er. Er schaute zu der Frau des Doktors, der Empfangsdame, die untätig hinter ihrem Tresen saß und noch immer lächelte. Vielleicht ist bei ihr das Lächeln erstarrt, dachte er bei sich. Kein Zweifel, sie war wenigstens zwanzig Jahre jünger als der Arzt. Der leitende Direktor fragte sich, ob sie wohl schon seine Angestellte gewesen war, ehe sie seine Frau wurde. Und er ertappte sich dabei, wie er an Frau Sopček dachte, seine Sekretärin. Auch die war wohl zwei Jahrzehnte jünger als er. Hübsch war sie, ja sogar attraktiv. Noch nie hatte er ein Gespräch mit ihr geführt, das über Bürobelange hinausgegangen wäre. Und ihr eine Affäre aufzunötigen, wie er hörte, dass andere leitende Direktoren es machten, wäre ihm im Traum nicht eingefallen. Sogar der Herr Generaldirektor wechselte alle ein, zwei Monate seine Vorzimmerdamen, und viele von ihnen gingen in Tränen aufgelöst. Vielleicht war er einfach altmodisch oder nicht selbstbewusst genug. Frauen lieben selbstbewusste Männer, doch er, anstatt einfach zu verlangen und zu bekommen, war immer nur mürrisch und ungehalten.

Die Tür des Sprechzimmers ging auf, und heraus traten der Arzt und der Schielende, der schon nicht mehr schielte. »Das nächste Mal, Herr Pip«, sagte der Arzt, »wenn Sie Ihre Kollegen belustigen wollen, entblößen Sie einfach Ihren Hintern.« Beide lachten aus vollem Hals, dann winkte der Arzt den leitenden Direktor herein.

Auch im Behandlungszimmer des Doktors hingen seine Ölgemälde an der Wand, und das erstaunlichste von allen war ein großes Porträt seiner Frau, nackt auf einem Stuhl sitzend und eine Obstschale auf den Knien haltend. Der leitende Direktor ließ die Augen eine Sekunde länger, als er gewollt hatte, auf dem Bild verweilen. »Helena, meine Frau«, erklärte der Arzt ohne die geringste Scham. »Als ich sie malte, ging mir plötzlich auf, ich hatte noch nie eine Obstschale gemalt, was eine Vorstufe der Aktmalerei ist. Sogleich wies ich sie an, eine Obstschale zu halten. Die Früchte hat Helena selbst gewählt.« Der leitende Direktor mühte sich, seine Augen nur nach dem Obst zu richten. »Nun, wollen wir mal sehen, wie wir Ihnen helfen können«, fuhr der Arzt fort. Er bedeutete dem leitenden Direktor, sich auf der Behandlungsliege auszustrecken. »Haben Sie denn versucht, zu lächeln?«, fragte er, da er mit einem Vergrößerungsglas das ingrimmige Gesicht untersuchte. Der leitende Direktor fand keine Zeit zu antworten, schon fuhr der Arzt fort: »Sicher haben Sie das, ich mache nur Spaß. Sie haben die Fähigkeit verloren, die Gesichtsmuskeln zu bewegen. Ein bekanntes Phänomen, wenn auch eher symptomatisch bei einem Schlaganfall, und das dürfte bei Ihnen nicht der Fall sein, anderenfalls könnten Sie mir ja nicht Rede und Antwort stehen, nicht wahr?« Auch diesmal kam der leitende Direktor nicht dazu, etwas zu erwidern. »Nein, das ist kein Schlaganfall, und Ihr Gesicht ist auch nicht eingefallen, sondern missmutig. Erbost Sie etwas?« Der leitende Direktor war erstaunt über die Frage und noch mehr erstaunt, dass der Arzt ihm Gelegenheit gab zu antworten, vor allem aber erstaunt festzustellen, dass er die Antwort nicht wusste. Er spürte, etwas ärgerte ihn, vermochte aber nicht zu verstehen, was. War dieser Doktor, der alles, nur kein Chinese war, der Grund seines Ärgers? Oder war es das erstarrte Gesicht? In dem Fall wäre er in einer Endlosschleife gefangen. Solange sein Gesicht erstarrt blieb, würde er sich ärgern, und ärgerte er sich, bliebe sein Gesicht erstarrt. Wie schade, dass Herr Gugel nicht hier war, um die Dinge einfach zu halten. Schließlich antwortete er: »Ich weiß es nicht.«

»Was ich nicht weiß, macht mich nicht heiß. Ein altes Sprichwort«, kommentierte der Arzt, der noch immer dabei war, das Gesicht in Augenschein zu nehmen.

»Ein altes chinesisches Sprichwort?«

»Oh nein, ein deutsches«, gab der Arzt zurück und begann, das Gesicht des Direktors zu massieren. Seine Hände waren rau wie die eines Bauarbeiters.

Dem leitenden Direktor kamen allmählich Zweifel an der ganzen Sache. »Verzeihen Sie mir die Bemerkung, doch Sie sehen gar nicht aus wie ein chinesischer Arzt.«

»Ich bin vielleicht kein Chinese, aber seien Sie versichert, dass ich Arzt bin.«

Doktor Chen erzählte dem leitenden Direktor, er habe Medizin an der Universität von Litauen studiert, einer akademischen Einrichtung allerersten Ranges, doch als solche in den Hauptstädten Europas noch nicht anerkannt[14], weshalb man ihm, als er wegen seiner ersten Frau nach Wien gekommen sei, dort keine ärztliche Zulassung erteilt habe. Genauso sei es in Budapest, in Freiberg und Zürich gewesen. Seine zweite Frau habe ihm dann geraten, eine Praxis für chinesische Heilkunde zu eröffnen, da diese keinerlei Approbation bedurfte, und das habe er getan, in Berlin nämlich, wo er die Geheimnisse der Lehre erlernte. Doch trotz der Praxis und des Studiums habe es ihm dort an Patienten gefehlt. Es sei Helena gewesen, seine dritte Frau, die ihm schließlich riet, nach Prag zu gehen, wo die Menschen offener für neue Ideen seien. Auch riet sie ihm, seinen Namen von Boris in Chen zu ändern. »Niemand will sich für chinesische Heilkunde in die Hände eines Doktor Boris begeben«, der Arzt kicherte. »Ich werde jetzt kleine Nadeln in Ihr Gesicht stechen[15], es tut nicht weh.« Und tatsächlich begann er, das Gesicht des leitenden Direktors mit dünnen, spitzen Holznadeln zu spicken, bis dieses keine fünf Minuten später aussah wie der Rücken eines Igels.

»Frau Sopček hat sich mit meinem Zehn-Uhr-Kaffee verspätet«, fiel dem leitenden Direktor plötzlich ein, was sich vielleicht als entscheidend erweisen konnte. Als er sprach, sah es aus, als bewegte sich der Igel.

Der Arzt lachte. »Der Mond lässt sich nicht beleidigen von ein paar Kötern, die ihn ankläffen. Noch ein altes Sprichwort, aber auch nicht chinesisch, sondern arabisch, wenn ich mich nicht irre ... Wie auch immer, Ihr Gesicht ist nicht erstarrt,

14 Die Universität von Litauen wurde 1862 unter dem Namen *Riga Polytechnica* gegründet. Erst 1919 als akademische Einrichtung anerkannt, wurde sie in *The Latvia Higher School* umbenannt. 1929 erfolgte eine erneute Umbenennung in *Universitas Latviensis*, Universität von Litauen, die bis heute gültige Bezeichnung [Anm. U. K.].

15 Akupunktur [Anm. U. K.].

nur weil diese oder jene Dame mit dem Tee durcheinandergekommen ist.«

»Sie hat sich mit dem Kaffee verspätet«, korrigierte der leitende Direktor.

»Die Wahrheit ist, erst ist man verärgert, und dann begründet man hinterher den eigenen Ärger mit allen möglichen Ursachen. Aber Menschen um Sie herum machen den ganzen Tag lang Fehler und werden das auch immer wieder tun. Sie sind es, der entscheidet, verärgert zu sein oder zu lächeln.« Der Arzt setzte ein breites Lächeln auf, als wollte er die eigenen Worte bekräftigen.

Der leitende Direktor übergab sich.

»Das passiert zuweilen bei einer solchen Behandlung«, beruhigte ihn der Arzt. Er begann, die Nadeln aus dem Gesicht seines Patienten zu ziehen. »Unser Gesicht ist ein Fenster zur Seele. Wenn wir Säuglinge sind, ist dieses Fenster transparent und durchschaubar. Ein glücklicher Säugling lacht, ein hungriger Säugling weint. Doch mit der Zeit wird das Fenster immer undurchsichtiger, bis das Gesicht vom Fenster zur Maske wird. Ihr Gesicht, werter Herr Direktor, war einfach der Kluft müde zwischen dem, was es zeigt, und dem, was Sie wirklich fühlen. Bis es schließlich in dem ihm natürlichsten Zustand erstarrt ist. In Ihrem Fall also Wut, Zorn und ständige Unzufriedenheit.« Doktor Chen hatte nun alle Nadeln herausgezogen, und der leitende Direktor zog ein Taschentuch hervor und wischte sich über den Mund, der noch immer grimmig verkniffen war. »Die Lösung in Ihrem Fall, mein Freund«, fuhr der Arzt fort, »ist, einfach zu sagen, was Sie empfinden, ohne *façon*, sich also zu verhalten, wie es Ihnen beliebt, ohne *façade*. Sie müssen das Äußere dem Inneren angleichen, und so wird Ihr Gesicht lernen, wieder ein Fenster zu sein.« Er steckte sich eine Zigarette an und bot auch dem leitenden Direktor eine an, der zögerte, weil er noch immer ein leichtes Übelsein empfand, sie schließlich aber doch nahm. »Wir Männer sind ja immerzu damit beschäftigt, Gefühle zu verbergen und zu unterdrücken«, sagte Doktor Chen dann. »Wann haben Sie Ihrer Frau das letzte Mal gesagt, dass Sie sie lieben?« Der leitende Direktor schämte sich zu sagen, dass er solches noch niemals gesagt hatte, und nicht nur seiner Frau nicht, sondern zu überhaupt keiner Frau, auch nicht zu seiner Mutter. Doch zu seinem Glück wartete der Arzt nicht wirklich auf eine Antwort. »Ich sage das meiner Frau ständig. Und ich bin auch eifersüchtig. Steht da einer und schaut ihr auf die Beine, unternehmen die meisten von uns ja nichts. Ich schon. Ich gehe hin und haue ihm eine rein. Wie man so schön sagt: ›Liebe ohne Eifersucht ist wie ein Pole ohne Schnurrbart.‹ Was ein altes chinesisches Sprichwort ist, wenn mich nicht alles täuscht.«

»Kein polnisches?«

»Na, kann sein.« Der Arzt ging zu einem Medikamentenschrank in der Zimmerecke und holte ein leeres Arzneimittelfläschchen hervor. »Sehen Sie dieses Pulver?«

»Nein. Ist es durchsichtig?«

»Imaginär«, sagte der Arzt, da er einen kleinen Dosierlöffel nahm, damit evident etwas von dem erdachten Pulver in einen kleinen Umschlag gab und diesen dem leitenden Direktor reichte. »In der chinesischen Heilkunde trennen wir nicht zwischen der Seele und dem Körper. Wollen Sie nicht gesund werden, wird Ihnen keine Medizin auf der Welt helfen. Doch wenn Sie gesunden wollen, hilft Ihnen jede Arznei, auch eine imaginäre.« Der leitende Direktor schaute in den leeren Umschlag, und der Arzt, als erriete er einen Ausdruck von Skepsis, der es nicht auf das Gesicht seines Patienten schaffte, erklärte: »Indem Sie die imaginäre Medizin nehmen, verkünden Sie im Grunde, dass der Wille stärker ist als jede Arznei. Wenn Sie daran glauben, dass sich in diesem Umschlag das Mittel findet, das Ihr Gesicht sich lösen lässt, dann wird es Ihr Gesicht sich lösen lassen.« Und damit begleitete er den leitenden Direktor zur Tür. »Nehmen Sie es zweimal täglich vor dem Essen ein, ein kleiner Löffel imaginäres Pulver, aufgelöst in etwas Wasser.«

»Imaginäres Wasser?«

»Seien Sie nicht lächerlich. Wasser aus dem Hahn natürlich.«

Der Abteilungsleiter sitzt noch immer fest

Die Uhr im Büro des leitenden Direktors zeigte halb drei, und Herr Gugel hatte einen Plan gefasst. Um fünf würden alle nach Hause gehen, und dann könnte er sich auf die Toilette schleichen, vorausgesetzt, der leitende Direktor war bis dahin nicht zurück. Nur noch eineinhalb Stunden musste er an sich halten. Er schlug eine neue Seite in seinem Notizbuch auf und schrieb:

Wege, die Zeit bis um fünf herumzubringen:
Eine Liste von Dingen erstellen, um die Zeit bis um fünf herumzubringen
Darüber nachdenken, wie wundervoll es sein wird, leitender Direktor zu sein

Zufrieden betrachtete er die Liste und strich Aufgabe Nummer eins durch, da er überzeugt war, diese auf das trefflichste erledigt zu haben. Blieb nur noch die zweite Aufgabe. Gugel zögerte. Er stand auf und begann, den Raum von einer Seite zur anderen und wieder zurück zu durchmessen. Er war noch ein Kind gewesen, als seine Mutter von Wahnvorstellungen befallen wurde, unter denen sie sich als eine andere gebärdete. Mal war sie eine Baronin, ein andermal ein General in der Armee des Kaisers. Mit der Zeit wurden die Anfälle immer häufiger, bis sie eines Tages nackt durch die Straßen des Dorfes lief und wie eine Kuh muhte und sein Vater gezwungen war, sie in ein Irrenhaus zu geben. Über Jahre, jedes Mal, wenn die Kinder des Dorfes ihn sahen, zeigten sie auf ihn und riefen: »Da kommt das Kalb, der Sohn der dummen Kuh.« Gugel hatte versucht zu erklären, dass seine Mutter krank war, doch die Kinder hatten nur gelacht und geschrien: »Nichts wie weg, damit wir uns nicht diesen Rinderwahnsinn holen.« Dumme Kinder, dachte Gugel bei sich: Schade, dass es solch eine Krankheit in Wirklichkeit nicht gibt, und schade, dass sich die Gören damit nicht angesteckt hatten.

Sein Magen gab ein weiteres unheilvolles Signal von sich, und Gugel schloss die Augen, um den Schmerz zu unterdrücken. Als er sie wieder öffnete, sah er, dass er vor dem Stuhl des leitenden Direktors stand. Zögernd nahm er auf dem Polster Platz. Der Stuhl war bequem, aber ein wenig zu weich. Wenn ich leitender Direktor bin, tausche ich ihn gegen einen härteren, sagte er sich und lehnte sich zurück. Er schloss die Augen, und just in dem Moment klopfte es an der Tür. Erschrocken riss Gugel die Augen auf. Die Gedanken in seinem Kopf überschlugen sich. Der leitende Direktor ist es nicht, der würde nicht an die Tür seines eigenen Kontors klopfen, sondern einfach eintreten. Erneutes Klopfen. Gugel hielt den Atem an und rührte sich nicht. Nach einem dritten Klopfen öffnete sich die Tür zögerlich. Auf der Schwelle stand ein dicker Mann mit Schürze und Bäckermütze auf dem Kopf, in der einen Hand eine große Schachtel. »Der Herr leitende Direktor hat Gebäck bestellt?«

Gugel besann sich. »Stell er es dort hin, neben den Schrank.«

»Verzeihen Sie, dass ich unaufgefordert eingetreten bin. Aber ich habe geklopft und geklopft und mir schließlich gesagt, geh rein und lass die Schachtel im Büro, aber nicht unbeaufsichtigt im Vorzimmer, denn über die Biskuits fallen immer alle her, und weg ist der Vorrat für ein halbes Jahr in einer Minute.«

»Danke«, sagte Gugel zerstreut, besann sich aber sogleich

und rief dem Bäcker nach, der schon auf dem Weg nach draußen war: »Unbeaufsichtigt? Wo ist denn die Frau Sopček?«

»Wenn Sie Ihre Sekretärin meinen, hinter dem Schreibtisch im Vorzimmer ist niemand.«

»Sie ist nicht meine Sekre...«, begann Gugel und hielt abrupt inne. »Wo ist sie dann?«

»Ich weiß nicht. Vielleicht ist sie zur Toilette gegangen. Das ist nicht gesund, an sich zu halten«, lachte der Bäcker und schloss die Tür hinter sich.

Schweißüberströmt kam Gugel vom Stuhl hoch. Absonderliche Dinge gehen vor sich. Vielleicht ist er auch verrückt geworden und hat Wahnvorstellungen? Aber nein, alles hat einen Grund. Er schlug eine neue Seite in seinem Notizbuch auf und schrieb: »*Wohin ist die Sekretärin verschwunden?*« Doch eine Antwort darauf wollte ihm nicht einfallen.

Vorwort von Uri Jitzchak Katz, nun schon nicht mehr schlanke Version

Das Museum von Kfar Etzion bot eine bescheidene Ausstellung zur Geschichte der jüdischen Siedlungen am Berg Hebron. Ein großer Teil davon war dem Unabhängigkeitskrieg gewidmet, in dem sich der Etzion-Block lange unter Belagerung befunden hatte, bis er sich letztlich den Verbänden Abd al-Qadir al-Husseinis und Fausi al-Qawuqdschis und den Einheiten der Jordanischen Legion ergab.

Ich schlenderte mit Julia zwischen den wenigen Exponaten umher und hatte dabei mehr sie im Blick als die Ausstellungsstücke. Die Reflexion der eigenen Kultur in den Augen eines Außenstehenden ist immer spannender als die Kultur an sich. Julias Desinteresse und Lustlosigkeit rührten gar nicht einmal von der Ausstellung, sondern hatten ihr Verhalten auch in den zurückliegenden Wochen schon bestimmt. Sie verharrte einige Sekunden lang über einem Foto in einem Album, holte dann eine Zigarettenschachtel aus der Tasche und kramte nach einem Feuerzeug, wobei sie einen Radau veranstaltete, der die museale Umgebung überbeanspruchte. »Ich geh eine rauchen«, sagte sie, als sie das Feuerzeug endlich gefunden und sich vergewissert hatte, dass es funktionierte.

»Bedeck die Schultern, das ist ein religiöser Kibbuz.«

Sie reagierte nicht auf meine Bitte, deutete stattdessen auf ein Bild in einem der Schaukästen. »Hier ist deine Großmutter«, sagte sie, ohne Erklärung, wie sie sie erkannt hatte. Dann steckte sie sich die Zigarette an, noch ehe sie aus dem Ausstellungsraum war.

Ich betrachtete das Foto. Auf einem umgepflügten Feld, zwischen aufgeworfenen Ackerschollen, stand ein junger Mann in Arbeitskluft, der meinem Vater unverkennbar glich. Und neben ihm eine junge Frau, die verstörende Ähnlichkeit mit Julia besaß. Darunter stand: *»Jitzchak Jeschajahu Katz und Zippora Wirzberger, Avraham-Kollektiv, 1941. Gerüstet, das Land in Besitz zu nehmen.«*

Eine kurze Nachfrage bei ChaimJaakov, dem zuständigen Archivar, ergab, das Museum hatte das noch vor ihrer Hochzeit aufgenommene Bild meiner Großeltern vom Rabbi Kook Institute erhalten, einem religiösen Verlag, bei dem Anschel Katz etliche Jahre als Korrekturleser gearbeitet und für die verlagseigene Monatsschrift *Sinai* als Publizist geschrieben hatte. Das Foto hatte Anschel offenbar von seinem Sohn Jitzchak geschickt bekommen, und gefunden worden war es nach seinem Tod in den Papieren, die er dem Rabbi Kook Institute hinterließ. Auf der Rückseite war handschriftlich vermerkt: *»Teurer Vater, das ist Zippora, merk Dir den Namen. Sie sieht nicht nur aus wie eine Tschechin, sie ist wirklich eine.«*

Draußen, von den Einheimischen umringt, sah Julia tschechischer aus denn je. Sie spielte Basketball mit einer Gruppe frommer Halbwüchsiger, die verzweifelt versuchten, sie zu decken, ohne dabei Gefahr zu laufen, sie zu berühren. Ich ließ mich auf einer Steinbank nieder und sah zu. Inmitten dieser Stereotypen von Diasporajuden mit ihren kurzen Hosen und biblischen Sandalen, den mageren weißen Beinen und Kippot, die sich mühten, am Kopf zu bleiben, wirkte Julia beinahe glücklich, obgleich sie für diesen Ort fast so wenig geschaffen war wie Juden für den Sport.

Als wir den Kibbuz verließen, blieb noch Zeit genug, es nach Jerusalem zu schaffen und dort zu schauen, ob es im Rabbi Kook Institute, wie durch ein Wunder, vielleicht irgendetwas gab, das mit Klemczek zusammenhing. Ich sah Julia an, und sie lächelte mir zu. Emotionale Verkümmerung ist – wie gesagt – eine sonderbare Erkrankung. Ich beschloss, ihre gute Laune auszunutzen und mit ihr ans Tote Meer zu fahren. Und so verbrachten wir den Nachmittag mit Schlamm beschmiert, auf der Salzflut des Todes treibend, im Versuch, das wiederzubeleben, was zwischen uns starb. Im Nachhinein, wären wir an jenem Tag nach Jerusalem gefahren, gut möglich, dass alles anders gekommen wäre. Andererseits, vielleicht hätte es auch gar nichts bewirkt.

Ein Autor auf der Suche nach einer Geschichte

Blogpost von Uri Jitzchak Katz
oder: Bewegter Appell an die Blogleser, der Menschheit zu helfen – und insbesondere mir

In einem der Briefe an seine Frau Zippora erwähnt mein Großvater Jitzchak Jeschajahu Katz eine Erzählung des tschechischen Autors Pavel Klemczek. Zu dem Zeitpunkt, am Vorabend des Unabhängigkeitskriegs, lebte mein Großvater im belagerten Kfar Etzion. Seine Frau Zippora (meine Großmutter) und ihre beiden Söhne (mein Vater und mein Onkel) waren zusammen mit allen anderen Frauen und Kindern da bereits nach Jerusalem evakuiert. Jeden Tag arbeitete Großvater Jitzchak im belagerten Kibbuz, der gegen bewaffnete arabische Banden aus den umliegenden Dörfern und Soldaten der Jordanischen Legion kämpfte. Folgendes schrieb er:

... wir haben erfahren, dass der Krieg kein Kinderspiel ist. Das russische Kloster ist bloß noch eine Ruine, alle Wände

sind von Granaten durchsiebt, das Dach zerstört, alle Türen und Fenster in Scherben. Auch der Kibbuz hat schwer einstecken müssen. Unsere armen Kühe, sie hatten kein Glück. Die Kameraden haben gekämpft wie Löwen. Dov hat gesagt, wenn das alles vorbei ist, gibt er eine Sammlung mit Erinnerungen vom Tag des Angriffs heraus, und auch die Geschichte über den »Mann, dem das Gesicht in Grimm erstarrte«, die uns in diesem Krieg so sehr geholfen hat und die Zippora mit der Schreibmaschine schon größtenteils abgetippt hat. So hat er gesagt, und du kennst ja Dov, ein Mann, ein Wort …

Ich suche jetzt schon geraume Zeit nach dieser Erzählung. Sollte jemand etwas von Pavel Klemczek gehört haben oder gar die Erzählung »Der Mann, dem das Gesicht in Grimm erstarrte« kennen, dann lasst es mich bitte wissen. Die literarische Welt und ich werden euch auf ewig zu Dank verpflichtet sein.

Uri Katz

Kommentar zum Post:
Ein Autor auf der Suche nach einer Geschichte
Von: Avi und Hila

Hi Uri,

ich weiß nicht, ob das was damit zu tun hat, aber vor einem Jahr oder so war ich mit meinem Partner in Jordanien. Wir sind auch nach Petra gefahren, mit einem Taxifahrer, der nicht aufgehört hat, uns zu nerven, von wegen er wäre der Enkel von dem Enkel von irgendeinem Hussein, der Kommandeur in der Jordanischen Armee war, noch vor der Staatsgründung, und dass sein Großvater ungehindert immer zwischen Jordanien und Jaffo hin- und hergereist ist und so eine Art wandernder Geschichtenerzähler war. Ich weiß nicht, ob das was damit zu tun hat, aber eine der Geschichten war über einen Mann, der die ganze Zeit sauer ist, bis ihm am Ende das Gesicht so einfriert. Wir haben nicht richtig zugehört, weil er die ganze Fahrt über auf Englisch gelabert hat. Ich hab seinen Namen und seine Adresse im Reiseforum *LaMetayyel* gepostet. Du findest ihn dort, wenn Du nach einem Post »Vorsicht, nerviger Taxifahrer!« suchst.

Er war echt eine Nervensäge.

Auf jeden Fall, wenn Du die Geschichte findest, lass von Dir hören:)

Hila Adani

Isaks Geschichte

Vorwort von Uri Jitzchak Katz, das vielleicht oder vielleicht auch nicht zusammenhängt mit einer Geschichte, die vielleicht oder vielleicht auch nicht zu tun hat mit der Geschichte von dem »Mann, dem das Gesicht in Grimm erstarrte«

Jede Geschichte sucht nach einem Wendepunkt, einem Punkt ohne Wiederkehr. Der unsere kam in Jordanien, an einem Ort, an dem der Legende nach Aaron begraben liegt, der Hohepriester, der seinem Bruder Moses, dem ersten – und stotternden – Propheten seine Stimme lieh. Drei Tage zuvor waren wir nach Akaba gekommen, um einen Taxifahrer ausfindig zu machen, der unterwegs nach Petra seinen Fahrgästen Geschichten und Histörchen mit dem Flair arabischer Nächte aufzutischen pflegte.

Die Urlaubsstimmung, das Meer und die Levante schienen Julia aus ihrer Apathie zu befreien, in der sie sich die letzten Monate über befunden hatte, ja ließen sie fast wieder so offen und zugetan werden wie am Anfang. Ich aber war auf der Hut und versuchte, ihre gute Laune nicht zu verderben. Wusste da schon, dazu brauchte es nicht viel. Und so waren wir wieder wie in unseren ersten Tagen. Badeten jeden Tag im Roten Meer und unternahmen einmal sogar einen Abstecher zu den südlichen Stränden an der Grenze zu Saudi-Arabien. Gingen auf den Markt, besuchten Gewürzläden, Hummusstände und Fischrestaurants. Wie anders Akaba war als das benachbarte Eilat, auf der israelischen Seite der Grenze. So verschieden wie ein religiöser Kibbuz zu den arabischen Dörfern ringsum. Aber Julia sah alle diese Unterschiede nicht. Eilat, Akaba, das Mittelmeer, das Rote Meer – für sie war das alles Levante, und alle waren Araber. Und mit Araber meinte sie Israelis, Jordanier, Ägypter, Muslime, Schiiten, Sunniten, Maroniten, christliche Araber, religiöse Juden, säkulare Aschkenasen, Sepharden, Äthiopier, Jemeniten, Bankangestellte, Siedler und Taxifahrer. Alle sahen sie gleich aus für sie und wurden von ihr unter der Rubrik »schwitzende Männer« geführt. An die Telefonnummer des geschichtenerzählenden Taxifahrers zu kommen war nicht schwer, denn er war eine bekannte Größe auf der Route Akaba-Petra. Ich rief ihn an und vereinbarte, er solle uns am darauffolgenden Samstag nach Petra fahren.

Am Freitagmorgen ging Julia an den Privatstrand des Hotels. Ich blieb auf der Terrasse des Speisesaals sitzen und beendete mein ausgiebiges Frühstück. Konnte sehen, wie Julia sich einen Platz am Strand suchte, ihre Sachen ablegte und einen Strick-Bikini in den Farben der jamaikanischen Nationalflagge zutage förderte. Ich ging zurück zum Büfett, um noch einige der Köstlichkeiten zu probieren, die ich bei der ersten Runde ausgelassen hatte, in der ich meinen Teller mit der ganzen Angst zu verhungern beladen hatte, die mir meine vom Holocaustsyndrom geschlagenen Vorfahren vermacht hatten. Als ich zurück an meinem Tisch war, konnte ich Julia nicht am Strand sehen, auch nicht im Wasser. Ich beendete in aller Ruhe mein Frühstück, und sei es nur, um mir nicht einzugestehen, dass ich mich sorgte. Julia war noch immer nirgendwo zu sehen. Ich ging auf unser Zimmer, schaute aus dem Fenster, zog mir eine Badehose an und machte mich auf zum Strand. Am Wasser angekommen, blickte ich mich um, doch von einem jamaikafarbigen Bikini an einem grazilen weißen Körper keine Spur. Endlich sah ich sie am Ende des Strands unter einem Sonnenschirm mit einer älteren, ganz in Schwarz gewandeten Frau zusammensitzen, die ihre Hand hielt und aufmerksam studierte. Julia saß ganz steif, und man musste kein Wahrsager sein, um zu verstehen, dass das nicht gut enden würde. Und tatsächlich, als Julia in unser Zimmer zurückkam, wirkte sie abermals in sich gekehrt und still. Ich fragte, ob sie sich die Zukunft habe lesen lassen, und sie nickte. Ich fragte, was die Frau gesagt habe. Das kann ich nicht verraten, sonst geschieht es nicht, gab sie zurück. Willst du denn, dass es geschieht?, fragte ich. Ein Teil von mir will das. Alles kann geschehen, aber nicht alles wird geschehen.

Ja, sagte ich und legte die Hand auf die kleine Narbe an ihrem Bauch. Sie schob sie nicht weg. An verschiedenen Punkten im Leben scheint es, als hätten wir mehrere Möglichkeiten, aber am Ende wählen wir nur eine und krönen sie zur einzig plausiblen Option – alle anderen werden unbedeutend. Und im Nachhinein geht uns auf, dass wir gar keine Wahl hatten, aus dem einfachen Grund, weil es das ist, was am Ende passiert ist. Das erleichtert uns im Moment der Wahrheit zwar die Entscheidung nicht, kann uns aber ganz sicher helfen, uns damit im Reinen zu fühlen. Das Schicksal wiederum ist, was in der Mathematik »stochastische Unabhängigkeit« genannt wird. Zum Beispiel ist beim Würfeln bei einem Spiel die Wahrscheinlichkeit, dass man eine Sechs würfelt, jedes Mal eins zu sechs. Auch wenn man schon sechs Mal oder sechshundert Mal keine Sechs gewürfelt hat, bleibt die Wahrscheinlichkeit immer dieselbe. Nur, weil du andauernd Pech im Leben hast, heißt das noch nicht, dass etwas Gutes passieren wird.

All das sagte ich Julia nicht, die mit geschlossenen Augen dalag und gleichmäßig atmete. Ich wusste nicht, ob sie schlief oder vielleicht dabei war, eine Entscheidung zu treffen. Nach einer Ewigkeit sagte sie plötzlich, sie kriege zuweilen ohne erkennbaren Grund keine Luft mehr, aus dem Nichts komme eine Flutwelle und fülle sie aus, ihre dünne Hülle. Sie habe keine Kontrolle darüber, das sei nicht sie, und dann fragte sie mich zum wer weiß wievielten Mal, warum ich sie liebe.

Zumeist, wenn sie das fragte, machte ich einen Scherz, sagte, weil sie Kreuzkümmel mochte oder dass ihr Gesicht, wenn sie schielte, das Lustigste auf der Welt sei, oder dass Mücken immer sie stächen und mich verschonten. Diesmal sagte ich nichts. Ich wollte sagen, sie erinnere mich an eine alte Liebe und dass sie vielleicht die Korrektur sei, dass ich sie vielleicht gar nicht liebte, dass sie vielleicht meine Strafe sei – oder meine Erlösung. Dass, wenn ich sie liebte, ich mich vielleicht selbst lieben würde. Plötzlich verstand ich, während Julia sich überflutet fühlte, übervoll, lebte ich immer in dem Gefühl, leer zu sein, als wäre da ein Loch in mir, und egal, womit man mich füllte, mit Erfolg oder Liebe, immer entleerte sich das. Wenn ich doch nur Julia in mich gießen könnte. Und vielleicht war es das, was ich tat, alles, was sich aus ihr ergoss, trank ich auf. Das Problem mit Metaphern ist, dass an irgendeinem Punkt alles passt, jede Münze hat zwei Seiten. Vielleicht deshalb war ich mit Julia zusammen, weil ich aufgrund der Sprachbarriere keine Metaphern verwenden konnte, sondern nur klare Worte. Metaphern sind die Wurzel allen Übels, sind der Ursprung allen Missverständnisses. »Metaphern bringen uns an den Abgrund«, sagte ich. Doch da schlief sie schon.

Am nächsten Morgen waren wir früh auf den Beinen. Der Taxifahrer, Isak al-Husseini, wartete in der Lobby auf uns. Noch ehe wir aus Akaba raus waren, hatte Isak seinen Ruf als Dauerunterhalter schon bestätigt. Er erzählte uns, Akaba entwickle sich rasant und dass der König die Stadt zur steuerfreien Zone erklärt habe, dass jede Menge Geld aus Katar und den Emiraten in Dutzende von Projekten fließe, einschließlich einer künstlichen Bucht, dass die *Nakba* das Beste sei, was den Palästinensern je passiert sei, und dass seine Familie ursprünglich aus Imwas stamme, einem Dorf bei Latrun. Ich entschuldigte mich dafür, dass wir ihn vertrieben hatten, und er lachte und sagte, während er vergeblich im Handschuhfach nach einem Feuerzeug suchte, er selbst sei bereits in Jordanien geboren, aber er sei froh, dass wir seinen Großvater vertrieben hätten, denn mit dem König seien die Palästinenser in Jordanien allemal besser dran. Als ich ihn bat, uns von dem Kalifen zu erzählen, der immer wütend war, leuchteten seine Augen auf. Er drehte sich um und musterte uns eindringlich, wandte sich dann wieder der Suche nach dem verschollenen Feuerzeug zu, ohne auch nur eine Sekunde daran zu denken, vielleicht mal einen Blick auf die kurvige Straße zu werfen. Noch immer nach unten gebeugt, sagte er, eine solche Geschichte erfordere einen besonderen Ort, und ohne auf die Straße zu schauen, korrigierte er die Lenkradstellung und steuerte den Wagen irgendwie in die richtige Richtung. Ich sah Julia an, die mir zulächelte und die kalten Schweißtropfen fortwischte, die mir auf der Stirn standen. Endlich hatte Isak ein leeres Feuerzeug gefunden und versuchte mit dem Langmut eines Beduinen, die Gesetze der Chemie zu überwinden und sich eine Zigarette anzuzünden, die so zerknautscht war wie das Klischee selbst. Dann kam ein Schild, das nach *Jabal Harun* wies – zum Berg Aaron –, und wir bogen rechts ab. Die Fahrt war gemächlich, auch wegen der sich kurvenreich windenden Straße, vor allem aber, weil Isak sich weigerte zu schalten. Von dem Augenblick an, da er in den Fünften geschaltet hatte, irgendwo in den Außenbezirken von Akaba, fasste er den Schaltknüppel nicht mehr an. In einer Spitzkehre schien es, als wollte er herunterschalten, doch wie sich bald herausstellte, hatte er die Hand nur gelangweilt auf dem Schaltknauf abgelegt.

Der steile Anstieg zu Aarons Grab auf der Bergkuppe bestand aus Hunderten in den Fels gehauener Stufen und war nur zu Fuß oder auf einem Esel zu bewältigen. Isak organisierte drei Esel, doch Julia weigerte sich. Ihre Liebe zu Tieren und die Sorge um deren Wohlergehen übertrafen da schon ihre Geduld mit dem Leid der Menschen. Ich marschierte neben ihr und Isak vorneweg auf dem Rücken des Esels, den er mit gleichermaßen schneidenden wie sanften Lauten antrieb.

Während des Aufstiegs berichtete uns Isak, die Geschichte von dem Kalifen, der immer wütend war, habe ihm sein Vater erzählt, der sie von seinem Vater gehört habe, Hamdha, nach dem er, Isak, seinen eigenen Sohn benannt habe, weswegen er auch Abu Hamdha genannt werde, Vater von Hamdha. Der ursprüngliche Hamdha aber, sein Großvater, erzählte Isak, habe für die Zionisten im Unabhängigkeitskrieg spioniert, nachdem die Araber seinen Vater Khalil ermordet hätten, aus Rache dafür, dass dieser eine Romanze mit einer Jüdin libanesischer Herkunft aus Jaffa gehabt hatte. In den Jahren nach dem 48er-Krieg habe der israelische Mossad versucht, Hamdha erneut anzuwerben, um für Israel zu spionieren, doch ohne Erfolg. Der Großvater habe erklärt, es hätten ja jetzt alle einen Staat, alle Toten seien gerächt und die Geschichte sei vorbei. In den Fünfziger- und Sechzigerjahren habe Großvater Hamdha als Tourguide gearbeitet, auch für Israelis, die unerlaubterweise die Grenze nach Jordanien überquerten, um die Nabatäerstadt Petra zu sehen. Isak war stolz darauf, Fremdenführer in dritter Generation zu sein.

Als wir die Bergkuppe erreicht hatten, war es schon ziemlich spät. Wir ließen uns auf einer Matte nieder, um wieder zu Atem zu kommen, und sahen zu, wie die Sonne am israelischen Horizont versank. Isak sagte, die Sonne gehe über den Arabern auf und über den Juden unter, und dann lachte er, um zu signalisieren, dass er nur einen Witz gemacht hatte. Er sagte, nachts sei der Ort für Besucher eigentlich geschlossen, aber er habe uns eine Übernachtung samt Abendessen im Zelt des hier Verantwortlichen organisiert, eines Freundes von ihm. Und nach dem Essen würde er uns die Geschichte von dem Kalifen erzählen, die er von seinem Vater gehört habe, der sie von seinem Vater gehört habe, welcher sie von seinem Vater gehört habe, und so vielleicht immer weiter bis zurück zum Propheten Muhammad. Ich fragte, ob sein Großvater Hamdha noch am Leben sei, und er sagte, nein. Der sei vor mehr als zwanzig Jahren gestorben, und von allen Orten ausgerechnet im Libanon. Fast die ganze arabische Welt habe sein Großvater bereist, er sei im Libanon und in Saudi-Arabien gewesen, auch in Mekka, obwohl er nicht besonders religiös und seine Frau, Isaks Großmutter, zudem noch Christin war. Hamdha war auch im Irak, habe am Persischen Golf auf Ölbohrinseln gearbeitet, als Chauffeur eines Prinzen in Katar und auch Bahrain und den Jemen besucht. Doch niemals sei er geflogen, habe alle seine Reisen mit dem Wagen, zu Fuß oder auf dem Rücken eines Reittiers unternommen. Julia sagte, ihr Traum sei auch, alle Länder auf der Welt zu besuchen, und dass sie den »Guten Morgen«-Gruß aus jedem Land sammle, das sie bereise. *»Sabah al-cheir«*, sagte Isak. Julia wiederholte den Gruß, und er korrigierte ihre Aussprache, bis sie es richtig sagte. Dann brachte sie ihm einige »Guten Morgen« in anderen Sprachen bei, und für einen Moment klang das Ganze nach einer Kinderfernsehsendung mit besonders gutmeinender Botschaft. Julia sagte, sie sei in Israel hängen geblieben für etwas mehr als einen guten Morgen, und schenkte mir ein Lächeln. Isak erzählte, er wolle Amerika besuchen. »New York? L.A.?«, fragte ich mit der Überheblichkeit von einem, der schon mal da war. Nein, nein, entgegnete Isak. Er wolle nach *Süd*amerika, zum Amazonas, dort gebe es einen von der Außenwelt abgeschieden lebenden Indiostamm, der einen besonderen, althergebrachten Brauch praktiziere: Wenn ein Paar heirate, entscheide es im Voraus, wie lang die Beziehung dauern solle. Ein Jahr, zwei oder fünf. So könnten sie ihre Liebe bewahren, denn wenn du weißt, dass es nicht für immer ist, kostest du jede Minute aus. Am Ende der festgelegten Dauer könne das Paar dann entscheiden, ob es eine Verlängerung wolle oder sich trennen. »Das ist, was mein Vater mir erzählt hat, und sein Vater hat ihm erzählt, was dessen Vater ihm erzählt hat«, sagte Isak und begann, Holz für ein Feuer aufzuschichten. Julia sagte, sie wolle einmal Hoasca-Tee in der Wüste trinken, und ich dachte bei mir, sie hat nicht gesagt, sie will das mit dir machen.

Als die Sonne versank, versanken wir in Schweigen. Vor Urzeiten sahen Menschen die Sonne am Morgen aufgehen und am Abend untergehen und schlussfolgerten, sie drehe sich um sie. In jeder Beziehung gibt es einen, der die Sonne ist, und einen, der sie als Planet umkreist, doch mitunter lässt sich schwer sagen, wer wer ist. Es gibt Menschen, die sind ewige Sonnen, und andere, die sind Planeten und Monde. In jeder neuen Beziehung kannst du dich in einer anderen Konstellation wiederfinden. Ein Urknall bestimmt von Anfang an deine Position, und von dem Augenblick an fällt es sehr schwer, deine Rolle zu verändern. Es bleibt dir nur, zu kreisen, auch ein bisschen um dich selbst, dich zu erwärmen und wieder abzukühlen, auszudehnen und zusammenzuziehen, dich zu nähern und wieder zu entfernen, Lebensformen zu entwickeln und schließlich zu sterben, in einer spektakulären Supernova zu vergehen und dann weiter dem nächsten Urknall entgegenzudriften, dem nächsten Sonnensystem.

Isak entzündete ein kleines Lagerfeuer und erhitzte darauf Wasser in einem arabischen Finjan. Als es kochte, tat er Kräuter und jede Menge Zucker hinein. Alle paar Monate, erzählte er, sei ein Brief von seinem Großvater Hamdha gekommen, jedes Mal von einem anderen Ort und immer mit einigen Monaten Verzögerung. Und in jedem Brief habe er auch ein paar Worte an seinen Enkel gerichtet, obwohl er ihm noch nie begegnet war. »Er hatte eine wunderschöne, schnörkelige Handschrift«, sagte Isak, und seine Stimme schien dabei von weit her zu kommen. Mit etwas Wasser spülte er den Staub der Wüste weg, der an den Gläsern klebte, und goss uns von dem dunklen Tee ein. »Einmal, nachdem ein Brief gekommen war, sagte ich zu meinem Vater, ich wolle Großvater Hamdha in Katar besuchen fahren. Mein Vater sagte, der Brief sei zwar heute eingetroffen, aber schon vor einer ganzen Weile abgeschickt worden, und dass Hamdha vielleicht gar nicht mehr dort sei.«

»Wie die Sterne«, sagte Julia.

»Die Sterne?«, fragte Isak verständnislos.

»Wenn du zu einem Stern schaust«, sagte ich und deutete zum Himmel, »dann siehst du sein Licht, das Millionen von Jahren gebraucht hat, um einzutreffen.« Ich spürte ein verzweifeltes Bedürfnis, der zu sein, der erklärte. »Doch jetzt existiert dieser Stern vielleicht schon gar nicht mehr.«

»Das ist Pluto!«, verkündete Isak.

»Wirklich?« Julia war beeindruckt.

»Ich habe keine Ahnung«, sagte Isak, und wir lachten alle. Schlürften von dem Tee, der bitter und süß zugleich war. Früher, als man noch Briefe schrieb, vergingen Wochen von dem Moment, in dem er abgeschickt wurde, bis zu dem Augenblick, in dem du ihn in der Hand hieltest. Du konntest einen Liebesbrief lesen von einer Geliebten, die in der Zwischenzeit vielleicht in einer Lawine umgekommen oder entführt oder weggezogen war oder einen anderen getroffen und aufgehört hatte, dich zu lieben. Heutzutage landet eine E-Mail fast augenblicklich beim Adressaten, und es fällt schwer, große Leidenschaft zu entwickeln, wenn es keine Ungewissheit gibt. Durch das

Fehlen einer zeitlichen Verzögerung verliert das Geschriebene seine physische Dimension und wird zum bloßen Text, bis du vergisst, dass du mit einem realen Menschen sprichst, der vielleicht genau in diesem Moment am Boden kauert und weint. Das getippte Wort hat keine eigene, unverwechselbare Persönlichkeit mehr. Die E-Mail hat den inneren Graphologen in uns abgeschafft, den feinfühligen Analysten. Aber die Unmittelbarkeit bewirkt nicht, dass man jemanden weniger vermisst – sie beschleunigt alles nur. Einige Tage oder sogar Stunden nur nichts von jemandem zu hören genügt schon, um dich verstehen zu lassen, es hat sich etwas verändert.

Als er zehn war, erzählte Isak, sei Großvater Hamdha endlich einmal nach Jordanien gekommen, um seine Familie zu besuchen. »Er war alles, was du möchtest, dass ein Großvater ist«, sagte er mit einem Glitzern in den Augen. »Seine Geschichten waren die allerschönsten, auch die, die ich schon tausendmal gehört hatte. Er lehrte mich, dass eine gute Geschichte kein Ende hat, genau wie das Leben. Sie geht so lange weiter, wie es jemanden gibt, der sie erzählt.« Isak hatte nicht einmal einen Monat gehabt mit seinem Großvater, ehe dieser wieder abreiste, diesmal für immer, aber seine Geschichten lebten weiter. »Er war es, der meinen Namen für mich aussuchte, als ich geboren wurde. Ich wusste das nicht, aber nachdem er gestorben war, hat meine Mutter es mir erzählt«, sagte Isak nachdenklich. Dann kam er auf die Beine. »Jetzt essen wir Lamm«, sagte er, goss den Rest Tee aus und ging, die Gläser spülen. Wir blieben noch einen Augenblick sitzen, um die Sterne zu betrachten.

Drei Tage nach unserer Rückkehr aus Jordanien war Julia weg. Ich stand da mit einem Glas bitteren Tees aus der Wüste in der Hand und starrte auf den halb leeren Kleiderschrank, aus dem ihre Sachen hastig zusammengerafft worden waren. Jede Liebe ist unverwirklicht – das ist es, was uns weiter lieben lässt. Aber den Moment auszumachen, in dem es endet, ist schwierig. Wie der letzte Regen der Saison, erst im Nachhinein weiß man, dass es der letzte für dieses Jahr war. In dem Moment selbst ist es bloß ein weiterer Regen, ein weiterer Kuss. Nicht die Henkersmahlzeit, sondern bloß ein weiteres Omelett. Rückblickend weiß ich, Julia traf ihre Entscheidung, als wir nach einem guten Essen am Lagerfeuer saßen, dort auf dem Berg, der nach Aaron benannt ist, dem Bruder des stotternden Propheten, und Isaks leiser Stimme lauschten, die aus der Wüste selbst zu kommen schien, als er uns die Geschichte erzählte von dem Kalifen, der immer wütend war.

Der Kalif, der immer wütend war

Ein Volksmärchen, erzählt von Isak Abu Hamdha al-Husseini
Aufgeschrieben von Uri Jitzchak Katz

Lob sei Gott, dem Herrn der Welten, und Segen und Heil über den Herrn der Propheten, unseren Herrn und Anführer Muhammad. Und über die, die in seinem Hause wohnen, und seine Gefährten, Segen und Heil mögen sein bis zum Kommen des Jüngsten Gerichts am Ende aller Tage. Wie mein Vater mir sagte und ihm sagte sein Vater und so bis auf den Propheten: Wisse um die Taten der Altvorderen, auf dass du Weisheit erwirbst und ihre verderbten Pfade meidest.

Erzählt wird, und nur Allah allein weiß, ob Wahres daran ist, dass vor langer Zeit ein Kalif lebte namens Muawiya Ibn Sufyan, der eine Armee hatte und viele Helfer, Diener und Begleiter. In seinem Heldenmut übertraf er jeden Kalifen vor ihm und herrschte über das Land von Mekka und Medina im Süden, von Jerusalem und Damaskus im Norden bis nach Samarkand im Osten. Seinen Untertanen war er ein gerechter Richter und teilte mit seinem Volk den Reichtum, den Allah ihm und dem Land geschenkt. Die Menschen seines Königreichs erwiesen ihm Liebe und Ehre während der zehn Jahre, in denen er rechtschaffen, froh und glücklich über seine Herde wachte. Mehr geliebt noch als der Kalif wurde nur seine Frau Laila, die jeden Untertan beim Vornamen kannte, und wusste sie ihn einmal nicht, fragte sie danach. Ihre grenzenlose Schönheit wurde sogar von den Feinden des Kalifen gepriesen, wie die Dichter sangen:

Zwei Gesichter hat sie, schön sind beide
Die Sonne bittet um Erlaubnis sie am Morgen
Des Mondes Licht scheint blass wie ihre Haut
Gütig ist sie und nicht minder weise
Zwei Gesichter hat sie, beide gut und hold

Der Kalif Muawiya Ibn Sufyan hatte einen Stiefbruder, Emir Ali Abd al-Masri, der das genaue Gegenteil von ihm war, immerzu hartherzig und mürrisch. Der Emir war eifersüchtig auf seinen Stiefbruder und verzieh ihrem Vater nie, das Kalifat dem jüngeren Sohn übertragen zu haben. Obgleich Ibn Sufyan seinen Bruder mit Respekt und großem Reichtum überhäufte, ruhte al-Masri nicht eine Minute, Intrigen hinter seinem Rücken zu spinnen, um seiner Regentschaft ein Ende zu setzen, und beschäftigte Scharen von Beratern und Magiern, die ihm helfen sollten, anstelle seines Bruders den Kalifenthron zu besteigen.

Unter den Magiern war auch ein Jude namens Isak, der kein Zauberer, sondern ein Erfinder war. Er hatte die Gesetze der Welt und der Natur studiert, die Natur des Menschen und die Natur der Dinge, und man sagt von ihm, einer seiner Nachfahren sei später Galileo Galilei gewesen. Eines Tages rief al-Masri alle seine Zauberer und Magier zusammen, um zu sehen, welche Zauber und Beschwörungen sie parat hatten, die ihm helfen würden, seinen Bruder zu stürzen. Sie zeigten ihm einen

Zauber mit Feuerbällen und einen, der einen Mann sich aus Ketten befreien ließ. Sie rieten zu Giften, Tränken und Formeln, die fähig waren, zu töten und zu lähmen. Doch al-Masri tat sie alle ab und sagte: Ich bin Zauber satt, die nicht wirken, und Beschwörungsformeln, die nicht einmal einen blinden Lurch außer Gefecht zu setzen vermögen. Bei Allah, wenn ihr mir nicht etwas Taugliches bringt, werde ich euch alle mit eurem eigenen Gebräu vergiften. Dann wandte er sich an Isak und sagte: Und was hast du zu sagen, Jude? Schon ein geschlagenes Jahr hockst du hier, isst und trinkst, und noch haben wir nicht einen Zauber zu sehen bekommen. Isak erbleichte und stammelte: Verehrter Emir, ich befasse mich nicht mit dem Verborgenen, sondern mit dem Offenkundigen, mit allem, was wir sehen, ohne innezuhalten und zu fragen, wie die Dinge geschehen. Damit holte er ein Fläschchen hervor, darin eine schwarze Tinte, und goss davon einen großen Tropfen auf die marmorne Tischplatte. Obgleich man sie verwenden mag, um Worte der Weisheit niederzuschreiben, sagte Isak, ist die Tinte selbst ohne Verstand. Ohne leitende Hand ist sie bloß eine schwarze, klecksende Flüssigkeit. Er tauchte den Federkiel in die Tinte und spritzte einen schwarzen Tropfen auf das schneeweiße Hemdgewand, das Dschalal kleidete, den Magier und Oberratgeber des Emirs. Dschalals Gesicht verfinsterte sich, und er zog seinen Dolch, doch al-Masri gebot ihm Einhalt und bedeutete Isak fortzufahren. Isak lächelte und sagte: Das Quecksilber dagegen ist klug, es erinnert sich an alles, was geschehen ist und noch geschehen wird. Ich habe herausgefunden, mischt man die richtige Menge Quecksilber unter die Tinte, bringt es die Tinte dazu, sich dorthin zu bewegen, wohin es selbst geht. Auch wenn sie an zwei unterschiedlichen Orten auf der Welt sind, so sind sie doch miteinander verbunden. Abermals tauchte er den Federkiel ein und schrieb etwas auf den Tisch. Und oh Wunder, die Tinte auf dem Gewand Dschalals rührte sich ebenfalls und schrieb, was Isak auf den Tisch geschrieben hatte: »Kleiner Trottel«. Die Magier und Zauberer staunten, einige lachten, und nur Dschalal wurde puterrot vor Wut. Er riss Isak das Tintenfläschchen aus der Hand, schwenkte es vor dem abermals leichenblassen Gesicht des Erfinders und schrie: Und dafür verschwendest du das Gold unseres Gönners Ali Abd al-Masri? Wie genau soll das dem verehrten Emir helfen, an die Macht zu kommen?

Noch in derselben Nacht begab sich Dschalal zu al-Masri und sagte: Ich habe einen Weg, Ibn Sufyan beim Volk verhasst zu machen, doch zuvor versprich mir, dass du auf immer diesen Juden Isak aus dem Königreich verbannst, der mich vor allen zum Gespött gemacht hat. Der Emir versprach's, und Dschalal sagte: In den alten Büchern ist zu lesen von einer Wette, die Gott mit dem Teufel eingeht. Und dann erzählte er ihm die Geschichte von Hiob. Am nächsten Tag, als sie gemeinsam jagten, trat al-Masri zu seinem Bruder, dem Kalifen, und sagte: Von Zeit zu Zeit gehe ich in schlichte Gewänder gekleidet aus dem Palast, um zu hören, was auf den Straßen sich tut, und Volkes Stimme zu lauschen. Gestern Nacht saß ich in einer Schenke und hörte Leute weinselig singen:

Was lässt einen Mann entzücken?
Auf dem Teller vom Lamm der Rücken,
Im Bett des Weibs Schenkel, ihn zu beglücken.

Esst und trinkt, der Kalif serviert.
Denkt an seine Frau,
Wenn den Zapfen ihr poliert.

Ibn Sufyan erwiderte: Jene, die trinken und die Gesetze des Propheten nicht achten, die achtet der Prophet nicht. Und Laila, die anders als ihr Mann, der Kalif, sehr wohl um die

Machenschaften und Intrigen seines Bruders wusste, sagte: Der Mond lässt sich nicht beleidigen von ein paar Kötern, die ihn ankläffen. Doch al-Masri ließ nicht locker: Sei's drum, aber die Untertanen sind dem Kalifen nur treu ergeben, weil er Geld und Besitz unter ihnen verteilt. Unbescheiden geworden sind sie. Kommen, Allah bewahre, harte Zeiten, sind sie noch immer dann getreu oder laufen über zu unseren Feinden, die ihnen Annehmlichkeiten versprechen? Der Kalif dachte lange nach und sagte: Ich vertraue meinem Volk. Das war der Moment, auf den al-Masri nur gewartet hatte. Er sagte: Stell sie auf die Probe. Zürne ihnen für einhundert Tage. Versage ihnen Genüsse und Feste, und lass uns sehen, ob sie weiter den Kalifen preisen, den Gesandten des Propheten Muhammad auf Erden, oder aber trachten, dich zu ersetzen. Folgen sie dir weiter, werde ich schweigen und mein Lebtag kein Wort mehr sagen, ja werde gar von meinem Vermögen ihnen geben. Die beiden Brüder schlugen ein und gingen ihrer Wege. Doch in den darauffolgenden Tagen untersagte der Kalif alle Feste, erhöhte die Steuern und begegnete jedem mit finsterer Miene, der ihm über den Weg lief.

Eine Woche, bevor die einhundert Tage um waren, schlüpfte al-Masri in einfache Gewänder und mischte sich unter das Volk. Er trat zu einem Mann, der sein Feld pflügte, und sagte: Das sind harte Zeiten. Der Mann entgegnete: Gepriesen sei Allah, der mit einer Hand nimmt und mit der anderen gibt. In der Stadt ging al-Masri von einem zum nächsten und bekam von allen Ähnliches zu hören. Verärgert kehrte er zurück in den Palast, rief nach Dschalal und sagte: Dein Plan geht nicht auf, das Volk steht noch immer hinter Ibn Sufyan, obschon er ihnen seine Hand und sein Herz verschlossen hat. Dschalal aber entgegnete: Der Kalif mag ihnen seinen Beutel zugeschnürt haben, doch seine Frau Laila geht noch immer umher und verteilt in seinem Namen Geld unters Volk. Al-Masri war überrascht: Woher hat die Frau des Kalifen solches Vermögen? Darauf wusste Dschalal nichts zu antworten, versprach aber zu suchen, und alle wussten, wenn Dschalal sucht, dann findet Dschalal auch. Den ganzen nächsten Tag folgte Dschalal Laila, und des Nachts sah er die Frau des Kalifen Kleider aus Seide und Leinen und Schmuck anlegen und sich mit Duftessenzen und Myrrhe parfümieren, auch zwischen den Beinen. Dann stahl sie sich zu den Stallungen, schwang sich auf einen Rappen und galoppierte davon. Dschalal hatte Mühe, ihr durch die rabenschwarze Nacht zu folgen. Am Morgen kehrte er zurück und berichtete al-Masri, was er gesehen hatte: Die Frau des Kalifen schlief gegen Geld mit den Notabeln der Stadt, ging alsdann auf die Märkte und verteilte im Namen des Kalifen Gold- und Silberstücke an die Armen. Al-Masri rang sich eine Träne ab für Laila, die ihren Mann so sehr liebte, dass sie ihren Körper für ihn verkaufte. Dann aber geriet er außer sich und ward von Eifersucht erfüllt, dass ihm eine so gewaltige Liebe nie vergönnt sein würde. Den ganzen Tag saßen sie und überlegten, was zu tun war. Al-Masri wusste, der Kalif würde den Anschuldigungen nicht glauben, ohne einen Beweis zu Gesicht bekommen zu haben. Konfrontierte er aber seine Frau mit den Vorwürfen, würde sie alles abstreiten. Am Ende beschlossen sie, Ibn Sufyan an einen Ort zu locken, an dem seine Frau ihn hinterging, damit er es mit eigenen Augen sähe. Dschalal schlug vor, er würde Laila bis zum Ort der Tat folgen und dann zu al-Masri zurückkehren, damit dieser den Kalifen dorthin brächte. Aber al-Masri sagte: Bis wir dort sind, ist das Stelldichein schon vorüber, und der Kalif wird seine Frau nicht auf frischer Tat ertappen. Bis zum Anbruch der Nacht saßen sie, und endlich sagte Dschalal: Erinnerst du dich an diese mit Quecksilber gemischte Tinte, die Erfindung dieses Juden Isak, den du verbanntest? Ich habe die Flüssigkeit aufbewahrt. Wir teilen sie, die eine Hälfte nehme ich, die andere du. Ich reite der Frau des

Kalifen nach und schreibe den Namen des Ortes auf ein Pergament, und so wird er auch bei dir geschrieben. Du bringst den Kalifen dorthin, und er überführt sein ehebrechendes Weib. Und so taten sie. In jener Nacht schminkte und parfümierte sich die Frau des Kalifen erneut und ritt auf ihrem Rappen wohl eine Stunde, bis sie bei der Feste des Herrschers über den Hedschas angekommen war, des Emirs Qusaiy Ibn Kilab, von dem es heißt, aus seinen Lenden sei Generationen später Fausi al-Qawuqdschi entsprungen, der ruchlose Bandenführer. Dschalal schrieb den Namen des Emirs auf ein Pergament, und die mit Quecksilber versetzte Tinte al-Masris regte sich und schrieb dasselbe auch bei ihm. Al-Masri ging damit zu seinem Bruder, zeigte ihm das Geschriebene und sagte: Meine Spione haben mich in Kenntnis gesetzt von einem Aufstand, der just zu dieser Stunde in der Feste des Emirs Qusaiy Ibn Kilab im Hedschas angezettelt wird. Ibn Sufyan fragte, wie er die Nachricht denn erhalten habe ohne einen Boten. Worauf al-Masri ihm von der Zaubertinte erzählte. Der Kalif wollte wissen, wer noch an der Verschwörung beteiligt sei. Al-Masri schrieb die Frage auf das Pergament, und einen Augenblick später trat ein Name zutage: Laila. Der Kalif nahm dreißig Soldaten seiner Palastwache und ritt mit allen, darunter auch sein Bruder, zur Feste des Emirs Ibn Kilab. Dort eingetroffen, meinte al-Masri zu seinem Bruder, dem Kalifen: Wir stehlen uns unerkannt hinein und schauen, ob etwas Wahres ist an dem Gerücht, Ibn Kilab erhebe sich gegen den Kalifen, oder ob vielleicht die Frau des Kalifen nur hier ist, um die Intrige zu vereiteln. Ibn Sufyan stimmte zu, und beide zogen sie Kapuzen über die Köpfe, schlüpften in Dienergewänder und stahlen sich in die Feste des Ibn Kilab. Und da nun sah der Kalif seine geliebte Frau erst mit Ibn Kilab Unzucht treiben die ganze Nacht und hernach mit seinen Söhnen und seinen Dienern, die sangen:

Im Palast der tausend Zimmer des Kaisers von China will liegen ich mit dir,
in jedem Zimmer immer wieder.
Auf jeder Stufe der Pyramiden in Ägypten werd' nehmen ich dich,
schneller von Stufe zu Stufe.

In stiller Nacht dein Schrei soll tönen.
In stürmischer Nacht noch lauter gar.
Eine sternenlose Nacht auf dem Rücken verbracht,
scheint voll der Mond, wirst voll von mir.

Gewölbt dein Rücken wie die Weide, wie Myrte dein Duft.
Deine Zitronenknospe werd' küssen und liebkosen ich,
werd' beim ersten Regen im trockenen Flussbett bei dir liegen,
da aus dem Nichts kommt die Flut.

Danach wirst gehen nicht können, nicht atmen,
vom Sprechen nicht zu sprechen,
wirst vergessen mich nicht können
und keinen anderen je wollen.

Der Kalif zog sein Schwert und erschlug den Ibn Kilab, seine Söhne und Diener. Al-Masri aber zog das seine und tötete die Frau des Kalifen, noch ehe sie um ihr Leben flehen konnte.

In den Tagen, die kamen, verdoppelte Ibn Sufyan seinem Volk die Steuern, ließ jeden noblen und reichen Mann töten, den er in Verdacht hatte, Unzucht mit seiner Frau getrieben zu haben, und die Felder der Bauern in Brand stecken, die ihr Geld genommen hatten. Sein Zorn war nicht zu stillen, bis die noch am Leben verbliebenen Notablen zu einem geheimen Treffen mit al-Masri zusammenkamen und ihn anflehten, er möge seinem

Bruder ins Gewissen reden. Al-Masri aber sagte: Mein Bruder ist von Sinnen seit dem Tod seiner geliebten Frau. Gebt mir Gold, und wir stellen ein Heer aus haschemitischen Kriegern auf, die dem Kalifen nicht folgen, sodass wir die Macht übernehmen, ehe mein Bruder uns alle abgeschlachtet. Und sie taten, wie er gesagt. In der Nacht stahl sich al-Masri in den Palast und ließ die gedungenen Truppen ein. Sie töteten die Soldaten der Palastwache und massakrierten wahllos alle Frauen, Kinder und Diener, die ihnen über den Weg liefen. Sie raubten die Schätze des Palastes und ließen die Heiligen Schriften in Flammen aufgehen. Als nur noch Ibn Sufyan am Leben war, riefen sie al-Masri anstelle seines Bruders zum Kalifen aus. Als man Ibn Sufyan vor ihn brachte, befahl al-Masri sogleich, ihn zu töten. Doch Dschalal sagte: Hab Erbarmen mit deinem Bruder, und das Volk wird sehen, der neue Kalif ist gnädig und gerecht. Man wird dir treu ergeben sein und die Jahre vergessen, in denen du aller Welt mit Ingrimm begegnet bist. Al-Masri tat wie ihm geheißen und verbannte seinen Bruder auf eine Insel im Indischen Ozean. Kein Schiff kam dort vorbei, ein Eiland, das nur felsigen Boden und Disteln hatte, wohin seit den Tagen des Propheten alle Verbrecher und Ketzer geschafft worden waren.

Eines Tages schritt Ibn Sufyan die Insel ab und dachte an seine geliebte Frau, die ihr Leben gegeben hatte, damit er bei seinem Volk beliebt bliebe, und er verstand, er hatte einen schrecklichen Fehler begangen. Sehnsucht überkam ihn, und die Tränen in seinen Augen verschleierten ihm die Sicht. Dergestalt stolperte er über einen Räuber, der am Wegesrand saß und aß, stieß ihm die Schale aus der Hand und vermischte seine Mahlzeit mit dem Erdreich. Der Räuber sprang auf und zog sein Messer, um Ibn Sufyan zu töten. Just in dem Augenblick trat ein kleiner Teufel aus dem Buschwerk, in der Hand einen Stecken mit einem schwarzen Stein an seinem Ende, und berührte damit den Räuber. Sogleich stoben Blitze aus dem Stein, und der Räuber stürzte zappelnd zu Boden, als hätte ihn ein Tausendfüßler mit einem Skorpion auf dem Rücken gestochen. Da sagte Ibn Sufyan: Wer bist du Teufel, dass du mir zu Hilfe kommst? Ich bin kein Teufel, kam es zurück. Mein Name ist Isak, und ich bin ein Erfinder, der sich die Kräfte der Natur zunutze macht. Dieser Stecken hier, mit dem ich den Räuber schlug, ist hohl, und darin stecken Blitze, die ich in einer Gewitternacht eingefangen. Kommt seine Spitze, auf der ein Basaltstein steckt, mit einem lebendigen Körper in Berührung, entsteht ein geschlossener Kreislauf, und die Blitze setzt es frei. Vielleicht hat sogar der Prophet Mussa einen solchen Stecken verwandt, als er zum Pharao kam, um die Israeliten aus Ägypten zu befreien. Als der jüdische Erfinder das Erstaunen auf Ibn Sufyans Gesicht sah, deutete er auf den Räuber, der noch immer am Boden lag, und sagte: Keine Sorge, er ist noch am Leben. Und tatsächlich, nach einigen Minuten rappelte sich der Räuber auf und nahm eiligst Reißaus. Ibn Sufyan aber fragte Isak, welchen Verbrechens er sich schuldig gemacht habe, dass man ihn auf die Insel verbannt hatte. Da erzählte ihm Isak, wie al-Masri viele Jahre lang nach einem Zauber gesucht hatte, um seinem Bruder das Kalifenamt abspenstig zu machen. Und er erzählte ihm von der Tinte, die er erfunden hatte. Endlich begriff Ibn Sufyan, dass sein Bruder einen Komplott gegen ihn geschmiedet und es so eingerichtet hatte, dass er seine Frau mit einem anderen anträfe und darüber den Verstand verlöre. Er erzählte Isak, wie dessen Zaubertinte sein Leben zerstört und Unglück über das Königreich gebracht hatte. Doch Isak sagte: Ich bin ein jüdischer Erfinder bloß, aber wenn es eines gibt, was ich von dieser altehrwürdigen Religion gelernt habe, dann, dass sich der Lohn nach dem Leid bemisst.[16] Die Tin-

16 Ein aus dem Aramäischen abgeleiteter Ausdruck: *l'fum tza'ara agra – gemäß dem Leid, so die Entlohnung*. Erstmals erwähnt in der Mischna, Traktat Avot,

te, die zu deinem Sturz geführt hat, wird dich wieder auf den Thron bringen. Auch ich habe etwas von der Tinte mit dem Quecksilber aufbewahrt. Er zog ein kleines Fläschchen hervor, trat dann zu einem giftigen Wunderbaum und presste ein paar Tropfen von dessen Rizinusöl in die Tinte. Zur selben Zeit saß al-Masri in seinen Gemächern im Palast, tauchte den Federkiel in die Zaubertinte und schrieb damit Weisungen und Befehle an seine Spione überall im Königreich. Als die Feder trocken über das Pergament kratzte, befeuchtete er sie mit der Zungenspitze. Sogleich sickerte das Rizinusgift in seinen Körper, sein Gesicht erstarrte zu einer Grimasse, und er starb auf der Stelle, mit einem derart fürchterlichen Ausdruck des Entsetzens in den Augen, dass jeder, der ihn sah, Widerwillen und Ekel empfand. Ibn Sufyan aber setzte sich und schrieb vom Ort seiner Verbannung alles nieder, was sein Bruder verbrochen. Als am nächsten Morgen die anderen Emire und Distriktoberen al-Masris Gemächer betraten, fanden sie ihn tot. Doch sie fanden auch den Brief Ibn Sufyans und befahlen, nachdem sie ihn gelesen hatten, diesen aus der Verbannung zurückzuholen und ihm das Kalifenamt wieder anzutragen. So wurde Muawiya Ibn Sufyan erneut zum Kalifen, und genau wie Hiob bedachte Allah ihn mit noch größerem Wohlstand als zuvor und noch schöneren und tugendhafteren Frauen. Auch die Zuneigung seines Volkes gewann er wieder und ging ein in die Annalen als der gütige und großherzige Kalif. Den Juden Isak aber ernannte der Kalif anstelle Dschalals zum obersten Wissenschaftler und Berater. Wohl sagte Dschalal zu ihm: Hüte dich vor dem Juden, der Tag wird kommen, da er seine Tricks und Weisheit gegen dich verwendet, dein Land besetzt und dich und dein Volk vertreiben

Kap. 5, 23. Ebenfalls der Titel einer Erzählung von Samuel Joseph Agnon, zu finden in der Anthologie *HaEsh veHaEtzim* (Das Feuer und die Bäume) [Anm. U.K.].

wird. Der Kalif aber hörte nicht auf die Warnungen Dschalals und verbannte den Magier auf das entlegene Eiland, auf dem seinerzeit Isak und er gesessen. Und er gab Befehl, niemand solle je wieder mit dem Verbannten sprechen, bis dieser darüber den Verstand verlöre. Den Leichnam seines Bruders Ali Abd al-Masri, der mit finsterer, grimmiger Miene erstarrt war, ließ der Kalif Muawiya Ibn Sufyan vor der Omar-Moschee in Jerusalem aufhängen, wo er bekannt wurde als Statue des Kalifen, der immer wütend war. So sollten die Leute sehen, welchen Preis Neid und Hass, Missgunst und Bruderfehde hatten. Und dort kann man ihn bis auf den Tag finden.

Vorwort von Uri Jitzchak Katz, beleibte Version

Frisch verlassen, wandte ich mich der Suche in Urgroßvater Anschels Nachlass im Rabbi Kook Institute in Jerusalem zu. Der Nachlass bestand im Grunde genommen nur aus einem einzigen Briefumschlag, in dem sich sein Mitarbeiterausweis fand, einige Dankschreiben von Autoren, die er redigiert hatte, und fünf Kapitel von Pavel Klemczeks »Der Mann, dem das Gesicht in Grimm erstarrte«, auf Hebräisch handschriftlich von Anschels Sohn Jitzchak auf Briefbögen des Kibbuz Kfar Etzion zu Papier gebracht. Am Rand waren mit Bleistift Anschels Korrektur- und Lektoratsvorschläge vermerkt, und eine von einer Kippaklammer gehaltene Nachricht des Gründers und Leiters des Verlags, Rabbi J. L. HaCohen Maimon, hing daran.

Mein lieber Anschel, habe die Niederschrift begeistert gelesen. Zweifellos ist der Apfel nicht weit vom Stamm gefallen. Ich weiß nicht, ob das Material für unser bescheidenes Institut taugt, bin aber sicher, es findet sich, mit Gottes Hilfe, ein Verlag. Erwarte ungeduldig, die Fortsetzung zu lesen.

Ich schickte Julia eine E-Mail, in der ich berichtete, wie ich einen Teil der Erzählung gefunden hatte, und bekam keine Antwort. Doch in dem Umschlag fanden sich auch noch ein Schlüssel, allem Anschein nach für ein Schließ- oder Postfach, und der Brief eines tschechischen Journalisten namens Miloš Kublik vom Januar 1969, gut drei Monate nach Anschels Tod also.

Verehrter Herr,
mein Name ist Miloš Kublik, ich bin ein exilierter tschechischer Journalist und zurzeit in Zürich wohnhaft. Im vergangenen Frühjahr, als die Winde der Freiheit durch die Straßen Prags wehten, erhielt ich von der tschechischen Zeitung »Rudé právo« den Auftrag, der Legende um Pavel Klemczek nachzugehen. Als Journalist und Literaturkritiker hatte ich wiederholt gehört, wie Klemczek als geistigem Vater Kafkas und Lehrer von Max Brod gehuldigt wurde. Mehr als einmal nur erhob man ihn zu einem tschechischen Salinger. Doch wie dem auch sei, eine zweifelsfrei von ihm stammende Erzählung wurde nie gefunden, und es kursieren nur Elogen und Übertreibungen. Ich schreibe Ihnen heute in der Hoffnung, Sie können ein wenig Licht in diese sonderbare und höchst widersprüchliche Geschichte bringen. Ist Klemczek ein noch lebender Autor? Und existiert tatsächlich eine Erzählung von dem »Mann, dem das Gesicht in Grimm erstarrte«?
Hochachtungsvoll
Miloš Kublik, Zürich 1969

Die Telefonnummer von Miloš Kublik herauszufinden kostete mich nicht viel Zeit. Nach dem Zusammenbruch des Ostblocks war der exilierte Journalist in sein Heimatland zurückgekehrt und lebte wieder in Prag. Als er hörte, ich sei Anschel Katz'

Enkel, weinte er beinahe vor Aufregung. Ich erzählte ihm, in meinem Besitz befänden sich die Hälfte einer Erzählung von Klemczek und der Schlüssel zu einem Bankschließfach, und Kublik bestürmte mich, auf der Stelle ein Flugzeug zu besteigen und ihn in Prag zu treffen, ehe einer von uns beiden noch stürbe. Unnötig zu erwähnen, dass ich ihn von Anfang an mochte.

Julias Eltern hießen mich herzlich willkommen, wollten nichts davon hören, dass ich mir ein Hotel nähme. Meinten, wir Tschechen müssten füreinander sorgen. Ich erinnerte sie daran, ich sei nur ein halber Tscheche, und so einigten wir uns darauf, dass ich nur ein halbes Bett und Halbpension bekäme. Sie wussten nicht, wo Julia steckte, und hatten offenbar resigniert, was die Möglichkeit anbetraf, mit ihrer Tochter zu kommunizieren. Julia hatte immer behauptet, ihre Mutter sei gar nicht ihre biologische Mutter, weshalb sie sie mit ihrem Namen – Nola – ansprach oder sie zuweilen auch *Teta* nannte, Tante. Ihr Verhältnis zu ihrem Vater war komplexer, entweder sprach sie voller Bewunderung von ihm oder erwähnte ihn mit unverhohlener Abneigung. Zu verschwinden, ohne eine Adresse zu hinterlassen, war, wie sich herausstellte, eine Angewohnheit von ihr.

Mit Miloš Kublik hatte ich sehr viel mehr Glück. Der inzwischen siebzigjährige Journalist war nach dem Ende des Prager Frühlings 1968 aus der Tschechoslowakei geflohen und hatte für zwanzig Jahre erst in Zürich und dann in London gelebt, wo er zu einem bedeutenden Literatur- und Filmkritiker geworden war. Nach dem Fall des kommunistischen Regimes war Kublik nach Tschechien zurückgekehrt und hatte eine Professur für Literatur an der Prager Karls-Universität erhalten. Unter seinen Publikationen fand sich etwa *Der unterdrückte Humor*, eine Studie zur Entwicklung des Humors in der tschechischen Literatur in den Jahrzehnten unter Okkupation und Verfolgung.

Wir trafen uns am Abend bei ihm zu Hause im Viertel Stojka. Er war eine geradezu klassische tschechische Erscheinung, einschließlich Pfeife, die niemals aus seinem Mund wich, und auch seine Wohnung sah genauso aus, wie man es von der Wohnung eines tschechischen Journalisten erwartet hätte.

1968, im Geiste des neuerwachten Nationalismus, den der Prager Frühling auslöste, beschloss die tschechische Tageszeitung *Rudé právo*, der Legende um Pavel Klemczek nachzugehen. Die Aufgabe wurde Miloš Kublik übertragen, einem jungen Journalisten und Literaturkritiker. Genau wie ich es vierzig Jahre später tun sollte, durchforstete Kublik die Zeitungsarchive und fand dort jenes Interview, das Max Brod mit Klemczek geführt hatte und in dem er versprach, schon bald eine Erzählung aus dessen Feder zu veröffentlichen. Außerdem stieß Kublik auf ein seltenes Interview mit Kafka, der berichtete, einer der Autoren, die ihn beeinflusst hätten, sei zweifellos Klemczek gewesen. Kublik hatte versucht, mit Max Brod zu sprechen, doch der lag da schon im Sterben. Und es gab noch einen weiteren Verweis auf Klemczek: eine kleine Anzeige, welche die Mitarbeiter des Patentamtes in der Prager Arbeiter-Illustrierte-Zeitung geschaltet hatten und in der sie ihrem Kollegen Pavel Klemczek zur Geburt seines Sohnes gratulierten. Das Einwohnermelderegister führte sowohl einen Pavel Klemczek als auch seinen Sohn Petr. Beide Männer waren zudem als Mitglieder der tschechischen NSDAP registriert. Petr wiederum hatte einen Sohn namens Adolf, der seinen Namen 1948 in Eddy ändern ließ. Ein Jahr später verließ Eddy Klemczek Tschechien, wanderte nach Israel aus und änderte seinen Namen erneut in Eddy Kalman. Kublik gelang es, die Witwe von Petr Klemczek ausfindig zu machen und ein Interview mit ihr zu vereinbaren. Wie es das Schicksal wollte, war ihr Sohn Eddy Kalman, ehemals Adolf Klemczek, gerade bei ihr, als Kublik eintraf, um sie zu befragen. Kalman erklärte, er habe sich der Nazivergangenheit seines Vaters und Großvaters so sehr geschämt, dass er schließlich konvertiert sei, seinen Namen geändert und sich im jüdischen Staat niedergelassen habe. Nach zwanzig Jahren, in denen er die Tschechoslowakei wegen des Eisernen Vorhangs nicht hatte besuchen können, war er nun nach dem Prager Frühling gekommen, ohne die Befürchtung haben zu müssen, man würde ihm nicht erlauben, auch wieder auszureisen. Eddy Kalman hatte zwar nicht viel Neues an Informationen zu bieten, doch in seinem Besitz befand sich die Kopie eines Briefes, den sein Großvater, Pavel Klemczek, an Anschel Katz geschrieben hatte.

An: Anschel Katz, einfacher Angestellter im Staatlichen Patentamt, Prag
Von: Pavel Klemczek, leitender Angestellter im Staatlichen Patentamt, Prag, April 1906

Werter Herr,
mir wurde zur Kenntnis gebracht, Sie und einige Ihrer Freunde hätten einen Schreibwettbewerb ausgerufen, in dem mein Name in unvorteilhafter, ja gar ehrverletzender Manier erscheint. Mir wurde bedeutet, ich sei ingrimmig.
Ich mag darin weder Amüsement noch gebührlichen Humor sehen, wohl aber ein befremdendes Beispiel jüdischen Hochmuts und Umstürzlertums. Ich muss Sie daher bitten, oder vielmehr nachdrücklich auffordern, die Verwendung meines Namens umgehend einzustellen. Zudem verlange ich, mir das gesamte hinterlegte Geld auszuhändigen, als Entschädigung für den mir verursachten Unbill und die erlittene Rufschädigung, anderenfalls werde ich juristische Schritte einleiten.
Mitnichten hochachtungsvoll
Pavel Klemczek

Dazu fand sich die Kopie eines in Tonfall und Stil ähnlichen Schreibens, das Klemczek an den Direktor der Prager Nationalbank geschickt hatte und in dem er verlangte, man möge ihm unverzüglich den Inhalt des dortigen Schließfachs zugänglich machen, das er, obgleich unter seinem Namen eingerichtet, nicht befugt sei zu öffnen.

Kublik gelang es, ein auf den Namen Klemczek eingerichtetes Schließfach bei der Komerční Banka ausfindig zu machen, die kurz nach Ende des Zweiten Weltkriegs die ehemalige Prager Nationalbank übernommen hatte. Doch als Kublik bat, den Inhalt des Schließfachs zu sehen, blieb die Bank bei ihrer strikten Weigerung, niemand außer den beiden Zugangsberechtigten, Anschel Katz und Felix Weltsch, Einsicht in das Schließfach zu gewähren, oder einer Person, die belegen konnte, mit einem der beiden verwandt und in Besitz des passenden Schlüssels zu sein. Dem jungen ambitionierten Journalisten gelang es jedoch, die geschiedene Frau des Bruders von Felix Weltsch aufzuspüren, eine gewisse Júli Dosek, vormals Weltsch, die sich als keine Geringere entpuppte als jene Urgroßtante Júli, die Julia und ich besucht hatten. Kublik fuhr ebenfalls in die Sudeten, zu Júlis Gehöft im Dorf Harrachov. Erst stellte er sich als Miloš Klemczek vor und wollte wissen, ob sie wohl im Besitz eines Schließfachschlüssels sei. Als das nichts brachte, versuchte er, sich als Anschel Katz auszugeben. Doch Júli hatte keine Ahnung, wovon die Rede war, und ihre ein wenig unduldsame Haushälterin, die Misstrauen schöpfte, als Kublik sich erst unter dem einen und dann unter einem anderen Namen vorstellte, wies ihm die Tür. Ein paar Monate später teilte Eddy Kalman, geborener Adolf Klemczek, Kublik in einem Brief aus Israel mit, er habe Anschel Katz in Jerusalem ausfindig gemacht, wo dieser für das Rabbi Kook Institute arbeite. Doch wie das Schicksal es wollte, hatten die Sowjets soeben das schmale Fenster der Freiheit wieder geschlossen, der Prager Frühling fand sein Ende, und der Journalist Miloš Kublik hatte brennendere Themen, über die es zu schreiben galt. Als er sich der Geschichte schließlich wieder annahm, war Anschel schon nicht mehr am Leben, und sein Brief blieb unbeantwortet, bis gut vier Jahrzehnte später ich auf der Bildfläche erschien und mich mit einer für mich leider nicht untypischen Saumseligkeit bei ihm meldete.

Kubliks Wohnzimmer quoll über von Büchern, Magazinen und Zeitungen. Er schlug vor, wir sollten am nächsten Morgen gemeinsam zur Komerční Banka gehen und endlich das störrische Schließfach öffnen, das sich beinahe einhundert Jahre gesträubt hatte. Mit der noch nicht entzündeten Pfeife im Mund nahm er die fotokopierte halbe Erzählung in Augenschein, die ich ihm mitgebracht hatte. Meinte, die hebräische Schrift habe ihn schon immer an Zeichnungen erinnert, wie Hieroglyphen oder japanische Schriftzeichen. Ich legte ihm in groben Zügen den Inhalt der Erzählung dar, und er fragte nach ihrem Stil: War der leichtbeschwingt tschechisch wie der von Čapek oder eher kafkaesk, erinnerte im Gegenteil vielleicht an Tschechow oder zeigte Anleihen bei Agnon? Mit einem Mal ging mir auf, ich hatte der Erzählung selbst, ihrer Sprache, ihrem Stil und Inhalt, bislang so gut wie keine Beachtung geschenkt. Dabei war es doch das erste Mal überhaupt, dass ich etwas hatte, das von der Persönlichkeit meines so jung verstorbenen Großvaters Jitzchak kündete, auch wenn er nur der Übersetzer war. Wenigstens ein Viertel seiner Gene war in mir angelegt, er war Teil meiner literarischen DNA, und hier hatte ich eine Kostprobe von ihm. Mochte ich die Geschichte? Faszinierte sie mich? Wollte ich ihre Fortsetzung finden, weil sie mich gefangen nahm und ich wissen musste, wie sie endete? Oder hatte ich mich bloß in ein tschechisches Abenteuer hineinziehen lassen?

Kublik schien meine Gedanken lesen zu können. »Was,

denken Sie, werden wir morgen in dem Schließfach finden?«, fragte er.

Was sollte ich sagen? Die Fortsetzung? Eine vergessene Erzählung von Franz Kafka? Julia? »Alles kann geschehen, aber nicht alles wird geschehen«, sagte ich schließlich. Kublik lächelte. Mein Leitspruch gefiel ihm. Ich erzählte ihm von den Ereignissen, die mich zu ihm geführt hatten. Erzählte von meinem Urgroßvater Anschel, der Schriftsteller gewesen war, und von seinem Sohn Jitzchak und dessen frühem Tod und von dem Brief, in dem er schrieb, die Erzählung habe ihnen im Krieg sehr geholfen.

»Wie das?«, fragte Kublik erstaunt und stopfte seine Pfeife.

»Ich weiß nicht, vielleicht moralisch.«

»Als Rede vor der Schlacht etwa?«

»Vielleicht.« Ich lächelte. »Wie die von Mel Gibson in *Braveheart*.«

Kublik sprang auf. »They may take our lives but they will never take our short novels«, verkündete er mit einem Akzent, der sich alle Mühe gab, schottisch daherzukommen, vor allem aber bolschewikisch klang.

Ich lachte. »Also, wenn das so ist, hat Klemczek die Geschichte von dem ›Mann, dem das Gesicht in Grimm erstarrte‹, gar nicht geschrieben. Aber warum haben sie dann ausgerechnet seinen Namen als Pseudonym verwendet? In seinen Briefen an Anschel klingt Klemczek doch schon reichlich feindselig und antisemitisch.«

Kublik ließ sich schwer wieder in seinen Sessel fallen. »Wir wissen, Klemczek hat eine Zeit lang im Staatlichen Patentamt mit Anschel Katz zusammengearbeitet, Ihrem Urgroßvater«, murmelte er und schmauchte an seiner Pfeife, um ihr Leben einzuhauchen. »Und ganz offensichtlich kann er nicht derjenige gewesen sein, der sich von einer zionistischen Literaturzeitschrift hat interviewen lassen. Immerhin war der Mann ein Naziparteigänger. Und sein Enkel hat Adolf geheißen, in Gottes Namen.«

»Wer hat dann die Geschichte geschrieben – Anschel? Kafka? Jitzchak?«

»Es ist wie in einem Agatha-Christie-Krimi: Alle sind sie verdächtig.« Der alte Journalist lächelte.

»Sonderbar ist auch die Geschichte mit der Schreibmaschine«, meinte ich zu Kublik. »Jitzchak schreibt, die Erzählung sei abgetippt worden, aber das Exemplar, das ich gefunden habe, ist von Hand geschrieben. Und auf den Tonbändern meiner Großmutter Zippora schildert sie eine Diskussion zwischen Anschel und Agnon, der sie ›Die Geschichte von der Schreibmaschine‹ nennt, obwohl darin überhaupt keine Schreibmaschine erwähnt wird.«

»Zumindest nicht in dem Teil, den Sie bisher gefunden haben.« Kublik schenkte uns Cognac nach. »Vielleicht ist es ja das, was wir morgen in dem Schließfach finden – eine Schreibmaschine.« Er lächelte. Wir verfielen beide in langes Schweigen, ein jeder seinen Gedanken nachhängend und an seinem Glas nippend. Kublik brach schließlich das Schweigen: »Das Erste, was ich machen würde, wenn ich im Lotto gewänne, wäre tausend Affen kaufen und ihnen tausend Schreibmaschinen hinstellen.«

Ich musste lächeln bei der Vorstellung. Natürlich spielte er auf das Theorem der endlos tippenden Affen an, das besagt, ein Affe, der unendlich lange zufällig auf einer Schreibmaschine herumtippt, wird fast sicher irgendwann sämtliche Werke William Shakespeares schreiben.

»Vor einigen Jahren«, sagte Kublik, »hat man im Zoo von Paignton ein Experiment durchgeführt, bei dem in einem Käfig mit sechs Makaken eine Computertastatur platziert wurde. Doch nach einem Monat hatten die Affen gerade mal fünf Seiten zustande gebracht, die hauptsächlich aus dem Buchstaben S bestanden.«

»Man kann Shakespeare ja auch nicht ohne S schreiben«, bemerkte ich.

Kublik lächelte. »Was passiert ist, ist, dass die Affen die Tastaturen immer wieder auf verschiedene, durchaus kreative Weise zerstört haben. Eine eher praktisch orientierte Version des Experiments wurde dann von einer Webseite namens *Monkey Shakespeare Simulator* durchgeführt, im Grunde genommen eine Java-Anwendung, die das zufällige Tippen vieler Affen simulierte. Das Eindrucksvollste, was der Simulator bis heute produziert hat, sind vierundzwanzig aufeinanderfolgende Zeichen aus *Heinrich IV.*«

»Aber heute würde man einem Affen auch keine Schreibmaschine mehr geben«, wandte ich ein. »Man würde ihm ein Textverarbeitungsprogramm mit Rechtschreibprüfung und Autovervollständigung geben. Heute würde er deutlich weniger lang brauchen, um, mal angenommen, *Romeo und Julia* zu schreiben.«

»Wohl wahr. Dank Technologie und künstlicher Intelligenz sind Affen näher dran denn je, Shakespeare zu schreiben.«

»So wie die Schreibmaschine sie dem wahrscheinlich deutlich nähergebracht hat als der Bleistift.« Ich spann den Gedanken weiter. »Das heißt, die Wahrscheinlichkeit, dass ein Affe irgendwann *Romeo und Julia* mit dem Bleistift schreiben wird, ist noch mal um ein Vielfaches geringer als die ohnehin schon geringe Wahrscheinlichkeit, er könnte das auf einer Schreibmaschine zustande bringen.«

»Ich bezweifle, dass ein Affe überhaupt in der Lage wäre, auch nur einen Buchstaben mit dem Bleistift zu schreiben. Die Chancen stehen derart schlecht, dass man den Evolutionsprozess in die Berechnung der Wahrscheinlichkeit miteinbeziehen muss. Ein Affe wird wahrscheinlich eher zu einem vernunftbegabten Wesen, zum Menschen, als dass er irgendwann einmal *Hamlet* mit dem Bleistift schreibt.« Kublik schien befriedigt ob seiner Deduktion.

»Wenn Computer Affen dem Schreiben von Shakespeare-Werken nähergebracht haben als die Schreibmaschine, dann dürfte sie zukünftige Technologien dem noch näherbringen.«

»Klingt plausibel.« Kublik füllte erneut sein Glas, nachdem ich höflich abgelehnt hatte. »Ich amüsiere mich immer wieder über den Gedanken, was passieren würde, wenn ein Supercomputer alle Wörter, von denen wir ja wissen, dass ihre Zahl endlich ist, nimmt und sie in allen nur möglichen Kombinationen miteinander verbindet.«

»Was meinen Sie damit?« Mein alkoholumnebelter Verstand weigerte sich, die Information zu verarbeiten.

»Wie in Borges' *Die Bibliothek von Babel*«, sagte Kublik und nahm angesichts meines unverändert verständnislosen Gesichtsausdrucks ein wenig das Tempo heraus. »Mal angenommen, das Programm erzeugt, zum Beispiel, alle denkbaren Wortkombinationen für eine Erzählung von 206 052 Wörtern. Dann müsste eine der Kombinationen wahrscheinlich *Moby Dick* sein.«

»Wahrscheinlich.«

»Aber ganz sicher würden sich in den Haufen unzusammenhängenden Kauderwelschs, die das Programm ausspuckte, noch weitere Meisterwerke verbergen …«

»Das stimmt!«, unterbrach ich ihn, nicht weniger fasziniert von der Idee als von meinem Vermögen, ihr in meinem Zustand überhaupt noch folgen zu können.

»Es bräuchte nur jemanden, der alles durchsähe und ein entsprechendes Meisterwerk herauspickte«, fuhr Kublik fort, erkennbar nicht gewillt, sich als Freiwilliger für diese Aufgabe zu melden. »Selbstverständlich ist es unrealistisch, dass ein Einzelner oder sogar eine Gruppe von Leuten das je leisten könnte, aber ein Computerprogramm, das einen auf sinnvollen Parametern basierenden Logarithmus darüberlaufen ließe, sollte eine effektive Filterung leisten können.«

»Ein Programm, das uns eine begrenzte Anzahl von Optionen liefert, aus denen wir dann nur noch das literarische Opus magnum des 21. Jahrhunderts wählen.«

Beide lehnten wir uns zufrieden zurück, als befände sich das Jahrhundertwerk bereits in unserem Besitz.

»Aber wer zeichnet dann als Verfasser?«, fragte ich, die pragmatische Frage des Abends in den Ring werfend. »Der Computer?«

»Wenn Sie ein Foto machen, wer ist dann der Künstler? Sie oder die Kamera? Sie können mithilfe der Kamera jede beliebige Landschaft fotografieren, aber nur Sie allein treffen die Auswahl. Die Rolle des Lektors ist inzwischen wichtiger als die des Autors. Kafka zählt weniger als Max Brod.« Er sagte dies, ohne eine gewisse Bedrückung zu verbergen. »Wissen Sie, was die meistgestellte Frage in der Science-Fiction ist?«, fragte er, nachdem er für einen Moment in Gedanken versunken gewesen war.

»Was passiert, wenn ich in der Zeit zurückreise und mit meiner Mutter schlafe, ohne zu wissen, dass sie meine Mutter ist, und weil wir blutsverwandt sind, bekommen wir ein geistig behindertes Kind, das ich bin, und dann wird niemand einen zurückgebliebenen Kerl in der Zeit zurückreisen lassen, und all das wird nicht geschehen sein?«

»An welchem Punkt wird der Computer klüger sein als der Mensch.«

»Das wäre meine zweite Vermutung gewesen ...«, murmelte ich.

Kublik rollte die Augen mit Geringschätzung, die aber mehr väterlicher Natur als missbilligend war.

»Und wann wissen wir, dass er uns überflügelt hat, der Computer? Wann sollten wir anfangen, uns Sorgen zu machen?«, fragte ich.

»In dem Moment, in dem er Humor entwickelt! Humor kann man nicht fabrizieren. Entweder, etwas ist lustig, oder es ist es nicht.«

»Weil Humor von so vielen Dingen abhängt: Inhalt, Kontext, kulturelle und soziale Referenzen, Intonation. Und das alles mit einem perfekten Timing. Um jemanden zum Lachen zu bringen, muss man jede Menge Fertigkeiten kombinieren und etliche Metiers miteinander kreuzen. Deshalb ist es so schwierig.«

»Was auch der Grund ist, warum man Humor nicht lehren kann. Humor ist die intelligenteste Form zu denken überhaupt«, stellte Kublik fest. »Computer können bereits bildende Kunst zustande bringen, Musik und Lyrik. Aber Humor eben noch nicht.«

»Erst kürzlich habe ich von einem Computer geschriebene Gedichte gelesen. Gar nicht mal schlecht. Das Problem bei Lyrik ist nur, dass man dort alles darf.«

»Lyriker sind faule Schriftsteller«, murrte der alte Journalist.

»Schon sehr bald werden Computer alle Werke herstellen, die existieren, werden die besten herausfiltern und sich selbst benoten. Unsere Arbeit ist getan.«

Kublik zitierte Michelangelos berühmten Ausspruch: »›Ich sah den Engel im Marmor und meißelte, bis ich ihn freiließ.‹ Im Marmor gibt es viele Möglichkeiten, zum Beispiel Michelangelos David. Aber es verbergen sich dort noch Millionen andere Davids, und nicht alle sind sie gelungen. Einige sind fett, andere unproportioniert, oder sie haben ein Gesicht, das in Grimm erstarrt ist. Andere dagegen sind vielleicht noch besser als der freigelegte David. Aber wir nähern uns einem Zeitalter, in dem die Dinge final sein werden. Sogar das Universum wird ein Ende haben, ja selbst subjektive Vorstellungen wie etwa Schönheit. Wir nähern uns dem Endpunkt des Möglichen.«

»Wie langweilig wird dann ein Hundert-Meter-Rennen sein, wenn alle Läufer auf dieselbe Weise konstruiert sind?«

Kublik antwortete nicht, die Frage interessierte ihn ganz offensichtlich nicht die Bohne. »Wir steuern auf ein Zeitalter zu, in dem Supercomputer jeden Inhalt erzeugen können, der jemals geschrieben wurde oder geschrieben werden wird.« Er schloss die Augen und schien schon eingeschlafen, sprach dann aber leise weiter. »Von dem Tag an, an dem wir zur Welt kommen, verbergen sich im Marmor unseres Lebens nicht eben wenige Optionen, und je größer die Lebenserwartung wird, desto mehr weiten sie sich aus.« Er nötigte sich ein betrübtes Lächeln ab. »Wenn der Mensch sich mit der Maschine vereinigt, wird er ewig leben. Wenn das geschieht, kommt das Ende relativer Vorstellungen, und wir werden nichts mehr messen oder bewerten müssen. Ein ewiges Leben bietet alle im Marmorblock denkbaren Möglichkeiten. Haben wir alle Zeit der Welt, können wir alle Varianten lesen, die die Affen getippt haben. Wir werden unter einer Unzahl von Optionen nicht auswählen müssen, sondern können einfach alle Möglichkeiten einbeziehen.«

»Alles kann geschehen und alles wird geschehen«, sagte ich, fasziniert von der Idee.

Kublik schlug die Augen auf, als hätte ich ihn geweckt. Ich schaute zur Uhr. Es war schon nach drei. Er kam auf die Beine, und ich tat es ihm nach.

Um halb acht am nächsten Morgen waren wir bereits mit der Linie 6 unterwegs zur Komerční Banka. Die Straßenbahn war brechend voll, und wir mussten stehen, obgleich die schlaflose Nacht sichtbare Spuren bei jedem von uns hinterlassen hatte. Gegen Morgen hatte Julia mich angerufen und flüsternd gesprochen, als wollte sie keinen wecken. »Ich will nicht aus dem Gleis springen«, sagte sie, und ich verstand nicht, was sie in dieser Metapher war – die Straßenbahn oder eine Person, die auf den Schienen lag. Über die Geschichte sprachen wir nicht. Ich musste daran denken, wie wir vor dem Kampa-Museum Enten füttern gegangen waren und dort lange in der Kälte gesessen hatten. »Verzichte nicht«, flüsterte sie, und erneut verstand ich nicht, worauf genau.

In der Komerční Banka wurden wir vom aufgeregten Filialleiter und einem Juristen der Bank begrüßt. Die Dokumente, die meine Identität als ein Nachfahre von Anschel Katz bestätigten, waren bereits zuvor von einem örtlichen Notar, den Kublik aufgetan hatte, übersetzt und beglaubigt worden. Der Jurist bat nur darum, Anschels Geburtsurkunde im Original und den Schlüssel zu sehen. Als die Formalitäten erledigt waren, marschierten wir geschlossen in den Keller im alten Gebäudeflügel, wo in einem Gewölbe, das mehr nach einer Folterkammer aussah, in eine Wand gut dreihundert metallische Schließfächer eingelassen waren, von denen die meisten offen standen. Der Filialleiter erklärte, diejenigen, die Zugang zu den alten Schließfächern hätten, würden stetig weniger. Die meisten seien schon lange tot, und ihre Nachfahren, wenn es denn welche gab, wüssten nichts von den Safes. Daher sei ein Ereignis wie dieses äußerst selten, fügte er hinzu. Vor fünf Jahren immerhin sei hier in einem der Schließfächer ein Diamant gefunden worden, der, so stellte sich heraus, der Mätresse Napoleons III. gehört hatte.

Der Filialleiter begann, mit einem Rostlösespray das Schloss von Schließfach Nr. 48 zu bearbeiten, das sich in der dritten Reihe über dem Boden befand. Prinzipiell, so erklärte der Filialleiter, würden die Schließfächer einmal im Jahr gewartet. Dabei würden die Scharniere gefettet und der Schließmechanismus mit einem Druckluftkompressor ausgeblasen. Die Temperatur werde, wie wir ja sähen, rund um die Uhr kontrolliert. Ich stellte mir den jungen Anschel vor, wie er am Boden kniet, um das Schließfach zu öffnen, während Kafka hinter ihm steht und drängt, er solle sich beeilen, damit sie es rechtzeitig zurück ins Büro schaffen. Der Filialleiter bat mich um den Schlüssel. Er schob ihn ins Schloss, warf Kublik und mir noch einen Blick zu, holte tief Luft und drehte um. Das Schloss war überraschend leichtgängig, und auch die Scharniere quietschten so gut wie nicht, als die Schließfachklappe aufschwang. Der Filialleiter zog die Schublade heraus und stellte sie auf den Tisch, trat dann zwei, drei respektvolle Schritte zurück. Einen Moment lang rührte sich niemand. Kublik besann sich als Erster, streifte Einmalhandschuhe über und machte sich daran, den Inhalt in Augenschein zu nehmen. Wenige Sekunden später trat auch ich hinzu. In der Kassette lagen einhundertdreißig Österreichisch-ungarische Kronen in Scheinen zu je zehn. Auf jedem der Geldscheine, in blauer Tinte von Anschels Hand verzeichnet, standen ein Vor- und ein Familienname, darunter der von Anschel, von Kafka und Max Brod. Neben den Geldscheinen lag ein maschinengeschriebenes Schriftstück auf Tschechisch, welches die Regularien eines Schreibwettbewerbs darlegte, bei dem eine Erzählung mit dem Titel »Der Mann, dem das Gesicht in Grimm erstarrte« zu verfassen war. Der Filialleiter lugte uns über die Schulter. »Kein Diamant«, vermeldete Kublik.

Hinterher führte er mich zu einem kleinen Café in der Nähe. Ein Schild an der Tür versprach, es handele sich um einen Treffpunkt von Schriftstellern und Dichtern. Wir traten ein, und drinnen herrschte gähnende Leere. Kublik setzte seine Brille auf und studierte die Abschrift der Satzung. »Also, Ihr Herr Großvater, Kafka, Max Brod und noch ein paar Giganten der tschechischen Kultur hatten einen literarischen Zirkel, den sie als Studenten gegründet hatten.«

»Einen literarischen Zirkel?«

»So eine Art Schreibgruppe. Sie beschlossen, gemeinsam eine Erzählung mit dem Titel ›Der Mann, dem das Gesicht in

Grimm erstarrte‹ zu schreiben, und das unter dem Pseudonym Pavel Klemczek.«

»Aber warum?«

»Das steht hier nicht.« Kublik nahm die Lesebrille ab und sah mich an. »Vielleicht als Scherz.«

»Scherz?«

»Wie auch immer.« Kublik wandte sich wieder dem Schriftstück zu. »Auf den Inhalt konnten sie sich nicht einigen, und so machten sie einen Wettbewerb daraus. Die Teilnahmegebühr betrug zehn Kronen, die von jedem erhoben wurde und in Summe das Preisgeld darstellte. Später wurde der Wettbewerb für das breite Publikum geöffnet. Beschlossen wurde, das Preisgeld in einem eigens angemieteten Schließfach aufzubewahren, zu dem aus der Gruppe nur Anschel Katz und Felix Weltsch Zugang hatten. Der Name jedes Einzelnen, der bezahlt hatte, wurde auf einem der Geldscheine als Registrierungsbeleg verzeichnet.« Kublik nahm die Brille ab, setzte sie dann wieder auf und besah sich die Speisekarte. »Sind Sie enttäuscht?«, fragte er beiläufig, ohne den Blick zu heben.

»Ich verstehe vor allem nicht, warum es nur eine halbe Erzählung auf Hebräisch gibt, in Jitzchaks Handschrift. Wenn es ein Wettbewerb war, dann muss es doch noch weitere Erzählungen geben.« Ich überflog nochmals die Namen auf den Geldscheinen und sah plötzlich einen, der mir vertraut vorkam. Ich brauchte ein paar Sekunden, um mich zu entsinnen, woher: Julia Sopček, die Sekretärin aus der Geschichte. Anscheinend hatte es sie wirklich gegeben.

In den darauffolgenden Tagen versuchte Kublik, Julia Sopček ausfindig zu machen, ohne übermäßigen Erfolg. Auch alle anderen Teilnehmer des Wettbewerbs waren schon lange tot. Ich bemühte mich derweil, meine Julia aufzuspüren. Ging nachts zu den Orten, an denen wir gesessen hatten, oder zu solchen, von denen ich annahm, sie könnte dort sein (obgleich es keinerlei Grund zu der Annahme gab, dass sie sich überhaupt in Prag aufhielt): Wenzelsplatz, St.-Nikolaus-Kirche, die Treppe zur St.-Clemens-Kirche, die Bank vor dem Kloster Strahov, Staroměstské-Platz, wo wir auf einer Bank neben der Skulptur der Märtyrer gesessen hatten, von denen nur einer steht. Wir hatten Glühwein getrunken und den Märtyrern unsere Stimme geliehen, die dem Stehenden zurufen: »Setz dich hin, Mann, du bist nicht durchsichtig.« Ich ging ins Lokál, eine Kneipe, die sich auf Straßenniveau über einen ganzen Häuserblock erstreckte, wo ausnahmslos jeder, der an den beiden endlos langen Tischen saß, Bier trank. Ich fragte eine Frau, ob ich mich neben sie setzen dürfe, doch sie sagte, sie warte auf jemanden. Wisse nur noch nicht, auf wen. Aber ich sei es nicht. Ich lächelte, suchte mir einen anderen Platz, setzte mich und bestellte Bier und Würstchen. Ein Mädchen neben mir meinte zu ihrer Begleitung: »Wir sagen nicht, was wir denken, bis es zu spät ist.« Ich warf einen Blick zur Uhr, es war noch früh. Ich machte mich auf zu einer Wohnung in Žižkov, wohin Julia mich eines Abends zu einer Eighties-Party mitgenommen hatte. Als wir tanzten, sagte sie: »Es ist schwerer, einen Berg das zweite Mal zu besteigen«, und der DJ, ein Freund von ihr, taxierte mich, zwinkerte ihr zu und sagte: »Das soll ein Berg sein? Das ist höchstens ein Hügelchen.« Sie war nicht dort, auch nicht in dem Pub in Smíchov, im zweiten Stock des Café Louvre, im Subway, in der kleinen, überfüllten Bar in Preslova oder im La Casa Blů. In Jakubs verrauchter Kneipe lud ich einen Obdachlosen namens Oleg zu einer Portion Schweinerippchen ein. Er schlang das Essen herunter, ohne einmal den Kopf vom Teller zu heben. »Gut?«, wollte ich wissen. »Besser, als draußen in der Kälte zu stehen«, gab er zurück.

An meinem vorgesehen letzten Abend in Prag lud ich Miloš Kublik zum Abendessen bei Julias Eltern ein. Danach saßen wir im Wohnzimmer, breiteten alles Material, das ich zusammengetragen hatte, auf dem Tisch aus und versuchten, irgendeine Logik oder mögliche weitere Vorgehensweise darin zu entdecken. Julias Vater besah sich die vergilbten Seiten und alten Geldscheine, und ihre Mutter servierte Kaffee und Gebäck. Eine Krone von 1908 sei heute etwa sechzig Kronen wert, sodass einhundertdreißig Österreichisch-ungarische Kronen ungefähr achttausend Tschechische Kronen oder dreihundert Euro ergäben, wie Kublik uns vorrechnete. Julias Vater wiederum betonte, die alten Geldscheine hätten sicherlich zudem einen Sammlerwert. Und Kublik resümierte, wenn ich das Preisgeld einstreichen wolle, bliebe mir nichts anderes, als die Erzählung wohl oder übel selbst zu Ende zu schreiben. Er und Julias Vater lachten, und ihre Mutter deutete über meine Schulter auf das Foto meiner jungen Großmutter Zippora und fragte, warum ich denn ein Foto von Tante Júli hätte.

»Du meinst ein Foto von Julia«, korrigierte ich. »Das ist nämlich meine Großmutter, die eurer Tochter wirklich verstörend ähnlich sah.«

»Noch ähnlicher sieht sie der Schwester meiner Großmutter, Júli Dosek, als sie jung war. Leoš, hol doch mal das Album«, sagte sie zu ihrem Mann. »Vielleicht ist Júli ja mit deiner Großmutter verwandt«, fuhr sie fort, während sie Zipporas Gesicht unter einem Vergrößerungsglas betrachtete. »Sie war ziemlich wild, damals, in jungen Jahren, Tante Júli. Eine moderne Frau, hat einen Beruf erlernt und war dreimal verheiratet.«

»Ich habe sie getroffen«, sagte ich. »Julia und ich haben sie in Harrachov besucht, das letzte Mal, als ich hier war.«

»Ich habe sie ebenfalls getroffen«, warf Kublik ein, nachdem er die Erlaubnis eingeholt hatte, sich eine Pfeife anzustecken. »In den Sechzigerjahren, ich habe mich erst als Verwandter von Klemczek und dann als Anschel ausgegeben, ehe sie mich rauswarf. Eine sehr schöne Frau, sehr beeindruckend.«

»Sie ist letzten Monat gestorben«, sagte Julias Mutter.

Kublik und ich murmelten etwas von Beileid, als Julias Vater mit dem Foto einer jungen Frau wiederkam, die sowohl Julia als auch meiner Großmutter frappierend ähnlich sah. Ich betrachtete die schöne junge Frau, drehte die Aufnahme um und zeigte sie Kublik. Dem rutschte seine Pfeife aus dem Mund und fiel zu Boden. »Julia Sopček, Harrachov, Sudeten. 1917.«

Der Mann, dem das Gesicht in Grimm erstarrte
Von Pavel Klemczek
Aus dem Tschechischen von Jitzchak Jeschajahu Katz
Vierte Niederschrift – übergeben an Hamdha al-Husseini, Sonntag, 28. Dezember 1947

4. Kapitel

Am Bahnhof – Die Intrige wird offenbar? –
Verzweifelt unterwegs – Beim jämmerlichen Stefan

Am Bahnhof

Die Landschaft flog vor dem Fenster des Expresszugs nach Harrachov nur so dahin, doch Julia Sopček hatte das Gefühl, als wären ihre Gedanken noch schneller unterwegs als der Zug. Seit dem Augenblick, in dem sie beschlossen hatte, Rosa in die Sudeten hinterherzufahren, verspürte sie Euphorie und Begeisterung, als fühlte sie sich wie neugeboren. Sie hatte schnell und mit einer Beherztheit gehandelt, die sie selbst überraschte. Innerhalb kürzester Zeit hatte sie einen Koffer gepackt, hatte ihre gesamten Ersparnisse eingesteckt, ihrem Mann einen Abschiedsbrief hinterlassen und es gerade noch rechtzeitig zum Bahnhof geschafft. Erneut stellte sie ihre Berechnung an: Der Expresszug war eine Stunde nach dem Bummelzug abgefahren, doch die Fahrt sollte nur halb so lange dauern wie die des Bummelzugs, der drei Stunden brauchte, sodass sie, wenn es zu keiner Verspätung käme, etwa eine halbe Stunde vor Rosa in Harrachov sein müsste. Ein Schwindel befiel sie, ausgelöst entweder durch das bevorstehende Wiedersehen mit Rosa oder wegen des Versuchs zu berechnen, wann die beiden Züge sich begegnen würden. Es musste einen einfacheren Weg geben, das zu bewerkstelligen, dachte sie. Vielleicht sollten einem solche Berechnungen sogar in der Schule beigebracht werden, denn das war schließlich ungemein nützliches Wissen. Ja, sie selbst könnte das unterrichten, immerhin hatte sie schon einige Erfahrung gesammelt.

Sie holte tief Luft und versuchte, ihr wild schlagendes Herz zu beruhigen. War dies das berühmte Glück, von dem alle sprachen? Solange Julia zurückdenken konnte, war sie immer melancholisch gewesen, hatte sich immer leer gefühlt. Mit den Jahren hatte sie aufgegeben, einen Grund dafür zu suchen, und sich einfach mit ihrem Zustand abgefunden. »Es gibt Menschen, die sind einfach so fröhlich, und ich bin einfach so traurig«, hatte sie Jiří einmal erklärt, als er wissen wollte, warum sie so erloschen wirke. Doch jetzt hatte sich die leere Hülle gefüllt, und das Glück hatte einen Namen: Rosa. Und wenn das Glück einen Grund hatte, dann hatte auch die Traurigkeit einen. Nur weil man etwas nicht sah, hieß das nicht, es existierte nicht. Menschen hatten zum Beispiel nicht verstanden, warum Milch sauer wird, bis ein gewisser Louis Pasteur kam und herausfand, dass winzige Kreaturen, die Bakterien genannt werden, daran schuld sind. Vielleicht waren die auch für ihre Traurigkeit verantwortlich, vielleicht litt sie an Traurigkeitsbakterien?

Der Zug hielt an der Bahnstation von Harrachov. Julia stieg beschwingt aus und setzte sich auf eine Bank, um auf den Bummelzug zu warten, der Rosa bringen würde. Der Bahnsteig war beinahe menschenleer. Ein schläfriger Vorsteher saß am Eingang. Sie schaute zu der großen Uhr an der Wand. Es blieb ihr weniger als eine Stunde, aber sie konnte nicht länger warten, spürte, dass ihr Blut dem Siedepunkt zustrebte.

»Eine Kälte ist das.« Ein kahlköpfiger Mann um die dreißig nahm neben ihr Platz und rieb die Hände aneinander, um sie zu wärmen.

Julia war im Allgemeinen unbeholfen, wenn es darum ging, mit Fremden zu sprechen, ja selbst mit Bekannten. Heute aber, nachdem sie gleich gegen mehrere ihrer Gewohnheiten verstoßen hatte, wandte sie ihr Gesicht dem Fremden zu und erwiderte: »Lausig, in der Tat.« Und sie lächelte, wie sie es Rosa immer wieder hatte tun sehen.

»Mir scheint, von Jahr zu Jahr wird unsere Welt kälter, und wir sitzen untätig und schauen zu«, fuhr der Fremde fort.

»Aber was können wir auch tun? Wir können den Planeten ja nicht erwärmen.«

»Das stimmt. Aber wir können uns gewisslich mit einer Tasse heißem Tee erwärmen.« Mit diesen Worten zog der Mann aus seiner Aktentasche eine kupferfarbene Flasche und goss daraus heißen Tee in zwei Metallbecher, von denen er einen Julia reichte. »Sie fragen sich sicherlich, wie ist der Tee heiß geblieben? Nun, meine Dame, dank dieser Wunderflasche, der Dewar-Flasche.«[17] Der Fremde hielt Julia die Flasche hin. »Nehmen Sie sie ruhig einmal in die Hand. Sie ist überhaupt nicht warm, und doch ist der Tee darin kochend heiß. Ist das nicht erstaunlich? Jetzt, da wir am Ende einer Epoche stehen, lässt sich mit Gewissheit feststellen, die Dewar-Flasche ist die Erfindung des Jahrhunderts, ja vielleicht auch des kommenden. Noch lässt sich das nicht wissen, aber ich kann mir schwerlich etwas Brillanteres vorstellen als die Dewar-Flasche.«

---

17 Benannt nach ihrem schottischen Erfinder, Sir James Dewar. Erstmals 1904 kommerziell produziert von der deutschen Thermos GmbH, was zum Gattungsbegriff Thermos für Isolierkannen und -flaschen führte [Anm. U. K.].

Julia hielt die Flasche in der Hand. Tatsächlich war sie von außen kalt.

Und schon fuhr der Fremde fort in seinem Vortrag: »Ich weiß ehrlich gesagt nicht, wie ich vor der Dewar-Flasche gelebt habe. Sie hat mein Leben verändert. Ich habe gleich zwei, eine für Tee und eine für Kaffee. Hätten Sie gedacht, dass ich seit dem Morgen schon acht Tassen Kaffee getrunken habe, und alle waren sie heiß wie frisch aufgebrüht? Vielleicht möchte die Dame einen Kaffee? Ja? Sollen wir einen Kaffee trinken?« Julia lachte. Ohne eine Antwort abzuwarten, hatte der Kahlköpfige behände eine zweite Flasche hervorgezogen und begonnen, ihr einen Kaffee einzuschenken. »Mein Name ist Pessach Buckstein, oder kurz: Pejss. Denn heutzutage ist ja alles schneller unterwegs – die Eisenbahn, die Post, Gerüchte. Und wir haben schon keine Zeit mehr, unseren vollen Namen zu nennen, also muss ein Spitzname her. Kurzum, Pejss Buckstein, sehr angenehm.« Er verbeugte sich leicht und reichte Julia einen Becher Kaffee. »Aber Vorsicht, heiß.« Doch mit einem Mal verdüsterte sich seine Miene. »Ich muss mich entschuldigen, meine Dame?«

»Wofür denn?«

»Dafür, dass ich so unsensibel war, Ihnen von meinem Glück zu schwärmen, da Sie selbst doch noch keine Gelegenheit hatten, eine Dewar-Flasche zu erwerben.«

»Das ist vollkommen in Ordnung«, beruhigte ihn Julia.

»Ich sage Ihnen, was wir tun: Ich bin unterwegs zu meinem Cousin Jacek, der in Warschau wohnt, und habe in meiner Tasche noch eine Dewar-Flasche, die ich eigentlich vorhatte, ihm als Geschenk mitzubringen.« Damit zog er eine weitere, noch verpackte Flasche hervor. »Doch Jacek kommt nie aus Warschau raus und braucht eine solche Wunderflasche überhaupt nicht. Er ist nicht weltgewandt, wie Sie es unverkennbar sind, meine Dame. Daher, Verehrteste, als Zeichen der Entschuldigung für meine Selbstsucht …«, er holte tief Luft, »…

bin ich bereit, Ihnen die Dewar-Flasche zu einem Vorzugspreis von …«, er holte abermals Luft, »… nur fünfzig Kronen zu überlassen.«

Julia lächelte. Die Masche des gewieften Händlers war ihr nicht entgangen. Andererseits war sie im Begriff, sich bei Stefan einzuquartieren, einem Freund von Rosa, dem sie noch nie begegnet war, und da konnte sie nicht mit leeren Händen kommen. »Ich würde sie Ihnen sehr gern abkaufen«, sagte sie und reichte ihm einen Hundert-Kronen-Schein.

Der Händler lächelte und redete noch schneller als schon zuvor. »Damit Sie es wissen, das ist die weiseste Entscheidung, die Sie je getroffen haben. Ich gebe Ihnen unverzüglich heraus.« Er zog verschiedene absonderliche und eigentümliche Geldscheine aus der Tasche. »Ich bin viel auf Reisen, verschiedene Länder, und jedes hat seine eigene Währung. Da kommt man leicht durcheinander.«

»Vielleicht sollte der Erfinder der Flasche sich auch eine einheitliche Währung für alle Länder Europas ausdenken«, schlug Julia vor.

Der Händler kniff die Augen zusammen und musterte Julia eindringlich. Offenbar war sie doch nicht so arglos, wie er gedacht hatte. »Das, meine Dame, ist eine fatale Idee, denn wessen Konterfei sollte man wohl auf die Geldscheine drucken, das des Kaisers und Königs[18] oder das des Kaisers[19]?« Damit reichte er Julia das Wechselgeld, verbeugte sich und ging.

Julias Blick folgte ihm, als er auf der nächsten Bank neben einem zu kurz geratenen Mann im Anzug Platz nahm und seinen Vortrag von neuem begann. Nach dem vielen Trinken verspürte sie den Drang, zur Toilette zu gehen. Sie hob die Augen

18 Franz Joseph I., Kaiser von Österreich, König von Ungarn und Mähren [Anm. U. K.].

19 Wilhelm II., deutscher Kaiser [Anm. U. K.].

zur Bahnhofsuhr. Aber was, wenn der Zug ankam und sie wäre nicht am Gleis? Am Ende verpasste sie Rosa noch. Nicht weiter schlimm, dachte Julia, sie würde es anhalten können.

Die Intrige wird offenbar?

Gugel konnte schon nicht mehr an sich halten, doch es schien, als würde der Uhrzeiger kriechen. Warum hatte er auch die verdammten Kaumägen in verdammtem Saft essen müssen? »*Ces gésiers sont pourris!*« Die junge Frau mit dem roten Barett fiel ihm ein, die bei Rémys gesessen hatte. Das war ohne Zweifel, was sie ausgerufen hatte, »*Ces gésiers sont pourris!*«, »diese Kaumägen sind verdorben«. Oder »verfault«? Mit Gugels Übersetzungsfähigkeiten war es nicht weit her. Dort im Restaurant hatte er alldem keine Beachtung geschenkt. Gerade erst hatte er durch den Herrn Generaldirektor von seiner baldigen Beförderung zum leitenden Direktor erfahren und war wegen der Aufregung ein bisschen zerstreut gewesen. Auch war er sicher gewesen, die junge Dame versuchte, sich vor dem Begleichen der Rechnung zu drücken, wie es mitunter vorkam. Jetzt aber, gefangen im Büro des leitenden Direktors und von minütlich schlimmer werdenden Bauchschmerzen geplagt, begann er zu überlegen, der Ausruf der jungen Frau mit dem Barett könnte nicht gegenstandslos gewesen sein. Und sonderbarer noch, was hatte diese Person in Gesellschaft von Frau Sopček gemacht? Aber war es wirklich die Frau Sopček gewesen? Warum sollte eine Sekretärin in einem Restaurant speisen, wo ein Gericht das Doppelte ihres Wochenlohns kostete? Kein Zweifel, das Rätsel verkomplizierte sich.

Er schlug eine neue Seite in seinem Notizbuch auf und unterteilte sie in zwei Spalten. Über die eine schrieb er: »An der Oberfläche«, und über die zweite: »Unter der Oberfläche«.

Unzufrieden betrachtete er sein Werk. Die Spitze seines Bleistifts war stumpf. Er hielt nach einem Anspitzer Ausschau, obschon er wusste, das Anspitzen der Bleistifte fiel in den Zuständigkeitsbereich der Sekretärin, die dafür geschult war, weshalb sich der Anspitzer gewiss auf ihrem Tisch im Vorraum befand. Für gewöhnlich trug Gugel ein paar Bleistifte in seiner Jacketttasche bei sich, doch unglücklicherweise hatte er diese ausgerechnet heute alle an Kinder im Park verschenkt. Und so begann er, die Tabelle mit stumpfem Bleistift auszufüllen:

An der Oberfläche	**Unter der Oberfläche**
Der Herr Generaldirektor lädt mich zum Essen ein, um mich über meine Beförderung zum leitenden Direktor in Kenntnis zu setzen.	Der Herr Generaldirektor lädt mich zum Essen ein, um meine Loyalität dem leitenden Direktor gegenüber auf die Probe zu stellen.
Frau Sopček isst zu Mittag.	Frau Sopček spioniert für den leitenden Direktor.
Die Kaumägen sind verdorben.	Die Kaumägen sind vergiftet.
Das Gesicht des leitenden Direktors ist erstarrt.	Eine Ausrede des leitenden Direktors, um mich allein in seinem Büro hocken zu lassen.

Er besah sich die Tabelle. Betrachtete man das »Unter der Oberfläche«, trat ganz offenkundig eine raffinierte Intrige zutage, die wohl das Ziel hatte herauszufinden, ob er für die Stellung eines leitenden Direktors geeignet war. Genau wie Abraham bei der Opferung Isaaks wollte man ihn auf die Probe stellen, ob er Manns genug wäre, ohne Erlaubnis die Toilette nicht zu benutzen.

Nur ein Stück fehlte noch in dem Puzzle. Er fügte in der ersten Spalte »*Die Frau mit dem roten Barett*« hinzu, konnte aber in die zweite nichts Entsprechendes schreiben, auch, weil die Spitze seines Bleistifts inzwischen gänzlich stumpf war, vor allem aber, weil er nicht wusste, wie diese Person, die er noch nie getroffen hatte, mit dem Ganzen zusammenhing. War sie womöglich eine Regierungsagentin, die hinter den Plan zu seiner Vergiftung gekommen war und versucht hatte, ihn zu warnen? War das der Fall, warum dann auf Französisch? Und warum hatte sie es ihm nicht direkt gesagt? Er musste diese Möglichkeit notieren, doch wie ohne vernünftigen Bleistift? Selbstverständlich war nicht daran zu denken, einen der Bleistifte des leitenden Direktors zu benutzen. Gugel fühlte sich hintergangen – wie sollte er diese Probe bestehen ohne das Allernotwendigste? Er spürte, nicht nur der Bauch platzte ihm gleich, auch der Kopf. Stöhle er sich leise, gebückt schleichend nach draußen, vermochte er vielleicht einen Bleistift vom Tisch der Frau Sopček zu nehmen. Er öffnete die Tür des Büros einen Spalt weit und spähte hinaus. Auf dem Stuhl der Sekretärin saß niemand anderes als die junge Frau mit dem roten Barett. Panisch schloss Gugel die Tür, zog sich hastend bis zum Ende des Raums zurück, bis zum Fenster, und versteckte sich hinter dem Vorhang. In seinem Kopf überschlugen sich tausend verschiedene Gedanken. Vielleicht gab es unter der Oberfläche noch ein weiteres Darunter? Vielleicht war die Regierungsagentin ja hinter ihm her und beschattete ihn schon eine ganze Weile, auch wenn das Verteilen von ein paar Bleistiften an Kinder im Park sicher kein Verbrechen war. Oder vielleicht doch? Vielleicht war sie hier, um ihn festzunehmen, oder wer weiß, gar zu liquidieren – aber konnte es eine Welt geben ohne Gugel? Der Abteilungsleiter spürte, wie ihm schwindelig wurde. Er öffnete das Fenster, schaute nach unten und meinte, den leitenden Direktor an der Straßenecke zu sehen. Erschrocken machte er einen Satz zurück. Sie haben mich, dachte er angstgelähmt und nahm in seiner Verwirrung einen Schluck aus dem Teeglas, das der leitende Direktor auf seinem Schreibtisch zurückgelassen hatte. Er verzog das Gesicht. Der Tee war kalt und bitter, schmeckte nicht im Entferntesten wie einer, der gegen Kopfschmerz half. Minuten später lag der Abteilungsleiter auf dem Parkettboden und wand sich wie eine Raupe, hielt sich mit beiden Händen den Bauch, der nun wirklich zu platzen drohte.

Verzweifelt unterwegs

Der Bummelzug rollte langsam in die Station ein, und Julia meinte, ihr Herz spränge ihr aus der Brust. Im allerletzten Moment zog sie einen roten Lippenstift aus der Tasche und fuhr sich damit über die Lippen, stand dann auf und setzte sich wieder. Der Zug kam zum Stehen, und ein paar wenige Leute begannen auszusteigen. Rosa war nicht unter ihnen. Julias Augen irrten von einem Ende des Bahnsteigs zum anderen, womöglich hatte sie Rosa übersehen, doch nein, keine Spur von ihr. Die Lokomotive tutete, und der Zug verließ die Bahnstation. Minuten später war der Bahnsteig wieder gähnend leer. Vielleicht war Rosa im Waggon eingeschlafen und fuhr jetzt einem unbekannten Ziel entgegen, dachte Julia und verwarf die Idee sogleich. Stefan fuhr ja mit ihr, und dass beide eingeschlafen waren, konnte nicht sein. War es vielleicht zum Streit zwischen ihnen gekommen, und Rosa hatte ihr Reiseziel geändert? Oder sollte sie gar eine andere im Zug getroffen haben und war jetzt bei ihr? Und Stefan? War Stefan aus dem Zug gestiegen? Julia verstand, sie musste Stefan finden. Wenn er im Zug gesessen hatte, hatte er die Bahnstation bestimmt schon verlassen. Sie nahm ihren Koffer und trat auf die Hauptstraße, die still dalag wie an einem Sonntagmorgen. Ein paar Männer und Frauen flanierten gemächlich zwischen den wenigen Läden umher. Julia versuchte zu erraten, ob einer von den Männern wohl Stefan sein könnte, doch ohne Erfolg. Alle sahen sie aus wie mögliche Stefans. Sie begriff, dass sie keine Chance hatte, ihn so zu finden, da sie nicht einmal sein Alter oder seine Haarfarbe kannte. Sie musste sich etwas anderes einfallen lassen.

Also ging sie zur Post. Hinter dem Schalter saß eine Frau und tat nichts. Sie war füllig, um die vierzig und trug einen Strickrock, der hoch über der Hüfte saß. An einem Tisch hinter ihr hockte ein junger Gehilfe, fast ein Knabe noch, der eifrig und geräuschvoll Dutzende von Umschlägen stempelte, die sich ohne erkennbare Ordnung vor ihm stapelten. Julia trat zu der Frau. »Verzeihen Sie, meine Dame, ich bin gerade mit dem Zug aus Prag angekommen und auf der Suche nach der Adresse eines gewissen Stefan.«

Der Junge hörte auf zu stempeln und schien etwas sagen zu wollen, doch die Frau im Strickrock schickte ihm einen schnellen und ein wenig drohenden Blick, der ihn verstummen ließ, noch ehe er den Mund aufgetan hatte. »Vielleicht ist es bei Ihnen in Prag ja üblich, über jemanden Informationen herauszugeben an jeden, der kommt und solches verlangt, doch bei uns in Harrachov ist das ganz und gar nicht Sitte. Auch in einer Kleinstadt sollten wohl Recht und Ordnung herrschen.« Und mit diesen letzten Worten richtete sie ihren Blick abermals auf den jungen Postgehilfen, der sogleich wieder den Stempel knallen ließ.

Aber Julia gab sich nicht geschlagen. »Bitte, Verehrteste, ich habe ein wichtiges Päckchen bei mir, das ich Stefan übergeben muss.« Damit holte sie die noch verpackte Flasche heraus, die sie dem Händler abgekauft hatte.

Die Schalterdame schaute auf die Packung, und es schien, als würde die Idee eines Päckchens, das seinen Adressaten sucht, ihren Widerstand ein wenig schwächen. Sie schlug das Melderegister auf. »Hat dieser Stefan auch einen Familiennamen?«

Julia seufzte. »Jämmerlich ...?«

Verächtlich klappte die Frau das Buch zu. »Die Dame aus Prag kann das Päckchen hierlassen. Ich verspreche, es dem ersten Jämmerlichen zu übergeben, der hier reinkommt.«

Julia nahm die Packung und trat auf die Straße. Hilflos sah sie sich um. Es dunkelte schon, und Julia wusste nicht einmal, wo sie die Nacht verbringen sollte. Sie begann, die Straße hinunterzugehen, als sich eine Hand auf ihre Schulter legte. Im ersten Moment dachte Julia, es sei Rosa. Mit einem Lächeln drehte sie sich um, doch nur um den Jungen aus der Post vor sich stehen zu sehen.

»Es gibt nur einen Stefan in Harrachov. Sein Gehöft liegt fünf Kilometer entfernt in die Richtung.« Er deutete auf eine Seitenstraße und rannte sogleich zurück in die Post, noch ehe Julia Gelegenheit fand, ihm zu danken.

Sie machte sich auf den Weg. Je weiter sie vorankam, desto kälter wurde die Luft, und Nieselregen setzte ein. Ihre hochhackigen Schuhe versanken im zunehmend morastigen Boden, bis sie gezwungen war, diese auszuziehen. Nicht weiter schlimm, dachte Julia bei sich, gemäß dem Leid, so die Entlohnung. Sie würde es zu Stefans Gehöft schaffen, und dort, vor einem munter brennenden Kamin, säße Rosa. Sie sind eine Station vor mir oder nach mir ausgestiegen, weil sie noch eine Schweinshaxe oder Käse kaufen wollten, haben von dort eine Droschke genommen und sitzen jetzt bei einem Glas Wein und warten, während die Haxe im Ofen brät. Und sie lachen, weil die Haxe viel zu groß für zwei ist, sagen, wenn doch nur einer vorbeikäme, um mit ihnen zu speisen! Und Rosa sagt: Hoffentlich ist es Julia. Stefan lacht und nennt sie eine Träumerin, und Rosa regt sich auf, sagt, wenn man etwas wirklich will, dann passiert es auch. Ja, so hat sie immer gesagt, wenn man etwas will, dann geschieht es auch, und wenn Julia es nur genug will, dann ist es so, dann ist Rosa dort und wartet auf sie.

Der Regen wurde stärker und mit ihm Julias Zähneklappern. Was würde sie bloß für eine heiße Tasse Tee geben! Sie fragte sich, ob in der Flasche, die sie gekauft hatte, vielleicht auch etwas Tee wäre. Vielleicht war das Teil des Geschäfts, eine Art erstes Getränk auf Kosten des Hauses. Sie riss das Packpapier auf, öffnete die Verpackung und zog die Flasche heraus. Sie war leer. Auch wenn man etwas sehr will, trifft es zuweilen ganz offensichtlich nicht ein. Ringsum herrschte inzwischen tiefe Finsternis, und der Weg war kaum noch zu sehen. Julia stolperte und fiel vornüber in eine große Pfütze. Sie fing an zu weinen, wegen der Kälte und der Enttäuschung, aber auch, weil sie endlich einen Grund hatte zu weinen. Sie weinte, wie sie nicht mehr geweint hatte, seit man ihr als kleines Mädchen gesagt hatte, ihre Mutter habe ihrem Leben ein Ende bereitet. Sie weinte und lachte und schrie und brüllte den Mond an, der unversehens aus den Wolken lugte. Plötzlich hörte sie von Ferne Hufgetrappel. Julia sprang auf und winkte dem heranrumpelnden Fuhrwerk zu, das im allerletzten Augenblick zum Stehen kam. Auf dem Kutschbock saßen zwei Männer, der eine älter mit langem Bart und einer schwarzen Jarmulke auf dem Kopf und der andere jung mit hellem Haar und passendem Bärtchen.

Der Ältere der beiden schimpfte aufgeregt: »Hat sie den Verstand verloren? Wir hätten sie beinahe überrollt und nicht mal was mitgekriegt. Läuft hier auf dem Weg herum in sternenloser Nacht, wer in Gottes Namen macht denn so was?!«

Der Jüngere beeilte sich, ihn zu beruhigen: »Lass gut sein, Vater. Siehst du denn nicht, dass sie ein junges Frauenzimmer in Not ist?«

Julia verstand von alldem kein Wort, denn die ganze Unterhaltung fand auf Deutsch statt, weshalb sie nur murmelte: »Stefan … Ich suche Stefan …«

Die Männer sahen einander an, und der jüngere sagte auf Tschechisch: »Ich bin Stefan. Wie kann ich helfen?« Julia brach erneut in Tränen aus. Sie versuchte, etwas zu sagen, doch alles, was sie rausbrachte, war »Rosa«. Stefan stieg vom Kutschbock, zog seinen Mantel aus, legte ihn Julia um die Schultern und half ihr, neben seinem Vater Platz zu nehmen. Er selbst hockte sich hinten aufs Fuhrwerk, das hochbeladen mit Kisten war. »Wir sind gleich beim Hof. Das ist mein Vater.«

»Sehr angenehm«, sagte dieser. »Helmut Reich.« Und ließ die Gäule angaloppieren.

Beim jämmerlichen Stefan

Auch nach einer ganzen Weile vor dem lodernden Kamin und mit einem Paar trockener, wollener Socken an den Füßen wollten Julias Zähne nicht aufhören zu klappern. Stefan reichte ihr und seinem Vater eine Schale dampfend heißer Suppe und ging, die Kisten abladen. Sie saßen an einem kleinen Tisch in der bescheidenen Küche. Helmut schlürfte geräuschvoll von der Suppe und begann zu sprechen wie zu sich selbst: »Ja, es ist eine schöne neue Welt. Das ganze Land haben sie mit Eisenbahnschienen bedeckt, und lärmende Dampfungeheuer stampfen darüber, um Zeit zu sparen. Nur damit alles schneller geht, damit man mehr schafft. Die Jungen heutzutage wollen alles sofort und haben keine Geduld mehr zu warten.«

Stefan kam herein und setzte sich zu ihnen. »Du musst meinem Vater verzeihen. Er gehört zu einer Generation, in der ein Mensch bloß aß, schlief und in den Krieg zog.« Er legte seinem Vater die Hand auf die Schulter, erntete aber nur ein verächtliches Murren. »Die Eisenbahn, von der du so abfällig redest, hat Europa mehr vereint als Napoleon mit all seinen Feldzügen. In der Welt von heute ist ein Ei, das am Morgen in

Böhmen gelegt wurde, zum Abendessen schon ein Omelett in Polen.«

»Wir haben einen Stall voll Legehennen«, erklärte der Vater Julia.

»Nicht irgendeinen Stall«, fuhr Stefan fort. »Den raffiniertesten und ertragreichsten Stall auf dem ganzen Kontinent. Bei uns gibt es keine Hühner, die frei und ziellos durch die Gegend laufen. Jede Henne sitzt in ihrem eigenen kleinen Verschlag und muss nicht nach Futter oder Trinken suchen. Ihre einzige Sorge ist es, Eier zu legen, die größer, schöner und schmackhafter als jedes andere Ei sind. Ist das nicht wunderbar? Ganz Europa isst Eier, die aus einem Hühnerstall deutscher Juden kommen, die im Sudetenland sitzen, das zum Kaiserreich gehört, und alle freuen sich, denn es gibt weder Hader noch Zwist, und die ganze Welt ist ein Dorf, das um einen Tisch versammelt sitzt. Alle sind eine große Familie, die zu den Klängen des Wiener Walzers tanzt.«

»Mich kümmert die Weltenfamilie nicht«, gab der Vater zurück. »Mich kümmert meine eigene Familie, und wann sie endlich wächst und gedeiht und mein einziger Sohn noch ein kleines Reichlein zu unserem Geschlecht beiträgt.« Damit wandte er sich an Stefan: »Lass mich dir eins sagen, du Künder der kleinen Welt: Das wird nicht geschehen mit einer Gojin, die den Besitz des Vaters taxiert, ehe sie mit dem Sohn tanzt.« Mit Tränen in den Augen sah er Julia an: »Oh, wie sehr ich mir das Kommen eines dritten Reichs wünsche.«

»Ich denke, es ist Schlafenszeit, Vater«, sagte Stefan.

Helmut sah erst seinen Sohn und dann Julia an, seufzte erneut und erhob sich vom Tisch.

Erst als der Vater verschwunden war, erzählte Julia Stefan von den Ereignissen, die dazu geführt hatten, dass sie mit seinen Wollsocken an den Füßen in der Küche seines Hofes saß. Sie unterschlug weder die Tatsache, dass Rosa ihn »den jämmerlichen Stefan« genannt hatte, noch ihren letzten Kuss im Restaurant.

Stefan nickte nur und seufzte, als sie geendet hatte. »Ja, das ist die Rosa, die ich kenne«, sagte er und erzählte Julia, wie auch er Rosas Zauber erlegen und ihr verfallen sei, bereit, alles für sie zu tun. Wie er sie überallhin begleitet und ihr jeden Betrag geliehen habe. Viel Geld habe sie von ihm angenommen und jedes Mal unter anderem Vorwand. Einmal habe sie ihre Brieftasche verloren, ein andermal sei ein Päckchen mit Zuwendungen ihrer Familie auf der Post liegen geblieben. Und danach seien Diebe in ihre Unterkunft eingestiegen und hätten ihre gesamte Barschaft gestohlen. Es habe auch viel Widersprüchliches gegeben in dem, was Rosa über sich selbst erzählte. Ihr genaues Alter sei ein Mysterium geblieben. Jedes Mal, wenn man sie danach fragte, habe sie eine andere Antwort gegeben, zweiundzwanzig, vierunddreißig, neunzehn. Einmal erzählte sie, ihr Vater sei General in der französischen Armee, ein andermal, Minister in der Regierung, und dann wieder, er sei gar nicht ihr Vater, sondern nur ihr Stiefvater, da ihre Eltern bei einem Brand ums Leben gekommen seien. Sehr bald hatte Stefan begriffen, Rosa war nicht in ihn verliebt, sondern in seine Gesäßtasche, wo das Portemonnaie steckte, weshalb er begonnen habe, sich von ihr fernzuhalten. Julia fiel ein, dass auch sie bei allen Treffen mit Julia diejenige gewesen war, die bezahlt hatte, sei es im Café, im Restaurant oder für eine Droschke.

»Heute Morgen ist sie plötzlich im Hotel Central[20] in Prag aufgetaucht, in dem ich logierte«, erzählte Stefan. »Sie hat mich angefleht, ich solle sie eine Weile hier auf dem Hof wohnen lassen und ihr eine letzte Gelegenheit geben, mir zu zeigen,

20 Das *Hotel Central* wurde von 1899 bis 1903 betrieben. Es hat nur ungefähr dreihundert Schritte vom Pulverturm im Herzen der Prager Altstadt gelegen [Anm. U. K.].

dass sie sich geändert hat. Sie hat sogar versprochen, das Eisenbahnbillett von ihrem Geld zu kaufen, und nur darum gebeten, wir sollten mit dem billigeren Bummelzug fahren. Aus Mitleid habe ich eingewilligt, doch als sie mittags am Bahnhof erschien, hat sie mir irgendeine Geschichte von einem kranken Waisenmädchen erzählt, das sie auf der Straße gesehen und dem sie ihr ganzes Geld gegeben habe, nur um mich anzuflehen, ich möge ihr das Geld für den Fahrschein leihen.« Stefan aber war standhaft geblieben und hatte Rosa einfach am Bahnsteig stehen lassen.

Julia musste an Rosa denken, wie sie alleine durch die Straßen Prags lief, und Tränen schnürten ihr abermals die Kehle zu. Es gibt Menschen, die sind ein hell leuchtender Stern oder eine Sonne, und wir alle kreisen um sie, dachte sie bei sich, verschwieg dies Stefan aber.

Vorwort von Uri Jitzchak Katz, beleibte Version, die immer mehr zulegt

Zurück aus der Tschechischen Republik, schickte ich Julia eine E-Mail. Berichtete ihr von Klemczek, der lediglich mit seinem Namen an der ganzen Geschichte beteiligt war, und wie wir herausgefunden hatten, dass ihre Urgroßtante, Júli Dosek, einst Júli Weltsch gewesen war, die Ex-Schwägerin von Felix Weltsch, dem Freund meines Großvaters Anschel und ebenfalls Mitglied ihres literarischen Zirkels in Prag. Und bevor sie mit Felix' Bruder verheiratet gewesen war, war sie ursprünglich Julia Sopček gewesen und hatte offenbar als Inspiration für eine Figur in der Geschichte gedient, die Anschel für den Wettbewerb verfasste, oder hatte sogar vielleicht selbst daran teilgenommen und dazu eine Geschichte verwendet, die in ihrer Familie von Generation zu Generation weitergegeben und ihr immer von ihrem Großvater vor dem Schlafengehen erzählt worden war.

Auch diesmal antwortete Julia nicht. Ich hatte das Gefühl, in eine Sackgasse geraten zu sein. Dann fiel mir ein, was sie mir einmal gesagt hatte, als ich sie auf die Ähnlichkeit zwischen ihr und meiner Großmutter hinwies, kurz nachdem wir uns kennengelernt hatten. »Alle tschechischen Frauen sehen gleich aus«, sagte sie abschätzig, ermutigte mich aber, alles aufzuschreiben, was ich von meiner Großmutter noch wusste. »Vielleicht bringen die Erinnerungen ja irgendein Detail zum Vorschein, das uns hilft, die Fortsetzung der Geschichte zu finden. Und wenn nicht, hast du immer noch ein paar schriftlich festgehaltene Erinnerungen. It's a win-win.« Ich beschloss, ihrem Rat zu folgen und begann, mein Gedächtnis nach Einzelheiten zu Großmutter Zipporas Leben zu durchforsten.

Mitte der Fünfzigerjahre hatte Großmutter erneut geheiratet. Ihr zweiter Mann, Shlomo, war Schneider und hatte einen Mantelladen im Süden von Tel Aviv. Ich weiß nicht, wie sie sich kennengelernt haben oder wer sie miteinander bekannt machte, auch Vater wusste es nicht. Shlomo war ein traditioneller polnischer Jude. Als ich klein war, war er einfach Opa Shlomo, und ich erinnere mich nicht, wann ich dahinterkam, dass er eigentlich mein Stiefgroßvater war. Er war nicht die Sorte Großvater, die einen in den Arm nahm, aber so war meine Großmutter auch nicht. Und mein Vater erst recht nicht. Ende der Fünfzigerjahre zog Großmutter mit ihrem frischvermählten Gatten und den beiden kleinen Kindern nach Amerika, wo sie ins Schneidergeschäft von Shlomos Bruder in New Jersey einstiegen. Mein Vater, damals kurz vor seiner Bar-Mitzwa, mochte das neue Land nicht und nutzte das erste Jahr in der Fremde, seine Mutter zu überreden, ihn zurück nach Israel fahren zu lassen. Und so, gewissermaßen als Gegenentwurf zu Kafkas Karl Roßmann, reiste mein Vater von Amerika zurück in sein Heimatland, um dort seinen Onkel zu treffen. Mit Rucksack und einem amerikanischen Fahrrad ausgerüstet, ging der Dreizehnjährige in Haifa von Bord und fuhr von dort den ganzen Weg bis in die Talsenke von Beit She'an. Es fällt schwer, sich eine Mutter zu denken, die ihrem jungen Sohn heute erlauben würde, auf den Straßen im Norden Israels eine ähnliche Tour zu unternehmen, aber damals waren wie gesagt die Kindergeschichten, und die Kinder, auch noch andere. Auf jeden Fall traf an einem wahrscheinlich brütend heißen, sonnigen Tag der halbwüchsige Amos bei seinem Onkel im Kibbuz Sdeh Elijahu ein, ohne Vater oder Mutter, genau wie seine eigene Mutter es dreißig Jahre zuvor getan hatte.

Als ich geboren wurde, wohnten Oma Zippora und Opa Shlomo schon in Kfar Shmarjahu, in einer riesigen Villa mit Vorgarten und einem Grundstück von der Größe eines Fußballfelds nach hinten. Anfang der siebziger Jahre waren sie aus dem Exil nach Israel zurückgekehrt, wahrscheinlich auf Betreiben meiner Großmutter, die in der Nähe der sich anbahnenden Enkel sein wollte. In Amerika aber hatten sie ein ganz schönes Vermögen gemacht.

Bevor er meine Großmutter Zippora heiratete, hatte Shlomo bereits eine Familie gehabt, Frau und Kinder, die alle in Auschwitz geblieben waren. Shlomo, der zur Roten Armee eingezogen wurde, überlebte. Nur ein einziges Mal erwähnte Großmutter die Familie ihres zweiten Mannes, und das, als wir nach dem Essen bei Kaffee und Kuchen saßen. Sie sagte, ich erinnere mich nicht mehr, in welchem Zusammenhang, Großvater habe eine kleine Schwester gehabt, die in der Shoah gestorben sei, und dass Shlomo immer die Tränen kämen, wenn man ihren Namen erwähne. Dann wandte sie sich an ihren Mann und fragte: »Ist es nicht so, Väterchen?« Shlomo, am anderen Ende des Tisches, wurde ganz still und senkte den Blick, hatte vielleicht sogar Tränen in den Augen. Ich erinnere mich, dass ich überrascht war, auch weil Großmutter fast nie von der Vergangenheit sprach und erst recht nicht vom Krieg oder der Vergangenheit ihres zweiten Mannes. Aber auch wegen der Art, wie sie es sagte, polemisch, voller Geringschätzung gegenüber einem Mann, der seine ganze Familie im Holocaust verloren hatte, ja beinahe hasserfüllt. Ich weiß noch, sogar als Kind schien mir, als genösse sie es, ihn an seine tragische Vergangenheit zu erinnern. All das überraschte mich, weil Großmutter das absolute Gegenteil von grausam war. Ich verstand nicht, warum sie den Mann verletzen wollte, der sie von ganzem Herzen liebte und so gut zu ihr gewesen war, als sie auf Unterstützung angewiesen war, moralisch wie finanziell. Erst jetzt, nachdem ich erlebt habe, wie inbrünstig Julia mich zu hassen vermochte, verstehe ich, wie sehr ein Mensch es hasst, in einen goldenen Käfig gesperrt zu sein, und wie sehr er die verabscheut, die er als seine Aufseher betrachtet. Julia beschuldigte mich, ihr die Luft zum Atmen zu nehmen, sie zu fesseln und von allem zu isolieren, obwohl sie mich hätte verlassen können, wann immer sie wollte. Auch meine Großmutter zwang niemand zu bleiben. Nein zu sagen ist leicht, doch eine Zweckehe abzulehnen, wenn man eine junge Witwe mit zwei kleinen Kindern ist, ist etwas anderes. Es scheint, als hätte sie sich an ein Leben im Luxus gewöhnt, und nie entschuldigte sie sich dafür oder brachte die Vergangenheit ins Spiel, in der es ihr an allem gefehlt hatte, um ihren dekadenten Lebensstil zu verteidigen. Als ich Kind war, waren die Großeltern in meinen Augen nicht reich, sondern einfach nur cool. Und im Gegensatz zu den Eltern meiner Mutter, Oma Malka und Opa Jaakov, die im südlichen Tel Aviv in einem baufälligen Häuschen wohnten, waren die Großeltern aus Kfar Shmarjahu einfach *Fun*. Ich verband ihren materiellen Wohlstand nicht mit dem *Fun*, sondern ging davon aus, dass sie irgendwann reich geworden waren, weil sie eben Weltbürger waren.

Die Familienseite meiner Mutter pflegte auf jeden Fall nicht viel Umgang mit der meines Vaters. Ich bezweifle, dass zwischen Großmutter Zippora und Oma Malka irgendeine Zuneigung bestand. Letztere neidete der Mutter ihres Schwiegersohns deren finanziellen und kulturellen Reichtum und versuchte, sie bei den wenigen Malen, da sie aufeinandertrafen, auf leicht durchschaubare und peinliche Weise auszustechen. Wenn

Großmutter Zippora Huhn servierte, pflegte Oma Malka mich zu fragen, ob ich gerade an ihr Hühnchen in Paprika denke und wie gerne ich das immer äße, was nicht stimmte, weil sie eine fürchterliche Köchin war. Ihr Huhn war immer trocken, im Eiersalat fanden sich hin und wieder Reste von Schalen, die Suppe war versalzen und die gehackte Leber geschmacklos, nicht wirklich gestückelt und auf dreckigen Tellern serviert, weil Malka zwar gern sauber machte, aber auch darin sehr schlecht war. Und sie sang gern talentfrei israelische Lieder, während sie talentfrei putzte. Sie sang so falsch, dass ich, auch wenn mir ein Lied bekannt war, es im Zweifel nicht wiedererkennen würde. Außer Putzen und dem Verhunzen des gesamten israelischen Liedguts hatte sie keine weiteren Hobbys. Ihre freie Zeit verbrachte sie damit, dünnen Tee zu trinken und ihren Mann zu schikanieren, Opa Jaakov, einen stillen Mann, der immer Hut trug, um seine Glatze zu verbergen, die er schon in jungen Jahren infolge einer Strahlenbehandlung bekommen hatte. Er schreinerte gern und verbrachte Stunden im kleinen Schuppen auf dem Hof ihres kleinen Hauses in Kirjat Shalom, und sei es nur, um seiner Frau und ihrem ewigen Gezeter zu entkommen. Malka machte Jaakov das Leben zur Hölle, bis er schließlich die vernünftigste Option wählte und starb.

In einem Sommer, als meine Großeltern väterlicherseits nach Amerika flogen, übertrug mir Großvater Shlomo gegen ein Salär von hundert Dollar die Aufgabe, ihren enormen Garten zu wässern. Einen ganzen Monat lang fuhr ich dreimal die Woche mit zwei verschiedenen Bussen nach Kfar Shmarjahu, um die Rasensprenger aufzudrehen, die Büsche zu gießen und Laub zu harken. Und mich natürlich im Haus umzutun, alle verbotenen Bereiche und geheimen Schränke zu erkunden, worüber ich jedes Mal die Sprinkler vergaß und Rasenflächen und Büsche unter Wasser setzte.

Ich versuche mich zu erinnern, ob es dort im Haus eine

Schreibmaschine gab. Etwas tritt mir vage vor Augen, aber ich bin nicht sicher. Mein erster Computer, ein Texas Instruments 16-Bit, kam mit einem Lernprogramm zum Zehn-Finger-Blind-Schreiben. Irgendwann erzählte ich Großmutter Zippora, ich könne tippen, ohne auf die Tastatur zu schauen, und fragte, ob sie eine Schreibmaschine habe, damit ich es ihr zeigen konnte. Sie meinte, in ihrem Haus in Fair Lawn, New Jersey, habe es eine gegeben, doch sie hätte nie gelernt, darauf zu schreiben. Ich entsinne mich nicht, ob sie sagte, die Maschine sei mitgekommen, als sie nach Israel zurückgekehrt waren.

Erinnerungen sind eine sonderbare Sache, und nicht selten wirft man durcheinander, was man erzählt bekommen hat und an was man sich tatsächlich erinnert. Wie meine erste Erinnerung an den Jom-Kippur-Krieg, von der ich gar nicht wusste, dass ich sie überhaupt habe, bis ich während des ersten Golfkriegs den Luftalarm hörte. Auf einen Schlag war ich wieder auf dem Arm meiner Mutter, die mich sechs Stockwerke tief in den gemeinsamen Luftschutzraum des Mehrfamilienhauses trug, in dem wir damals wohnten. Ich habe keine klaren Bilder vor Augen, weil ich noch keine zwei Jahre alt war, aber das Gefühl der Angst, das aus dem Körper meiner Mutter in meinen strömte, war mir für einen Sekundenbruchteil wieder gegenwärtig. An den Libanonkrieg dagegen erinnere ich mich in Gänze, wenn auch aus der Perspektive eines Kindes. Dort gab es keinen Augenblick der Angst, ja im Grunde genommen war es sogar so etwas wie ein aufregendes Erlebnis, denn ich wurde in jenem Sommer zu Freunden meiner Eltern geschickt, die nördlich von Haifa wohnten und einen Sohn in meinem Alter hatten. Wir fanden den Krieg faszinierend, hörten den ganzen Tag Radio, das fortwährend Eilmeldungen und Grüße der Soldaten an ihre Familien zu Hause brachte. Nachts, wenn es still war, konnten wir auch Geschützdonner hören. Wir holten die syrischen MiGs wie Fliegen vom Himmel, rückten jeden Tag weiter auf der Achse Beirut-Damaskus vor, der Sommer wurde immer heißer, ich durfte mein erstes Bier probieren, einen Pool gab es und das Meer, und sie hatten einen Dragon-32K-Computer, der sich an den Fernseher anschließen ließ, worauf wir Spiele von einem großen Videorekorder spielten, der aus dem Libanon rausgeschmuggelt worden war. Obwohl die Graphik primitiv und Tarzan im Grunde genommen nur zwei Striche war, war es das Atemberaubendste, was ich je gesehen hatte, und am Abend wurde in Spanien die erste Fußballweltmeisterschaft meines Lebens angestoßen. Die brasilianische Mannschaft ließ den Rasen in Flammen aufgehen und stampfte alle anderen Teams in den Boden, und auch unsere Soldaten drangen immer weiter vor, und als sie die Vierzig-Kilometer-Linie passiert hatten, freute ich mich, denn das bedeutete, diese Atmosphäre des Beieinander würde andauern, mit Liedern und Fernsehsendungen und immer mehr Kolonnen von Kettenpanzerwagen. Wir wollten, dass sie weitermarschieren, wollten aller Welt zeigen, wozu Arik Sharon fähig war, wollten es nach Tyros und Sidon schaffen, Städte, deren Namen uns aus dem Bibelunterricht vertraut klangen. In den Nachrichten zeigten sie erste Bilder vom neuen Merkava-Kampfpanzer, der schnell wie ein Sportwagen war und über Dünen durch die Luft sprang. Weil er so niedrig war, erklärte der Reporter, sei er schwer zu treffen, und wir waren von Stolz erfüllt und verstanden nicht, warum die Erwachsenen unruhig wurden, als sich das Ganze in die Länge zog und unsere Soldaten weiter auf Beirut vorrückten. Lasst sie doch weiter vorrücken, lasst sie niemals innehalten, dachten wir, wie das brasilianische Team, das locker eine Runde weiterkam und die UdSSR und Argentinien besiegte und ganz sicher Weltmeister werden würde. Aber dann plötzlich verloren sie, gegen Italien, und mit einem Mal verloren auch wir, ein bisschen, hörten Geschichten, dass es doch nicht so ein Spaziergang war, wie alle dachten, und dass man sogar im Merkava getroffen werden konnte. Und die Militäraktion wurde zum Krieg, die Grüße nach Hause wurden zu Namen von Vermissten, der Sommer zu Herbst, die Schotterpisten zum libanesischen Matsch, in dem die moralisch lauterste Armee der Welt versank an Orten mit bedrohlichen Namen, die wir noch nie gehört hatten: Awali-Fluss, Shuf-Berge, Beaufort-Burg, Mardsch Uyun, Sabra und Schatila, die Flüchtlingscamps. Das alles sagte mir nicht viel, und ganz sicher verstand ich den Konflikt zwischen Christen und Falangisten nicht, zwischen Schiiten und Sunniten – auf keinen Fall so, wie ich ihn heute verstehe, da ich nicht einmal versuchen sollte, das Ganze zu verstehen. Aber ich verstand, dass etwas zerbrochen war, dass in einem Krieg Menschen wirklich starben, nahe Menschen, Bekannte meiner Eltern, Väter von Freunden, und nicht bloß ein Großvater, den ich nie kennengelernt hatte.

Ich erinnere mich nicht mehr genau, wann ich herausfand, dass ich einen Großvater hatte, der eines heroischen Todes gestorben war. Ich nehme an, es muss zur selben Zeit gewesen sein, als ich auch entdeckte, ich hatte noch einen zweiten Namen, Jitzchak. Ich habe ihn nie gemocht, meinen Zweitnamen, habe mich sogar für ihn geschämt, da er in meinen Augen archaisch klang. Als Sandwichkind verstand ich nicht, wozu es noch einen Sandwichnamen braucht. Und dann ausgerechnet auch noch Jitzchak, Isaak, der Erzvater, das klassische Mittelkind überhaupt, der, außer erst festgebunden zu werden und dann Jakob mit Esau zu verwechseln, nicht viel zustande gebracht hat. Der überhaupt nur als einer der drei Stammväter der Israeliten gilt, weil er für den Fortbestand des Volkes sorgte. Er war weder ein Visionär wie Abraham noch ein Stammesführer wie Jakob. Meine Mutter mochte den Namen auch nicht und willigte nur ein, weil ich der erste Enkel war und Großmutter Zippora darauf bestanden hatte.

Von dem Moment an, da ich realisierte, dass Shlomo nicht

mein echter Großvater war, änderte sich mein Verhältnis zu ihm, wurde distanzierter und förmlicher. Vielleicht nahm ich auch etwas auf von der unterschwelligen Wut, die meine Großmutter – und vielleicht auch mein Vater – gegen ihn empfanden. Ich nehme an, Shlomo spürte das. Ich sonnte mich in meinem neuerworbenen Status eines Hinterbliebenen. Zu jedem Gedenktag trug ich eine melancholische Miene, die ich mir wahrscheinlich bei Kindern lieh, deren Väter oder Brüder getötet worden waren, und erzählte jedem, der fragte, mein Großvater sei im Unabhängigkeitskrieg gefallen. Ich verriet nicht gleich, dass ich zur »Familie der Hinterbliebenen« gehörte, zögerte mit der Antwort, um eine gewisse Spannung aufzubauen, zu zeigen, wie schmerzlich das Thema war, vor allem aber um sicherzustellen, dass keiner in der Nähe war, der einen Vater oder Bruder verloren hatte und den Verlust bloß eines Großvaters in den Schatten zu stellen drohte. Mit belegter Stimme erzählte ich dann immer von meinem Vater, der seinen Vater nie kennengelernt hatte, dem wiederum nicht vergönnt gewesen war, seinen Enkel zu erleben, sprich: mich. Und wenn das noch nicht genug Ethos und Pathos war, verriet ich auch noch, dass mein zweiter Name Jitzchak war, den ich von meinem toten Opa vermacht bekommen hatte.

Schon in jungem Alter lernte ich, wie viel Macht in der verwandtschaftlichen Nähe zu einem gefallenen Soldaten steckt. Um zur »Familie der Hinterbliebenen« zu gehören, fuhr ich jedes Jahr am Gedenktag zum Nationalfriedhof auf dem Herzlberg in Jerusalem, mit meinem Vater und meiner Großmutter. Eine Stunde nach der offiziellen Zeremonie trafen sich die hinterbliebenen Familien all jener, die im Gush Etzion ihr Leben gelassen hatten, zu einer privaten Gedenkveranstaltung. Nach dem Fall des Etzion-Blocks waren die jungen Witwen und ihre Kinder geschlossen in einem Viertel in Jaffo angesiedelt worden. Dort lebten sie einige Jahre lang wie ein städtischer Kibbuz zusammen und zogen ihre Kinder nach den Prinzipien der nationalreligiösen sozialistischen Bewegung groß. Doch nach und nach begannen die Frauen, die Gruppe zu verlassen, und zogen weg, einige davon, weil sie ein zweites Mal heirateten, bis am Ende im Viertel von den '48er-Witwen keine Spur mehr übrig war. Die einzige Gelegenheit, bei der sich alle wiedertrafen, war diese Gedenkveranstaltung auf dem Herzlberg. Mein Vater hatte diesen Anlass als ein fröhliches Beisammensein in Erinnerung, eine Art Klassentreffen. Die Kinder, die erwachsen geworden und sich über das ganze Land und den halben Globus verteilt hatten, kamen zurück, um Erlebnisse auszutauschen. Ohne Vater aufzuwachsen war für sie die Normalität gewesen. Es herrschte dort nicht ständig Traurigkeit, außer der allgegenwärtigen Trauer und dem Gefühl von Verlust, die von ihren verwitweten Müttern zu ihnen durchgesickert waren. Diese Kinder waren bei dem jährlichen Treffen die normalen, während die, die einen Vater hatten, eine Ausnahme bildeten. Mit der Zeit kamen immer weniger aus der Elterngeneration zu der Zusammenkunft, während ihre Kinder älter wurden, Familien gründeten und die Enkel kamen. Auch viele Jahre später noch blühte mein Vater auf angesichts des bevorstehenden Wiedersehens mit seinen Kindheitsfreunden, die das Schicksal in einem ganz besonderen Bund vereint hatte, an dem andere Kinder nicht teilhatten.

Wir standen und lauschten, wie die Namen der Gefallenen verlesen wurden, und mein Vater deutete auf Einzelne in der Menge und fasste ihr Leben in einem Satz zusammen: »Das ist Chaja, sie war ein Jahr über mir. Das ist Chanan, der in Jeruchams Klasse war und hinterher den Gush Emunim gegründet hat … Das ist Sandy, die Frau von Avinoam aus meiner Klasse, der im Sechs-Tage-Krieg geblieben ist. Und da sind die Zwillinge ChaimJaakov, die beide ChaimJaakov genannt werden, weil niemand sagen kann, wer Chaim ist und wer Jaakov. Einer von den ChaimJaakovs leitet das Archiv in Kfar Etzion.« Ich warte immer still, bis sie bei K angelangt waren und der Name meines Großvaters verlesen wurde, Jitzchak Katz. Nach der Zeremonie blieben alle noch, redeten, tratschten und sagten, man müsse sich auch zu anderen Gelegenheiten mal treffen. Vater stellte mich vor und sagte, das ist mein Sohn, und immer fand sich irgendeine alte Dame, die sagte, wie ähnlich wir einander doch sähen, worauf Vater und ich jedes Mal erstaunte Blicke wechselten, da wir Mühe hatten, eine solche Ähnlichkeit festzustellen. Und eine entfernte Verwandte fragte, wie es Großmutter gehe, worauf mein Vater erwiderte, sie sei schon nicht gut beieinander und schaffe es nicht mehr nach Jerusalem.

Der Gesundheitszustand meiner Großmutter verschlechterte sich tatsächlich dramatisch, obwohl sie noch relativ jung war. Als ich meinen Führerschein hatte, fuhr ich sie regelmäßig besuchen, da meine Eltern nie etwas dagegen hatten, dass ich das Auto nahm, um zu Oma zu fahren. Sie ging da schon zweimal die Woche zur Dialyse, legte aber Wert darauf, mindestens genauso oft zum Friseur zu gehen, und sah unverändert gepflegt aus. Wir saßen in der Küche und redeten über Politik, über Bücher und Schriftsteller. Von Zeit zu Zeit kam Großvater Shlomo in Gartenhandschuhen herein und scherzte, das nächste Mal, wenn sie nach Amerika führen, würden sie sich einen professionellen Gärtner nehmen. Aber sie fuhren nie wieder, weil Großmutter inzwischen dreimal wöchentlich zur Dialyse musste. Dann kam meine Einberufung, und meine Besuche bei ihr wurden seltener. Der letzte von Bedeutung, als sie noch klar war, war der, bei dem ich zum ersten Mal auch den Namen Klemczek hörte.

Das war, als ich sie zur Dialyse fuhr. Ich saß neben ihr, während sie an der Maschine hing, und um sie zu unterhalten, erzählte ich ihr von meiner Grundausbildung, die ich gerade absolviert hatte. Großmutter hatte da schon aufgehört, zum

Frisiersalon zu gehen, und blaue und schwarze Stellen von den Dialysenadeln bedeckten die beinahe durchschimmernde Haut ihrer Arme. Die Geschichte meiner Grundausbildung erinnerte sie an *Die Abenteuer des braven Soldaten Schwejk*. Sie sagte, ich hätte ein tschechischer Schriftsteller sein sollen, wie Jaroslav Hašek, und dass ich sie an den Stil von Großvater Anschel erinnere. Ich sagte, ich hätte einiges von Anschel gelesen und dass sein Stil überhaupt nicht tschechisch sei: Er war ein zürnender Prophet, der in bedeutungsschwerem Hebräisch schrieb. Aber meine Großmutter sagte, auf Tschechisch sei er ganz anders gewesen und habe phantasievolle Geschichten geschrieben, die vom Leben eines kleinen Beamten handelten, der in einer sich rasant entwickelnden Welt unterging, genau wie Čapek, Klemczek und Kafka. Doch anstatt zuzuhören, fing ich an, Großmutter ihren schrecklichen Irrtum darzulegen und ihr zu erklären, Kafka habe das Beamtendasein doch verwendet, um die Not des Menschen in einer modernen, entfremdeten Gesellschaft zu beschreiben, und als Allegorie auf die Düsternis der menschlichen Seele. Großmutter erwiderte, Kafka habe sich als junger Mann mal ein Zimmer im Haus ihrer Eltern genommen, und dass er im Gegenteil sehr nett und freundlich gewesen sei. Was sie aber vielleicht nur erzählte, um mich auf ihre gewitzte Art zum Schweigen zu bringen. Und es klappte: Man kann nicht mit jemandem über Kafkas Wesen und Intention diskutieren, der ihn persönlich getroffen hat, und erst recht nicht mit jemandem, dem Kafka Gutenachtgeschichten erzählt hat. Vielleicht sogar genau jene Geschichte, die er Júli Sopček erzählt hatte, Julias Urgroßtante, als die ein kleines Mädchen gewesen war.

Julias Geschichte

Vorwort zu »Der Keller, oder: Der Mann, dem das Gesicht in Grimm erstarrte«

Jeden Sommer verbrachte meine Julia bei ihren Großeltern auf dem Dorf. Und jeden Abend pflegte der Großvater ihr ein weiteres Kapitel der Geschichte zu erzählen, von dem »Mann, dem das Gesicht in Grimm erstarrte«. Nie las er ihr vor, erzählte immer frei und aus dem Gedächtnis. Und immer endete er mit den Worten: »Träum was Schönes, damit dir das Gesicht nicht in Grimm erstarrt.« Der Großvater behauptete, er habe die Geschichte von seiner Tante Júli gehört, die sie wiederum von Kafka selbst erzählt bekommen habe, der sich eines Sommers ein Zimmer in ihrem Haus auf dem Land nahm, um von seiner Krankheit zu genesen. Zwar ist das Dorf Karlovy Vary in der Tat für seine heißen Heilquellen bekannt, und Kafka litt bekanntermaßen an Tuberkulose, doch ob der berühmte Autor wirklich in ihrem Haus zu Gast war, lässt sich damit noch längst nicht sagen. Denn so, wie jeder aschkenasische Jude vom Gaon von Wilna abstammt, jede marokkanische Großmutter für den König gekocht hat und jeder Iraker der Oberbuchhalter des Kalifen war, so scheint es, als hätte jeder Tscheche in den zwanziger und dreißiger Jahren des vergangenen Jahrhunderts auf die eine oder andere Weise Franz Kafka als Untermieter in seinem Haus zu Gast gehabt.

Doch einerlei, ob die Geschichte nun vom Autor der *Verwandlung* zu uns gewandelt gekommen ist oder sein Name nur ins Spiel gebracht wurde, um sie aufzuwerten, ich bat Julia, die Erzählung doch aufzuschreiben, denn künftige Generationen, oder auch die jetzige, würden vielleicht Interesse finden an einer tschechischen Geschichte, die über mehrere Generationen von Erzählern tradiert worden war. Wir waren gerade zurück aus Prag, und Julia hatte begonnen, sich komisch zu benehmen. Ich dachte, wenn es etwas gäbe, das sie beschäftigt, würde das unserer Beziehung zugutekommen und sie von überflüssigen Spannungen befreien. »Auch wenn sich herausstellt, dass es nichts mit Klemczeks Erzählung zu tun hat, hast du am Ende etwas Selbstverfasstes«, sagte ich. »It's a win-win.« Wir kamen überein, dass sie auf Tschechisch schreiben und ich das Ganze übersetzen würde, und so wurde ich zum Übersetzer und Herausgeber der verschriftlichten Version von »Der Keller, oder: Der Mann, dem das Gesicht in Grimm erstarrte«.

Die Geschichte selbst erwies sich als wirklich düster und für Kinder überhaupt nicht geeignet, zumindest nicht für heutige Kinder. Ganz zu schweigen davon, sie als Geschichte vor dem Schlafengehen zu erzählen. Doch wir dürfen nicht vergessen, in der Zeit, als sie verfasst wurde, waren zarte Kinderseelen noch weit weniger zart. Es scheint, als hätten frühere Generationen ihren Kindern unangenehme Wahrheiten nicht erspart und ihr Leben nicht mit gereimtem Kitsch über Häschen, Kochtöpfe und bunte Ballons flauschig gepolstert. Aber auch Julias Großvater hatte die Geschichte immer schon ein bisschen entschärft, und nur ein einziges Mal, kurz nach dem Tod seiner Frau, erzählte er seiner Enkelin die Version mit dem düsteren Ende, die im Folgenden zu lesen ist.

Der Keller, oder: Der Mann, dem das Gesicht in Grimm erstarrte

Eine Gutenachtgeschichte von Julia Dosek
Aus dem Tschechischen von Uri Katz

Am Ende von Julias Straße wohnte ein Mann, dem das Gesicht in Grimm erstarrt war. Ihre Eltern, die Lehrer und alle anderen Kinder warnten sie, dort hinzugehen, und Julia, ein wohlerzogenes, artiges, indes ein wenig melancholisches Mädchen, hörte auf sie und näherte sich niemals dem Haus am Ende der Straße. Die Geschichten waren die üblichen: »Wer dorthin geht, kommt nicht wieder«; »Er verspeist kleine Kinder«; »Wer länger als eine Minute in sein grimmiges Gesicht schaut, verliert den Verstand«.

Eines Tages, als Julia von der Schule nach Hause ging, beschäftigt mit abwechselnd melancholischen und pragmatischen Fragen wie etwa: »Warum ist dem grimmigen Mann das Gesicht erstarrt?«, »Wie war sein Gesichtsausdruck, bevor er grimmig wurde?«, »Wenn er nicht aus dem Haus geht, wie kommt er dann an etwas zu essen?«, »Was tut er für seinen Lebensunterhalt?« – da trugen ihre Füße sie ungewollt zum Haus am Ende der Straße. Überbordende Vegetation und verhängte Fenster empfingen sie, und dann legte sich eine Hand auf ihre Schulter und weckte sie auf aus einer Art von Traum, der so realistisch geschienen hatte. Ihre Mutter bat sie, der Großmutter, die am anderen Ende des Dorfes wohnte, einen Korb mit Speisen zu bringen. Julia, der es nicht an Humor fehlte, zog etwas Rotes an und machte sich auf den Weg. Unterwegs fiel ihr der Traum ein, den sie geträumt hatte, und flugs wandte sie sich zum Haus am Ende der Straße. Drei Minuten später stand sie schon vor der schweren Eingangstür und klopfte schwach. Jetzt ist es an der Zeit, innezuhalten und sich zu fragen, was ein kleines artiges, wenn auch etwas melancholisches Mädchen veranlasst, den Mut zu einer solchen Tat zu fassen. Wir sollten nicht unmäßig psychologische Erklärungen bemühen, sondern einfach den Begriff »jugendliche Revolte« einwerfen. Noch ein Klopfen, und Julia war schon im Begriff zu gehen. Doch nach wenigen Schritten machte sie kehrt und legte eine Birne auf die Türschwelle. Am nächsten Tag kam sie wieder und freute sich festzustellen, dass die Birne genommen worden war. Sie ließ noch eine Birne dort, am Tag darauf eine weitere und in den folgenden Tagen einen Apfel, ein paar Pflaumen und Himbeeren. Eine Woche später war sie erstaunt, auf der Türschwelle ein Glas Fruchtmarmelade vorzufinden. Mit einiger Mühe öffnete sie es und tauchte den Finger hinein, wie ihre Mutter es ihr immer verboten hatte. (Zu ihrer Verteidigung jedoch sei gesagt, ein Löffelchen war auch nicht zur Hand.) Es war die köstlichste Marmelade, die Julia je probiert hatte. Sie schloss die Augen und ließ den Wohlgeschmack einen angenehmen Schauder in ihrem Mund auslösen, der sich über den ganzen Körper bis in die Zehenspitzen ausbreitete. Vor lauter Behagen bemerkte Julia nicht, dass die Gardine ein wenig zur Seite geschoben und gleich darauf wieder zugezogen wurde. So verging der Herbst:

Julia ließ Früchte auf der Schwelle und bekam dafür köstliche Delikatessen – Wildfruchtkonfitüre, einen kandierten Apfel auf Zimtstange, eine cremegefüllte und mit Schokolade überzogene Birne, einen Pudding mit drei Schichten aus Himbeeren, Preiselbeeren und Moosbeeren. Mit der Zeit wurden die Gerichte immer aufwendiger, und als sie eines Tages einen frisch gebackenen Apfelkuchen vorfand, wusste sie, sie kam ihrem Ziel näher. Sie klopfte abermals und wartete geduldig, bis sich die Tür schließlich einen Spalt weit öffnete. Julia fragte, ob es wohl möglich wäre, ein Glas Saft zu dem Kuchen zu bekommen, da öffnete sich die Tür weit genug, dass sie eintreten konnte. Als sich ihre Augen an das Dunkel im Inneren des Hauses gewöhnt hatten, sah sie direkt vor sich den Mann, dem das Gesicht in Grimm erstarrt war.

Er war groß gewachsen mit hellem Haar. Sein genaues Alter zu bestimmen fiel schwer, wegen der Bartstoppeln auf seinen Wangen und dem grimmigen Gesichtsausdruck. Sie saßen in der Küche, aßen Apfelkuchen und tranken Saft. Trotz seines grimmigen Gesichts fand Julia ihn überhaupt nicht mürrisch und verdrossen. Er trägt einfach eine Maske, dachte sie bei sich. Julia aß ihr Stück Kuchen auf, bedankte sich höflich, sagte, sie würde in der nächsten Woche genau um dieselbe Zeit wiederkommen, und ging. Vor dem nächsten Treffen sammelte sie Informationen über den Mann, dem das Gesicht in Grimm erstarrt war. In jenen Tagen gab es noch keine Computer, kein Internet und Google, aber es gab Mägde, die so gut wie alles über alle wussten, und wusste deine Magd mal etwas nicht, konnte sie immer noch eine Freundin fragen, die als Magd woanders arbeitete. Von den Mägden erfuhr Julia, der Name des Mannes sei Isajah und dass er vor einigen Jahren ins Dorf Apša gekommen sei, aus der Hauptstadt, wo er leitender Erfinder im Zentralbüro für Erfindungen gewesen war. Alle hatten ihm eine leuchtende Zukunft vorhergesagt, doch ein schrecklicher Unfall mit einer seiner Erfindungen hatte zum Tod eines Menschen geführt. Er war auf der Stelle entlassen worden und aufs Land gezogen. Eine der Mägde fügte noch hinzu, der Unfall sei es gewesen, der sein Gesicht als grimmige Fratze erstarren ließ. Welche Art von Unfall aber es war oder worin genau die Erfindung bestand, wusste sie nicht zu sagen. Offenbar hatte auch die Datenautobahn der Mägde ihre Grenzen.

Julia spürte, was den Mann so grimmig machte, war seine Einsamkeit. »Warum sind Sie allein?«, fragte sie, als sie sich wieder trafen. »Ich bin nicht allein, du bist doch hier.« »Ja, aber warum haben Sie keine Frau?« »Ich brauche keine.« »Warum, jeder braucht eine Frau. Ich könnte Sie mit Mathilda bekannt machen, unserer Magd«, bot Julia an. »Ich bin nicht interessiert.« »Sie ist zwar Magd, aber sie ist eine anständige, gebildete Frau.« »Nein!« Jetzt schien sein Gesicht noch ein wenig grimmiger.

Tage und Monate gingen ins Land. Julias und Isajahs wöchentliche Treffen waren manchmal von einer leichten Mahlzeit begleitet und zuweilen nur mit einem Kaffee oder einer winterlichen Suppe. Isajah aß wenig und schwieg, während Julia wenig aß und viel sprach. Sie erzählte ihm von der Schule, von ihren Klassenkameraden, den Eltern, den Mägden. Manchmal dachte sie sich Geschichten auch nur aus. Sie gewöhnte sich so an die allzeit grimmige Miene, bis sie sie gar nicht mehr wahrnahm. Dafür konnte sie sagen, wann Isajah lächelte und wann er unzufrieden war, wann er zuhörte und wann ihm etwas auf der Seele lag. Ja, sie hätte all dies benennen können, ohne ihn dabei anzuschauen, nur nach dem Klang und der Heftigkeit seiner Atemzüge.

Jahre vergingen, und Julia wurde zur jungen Frau. Da sie immer beschäftigter war, begann sie, Besuche bei dem grimmigen Mann auszulassen. Mal sagte sie ein Treffen ab, mal hinterließ sie einen Zettel, sie habe keine Zeit. Während der Examina blieb sie seinem Haus einen ganzen Monat lang fern. Doch der grimmige Mann war niemals ungehalten oder beklagte sich. Eines Abends klopfte Julia an einem anderen Tag als dem üblichen an seine Tür. Der grimmige Mann öffnete ihr mit überrascht verärgerter Miene. Er trug einen braunen Samtpyjama und war erkennbar schon bettfertig. Sie gingen in die Küche, wo auf dem Tisch eine halb leere Schnapsflasche und ein noch halb volles Glas standen. Julia setzte sich und schwieg. Dann saßen beide im Dunkeln und schwiegen lange Zeit. Der grimmige Mann meinte, sie würde weinen, sagte aber kein Wort. Endlich sagte Julia: »Erzähl mir etwas, das du noch nie jemandem erzählt hast.«

Er nahm einen großen Schluck und begann, mit leiser und tiefer Stimme zu sprechen, bis es im Dunkeln schien, als wäre es der Wind, der die Worte flüsterte. »Ich habe mich nie als Teil der Welt gefühlt«, begann er. »Sosehr ich es auch versucht habe, nie habe ich es geschafft dazuzugehören. Habe mich immer zu jung oder zu alt gefühlt, doch nie meinem wahren Alter entsprechend. Immer habe ich in dem Gefühl gelebt, meiner Zeit voraus zu sein oder zu spät zu kommen, wusste nie, was von mir erwartet wird und was ich von anderen erwarten sollte. Menschen, in die ich Hoffnungen setzte, haben mich stets enttäuscht, so wie ich immerzu Hoffnungen anderer zunichtemachte. In meinen Tagträumen und Phantasien war ich immer wortgewandt und authentisch, doch bei Begegnungen mit Menschen stammelnd und überflüssig. In meinem Kopf war ich amüsant und charismatisch, doch außerhalb davon langweilig und dogmatisch. Leute erinnerten sich nie an meinen Namen oder meinen Beruf. Ich gehörte zu jenen Gesichtern, die vergessen sind in der Sekunde, in der man sie gesehen hat. Doch immer bewahrte ich mir meinen Optimismus und den Glauben daran, dass etwas alle Menschen miteinander verbindet und dass man sich anstrengen muss, um zum Orbit des Lebens zu gehören. Und auch, wenn er droht, dich durch eine schnelle Drehung herauszukatapultieren, musst du dich an etwas oder jemandem festhalten, um nicht weit weg von der Sonne ins kalte und einsame All geschleudert zu werden.«

Julia brach in Tränen aus. »Ich weine ständig ohne Grund«, schluchzte sie. Der grimmige Mann saß betreten da und wusste nicht, was er tun oder sagen sollte. Julia stand auf, setzte sich auf seine Knie, schlang die Arme um ihn, vergrub ihren Kopf an seiner Brust und weinte lange und ausgiebig.

Sobald sie sich endlich beruhigt hatte, begann er von neuem. »Als ich die Matura hatte, schrieb ich mich für Ingenieurswissenschaften an der ›Hochschule des Staatlichen Patentamts für Bildung und Entwicklung des Fortschritts‹ ein. Und zum ersten Mal in meinen Leben fing ich an, mich zugehörig zu fühlen. Die Leute dort, auch wenn sie nicht alles verstanden, was ich sagte, waren bereit zuzuhören. Sehr bald erkannten sie ein Talent in mir und ernannten mich zum Gehilfen des Chefingenieurs. Fünf Jahre arbeitete ich unter ihm, und wir machten viele Erfindungen. Einige wurden gebaut, andere kamen aufs Skizzenpapier, und wieder andere blieben bloße Ideen. Wir ersannen wundervolle Apparaturen, angefangen von Flugmaschinen bis hin zu besonderen Brillen für Menschen, die empfindlich gegen grelles Licht sind.«

Julia kicherte zum ersten Mal an jenem Abend.

»Es schien, als sei unserer Phantasie keine Grenze gesetzt. Eines Tages rief mich der Herr Chefingenieur in sein Büro. Er sagte: ›Isajah, jeden Tag denken wir über Erfindungen und Innovationen nach für die Bedürfnisse aller Menschen, aber was würdest du für dich selbst erfinden wollen? Was sind deine Wünsche?‹ ›Ich weiß nicht‹, erwiderte ich. ›Du hast doch sicher auch Träume, oder?‹, fragte der leitende Ingenieur. Ich hatte mich nie daran erinnern können, was ich nachts träumte. Ja, es schien mir, als würde ich überhaupt nicht träumen. Viele Tage sann ich darüber nach, bis es mich am Ende wie ein Blitz aus heiterem Himmel traf. Ich stürmte ins Büro des Chefingenieurs und rief laut: ›Ich werde eine Maschine bauen, die Träume liest!‹ Der Herr Ingenieur sah mich überrascht an und lächelte. ›Wenn das dein Traum ist‹, sagte er.

Ich arbeitete Tag und Nacht an dem Traumleser. Studierte die Bewegungen meiner Kollegen, während sie schliefen und träumten, und befragte sie danach über den Inhalt ihrer Träume. Zu meiner eigenen Verblüffung fand ich heraus, dass im Schlaf die meisten körperlichen Bewegungen und Gesichtsausdrücke bei unterschiedlichen Menschen identisch sind. Sehen wir zum Beispiel im Traum einen Furcht einflößenden Hund, wendet sich unser Kopf nach rechts, und die Brauen ziehen sich zusammen. Sieht man eine sich putzende Katze, hebt sich der Daumen ein wenig, und die Augenlider flattern. Nach etlichen Monaten und unzähligen Traumbefragungen gelang es mir, ein Wörterbuch zusammenzustellen, mit dessen Hilfe sich jede Bewegung des Körpers in einem Satz oder Wort deuten ließ. Jetzt blieb nur noch, eine Maschine zu bauen, die die Bewegungen in geschriebene Wörter übersetzte. Ich brauchte etwas weniger als fünf Jahre, um einen sarkophagähnlichen Schlafbehälter zu bauen, mit Tausenden von Nadeln an der Innenwand, die auf jede noch so kleine Bewegung reagierten. An der Außenhülle hing jede Nadel an einem feinen Draht, der jeweils mit einer Taste einer Schreibmaschine verbunden war. Von dem Moment an, da ein Mensch in dem Sarkophag eingeschlossen lag, begann die Schreibmaschine, seine Bewegungen schwarz auf weiß zu protokollieren.«

Julia wechselte zurück auf ihren Stuhl, und aus ihrem Blick sprachen ungläubiges Staunen und die Begierde, mehr zu erfahren. Der grimmige Mann erhob sich und ging ein wenig im Zimmer auf und ab, um sein Bein, das eingeschlafen war, zu wecken. »Und was geschah dann?«, fragte Julia, als er wieder Platz genommen hatte.

»Wir fingen an, Experimente und Tests zu machen. Doch es gab Gerüchte, und noch ehe wir begriffen, was geschah, wurden Menschen aus dem ganzen Land vorstellig, um an dem Experiment teilzunehmen. Alle wollten wissen, wovon sie träumen. Jeden Morgen, wenn ich ins Büro kam, standen davor etwa tausend Leute, die versuchten, eingelassen zu werden. Das war phantastisch. Wir verfeinerten und verbesserten die Maschine, vergrößerten ihren Wortschatz. Der Chefingenieur begann, eine symbolische Gebühr für das Auslesen der Träume zu erheben, was uns ermöglichte, die Maschine noch weiter zu perfektionieren, die Kupfernadeln auszuwechseln gegen welche aus Gold, die haltbarer waren, und die Typenhebel der Schreibmaschine gegen noch schnellere. Wir bauten ein schalldichtes Schlafzimmer, damit die Träumenden sich in einer natürlichen Umgebung befanden und Geräusche von außen nicht in ihre Träume drangen. Und noch immer blieb uns mehr Geld, als wir hätten ausgeben können. Wir waren auf dem Dach der Welt.« Er nahm einen weiteren großen Schluck.

»Und was geschah dann?« Julia hätte beinahe geschrien.

»Was für gewöhnlich passiert, wenn du auf dem Dach stehst: Du fällst herunter.« Er goss sich das Glas noch einmal halb voll, zögerte einen Moment und füllte es dann bis zum Rand. »Die erste Klage kam von einem Mann, der von seiner Frau verlassen worden war, nachdem sie herausgefunden hatte, dass er von ihrer Schwester träumte. Als Nächstes die Klage eines Arztes, der sämtliche Patienten verlor, nachdem er geträumt hatte, er würde eine Katze morden. Und dann eine Flut von Klagen durch Leute, die ihre Arbeit verloren hatten: Kindermädchen, die in ihren Träumen Kinder schlugen, Priester, die von Gotteslästerung träumten, und Nonnen, die davon träumten, ihre eigene Ehre zu entweihen. Jeden Tag trafen Dutzende neuer Klagen ein. All unser Geld ging für Anwälte und Gerichtsgebühren dahin. Und dann entdeckten wir zu allem Übel auch noch, dass den Träumen die Neigung innewohnte, sich selbst zu verwirklichen. Wer davon geträumt hatte, aufs Land zu ziehen, zog aufs Land. Wer träumte, er würde einen Welpen annehmen, nahm einen Welpen auf. Die Maschine stand schon bald im Ruf, nicht nur Traumleserin, sondern auch Wahrsagerin zu sein.«

»Ist das wirklich wahr?«, fragte Julia und nahm gedankenverloren einen Schluck aus seinem Glas.

»Ich weiß nicht, ob es sich selbst erfüllende Prophezeiungen oder bloß Zufälle waren. Als Wissenschaftler denke ich immer, alles hat eine rationale Erklärung, doch wer kann wissen, ob es die Maschine war, die vorhersagte, jemand würde alle Haare verlieren, oder ob ein Mensch, der geträumt hatte, er bekäme eine Glatze, sich von seinem Traum derart in Angst und Schrecken versetzen ließ, dass ihm vor Anspannung und banger Erwartung alle Haare ausgingen. Wie auch immer, alles war vorbei, als ein Spielzeughändler namens Stefan träumte, er würde vom Veitsdom in den Tod springen, und am nächsten Tag seinen Traum wahr machte. Die Behörden ordneten umgehend die Schließung des Patentamtes an. Außerdem wurde der Chefingenieur des Vorsatzes beschuldigt, Gelder zu unterschlagen, nachdem herausgekommen war, dass er davon geträumt hatte. Sein Traum wurde zur Anklageschrift, noch ehe überhaupt ein Verbrechen verübt worden war, und der Ärmste gezwungen, seinen Posten unverzüglich zu räumen. Zu meinem Glück hatte ich die Maschine nicht an mir selbst ausprobiert, sodass keinerlei belastendes Material gegen mich vorlag.«

Aber warum hast du die Maschine nicht ausprobiert?, fragte sich Julia im Stillen.

Doch Isajah schien ihre Frage zu erahnen. »Ich hatte Angst, im Traum würde ich den Posten meines Vorgesetzten wollen, was ihn verletzt hätte.« Er nahm ihr das Glas aus der Hand. »Ob das wirklich war, was ich erträumte, oder nicht – am nächsten Tag wurde ich zum Chefingenieur ernannt. Meine erste Aufgabe, so bekam ich gesagt, war, den Traumleser zu zerstören.«

»Und hast du ihn zerstört?«

»Ja.«

Ein Ausdruck der Enttäuschung machte sich auf Julias Gesicht breit.

»Aber in der Nacht schlich ich mich ins Büro, legte mich in den Schlafbehälter, schloss mich ein und sank in den Schlaf. Es war das letzte Mal, dass der Traumleser verwendet wurde.« Er lächelte.

Julia lächelte zurück. »Und was hast du geträumt? Was?«

»Ich habe geträumt, ich träfe zum ersten Mal die Liebe meines Lebens.«

»Und wer war sie?«, flüsterte Julia.

Der Mann mit dem grimmigen Gesicht leerte sein Glas. »Ich weiß es nicht. Bevor ich sie sehen konnte, hielt jemand die Maschine an, noch während sie schrieb.«

»Wer? Die Polizei?«

»Nein, es war der Chefingenieur, der sich ebenfalls mitten in der Nacht ins Büro geschlichen hatte, um alles Geld aus dem Tresor zu nehmen.«

»Also war der Traum, er würde stehlen, eine sich selbst erfüllende Prophezeiung.«

»Ja. Ich war tief in meinem Traum versunken, als er die Schreibmaschine stoppte und selbst darauf etwas tippte. Was eine Gegenbewegung der Nadeln in dem Sarkophag auslöste, in dem ich lag. Anstatt Impulse durch meine Gesichtsmuskeln zu empfangen, pressten die Nadeln auf die empfindlichen Nerven in meinem Gesicht, und so …«

»… ist dir das Gesicht in Grimm erstarrt.« Beinahe flüsternd vollendete Julia den Satz und lehnte sich, von der Macht der Geschichte erschöpft, auf ihrem Stuhl zurück.

»Ja. So ist mir das Gesicht in Grimm erstarrt.«

Sie saßen noch lange und schwiegen. Bis der grimmige Mann sagte, es sei schon sehr spät, und Julia sich erhob, um zu gehen. Er brachte sie zur Tür, wo sie ihm einen langen Kuss auf die Wange gab und sich abwandte. Doch in der Sekunde, ehe er hinter ihr die Tür schloss, drehte sie sich noch einmal um. »Was hat er geschrieben?«

»Was?«

»Was hat er geschrieben, der Chefingenieur? Was hat er geschrieben, das dir das Gesicht erstarren ließ?«

»›Gib acht, was du träumst‹«, sagte Isajah und schloss die Tür.

In den Tagen danach versuchte Julia, weitere Einzelheiten über die Geschichte herauszubekommen, doch der Mann mit dem in Grimm erstarrten Gesicht tat ihre Fragen mit zusammenhangslosem Gemurmel ab. Aber Julia konnte nicht ablassen. Sie ertappte sich dabei, wie sie den ganzen Tag daran dachte und nachts davon träumte. Sie fühlte, es gab hier ein Rätsel, das nur sie allein lösen konnte, hätte sie bloß alle nötigen Informationen.

Eines Nachts stahl sie sich in Isajahs Haus, zu später Stunde, da sie wusste, er schlief berauscht schon tief und fest. Mit einer Öllampe in der Hand schlich sie durch das dunkle Haus. Doch Julia kannte es schon so gut wie ihr eigenes, bis auf das, was hinter der Kellertür lag, die stets verschlossen war. Sie verstand, gab es irgendeinen Hinweis, dann verbarg er sich dort. Doch wo fand sich der Schlüssel? Sie huschte in Isajahs Schlafgemach. Er schnarchte laut. Lange suchte sie nach dem Schlüssel, doch ohne Erfolg, aber als sie schon im Begriff war, das Zimmer zu verlassen, bemerkte sie eine einzelne Seite, die

Isajahs Finger umklammert hielten. Geräuschlos trat sie heran und löste behutsam das alte und vergilbte Papier aus seiner Hand. Es war genau, was sie gedacht hatte: der letzte Traum, den er geträumt hatte, ehe die Maschine angehalten worden war. Im fahlen Mondlicht begann Julia atemlos zu lesen, was dort stand:

Ein sonniger Tag blauer Himmel -==- stehe auf einem Hügel goldener Ähren – Erwartung – meine Geliebte ist auf dem Weg – wer ist sie? Wenn ich sie sehe, weiß ich's ---=-- =--- da steht sie, weit weg – ein grünes Kleid = ich lauf ihr nach ---==---=-- Regen-Blitze-Wald-dräuende Gefahr ---=--- verschwunden ist sie ---- ich sah ihr Gesicht nicht ---=--- rufe in die Dunkelheit =- ein Flüstern – von wo kommt es? ==--- ich vervollkommne dich, sagt sie --== sie steht hinter mir – drehe mich um, um si -----=---- nein ------=---- ich --- ---- === ---- i ---=---- rr ----= ---------=lg4—lg7_mhkm]um] uik----------=7-- ---=-=---

Gib acht, was du träumst

Julia las den Traum vielleicht ein Dutzend Mal, war so entrückt, dass sie nicht bemerkte, wie das Schnarchen aufhörte. Als sie sich umdrehte, um ihm den Zettel zurück in die Hand zu drücken, sah sie, dass der Mann mit der grimmigen Miene wach und sein Gesicht so von Grimm entstellt war wie noch bei keinem Menschen zuvor. Julia ließ erschrocken die Öllampe fallen, murmelte »Verzeihung« und floh.

Am nächsten Tag, als Julia eintraf, um sich zu entschuldigen, fand sie die schwere Tür verschlossen vor. Vergeblich rief und klopfte sie lange, doch es kam keine Antwort. So auch am darauffolgenden Tag und an dem danach. Am Ende der Woche zog Julia ein neues grünes Kleid an, das sie eigens genäht hatte, und machte sich auf zum Haus des Mannes, dem das Gesicht in Grimm erstarrt war. Sie klopfte nur ein Mal, ließ sich dann auf der Steinmauer davor nieder und wartete. Es verging viel Zeit, bis der Vorhang im Schlafzimmer einen Spalt weit aufgezogen wurde. Julia stand auf. »Ich bin es«, rief sie. »Ich bin die, die dich vervollkommnet.« Doch der Vorhang wurde wieder zugezogen.

Ein Jahr verging, und es fiel schwer, nicht zu bemerken, wie sehr Julia sich veränderte. Sie sprach wenig und lächelte so gut wie gar nicht mehr. Das Studium gab sie dran und blieb stundenlang von zu Hause fern. Auch ihr Äußeres veränderte sich. Ihre Figur wurde fraulicher, stets trug sie das grüne Kleid, und ihre Bewegungen waren langsam und gemessen. Von Zeit zu Zeit überkamen sie Zornes- und Gewaltausbrüche, die ihrer grazilen Erscheinung vollkommen zu widersprechen schienen, und sie ließ ihre Wut an Garten- und Backarbeiten aus. In einem Fall jagte sie mit der Mistforke sogar hinter den Nachbarskindern her, die ihre Ruhe gestört hatten. Auf Anraten einer Ärztin schickten ihre Eltern sie nach Karlovy Vary ins staatliche Sanatorium für an Geisteskrankheiten leidende Patienten, wo man eine klinische Depression und chronische allgemeine Schwermut bei ihr diagnostizierte.

»In Julia leben zwei Frauen«, erklärte der dortige Arzt ihren besorgten Eltern. »Die eine ist die Julia, die Sie kennen und lieben, ein stilles und gehorsames Mädchen, wenn auch ein wenig melancholisch. Die zweite jedoch ist eine wilde und unberechenbare Frau namens Rosa. Sie ist manipulativ und verschlagen und versucht, Macht über Julia zu bekommen und sie zu vertreiben.«

Julias Eltern wirkten noch verunsicherter. Der Arzt erklärte ihnen, eine gespaltene Persönlichkeit sei ein in der Medizin wohlbekanntes und gut erforschtes Phänomen, das vermutlich durch den Tod eines Zwillings unter der Geburt oder das Stillen durch mehr als eine Nährmutter, durch enttäuschte Liebe und Zurückweisung oder aber durch eine ganze Reihe anderer Gründe ausgelöst würde. Die effektivste Behandlungsmethode sei Ruhe, mehr Ruhe und noch mehr Ruhe. Und Stromschläge. Doch der Arzt beruhigte die Eltern und riet, Julia für wenigstens ein halbes Jahr zur Behandlung in Karlovy Vary zu lassen. Und so verbrachte Julia die Sommermonate ihres sechzehnten Lebensjahrs, des Jahrs, in dem sie offiziell zur Frau wurde, mit Elektrotherapien und der Einnahme von Beruhigungsmitteln. Mit den Wochen zeigte sich, dass die Behandlung ihr Ziel erreichte und Rosas »Auftritte« zunehmend weniger wurden, bis sie irgendwann gänzlich verschwanden.

Eines Morgens teilte eine der Pflegerinnen Julia mit, ihr Vater sei gekommen, um sie zu besuchen. »Ein recht gut aussehender Mann ist Ihr Herr Vater«, sagte die Pflegerin, während sie Julia half, das Kleid zuzumachen. »Doch warum guckt er die ganze Zeit so grimmig?« Julias Herz setzte einen Schlag aus. Sie stürmte nach draußen. Am Tor stand Isajah, im weißen Sommeranzug und mit grimmiger Miene, in der Julia Verlegenheit erkannte. Sie fiel ihm um den Hals und bedeckte ihn mit Küssen.

Die Hochzeit fand im Rathaus statt und fiel kurz und bescheiden aus. Der Bräutigam stellte eine grimmige Miene zur Schau, die Eltern der Braut schauten säuerlich, und nur Julia lächelte ein kleines, geheimnisvolles Lächeln. Die Flitterwochen verbrachten sie in dem kleinen Gästehaus neben dem Sanatorium von Karlovy Vary, und danach zog Julia in das Haus am Ende der Straße, jenes Haus, vor dem man sie als kleines Mädchen gewarnt hatte, ihm bloß nicht zu nahe zu kommen. Doch jetzt wurde das Haus gepflegt und behaglich. Die Vorhänge waren aufgezogen, die wild wuchernden Büsche zurückgeschnitten, und Blumenrabatten säumten die Wege. Isajah erfüllte Julia jeden Wunsch, ganz gleich, ob klein oder groß. Doch woher nahm er das Geld? Julia fragte nicht, und Isajah antwortete nicht. Nur eines tat er nicht, nämlich die schwere, stets verschlossene Tür zum Keller öffnen. Er fürchte, giftiges Gas könnte aus dem Boden austreten, sagte er. Die Monate vergingen, und Julia wurde wieder glücklich und freundlich, wie sie es als Kind gewesen war.

Eines Tages klopfte es tief in der Nacht an ihre Tür. Isajah ging, um zu öffnen. Auf der Schwelle stand ein Mann, der einen Kapuzenumhang trug. Julia linste vom Treppenabsatz hinab und war überrascht, im fahlen Mondschein das Gesicht des Mannes zu sehen, das Geldscheine und Münzen zierte: Es war kein geringerer als Kaiser Franz Joseph. Isajah nahm dessen Hand und führte ihn zur Kellertür. Der Kaiser zog einen großen goldenen Schlüssel hervor und schloss damit auf, ehe beide im Dunkel hinter der Tür verschwanden, die sie gleich wieder verschlossen. Julia brauchte lange, um sich von dem Schock zu erholen, schlich dann auf Zehenspitzen zur Kellertür und legte das Ohr daran, doch außer undeutlichen Klopfgeräuschen war nichts zu hören.

Die ganze Nacht blieben Isajah und der Kaiser im Keller. Erst als der Morgen fast graute, öffnete sich die schwere Tür wieder quietschend. Von ihrem Versteck am oberen Ende der Treppe konnte Julia sehen, wie die beiden Männer sich die Hand gaben und einen Diener einließen, der zwei schwere Säcke mit dumpfem Poltern auf dem Boden absetzte. Dann machten der Diener und der Kaiser sich auf den Weg. Julia huschte zurück ins Schlafzimmer. Geraume Zeit später kam Isajah herein.

»War das der Kaiser?« Julia vermochte nicht, ihre Aufregung zu verbergen.

»Ja«, erwiderte Isajah, überrascht, sie wach vorzufinden. »Er war's.«

»Warum ist er hergekommen?«

»Ich diene ihm gelegentlich als Berater.«

»Berater für was? Und warum kommt er zu dir, statt dass du zu ihm gehst? Und was wollte er? Und …« Plötzlich verstummte sie, und die Kinnlade klappte ihr herunter. »Er war wegen der Maschine hier! Du hast sie gar nicht zerstört, sie ist hier bei uns im Keller, und Kaiser Franz Joseph kommt her, um seine Träume lesen zu lassen, seine Zukunft … Und damit unser aller Zukunft …«

Wäre Isajahs Gesicht nicht in ehernem Grimm erstarrt gewesen, hätte man darauf sicher einen Anflug von Stolz ausmachen können auf seine scharfsinnige Frau, die das Geheimnis entschlüsselt hatte.

Julia war aufgeregt wie ein kleines Kind. »Vielleicht wird jetzt, mit Erlaubnis des Kaisers, die Maschine wieder in Gebrauch genommen?«

Doch Isajah hieß seine Frau schweigen. »Die Maschine liest nicht nur Träume«, sagte er langsam. »In einem frühen Stadium der Experimente haben wir herausgefunden, tippt man auf der Maschine, während ein Träumender daran angeschlossen ist, dann lassen sich in seinem Hirn auch Worte, Sätze, ja Gedanken einpflanzen – als schleuste man sie mittels der Träume ein.« Was folgte, flüsterte er: »Deshalb ist die Maschine hier und nicht im Palast des Kaisers, und niemand am Hof weiß von ihrem Verbleib. Stell dir nur die Folgen vor, irgendjemand wüsste um die Träume des Kaisers, oder schlimmer noch: würde ihm einen Gedanken einpflanzen wollen! Nur der Kaiser hat einen Schlüssel zu unserem Keller, und nur er und ich wissen von der Existenz der Maschine. Und jetzt auch du.«

»Aber vielleicht könnten wir dein erstarrtes Gesicht heilen«, sagte Julia, als hätte sie keines seiner Worte gehört. »Wir vollenden deinen Traum, ich tippe Worte der Liebe, während du schläfst, und so befreien wir das grimmig erstarrte Gesicht …«

»Das kommt nicht infrage!«

»Bitte, Liebster, seit dem Tag, da du mir von der Maschine erzählt hast, denke ich nur noch daran …«

»Julia!« Isajah unterbrach sie barsch. »Du darfst mit niemandem darüber reden. Niemals! Es ist ein Staatsgeheimnis, und es preiszugeben würde den Tod bedeuten. Der Kaiser war schon viele Male im Begriff, die Maschine und ihren Schöpfer zu vernichten, und jedes Mal konnte ich ihn überzeugen, sie zu verschonen – und mich.« Isajah brach jäh ab und schaute Julia an, um zu sehen, ob sie verstanden hatte. »Wir wollen den Kaiser nie wieder erwähnen und auch die Maschine nicht.« Er knipste das Licht aus und drehte sich auf die Seite. Es vergingen nur wenige Minuten, und sein Schnarchen erfüllte die stickige Luft. Julia aber lag wach und versuchte alles zu verdauen, was sie gesehen und gehört hatte.

Die Welle aus Freude, Lebendigkeit und Hoffnung, die Julia seit dem Tag ihrer Hochzeit umspült hatte, verebbte, und an ihre Stelle trat die altvertraute dunkle Welle der Depression und Melancholie. Sie aß kaum noch etwas und verließ das Bett nicht mehr. Jedes Mal, wenn Isajah versuchte, sie zu bewegen, doch etwas zu tun, ignorierte oder beleidigte sie ihn oder gab ihm die Schuld an ihrer Lage. Tagelang sprach sie kein Wort, mit ihm nicht und auch sonst nicht. Manchmal verließ sie nachts das Haus und kam erst nach Stunden zurück. Gefragt, wo sie gewesen sei, lachte sie nur schrill oder sagte, sie wisse es nicht mehr.

An jenem Morgen, an dem das Attentat auf Kaiser Franz Joseph vereitelt wurde, stand Julia finster in der Küchentür und schaute zu Isajah, der schweigend die Zeitung las. »Immerzu dein grimmiges Gesicht zu sehen …«, fauchte sie ihn an. »Kein Wunder, dass ich nur noch traurig bin.«

»Das ist ungerecht, Julia, du weißt doch, warum meine Miene immerzu grimmig ist«, gab Isajah leise zurück. »Es ist nicht meine Schuld, mein Gesicht ist erstarrt.«

»Auch bei mir ist etwas erstarrt«, stellte Julia mit schmerzerfüllter Stimme fest. »Du bist in Grimm erstarrt und ich in Traurigkeit.« Jetzt verlor sie alle Beherrschung. »Du bist wie eine Wand, selbst die Kunde vom Attentatsversuch auf den Kaiser hat nicht vermocht, auch nur einen Muskel in deinem versteinerten Gesicht zu rühren. Und warum sollte sie auch, du wusstest ja schließlich, dass es ein Attentat geben und dass es vereitelt werden würde, hattest ja bereits das Hirn des Kaisers gelesen und die Zukunft in seinen Träumen gesehen. An Gottes Stelle setzt du dich und teilst dein Wissen nicht mit der Welt.« Sie wusste, sie verging sich an ihrem Mann, konnte aber nicht aufhören, spürte, wie Rosa in ihr hochkam und von ihren Lippen sprach. »Auch ich will mein Schicksal kennen, meine Zukunft und Wünsche. Warum lässt du mich die Maschine nicht verwenden?«

»Wir haben doch darüber gesprochen, Julia, es darf nicht ...«

»Du bist ein Feigling und Schwächling. Denkst nur an dich selbst. Es geht dir gut damit, dich hinter deiner grimmigen Visage zu verstecken, du willst gar keine andere, hast gar kein anderes Gesicht. Das ist dein wahres Gesicht, und es passt zu deiner schwarzen, mürrischen Seele.«

»Julia, du bist in keiner guten Verfassung. Vielleicht solltest du für ein paar Wochen zurück ins Sanatorium nach Karlovy Vary.«

»Du willst mich nur zum Schweigen bringen, weil du weißt, ich habe recht«, schrie Julia mit blutunterlaufenen Augen. »Willst mir Stromschläge verpassen lassen, bis ich ein stilles Püppchen bin.« Sie fing an, Gegenstände nach Isajah zu werfen.

»Julia, bitte, beruhige dich!«

»Ich werde nicht schweigen, werde allen erzählen, dass du der Teufel bist. Dass du Gedanken in den Kopf des Kaisers gepflanzt hast. Komm mir nicht zu nahe, oder ich schreie das

Geheimnis heraus ... Wir haben eine Maschine, die Gedanken liest!«

»Julia, ich flehe dich an, leg das Messer weg.«

»Komm mir nicht nahe!«

Isajah packte Julia und entwand ihr das Messer, doch sie kämpfte wie ein verwundetes Tier, kratzte und biss. Am Ende war er gezwungen, sie zu fesseln und einen Arzt zu rufen, der ihr Beruhigungsmittel gab.

»Ihr Nervenkostüm ist angegriffen, und sie hat den Kontakt zu ihrer Umgebung verloren«, stellte der Doktor mit ernster Miene fest. »Ich sehe keine andere Möglichkeit, als sie einzuweisen. Sie reagiert fast nicht. Ich habe ihr Schlafpulver verabreicht, kenne aber keine Möglichkeit zu erfahren, was in ihrem Kopf vorgeht.«

»Aber ich habe eine«, murmelte Isajah bei sich. Als der Arzt gegangen war, eilte er in den Garten, ließ ein Seil in den alten Brunnenschacht, glitt daran in die Tiefe und kam nach einer ganzen Weile mit einem zweiten goldenen Schlüssel wieder herauf. Eilends legte er Julia in den Schlafsarkophag und verschloss diesen, und Minuten später begann die Schreibmaschine zu klappern. Erst unverständliche Worte, dann Beschimpfungen, Drohungen und Bilder von geölten Maschinen und klebrigen Wolken. Ganz offensichtlich hatte Julia einen Albtraum. Isajah verstand, Rosa versuchte, die Oberhand zu gewinnen und Julia zu vertreiben. Als die Maschine für einen Moment pausierte, tippte er schnell: »Geliebte Julia, du bist schön und gut.«

Es vergingen einige Sekunden, dann tippte die Maschine zurück: »Hässlicher Schurke – stinkst wie eine Ratte.«

»Geh weg, Rosa. Du bist hier nicht erwünscht«, tippte Isajah geschwind.

»Witz – du – mit wem meinst bist gewesen des Nachts????? Mit mir – nicht mit der Eiskönigin.«

»Ich liebe Julia«, tippte Isajah unbeirrt.

»Sie ist müde --- sie ist fett --- sie ist hässlich und dumm ---- sie ist ----.« Die Maschine stoppte unvermittelt und schrieb dann sofort weiter: »I-s-a-j-a-h --- rette mich --- ich trage ein Kind ---.«

Isajah schrieb geistesgegenwärtig: »Julia, bist du das?«

»Ja, Geliebter – ich bin hier mit deinem Kind ----.« Abermals eine kurze Pause, und gleich darauf klapperte die Maschine von neuem: »Deins???? Hahaha, Witz, woher weißt du, dass es nicht von einem der Nachbarn ist, die ich auf meinen nächtlichen Ausflügen getroffen? Hahaha, Witz, hihihi tralla-la.«

»Rosa, lass sie in Ruhe!!!«

»Hihihi.«

»Womit habe ich das verdient, ich bin nicht ekelhaft, ich bin gut oder zumindest nicht böse«, murmelte Julia in die Tasten.

»Du bist eine Hure!« Die Typen tippten Rosas Schrei mit schnellem, hartem Anschlag.

»Wenn du sie nicht verlässt, halte ich die Maschine an, und das Gesicht erstarrt dir in Grimm bis an dein Lebensende«, schrieb Isajah.

»Hahaha-----« Dann herrschte Schweigen. Die Drohung schien die unerwünschte Persönlichkeit verschreckt zu haben. Als die Maschine wieder zu tippen begann, schrieb sie über Blumen und Schmetterlinge und ein schwarz gelocktes Kind, das neben seiner Mutter im grünen Kleid auf einen mit goldenen Ähren bedeckten Hügel läuft. Danach wachte Julia auf. Isajah öffnete den Behälter, und dort lag sie mit einem breiten Lächeln auf den Lippen.

»Ich hatte einen wundervollen Traum«, sagte Julia.

»Wir haben keine Zeit. Der Kaiser ist mit seiner Leibgarde schon unterwegs hierher, um den zu fassen, der die Maschine verwendet hat. Du musst fliehen.« Er ergriff Julias Hand und zog sie hinter sich her die Treppe hoch.

»Aber wie soll er das wissen?«, fragte Julia, da sie hinter ihrem Mann die Stufen hinaufstolperte.

»Ein System aus hauchdünnen Fäden, die an der Kellertür befestigt sind, führt bis zum Palast des Kaisers und alarmiert ihn, wenn die Tür geöffnet wird und jemand versucht, die Maschine zu benutzen.« Isajah drückte Julia eine große Tasche in die Hand. »Hier sind Kleider und Geld, das für viele Jahre reicht. Du musst sofort aufbrechen.«

»Aber was wird aus dir? Warum kommst du nicht mit mir? Ich will bei dir sein …«

»Julia! Es bleibt keine Zeit! Wenn der Kaiser kommt und ich bin nicht hier, wird er nicht ruhen, bis er mich gefunden hat. Sie wissen nichts von dir. Geh nach Prag ins Hotel Central und warte dort auf mich. Und mach dir keine Sorgen, Liebste, ich habe das alles schon vor langer Zeit geträumt.«

Julia versuchte noch etwas zu sagen, doch Isajah brachte sie zum Schweigen, indem er sie auf die Lippen küsste. Sie nahm die Tasche und trat aus der Tür. Von Ferne war das Hufgeklapper der kaiserlichen Leibgardisten zu hören. Sie schaute zurück und sah den Mann, dem das Gesicht in Grimm erstarrt war, im fahlen Mondschein dastehen. Und ihr schien, als spielte ein kleines Lächeln in seinen Mundwinkeln. Sie schwang sich aufs Pferd und gab ihm die Sporen.

Drei Tage wartete Julia im Hotel Central auf Isajah. Am dritten Tag verließ sie voller Sorge ihr Zimmer und stieg hinab zur Rezeption, um ein Telegramm aufzugeben, als eine Überschrift in der Zeitung ihr Auge gefangen nahm. »Leibgarde des Kaisers deckt Zelle von Staatsfeinden auf, die Umsturz planten«. Julia riss dem älteren Mann, der darin las, die Zeitung aus der Hand. Die Meldung sprach von einem Haus im Dorf Apša, das in Schutt und Asche geschossen und bis auf die Grundfesten zerstört worden war. Julia rannte zurück aufs Zimmer und lief lange darin auf und ab wie ein verwundetes Tier. Schließlich leerte sie den Inhalt der Tasche auf dem Bett aus und fand unter unzähligen Geldscheinen auch einige maschinengeschriebene Seiten. Nachdem sie den ganzen Traum gelesen hatte, den sie geträumt hatte, und so von dem Kampf erfuhr, den Isajah und sie gegen Rosa geführt hatten, ließ sie sich mit einem tiefen Seufzer aufs Bett sinken. Die letzte Seite aber war älter und vergilbter als die anderen. Zuoberst standen ein paar, mit Bleistift geschriebene Worte in Isajahs Handschrift:

Julia, meine geliebte Frau,
diesen Traum habe ich geträumt in der Nacht, bevor ich kam, um Dich aus dem Sanatorium zu holen.

Ein sonniger Tag blauer Himmel -==- stehe -- Erwartung – meine Geliebte ist auf dem Weg -- Julia im grünen Kleid – fällt mir um den Hals – ein langer Kuss ---==----- Regen-Blitze --- Gefühl von Gefahr --- ich lege Julia in die Maschine, spüre die zweite Frau – die schlechte – kranke --- meine Liebste ist gerettet --- Julia, die schöne ---- geh, Liebste, geh warte auf mich --- $$$######998 --- Kaiser Franz Joseph – Zorn!! Wut --- des Verrats beschuldigt – bin im Schlafbehältnis eingesperrt – ringsum Feuer ---- Tod Tod habe mir einen Sarg gebaut --- meine Liebste ist gerettet --- --- sie und mein Kind? Das in ihr ----

Julia fiel aufs Bett und weinte hemmungslos, dann nickte sie ein und schlief einen ganzen Tag. Als sie schließlich aufstand, goss sie sich einen heißen Tee aus dem Samowar ein und nippte geistesabwesend daran. Danach legte sie das Geld zurück in die Tasche, zog ein schwarzes Kleid an und stieg die Treppe zur Rezeption hinab. Sie zahlte ihr Zimmer und wandte sich zum Ausgang. Der Rezeptionist eilte ihr nach, bis er sie eingeholt hatte. »Möchte die Dame sich nicht ins Gästebuch eintragen?« Julia drehte sich um, und er reichte ihr das Gästebuch und eine Feder.

»Wie heißt du?«

»Juri«, antwortete der Rezeptionist.

»Du bist süß, Juri«, sagte sie und lächelte. Nahm die Feder, überlegte ein paar Sekunden, schrieb dann geschwind etwas hin und gab ihm Buch und Feder zurück. Der Rezeptionist schaute ihr nach, wie sie schnellen und sicheren Schritts die belebte Straße überquerte. Dann warf er einen Blick in das Gästebuch und runzelte verständnislos die Stirn, als er sah, was dort geschrieben stand.

Hihi, haha, trallala

Er schloss das Buch und kehrte zurück hinter seinen Empfangstresen.

~ Ende ~

Ein Vorwort, das schon lange weder vor noch Wort ist, von Uri Jitzchak Katz

Bei einem meiner letzten Gespräche mit Großmutter Zippora fiel der Name Pavel Klemczek. Sie lag in ihrem Krankenhausbett und war an die Dialysemaschine angeschlossen, und ich saß neben ihr und erzählte, um sie zu unterhalten, von meiner Grundausbildung, die ich während der ersten Tage des Golfkriegs absolvierte. Meine leicht groteske Schilderung erinnerte Großmutter an die Giganten der tschechischen Literatur, die sie so liebte, wie Karel Čapek, Kafka und natürlich auch Pavel Klemczek, ein Name, von dem mir zu dem Zeitpunkt noch nicht bekannt war, dass er im Grunde genommen ein Pseudonym war. Ich weiß auch nicht, ob Großmutter diesen Namen bewusst einfügte oder ob sie durch die anstrengende Dialyse ein wenig durcheinander war. Doch mehr als alles andere erinnerten meine Geschichten sie an Hašeks Roman *Die Abenteuer des braven Soldaten Schwejk*, den sie über alles liebte.

Im November 1990 wurde ich in der MK (Musterungskaserne) der IDF (Israelische Verteidigungsstreitkräfte) vorstellig, ausgestattet mit einem 90er-PPE (Primärer Psychotechnischer Einstufungstest), dem höchsten, den man bekommen kann, und einer außerordentlich niedrigen QG (Qualitätsgruppe), da ich nur zehn Schuljahre und kein Reifezeugnis vorzuweisen hatte.[21] Außerdem hatte ich beim persönlichen Gespräch vor der Musterung null Motivation an den Tag gelegt, dem Staat oder, wenn wir schon dabei waren, sonst irgendjemandem zu dienen. Wahrscheinlich brachte dieses Vorgespräch die Armee einerseits dazu, mir nicht besonders viel Wertschätzung auszudrücken, hielt sie andererseits aber auch nicht davon ab, mir den höchsten Tauglichkeitsgrad zu verpassen.

Am Tag der Einberufung, nach Ausgabe der Uniformen und Impfungen, wurden alle für Kampfeinheiten gemusterten Soldaten zu einem großen Paradeplatz gebracht, wo jede Teilstreitkraft einen eigenen Stand hatte oder vielmehr ein großes Zelt, in dem die jungen Rekruten geködert werden sollten, bei der jeweiligen Truppe anzuheuern. Alle Zelte sahen nahezu identisch aus. In jedem stand am Eingang eine Soldatenpuppe in Uniform der Einheit, und in einer Ecke wurden die charakteristischen Waffensysteme der Truppe vorgeführt: ein Sturmgewehr für die Infanterie, eine Haubitze für die Artillerie, Minen und Brückenmodelle für die Pioniere. Jedes Zelt bot auch Banner mit markigen Werbeslogans: »Der Mann im Panzer siegt«, »Mir nach zu den Fallschirmjägern« und so weiter. Die Krönung der Vermarktungskampagne waren kurze Filme, die in jedem der Zelte liefen, alle gleich aufgemacht, in dem Soldaten der Waffengattung zu sehen waren, hauptsächlich rennend. Sie rannten

21 Die in Klammern angeführten Erklärungen sind für eine deutschsprachige Leserschaft, die mit der schwindelerregenden Fülle von Abkürzungen in der israelischen Armeesprache nicht vertraut sein dürfte, nicht vom Übersetzer hinzugefügt, sondern finden sich ebenso im hebräischen Original. Da diese von den meisten muttersprachlich hebräischen Leserinnen und Lesern allerdings mühelos verstanden werden, zielt dieses Stilmittel darauf ab, eine Verfremdung solcher Begriffe zu bewirken und dergestalt zu veranschaulichen, in welchem Maße der Militärjargon das Leben und die Sprache der Zivilgesellschaft durchdrungen hat [Anm. M. L.].

bei der Golani-Brigade, rannten bei den Givatis[22], rannten bei den Fallschirmjägern, der Artillerie und bei der Grenzschutztruppe, zumeist im Schlamm und mit Tragen auf der Schulter. Nur im Filmchen der Panzertruppe fuhren die Soldaten im Panzer. Ich meldete mich zu den Panzern. Die Idee, durch die Gegend zu fahren, anstatt zu rennen, gefiel mir. Und nicht nur zu fahren, richtig schnell zu fahren, in einem Merkava-MK3-Panzer, über Felsen, Bäume, nichts hielt den Panzer auf, auch nicht riesige Dünen. Mit einer Geschwindigkeit von neunzig Stundenkilometer, so der Sprecher in dem Film, rauschte der Panzer bis zur Kuppe der Düne und schwebte danach einfach sekundenlang weiter durch die Luft, bis er wieder am Boden landete. Und so fand ich mich zur Grundausbildung bei der Panzertruppe wieder, wo, entgegen allen Versprechungen im Film, hauptsächlich gerannt wurde.

Kaum war ich auf dem Ausbildungsstützpunkt in Tzukei Uvda eingetroffen, verstand ich, dies war allem Anschein nach nicht der für mich wirklich passende Ort. Auf dem Appellplatz empfing uns, mich und drei weitere Jungrekruten, ein ambitiöser Feldwebel und verlangte von uns, zum Wachturm und zurück in weniger als dreißig Sekunden zu sprinten. Als wir zurück waren, ließ er uns in einer Reihe Aufstellung nehmen, wobei er verlangte, wir sollten exakt in der linken oberen Ecke der Pflasterplatte stehen. Ich fragte, ob auf dem Schlachtfeld auch Platten lägen, und wir alle rannten gleich noch einmal. So lernte ich, dass Humor nicht zu den erforderlichen Eigenschaften eines Panzerschützen gehört. Ich rannte, so schnell ich konnte (ich war immer schon ein Topathlet gewesen), und kam als Erster an. Diesmal rannten alle von neuem wegen des asozialen Egomanen, der seinen Kameraden nicht hilft und nur an sich selbst denkt. Danach rannten wir wieder, weil wir wie

22 Zwei bekannte Infanteriebrigaden des israelischen Heeres [Anm. M. L.].

Krüppel aussahen, und dann gleich noch mal, weil wir die Zeit nicht einhielten. Sehr schnell verstand ich, wir rennen, weil das die Zeit ist, die fürs Rennen vorgesehen ist. Das Gefühl, das mit dem Rennen würde aufhören, wenn wir nur etwas richtig machten, rührte aus einer Illusion. In der Welt des Drills gibt es keine Belohnung und Bestrafung, nur Bestrafung.

Ich brauchte zwei Monate, um zu verstehen, dass ich dort nicht bleiben konnte. Rein physisch hatte ich kein Problem, war sogar ziemlich gut in Form. Aber jedes Mal, wenn ich wagte, nach vorn zu blicken und mich zu fragen: »Ist es das, was du jetzt drei Jahre machen wirst?«, bekam ich Angstzustände. Zu meinem eigenen Erstaunen entdeckte ich, dass ich Pazifist war, und nicht etwa nur wegen der Musik und der Mädchen. Auf dem Höhepunkt einer Geländeübung (das Codewort für »zur Abwechslung mal im Gelände rennen«) und ohne eine bombastische Szene daraus zu machen, bat ich, den Zauberer zu sehen. Der Zauberer war natürlich der OSG (Offizier für seelische Gesundheit), der allgemein so genannt wurde, weil er einem im Handumdrehen, wie mit dem Zauberstab, den Tauglichkeitsgrad verschwinden lassen konnte. Am Abend kam der KpFw (Kompaniefeldwebel) und nahm mir nach kurzem Dreyfus-Prozess meine Waffe ab, um auszuschließen, dass ich mich selbst erschoss, oder schlimmer noch – ihn. Mir wurde befohlen, in meinem Zimmer zu warten, bis der OSG komme. Das dauerte zwei Wochen, in deren Verlauf ich an keinerlei Aktivitäten teilnahm. Aber mir wurde erlaubt, meinen Kameraden beim Waffenputzen zur Hand zu gehen (jedes Mal allerdings nur ein Teil auf einmal), und vor allem half ich verbal weniger findigen Soldaten, Beschwerdebriefe und Ersuche um Sonderurlaub aufzusetzen. Das lief immer folgendermaßen ab:

Soldat: Bist du der Typ, der hier Briefe schreibt?
Ich: Ja.

Soldat: Dann schreib an den Vorgesetzten vom Spieß, ich will Sonderurlaub.
Ich: Warum?
Soldat: Weil du der Typ bist, der hier Briefe schreibt.
Ich: Nein, warum willst du Sonderurlaub?
Soldat: Wer will keinen Sonderurlaub? Hättest du nicht gern Sonderurlaub, anstatt der Typ zu sein, der hier Briefe schreibt?
Ich: Nein, aus welchem Grund willst du, dass ich schreibe?
Soldat: Weil du der Typ bist, der hier Briefe schreibt, oder nicht?

So verbrachte ich das meiste der mir auf dem Stützpunkt noch verbleibenden Zeit, in der ich, hätte ich gewollt, auf wohl achtzehn verschiedene Arten hätte Selbstmord begehen können. Als sie mich nach zwei Wochen endlich zum OSG ließen, wurde es ein recht kurzes Gespräch. Ich erklärte, ich hätte vollstes Vertrauen in seine fachlichen Kompetenzen, weshalb ich ihm auch nicht sagen würde, was er schreiben soll, sondern es ihm überließe, eine Vorgehensweise zu formulieren, damit ich am Ende des Tages nicht dortbleiben müsste. Genauso, wie es unhöflich wäre, einem Taxifahrer zu sagen, wie er fahren soll, verhalte es sich auch hier: Ich sage nur, wohin ich möchte. Offenbar wegen des wenig schmeichelhaften Vergleichs mit einem Taxifahrer schickte mich der Stützpunkt-OSG zum MC (Medizincorps) in Tel Hashomer, zu einem Gespräch mit dem Chef-OSG. Dort traf ich im Wartezimmer einen Soldaten, der beide Beine und die linke Hand in Gips hatte und um den Hals eine orthopädische Nackenstütze trug. Wir wechselten ein paar Worte, und mir wurde klar, er war der Fahrer des Panzers bei jenem berühmten Sprung gewesen, den ich im Filmchen der Panzertruppe gesehen hatte. Überflüssig zu erwähnen, dass in dem Augenblick meine Entscheidung, mich von der Truppe zu verabschieden, zusätzlichen Schub erhielt. Der Chefzauberer auf jeden Fall wandte seine Tricks an und stufte meinen Tauglichkeitsgrad auf den eines *Jobniks*[23] herab.

In jenem formenden Moment (der Entscheidung, meinen Tauglichkeitsgrad herabzusetzen) verstand ich, ich darf nicht auf das Gesamtbild schauen; darf nicht mehr als einen Meter weit vorausblicken; darf mich nicht fragen, ob das der Mensch ist, mit dem ich den Rest meines Lebens verbringen will. Oder ob dies der Beruf ist, den ich ausüben sollte, und ich dieses Buch jemals zu etwas bringen werde, das seinen Namen wert ist. Wie in diesem Sketch von Monty Python über den lustigsten Witz auf der Welt, an dem jeder, der ihn hört, vor Lachen stirbt, weshalb er auf mehrere Leute aufgeteilt wird, werde ich hier verschiedene Teile schreiben, werde sie am Ende zusammenfügen und sterben.

Dank Zwi, dem Freund meiner Schwester, der es bei seinem Militärdienst zum ranghohen Offizier im Erziehungscorps gebracht hatte, organisierte ich mir ein Treffen mit dem Befehlshaber des Armeemagazins *Ba'machaneh*. Ich zeigte ihm meine Mappe mit Arbeiten und wurde als Militärfotograf genommen. Sie versprachen mir, ich würde Oberste am Tag ihrer Ernennung fotografieren, Generalmajore beim feierlichen Anstoßen und, wenn ich Glück hätte, auch den Verteidigungsminister, wie er durch sein Fernglas in eine sichere Zukunft schaut. All das, so wurde mir erklärt, würde geschehen, sobald ich meine Grundausbildung beendet hätte. Denn wie sich zeigte, war ich trotz der zwei Monate, in denen ich bei der Panzertruppe gerannt war und Waffen geputzt hatte, nicht in den Rang

---

23 Armeeslang für Soldaten, die ihren Militärdienst nicht in einer Kampfeinheit, sondern als »Job« in der Administration oder mit Wartungs- und Unterhaltungstätigkeiten ableisten. Der Begriff wird im Sprachgebrauch der Truppe zumeist herabsetzend und despektierlich verwendet [Anm. M. L.].

eines Schützen 03 aufgestiegen und musste somit jetzt dreißig Tage Grundausbildung 02 absolvieren, die für Soldaten mit nicht kampftauglichem Profil gedacht war, vor allem solche, die an Asthma und anderen chronischen Krankheiten litten, weshalb sie keine physischen Höchstleistungen verlangte. Eine ET-Grundausbildung, für eingeschränkt Taugliche – oder, wie die Soldaten es nannten, eigentlich Tote.

Am 1. Januar 1991, auf dem Höhepunkt des kältesten Winters seit vierzig Jahren, wurde ich zur Ausbildungsbasis 4 in Beit El geschickt, in die Berge nördlich von Jerusalem, nicht weit von dort, wo Großvater Jitzchak gekämpft hatte und für das Vaterland gefallen war. Der Unterschied zwischen einer Grundausbildung bei der kämpfenden Truppe und einer für den Rest der Armee ging mir schon beim ersten Zusammentreffen mit den Ausbildern auf. Auch hier nahmen wir auf dem Appellplatz Aufstellung und bekamen, wieder einmal, gesagt, wir sollten rennen. Ein paar Soldaten zückten daraufhin ein Attest, das sie vom Laufen befreite, einige sogar eins gegen Stehen, und alle anderen zückten Inhalatoren und begannen zu rennen, oder genau gesagt, sich beschleunigt auf das Ziel zuzubewegen. Als, wenn auch nicht ausgewiesener, Absolvent der Panzertruppe hatte ich die Lektion verinnerlicht, nicht asozial zu sein, und half den Nachzüglern mit gutem Zureden, Anspornen und Tragen ihrer Ausrüstung. Doch sie kamen einfach nicht vom Fleck, und mir wurde kalt. Also beschloss ich, schnell zu rennen, und sei es nur, um mich aufzuwärmen, da wir auf jeden Fall ja bis zum Abendessen noch eine weitere Stunde mit Rennen verbringen würden. Ich legte einen Sprint hin und kam als Erster an. Der Spieß fragte nach meinem Namen und sagte, ich solle mich abseits hinstellen, während alle anderen erneut rannten. Gut gemacht, Uri, sagte ich mir. Anstatt dich schön bedeckt zu halten, bist du schon wieder als problematisch aufgefallen. Doch dann bekam der Soldat, der in der zweiten Runde als Erster eintraf, Anweisung, sich neben mich zu stellen. Ebenso der Erste aus der dritten Runde und so weiter. Plötzlich verstand ich, wer als Erster ankommt, darf sich ausruhen. Entgegen dem hehren »Einer für alle«-Ethos war mein Motto als *Jobnik*: »Einer für mich selbst«.

Sehr schnell wurde mir klar, die allgemeine Grundausbildung der Armee war das reinste Sommerferienlager. Abgesehen von der eisigen Kälte in der Baracke meines Zugs, die noch im Bau war und keine Fenster hatte, war die Atmosphäre entspannt. Entgegen den sieben Minuten Mittagspause, die uns bei der Panzertruppe zugestanden worden waren (und die wir für eine schnelle Zigarette nutzten), bemaß sich die Mittagspause in der Ausbildungsbasis 4 auf gut zwei Stunden und sollte einen auf das Leben als *Jobnik* vorbereiten. Auch die Erlaubnis, mir einen Bart stehen zu lassen, holte ich ein und gewann so auf Kosten des Rasierens morgens weitere sieben Minuten bis zum Aufstehen. Außerdem gab ich an, religiös zu sein. Wenn schon verdammt dazu, mit Kopfbedeckung und Bart herumzulaufen und koscher zu essen, dann sollte sich das zumindest für mich auszahlen. Die Religiösen in der Armee nutzen die säkulare Ignoranz aus, um ihre Ruhe zu haben und sich zu drücken, wo es nur geht, denn schließlich mangelt es im Judentum nicht an Festen, Feiertagen und frommen Pflichtterminen.

»Wo bist du gewesen, Soldat?«

»In der Synagoge, Herr Feldwebel, es ist doch der 11. Ijjar.«[24]

»Bis jetzt?«

»Wir haben einen *taschlich* gemacht, in Vorbereitung auf das Sissra-Fasten.«[25]

---

24 Am elften Tag des Monats Ijjar gibt es keinen jüdischen Feiertag [Anm. M. L.].

25 Als *taschlich* (»du wirst werfen«) wird ein Brauch im Anschluss an das Mincha-Gebet am Neujahrstag (Rosch Ha'Schana) bezeichnet, bei dem symbolisch

»Okay, dann ab in die Küche.«

»Es ist verboten, heute mit Wasser in Berührung zu kommen, Herr Feldwebel, im Gedenken an die dreiundzwanzig Jordej Ha'Sira.«[26]

Ich hockte stundenlang in der Synagoge, zusammen mit ein paar Jeschiwajünglingen, die sich aus unerfindlichem Grund nicht vor dem Militärdienst gedrückt hatten. Sie lasen in ihren jüdischen Apokryphen, und ich las *Lolita* – jedem seine abseitige Neigung. Ich hätte so unbehelligt bis ans Ende aller Tage weitermachen können, wäre nicht der Krieg ausgebrochen.

Am 29. November, getreu der eigenen Tradition, zu diesem Datum dramatische Deklarationen in die Welt zu setzen, verabschiedete der UN-Sicherheitsrat Resolution 678, die im Wesentlichen aus einem Ultimatum an den Irak bestand, seine Truppen bis zum 15. Januar aus Kuweit abzuziehen. Als ich Anfang Januar meine Restgrundausbildung antrat, waren auf dem Stützpunkt bereits rege Vorbereitungen im Gange. Jeder Soldat bekam ein Schutzset, das er stets bei sich tragen sollte. Das Set umfasste neben einer ABC-Maske und diversen Tuben und Döschen auch ein penibel eingeschweißtes Instruktionsheft, das erklärte, wann und wie all das zu benutzen war. Zum Beispiel:

Im Falle eines direkten Kontakts mit Senfgas ist Bleicherde auf die Haut zu pudern.

---

die Sünden ins Wasser geworfen werden. Ein Sissra-Fasten jedoch existiert nicht [Anm. M. L.].

26 Die *dreiundzwanzig Jordej Ha'Sira* (wörtlich: »die dreiundzwanzig mit dem Boot Untergegangenen«) bezieht sich auf eine 1941 gescheiterte Aktion des jüdischen Untergrunds im damals von den Briten verwalteten Mandatspalästina. Dreiundzwanzig jüdische Untergrundkämpfer und ein britischer Major ertranken bei dem Versuch, Ölraffinerien in Tripolis zu sabotieren. Ein religiöses Gedenken dieses Ereignisses hingegen gibt es nicht [Anm. M. L.].

Nur stand da nicht, wie man Senfgas erkennt: Kommt es mit Würstchen und Sauerkraut vom Himmel geschwebt? Unsere Ausbilder begnügten sich nicht mit der Instruktionsbroschüre, sondern setzten gleich eine ganze Unterweisungsstunde an, in der uns der Spieß das Heftchen von Anfang bis Ende vorlas. Seinem Gesicht war abzulesen, dass er genauso gefechtsbereit war wie wir. Eine Woche vor Ablauf des Ultimatums wurde allen Soldaten, die erlaubterweise Bart trugen, geraten, diesen abzunehmen. Die Gasmaske, so wurde uns erklärt, schütze nicht, wenn das Gesicht nicht glatt rasiert sei. All das erschien mir schleierhaft. Den Abfluss verstopfen Haare ja ausgezeichnet, auch in der Nase arbeiten sie als wirksamer Filter, aber wenn von Gas die Rede ist – da versagen sie kläglich? Meiner Meinung nach war der wahre Grund für den Rasierbefehl, dass diese Maske einen derart lächerlich aussehen ließ, und wenn dann auch noch der Bart darunter hervorschaute, sähe das erst recht zu dämlich aus und machte es praktisch unmöglich, nach Ende des Krieges eindrucksvolle Siegesbildbände herauszugeben. »Katz, hör auf zu labern und geh dich rasieren!«, bellte der Spieß, offensichtlich unbeeindruckt von meinen finsteren Prophezeiungen, der Flügelschlag der Geschichte und unser kollektives Gedächtnis könnten Schaden nehmen. Ich deutete auf den Oberrabbiner des Stützpunktes, der stolz einen mächtigen Bart zur Schau stellte: »Wenn er abnimmt, nehme ich auch ab.«

»Was abnimmt?« Der Spieß sah mich konsterniert an. »Na ihn, Herr Feldwebel!«

Am 17. Januar griffen die Truppen der Koalition, angeführt von den USA, den Irak an. Kaum war die Meldung raus, wurden alle Bartträger aufgefordert, sich unverzüglich ans Rasieren zu machen, ohne Ausnahme. Die einzige Ausnahme war natürlich der Armeerabbiner. Er machte keinerlei Anstalten, sich von der Zierde seines Gesichts zu verabschieden. Sei es, weil er sich seines Gottes sicher war, sei es, weil er etwas wusste, das ich nicht wusste, ich beschloss, mit der Rasur noch zu warten. Da war schon der Kompaniefeldwebel bei mir und sagte, ich hätte vier Minuten, um den Bart abzunehmen, etwas weniger also als die geschätzte Flugzeit, die eine Rakete aus dem Irak brauchte. Der Waschraum war überfüllt von Bartträgern, die die irakische Bedrohung, die plötzlich sehr greifbar geworden war, bewog, ihr Gesichtshaar mit doch recht brachialer Rasur abzunehmen. Blutige Gesichter schauten einen aus den schmutzigen, gesprungenen Spiegeln an. Verstopfte Waschbecken liefen über von einer trüben Brühe, in der Haare aller Länge und Farbe schwammen. Wenn nicht das Gas, dann wird der Aderlass uns alle umbringen, sagte ich mir, während ich mir meinen Bart mithilfe einer stumpfen, von einem Kameraden ausgeliehenen Klinge mehr ausriss als rasierte. Es war eine laserlose Haarentfernung, und sie tat weh. Ich wankte aus dem Duschtrakt, ließ die Schreckensbilder hinter mir und die Schmerzensschreie derjenigen, die wagten, Aftershave aufzutragen. Genau in dem Moment heulten die Sirenen los.

Bei dem Luftalarm realisierte ich zwei Dinge: Erstens, dass ich nicht nur Pazifist bin, ich bin auch Fatalist. Landet hier eine – dann landet eine, landet keine – dann eben nicht. Und zweitens, dass ich mich an den Schweißgeruch und die Angst meiner Mutter erinnerte, die mich im Jom-Kippur-Krieg die Treppe hinab in den Luftschutzraum trägt, und ich bin gerade mal zwei Jahre alt. Ob wegen meines Fatalismus, der den Realitätscheck bravourös bestand, oder aufgrund des Gefühls, all das und Schlimmeres schon einmal erlebt zu haben, blieb ich ruhig und abgeklärt, während um mich herum die Hölle losbrach.

Bei Luftalarm erst die Maske aufsetzen und dann in den hermetisch abgedichteten Schutzraum laufen.

So die Anweisung des Heftchens. Das Problem war, die Baracke meines Zugs hatte, wie gesagt, noch keine Fenster. In den Tagen vor dem Luftalarm hatten wir noch versucht, die Fensteröffnungen mit großen Plastikplanen abzudichten, und sei es nur gegen die Kälte, doch vergeblich. Am Ende bekamen wir gesagt, im Falle eines Alarms sollten wir die dreihundert Meter bis zur Unterkunft von Zug 3 rennen, aber vorher die Maske aufsetzen. So kam es, dass im Augenblick der Wahrheit Dutzende von asthmakranken Soldaten, die kaum in der Lage waren, dreihundert Meter zu gehen, ohne wenigstens zweimal anzuhalten und ihren Inhalator zu benutzen, gezwungen waren, die Strecke im Sprint zurückzulegen, und das mit einer ABC-Maske auf Mund und Nase und einer Panikattacke in den Knochen. Das Instruktionsheft ließ unerwähnt, dass der an der Maske aufgeschraubte Kohlefilter nicht nur giftige Gase aussiebte, sondern auch den Durchlass weniger giftiger Gase erschwerte, wie etwa Sauerstoff, den Menschen benötigen, vor allem in Stresssituationen, und der ihnen hilft, daran zu denken, einfache Handgriffe vorzunehmen, wie etwa die Plastikkappe zu entfernen, die den Filter in Friedenszeiten gegen Staub und Verschleiß schützte. Meine Kameraden lagen am Wegesrand, atem- und hoffnungslos. Die meisten von ihnen waren sicher, das Gas bringe sie um und nicht die fehlende Luft. Ein schneller Blick in das Instruktionsheft nährte die Angst, dass tatsächlich Gas im Spiel war.

Phosphororganische Verbindungen (Neurotoxine), die auch als Nervengase bekannt sind, gehören zu den giftigsten und gefährlichsten chemischen Kampfstoffen. Es sind dies farb-, geruch- und geschmacklose Stoffe, die in kürzester Zeit große Verlustzahlen bewirken können ohne etwaige vorherige Warnsignale.

Aber warum tragen farblose Gase die verwirrende Bezeichnung »Phospor« im Namen, und besagt die Tatsache, dass sie organisch sind, dass sie etwa gesünder sind als industriell hergestellte Gase? Das zu erklären, bemühte sich die Broschüre nicht, veranschaulichte dafür aber, wie sich das fragliche Gas identifizieren ließ:

Der Stoff tritt in flüssigem oder gasförmigem Zustand auf oder in Form von Sprühnebel (winzige Tropfen).

Überzeugte einen all dies, dass man tatsächlich mit Nervengas angegriffen worden war, dann lieferte die Beschreibung der zu erwartenden Symptome endgültige Bestätigung:

Zu den Symptomen einer Beeinträchtigung durch Nervengifte gehören, der Reihenfolge ihres Auftretens nach: Naselaufen, Druckgefühl in der Brust, Sehstörungen, Atembeschwerden, übermäßiger Schweißausbruch, Übelkeit und Erbrechen.

Unglücklicherweise waren das auch exakt die üblichen Symptome, die bei einem von Panikattacken begleiteten Asthmaanfall auftreten. Glücklicherweise erklärte das Heftchen aber auch, was dann zu tun war. War man Nervengas ausgesetzt, musste man sich alle drei Stunden Atropin spritzen und die leere Spritze jeweils ans Revers des Uniformhemds heften. Damit der Sani, fand er dich Stunden später bewusstlos und von Konvulsionen geschüttelt, wusste, wie viele Spritzen du dir verpasst hattest.

Bei Anzeigen eines Angriffs durch autorisierte Stellen und Auftreten chemischer Verbrennung auf Hautpartien, die Kampfstoffen ausgesetzt wurden, ist die betroffene Person

unter Verwendung eines absorbierenden Pulvers (Bleicherde, in der Außentasche des Schutzsets befindlich) und einer Vlieskompresse zu dekontaminieren.
Gebrauchsanweisung:
Betroffene Person unverzüglich aus kontaminiertem Sektor schaffen.
Betroffene Person komplett entkleiden.
Bleicherde auf die durch chemische Kampfstoffe kontaminierten Hautpartien pudern.
30 Sekunden warten, bis das Puder die toxische Substanz absorbiert hat.
Mithilfe einer Kompresse das kontaminierte Pulver in einen Abfallbehälter und vom Körper weg entfernen.
Schritt 3 und 4 so oft wiederholen, bis das Pulver vollkommen weiß bleibt.

Auf dem Dach der Kantine, offenbar weit genug entfernt vom kontaminierten Sektor, standen zwei splitterfasernackte Soldaten und puderten sich gegenseitig ein. Das homoerotische Schauspiel dauerte nur ein paar Sekunden, und es schien, als würden die beiden das Puder ungleich sachgemäßer und erfolgreicher einsetzen als der Soldat, der auf einer Bank saß und auf dem Einband des Instruktionsheftchens die Bleicherde zu akkuraten Linien angeordnet hatte und im sprichwörtlich allerletzten Moment vom Spieß daran gehindert wurde, es zu sniffen. Der Kompaniefeldwebel riss ihm den Puderbehälter weg und steckte ihn zu den anderen, die er bereits im Arm hatte, fallen gelassen von der Mehrheit der Soldaten, als diese zu den Schutzräumen rannten. Ein Teil des Gases, so wurde uns erklärt, sei überhaupt kein Gas, sondern eine Säureflüssigkeit, die vom Himmel falle und bei Kontakt mit der Haut diese verätze. Doch auch darauf hatte das Schutzset eine Antwort, in Form einer schwarzen Plastikfolie nämlich, mit der sich der

Soldat zu bedecken hatte. Denn die Säure fraß sich wohl durch Haut, Fleisch und Knochen, doch die schwarze Plastikfolie eines einfachen Müllsacks vermochte sie augenscheinlich aufzuhalten.

Als die Sirenen losheulten, setzte auch ich die Maske auf und begann, in Richtung der hermetisch abgedichteten Wohnunterkünfte zu rennen. Sehr bald aber wurde mir klar, dass die Maske nicht für Kurzsichtige geeignet war, da es schlicht unmöglich war, darunter eine Brille aufzubehalten. Und ohne Brille sehe ich rein gar nichts. Also nahm ich die Maske wieder ab. Wenn schon sterben, dann in Würde. Ich stellte das Rennen ein und schritt erhobenen Hauptes aus, während um mich herum die Hölle des Krieges und Schreckensszenarien menschlicher Erbärmlichkeit tobten. Einige Soldaten knieten am Wegesrand, bedeckten sich mit Plastikfolien, sodass nur noch ihre Köpfe herausschauten und sie aussahen wie schwarze Riesenschildkröten. Kurzsichtige, die nicht wie ich einsichtig genug gewesen waren, auf ihr Leben zu verzichten, liefen im Kreis herum wie Hennen, denen man den Kopf abgehackt hat. Ein Soldat, der eine Überdosis Atropin intus hatte, lag dehydriert auf dem Deckel eines Sicherheitsschachts und flehte um Wasser. Am Revers seines Uniformhemds hingen wie Orden und Ehrennadeln fünf Spritzen, als wäre er ein Politkommissar in der Roten Armee. Ich reichte ihm meine Wasserflasche. Er drehte sie auf und trank schwer schluckend. In den Trinkpausen setzte er die Maske wieder auf, ruhte sich ein bisschen aus und nahm sie wieder ab. Nach einer Weile setzte er sich auf und sagte, was die nationale Untersuchungskommission Monate nach dem Krieg der Öffentlichkeit berichten würde: »Diese Maske ist was fürn Arsch.« Er nahm noch einen Schluck und zog sich die Maske wieder vors Gesicht. Dann fiel ihm etwas ein, und er nahm sie wieder ab. »Hast du noch Atropin? Ich hab alle Spritzen verbraucht, und das Zeug wirkt nicht.«

»Du brauchst kein Atropin mehr.« Ich legte ihm die Hand auf die Schulter. »Du bist tot, kannst die Maske abnehmen. Du bist frei.« Und damit ging ich weiter.

Nach fünf Minuten, in denen wir längst in einer atomar-biologisch-chemischen Wolke hätten verpufft sein müssen, erreichte ich die hermetisch abgedichtete Baracke von Zug 3. Die Tür war verschlossen. Ich klopfte sacht, danach etwas stärker und am Ende verzweifelt.

»Wer ist da?«, fragte eine Stimme, die nicht im Entferntesten befehlshabend klang.

»Der Todesengel.«

Nichts geschah. Leute neigen dazu, in morbiden Situationen unempfänglich für morbiden Humor zu sein. Zu meinem Glück erschien genau in dem Moment ein Haufen von Bleicherdebehältern, hinter dem unser Spieß hervorlugte, der befahl, die Tür zu öffnen. Drinnen herrschte ein noch größeres Chaos als draußen.

Die Maske ist mit dem Kinn zuerst aufzusetzen. Wenn die Maske anliegt, die Gummibänder straff ziehen bis zum festen Halt.

So die Instruktion in dem Gebrauchsheftchen, doch machte es sich nicht die Mühe anzugeben, wann man das Ziehen einstellen sollte und wie viel Spannung die Bänder aushalten konnten, bevor sie rissen, insbesondere, wenn zwei Kameraden dir dabei behilflich sind, sie stramm zu ziehen. So kam es, dass etliche Soldaten ihre Masken unbrauchbar gemacht hatten, noch ehe die erste Rakete niedergegangen war. Die Tatkräftigen unter ihnen versuchten ihre Kameraden zu überreden, ihnen ihre Masken zu überlassen. Einige der Überredungsmethoden beinhalteten Diebstahl und Schläge. Am Ende behielten so gut wie alle Maskenlosen die Oberhand über die, die noch eine taugliche Maske hatten. Denn statistisch gesehen waren die, die über genug Kraft verfügten, die Gummibänder zu zerreißen, stärker als die, die dosiert daran gezogen hatten, weshalb sie jetzt auf ihre Schutzausrüstung verzichten mussten, damit die Stärkeren überlebten und abermals so brachial an den Gummis zogen, dass sie erneut rissen. Was ein geradezu klassisches Beispiel für das Prinzip der natürlichen Auslese der menschlichen Spezies liefert: Der Stärkere überlebt, um alsdann seine eigene Überlebensgrundlage zu zerstören.

Um zu überprüfen, ob die Maske richtig abdichtet, pressen Sie die Hand so auf den Filtereinlass, dass sie diesen vollkommen abdeckt. Bekommen Sie keine Luft mehr, ist die Maske dicht.

Wer sich nicht mit diesem Ausschlussverfahren begnügen wollte, dem bot das Maskenset noch einen weiteren, nicht weniger effektiven Weg, das sogenannte *Bananit*: eine kleine Glasampulle, gefüllt mit einer durchsichtigen Flüssigkeit, die penetrant nach Banane roch.

Nachdem Sie die Maske fixiert haben, nehmen Sie das Bananit, brechen die obere Spitze ab und führen die Ampulle zur Schutzmaske. Nehmen Sie keinen Bananengeruch wahr, schließt die Maske dicht ab.

Jeder Soldat hatte drei *Bananits* bekommen. Die Idee desjenigen, der das Schutzset konzipiert hatte, war wohl gewesen, dass die Soldaten die Masken gleichzeitig aufsetzten und dann nur ein Soldat ein einziges *Bananit* zücken und es wie einen Joint aus feinstem medizinischem Marihuana unter den Kameraden herumgehen lassen sollte. Doch auch hier, wegen des Stresses und der allgemeinen Hysterie, köpfte jeder Soldat sein eigenes *Bananit*, und schlimmer noch, sie brachen die Ampullen auf, noch ehe sie die Masken aufgesetzt hatten. Die Flüssigkeit in den Ampullen spritzte durch die Gegend und auch in die Masken, sodass einem darin, einmal aufgesetzt, ein intensiver Bananengeruch entgegenschlug, und da alle dachten, die Maske dichte nicht ab, zogen sie die Gummistrippen noch fester und brachen eine weitere Ampulle auf, um zu überprüfen, ob sie diesmal nichts mehr rochen. Was sie natürlich unverändert taten, die ganze Baracke stank so durchdringend nach Bananen wie ein Shakestand in Thailand. Ich bin sicher, irgendwo in Afrika müssen sich ganze Affenhorden auf den Weg gemacht haben zum Ausbildungsstützpunkt in Beit El. Der Soldat, der neben mir kauerte, fragte, ob ich Banane röche. Ich sagte, ja. Meine Antwort schien ihn ein wenig zu beruhigen. Sicherheitshalber köpfte er aber noch eine dritte Ampulle, und als er auch diesmal Banane roch, zog er die Maskengummis nochmals an, bis diese der Belastung nicht länger gewachsen waren und rissen. Doch mein Nachbar war zu schwach, einem anderen dessen Maske wegzunehmen, und resignierte einfach. Er schob sich seine nutzlos gewordene Maske in die Stirn und schluckte noch einmal fünf Pyridostigmin.

Die Pyridostigminfilmtabletten helfen Ihnen, das Nervensystem zu regulieren, sollten Sie Nervengas ausgesetzt sein. Vom Moment des Kontakts an ist alle vier Stunden eine Tablette einzunehmen.

Jeder Soldat hatte eine Packung mit dreißig kleinen Tabletten bekommen, die Anti-Baby-Pillen verdächtig ähnlich sahen. Ich fragte den Soldaten neben mir, ob es schon vier Stunden her sei, dass er eine Tablette genommen hatte.

»Ich weiß nicht, ich glaub schon … Wann war der Luftalarm?«

»Vor sieben Minuten.«

»Fühlt sich an wie Stunden.« Was ihn noch mehr stresste. »Ich hab das Zeitgefühl verloren.« Er drückte sich zwei weitere Tabletten in die Hand und schluckte sie mit dem ganzen Inhalt einer Trinkflasche. Als er fertig war, lehnte er sich resigniert zurück und stierte umher, bis er plötzlich die aus meiner Tasche baumelnde Maske sah. »Benutzt du die?« Ich gab sie ihm, und zu seiner Ehrenrettung sei gesagt, dass er sie behutsam fixierte. Danach murmelte er etwas in meine Richtung, aber aus der Maske heraus konnte ich es nicht verstehen. Er deutete auf meine Wasserflasche. Ich reichte sie ihm. Die Pyridostigmin-Tabletten verhinderten zwar Halluzinationen, hatten aber so ihre Nebenwirkungen, die gravierendste darunter ein Dehydrieren. Das Instruktionsheft hielt jeden an, der eine Tablette genommen hatte (was mit denen war, die ein ganzes Dutzend geschluckt hatten, blieb unerwähnt), viel zu trinken, und da es nicht geraten war, die Maske während eines Chemieangriffs abzunehmen, enthielt das Schutzset einen Schlauch, der an der einen Seite mit der Armeetrinkflasche und an der anderen mit der Maske verschraubt wurde. Noch grotesker als ein Mensch, der eine ABC-Maske aufhat, ist ein Mensch, der eine ABC-Maske aufhat, an der ein Schlauch hängt, der mit einer Wasserflasche verbunden ist.

Da nicht wenige Soldaten die Tabletten genommen und Wasser in rauen Mengen getrunken hatten, war der Exodus zu den Toiletten, die sich außerhalb des Gebäudes befanden, endlos. Es verging kaum eine Minute, ohne dass der nasse Lappen, der die Tür nach unten abdichtete, nicht beiseitegeschoben wurde, damit sich diese öffnen ließ. Sehr bald hatte der Lappen die Form und Farbe von Schlamm, bis man es schließlich aufgab und die Tür offen stehen ließ. Also ist es an der Zeit festzustellen, auch auf die Gefahr hin, dass unsere Feinde alles lesen, was auf Hebräisch geschrieben wird: Wir hätten, hätte man uns mit chemischen Waffen angegriffen, und sei es mit welchen primitivster Machart, nicht überlebt.

In den darauffolgenden Tagen wurden die Luftalarme zur Routine, das Hysterielevel sank, und die surrealistischen Szenen der ersten Nacht wiederholten sich kaum noch. Unser Spieß fuhr zwar fort, die fallen gelassenen Bleicherdebehälter einzusammeln, einige Kurzsichtige kollidierten weiter mit Pfeilern oder anderen Kurzsichtigen, aber die meisten von uns gewöhnten sich an die Krieg-nicht-Krieg-Atmosphäre, die den Stützpunkt umgab. Ich kehrte zurück zu den ausgedehnten Mittagspausen in der Synagoge, deren große Buntglasfenster auf den Berg von Hebron und Kfar Etzion blickten. Um nicht zum Dienst in der Armee des Kaisers eingezogen zu werden, war mein Großvater Jitzchak nach Palästina emigriert, doch einmal dort angekommen, hatte er sich zur Palmach[27] gemeldet. Vielleicht wollte er beweisen, dass seine Fahnenflucht in Europa keine Drückebergerei gewesen, sondern ideologisch motiviert war, so wie auch ich zu sagen versuche, Ideale hätten mich bewegt, mich von der kämpfenden Truppe zu verabschieden – nicht aber die Härte des Dienstes dort. Nicht der Schwejk in mir, dessen einziges Ideal der Wille zu überleben ist.

»Warum bist du bereit, in der Armee des zionistischen Staates zu dienen, den du ablehnst?«, fragte ich Liron, einen orthodoxen Soldaten, in einer der Mittagspausen.

»Eine Mitzwa, die in einer Überschreitung wohnt«, sagte er wie aus der Pistole geschossen, als hätte er sich auf diese Frage vorbereitet, seit er denken konnte.

»Das ist das Problem mit euch Frommen: Eure Antworten

27 Hebr. Abkürzung für *Plugot Machatz* (Stoßtruppe); Eliteeinheit der jüdischen Untergrundarmee Hagana im britischen Mandatspalästina vor der Staatsgründung [Anm. M. L.].

kommen immer zu schnell, zu automatisch, zu mechanisch. Es würde euch nicht schaden, hin und wieder mal einen Anflug von Zögern vorzutäuschen, nur um ein Fitzelchen freies Denken und einen Deut Bescheidenheit zu bekunden.« Ich konnte nicht anders, als ihn herunterzumachen, bevor ich, nicht ohne die gewünschte Verlegenheit, fragte, was denn bitte eine Mitzwa sei, die in einer Überschreitung wohnt. Liron zeigte so etwas wie die Andeutung eines Lächelns, bevor er mir erklärte, die Rede sei von einer Mitzwa, die im Grunde auf einer Übertretung beruhe, oder eine Mitzwa, die einen eine Übertretung begehen lasse. Zum Beispiel die Mitzwa, einen Sklaven freizulassen, um genug Männer für das zehnköpfige Gebetsquorum zu haben.

»Oder ein Seitensprung, um dem Gebot ›Seid fruchtbar und mehret euch‹ nachzukommen.«

»Genau«, bestätigte er zu meiner Überraschung. »Nicht selten wird Gebrauch von dieser Argumentation gemacht, um Sünden für rechtsgültig zu erklären. So im Sinne von ›das Ziel heiligt die Mittel‹. Etwas stehlen, um Almosen zu verteilen, zum Beispiel.«

»Was nicht notwendigerweise schlecht ist«, sagte ich. »Robin Hood hat seine ganze Karriere darauf aufgebaut.«

Liron kannte keinen Robin Hood. »Das Urteil König Salomons zum Bespiel ist eine Mitzwa, die mit einer Übertretung einhergeht. Eine Frau, der ein totes Kind geboren ward, nahm einer anderen Frau das Neugeborene und behauptete, es sei ihr Sohn, und das Kind der anderen sei tot. Beide kamen sie vor König Salomon, den weisesten unter den Menschen, damit er sein Urteil fälle. Um die Mitzwa zu erfüllen, nach der alle Juden füreinander bürgen, befahl König Salomon, das Neugeborene unter den streitenden Müttern aufzuteilen.«

»Ich dachte, das sei ein Trick, um herauszufinden, wer die echte Mutter ist. Denn die, die ihn gestohlen hat, ist ja einverstanden, das Neugeborene zerteilen zu lassen, während die echte Mutter auf ihren Sohn verzichtet, damit er am Leben bleibt.«

»Vielleicht war es ein Trick, aber König Salomon konnte ja nicht sicher sein, ob er funktioniert. Was, wenn beide einverstanden gewesen wären?«

»Anstatt als der ›Weise‹ wäre er bekannt geworden als ›Der, der nicht besonders viel von Anatomie versteht‹«, schlug ich vor.

»Eine Mitzwa, die in einer Übertretung wohnt: Er hätte wenigstens eine Mitzwa erfüllt.«

»Also ist in der Armee der Zionisten zu dienen eine Übertretung, die du begehen darfst, um dem Land und dem Volk, das in Zion wohnt, Erlösung zu bringen«, fasste ich zusammen.

»Vielleicht.« Liron lächelte spitzbübisch. »Aber vielleicht diene ich auch den Säkularen, die nicht darauf vertraut haben, dass Gott sie schützt, und deshalb meinten, eine Armee haben zu müssen. So bringe ich Seinen Zorn auf euch, der den zionistischen Staat vernichtet, und wir kehren zurück ins Exil, bis Gott, gepriesen sei Er, uns erlöst, der Messias kommt und Sein Volk heimführt in Sein Land.«

Wir lächelten beide und versanken in Schweigen. Die Mittagspause überstieg inzwischen unser Vermögen, eine fromme Erklärung dafür zu liefern, doch wir blieben, wo wir waren, fürchteten, diese Verbindung zu lösen, die wohl außerhalb des Schmelztiegels einer Armee in Kriegszeiten kaum von Bestand sein würde.

Als wir unsere Grundausbildung beendeten, ohne Zeremonie, Glanz und Gloria, war der Krieg noch immer in vollem Gange. Eines Nachmittags kehrte ich zurück in die MK, um einen neuen Stellungsbefehl zu bekommen. Auf der Bühne in einem großen Saal saßen hinter einem Tisch drei Offiziere mit Bergen von Akten und verlasen die Namen der Soldaten einen nach dem anderen. Als ich an der Reihe war, ging ich nach vorne und bekam von einer mürrisch dreinblickenden Offizierin einen braunen Umschlag ausgehändigt. Darin ein Stellungsbefehl, der mich für den nächsten Morgen in eine Basis des Heimatfrontkommandos in Jaffo beorderte. Ich machte kehrt und ging wieder zu der sauertöpfischen Offizierin. »Entschuldigen Sie«, sagte ich, »aber ich glaube, hier liegt ein Irrtum vor. Ich soll für das Armeemagazin arbeiten, *Ba'machaneh*, ich bin Militärfotograf.« Ich reichte ihr den Stellungsbefehl, den sie nur nachlässig überflog.

»Heimatfrontkommando, Meldung bei PS, morgen, um neun null null«, las sie vom Papier ab.

»Ja, ich kann auch lesen, aber das ist ein Irrtum, ich bin Fotograf für *Ba'machaneh*, die warten dort auf mich, ich soll Oberste fotografieren, die Abzeichen bekommen ... Das ist vor dem Krieg so abgesprochen gewesen mit dem Erziehungscorps.«

»Dann reden Sie morgen mit dem Erziehungscorps!«

Bis zum Golfkrieg galt das Heimatfrontkommando als Friedhof für militärische Karrieren. Hochrangige Offiziere wurden dorthin versetzt, die sich danebenbenommen oder irgendwelche Böcke geschossen hatten oder einfach bloß das nötige Charisma und die sozialen Qualifikationen vermissen ließen, die verlangt wurden, um voranzukommen. Mit Ausbruch des Krieges fand sich dieser ganze Fallout der Befehlsebene plötzlich an einer Heimatfront wieder, die über Nacht zur eigentlichen Frontlinie geworden war. Mit einem Mal füllte sich ihre Brust mit heißem Atem, und sie liefen durch die Gegend mit ernstem Blick und rot gesprenkelten Karten in der Hand. Ihre Arbeit fand größtenteils nachts statt, wenn sie zu den Einschlagsorten der Raketen fuhren, den entstandenen Schaden in Augenschein nahmen, sich hämische Kommentare über das amerikanische Patriot-Abfangsystem nicht verkniffen und Geschossteile einsammelten, ehe diese Zivilisten in die Hände fallen konnten.

Am Tage machten sie das eine oder andere Nickerchen und starrten auf die Karten mit den markierten Einschlagsorten, um irgendein Muster darin zu erkennen und vorauszusagen, wo die nächste irakische Rakete niedergehen würde.

Der Adjutantursoffizier, der mich am nächsten Morgen zum Stellungsgespräch empfing, hatte weißes Haar und rote Stiefel, woraus ich schloss, dass er irgendwelchen Mist bei den Fallschirmjägern gebaut haben musste, ehe er hier gelandet war. Er blätterte zerstreut in meiner Personalakte und schickte mich dann zu der Basis in Jaffo, als Verwaltungskraft, auch bekannt als Handlanger des Kompaniefeldwebels, oder mit anderen Worten: als Gärtner-Heimwerker-Maler-Kloputzer. Als Armageddonwaffe zog ich meine Fotomappe heraus und erklärte ihm, es gebe Oberste, deren Beförderung sich nur verzögere, weil ich noch nicht da sei, um sie abzulichten, außerdem müsse jemand die Schrecken dieses Krieges dokumentieren, und dass er einen schrecklichen Fehler begehe.

»Soldat!«, brüllte er. »Wollen Sie wegen Befehlsverweigerung im Krieg verurteilt werden?«

Ich lehnte höflich ab.

»Dann gehen Sie mir aus den Augen. Ich will Sie bis Kriegsende nicht mehr sehen. Nein, bis zum Ende Ihres Wehrdienstes nicht!«

Und so gesellte ich mich, zusammen mit einem schwergewichtigen und verlangsamten Soldaten namens Jossi Daabul, zur Hilfsmannschaft des Kompaniefeldwebels. Tagein, tagaus gärtnerten wir, reparierten, malten und putzten die Toilettenräume der Basis. Taten wir das nicht, produzierten wir Dankgaben für Generalmajore der Reserve, die sich freiwillig gemeldet hatten, um dem Heimatfrontkommando in seiner schweren, aber heroischen Stunde zur Seite zu stehen. Das Standardgeschenk war ein hölzerner Schaukasten mit Plexiglasfront, in dem ein rostiges und verrauchtes Teil eines Scud-

Raketenmotors thronte. An eine der Seitenwände klebten wir eine gravierte Messingplakette: »Für Generalmajor (Res.) so-und-so, als Anerkennung und Dank für Ihren Beitrag so-und-so. Heimatfrontkommando, Gush Dan, 1991.« Das Problem war, dass es mit der Zeit immer weniger Scud-Raketen regnete, noch immer aber reichlich Generalmajore übrig waren, denen gedankt werden musste. Das war der Zeitpunkt, da Daabul Initiative zeigte und mich zu einem Schrottplatz in Bat Jam schleppte, um Motoren von alten Waschmaschinen aufzutun, sie einzurußen, im Schnellverfahren rosten zu lassen und Inschriften wie »Electra« oder »Made in China« wegzuflexen. Noch bis heute werden in den Wohnzimmern so einiger Generalmajore (Res.) hinter Plexiglas stolz Bauteile von Waschmaschinen und Trocknern zur Schau gestellt.

Auch Zwi, der Freund meiner Schwester, scheiterte bei dem Versuch, mich von meinem Schicksal als Handlanger des Kompaniefeldwebels zu erlösen. »Bis der Krieg nicht zu Ende ist, lässt sich gar nichts machen. Wir versuchen, dich hinterher versetzt zu bekommen.« Doch auch nach dem Krieg wurde nichts draus, jemand anderes bekam den Job, woraus ich lernte, und das nicht zum ersten Mal, dass Timing, wenn auch nicht alles, so doch einiges im Leben ist. Bei Luftalarm stieg ich aufs Dach, zusammen mit Jossi Daabul, für den sich in der ganzen Armee keine Maske fand, die auf seine Honigkuchenpferdvisage gepasst hätte. Mit einem Bier in der Hand saßen wir da und sahen zu, wie die Raketen niedergingen, in der Hoffnung, eine, mit reichlich Sprengstoff und poetischer Gerechtigkeit bestückt, würde ihren Weg nach Rischon LeZion finden und punktgenau im Haus des Kompaniefeldwebels einschlagen.

Am allerletzten Tag des Krieges erschienen zwei Soldaten, um Spezialbrillen auszugeben, die unter der Gasmaske getragen werden konnten. Ein Soldat vom Sanitätsdienst fragte, welche Sehstärke ich hätte. »Minus vier im rechten Auge und minus viereinhalb im linken«, erwiderte ich. Er klappte ein Köfferchen auf, kramte kurz darin herum und sagte: »Ich habe zweieinhalb rechts mit fünf links, oder drei für beide Augen, aber mit eingeschliffenem Zylinder.« Ich nahm das erste Paar und klemmte es mir auf die Nase. Dann setzte ich meine Maske auf, das zweite Mal erst, und warf einen Blick in den Spiegel, um mir – zum ersten Mal überhaupt – ein Bild davon zu machen, wie das aussah. Es sah weitaus behämmerter aus, als ich gedacht hatte. Ich war sehr stolz auf mich, die richtige Entscheidung getroffen zu haben.

Ein Autor sucht jemanden, der ihm die Geschichte tippt

Großmutter lächelte. Die lange Geschichte hatte sie ermüdet, und sie sagte nur ein Wort: »Schwejk.«

Aus der hebräischen Wikipedia:
Die Abenteuer des braven Soldaten Schwejk, in neuer Übersetzung *Die Abenteuer des guten Soldaten Švejk im Weltkrieg*, (tschechisch *Osudy dobrého vojáka Švejka za světové války*), ein unvollendeter, antimilitaristischer Roman von Jaroslav Hašek, ist als Pikareske angelegt. Die einzelnen Episoden verbinden sich nicht zu einem Handlungsstrang, sondern stehen für sich, allesamt verbunden durch die Hauptfigur Josef Schwejk und seine Abenteuer. Die Bedeutung des Romans wuchs, als Max Brod, der Entdecker Franz Kafkas, über die ersten Geschichten schrieb und sie mit Klassikern der Satire wie Rabelais und Cervantes verglich. Was Hašek mit der Feststellung kommentierte: »Bis jetzt bin ich ein Nichts gewesen. Aber jetzt, da ein Jude mich in die Hand nimmt, werdet ihr noch sehen, was aus mir wird.«

»Ich bin Schwejk!«, sagte ich zu meiner Großmutter einige Wochen später, nachdem ich die Abenteuer des Soldaten Schwejk gelesen hatte.

»Jeder ist Schwejk an dem einen oder anderen Punkt in seinem Leben«, wischte Großmutter die Erkenntnis, die mich wie ein Schlag getroffen hatte, einfach beiseite. »Aber vielleicht schreibst du eines Tages ja mal über deinen Schwejk-Großvater Jitzchak, der sein Leben gelassen hat, um die feindlichen Truppen von Israels ewiger Hauptstadt zu einer Siedlung zu locken, die überhaupt nicht im Teilungsplan enthalten war und, hätte sie überlebt, nach Kriegsende ohnehin zurückgegeben worden wäre.« Sie war da schon verbittert und gereizt, weil man sie zur stationären Behandlung ins Tel HaShomer Hospital verlegt hatte, nachdem sich an ihrem Körper für jede neue Dialysesitzung schon keine Vene mehr finden ließ. Außerdem verlangte die Fahrt von Kfar Shmarjahu zur Dialysepraxis ihr Kräfte ab, die sie nicht mehr mobilisieren konnte, Kräfte, die sie sich aufsparte, um gegen die Einweisung ins Krankenhaus zu protestieren und darauf zu bestehen, endlich nach Hause entlassen zu werden.

»Die Geschichte von Kfar Etzion ist schon aus wirklich jeder erdenklichen Perspektive erzählt und geschrieben worden«, sagte ich.

»Die von Kfar Etzion schon, aber nicht die von Jitzchak.«

»Vielleicht erzählst du sie mir mal?«

»Vielleicht«, sagte Großmutter.

Doch sie starb, ehe sie dazu kam, und Jitzchaks Geschichte blieb unerzählt. Auch ich erinnerte mich erst wieder daran, als ich aus Tschechien zurück war. Und ich nahm mir noch einmal Jitzchaks letzten Brief vor.

Donnerstagabend, 6. Mai 1948

Teuerste Zippora, eine Woche ist es her, dass wir den letzten Brief bekommen haben. Das ist schwer. Ein erfrischender Brief gibt Kraft, weiterzumachen, ist wohltuende Ablenkung. In den letzten Tagen hatten wir keinen Kontakt mit der Welt und wissen nicht, warum. Briefe sind nur aus Tel Aviv gekommen und nicht aus Jerusalem.
Die Zeitungen übertreiben in den Berichten über unsere Kämpfe hier. »HaTzofe« behauptet, wir hätten schwere Verluste erlitten, malt aber die Ereignisse zu dramatisch aus, wie Zeitungen es nun mal tun. Aber mein Bart ist wild gewachsen, als wollte er sagen: Ich nutze die Gelegenheit, dass Zippora nicht hier ist.
Anfang der Woche gab es bei der Kommandantur Mutmaßungen, sie würden versuchen, das Russische Kloster wieder einzunehmen. Ein großes Flugzeug warf Bonbons[28] *ab, aber auch Schuhe, Socken und etwas Proviant. Mein Laden wächst, und ich bin geschäftig wie ein emsiger Kaufmann. Ich muss den gesamten Nachschub ordern und Sorge tragen, dass es an nichts Lebenswichtigem fehlt, bin sowohl dem Komitee hier im Gush als auch der Kommission in Tel Aviv Rechenschaft schuldig. Was meinen Rücken betrifft, ist, was ich gefürchtet, über mich gekommen. Eine Grille des Schicksals, nehme ich an. Aber sorge Dich nicht, ich habe so gut wie keine schwere Arbeit zu leisten. Und außerdem habe ich noch einen Helfer bekommen, Zwi Dayan Richter aus Massuot Yizhak. Und Mosche Wahl wird die Bücher führen, aber nur an einzelnen Tagen in der Woche. Meine Aufgabe ist es, die Verteilung des Proviants nach der Anzahl der Kameraden in jeder Gruppe und an jedem Punkt festzulegen. Herrscht*

28 Wahrscheinlich eine Tarnbezeichnung für Munition [Anm. U. K.].

an etwas Mangel oder Überschuss, habe ich das Recht zu beschlagnahmen. Gestern haben sie mich in Massuot Yitzhak mit Kremslach[29] *beehrt, wie Mutter sie macht. Ich war dort, um ihnen einen offiziellen Besuch abzustatten, und auch den anderen Gruppen.*

Draußen riecht es nach Frühling, der Feigenbaum hat ausgetrieben, und die Weinknospen duften. Die Vögel zwitschern, fehlte nur noch das Zwitschern der Kinder, und alles wäre gut. Mir genügt, mir beim Wachdienst den kleinen Amos im Pyjama vorzustellen, wie er in Pantoffeln zum Bett gelaufen kommt und bittet, ich soll ihm eine Geschichte erzählen. Und ihm das »El Melech« aufsagen. Die Decke verhüllt den ganzen Körper, und nur sein Kopf mit diesen blitzenden Augen schaut mich an. Immer wieder gehe ich ins Zimmer des Jungen und schaue in Amos' Ecke. Aber nein – dort steht nur eine Kiste, und er ist so weit weg von mir. Keine zwanzig Kilometer und doch Abermillionen, weil ich ihn nicht sehen kann. Zuweilen überkommt mich so starke Sehnsucht, dass ich kaum an mich halten kann.

Wie oft ich mir die Bilder der Kinder anschaue, ich kann mich nicht sattsehen daran, wie »ajsn«[30] *sie sind. Sag Amos, er wird schon bald mit dem Bus nach Kfar Etzion kommen. Und dann gehen wir mit ihm durch die Obstplantage. Du und ich, wir halten ihn zu beiden Seiten an der Hand, danach ein Ausflug in den Kuhstall, und im Hühnerstall geben wir den Hennen Körner. Das Fohlen Amotz, längst zu einem prächtigen Hengst herangewachsen, wird sich freuen, denn er vermisst die Kinder sehr. Auch die Esel schauen bei jeder*

---

29 Gemeint sind wahrscheinlich Chremslach, Pfannkuchen zu Pessach aus Matzemehl mit Eiern, Wein oder Wasser sowie Zucker, Zimt, Ingwer, Nüssen und Salz [Anm. U. K.].

30 Jiddisch: eisern, eisen [Anm. U. K.].

Gelegenheit im Kinderhaus[31] *vorbei, um zu fragen, ob sie schon zurück sind aus Jerusalem. Sag Amos: Wie sehr habe ich mich gefreut zu hören, dass du ein guter Junge bist und jeden Schabbat zu Großvater Anschel gehst, wo du »kugel« isst und Großvater dir Bonbons gibt. Dein Vater wacht in Kfar Etzion, mit einem Gewehr in der Hand, wie auf den Schana-Tova-Postkarten zu Neujahr, die wir Großvater und Großmutter in Tschechien zu schicken pflegten. Seid ihr alle brave Kinder, werdet ihr schon bald mit dem Bus nach Kfar Etzion zurückkommen, und ich warte am Tor auf dich und gebe dir viele Küsse.*

Ich muss Dir ehrlich sagen, dass ich Deine Briefe wirklich sehr genieße. Ich sehe, Du machst Dir keine Illusionen, ich könnte eines schönen Tages nach Jerusalem kommen. Uns stehen schwere Tage bevor, da der 15te naht.[32] *Geschehen Wunder, wird dieses Spiel nicht lange dauern. Und wenn nicht – dann fängt es erst an. Auch ich mache mir nichts vor, weil ich gewusst habe, dieser Krieg wird nicht nach ein, zwei Monaten vorüber sein, sondern ist einer auf Leben und Tod. Du bittest, ich soll lange Briefe schreiben. Nicht immer gibt es etwas zu erzählen, und gut, dass es so ist. Könnte ich von Dingen schreiben, über die man nicht schreibt, Du hättest Deinen Genuss daran.*

---

31 Bis in die achtziger Jahre, und in einigen Fällen auch noch länger, wuchsen Kinder im Kibbuz in gemeinschaftlicher Form auf, lebten und schliefen, betreut von Lehrern und Pflegerinnen, in eigenen Häusern. Ihre Eltern besuchten sie jeden Tag nur zu festgesetzten Zeiten und blieben kaum je über Nacht bei ihnen [Anm. M. L.].

32 Vereinbartes Datum für die Beendigung des britischen Mandats über Palästina [Anm. U. K.].

Mittags, Freitag, 7. Mai 1948

Ich bin gerade zurück vom Wachdienst und einem Angriff. Und diesmal verkünde ich Dir nur eins: zwey worter – ich lebe! Verglichen mit diesem war der letzte Angriff ein laues Lüftchen. Ich sah wirklich und wahrhaftig Großmutter vor meinen Augen. Aber ich bin wohlauf und ganz, nur ein wenig müde. Am Morgen um neun war ich im Lagerhaus, als das Schießen losging, und dann hörten wir, wie die Kanonen das Kloster aufs Korn nahmen. Geschützdonner sind wir gewohnt, aber dem Dauerfeuer nach nahmen wir an, die Legion sei mit großen Verbänden im Anmarsch. Ich bin nach Hause gerannt, um mein Gewehr zu holen, und dann gleich zurück auf den Posten. Nach einer halben Stunde sahen wir, wie unsere Kameraden sich vom Kloster zurückzogen und die Legion vorrückte. Unser Kommandeur dort wurde verwundet und drei Mann getötet. Seine Jungs verloren den Kopf und traten den Rückzug an. Das alles sah ich von meinem Posten. Wir haben dann Männer für einen Gegenangriff gesammelt. Einzelheiten werdet Ihr gewiss in der Zeitung lesen. Ich wünsche Amos und Jerucham, sie mögen nie zu sehen bekommen, was ich gesehen habe. Und dass noch zu ihren Lebzeiten Frieden kommt und ihre Kinder unter Weinreben und Feigen sitzen. Wir haben gelernt, der Krieg ist kein Kinderspiel. Das Russische Kloster ist die reinste Ruine, alle Mauern sind von Granaten zersiebt, das Dach ist eingestürzt, und Fenster und Türen sind zerbrochen. Auch der Kibbuz hat schwere Schläge einstecken müssen. Unsere armen Kühe, sie hatten kein Glück. Die Kameraden haben gekämpft wie die Löwen. Dov sagt, wenn das alles vorbei ist, gibt er eine Sammlung mit Erinnerungen vom Tag des Angriffs heraus, und auch die Geschichte über den Mann, dem das Gesicht in Grimm erstarrte, die uns im Krieg so sehr geholfen hat

und die Zippora mit der Schreibmaschine schon größtenteils abgetippt hat. So hat er gesagt, und Du kennst ja Dov, ein Mann, ein Wort ... Auch ich habe etwas geschrieben. Woraus Du sehen kannst, ich bin, Gott sei gedankt, munter und wohlauf und habe die Muße, ein »Schriftsteller« zu sein und auch Briefe zu schreiben. Wenn wir uns wiedersehen, werde ich Dich so fest in die Arme schließen, dass Du spürst, was ich hier zu Papier bringe, ist nur, was mein Stift auszudrücken vermag. Ich küsse und umarme Dich.
Dein Jitzchak

Großmutter Zippora hatte mir erzählt, in New Jersey hätten sie zwar eine Schreibmaschine gehabt, doch sie habe nie gelernt, darauf zu schreiben. Welche Zippora also sollte die Geschichte abgetippt haben?

»Zippora Sonnenfeld, die Kibbuzsekretärin«, erklärte mein Vater, da wir standen und den Namen der Gefallenen lauschten, die bei der jährlichen Zeremonie auf dem Herzlberg verlesen wurden. Er deutete auf eine junge Frau. »Das ist Lea, ihre Tochter, sie war drei Jahre unter mir, in der Klasse von Jerucham.«

»Warum ist Zippora nicht mit den anderen Frauen und Kindern evakuiert worden?«

»Sie hat entschieden, mit Menachem, ihrem Mann, zu bleiben, und beide sind sie umgekommen. Die Kinder wurden evakuiert. Sie haben nicht, wie die meisten von uns, den Vater verloren, sondern gleich beide Eltern, weshalb wir sie symmetrische Waisen genannt haben. Jehuda ist später im Sechs-Tage-Krieg gefallen. Das da ist Ruthi, seine Frau.«

»Moment«, unterbrach ich, die länger werdende Hinterbliebenenliste der Folgegeneration ignorierend, »wenn Zippora Sonnenfeld nach der Evakuierung im Kibbuz geblieben ist, vielleicht hat sie dann ja die Geschichte weiter abgetippt?«

»Selbst wenn, es hat kein Schriftstück das Massaker überdauert«, sagte Vater. »Die Fedajin haben alles geplündert und in Brand gesteckt, was ihnen in die Hände fiel.«

»Vielleicht ist der grimmige Mann ja geraubt und zum wütenden Kalifen geworden?«

»Das müsste ja ein mächtig intellektueller Plünderer mit einer Schwäche für tschechische Literatur gewesen sein«, resümierte mein Vater.

»Warum aber sollte Jitzchak im ganzen Chaos des Krieges darauf bestehen, dass die Geschichte abgetippt wird?«

Vater antwortete nicht und deutete nur auf einen fernen Punkt. »Da ist Chanan, sein Vater war Dov, der das Buch geschrieben hat, *Wurde der Gush Etzion geopfert.*«

»Ich nehme an, er gehörte als Kind nicht zu den Beliebtesten.«

»Ja, er war immer ein Außenseiter. Aber nicht deswegen.«

Der Sprecher begann, das Kaddisch zu verlesen.

»Warum dann?«

Mein Vater sah mich an, als verstünde er mein Nichtverstehen nicht. »Er hatte Eltern.«

Der Mann, dem das Gesicht in Grimm erstarrte
Von Pavel Klemczek
Aus dem Tschechischen von Jitzchak Jeschajahu Katz
Fünfte Niederschrift – übergeben an Hamdha al-Husseini, Samstag, 3. Januar 1948

5. Kapitel

Eine schicksalhafte Begegnung –
Eine unvergessliche Nacht – Am Morgen

Eine schicksalhafte Begegnung

Es war kurz nach drei, als der leitende Direktor die Praxis von Doktor Chen verließ. Er winkte und hielt eine Droschke an. »Warum schaut der Herr grimmig an solch einem wunderschönen Tag?«, fragte der Kutscher. Der leitende Direktor antwortete nicht und nannte ihm nur die Adresse des Büros. Dort angekommen, stand er einige Zeit vor dem Gebäude und wusste nicht, was er tun sollte. Er könnte eintreten, eine Krankmeldung ausfüllen und nach Hause gehen, doch dann müsste er die Art seiner Erkrankung darlegen und, das kam noch hinzu, eine Bescheinigung des Arztes vorlegen. Doktor Chen aber hatte ihm keine Bescheinigung oder einen Nachweis seiner Krankheit mitgegeben, einmal abgesehen von dem imaginären Medikament. Außerdem, käme er ungewohnt früh nach Hause, wäre er gezwungen, seiner Frau zu erklären, aus welchem Grund, und müsste die grenzenlose Verachtung ertragen, die gewiss aus ihrem Gesicht spräche. Kam er wie üblich aber erst um sechs heim, erschien es zweifelhaft, ob sie überhaupt bemerken würde, dass er am Gesicht erkrankt war, da sie schon seit Jahren nicht mehr hineingeschaut hatte. All dies machte den leitenden Direktor sehr traurig. Zu gern wäre er zu seiner Frau gegangen und hätte ihr gesagt, sie sei ein schlechter Mensch. Und dass sie vielleicht wegen all der Schlechtigkeit, die in ihr wohnte, es nie geschafft hatte, schwanger zu werden und ihm einen Sprössling zu schenken, den er so sehr gewollt hatte. Er hätte nicht verzichten dürfen, hätte darauf bestehen müssen, dass sie es weiter versuchten. »Sie müssen sagen, was Sie empfinden, ohne *façon*«, hatte der Arzt gesagt. »So wird Ihr Gesicht lernen, wieder ein Fenster zu sein.« Er sah nach oben, zum Fenster seines Büros im dritten Stock, und meinte, dort hinter dem Vorhang die Silhouette von Herrn Gugel zu erkennen.

Und während der leitende Direktor dastand und schwankte, was er tun sollte, hatte auch Rosa ihre Schritte zur »Staatlichen Fabrik für Bleistifte und Schreibwaren« gelenkt. Nachdem Stefan sie auf dem Bahnsteig hatte stehen lassen, beschloss sie, Julia zu finden und sich von ihr das Geld für ein Zugbillett zu leihen. Sie betrat das Gebäude und erkundigte sich, wo denn die Sekretärin zu finden sei. Sogleich sprangen mehrere Männer auf und erboten sich, ihr den Weg zu zeigen. Julia war selbstverständlich nicht hinter ihrem Schreibtisch, und Rosa setzte sich auf ihren Stuhl, um auf sie zu warten. Sie sah sich um. Auf dem Schreibtisch, im silbernen Rahmen, war ein Bild von Julia, stehend, und vor ihr, auf einem Stuhl, ihr Mann. In der Schublade waren Bleistifte, ein Anspitzer und der Zettel, den Rosa ihr mit dem Obstkorb geschickt hatte. Rosa fragte einige Angestellte, ob sie wüssten, wo Julia sei und wann sie zurückkomme. Niemand wusste etwas. Es vergingen keine zwei Minuten, und die

Tür zum Büro des leitenden Direktors wurde einen Spalt weit geöffnet und gleich darauf wieder geschlossen, noch ehe Rosa dazu kam, auch nur ein Wort zu sagen. Verärgert und erbost erhob sie sich von Julias Stuhl, und als sie aus dem Gebäude auf die Straße stürmte, wäre sie um ein Haar mit dem grimmigen Gesicht des leitenden Direktors zusammengestoßen.

»Was zum Teufel habe ich Ihnen denn getan?«, schrie ihn Julia an.

Der leitende Direktor hatte nicht die Absicht, darauf zu antworten, doch im letzten Moment sagte er: »Nichts. Mein Gesicht ist in einem grimmigen Zustand erstarrt, und nie habe ich meiner Frau gesagt, dass ich sie liebe, weil ich sie nie geliebt habe.«

Rosas Grimm wich auf einen Schlag einem Lächeln. Sie musterte das Gesicht des leitenden Direktors von Nahem. »Komm«, sagte sie und ergriff seine Hand. »Ich glaube, wir beide sind von der Liebe verschmäht und können einander Trost spenden.« Und dann küsste sie ihn lange auf die Lippen.

»Mein Name ist Aleš[33]«, sagte der leitende Direktor, als er Gelegenheit dazu fand.

»Dein grimmiges Gesicht stört mich nicht«, sagte Rosa. »Im Gegenteil: Ältere, elegant gekleidete Herren sollten ein wenig grimmig dreinschauen. Kennst du ein Hotel, wo wir hingehen könnten, Aleš?«

Eine unvergessliche Nacht

Das Hotel Central galt als eines der schönsten und luxuriösesten Hotels von ganz Prag. Es war im modernen Art-Nouveau-Stil gehalten, und seine prachtvollen, großzügig geschnittenen

33 Tschechische Diminutivform von Alexander [Anm. U. K.].

Zimmer boten alles, was ein Gast oder ein Paar brauchte, angefangen von duftenden Seifen bis hin zu Magazinen und einem Samowar.

Rosa stieg aus dem Bett und ging, ohne sich zu verhüllen, nackt ins Bad. »Geh nirgendwohin«, sagte sie.

Der leitende Direktor setzte sich im Bett auf. Noch nie hatte er den Körper einer Frau am helllichten Tag gesehen, ganz zu schweigen vom Körper einer schönen Frau wie Rosa. Manche mögen sagen, sie war zu dünn, doch der leitende Direktor hatte insgeheim schon immer schlanke, zierliche Frauen bevorzugt. Abrupt stand er auf, warf sich nur ein Nachthemd über und nahm die Treppe hinab in die Lobby.

Als der Empfangschef den Mann im Nachthemd mit grimmiger Miene auf ihn zumarschiert kommen sah, stellte er augenblicklich alles andere ein. »Ist alles zu Ihrer Zufriedenheit, mein Herr? Ich versichere Ihnen, dies ist eines der exquisitesten Häuser auf dem ganzen Kontinent, wir haben hier weder Mäuse noch Schaben. Doch sollte der Herr auf irgendwelches Ungeziefer gestoßen sein, so ist das eine Irregularität, die nicht von der Regel kündet.«

»Bevorzugen Sie füllige oder schlanke Frauen?«, fragte der leitende Direktor. »Ich persönlich bevorzuge schlanke Frauen mit sogar jungenhafter Erscheinung, obgleich Maler, Theater- und Opernleute ja versuchen, uns einzureden, das Schönheitsideal seien üppige Frauen.« Der Rezeptionist erwiderte nichts, und der leitende Direktor fuhr fort: »Wären Sie jetzt bitte so freundlich, mir eine Schreibfeder zu leihen? Und wenn Sie sich fragen, warum der leitende Direktor einer staatlichen Fabrik für Bleistifte und Schreibwaren keinen Bleistift bei sich trägt, so lautet die Antwort, dass ich die Schreibfeder dem Bleistift vorziehe. Ja, ja, Sie haben richtig gehört, ich bevorzuge die Feder, mit der die Schrift klar und gestochen scharf gelingt und nicht verschmiert wie beim Blei. Und hätte ich die Wahl, ich würde am liebsten wieder mit einem Federkiel schreiben. So bin ich, ein wenig altmodisch, bevorzuge Federn und schlanke Frauen. Und wenn Sie noch ein kleines Geheimnis wissen wollen, dann sage ich es Ihnen: Die ›Staatliche Fabrik für Bleistifte und Schreibwaren‹ stellt überhaupt keine Bleistifte her, sondern lässt sie mit einem Nachtzug aus Rumänien kommen und prägt nur unseren Namen und unsere Adresse ein. Und auch was die Schreibwaren und die Büroausstattung angeht, entspricht das nicht der Wahrheit, denn außer Bleistifte zu importieren, tun wir rein gar nichts.« Der Empfangschef erstarrte angesichts dieser Enthüllungen, doch der leitende Direktor verlangte: »Worauf warten Sie? Geben Sie mir endlich eine Schreibfeder, ich muss meiner Frau eine Nachricht schreiben. Und falls Sie sich fragen: Die schlanke Frau, die mit mir aufs Zimmer gekommen ist, ist nicht meine Frau.«

»Ich habe kein Bedürfnis nach Einzelheiten«, erwiderte der Rezeptionist peinlich berührt und reichte dem leitenden Direktor Schreibfeder, Tintenfass und ein Blatt Papier.

Der Direktor schrieb:

Meine teure Frau,
ich verlasse Dich. Du bist in letzter Zeit recht fett geworden.
A.

Er besah sich den Zettel, strich das Wort »teure« durch, faltete ihn zusammen, schrieb seine Adresse auf die Rückseite und reichte ihn dem Empfangschef. »Bitte lassen Sie ihn an diese Adresse überstellen. Und bringen Sie mir ein Glas Wasser und einen Teelöffel.«

Der Rezeptionist verschwand im Büro und kehrte Augenblicke später mit einem Glas Wasser zurück. Der leitende Direktor öffnete das Kuvert mit dem Pulver, das der Arzt ihm gegeben hatte, fuhr mit dem Löffel hinein, ließ etwas von dem imaginären Pulver zurück in den Umschlag rieseln und verrührte den Rest mit Wasser.

»Imaginäres Pulver«, erklärte er, ungebeten und auch ohne damit irgendetwas zu erklären, wodurch er nur noch für mehr Verwirrung bei dem ohnehin schon verwirrten Empfangschef sorgte. Dann rührte er noch einmal um, trank alles in einem Zug aus und verzog das grimmige Gesicht zu einem noch grimmigeren Ausdruck.

Als er zurück ins Zimmer kam, fiel ihm Rosa, noch immer nackt, um den Hals und umarmte ihn. »Ich dachte, du seiest weggelaufen.«

»Ich habe meiner Frau eine Nachricht geschrieben«, erwiderte der leitende Direktor, ganz benommen von der Geste. »Ich habe ihr mitgeteilt, dass ich sie verlasse.«

»Alle laufen mir am Ende weg«, fuhr Rosa fort, als hätte sie nicht gehört, was er gesagt hatte.

»Ich nicht, ich werde nicht weglaufen.«

»Du lügst.«

»Ich habe aufgehört zu lügen.«

Rosa machte sich von ihm los und schaute in sein Gesicht. »Auch ich bin es leid zu lügen, alle lügen immerzu. Ich wollte nur einen, der mich liebt, mich in den Arm nimmt.« Sie umarmte ihn erneut. »Ich bin müde. Ich bin ein zwanzig Jahre altes Mädchen im Körper einer Fünfzigjährigen.« Der leitende Direktor drückte sie fest an sein Herz. »Ich will neu anfangen«, flüsterte Rosa in die Brust des leitenden Direktors. »Eine neue, unbeschriebene Seite aufschlagen, ohne die klebrigen Blicke mit dieser Mischung aus Abscheu und Mitleid, an einem Ort wohnen, an dem niemand mich kennt, wieder Kind sein und im Sommer dort nackt im See schwimmen.«

»Komm, lass uns weglaufen«, sagte der leitende Direktor und überraschte sogar sich selbst.

Rosa löste sich abermals von ihm und musterte ihn fragend,

während sie ihre Tränen wegwischte. »Wohin sollten wir weglaufen?«

»Es gibt ein kleines Dorf namens Apša, in dem ich als Kind immer den Sommer verbracht habe. Es gibt dort einen See, in dem man baden kann. Wir kaufen ein kleines Bauernhaus, können Gänse halten ...«

Rosa lachte und umarmte ihn von neuem. »Ihr Männer, in der Nacht macht ihr immer Versprechungen, und am Morgen vergesst ihr.«

»Ich werde am Morgen nicht vergessen.«

»Wir werden sehen. Eines verspreche ich dir, auch diese Nacht wirst du nicht vergessen.« Und damit zog sie den leitenden Direktor zum Bett.

Am Morgen

Die ganze Nacht schliefen sie eng umschlungen. Als er am Morgen aufwachte, sah der leitende Direktor, dass Rosa wach war und ihn anschaute.

»Willst du noch immer mit mir weglaufen?« Er nickte. »Mein Vater hat all sein Vermögen verloren. Er wurde unehrenhaft aus der Armee entlassen, weil man ihn der Spionage beschuldigte, doch seine einzige Schuld war sein Familienname, Goldinger. Ich kann meinen Onkel um Geld bitten, vielleicht willigt diese verdorbene Kreatur ein, mir etwas zu geben, solange ich nicht Geheimnisse verrate, die sein Betragen mir gegenüber betreffen. Allein der Gedanke an ihn verursacht mir Übelkeit.« Sie schmiegte sich an den leitenden Direktor, und ein leichter Schauder lief über ihren Rücken. »Bitte frag mich nicht danach, Aleš. Ich will nicht lügen, nicht dir gegenüber. Mein Leben ist nicht leicht gewesen bis jetzt, ich habe versucht, Schauspielerin zu werden, bin aber nicht begabt genug. Siehst du, auch ich sage die Wahrheit. Ich bin eine mittelmäßige Schauspielerin, die außer einer gewissen Schönheit nicht einen Deut Talent hat. In meiner Einfalt dachte ich, ich könnte in Amerika Erfolg haben, doch sicher ist auch dort ein nettes Aussehen noch lange kein Garant für Erfolg. Du, Aleš, hast mir gezeigt, wie leicht die Wahrheit ist und welche Last die Lüge. Gäbe Gott, und wir könnten wirklich im Dorf Apša leben, sorglos und ohne Geldnöte.«

»Das können wir«, erwiderte der leitende Direktor.

»Außer eine mittelmäßige Schauspielerin zu sein, weiß ich rein gar nichts zu bewerkstelligen. Und du, mein Herr, siehst mir nicht aus, als hättest du in deinem Leben schon einmal die Pflugschar hinter einem Ochsen gehalten.«

»Das stimmt, doch es gibt ein Schließfach auf meinen Namen bei der Tschechischen Nationalbank. Immerhin war ich trotz allem der jüngste leitende Direktor, der jemals bei der ›Staatlichen Fabrik für Bleistifte und Schreibwaren‹ ernannt worden ist. Das Geld, das ich angespart habe, reicht für uns beide, für ein bescheidenes Leben auf dem Land.«

Rosa setzte sich mit untergeschlagenen Beinen und glänzenden Augen vor ihm auf. »Kann das wirklich alles wahr sein? So einfach, so plötzlich? Ich habe schon so einige spontane Menschen in meinem Leben getroffen, doch du, mein Freund, übertriffst sie alle. Im Handumdrehen ziehst du von der Stadt aufs Land, von einer Frau zur anderen.«

Da fiel dem leitenden Direktor der Zettel ein, den er seiner Frau geschrieben hatte. In dem Augenblick, in dem sie die Nachricht läse, würde sie bestimmt zur Bank eilen, um alles Geld abzuheben. Mit einem Satz war er auf den Beinen. »Ich muss sofort zur Bank.«

Ein Autor sucht Hilfe, oder: Korrespondenz mit Miloš Kublik

An: urikatz71@gmail.com
Von: mkublik@gmail.com
Betreff: Ich dachte

Lieber Uri, Schalom!
Inspiriert von unserem Gespräch letztens über den Einfluss der Schreibmaschine auf den Schaffensprozess, amüsiere ich mich in letzter Zeit tatsächlich mit der Idee für eine Science-Fiction-Geschichte. Mich reizt, den Einfluss der Technik auf den Inhalt zu untersuchen. Technische Evolutionen haben ja ganz erheblichen Einfluss auf menschliche Kreativität gehabt. Die Schreibmaschine, zum Beispiel, hat die Kalligraphie verspeist. Die Kamera hat die Malerei gezwungen, sich Richtungen zu suchen, die weniger realistisch waren, dafür stärker impressionistisch, expressionistisch usw. Und das Kino hat das Theater an den Rand gedrängt. Ich frage mich, welchen Einfluss Computer und Internet auf die Literatur haben.
Miloš

An: mkublik@gmail.com
Von: urikatz71@gmail.com
Betreff: Ich dachte

Lieber Miloš,
der Computer macht es einem Schriftsteller nicht leichter. Richtig, ein Textverarbeitungsprogramm bietet Funktionen wie MARKIEREN und EINFÜGEN, aber es gibt eben auch das Internet und Facebook. Früher, auf der Schreibmaschine, war es leichter zu schreiben. Die Schreibmaschine hat kein Google, kein YouTube, und es lassen sich keine Pornos damit sehen. Mehr Möglichkeiten bringen auch mehr Ablenkung und mehr Fluchtwege. Du kannst noch nicht mal verrückt werden wie Jack Nicholson in *Shining*, solange du einen Computer hast.

Was du heute kannst besorgen, das verschiebe nicht auf morgen. Was du heute kannst besorgen, das verschiebe nicht auf morgen.
Was du heute kannst besorgen, das verschiebe nicht auf morgen.
Was du heute kannst besorgen, das verschiebe nicht auf morgen.
Was du heute kannst besorgen, das verschiebe nicht auf morgen.
Was du heute kannst besorgen, das verschiebe nicht auf morgen.
Was du heute kannst besorgen, das verschiebe nicht auf morgen.
Was du heute kannst besorgen, das verschiebe nicht auf morgen.
Was du heute kannst besorgen, das verschiebe nicht auf morgen.
Was du heute kannst besorgen, das verschiebe nicht auf morgen.
Was du heute kannst besorgen, das verschiebe nicht auf morgen.
Was du heute kannst besorgen, das verschiebe nicht auf morgen.
Was du heute kannst besorgen, das verschiebe nicht auf morgen.
Was du heute kannst besorgen, das verschiebe nicht auf morgen.
Was du heute kannst besorgen, das verschiebe nicht auf morgen.
Was du heute kannst besorgen, das verschiebe nicht auf morgen.
Was du heute kannst besorgen, das verschiebe nicht auf morgen.

Was du heute kannst besorgen, das verschiebe nicht auf morgen.
Was du heute kannst besorgen, das verschiebe nicht auf morgen.
Was du heute kannst besorgen, das verschiebe nicht auf morgen.
Was du heute kannst besorgen, das verschiebe nicht auf morgen.
Was du heute kannst besorgen, das verschiebe nicht auf morgen.
Was du heute kannst besorgen, das verschiebe nicht auf morgen.
Was du heute kannst besorgen, das verschiebe nicht auf morgen.
Was du heute kannst besorgen, das verschiebe nicht auf morgen.

Sehen Sie, diese Seite habe ich in 0,7 Sekunden mithilfe von Strg-C und Strg-V erstellt, und jetzt bleibt mir mehr Zeit, meine ganze Familie mit der Axt zu erschlagen.
Uri

An: urikatz71@gmail.com
Von: mkublik@gmail.com
Betreff: Ich dachte

Was halten Sie davon, die Geschichte über den Mann, dem das Gesicht in Grimm erstarrte, zu vollenden?

An: mkublik@gmail.com
Von: urikatz71@gmail.com
Betreff: Ich dachte

Wäre das aus meiner Sicht denn moralisch vertretbar, wenn ich selbst sie vollende?

An: urikatz71@gmail.com
Von: mkublik@gmail.com
Betreff: Ich dachte

Wer sagt denn, Sie selbst sollen das machen?

An: mkublik@gmail.com
Von: urikatz71@gmail.com
Betreff: Ich dachte

Großartige Idee – ich spanne die ganze Welt dafür ein! Leute rund um den Globus schreiben einzelne Kapitel. Das wird wie die Geschichten aus *Tausendundeiner Nacht*. Oder die Bibel. Ein transnationaler Kulturschatz.
Jetzt verstehe ich auch den Zauber der Bibel: ein Buch, das geschrieben wurde by the people for the people. Die Bibel ist die Summe allen Wissens, aller Meinungen und Ideen zum Zeitpunkt ihres Abschlusses. Sie hat nicht einen Herausgeber und einen Verfasser, sie ist im Grunde genommen das Internet der Antike. Eine kinetische Literatur, ein oraler, in ständiger Bewegung befindlicher Fluss, dem Wirken unzähliger Akteure ausgesetzt.
Wir werden »Der Mann, dem das Gesicht in Grimm erstarrte« zu einer Geschichte machen, die im vorigen Jahrhundert beginnt und sich unendlich fortsetzt. Es wird der größte Roman kommender Jahrhunderte werden. Ich verbreite gleich die frohe Botschaft: die Bibel 2.0 startet!

An: urikatz71@gmail.com
Von: mkublik@gmail.com
Betreff: Ich dachte

Froh, dass ich helfen konnte. Gute Nacht.
Miloš

Ein Autor auf der Suche nach einem Wettbewerb, oder: Die Bibel 2.0 Beta, eine Open-Source-Geschichte

Blogpost von Uri Jitzchak Katz
oder: Bewegter Appell an die Blogleser, der Menschheit zu helfen – und insbesondere mir, diesmal wirklich

Im Nachlass meines Urgroßvaters, des Schriftstellers Anschel Katz, bin ich auf die eine Hälfte einer Erzählung mit dem Titel »Der Mann, dem das Gesicht in Grimm erstarrte« gestoßen (Link unten). Die Erzählung sollte Teil eines Kurzgeschichtenwettbewerbs sein, doch der zweite Teil wurde nie gefunden. Daher eröffne ich den Wettbewerb hiermit neu. Die Anmeldegebühr beträgt zehn Österreichisch-ungarische Kronen (ungefähr 110 israelische Schekel oder 28 Euro). Wer sich geneigt fühlt, eine Geschichte mit dem Titel »Der Mann, dem das Gesicht in Grimm erstarrte« zu schreiben, ist gebeten, mir diese zu schicken, zusammen mit der bescheiden bemessenen Gebühr. Ein Gewinner wird nicht verkündet, doch jede Geschichte wird angenommen und in einem Buch erscheinen, das eines Tages veröffentlich werden wird (von mir oder denen, die nach mir kommen). Im Folgenden die ursprünglichen Statuten des Wettbewerbs, übersetzt aus dem Tschechischen, wie sie die Initiatoren formuliert haben, zu denen neben Max Brod und Franz Kafka wie gesagt auch mein Urgroßvater Anschel Katz gehörte.

Satzung eines Kurzgeschichtenwettstreits, »Der Mann, dem das Gesicht in Grimm erstarrte«, auf den Namen Pavel Klemczek

Aus dem Tschechischen von Uri Jitzchak Katz

Im Lichte des kläglichen Scheiterns, eine gemeinsame Geschichte zu verfassen, und obschon wir uns lediglich betreffs des Titels des Werkes und des Pseudonyms seines Autors ins Einvernehmen setzen konnten, ist der literarische Zirkel zu Prag stolz, hiermit unter seinen Mitgliedern einen Kurzgeschichtenschreibwettstreit auszurufen.

Teilnahmekriterien:

Der Titel der Geschichte hat zu lauten: »Der Mann, dem das Gesicht in Grimm erstarrte«.

Jedes Werk hat mit dem Namen Pavel Klemczek gezeichnet zu sein.

Die Geschichte hat sich (und sei es in loser Form) mit dem Einfluss der Technik und des Fortschritts im Allgemeinen, namentlich aber dem der Schreibmaschine auf das tagtägliche Leben und die Literatur im Besonderen zu befassen.

Jeder Teilnehmer hat einen Betrag von zehn Kronen zu zahlen, die sich zu einem Preisgeld von fünfzig Kronen summieren.

Die Siegergeschichte wird in Abstimmung durch die Mitglieder gewählt. Jedes Mitglied hat zwei Stimmen und ist berechtigt, dieser eine auf sich selbst abzugeben.

Die Geschichte hat nicht weniger als ein Wort zu umfassen. Eine Obergrenze ward nicht gesetzt.

Die Mitglieder des Zirkels erklären, Klemczek und seine Geschichte bei jeder sich bietenden Gelegenheit zu loben und zu rühmen, um dergestalt Spannung zu erzeugen und die Begeisterung zu nähren.

Viel Erfolg allen.

Der literarische Zirkel an der Karls-Universität, Prag, im November 1908

Anschel Katz, Samuel Hugo Bergman, Felix Weltsch, Franz Kafka, Max Brod

Appendix I, Dezember 1908

Im Lichte der uns angezeigten Forderung und Resonanz öffnen wir den Wettbewerb für die breite Öffentlichkeit.

Jede Person, welche die Teilnahmegebühr zahlt, kann eine Geschichte einreichen. Der literarische Zirkel behält sich das Recht vor, jedweden Gebrauch von den eingereichten Geschichten zu machen, inklusive deren Veröffentlichung. Die Teilnahmegebühren werden in Gänze in einem Schließfach hinterlegt, zu dem die Mitglieder Anschel Katz und Felix Weltsch Zugang erhalten. Der Gesamtbetrag steht dem Gewinner zu, nach Abzug aller Auslagen für die Eröffnung des Schließfaches und der Druckkosten, sofern solche angefallen. Die Siegergeschichte wird durch eine externe, einvernehmlich bestimmte Kommission gewählt, die sich ausschließlich aus Personen bildet, die nicht am Wettbewerb teilnehmen.

Zur Urkund dessen unterzeichnen: Anschel Katz, Samuel Hugo Bergman, Felix Weltsch, Franz Kafka, Max Brod

Kubliks Geschichte

Vorwort des Übersetzers und Lektors Uri Jitzchak Katz

Als ich mit meinem Freund, dem leider zu früh verstorbenen tschechischen Journalisten und Publizisten Miloš Kublik, eines Abends beim Cognac saß, erörterten wir die Frage, ob ein Computer Humor entwickeln könne. Kublik behauptete, Humor sei ein Mittel menschlicher Kommunikation. Vor ungefähr siebzigtausend Jahren vermochte der Homo sapiens, dank eines von Wissenschaftlern als linguistische Revolution beschriebenen Evolutionsschritts, sich einen Vorteil gegenüber anderen Hominiden zu verschaffen. Sogar der Neandertaler, der physisch stärker und schneller war als der Homo sapiens und ein etwas größeres Gehirn besaß, hatte am Ende das Nachsehen, auch wenn Historiker uneins in der Frage sind, ob der Homo sapiens seinen Kontrahenten tatsächlich vernichtete oder ihn über Jahrtausende assimilierte. Doch wie auch immer, der Neandertaler trat ab von der Bühne der Geschichte und machte Platz für eine erfolgreichere Spezies des Menschen: uns.

Heute jedoch sehen wir, wie die Kluft zwischen unseren Fähigkeiten und denen des Computers unaufhaltsam und in nahezu jedem Bereich schwindet. Schon heute können Computer vieles besser als wir, angefangen vom Schachspielen bis hin zum Steuern eines Flugzeugs. Als Singularität wird gemeinhin der Moment definiert, in dem der Computer sich selbst und ohne unsere Hilfe programmieren und vervollkommnen kann, und glaubt man Zukunftsforschern, ist dieser Moment näher denn je. Die Schlussfolgerung erscheint daher unvermeidlich, dass eine neue Spezies von Menschen in den Startlöchern steht. Es wird ein Mensch mit intrinsischem Datenprozessor und technologischen Fähigkeiten sein. Ein hybrider Mensch, zum Teil Maschine und zum Teil biologischer Organismus. Ein Mensch, der ein singulärer, sich ständig verbessernder Computer ist. Schon kein Homo sapiens mehr, sondern, wenn wir so wollen, ein Homo hybridus. Eine Art Übermensch, technologisch und biologisch konstruiert, mit unbegrenzten Fähigkeiten. Und wichtiger noch, ein Mensch, aus dessen Hirn sich der gesamte Datenbestand abrufen und auf einen anderen Körper übertragen lässt. Womit wir einen Menschen hätten, der niemals sterben wird.

Werden wir, der Homo sapiens, das Aufkommen einer solchen Spezies von Übermenschen überleben? Ja, sollten wir es überhaupt? Als Mensch der alten Art war Kublik an der Transgressionsphase interessiert, dem Übergang. Wie im Fall des Neandertalers gegen den Homo sapiens werde auch hier eine Revolution stattfinden. Nach fast siebzigtausend Jahren Herrschaft über die Welt werde der Homo sapiens die Vorrangstellung des Homo hybridus nicht ohne weiteres akzeptieren, werde die Bühne der Geschichte nicht kampflos räumen. Doch diesmal werde er aller Wahrscheinlichkeit nach den Kürzeren ziehen.

»Ich hatte nie vor, Science-Fiction zu schreiben, obwohl ich als Leser eine Schwäche für dieses Genre hege«, schrieb mir

Kublik kurz vor seinem Tod. »Ich habe keine Angst vor der Zukunft, leide nicht an Technophobie. Ich glaube, im Großen und Ganzen macht die Menschheit Fortschritte, wenn auch nicht immer in die Richtung, die einige von uns gern sähen. Letztendlich wollte ich eine Geschichte schreiben über den Tod einer Erfindung, die unsere Kultur immens beeinflusst hat: die Drucktechnik und das geschriebene Wort allgemein. Denn wir befinden uns zweifellos auf dem Höhepunkt eines Übergangs zu direkten Kommunikationsmitteln. Auch wenn wir noch immer lesen, so schreiben wir doch weniger, und ganz sicher nicht mehr mit der Hand, doch wir tippen auch weniger und gehen immer mehr zum Diktat über. Und haben wir erst die Fähigkeit erlangt, Daten direkt von Gehirn zu Gehirn zu senden, müssen wir auch nicht mehr diktieren. Diese Form der Kommunikation wird meines Erachtens Auswirkungen haben, die weit über Zeitersparnis und Komfort hinausgehen, genauso wie Druck und Schrift Auswirkungen hatten, die ihren unmittelbaren praktischen Nutzen bei weitem übertrafen.

Außerdem«, schrieb mir mein Freund Kublik, »wollte ich an dem Wettbewerb teilnehmen, der dreißig Jahre vor meiner Geburt begann und an dem einige der Giganten der tschechischen Kultur beteiligt waren.«

Die Paralympics, oder: Der Mann, dem das Gesicht in Grimm erstarrte

von Miloš Kublik
Aus dem Tschechischen von Uri Jitzchak Katz

1. Kapitel: Mord

Detective Isaac erwachte jäh, nachdem er fast zwei Stunden geschlafen hatte. Er aktivierte seine Werktagsaufwachsequenz, die das Aufziehen des Vorhangs steuerte, Kaffeekochen und das Aufbacken der Croissants. Während er einen Schluck Kaffee nahm und in das Croissant biss, schloss er die Augen und ging die eingehenden Nachrichten durch. Seine Kollegen bei der Polizei machten sich immer lustig über seine Angewohnheit, die Augen zu schließen, wenn er persönliche Informationen herunterlud. »Nennt mich altmodisch«, pflegte er zu sagen, »aber wenn man mit persönlichen Dingen beschäftigt ist, ist es nur höflich, die Umwelt dies wissen zu lassen.« Aber vielleicht war er ja tatsächlich altmodisch, dachte er bei sich. So ließ er sich immer Zeit mit den Upgrades seines Betriebssystems. Über das offizielle Ruhestandsalter war er schon dreißig Jahre hinaus, doch anstatt an irgendeinem Strand zu sitzen, war er noch immer bei der Polizei. Er öffnete eine Nachricht von seiner Tochter: Sie und ihr Partner planten ein Kind und konnten sich nicht entscheiden, was sie wählen sollten. Ihr Partner wollte das Sportpaket mit erhöhtem Physis-Level, und sie war nicht dagegen, doch es gab gerade wirklich tolle Sonderangebote für das Wissenschaftspaket, gar nicht zu reden von den Preisnachlässen, die sie bekämen, nutzten sie den »Nächste-Generation-Bonusplan« und wählten eine Polizeidetermination, die etliche physiologische Upgrades und einen Bonusplus von fünf Jahren Lebenserwartung bot. »Alles, nur kein Polizist«, antwortete Isaac und schickte ein Augenzwinkern hinterher, damit sie wusste, er machte nur Spaß.

Dann scrollte er durch seinen Newsfeed. In diesem Jahr war entschieden worden, den gesamten Bezirk Cordless bereits im Januar in den Winter zu versetzen. Danach ging er die übrigen Nachrichten durch. Die meisten galten Carl Champ, dem ersten Krüppelspieler in der Hybrid-Fußballliga. Sein Debütauftritt war zweifellos Thema des Tages. Isaac erwog, noch ein Croissant zu essen, entschied sich dann aber dagegen und setzte seinen Sättigungsgrad in der Ernährungskontrollfunktion um zwei Punkte nach oben. Eine virtuelle Ernährungsberaterin poppte auf, um ihn zu informieren, infolge seiner ausschweifenden Nutrition könne er sich ein bisschen weniger energetisch und etwas mürrischer fühlen, und verlangte eine erneute Bestätigung. Er überlegte einige Sekunden lang und entschied dann, dieses eine überflüssige Kilo loswerden zu müssen, und bestätigte die Diät. Sonderbar, dass es möglich war, das Sättigungsgefühl hochzusetzen, aber unmöglich, Begleiterscheinungen wie Gereiztheit auszuschalten, dachte er. Er hätte natürlich den Endorphinator aktivieren können, um seine Stimmung aufzuhellen, aber auch das hatte Nebenwirkungen.

Diese ganze knifflige Neuverknüpfung der Chemie im Körper war noch immer ein Abwägen von Kompromissen, sinnierte Isaac. Solange alles relativ war, würde nie jemand glücklich und satt werden.

Eine Meldung informierte ihn, Gugel würde in einer Minute da sein. Isaac nahm einen letzten Schluck Kaffee. Die Ernährungsberaterin riet ihm, die Kaffeesorte zu wechseln, und als sie begann, ihm die Vorteile anderer Sorten herunterzubeten, skippte er sie weg und begab sich aufs Dach. Gugel wartete bereits. Isaac stieg ein, und Gugel und das Gefährt begrüßten ihn. Isaac wies das Gefährt an, sie zu einem Haus im Stadtzentrum von Prag zu befördern, wo sie den Tod eines Menschen zu ermitteln hatten, der an einer Überdosis Insulin gestorben war. Der Fall war offensichtlich: Der Mann hatte im Lotto sechzig zusätzliche Lebensjahre gewonnen, und seine Frau, mit der seine Verbindung ohnehin vor dem Aus gestanden hatte, hatte fälschlicherweise angenommen, sollte er sterben, würde sein Zeitguthaben auf sie übergehen. Da sie wusste, dass er gerade erst eine künstliche Bauchspeicheldrüse implantiert bekommen hatte, hatte sie sich selbst mit einem digitalen Virus infiziert, das die Funktionsweise künstlicher Organe störte. Tatsächlich war das Virus am Ende auf ihren Mann übergegangen und hatte die Funktion seiner Bauchspeicheldrüse blockiert. Isaac hatte das Virus recht schnell mit der Frau in Verbindung bringen können. Jetzt waren er und Gugel unterwegs zum Haus des Sohnes, um seine Aussage einzuholen. Zwar hätten sie dies auch tun können ohne physisches Zusammentreffen mit dem Zeugen, aber Isaac wollte lieber vor Ort sein, die Situation erspüren und, falls möglich, seinem jungen Partner ein bisschen was von traditioneller Polizeiarbeit beibringen. Und vielleicht auch irgendwo haltmachen, um etwas zu essen.

Gugel starrte ins Leere. »Ich bin gleich bei dir«, signalisierte er Isaac, da das Polizeigefährt seinem Ziel entgegenflog.

»Was hast du gesehen?«, fragte Isaac, als Gugel fertig war.

»Einen Vorbericht zu dem Spiel heute Abend«, erwiderte sein junger Kollege.

»Davon habe ich gehört«, lächelte Isaac.

Doch Gugel lachte nicht, sein Humor pendelte auf recht niedrigem Niveau. Er war als Athlet geplant gewesen, doch eine Verletzung, die sich als biologische Fehlfunktion erwies, hatte eine Umschulung zum Polizisten nötig gemacht. Im Gegensatz zu Isaac interessierte er sich für Sport, und zwar sehr. Jetzt begann er zu erklären, warum das Spiel am Abend das spektakulärste Ereignis seit Jahren werden würde. »Es ist das erste Mal seit einhundert Jahren, dass ein Sapiens in der Hybridliga spielt!« Carl Champ war Anfang des Jahres vom Prager Renommierclub DreamCap Warriors gekauft worden. »Er ist phantastisch«, schwärmte Gugel und ließ Isaac an einigen von Karls Eigenschaften teilhaben. »Er ist ein lupenreiner Krüppel, sein Körper weist keinerlei genetische oder technologische Modifikation auf. Und sein Gehirn ist nicht online, kontrolliert nicht einen physiologischen Aspekt seines Körpers. Aber seine Fähigkeiten sind atemberaubend.«

»Also ist er besser als wir?«, fragte Isaac.

»Ich würde nicht sagen, besser. Anders. Du kannst nie voraussagen, was er macht, weil er mit keiner Programmierung eines der Unternehmen verknüpft ist, die sich auf Sportler spezialisiert haben.« Wenn ein hybrider Fußballer zum Kopfball ansetzt, erklärte Gugel, dann analysiere das Gehirn des gegnerischen Torwarts in Bruchteilen von Sekunden die Daten des Angreifers, seine Kopfballstatistik in ähnlichen Spielsituationen und seine physiologischen Kapazitäten. Und daher sei der Torwart in neunzig Prozent aller Fälle zur Stelle und seine Chance, ein Tor zu verhindern, besonders hoch. In Champs Fall jedoch sei es unmöglich, auf dessen Daten zuzugreifen, und eine statistische Analyse basiere bei ihm immer auf externen Daten und rühre nie direkt aus seinem Gehirn. Außerdem verändere Champ selbst immer wieder und ohne erkennbaren Grund die Richtung seines Kopfballs. All das mache es Spielern sehr schwer, die gewohnt seien, in einem Online-Setting zu spielen. Gugel teilte einen kurzen Videoclip mit Isaac, in dem Champ in einem Trainingsspiel gegen hybride Spieler zu sehen war. Mit Leichtigkeit ließ er sie auf dem Weg zum Tor alle stehen und wurde erst durch ein rüdes Foul gestoppt. Als typischer Krüppel reagierte er darauf mit körperlicher Gewalt, und es kam zur Schlägerei, eine für die Hybridliga eher untypische Szene. Der Clip hatte dreißig Milliarden Aufrufe. »Komm mit zum Match heute Abend, und du wirst sehen, wovon ich rede«, sagte Gugel.

Das Gefährt hatte das Stadtzentrum fast erreicht, als an alle Polizeikräfte ein Code Grün erging, was bedeutete, dass es einen gewaltsamen Todesfall gegeben hatte und das Gehirn des Opfers bedroht war. Isaac wusste, in einer solchen Situation zählte jede Sekunde. Der Polizist, der als Erster am Tatort wäre, würde versuchen, sich mit dem Gehirn des Opfers zu verbinden, solange dies noch möglich war.

Isaac und Gugel nahmen den Ruf entgegen, und ihr Polizeigefährt schwenkte ab und brachte sie zum Tatort. Gugel war aufgeregt. Es war sein erster Code Grün. In den letzten Jahren waren gewaltsame Todesfälle immer seltener geworden. Da jeder Mensch permanent aufzeichnete, was seine Augen sahen, und dies als POV-Video[34] in seinem Gehirn abspeicherte, war es schlicht unmöglich, einen vorsätzlichen Mord zu begehen, ohne mit dem Verbrechen in Verbindung gebracht zu werden.

---

34 POV ist ein Begriff aus dem Bereich des Filmschaffens: *point of view shot*, eine Aufnahme aus der Blickperspektive einer Figur, wie durch ihre Augen aufgenommen [Anm. M. K.].

Gugel überprüfte die Zielkoordinaten. »Es ist die Prag Arena«, sagte er gepresst.

»Carl Champ?«

»Das befürchte ich. Es gibt einige antihybride Milizen unter den Sapiens, und die sind nicht eben begeistert davon, wenn Krüppel mit uns interagieren.«

Isaac befahl dem Gefährt, die erlaubte Höchstgeschwindigkeit zu überschreiten, aber erst, nachdem er von einem der diensthabenden Propheten dazu autorisiert worden war. Ungefähr einen Kilometer vor der Arena überflogen sie ein Polizeigefährt, das am Boden abgestellt war. Gugel verband sich mit den beiden Polizeioffizieren, die sich daneben die Beine in den Bauch standen. »Das sind Jacob und Queen«, berichtete er Isaac. »Die Kiste ist ihnen in der Luft verreckt, und sie mussten im Gel landen.« Er grinste.

»Das ist kein Spaß«, sagte Isaac und dachte an das eine Mal, als er zu einer Notlandung gezwungen gewesen war. Das war, als er noch mit seiner ersten Partnerin und ihrer gemeinsamen Tochter zusammengelebt hatte. Mitten im Flug waren sämtliche Geräte des Gefährts ausgefallen, und sie waren gut dreihundert Meter tief gestürzt. Die Substanz, die sich im Notfall automatisch verteilte und die Passagiere mit einem schützenden, schwammartigen Film umgab, war damals noch relativ neu gewesen, und Passanten hatten sich um das Gefährt gedrängt, um eine ganze Familie in Gel verpackt, aber unverletzt zu sehen.

Kaum waren sie in der Arena gelandet, wurden sie von Roman empfangen, dem Operationsmanager des Stadions. Er führte sie durch einen langen Gang und versorgte sie dabei mit Einzelheiten. »Ich saß heute Morgen im Büro, als ich plötzlich mehrere kleine Explosionen hörte. Erst dachte ich, das sei Feuerwerk. Ich bin zu den Kabinen gerannt, und dort sah ich …«

»… Champ«, vollendete Gugel, der die wirklich enervierende Angewohnheit hatte, einem vorzugreifen.

Roman blieb stehen und sah ihn überrascht an. »Nein, Stefan. Der jämmerliche Stefan!« Er war sichtlich aufgewühlt, ungeachtet der hohen Beruhigungsdosis, die er aktiviert hatte.

Isaac wurde jetzt von einem der diensthabenden Propheten Zugang zu Romans Gehirn erteilt.

»Stefan ist der beste Spieler der Warriors«, erklärte Gugel Isaac über Privatmodus.

»Warum wird er der ›jämmerliche Stefan‹ genannt?« Isaac ließ eine Suche laufen. Er erfuhr, Stefan war ein junger Hybride, Sohn von Sportlereltern. Noch vor seiner Geburt hatten verschiedene Firmen, die auf die Konstruktion von Sportlern spezialisiert waren, große Summen investiert, um ihn zum perfekten Fußballer zu machen. Tatsächlich wuchs Stefan zu einem hochbegabten Spieler heran, doch seine sozialen Anlagen ließen ihn immer wieder in Konflikt mit seiner Umwelt geraten. Seine Libido war höher als im Sport üblich, doch er weigerte sich, sie künstlich herabzusetzen. In den acht Jahren, die er jetzt in der Profiliga spielte, hatte er dreizehnmal den Verein gewechselt, und mehr als einmal nur war sein Abgang bühnengerecht gewesen. Er wurde mit etlichen Skandalen in Verbindung gebracht, darunter Fälle von sexueller Belästigung und verbotene Affären mit Partnerinnen von Mannschaftskameraden. Den zweifelhaften Beinamen »der Jämmerliche« hatte er von einem Trainer bekommen, der ihn beim Sex mit seiner Tochter erwischt hatte. Am Ende war er bei den Dream-Cap Warriors gelandet, die in der ersten Liga ums Überleben kämpften, was allgemein als seine vielleicht letzte Chance eingeschätzt wurde, doch noch zu einem Führungsspieler von Rang zu werden.

Die Detectives hatten die Kabine erreicht, die Tür stand offen. Gugel warf einen Blick hinein und verzog das Gesicht. »Ich war selbstverständlich nicht da drin«, sagte Roman. Isaac nickte. Er ließ unerwähnt, dass er bereits über sämtliche Erinnerungen des Operationsmanagers aus der letzten Stunde verfügte und in dessen POV gesehen hatte, dass er tatsächlich nur von außen in die Kabine geschaut hatte. In seinem Bericht vermerkte er, der Tatort sei allem Anschein nach nicht kontaminiert. Dann holte Isaac eine zusammenfaltbare Minischwebeplattform aus der Tasche, aktivierte sie und stellte sich darauf. Gugel gab kein Wort von sich, doch ein Blick genügte Isaac, um von der Plattform wieder hinabzusteigen und Gugel zu bedeuten, er solle seinen Platz einnehmen. Ohne seine Aufregung zu verbergen, stieg Gugel auf und schwebte in die Kabine. Isaac begnügte sich mit dem POV, den der junge Kollege mit ihm teilte.

Drinnen, auf einer der Umkleidebänke, saß der tote Stefan. Er hatte drei Schüsse in den Kopf bekommen, eine weitere Kugel in den Bauch und noch mindestens zwei in die Brust. Überall war Blut, auf dem Fußboden und dem Spind hinter ihm. Gugel schaute auf Stefans linke Hand, die eine automatische Beretta hielt. »So was haben wir lange nicht mehr gesehen«, sagte er kommentierend zu Isaac. Dann zog er den »Sauger« aus der Tasche, ein Gerät, das an eine Spraydose erinnerte, mit einer Art Glaskugel an der Spitze, und richtete ihn auf das, was von Stefans Kopf übrig war. Die Informationen begannen in eine Datei mit der Bezeichnung »Stefans Gehirn« zu fließen.

»Es ist nicht mehr viel intakte Hirnmasse da, wenn's hochkommt zweiundzwanzig Prozent«, sagte Gugel.

Isaac ging schnell die visuellen Erinnerungen durch. »Kein POV aus den letzten vierundzwanzig Stunden«, teilte er Gugel mit. »Wir werden ihn uns später gründlicher vornehmen müssen.«

»Willst du sagen, ich soll für heute Abend absagen?«

»Ich nehme mal an, es wird ohnehin abgesagt werden. Ein Match wird es heute auf jeden Fall nicht geben«, sagte er und wies Gugel an, den Sauger auf die Wand hinter Stefan zu richten. »Vielleicht kleben da auch noch Hirnpartikel.« Gugel tat, wie ihm geheißen, und ein weiteres halbes Prozent Datenbestand kam hinzu.

Von der Minute an, da die Medien Wind von Stefans Tod bekamen, war das ihr einziges Thema. Dutzende Interviews mit Sportgrößen, mit Stefans Familie, Teamkollegen und Vertretern der Clubführung folgten. Alle waren erschüttert. Isaac und Gugel machten sich derweil daran, die Erinnerungen aus den Resten von Stefans Gehirn zu sichten. Das letzte Backup war vor zwei Tagen erfolgt. Sie konzentrierten sich auf die Erinnerungen aus den letzten vierundzwanzig Stunden seines Lebens, aber davon gab es nicht viel Brauchbares.

»Da wusste offenbar jemand, was er tut«, sagte Isaac.

»Also denkst du nicht, dass es Selbstmord war?«, fragte Gugel.

Isaac war nicht sicher, ob sein junger Partner es ernst meinte. »Sechs Kugeln von vorne, davon drei in den Kopf, aus einer antiken Pistole? Es gibt einfachere Wege, sich das Leben zu nehmen. Aber irgendjemand hat gedacht, wir würden das kaufen, irgendjemand sehr …«

»… Naives«, vollendete Gugel erneut. Wie nervtötend diese Angewohnheit ist, dachte Isaac bei sich. Die Marotte von Menschen, die nicht nur denken, sie sind klüger als du, sondern auch noch sicherstellen müssen, dass du es weißt.

Obwohl sie nur etwas mehr als zweiundzwanzig Prozent aller Daten hatten sichern können, stand noch immer eine riesige Menge an Informationen zur Verfügung. Sie ließen eine Gesichtserkennung über Stefans sämtliche Erinnerungen laufen und glichen diese mit seinen Kontaktdaten ab, um herauszufinden, mit wem er sich in den letzten vierundzwanzig Stunden seines Lebens getroffen hatte. Danach suchten sie nach Erinnerungen, in denen Schüsse zu hören waren.

Gegen eins bestellten sie Pizza. Isaac entschied sich für die »Gesunde« und Gugel für die »Dekadente«, rührte sie aber so gut wie nicht an. »Je primitiver ein Mord ist, desto schwerer ist er mit hochentwickelten Methoden aufzuklären«, zitierte Gugel irgendwas, was er wahrscheinlich in seiner Ausbildung gelernt hatte.

»Hast du schon eine Gesichtserkennung bei seinen Mannschaftskameraden durchlaufen lassen?«, fragte Isaac, während er noch ein Pizzastück nahm und die virtuelle Ernährungsberaterin wegdrückte, die ihm riet, nicht noch mehr zu essen, da er sonst Gefahr liefe, sich schwer und müde zu fühlen.

»Zwei Mal«, erwiderte Gugel. »Nichts. Aber ich habe dir ein paar Clips von Männern unter der Dusche aufgehoben.« Er lachte und nahm nun ebenfalls ein Stück von seiner Pizza. »Guck dir das an«, sagte er und teilte mit Isaac einen von Stefans POVs, der auf dem Höhepunkt des Sexualakts mit einer schmerzlich schönen jungen Frau entstanden war. Sie hatte rötliches Haar und einen leicht asiatischen Sapienslook.

Isaac ließ eine Suche nach ihr durchlaufen. Sie war Schauspielerin, stand im Ruf, wild zu sein, und hieß Noc. Ihr richtiger Name war Tarmin, aber den hatte sie zu Noc geändert, nachdem sie gewisse Berühmtheit erlangt hatte durch ein pikantes Filmchen mit dem Titel *Die Königin der Nacht*[35], das von der stürmischen Affäre zwischen einer Hybridfrau und einem Sapiens handelte. Auch im Privatleben war Noc offensichtlich bekannt für ihre zahlreichen stürmischen Affären und ihre Schwäche für bewusstseinsabspaltende Drogen. Wiederholt war sie im Zustand vollkommener Bewusstseinsabkoppelung festgenommen worden.

»Schillernder Charakter«, sagte Gugel, erkennbar peinlich

35 Tschechisch: *Královna Noci.* »Noc« bedeutet »Nacht« auf Tschechisch [Anm. M. K.].

berührt von Frauen dieses Typs. »Der POV war nicht in Stefans Gehirn, sondern im Backup der Wiederherstellungspartition. Er hatte ihn aus seinem Gehirn gelöscht.«

»Angst vor seiner Frau?«, fragte Isaac.

»Vor der Mannschaft. Es war die Nacht vor einem Spiel, und da dürfen sie keinen Sex haben«, erklärte Gugel. »Ich habe auch schon Sex vor Spielen gelöscht. Und ganz sicher vor einem wichtigen.«

Isaac erstellte eine neue Datei unter dem Titel »Stefans POVs« und legte den Clip dort ab.

Gugel machte sich daran, die übrigen POVs auf der Wiederherstellungspartition durchzusehen.

»Noch irgendwas Interessantes dabei?«, fragte Isaac.

»Es ist immer interessant, was Menschen so aus ihrem Leben löschen. Aber nein, ich glaube nicht, dass hier noch etwas ist, was mit dem Fall zu tun hat.«

Polizeikommandant Black verband sich mit dem B2B[36]-Kanal, auf dem Isaac und Gugel miteinander sprachen. »Wo stehen wir?«, fragte er.

»Ziemlich am Anfang«, erwiderte Isaac.

»Der Höchste Prophet wird sich gleich zuschalten. Das Ganze geht mir nicht schnell genug.«

»Mahlzeit, Burschen«, sagte der Höchste Prophet einen Augenblick später. Gugel legte hastig die Pizza beiseite und schluckte schnell den letzten Bissen. »Isaac, ich war erfreut zu hören, dass du die Ermittlung leitest.«

»Danke.«

»Das ist offenkundig ein Fall, der noch für Schlagzeilen sor-

---

36 Abkürzung für *brain to brain* (Hirn zu Hirn): Kommunikationskanal, auf dem ein hybrides Gehirn Daten an andere, von ihm ausgewählte Gehirne schickt, was durch Sprache erfolgen kann, einen POV oder jede Form empirischer Daten, die das Gehirn gespeichert hat. Es ist die am weitesten verbreitete Form der Kommunikation unter Hybriden [Anm. M. K.].

gen wird. Wir müssen schnell und effektiv arbeiten«, sagte der Chief.

»Jawohl, Kommandant«, antworteten Isaac und Gugel synchron.

»Ich habe einen Suchbefehl nach Stefan auf allen POVs aller Hirne in Cordless genehmigt«, sagte der Prophet.

»Geht das denn?«, stutzte Gugel und bereute sogleich seine Frage. »Nicht rechtlich, ich meinte technisch.«

»Vieles geht, wenn es sein muss«, konstatierte der Prophet trocken.

»Jeder, der ihn in den letzten vierundzwanzig Stunden gesehen hat, kommt in die Datei«, erklärte der Chief. »Bislang sind achtundsechzig Prozent überprüft, aber noch haben wir keinen Durchbruch. Die Letzte, die Stefan lebend gesehen hat, ist seine Frau.« Er zeigte den beiden Detectives einen POV von Rejija, Stefans Frau, auf dem er vor ihr stehend in der Küche ihres Hauses zu sehen war. Seinem Mienenspiel nach zu urteilen, stritten sie.

»Wahrscheinlich kriselte es in ihrer Beziehung. Wir wissen, er hatte eine Geliebte«, sagte Isaac. »Liegt eine Genehmigung für den Sound vor?«

»Ist genehmigt«, kam es lakonisch vom Höchsten Propheten.

Isaac legte den Clip in einer neuen Datei unter »POVs, auf denen Stefan zu sehen ist« ab.

»Die Suche ist abgeschlossen. Niemand hat Stefan zum Zeitpunkt des Mordes gesehen«, verkündete Kommandant Black. »Was die Wahrscheinlichkeit eines Selbstmords untermauert.«

»Oder, dass es jemand war, für dessen Hirn wir keine Zugriffserlaubnis haben«, wandte Isaac ein. »Polizisten etwa, Richter, Politiker, Großunternehmer.«

»Und Propheten«, fügte Gugel hinzu.

Isaac bedachte ihn mit einem Blick.

»Bis dann, Burschen. Kontaktiert mich direkt, wenn ihr etwas braucht.«

»Vielleicht überlässt du demnächst das Reden besser Isaac«, kollerte Black, nachdem der Höchste Prophet sich aus dem Gespräch ausgeloggt hatte.

»Jawohl, Kommandant«, sagte Gugel und murmelte, als auch der Chief offline war: »Ich kann nicht glauben, dass ich ›Propheten‹ gesagt habe. Aber Fakt ist, zu deren Gehirnen hat niemand Zugang.«

Isaac zuckte mit den Achseln. »Zu denen von Krüppeln auch nicht.«

»Was?« Gugel schien nicht zu verstehen.

Isaac antwortete nicht, sondern begann, eine Gesichtserkennung für Carl Champ über das wenige laufen zu lassen, was von Stefans Gehirn noch übrig war. »Man hat ihn den ganzen Tag nicht gesehen. Er ist der Einzige, der kein Interview gegeben hat«, brummte Isaac. Die Suchergebnisse ploppten auf. Die meisten Übereinstimmungen waren POV-Clips von Stefan beim Training, auf denen Champ zu sehen war, wie er rannte, sprang und nicht eben wenig Trash-Talk benutzte. Einige Clips enthielten Szenen, die sich nach dem Training abgespielt hatten, in der Kabine und unter den Duschen. Darüber hinaus schienen Stefan und Champ außerhalb der Trainingszeiten keinen Kontakt gehabt zu haben. Aber es gab ein Suchergebnis zu einem Clip ohne Datum und Ortsangabe, der sogleich Isaacs Aufmerksamkeit weckte. Er versuchte, ihn abzuspielen, doch die Sequenz war zu stark beschädigt, stammte offenbar aus der Gehirnregion, die am meisten abbekommen hatte. Isaac ließ einen Rekonstruktionsalgorithmus darüberlaufen. Das Ganze dauerte gut zwei Minuten, in denen Isaac mit dem Impuls kämpfte, noch ein Stück Pizza zu essen. Als der Clip endlich rekonstruiert war, war er zwar noch immer in miserablem Zustand, doch man konnte klar sehen, wie Carl Champ auf Stefan zugerannt kam und mit etwas auf ihn zielte, das wie eine Pistole aussah. Isaac und Gugel starrten einander an. Dann ersuchte Isaac den diensthabenden Propheten, einen Haftbefehl gegen Carl Champ zu erlassen, und die Meldung ging an alle Polizeistationen raus.

»In der Tat, ein Spieler, der für Überraschungen gut ist, dein Krüppel«, meinte Isaac und griff sich ein Stück von der dekadenten Pizza seines Partners.

»Was für ein Hurensohn«, stieß Gugel hervor. »Wir dürfen uns mit diesen Tieren nicht einlassen.«

»Vor einer Sekunde wolltest du sie noch in unserer Liga haben.«

»Das war, bevor ich das Hirn des jämmerlichen Stefans an die Wand gesprenkelt gesehen habe.«

In dem Moment kam eine Meldung über das Polizeinetz: »Carl Champ wurde heute Morgen bewusstlos in Creepland aufgefunden. Kunderastraße, Bezirk Apša. Befindet sich in Haft in der örtlichen Polizeistation.«

Isaac schluckte den letzten Bissen. »Komm, lass uns ein Geständnis aus deinem Superstar rausholen. Wenn wir jetzt aufbrechen, können wir vor z…«

»… zwei da sein«, vollendete Gugel. »Ich hasse das Getto«, murrte er.

Ein Glück, dass wir noch Zeit hatten, hier etwas zu essen, dachte Isaac bei sich.

Creepland war das Gebiet, in dem alle Nichthybriden konzentriert worden waren, bewohnt von Menschen, deren Gehirn sich nicht direkt mit einem externen Netzwerk oder einem anderen Hirn koppeln konnte, die die chemischen und biologischen Komponenten ihres Körpers nicht zu kontrollieren imstande waren, oder, wie die Hybriden sie nannten – die »Krüppel«. Creepland war eine autonome Region innerhalb des hybriden

Stadtstaates Cordless, deren Gebiet sich fast mit dem deckte, was einstmals das »Sudetenland« gewesen war, also eine relativ kleine Fläche im Vergleich zu der von Cordless selbst, die ganz Europa umfasste. Anfangs hatte das Getto unter der vollkommenen Kontrolle der Armee der Hybriden gestanden, die ihm auch seinen Namen gegeben hatten – »Krüppelland«. Im Lauf der Jahre aber war den Bewohnern des Gettos Eigenständigkeit zuerkannt worden in allem, was ihre internen Belange betraf. Erst wurde ihnen erlaubt, eine eigene Gerichtsbarkeit und ein eigenes Erziehungssystem zu unterhalten, und letztlich auch, eine unabhängige Polizei aufzustellen. Abgesehen von dem Verbot, eine Armee zu haben, fungierten sie in jeglicher Hinsicht wie ein souveräner Staat. Mit der Zeit war aus »Krüppelland« Creepland geworden, ein Name, der leichter auszusprechen aber nicht weniger beleidigend war. Die Zahl der Einwohner von Creepland wurde auf zwei Millionen geschätzt, doch genaue Zahlen zu erhalten war schwierig. Die meisten von ihnen waren Sapiens, doch es gab auch Hybriden, die in Creepland gearbeitet und sich dann aus diesen oder jenen Gründen entschieden hatten, dort wohnen zu bleiben, auch wenn ihre Zahl nur einige Hundert ausmachte. Die Ausreise aus Creepland in die Onlineterritorien war genehmigungspflichtig. Ein Krüppel, der in hybride Regionen oder in eine der fünf anderen Sapiensautonomien auf dem Globus übersiedeln wollte, brauchte dazu eine hybride Genehmigung.

An der Transitstation Harrachov, einem der Grenzübergänge zwischen Cordless und Creepland, saß ein hybrider Koordinierungsoffizier namens Pixer und führte ein B2B-Gespräch mit seiner Freundin in London. Er war jung und dies hier sein erstes Dienstjahr. Außer ihm war die Transitstation noch mit zwei erkennbar gelangweilten Krüppelwachposten besetzt. Der Verkehr strömte vor allem in Richtung Cordless: Hybriden, die nach nächtlichen Vergnügungen in Creepland zurückfuhren, und ein paar wenige Krüppeltagelöhner, die Genehmigung hatten, für wenige Stunden in Cordless zu arbeiten. Diejenigen, die um diese verschlafene Mittagsstunde nach Creepland wollten, waren hauptsächlich Aktivisten, die sich für die Rechte der Sapiens engagierten, Antiquitätenhändler und Polizisten. Eine Stimme, die aus den Lautsprechern kam, riet den nach Creepland einreisenden Hybriden in regelmäßigen Abständen, die Verwendung von B2B und POV zu unterlassen und keine Kommunikationskanäle mit nicht zu identifizierenden Individuen zu eröffnen. Außerdem verwies die Durchsage immer wieder darauf, der Aufenthalt in Creepland bedeute eine Gefahr für Hybriden und erfolge auf eigene Verantwortung.

»Hey, Dolly, hier sind zwei für dich«, rief einer der Wachposten Pixer zu, als Isaac und Gugel die Station betraten. Pixer loggte sich aus und war mit einem Satz auf den Beinen. Er trat zu Gugel und streckte ihm die Hand hin. Gugel schaute auf die ausgestreckte Hand und dann zu Isaac, bis Pixer sie zurückzog. »Verzeihung«, sagte er. »Ich habe zu viel Zeit mit Krüppeln verbracht.«

Isaac stellte die Außenlautstärke hoch, die er normalerweise bei knapp über null hielt. Er mochte es nicht, seine Umgebung zu hören.

»Müssen Sie mit Stimme sprechen?«, übermittelte Gugel dem jungen Grenzpolizisten.

»Oh, Verzeihung, die Macht der Gewohnheit«, sendete Pixer über B2B zurück. »Wenn du den ganzen Tag Krüppel anbrüllst, vergisst du, dass es auch anders geht.« Er drehte sich zu dem Wachposten um und herrschte ihn laut an: »Jugo, mach endlich auf.« Isaac regelte die Umgebungslautstärke sogleich wieder herunter. Pixer entschuldigte sich erneut, und zu dritt betraten sie das Getto, wo er sie zum Parkhaus führte. »Seid ihr wegen des Mordes hier?«, fragte er, als sie in den Wagen stiegen. Isaac erwiderte nichts und transmittete Pixer nur, zur Polizeistation in Apša zu fahren. »Das wird gut eine Stunde dauern«, warnte Pixer. »Der Verkehr hier ist das Grauen.«

Sie rollten aus dem Parkhaus in den strömenden Regen. Pixer steuerte das Rädergefährt mit solcher Selbstverständlichkeit, dass Gugel sichtlich beeindruckt war. »Glaub mir«, meinte er zu Isaac, »ein Monat hier, und ich fahre wie ein Automat.«

»Das lässt sich einrichten«, erwiderte Isaac lakonisch.

»Glaubt mir, hier wollt ihr nicht sein«, mischte sich Pixer ein, abermals mit seiner externen Stimme. »Hier gibt es nichts, und nichts funktioniert, wie es sollte. Alles hier schleicht, und die haben sogar noch Zigaretten und Kellner. Den ganzen Regen laden sie hier ab, es stinkt, und alle möglichen Krankheiten von Haustieren aus dem 20. Jahrhundert kann man sich fangen. Erst letzten Monat hatte ich drei Viren, eines davon hat mir die Kontrolle der Iris gelöscht. Zwei Tage lang habe ich kein Zoom hingekriegt, und auch meine Freundin meinte, ich würde ein bisschen schielen.« Er lachte laut.

»Warum haben wir hier kein B2B?«, fragte Isaac und hustete. Er hatte seine vokale Stimme schon lange nicht mehr verwendet, und sie klang eingerostet und rau.

»Das ist die ganze Zeit hier so«, brüllte Pixer. »Hier gibt's jede Menge Regionen ohne Empfang. Aber das kümmert die nicht, die pfeifen auf das Gesetz.« Und wie zur Bestätigung ließ er das Fenster herunter und zog schreiend über einen Fahrer her, der ihn geschnitten hatte. »Bist du in Creepland, benimm dich wie ein Krüppel«, meinte er entschuldigend, als er Isaacs misslaunigen Gesichtsausdruck sah.

»Man hätte diesen Ort schon längst bombardieren sollen«, brummte Gugel.

»Ganz sicher.« Pixer war erfreut über den unverhofften Beistand. »Außer den Paralympics gibt's hier nix zu suchen.« Er bog scharf in eine schmale Straße ab und verfehlte dabei nur um Haaresbreite einen Fahrradfahrer. »Also, was ist das für eine Geschichte mit dem jämmerlichen Stefan? Den hat man ganz schön gesiebt, was? Wer würde denn so was machen …« Und plötzlich ging Pixer ein Licht auf. »Deshalb seid ihr hier! Ein Krüppel war das?«

»Pass auf die Straße auf«, herrschte Isaac ihn an.

»Barbaren«, stieß Pixer hervor. Endlich hatten sie das Polizeigebäude in Apša erreicht. Pixer übermittelte dem Wachposten am Eingang ihre Autorisierung, und sie traten ein.

»Braucht es hier wirklich so viel Polizei?«, fragte Gugel und schätzte die riesige Halle ab.

»Das sind alles Kriminelle hier«, frotzelte Pixer, als sie sich dem Empfangstresen näherten.

»Pepper, sag dem Chief, wir sind da«, wandte sich Pixer an den Polizisten, der vor einem Bildschirm saß und mit einer Hand tippte. In der anderen hielt er einen Burrito, der jedes Mal tropfte, wenn er davon abbiss. »Und bring uns auch drei Burritos und Kaffee, aber echten, nicht aus eurer beschissenen Maschine«, fuhr Pixer fort und zwinkerte Gugel zu.

»Soll ich dir vielleicht auch noch einen blasen?«, fragte der Polizist, ohne das Kauen einzustellen.

»Pepper, du weißt doch, wir kriegen ihn hoch, wann immer wir wollen. Aber du bist so hässlich, ich fürchte, das wird nichts.«

»Führ mich nicht in Versuchung, Robocop.« Pepper legte den Burrito weg, wischte sich beide Hände an der Hose ab und drückte auf einen Knopf, der eine interne Gegensprechanlage in Gang setzte. »Chief, die Dollys sind hier …«, sagte er in das Mikrophon, das auf seinem Tresen stand.

»Wie in einem Film aus dem 20. Jahrhundert«, übermittelte Gugel an Isaac. »Alles wie in Zeitlupe. Und alle haben diese lächerlichen Uniformen an.«

Isaac sagte nichts. Der Geruch echten Tierfleischs, den der Burrito verströmte, weckte bei ihm eine sonderbare Mischung aus Ekel und Hunger.

»Sie sehen keine Info-Maske. Uniformen und Abzeichen sind der einzige Weg zu wissen, wer hier wer ist«, mischte sich Pixer ein. »Dieser Trottel hier zum Beispiel ist Sergeant.«

»Sergeant Pepper? So heißt er wirklich?« Isaac war verblüfft.

»Ja. Was ist daran komisch?« Pixer verstand nicht.

»Ich wette, es hat irgendwas mit nutzlosen Trivia zu tun«, sagte Gugel, und obwohl das freundlich scherzhaft gemeint war, bedachte Isaac ihn aus reiner Gewohnheit mit einem finsteren Blick.

Pixer ließ derweil eine Suche laufen. »Nettes Lied ...«, meinte er und summte etwas von einem Club der einsamen Herzen.

»Schick sie rein«, kam die Stimme des Chiefs durch die Gegensprechanlage.

Sergeant Pepper winkte sie durch, und sie folgten Pixer zum Büro von Chief Andréa.

»Danke, Pixer, ich will dich nicht länger von der Arbeit abhalten«, meinte Isaac über Privatmodus zu dem jungen Kollegen, als er sah, dass dieser Anstalten machte, mit ihnen einzutreten. Pixer guckte säuerlich. »Du leistest gute Arbeit, ich werde das erwähnen«, setzte Isaac versöhnlich hinzu. Der junge Polizeioffizier deutete so etwas wie eine Verbeugung an und ging, vor sich hin murrend.

Chief Andréa begrüßte sie, ohne den Versuch zu unternehmen, ihnen die Hand zu schütteln. Dann drückte sie den Knopf der Gegensprechanlage: »Pepper, zwei Kaffee ...« Sie schaute hoch zu den beiden Detectives.

»Espresso«, sagte Isaac.

»Für mich nichts«, erwiderte Gugel.

Chief Andréa zuckte mit den Achseln. »Ein Espresso«, bellte sie in das Mikrophon. Dann wandte sie sich an Isaac: »Du bist immer noch bei uns? Ich dachte, du seist schon tot.«

»Einen Monat noch.« Isaac lächelte. »Das ist Gugel, er ersetzt mich.«

Chief Andréa rang sich zu einem flüchtigen Blick auf Gugel durch. »Gehört er nicht zu denen, die essen?«

»Das braucht er nicht«, erklärte Isaac.

»Und hast du ihm noch nicht beigebracht, dass es hier den besten Kaffee in Creepland gibt?«

»Da ist so einiges, was ich ihm noch nicht beigebracht habe.«

»Willkommen in Apša«, meinte Chief Andréa zu Gugel. »Ich hoffe, du nutzt die verbleibende Zeit und lernst von Isaac.«

»Ich bin hier, um zu lernen«, entgegnete Gugel. »Obwohl, weißt du, bei uns geht Wissen nicht verloren. Was ich nicht schaffe, konsumiere ich später.«

Es klopfte, und Sergeant Pepper kam herein mit einem Espresso und fünf Donuts.

»Ich brauche einen Raum und den Zugangscode zu allen Rechnern«, sagte Isaac, als der Sergeant wieder weg war.

»Bei allem Respekt, Isaac, aber ich kann dir hier nicht die Kontrolle übertragen.«

»Du weißt, wen ihr festgenommen habt, und du weißt, wer gestern ermordet wurde. Wenn ich wollte, könnte ich von einem der Propheten Genehmigung erhalten, dem ganzen Getto einen schönen Blackout zu bescheren.« Er griff sich einen Donut und bot auch Gugel einen an, der ablehnte. »Es muss nicht einmal der Höchste Prophet sein, ein diensthabender reicht schon.« Er biss von dem Donut ab und legte ihn schnell zurück aufs Tablett, ehe die virtuelle Ernährungsberaterin dazu kam, ihn zurechtzuweisen.

Chief Andréa schaute ihn einen Moment lang an, drückte dann auf den Knopf der Sprechanlage. »Pepper, ruf Rossman her.«

»Warum dauert hier alles Monate?«, beschwerte sich Gugel über Privatmodus bei Isaac.

»Jemand von uns wird die ganze Zeit anwesend sein«, sagte

Chief Andréa zu Isaac, der nickte. »Und bring deinem Ersatz bei, in meiner Gegenwart nicht B2B zu verwenden, das ist unhöflich.«

Es klopfte, und eine Polizistin in Zivil kam herein. »Du hast nach mir gerufen, Chief?«

»Detective Rossman, die beiden hybriden Herren sind hier, um die Ermittlung gegen Champ zu übernehmen. Setz sie über alles Nötige ins Bild und lass sie nicht einen Moment allein, auch nicht, wenn sie zur Toilette wollen.«

»Jawohl, Chief«, antwortete die Polizistin und wandte sich zu Isaac und Gugel. »Hallo, mein Name ist Yu…«

»Wir brauchen wirklich keinen Babysitter«, beschwerte sich Gugel bei Chief Andréa.

»Nimm es nicht als Babysitting, sieh es als Coaching durch eine Mentorin. Sagtest du nicht, du bist hier, um zu lernen?«

»Ich habe diesen Krüppelzynismus so satt«, murrte Gugel privat zu Isaac.

Sie standen auf und folgten der Polizistin. Die trug einen ziemlich eng geschnittenen Rock, der ihre hübsche Figur betonte. Isaac warf, nachdem er zu Gugel geschaut hatte, um zu sehen, ob der ihn auch bemerkt hatte, verstohlen einen Blick auf ihren Po. Doch Gugel bemerkte rein gar nichts, und seinem Gesicht war abzulesen, dass er nur schnellstmöglich von diesem Ort verschwinden wollte und Krüppel ihn nicht interessierten, selbst wenn sie eng geschnittene Röcke trugen.

Sie blieben vor einer Tür stehen, auf der »Vernehmungsraum 1« stand. Die Polizistin drehte sich um. »Wartet hier, ich hole Champ.« Sie reichte Isaac ein elektronisches Pad. »Alles, was du wissen musst, ist hier drauf.«

»Danke«, sagte Isaac und nahm das Pad entgegen, obwohl er sich schon längst mit dem Netzwerk des Reviers verbunden und alle relevanten Informationen heruntergeladen hatte. Die Polizistin ging den Verdächtigen holen, und sie betraten den kleinen Verhörraum. Isaac ließ sich an dem Tisch in der Zimmermitte nieder.

»Was ein Klischee«, stöhnte Gugel.

Isaac überflog den Haftbericht. Carl Champ war gegen Morgen bewusstlos in einer Gasse hinter dem Babylon gefunden worden, einem vor allem von Celebrities frequentierter Nachtclub. Gestern hatte dort eine Abschiedsparty für Carl Champ stattgefunden, anlässlich seines Transfers in die Hybridliga.

Die Tür ging auf, und die Polizistin führte den mit Handschellen gefesselten Häftling herein. Carl Champ war ein Riese von einem Mann, extrem muskulär, mit wilder roter Mähne. Sein Hemd war zerrissen und schmutzig, aber erkennbar teuer. Dazu trug er Sträflingshosen, die ihm zwei Nummern zu klein waren.

»Dollys ...«, meinte Champ zu der Polizistin und lächelte. »Anscheinend hab ich was ausgefressen.«

»Setz dich«, befahl Isaac. Der Häftling nahm Platz, und Rossman fesselte ihn an den Tisch.

»Wo warst du gestern Nacht?«, fragte Gugel.

»Mit deiner Mutter zusammen. Logg dich in ihr Gehirn ein, dann siehst du einen POV von der Wand, weil ich sie von hinten gefickt hab.«

»Lustig«, sagte Gugel. »Isaac, erinnere mich daran, dass ich meinen Humor upgraden muss.«

Isaac dachte bei sich, das wäre vielleicht nicht die schlechteste Idee.

Champ lehnte sich zurück. »Hey, Jungs, kommt, hören wir auf mit der Show. Ich versteh schon, ich war heute Morgen nicht beim Training, die Liga ist sauer und will mich einnorden und die Muskeln spielen lassen. Ihr habt mir 'ne schöne Szene gemacht mit den Handschellen und dem ganzen Scheiß, aber ich bin hier das Opfer. Ich bin der, der heute Nacht angegriffen wurde.«

»Wer hat dich angegriffen?«

»Kein Ahnung. Sicher gibt's jemanden, der das aufgezeichnet hat. Hatte keine Zeit, Anzeige zu erstatten.« Er hob die Hände, um zu verdeutlichen, warum.

»Wer wollte dich denn angreifen?«, fragte Isaac.

»Wer nicht?« Champ grinste. »Hier mangelt's nicht an Vernagelten, Neidern, religiösen Fanatikern, Williams oder bloß Psychopathen, die nicht wollen, dass ein Krüppel bei euch spielt.«

Gugel schob ihm das Pad hin und ließ den POV laufen, den er am Tatort aufgenommen hatte. Champ schaute kurz hin und hob die Augen zu den Detectives, als verstünde er nicht. »Das ist dein Mannschaftskamerad, der jämmerliche Stefan«, sagte Gugel. Champ wirkte mit einem Mal eine Spur blasser. »Und das hier haben wir aus dem gefischt, was von seinem Hirn noch übrig war«, sagte Gugel und spielte den Clip ab, auf dem Champ mit gezückter Waffe auf Stefan zugestürmt kam.

Champ sprang panisch auf. »Das bin ich nicht ... Das ist nicht echt ...«

»Setz dich hin«, sagte Isaac, doch Champ versuchte, die Handschellen loszuwerden, und riss mit seiner enormen Kraft beinahe den Tisch aus der Verankerung im Boden.

Als ihm das nicht gelang, wandte er sich an die Polizistin. »Die haben das in sein Gehirn eingepflanzt ... Die wollen mir was anhängen ...«

»Setzen!«, brüllte Isaac und musste sogleich husten. Seit drei Jahren hatte er die Stimme nicht mehr erhoben, seit seiner Scheidung. Champ setzte sich. Isaac stand auf, ging in die Zimmerecke und goss ein Glas Wasser ein, kam damit zurück und stellte es dem Häftling hin. Von dessen Arroganz war nicht mehr viel übrig. Er trank in großen Schlucken.

»Nochmals: Wo warst du gestern Nacht?«, fragte Gugel, als sich Champ ein wenig beruhigt hatte.

»Im Babylon.«

»Und wie bist du bewusstlos in der Gasse gelandet?«

»Ich bin kurz mal raus, und dann sind mir die Lampen ausgegangen. Vielleicht hat mir jemand was in den Hals gespritzt oder was in den Drink getan.«

»Kaufst du das?«, fragte Gugel Isaac über Privatmodus.

»Bislang zeigen weder die Vibration seiner Stimme noch sein Puls irgendeine Indikation, dass er lügt. Aber wir wissen ja, dass er ein begabter Spieler ist«, erwiderte Isaac trocken.

»Er hängt definitiv schon lang genug mit Hybriden ab, um zu wissen, wie man unsere Lügendetektoren austrickst«, sagte Gugel.

Isaac warf einen erneuten Blick in den Verhaftungsbericht. »Die toxikologischen Tests haben nichts nachgewiesen in seinem Körper.« Dann wandte er sich wieder an Champ: »Was wolltest du in der Gasse?«

»Ich bin kurz raus, um einen Freund anzurufen.«

Isaac überprüfte das Verbindungsprotokoll auf Champs Telefon. Das letzte Telefonat war nachts um elf erfolgt, rund drei Stunden vor dem Mord. Isaac kontrollierte, an wen der Anruf gegangen war, und war überrascht, als er die Nummer sah. Er zeigte sie Gugel im Privatmodus. »Das ist Stefans Geliebte. N...«

»... Noc! Sollen wir ihn danach fragen?«

»Noch nicht.«

»Das war so gegen elf«, fuhr Champ fort, als er verstand, die beiden Hybriden kommunizierten über Privatmodus. »Ich bin raus, hab telefoniert – und danach weiß ich nichts mehr.«

»Und wie ist das dann hier in Stefans Gehirn gelangt?« Gugel deutete auf den Clip, der noch immer in Endlosschleife lief.

»Keine Ahnung. Jemand hat es dort installiert, in seinem Kopf«, stieß Champ hervor.

»Das ist nicht ganz so einfach. Man kann nicht einfach so

Dinge in unser Gehirn einpflanzen. Das ist nicht wie eure primitive Cloud. Das hybride Gehirn ist biologisch und genetisch so programmiert, dass es keinen Input von einer fremden Quelle akzeptiert«, erklärte Gugel.

»Dann hat er das vielleicht geträumt?« Champ wandte sich an Isaac, da er verstanden hatte, dass der hier den guten Cop gab.

»Er soll geträumt haben, wie man ihn ermordet?« Gugel grinste.

»Das sieht doch vollkommen gefakt aus«, sagte Champ, noch immer zu Isaac gewandt. »Guck dir den komischen Hintergrund da hinter mir an. Das sieht doch wie eine verfickte Urlaubsbroschüre aus. Was zur Hölle soll das sein, Palmen?« Er deutete auf den Clip, auf dem er vor tropischer Kulisse mit gezückter Pistole angestürmt kam. »Und der Song da im Hintergrund? Wo kommt der her? Was ist das überhaupt?«

»Pixies. ›Where is My Mind?‹, von ihrem Album *Surfer Rosa*«, sagte Detective Rossman, die zum ersten Mal seit Beginn der Vernehmung den Mund aufmachte.

Isaac und Champ sahen sie verdutzt an.

»Wenn ein Gehirn derart massiv verletzt wird, kann es manchmal sein, dass sich alle möglichen Images aus allen möglichen Erinnerungen mit allen möglichen Sounds vermischen, das ist vollkommen natürlich«, gab Gugel zu bedenken. »Wenn du ihm sein Gehirn nicht mit drei Kugeln zu Brei geschossen hättest, wäre die Qualität des Clips vielleicht auch besser.«

»In welcher Beziehung stehst zu Noc?«, fragte Isaac, noch bevor der Starspieler protestieren konnte.

»Was?« Champ klang ehrlich überrascht.

»Noc, Stefans Geliebte. Du hast sie gestern Nacht angerufen.« Champ machte Anstalten zu antworten, doch Isaac unterbrach ihn. Er verspürte einen dumpfen Kopfschmerz. »Merkst du das?«, fragte er Gugel über Privatmodus.

»Ja«, bestätigte sein junger Partner. »Netzwerküberlastung?«

Isaac checkte den Newsfeed. Der Clip, der Champs Attacke zeigte, war auf sämtlichen Kanälen und drohte, das Netz kollabieren zu lassen. Isaac kam von seinem Stuhl hoch. »Es gibt ein Leck«, meinte er zu Gugel.

»Wir hätten ihren Rechnern nicht trauen dürfen, deren Absicherung ist beschissen«, lamentierte Gugel.

»Bleib du hier bei ihm, ich verpasse sämtlichen Rechnern hier einen Blackout.« Er verband sich mit dem Polizeinetzwerk und ließ es auf einen Schlag herunterfahren. Das Licht im Raum erlosch.

»Komm mit«, befahl er Detective Rossman. Während sie die Haupthalle durchquerten, gelang es Isaac, den Höchsten Propheten zu erreichen und einen Auslieferungsbefehl für Champ nach Cordless zu erwirken.

Genau in der Sekunde, als sie vor dem Büro des Chiefs ankamen, flog die Tür auf. »Was ist hier los?«, blaffte Andréa grimmig.

»Irgendjemand hat den POV geleakt, in dem Champ auf Stefan schießt. Ich habe euch das System runtergefahren«, blaffte Isaac nicht minder grimmig zurück. »Wir nehmen Champ mit nach Cordless. Du hast den Auslieferungsbefehl in dem Moment, in dem ich eure Rechner wieder hochfahren lasse.«

»Ich brauche mein Netzwerk aber jetzt sofort. Das ist auch bei uns in allen Medien, und ich muss mit meinen Beamten kommunizieren.« Isaac reagierte nicht. Sie berührte seine Hand. »Isaac?«

Isaac fuhr das Netzwerk im Sperrmodus hoch, lud alles Ermittlungsmaterial in sein Gehirn herunter und löschte es von sämtlichen Rechnern. Danach startete er die Computer neu und erteilte allen Zugriff.

»Danke«, sagte Chief Andréa. »Ich weiß das zu schätzen.«

»Ich brauche einen gepanzerten Streifenwagen mit getönten

Scheiben«, verlangte Isaac. Dann befahl er Gugel über B2B, Champ zur Transitstation und von dort nach Cordless zu bringen.

»Und was ist mit dir?«, fragte Gugel.

»Fürs Erste bleibe ich noch hier. Ich nehme an, es wird ein paar Tage reichlich Tumulte geben und dass die Übergänge geschlossen werden. Ich will weiterermitteln, bevor Leute Zeit finden, sich davonzumachen oder ihre Geschichten abzustimmen.« Damit wandte er sich an Chief Andréa und sagte: »Ich werde für ein paar Tage hierbleiben.«

»Das hatte ich wohl verstanden. Yulia, ich fürchte, dein Dienst als Babysitterin ist noch nicht beendet.«

Detective Rossman sah Isaac an, der verlegen lächelte. »Mentorin«, sagte er.

2. Kapitel: Yulias Geschichte

Als Yulia an jenem Morgen die Augen aufschlug, war die andere Betthälfte leer. Sie war es schon eine ganze Woche, aber Yulia hatte sich noch immer nicht daran gewöhnt. Sie streichelte ihren Bauch, danach ihre Brüste, erwog zu masturbieren. Schließlich seufzte sie und stand auf. Während sie Kaffee trank und die Schlagzeilen überflog, vibrierte ihr Telefon. Es war eine Nachricht von Jiří, der sie einlud, mit zur Eröffnung der Paralympics zu kommen, die er am Abend dokumentieren würde. Yulia antwortete, sie habe schon Pläne, wolle mit Freunden das Debütmatch von Champ in der Hybridliga schauen, weil sie wusste, das würde ihn ärgern. In der Sekunde, in der sie die Nachricht abgeschickt hatte, tat es ihr leid. Sie konnte sich selbst nicht erklären, warum sie ihn verletzen wollte – nach allem war er ja derjenige, der bei der ganzen Geschichte hatte einstecken müssen. Sie schickte ihm eine Entschuldigung. Er schrieb zurück, das sei schon in Ordnung, was sie aus irgendeinem Grund noch mehr ärgerte. Warum musst du immer so devot und rücksichtsvoll sein, dachte sie. Sie goss sich noch einen Kaffee ein und sichtete ihre privaten Mails. Eine war von ihrer Schwester, eine von einem Kollegen, der jüngst in Ruhestand gegangen war und fragte, ob sie und Jiří nicht Lust hätten auf einen Amerikatrip mit ihm und seiner Frau. Dazu noch ein bisschen Werbung und eine Benachrichtigung vom Jesaja-Konzern, der ihr gratulierte, sie habe sämtliche Untersuchungen und Kriterien für eine Kinderlizenz bestanden, und ihr im nächsten Atemzug riet, auf die Lizenz zugunsten eines ganzen Jahresgehalts zu verzichten. Sie trank den Kaffee aus, machte eine halbe Stunde Yoga und ging duschen. Während sie in eine Hose schlüpfte und sich den Rest des Joints vom Vorabend anzündete, klingelte das Telefon.

Es war Chief Andréa. »Mach deinen Newsfeed an.«

Yulia schaltete den großen Bildschirm im Wohnzimmer an, während ihr Chief noch in der Leitung war, und scrollte einige Sekunden lang durch die Posts, die den Mord an Stefan zeigten. »Hat das was mit uns zu tun?«, fragte sie.

»Weiß nicht«, erwiderte Chief Andréa. »Aber man hat heute Morgen Carl Champ bewusstlos vor dem Babylon aufgefunden.«

Yulia überkam ein gewaltiges Verlangen, Jiří anzurufen. »Hat er was damit zu tun?«, fragte sie stattdessen.

»Wir haben ihn hergebracht, aber er ist noch immer nicht bei Bewusstsein«, antwortete Andréa. »Wenn die Hybriden kommen, bist du bei ihnen. Ich gebe dir nur einen Vorsprung.«

»Verstanden, Chief.« Yulia legte auf, trat vor den Spiegel und machte sich die Haare. Sie war schon im Begriff, das Haus zu verlassen, als sie statt der Hose noch schnell einen Rock anzog.

»Die Chief sagt, du sollst zu ihr kommen«, meinte Sergeant

Pepper, als Yulia den Empfangstresen der Polizeistation in Apša passierte.

Sie marschierte zu dem Eckbüro, klopfte und trat ein, ohne abzuwarten. Chief Andréa verfolgte einen Stream von Berichten über den Mord, die zum Großteil nur aus künstlich erstellten Grafiken bestanden. »Haben die keinen POV aus Stefans Gehirn?«, fragte Yulia.

»Offenbar ist nicht viel übrig von Stefans Hirn«, erwiderte ihre Vorgesetzte. »Was sagt dein Freund? Die Olympiade heute Abend – läuft alles?«

»Wir haben nicht miteinander geredet«, erwiderte Yulia, und Chief Andréa hob erstaunt den Kopf. »Wir haben uns vor einer Woche getrennt. Aber er hat nicht angerufen, also nehme ich an, sie wissen nicht, dass Champ hier in Haft ist.«

»Sag ihm nichts. Versuch nur, behutsam herauszufinden, ob Champ ein Alibi hat. Jiří ist doch sein Dokumentator, oder?«

»Er dokumentiert die Paralympics. Aber er war sicher gestern auf der Party im Babylon.«

»Ruf ihn an.«

»Er wird sofort merken, dass ich hinter einem Alibi her bin. Er ist ein gewitzter Hurensohn.«

»Behutsam …«, sagte Andréa.

Yulia holte ihr Telefon heraus und rief Jiří an.

»Hey«, meldete sich seine vertraute Stimme.

»Hey«, sagte Yulia.

»Jetzt, da die Hybridliga abgesetzt ist, kommst du zu den Paralympics?«

»Finden die denn statt?«

»Warum nicht? Augenblick, hat das was mit dem Mord zu tun? Wo steckt Champ, er hat seit heute Morgen kein Interview gegeben … Er ist festgenommen?«

»Jiří! Beruhig dich. Er wurde am frühen Morgen bewusstlos vor dem Babylon aufgefunden.«

»Shit! Shit shit shit.«

»Hast du keine Dokumentation von ihm?«

»Nein, ich bin so gegen zehn von der Party weg.«

»Du bist weg?«

»Ich check das mit Howie.«

»Du wirst gar nichts checken, das weckt nur schlafende Hunde. Vielleicht hat er überhaupt nichts damit zu tun.«

In dem Moment deutete Chief Andréa auf ihren Bildschirm, auf dem gerade das Ersuchen der Hybridpolizei aufgepoppt war, einen Haftbefehl für Carl Champ auszustellen.

»Ich muss Schluss machen. Jiří, unternimm nichts, bis ich dich wieder anrufe.« Sie legte auf. »Die haben anscheinend einen POV aus Stefans Gehirn«, meinte Yulia dann zu ihrer Vorgesetzten.

»Ich muss ihnen melden, dass er hier bei uns ist«, sagte Chief Andréa und beantwortete das Ersuchen: »Carl Champ wurde heute Morgen bewusstlos in Creepland aufgefunden. Kunderastraße, Bezirk Apša. Wurde in der dortigen Polizeistation unter Arrest gestellt.«

Der Sergeant meldete sich über die Gegensprechanlage und teilte mit, Champ sei erwacht.

»Vielleicht ist es am besten, wenn wir ihn fürs Erste noch nicht befragen«, schlug Yulia vor. Chief Andréa bedachte sie mit fragendem Blick. »Die Hybriden werden ihn vernehmen, und wenn er nicht weiß, worum es geht, wird seine überraschte Reaktion glaubwürdig genug für ihre Lügendetektoren sein.«

Chief Andréas Bildschirm meldete eine eingehende Mail. »Sie schicken zwei Robocops her. Und sie wollen, dass wir Champ bis dahin nicht vernehmen.«

Yulia quittierte das mit einem bemühten Lächeln, wie um zu sagen: »Das war zu erwarten.«

»Wenigstens ist es Isaac«, meinte Chief Andréa gedankenverloren zu sich selbst. »Danke, Yulia. Ich rufe dich, wenn sie hier sind. Und es tut mir leid, dass du es noch abkriegst. Nächste Woche finde ich einen Ersatz für dich, versprochen.«

Yulia verließ das Zimmer und ging zu ihrem Schreibtisch am anderen Ende der großen Halle. Sie las den Verhaftungsreport und kopierte ihn, nachdem sie kurz überlegt hatte, auf ihr persönliches Pad. Nach gut einer Stunde bestellte Chief Andréa sie erneut in ihr Büro. Als sie eintrat, saßen dort bereits die zwei Hybriden. Der jüngere der beiden war ein typischer ungeduldiger Hybrid-Detective, während der ältere ein klein wenig gelassener wirkte. Er gab ein halbes Lächeln preis, als Yulia den Versuch unternahm, sich vorzustellen. Das musste Isaac sein, den Chief Andréa zuvor erwähnt hatte. Keiner der beiden Hybriden kam auf den Gedanken, sich vorzustellen. Ihre Vorgesetzte zog die üblichen Machtspielchen ab, obwohl sie, sobald Hybriden im Spiel waren, so gut wie gar keine Amtsgewalt mehr besaß. Als die beiden Yulia durch die Halle folgten, schaute sie aus dem Augenwinkel auf ihr Spiegelbild in der großen Glasscheibe und sah, wie der ältere Hybride ihr auf den Hintern starrte. Sie lächelte: Egal, was für ein Superhirn du hast, gegen Millionen Jahre Evolution kommst du nicht an.

Im Vernehmungsraum angekommen, reichte sie Isaac das Pad mit dem Verhaftungsbericht. Er dankte, warf aber keinen Blick darauf. Wahrscheinlich hat er sich bereits mit unseren Computern verbunden, dachte sie. Sie ließ die beiden Hybriden im Vernehmungsraum zurück und machte sich auf zu Champs Arrestzelle. Als sie eintrat, setzte sich der Fußballer auf der Pritsche auf und taxierte unverhohlen ihre Figur.

»Der Tag wird immer besser«, sagte er.

»Hände nach vorn«, befahl Yulia.

»Ich hab mal einen Porno gesehen, der genauso anfängt.« Champ stand auf und streckte ihr beide Hände hin. Yulia legte ihm Handschellen an. »Du kommst mir bekannt vor«, sagte er, während sie durch den Gang schritten. Plötzlich fiel es ihm ein. »Du bist die Freundin von meinem Paparazzo, Jiří.« Yulia reagierte nicht. »Wie wär's, wenn du den Satelliten abschießt und auf dem echten Planeten landest?« Er blieb bei seiner unvermeidlichen Vulgarität. Yulia ging schweigend weiter, obgleich sie sich eingestehen musste, dass seine eindrucksvolle Physis gewisse Regungen bei ihr weckte.

Sein Alphamännchengehabe legte Champ auch nicht ab, als er die beiden Hybrid-Detectives im Vernehmungsraum sitzen sah. Die ganze Vernehmung über behielt Yulia ihre wie versteinerte Miene bei. Selbst als Gugel Champ den POV zeigte, auf dem er Stefan angriff, rührte sich nichts in ihrem Gesicht. Sie versuchte zu verstehen, was sie an dem Clip störte.

»Was ist das überhaupt für ein Song da …?«, hörte sie Champ die Hybriden fragen.

»Pixies. ›Where is My Mind?‹, von ihrem Album *Surfer Rosa*«, sagte Yulia mechanisch. Warum sollte eine Erinnerung einen Hintergrundsong haben? Sie nahm das Pad und schaute es sich an. Nie werde ich das hybride Gehirn verstehen, sagte sie sich. Auch später, als der Clip geleakt worden war und der Hybride alle Rechner heruntergefahren hatte, ging ihr der Song nicht aus dem Kopf.

Nachdem Isaac sichergestellt hatte, dass Gugel und Champ unterwegs zur Transitstation waren, wo eine hybride Armeeeinheit auf sie wartete, wandte er sich wieder der Ermittlung zu. »Wie lange brauchen wir bis zum Babylon?«, fragte er Yulia.

»Etwa zehn Minuten. Ich habe mit dem Besitzer gesprochen, er erwartet uns dort.«

Sie bestiegen den Wagen, Yulia schnallte sich an, und Isaac folgte ihrem Beispiel. Geübt steuerte sie das Fahrzeug durch die schmalen Straßen.

»Kann dieses Ding auch fliegen?«, fragte Isaac.

»Kann es«, antwortete Yulia, ohne ihn anzuschauen. »Aber ihr erlaubt uns nicht zu fliegen.«

»Was kannst du mir über die Paralympics erzählen?«, fragte Isaac.

Yulia lächelte. »Du kannst ruhig eine Suche durchlaufen lassen. Ich bin nicht beleidigt.«

»Das ist rücksichtsvoll von dir«, sagte er, und Yulia dachte, was für eine sonderbare Antwort.

»Ich habe einen Master in Hybridpsychologie und binärer Logik«, sagte sie.

»Dann bist du die, bei der alle Hybriden entsorgt werden, die hier landen?«

Yulia lachte, zum ersten Mal an diesem Tag, ja zum ersten Mal seit langer Zeit. »Nicht entsorgt. *Abgeladen.* Ich war die Verbindungsoffizierin.«

»War?«

»Du bist mein letzter.« Sie war nicht sicher, warum sie ihm das sagte.

Während er sich mit Yulia unterhielt, ließ sich Isaac über die Paralympics updaten. Er erfuhr, dass es sich dabei im Grunde um ein Fußballturnier handelte, das alle vier Monate für eine Woche in Creepland stattfand. Nur Sapiens, die genetisch nicht manipuliert waren und keinerlei nichtbiologische Komponenten in ihrem Körper hatten, durften daran teilnehmen. Carl Champ war der Superstar. Mit seinem Team Sparta Harrachov hatte er zweiundzwanzig Turniersiege errungen, ehe er von den DreamCap Warriors gekauft worden und im Begriff war, der erste Sapiensspieler zu werden, der jemals in der Hybridliga spielen würde. »Der Name Paralympics stammt aus dem 20. Jahrhundert, als besondere Sportwettkämpfe veranstaltet wurden für Menschen mit physischen Einschränkungen«, berichtete Isaac Yulia.

»Das entbehrt einer gewissen Ironie nicht, dass heute keiner mehr teilnehmen darf, der nicht zu hundert Prozent biologisch ist«, sagte Yulia, überrascht, wie gesprächig sie in Gegenwart dieses Hybriden war.

»Bereits Anfang des 21. Jahrhunderts wurden Sportler, denen Gliedmaßen fehlten, von regulären Wettkämpfen ausgeschlossen, da ihre Prothesen sich den natürlichen Gliedmaßen der Homo sapiens als überlegen erwiesen«, referierte Isaac.

»Und schon weißt du mehr als ich«, lächelte Yulia.

»Ich verstehe sehr wenig von Sport. Mein Sportpaket ist die absolute Basisversion.«

»Und welche Erweiterungen hast du?«

»Musik, Gastronomie und Geschichte.«

Yulia wurde rot, als sie daran dachte, wie sie den Song der Pixies herausposaunt hatte, als hätte sie Amerika entdeckt. »Die Paralympics sind hier eine große Sache«, sagte sie, um ihre Verlegenheit zu überspielen. »Eine Woche lang dreht sich alles nur darum.« Isaac nickte.

Es war früher Abend, als sie das Babylon erreichten, doch der Club war schon recht gut besucht. Der Inhaber, Howie Alexander, erwartete sie am Eingang: ein großgewachsener, freundlicher älterer Mann, den man ohne weiteres einen farbenfrohen Schwulen nennen konnte. Der dramatischen Nachrichtenlage entsprechend wirkte er sehr aufgewühlt und wurde nicht müde, Champs Unschuld zu beteuern, die sich seiner Überzeugung nach schon bald herausstellen würde. Champ selbst bezeichnete er als empfindsame Seele, die keiner Fliege etwas zuleide tun könne. Yulia zog eine Augenbraue hoch bei dieser Einschätzung. Als Isaac bat, die Aufzeichnungen der Sicherheitskameras sehen zu dürfen, führte Howie sie zu einem kleinen Büro im zweiten Stock und gewährte Isaac Zugriff auf den Computer, ohne viel Vorbehalte oder demonstrativen Unmut.

Isaac scannte das seit dem Vorabend aufgenommene Material. »Er ist um eine Minute nach elf durch den Hintereingang raus auf die Gasse und nicht zurückgekommen«, sagte er zu Yulia. »Sind in der Gasse auch Kameras?«, fragte er Howie. Howie verneinte und klang dabei so bußfertig, als wäre das seine Schuld. Isaac ging die Liste der Anwesenden durch. »Es waren nicht weniger als dreiundzwanzig Hybriden auf der Party, und acht sind noch immer hier«, meinte er einigermaßen überrascht zu Yulia, die ihrerseits überrascht war, dass er weiterhin Informationen mit ihr teilte.

»In unserem Club ist jeder willkommen, unabhängig von Religion, Rasse, Geschlecht oder Spezies«, verkündete Howie. »Aber ich bezweifle, dass einer von den Hybriden gefilmt hat. Das ist eine POV-freie Zone hier.« Er deutete auf ein Schild, das ein durchgeixtes Gehirn zeigte.

Isaac scannte die Gehirne der Hybriden, die auf der Party gewesen waren, wofür er gut eine Minute brauchte. »Nicht ein POV von Champ nach dreiundzwanzig Uhr.«

»Er kann das?«, fragte Howie Yulia, wobei er nicht einmal versuchte, seine Bewunderung zu verbergen.

»Und die meisten hatten ihr POV nicht deaktiviert«, fügte Isaac hinzu.

»Was ich nicht weiß, macht mich nicht heiß«, erwiderte der ältliche Clubbetreiber mit einem Zwinkern.

»Es gibt einen offiziellen Dokumentator der Paralympics, der befugt ist, Champ zu filmen«, teilte Yulia Isaac mit. »Aber das findest du nicht bei deiner Suche. Er ist ein Krüppel und sein Material nicht online.«

»Hast du eine Ahnung, wo ich diesen Dokumentator finde?«

»Habe ich. Er wohnt zurzeit in einem Motel, nicht weit von hier.«

»Ich wusste, du kommst mir bekannt vor!«, rief Howie und umarmte Yulia. »Warum hast du nicht gesagt, dass du Jiřís Freundin bist? Wie geht es dir, Süße?«

Yulia wurde rot.

»Warum hast du nicht erwähnt, dass dein Lebensgefährte Champs Dokumentator ist?«, fragte Isaac, als sie wieder im Streifenwagen saßen.

Yulia wusste nicht, was sie antworten sollte. »Alles ging so schnell, und wir sind nicht wie ihr fähig, mehrere Dinge parallel zu tun.«

Isaacs Miene verfinsterte sich, um zu zeigen, dass er ihre Lüge wohl durchschaute, für den Moment aber davon absah, nachzuhaken.

Sie erreichten das heruntergekommene Motel, in dem Jiří abgestiegen war, und Yulia parkte den Streifenwagen neben dem leeren Swimmingpool. Sie klopften an die Tür von Zimmer Nr. 6, Jiří öffnete erst einen Spalt weit und dann ganz. Das Dekor des Zimmers entsprach dem schäbigen Äußeren des Motels: abblätternde Tapeten und ein durchdringender Schimmelgeruch, der in der Luft hing. Yulia spürte, wie die Wut sie ankam: Du kannst dir eine vernünftige Bleibe leisten und gefällst dir nur darin, dem Klischee des sitzengelassenen Mannes zu entsprechen, dachte sie. Sie stellte Jiří Isaac vor, der zu ihrer Erleichterung in typischer Hybridenmanier gleich zur Sache kam und Jiří um alles Material bat, das er am Vorabend aufgezeichnet hatte. Jiří schaute zu Yulia, die bloß nickte. Er zog eine Schublade des billigen Schreibtischs neben dem Bett auf, holte eine Brille mit rosafarbenem Gestell hervor und reichte sie Isaac. »Das ist eine Kamerabrille«, erklärte er, als er Isaacs verständnislosen Blick bemerkte. »Wir haben nicht die Möglichkeit, mit unseren Hirnen POVs aufzuzeichnen.«

Isaac besah sich die Brille von allen Seiten. »Eigentum der Paralympics«, stand auf der Innenseite des einen Bügels. »Und wie verbinde ich mich damit?«, fragte er schließlich.

»Kannst du nicht«, erwiderte Jiří.

»Als das alles anfing, habe ich Jiří gesagt, er soll die Brille offline lassen, falls etwas geleakt wird«, erklärte Yulia.

»Und wie kriege ich das zu sehen?«, fragte Isaac.

»Setz sie auf, wähle mit der Pupille einen Clip und sag ›Start‹.«

Isaac setzte die Brille auf und startete einen Clip. »Warum gibt es keinen Sound?«

»Shit«, sagte Jiří. Er zog erneut die Schreibtischschublade auf, kramte ein Paar Kopfhörer hervor und begann, das Kabel zu entwirren.

Unwillkürlich berechnete Isaac, wie viel Zeit ihres Lebens Krüppel wohl auf das Entwirren solcher Kabel verwendeten, und war überrascht herauszufinden, dass es im Schnitt immerhin drei Wochen waren.

Jiří stöpselte die Kopfhörer in die Brille. »Ich habe auch drahtlose, aber das ist eklig, die zu teilen.«

Der Clip zeigte Champ, wie er sich im Club amüsierte, vor allem trank und andere Gäste, die das zu genießen schienen, mit sexistischen und beleidigenden Sprüchen überzog.

»Er ist ein beschränkter, arroganter Egomane, aber eben ein phänomenaler Spieler«, kommentierte Jiří. »Deshalb schlägt er euch. Seine Dummheit ist sein größtes Talent. Seine Lernkurve liegt bei null, was ihn unvorhersehbar macht.«

»Hat noch jemand den Clip gesehen?«, fragte Isaac, Jiřís Erkenntnisse ignorierend.

»Ich hätte das edierte Material an die Entertainmentkanäle und die offizielle Newsseite der Paralympics schicken sollen, aber als Yulia mir heute Morgen von dem Mord erzählt hat, habe ich alles zurückgehalten.«

»Heute Morgen?« Isaac warf Yulia einen Blick zu, die abermals rot wurde. »Warum endet die Dokumentation um halb elf?«

»Ich musste weg«, stotterte Jiří, ohne Yulia anzuschauen.

»Champ wollte ohnehin nirgendwo mehr hin, und alles wiederholte sich bloß. Wie viel Zeit soll man denn damit verbringen zuzugucken, wie ihm junge Mädchen auf dem Schoß sitzen?«

»Und außer dir gibt es noch weitere Dokumentatoren, nehme ich an?«

»Bei einem Match, ja. Für Klatsch und Partys genügt einer. Außerdem mag Howie nicht, wenn bei ihm im Club gefilmt wird«, erklärte Jiří. »Das ist vor allem eine Frage des Geldes: Man produziert nur eine begrenzte Menge an Clips, was deren Preis in die Höhe treibt. Das ist nicht wie bei euch, wo jeder jeden immerzu in einer Art narzisstischen Orgie sehen kann.«

»Jiří!« Yulia ging dazwischen.

Jiří, schlaksig und blass, deutete auf Isaac, der mit geschlossenen Augen dastand. »Er ist gar nicht bei uns. Sicher liest er gerade meinen Lebenslauf und den von allen Dokumentaren, die es auf der ganzen Welt je …«

»Pressekonferenz«, unterbrach ihn Isaac.

Jiří schaltete den kleinen Fernseher in der Zimmerecke an. Der Manager der Hybridliga, flankiert von Polizeikommandant Chief Black und dem Höchsten Propheten, verkündete gerade, Carl Champ sei an die Polizeibehörden von Cordless übergeben worden und befinde sich wegen Mordverdacht an seinem Teamkameraden Stefan in Haft. Außerdem seien alle Spiele der Hybridliga und die Paralympics bis auf weiteres ausgesetzt.

»Dann hocken wir beide morgen Abend zu Hause. Willst du nicht irgendwas zusammen machen?«, fragte Jiří, ohne eine Antwort von Yulia zu bekommen. Isaac gab ihm die Brille zurück. Jiří setzte sie auf und zog eine Grimasse. »Ehrlich jetzt? Du hast sie formatiert?«

»Tut mir leid«, sagte Isaac, ohne dass es ihm im Geringsten leidgetan hätte.

»Ich hatte da persönliche Sachen drauf, von mir und Yulia …« Mit einem Mal verstummte er, als er begriff, dass Isaac die Dateien in sein Gehirn verschoben hatte. »Sag ihm, er soll das löschen«, wandte er sich an Yulia, die nur seufzte und mit Isaac aufbrach.

»Wohin jetzt, Boss?«, fragte sie, als sie wieder im Streifenwagen saßen.

Die Antwort des Hybriden überraschte sie.

»Essen?«

Eine halbe Stunde später saßen sie an einem Ramen-Stand und bestellten japanische Nudelsuppe. Der Hybride aß schweigend, und nichts in seinem Gesicht verriet, ob es ihm schmeckte oder nicht. Yulia nahm an, er war parallel noch mit anderen Sachen beschäftigt, und beschloss, ihn nicht zu stören. Sie zog ihr Telefon aus der Tasche, schwankte einen Moment und schickte Jiří dann eine Nachricht.

»Wohin musstest du gestern Abend so dringend, dass du nicht bleiben konntest, um Champ zu dokumentieren?«

»Das geht dich zwar nichts an, aber ich bin zu Žižkov; um Natascha zu sehen.« Seine Antwort ließ Yulia verächtlich schnauben. Sie sah vom Display auf, und ihre Augen trafen die von Isaac. Offensichtlich hatte er die Nachricht gelesen.

»Ich wäre dir wirklich sehr dankbar, wenn du dich nicht ohne meine Erlaubnis mit meinem Telefon verbinden würdest«, sagte sie erbost.

»Ich habe gesehen, dass sie von Jiří ist, und dachte, es hätte was mit den Ermittlungen zu tun.«

»Hatte es nicht. Das war persönlich.«

»Entschuldigung«, sagte Isaac und aß weiter. »Und ich habe mich nicht mit deinem Telefon verbunden. Ich habe die Bewegung deiner Pupillen gelesen, während die seine Nachricht lasen. Wir haben eine App, die das automatisch macht«, fügte er eine Minute später hinzu.

»Ihr Typen seid schon was«, sagte Yulia, noch immer erbost,

nur dass sie nicht mehr hätte sagen können, ob sie auf Jiří wütend war oder auf den Robocop, der in ihr Privatleben eingedrungen war.

Isaac machte Anstalten, etwas zu sagen, doch ein Getöse, das vom Ende der Straße kam, ließ ihn innehalten. Es klang wie polternde Felsbrocken. Er stand auf und sah sich um. Wie aus dem Nichts flutete mit einem Mal ein aufgebrachter Mob heran.

»Komm!« Yulia packte Isaacs Hand und zog ihn hinter sich her. Sie schafften es zum Wagen, nur eine Sekunde, ehe der Mob sie erreicht hatte. Schon waren ein paar kräftige Burschen da und begannen, das Fahrzeug wild von einer Seite zur anderen zu schaukeln. Yulia rammte den Rückwärtsgang rein und trat aufs Gaspedal. Als sie in sicherer Entfernung von der Menge waren, wendete sie quietschend und preschte davon.

»Es gibt Unruhen im ganzen Getto«, sagte Isaac, nachdem er die Karte von Creepland gescannt hatte.

»Warum?«

»Deine Leute sind offenbar wenig erfreut über Champs Festnahme. Bieg hier rechts ab.«

Yulia ließ den Wagen jäh in eine schmale Gasse schießen, aber dort blockierte ein brennendes Fahrzeug ihren Weg. Zurück zur Hauptstraße konnten sie nicht, wo der Mob bereits Schaufensterscheiben einschlug, Autos umstürzte und wie eine Stampede alles niedertrampelte, was ihm in den Weg kam. »Hier können wir nicht bleiben«, rief Yulia.

»Ich habe mit dem Höchsten Propheten kommuniziert, wir haben Erlaubnis zu fliegen«, sagte Isaac. »Aber ganz Creepland steht unter Lockdown, also könnten wir abgeschossen werden.«

»Es gibt nur einen Weg, das herauszufinden«, sagte Yulia. Sie brachte den Wagen in Flugmodus und hob ab. Isaac versuchte noch, auf anderem Wege für Klärung zu sorgen, ehe er resigniert aufgab. Der Streifenwagen flog über die Stadt. Yulia lehnte sich zurück und beobachtete, wie unter ihr die Massen die Straßen fluteten. Sie schaute zu dem Hybriden, der neben ihr saß, und fühlte sich abgekoppelter denn je.

3. Kapitel: Der Fuchs und der Igel

Die Lage in Creepland hatte sich noch immer nicht ganz beruhigt, als der Lockdown aufgehoben wurde und Gugel Isaac am nächsten Tag an der Transitstation in Harrachov abholte. »Wie war's?«, fragte er.

»Ich konnte nicht raus, und die meiste Zeit war alles offline.«

Gugel schauderte bei dem Gedanken. »Ich hätte das keine fünf Minuten überlebt.«

»So schlimm war es nicht, der Hobbyhistoriker in mir hat es als spannendes anthropologisches Experiment betrachtet, und der Hobbykoch in mir hat sich im Kochen unter erschwerten Bedingungen geübt.«

»Wie beim Campen auf einer Safari.« Gugel grinste.

Isaac lächelte versonnen. »Sie haben dort noch runde Früchte.« Plötzlich fiel ihm etwas ein. »Ein Geschenk«, meinte er trocken, zog einen kleinen Notizblock samt Bleistift aus der Tasche und reichte ihn Gugel, der durch die gelben Seiten blätterte. Darin steckte ein zusammengefalteter Geldschein. »Zehn Tschechische Kronen«, erklärte Isaac.

»Großer Gott, verwenden die das etwa noch?«

Isaac lachte. »Nein. Wobei, in einigen der weniger guten Viertel würden sie es wohl nehmen, wenn du darauf bestehst.«

Gugel untersuchte den Geldschein gründlich. »Wer ist das?« Er deutete auf einen Namen, der schon etwas verblasst in blauer Tinte von Hand geschrieben den Schein zierte.

»Das war ein berühmter Sapiens-Autor.«

»Kafka ... Sonderbarer Name.«

»Ich habe ihn auf dem Flohmarkt gefunden.«

Gugel schob den Geldschein zurück in den Notizblock und hielt ihn Isaac hin. Offenbar hatte das Wort »Floh« Bedenken bei ihm geweckt. »Bewahr ihn für mich auf. Ich habe gerade keine Tasche frei.«

»Yulia behauptet, das ist ein Geldschein von vor mehr als dreihundert Jahren.«

»Die Krüppelpolizistin?« Gugel streifte Isaac mit prüfendem Blick.

»Die meiste Zeit habe ich in ihrer Wohnung festgesessen. Das war nicht der passende Augenblick für einen Hybriden, sich unter lauter aufgebrachten Sapiens auf der Straße blicken zu lassen«, sagte Isaac, auch wenn er selbst nicht genau verstand, warum er den Versuch unternahm, sich zu erklären. »Was ich aber herausgefunden habe, ist, dass Noc eine Weile Creepland unsicher gemacht und sich oft in Gesellschaft von Champ gezeigt hat, bevor sie die Geliebte des jämmerlichen Stefans wurde.«

»Eifersucht ist ein sehr starkes Motiv bei den Krüppeln«, kommentierte Gugel.

»Außerdem hat eine antihybride Untergrundbewegung, die sich ›Die Williams‹ nennt, eine Solidaritätsnote mit Champ gepostet und alle Hybriden gewarnt, ihr Ende sei nah. Wie nah, haben sie nicht gesagt.«

»Ich sehe, du hast dir den berühmten Sarkasmus der Sapiens angeeignet«, bemerkte Gugel ohne eine Spur von Sarkasmus.

Sie schwenkten auf die Expressflugbahn ein. Isaac fragte sich, ob er Gugel auch daran beteiligen sollte, was er über Detective Rossman herausgefunden hatte, beziehungsweise was Yulia ihm erzählt hatte, während sie das von Isaac zubereitete Menü aßen. Sie hatte ihm von ihrer Kindheit erzählt, wie sie bei ihrer

Mutter und deren Freund aufgewachsen war, einem Hybriden, der sich entschieden hatte, bei den Sapiens zu leben. Von ihm hatte Yulia gelernt, wie die Hybriden denken und handeln, und er war es auch, der ihren Namen von Giulia zu Yulia änderte, weil sein hybrides Gehirn ihren Namen automatisch vom Tschechischen ins Englische übersetzt hatte, bis irgendwann alle sie nur noch Yulia nannten. Wie sonderbar, dachte Isaac. Ihm war noch nicht einmal aufgefallen, dass die meisten Bewohner von Creepland noch Tschechisch sprachen und er bloß eine Direktübersetzung ins Englische empfing. Und wie sonderbar, dass sie dort gesessen und zusammen Brot und Fisch gegessen hatten, als wären sie ein seit Jahren verheiratetes Paar.

»Während du Ferien gemacht hast und Antiquitäten nachgejagt bist, haben wir anderen hier richtig hart gearbeitet«, unterbrach Gugel sein Sinnieren.

Isaac rief die Ermittlungsdatei auf, die inzwischen bereits Dutzende von Unterdateien hatte. »Noc?«, fragte er.

»Haben wir noch nicht ausfindig gemacht«, erwiderte Gugel, schon weniger aufgeräumt. »Ist entweder tot oder abgekoppelt.«

»Und Stefans Frau?«

»Guck es dir selbst an.«

Isaac aktivierte den POV, den Gugel bei Rejijas Vernehmung aufgenommen hatte. Sie saß zu Hause auf ihrem Sofa, hinter sich das gerahmte Gemälde eines farbenfrohen Zebras. Sie war eine sehr schöne Frau.

»Wo warst du gestern Nacht?«, war Gugels Stimme zu hören.

»Sieh selbst«, antwortete sie und teilte ihren POV von einem Konzert mit ihm, auf dem sie gewesen war.

»Und warum war Stefan nicht mit?«

»Du weißt sehr gut, warum«, sagte sie.

»Hat dich das nicht gestört, dass er eine Geliebte hatte?«

»Wir sind schon seit Monaten nicht mehr zusammen«, antwortete sie nach kurzem Zögern.

»Den Blogposts nach zu urteilen, die ich gesehen habe, seid ihr noch ganz schön zusammen: Restaurants, Events. Erst vor zwei Monaten wart ihr in Porte Vita, am verzauberten Strand.« Gugel präsentierte sein Suchergebnis. »Ihr seht hier ziemlich glücklich aus.« Er teilte einen Clip, auf dem Stefan und Rajija Arm in Arm am weißen Strand eines türkisblauen Meeres entlangspazierten.

»Du darfst nicht allen Klatsch glauben. Das war ein bezahlter PR-Film«, erwiderte sie, doch die Schwingungen ihrer Stimme verrieten, dass sie sich, auch wenn sie nicht direkt log, so doch unbehaglich fühlte. »Sieh mal«, fuhr sie nach einer Weile fort. »Wir sind seit fast drei Jahren verheiratet. In etwas weniger als einem Monat wäre unser Vertrag ausgelaufen, und keiner von uns wollte ihn verlängern.«

»Das stimmt nicht, wir haben den Streit gesehen, den ihr vor ein paar Tagen hattet. Stefan wollte ihn für ein weiteres Jahr verlängern.«

»Weil das angenehm für ihn gewesen wäre, für sein neues sauberes Image«, stieß Rajija verächtlich aus. »Er hat unsere Verbindung nicht einen einzigen Tag respektiert. Hat wie ein Springbrunnen seinen Samen weiter in ganz Cordless verspritzt, manchmal sogar bei den Zurückgebliebenen. Nicht ein Bordell in Creepland, das er nicht besucht hätte.«

Isaac stoppte den Clip. »Eine charmante Dame«, meinte er.

»Wie auch immer, ihr Alibi ist bombenfest. Sie war auf diesem Konzert und danach bei Freunden.« Isaac dachte eine Sekunde lang nach und sah sich dann den Clip erneut an, auf dem Stefan und seine Frau Arm in Arm den schneeweißen Strand entlangspazierten. Er stoppte exakt an dem Punkt, an dem im Hintergrund Palmen zu sehen waren. »Kommt dir das nicht bekannt vor?«

»Der Hintergrund von Champs Attacke! Wurde der reinkopiert?«

»Was ist mit den Log-in-Daten der Gefährte?«, fragte Isaac.

»Nicht ein einziges wurde registriert, das zum Zeitpunkt des Mordes die Arena angeflogen hat. Bis auf das von Stefan.«

»Was wollte er überhaupt so früh schon im Stadion?«

»Der Operationsmanager hat gesagt, Stefan ist in den letzten paar Monaten immer zwei Stunden vor allen anderen zum Training gekommen. Sich mit einem Krüppel zu messen muss ihn motiviert haben.«

»Also ist der Mörder ohne Gefährt gekommen«, schlussfolgerte Isaac.

»Und wer ist nicht in der Lage, ein gehirnkontrolliertes Gefährt zu benutzen?« Gugels Frage war gewollt rhetorisch.

»Selbst wenn es ein Krüppel war, heißt das noch nicht, dass es *unser* Krüppel war. Was macht der überhaupt?«

»Der bleibt bei seiner Geschichte. Sagt, jemand wolle ihm etwas anhängen, und dass der POV, auf dem er auf Stefan losgeht, künstlich generiert sei. Und er behauptet, Paralympics-Teams hätten sich mit Antisapiens-Hybriden und diesen Williams zusammengetan, um ihn zu Fall zu bringen.«

»Alle hätten sie ein Interesse daran«, räumte Isaac lakonisch ein. »Was ist mit seinem Bewusstseinsverlust?«

»Sie haben verschiedene Viren in seinem Körper gefunden, einige davon synthetisch. Was von Sexualkontakten mit Hybriden zeugen würde.«

»Wir wissen, dass er eine Affäre mit Noc hatte.«

»Zeitlich gesehen könnte er das hinbekommen haben«, sagte Gugel. »Er könnte um elf den Club in Creepland verlassen haben, ein Gefährt zur Prag Arena genommen haben, zu Fuß in die Kabine gegangen sein und Stefan ermordet haben. Und dann schnell zurück nach Creepland, um bewusstlos in der Gasse aufgefunden zu werden.«

»Wir haben keine Dokumentation von ihm in irgendeinem Gefährt, keinen POV?«

Gugel schüttelte den Kopf.

»Wenn er Creepland wirklich verlassen hat und hinterher wieder zurückgekehrt ist, dann jedenfalls nicht über die Transitstation«, stellte Isaac fest. »Und ein Krüppel kann kein Gefährt in Cordless aktivieren. Also muss er Hilfe von einem Hybriden gehabt haben, auf dessen Gehirn wir im Moment keinen Zugriff haben.«

»Noc?«, fragte Gugel, das Naheliegende erratend.

»Wir wissen, dass er nachts um elf mit ihr telefoniert hat, bevor er, wie er behauptet, das Bewusstsein verlor.«

Gugel seufzte. »Wenn ihr Gehirn jetzt online wäre, könnten wir uns anhören, worüber sie geredet haben.«

Isaac stutzte. »Das war Mobilkommunikation …«

Gugel sah ihn verständnislos an.

»Sie hat aus ihrem Gehirn gesendet, aber Champ hat über ein Telefon mit ihr gesprochen«, erklärte Isaac. »Wir angeln uns das Gespräch von seiner Seite.« Umgehend schickte er Chief Andréa ein Ersuchen, beim Mobilfunkanbieter in Creepland das Gespräch für ihn ausfindig zu machen, und ärgerte sich, nicht eher daran gedacht zu haben.

»Das hat sie sicher schon längst«, knurrte Gugel. »Enter einfach deren Rechner … Ich verstehe nicht, warum du ständig um Erlaubnis bittest.«

»Es ist besser so. Wenn man Dinge im Guten regeln kann, warum dann nicht?«

»Bei denen geht es immer nur um Respektspielchen und Posen.«

»Du musst dich in die Zeit der Sapiens versetzen. Das verlangt Geduld. Und mehr als nur einmal bitten.«

»Die sind nicht imstande, zwei Schritte im Voraus zu denken und die Konsequenzen ihres Handelns zu antizipieren.«

»Sie haben eben keine Propheten, arbeiten nicht auf diese Weise«, erklärte Isaac geduldig. Er wollte noch etwas hinzufügen, doch genau da schickte Chief Andréa ihm eine Aufnahme von Champs letztem Gespräch mit Noc. Isaac teilte sie mit Gugel.

»Noc, Noc«, hörte man Champ sagen.

»Wer ist da?« Noc spielte das Spielchen mit.

»Champ.«

»Welcher Champ?«

»Champ. Ich komme dich besiegen«, sagte Champ wenig inspiriert.

»Besser nicht«, sagte Noc am anderen Ende der Leitung.

»Ich vermisse dich«, erwiderte Champ und klang plötzlich weicher als sonst.

»Das ist deine primitive Chemie, Champ. Das legt sich wieder.«

»Sei nicht so.«

»Ich bin so, krieg das in dein Arschgehirn.«

»Ich komme.«

»Sei kein Idiot.« Pause. »Champ? Carl?« Dann brach das Gespräch ab.

Isaac und Gugel sahen einander an.

»Es scheint, als hätte das Fräulein Noc so einige Antworten in petto.«

Sie hatten jetzt die Außenbezirke von Prag erreicht. »Willst du noch nach Hause, dich frisch machen?«, fragte Gugel.

»Nicht nötig.«

Gugel zuckte mit den Achseln und instruierte das Gefährt, zur DreamCap Arena zu fliegen.

Doch Isaac überlegte es sich anders: »Vielleicht können wir noch einen Stopp einlegen und im Lokál eine Kleinigkeit essen?«

Die Lokál Bar war ein traditionsreiches Diner an der Expressflugbahn von Creepland nach Cordless. Um diese Tageszeit war es noch wenig besucht, und sie nahmen am Tresen Platz. Isaac bestellte Gänseleber mit Gemüse und Yuzu-Frucht und zum Dessert Vanilleeis, das im Lokál mit ein wenig Olivenöl und groben Salzkörnern serviert wurde. Gugel beließ es bei einem Kaffee. Er hatte einen mechanischen Magen, eine im Körper implantierte Batterie, die mit Solarenergie und kinetischer Energie geladen wurde und diese in Kalorien umwandelte, um alle Körpersysteme zu versorgen. Der mechanische Magen setzte den Verdauungsapparat nicht außer Kraft, nahm einem aber das Verlangen, diesen zu verwenden. Er war so effizient, dass etwa Joggen in der Sonne dem Akku mehr Energie bescherte, als er vom Körper in Anspruch nahm. Ja, manche behaupteten sogar, der mechanische Magen stelle einen Triumph über den Energieerhaltungssatz der Newton'schen Mechanik dar. Viele Hybriden waren in letzter Zeit zu einem mechanischen Magen übergegangen, nicht aber Isaac. »Dinosaurier«, hatte seine dritte Frau ihn genannt, als er sich weigerte, sich den mechanischen Magen implantieren zu lassen, den sie ihm zum Geburtstag gekauft hatte. Doch Isaac zog es vor, von seinem biologischen Verdauungsapparat abhängig zu bleiben, trotz aller Mühe, weiterhin zu essen. Denn er musste sich eingestehen, dass er dies einfach viel zu gerne tat.

Seine Bestellung kam, doch Isaac hatte noch nicht einmal davon gekostet, als sich Chief Black auf ihrem Kanal meldete. »Willkommen zurück«, sagte sein Vorgesetzter.

»Danke«, antwortete Isaac lakonisch.

»Wo stehen wir?«

»Wir wissen, Champ hatte eine Affäre mit Noc, die unschön geendet ist«, referierte Isaac, während er sehnsüchtig die Leber betrachtete. »Vielleicht ist er hinter ihre Affäre mit Stefan gekommen, eifersüchtig geworden …«

»Ein typisches Krüppelverhalten«, warf Gugel ein.

»... und hat dann Stefan bei der ersten Gelegenheit, die sich ihm bot, ermordet«, vollendete Isaac seine Theorie.

»Dann ist das unsere Richtung«, bekräftigte Chief Black.

»Ich fürchte, wir sind zu sehr Igel und zu wenig Fuchs«, wandte Isaac ein, ohne die Augen von seinem Teller zu heben.

Der Chief klang ungehalten. »Die Lage in Creepland ist sehr heikel, die Unruhen können jeden Augenblick neu ausbrechen. Die denken, Champ ist ein Sündenbock. Die Dinge haben sich erst etwas beruhigt, als der Höchste Prophet sich zu einer umfassenden Ermittlung verpflichtet hat. Und je eher wir den Krüppeln zeigen, dass Champ tatsächlich der Mörder ist, desto schneller normalisiert sich die Lage wieder.«

»Jawohl, Chief«, antworteten Isaac und Gugel synchron.

»Was sollte die Geschichte mit dem Igel und dem Fuchs?«, fragte Gugel, nachdem sich ihr Vorgesetzter ausgeloggt hatte.

»Der Fuchs weiß viele Dinge, der Igel aber weiß eine große Sache«, übermittelte ihm Isaac, während er von der Leber abbiss, die inzwischen kalt geworden war. »Das ist ein Ausspruch, der Archilochus zugeschrieben wird, einem griechischen Dichter aus dem 7. Jahrhundert vor unserer Zeitrechnung.« Gugel schaute konsterniert. Isaac schob den leeren Teller von sich und wandte sich dem Eis zu, das schon fast geschmolzen war. »Der Fuchs hat eine pluralistische Weltauffassung, er ist offen für Ideen und nicht festgelegt. Der Igel dagegen hat eine sehr klare Weltsicht. Er hat beschlossen, wer der Mörder ist, und jetzt arbeitet er daran, dies zu belegen.«

Gugel überlegte einen Moment. »Dein Tripp zu den Krüppeln hat dich zu philosophisch werden lassen«, sagte er schließlich. »Wie auch immer, ich habe lieber einen Igel in der Hand als einen Fuchs, der den Hühnerstall bewacht.« Er lehnte sich zurück, erkennbar zufrieden mit der Metaphernkreuzung, die er soeben zustande gebracht hatte.

»Aufbruch«, sagte Isaac. »Flute wartet.« Er lud die Rechnung herunter und bestätigte sie.

Flute war der Eigentümer der DreamCap Warriors, ein Geschäftsmann, der etliche Technologieunternehmen gegründet, das meiste Geld jedoch mit seiner ersten Firma gemacht hatte und mit der Entwicklung der App *DreamCap*[37], die es dem hybriden Gehirn ermöglichte, Träume aufzuzeichnen. Die App war gleich bei ihrem Release ein Riesenerfolg und machte Flute zum Milliardär. Sie ermöglichte es Usern auch, ihre Träume im persönlichen Feed zu teilen, und informierte einen, wenn man in Träumen anderer User vorgekommen war. Flutes Entwicklung war auf dem Höhepunkt ihres Erfolgs zur »App des Jahrhunderts« gewählt und als revolutionär gekrönt worden. Dann aber begannen die Probleme, als eine Sicherheitslücke entdeckt wurde, die es möglich machte, die Konten der User zu hacken und ihre Träume für alle Welt sichtbar zu machen. »Der Albtraum«, wie die Affäre bezeichnet wurde, veranlasste fast neunzig Prozent aller User zu Konkurrenz-Apps zu wechseln, die inzwischen auf dem Markt waren, wie *DreamRecorder*, *DreaMania* und natürlich *WetDreamz*, eine viel genutzte Anwendung, um erotische Träume aufzuzeichnen und zu teilen. Die *DreamCap*-Aktie fiel innerhalb von Tagen ins Bodenlose, und die Firma stand am Rande des Bankrotts. Flute verlor einen großen Teil seines Vermögens, und die meisten seiner anderen Unternehmen machten zu oder standen unmittelbar vor der Insolvenz. Was auch für den Fußballclub FaceTok Warriors galt, den er auf dem Höhepunkt seines Erfolgs gekauft und in DreamCap Warriors umbenannt hatte.

Flutes Büro hing hoch über der DreamCap-Arena. Isaac und Gugel bestiegen einen Schwebezug, der sie bis in die Lobby

37 Kurzform von *Dream Capture* (Traumerfassung) [Anm. M. K.].

der Geschäftsführung trug. Flute schälte sich aus seinem Sessel, um sie mit herzlichem Lächeln zu begrüßen. Er war ein großgewachsener und sehr hagerer Mann, der das lange blonde Haar zu dünnen Zöpfchen geflochten trug. »Die Sorgen werden nicht weniger«, das war der erste Satz, der aus seinem Munde kam, als er sich wieder in seinen Sessel sinken ließ. Isaac und Gugel nahmen vor ihm Platz. Außer den drei Sesseln war das Büro leer. An den Wänden liefen in Dauerschleife Sequenzen aus den glorreicheren Tagen des Vereins. Flute aber erklärte, er sei selbst nie ein großer Fußballfan gewesen. »Wer mir den Floh ins Ohr gesetzt hat, war mein Geschäftspartner, Maradona.«

»Maradona?«, wiederholte Isaac.

»Von uns beiden war er der Fußballverrückte. Er wollte schon immer einen eigenen Club haben und hat mich überredet, den Verein zu kaufen. Ja, in der Jugend hat er sogar selbst ein bisschen gespielt, obwohl seine Eltern ihn überhaupt nicht für Sport konfiguriert hatten.«

»Ich nehme mal an, er ist nach Maradona Sassi benannt, der im 23. Jahrhundert für die legendären FaceTok Warriors gespielt hat.« Gugel war in seinem Element.

»Und *der* war mit Sicherheit nach Diego Armando Maradona benannt, einem legendären Sapiensspieler des 20. Jahrhunderts.«

»Er hat eine Erweiterung für Geschichte«, erklärte Gugel, als Flute über das Fachwissen seines Partners staunte.

»Maradona hat der Absturz von DreamCap wirklich sehr getroffen«, fuhr Flute fort. Während er für das Geschäftliche verantwortlich war, habe Maradona die technologische Entwicklung geleitet und die Sicherheitslücken als sein persönliches Versagen betrachtet. Wenige Wochen nach dem Desaster habe er sich das Leben genommen. Flute selbst habe die meisten seiner Topspieler ziehen lassen müssen, als vom DreamCap-Firmenkapital nicht mehr viel übrig war. Ja, der Verein habe unmittelbar vor der Auflösung gestanden. Doch Flute war fest entschlossen, den Club seines geliebten Geschäftspartners zu retten. Für die anstehende Saison habe er gewaltige Anstrengungen unternommen, die Mannschaft zu verstärken. Habe den jämmerlichen Stefan verpflichtet, dessen Marktwert als zwar talentierter, aber problematischer Spieler so weit gesunken war, dass Flute ihn sich leisten konnte. Und außerdem habe er, um für Schlagzeilen zu sorgen, den Hauptsponsor der Liga, die Wettföderation, überreden können, die Aufnahme eines Krüppelspielers zu verlangen.

»Warum sollte die Wettföderation einen Krüppel in der Hybridliga wollen?«, fragte Isaac ungläubig.

»Der Fußball ist zu vorhersehbar geworden«, erklärte Flute. »Er gleicht inzwischen einem Computerspiel. Es macht Spaß zu spielen, aber keinen Spaß zuzuschauen. Der eigentliche Wettbewerb findet zwischen Kooperativen statt, die Spieler konfigurieren, und das Geld gewinnt dabei. In den letzten Jahren sind die Unterschiede zwischen den einzelnen Spielern minimal geworden. Alles ist kalkuliert und berechenbar geworden, alle wissen alles über alle. Und das macht es schwierig, Wetten zu platzieren. Die Föderation wollte die Liga um ein nicht vorhersehbares Element bereichern, und was wäre weniger vorhersehbar als ein Sapiens?«

»Nicht viel«, kommentierte Gugel.

Flute seufzte. »Wir haben damit gerechnet, dass es Probleme geben würde. Aber nicht so was. Das Ganze war ein Gimmick, der dem Verein und der Liga frischen Wind bescheren sollte, der Anteile und Senderechte verkaufen würde. Niemand hat ernsthaft geglaubt, dass es funktionieren würde.«

»Es hat jedenfalls definitiv für Interesse gesorgt«, stellte Gugel fest.

Flute seufzte erneute. »Irgendwann wäre uns die Sache ohnehin um die Ohren geflogen«, sagte er, während er den Detectives einen Drink oder einen Happen zu essen anbot. Beide lehnten höflich ab. »Champ hätte nicht wirklich mit den Hybriden mithalten können. Letztendlich hätten sie ihn studiert und entschlüsselt. Und selbst wenn nicht, Verletzungen hätten ihn innerhalb von ein, zwei Saisons fertiggemacht. Aber wenn es funktioniert hätte, hätten sich weitere Krüppelspieler unter Vertrag nehmen lassen und die Liga ein bisschen aufgemischt.«

»Und wer verdient jetzt daran, dass es nicht passiert?«, fragte Isaac.

Flute seufzte ein drittes Mal. »Mir fällt wirklich niemand ein. Das Rating der Hybridliga schwindet mit jeder Saison, während das Interesse an den Paralympics permanent zunimmt. Immer mehr Hybriden gehen dazu über, sich Sport anzuschauen, der von Leuten betrieben wird, die kein Geld haben, ihren Nachwuchs planen und konfigurieren zu lassen: von Krüppeln. Die sind zwar langsamer im Denken, verfügen über einen begrenzten Informationspool und sind ungebildet, sprechen zumeist nur zwei Sprachen, maximal drei. Sie ermüden schnell und sterben frühzeitig, reden viel und langsam, und ihr Gehirn ist nicht imstande, ihre Körperchemie zu kontrollieren. Sie verfügen auch über kein digitales Sehvermögen und kommunizieren nicht über B2B, aber ihre Sportereignisse sind aufregend. Selbst ich habe mich gelegentlich mit Maradonas POV verbunden, wenn er zu den Paralympics fuhr. Ein paar Spiele waren sehr interessant. Dort habe ich zum ersten Mal auch Champ spielen gesehen, und das war unglaublich. Danach habe ich mir jedes Turnier angeschaut, bis Maradona aufgehört hat zu senden.«

»Warum hat er aufgehört?«

»An einem Punkt haben die Paralympics Hybriden untersagt, den POV auf ihrem Gebiet zu nutzen, aber ich vermute, das ist auf Druck unserer Wettföderation erfolgt, die nicht glücklich über die wachsende Konkurrenz war.«

»Mir fällt schwer zu glauben, die Krüppel hätten gewagt, die Verwendung des POV zu verbieten, ohne Rückendeckung unsererseits«, pflichtete Isaac ihm bei.

»Ich fühle mich schuldig, dass ich diesen Krüppel hergebracht habe«, sagte Flute, der am Rande der Verzweiflung schien. »An nur einem Tag habe ich meine beiden vielversprechendsten Spieler verloren. Die Sorgen hören nicht auf.« Er seufzte, und das nicht zum letzten Mal. »Ein halbes Jahr schon setze ich Woche für Woche meine Serotonindosis hoch. Kann nicht schlafen ohne äußeren Eingriff. Und das alles, seit Maradona getötet wurde.«

»Ich dachte, er hat sich das Leben genommen.«

»Könnte man sagen.« Flute atmete tief durch, seufzte und wirkte für einen Moment unschlüssig. »Das ist der POV, den man beim postmortalen Scan in seinem Hirn gefunden hat«, sagte er schließlich und teilte einen Dreißig-Sekunden-Clip mit den Detectives. Der POV war allem Anschein nach durch Maradonas Augen aufgenommen. Seine Hände waren zu sehen, die auf einer Schreibmaschine »Gib acht, was du träumst« schrieben. Und gleich darauf sniffte er eine Linie aus rotem Pulver. Diese Handlungen wiederholte er wie von Sinnen, tippte und sniffte, vielleicht dreißig Mal, bis er die Kontrolle verlor, zu Boden stürzte und unter Konvulsionen zuckend liegen blieb.

»Was ist das?«, fragte Gugel erschüttert.

»Eine Schreibmaschine«, erwiderte Isaac.

Gugel wirkte noch immer außer sich. »Und wozu ist sie gut?«

»Lass doch selbst eine Suche danach laufen«, rügte Isaac ihn über Privatmodus. Dann konzentrierte er sich wieder auf den Clip, ließ dabei eine Suche nach dem Satz durchlaufen, den Maradona getippt hatte, und fand heraus, dass es sich dabei um ein uraltes deutsches Sprichwort handelte. »Er hat sich also mit einer Überdosis umgebracht?«, wunderte er sich vernehmlich.

Die Bilder bereiteten Flute sichtlich Unbehagen. »Es hat eine umfassende Polizeiermittlung gegeben, und am Ende haben sie festgestellt, dass es Selbstmord war.«

Isaac suchte nach der Polizeiakte und war überrascht festzustellen, dass er keinen Zugriff darauf hatte.

»Ich kann mir auf jeden Fall unkompliziertere Wege vorstellen, sich das Leben zu nehmen«, setzte Flute niedergeschlagen hinzu.

»Das wird noch zum Motto«, meinte Isaac über Privatmodus zu seinem Partner.

»Warum hat er auf einer Schreibmaschine geschrieben?«, wollte Gugel, als er sich wieder im Griff hatte, von Flute wissen.

»Nach dem Kollaps von DreamCap hat Maradona begonnen, richtig paranoid zu werden. Er dachte, jemand observiert ihn und verschafft sich Zugang zu seinem Gehirn. Und er hat angefangen, bewusstseinsabkoppelnde Drogen zu nehmen. Ich habe ihn oft zu Hause angetroffen, in ausgeschaltetem Modus. Und er wollte, dass wir über Papier kommunizieren, nicht über B2B, dass wir schreiben, aus Angst, jemand könnte sich ohne unser Wissen mit uns verbinden. Ich habe ihm gesagt, ich könne nicht von Hand schreiben und dass ich gar nicht die Zeit dazu hätte, worauf er nach Creepland gefahren ist und uns zwei Schreibmaschinen gekauft hat.« Flute erteilte Order, und aus dem Fußboden kam ein Tisch in die Höhe gefahren, aus dessen Schublade er einen quadratischen schwarzen Koffer zog. Er stellte den Koffer auf den Tisch, öffnete ihnen einen Spalt weit, linste hinein, sah mit beschämtem Lächeln zu Isaac, drehte den Koffer um und klappte ihn auf. Auf dem Tisch stand jetzt eine mausgraue deutsche Schreibmaschine der Marke Adler. Isaac konnte nicht anders, als mit der Hand über die Tasten zu streichen. »Seine war dasselbe Modell, nur in weiß.«

Dann erhob er sich, um zu signalisieren, das Gespräch war beendet. Er geleitete die Detectives zur Tür, vor der sie zu ihrem maßlosen Erstaunen den Höchsten Propheten antrafen.

»Hallo, Max«, sagte Isaac, ohne seine Überraschung verbergen zu können.

»Isaac. Und das muss der junge Gugel sein.«

»Es ist mir eine Ehre«, stotterte Gugel aufgeregt.

»Wie geht es Salissa und Riga?«, fragte der Prophet Isaac.

»Bestens«, antwortete Isaac, ohne den Höchsten Propheten davon in Kenntnis zu setzen, dass er sich vor drei Jahren von seiner Frau getrennt hatte. Gugel war schon den Korridor hinunter, doch Isaac rührte sich nicht von der Stelle.

»Max ist DreamCap ein treuer Freund.« Flute brach das Schweigen, die ungestellte Frage beantwortend. »Als alle unsere Investoren das sinkende Schiff verlassen haben, ist Maxi geblieben und hat uns geholfen, moralisch und wirtschaftlich.«

»Meine Analyse hat ergeben, ein Zusammenbruch des Unternehmens würde unserer Ökonomie mehr Schaden als Nutzen verursachen, das ist alles«, schränkte der Prophet ein.

»Er ist zu bescheiden. Dabei hilft er dem Unternehmen, wieder auf die Füße zu kommen. Und das, obwohl er unsere App nie verwendet hat, auch nicht in den guten alten Zeiten.«

»Meine Träume sind nun mal nicht derart interessant«, meinte der Prophet zu Isaac, als vertraute er ihm ein Geheimnis an.

»Solange du es nicht versucht hast, weißt du nicht, wie sehr du es bräuchtest«, orakelte Flute. Und dann an Isaac gewandt: »Ich hoffe, die Ermittlung ist möglichst bald abgeschlossen, und wir können die Liga wieder starten. Jeder Tag, der vergeht, kostet uns Geld.«

»Keine Sorge, wenn es jemanden gibt, der das zügig gelöst bekommt, dann Isaac«, versicherte der Prophet Flute. »Er ist ein ziemlicher Fuchs.«

Isaac lächelte und verließ das Büro. Gugel wartete schon. »Grüße an Frau und Tochter«, übermittelte der Prophet noch, ehe er und Flute sich aus dem gemeinsamen Kanal ausloggten und die Tür hinter sich schlossen.

La Casa Blů war eine von Polizisten gerne besuchte Bar in der Prager Altstadt. Aus welchen Gründen auch immer war das Dekor tropisch gehalten und die Beleuchtung schummrig gelb und blau. Isaac und Gugel saßen an der Bar, die zu dieser frühen Abendstunde noch nicht übermäßig bevölkert war. Beide hingen sie ihren Gedanken nach und schwiegen. Eine Stunde zuvor hatte der Chief ihnen Weisung erteilt, die Ermittlungsakte zu schließen und bis zum nächsten Tag für eine Anklage vorzubereiten. Isaac, der das Gefühl hatte, die Ermittlung sei noch nicht einmal annähernd ausgeschöpft, wirkte mutlos, und Gugel, der programmiert war, mit seinem betagten Mentor mitzufühlen, ahmte dessen Stimmungslage nach, auch wenn er insgeheim erfreut war, den Fall abschließen zu können, da ihm die Interaktion mit Sapiens beträchtliches Unbehagen bereitete. Er bestellte einen Teller Spareribs, obgleich er wusste, am Ende würde nicht er es sein, der sie aß. Wie vermutet munterte das Essen Isaac ein wenig auf. Gugel orderte beim Barmann zwei weitere Verdünner, die sie sich ohne große Zeremonie genehmigten. Isaac spülte noch mit einem Bier hinterher.

»Was hat er dort gewollt?«, fragte Isaac endlich, nachdem die chemische Veränderung in seinem Hirn seine Zunge ein wenig gelöst hatte.

»Wer?«, fragte Gugel und bereute die Frage sofort.

»Max.«

Das war die Antwort, die Gugel nicht hatte hören wollen. »Woher kennst du den Höchsten Propheten eigentlich?«, fragte er irgendwann widerwillig.

Isaac sah ihn an und stellte fest, er hatte Schwierigkeiten, seinen Blick scharf zu stellen. »Wir waren zusammen im Oxford, vor gut zweihundert Jahren«, sagte er schließlich.

Als junger Mann war Isaac von seinen Eltern zur Diagnose ins Oxford Institute geschickt worden, wo er zum ersten Mal Max begegnete. Damals war es Hybriden möglich, eine Spezialisierung auch nach der Geburt noch zu wählen und entsprechende Upgrades zu erhalten, insoweit die finanziellen Möglichkeiten ihrer Eltern dies zuließen und abhängig von den Ergebnissen der neurologischen Einstufung. Isaac schnitt bei den Tests überdurchschnittlich gut ab, doch die Bereitschaft seines Gehirns, biologische Veränderungen anzunehmen, erwies sich als zu niedrig. Max dagegen war bestimmt, Prophet zu werden, noch ehe seine milliardenschweren Eltern ihn zur Welt brachten. Der Jesaja-Konzern hatte sich da bereits als einzige Institution zur Prophetenfindung etabliert. Die Non-profit-Organisation hatte ihr Programm ganz im Stillen begonnen. Sie wählte Hybride noch vor ihrer Geburt aus und konfigurierte ihr Gehirn so, dass sie Konfliktsituationen analysieren und mit beinahe absoluter Sicherheit, unter Verwendung von Quantenmodellen, vorhersagen konnten, welches Resultat jedes nur denkbare Szenario haben würde. Ganz gleich, ob es ein Konflikt wirtschaftlicher, juristischer oder militärischer Natur war, ein Prophet analysierte den Fall und bestimmte die Konsequenzen, welche das Handeln aller darin verwickelten Parteien zeitigen musste. In gewissem Maße könnte man sagen, Propheten erhielten die Fähigkeit, mögliche Zukünfte vorherzusagen und so die Konfliktparteien von für die Allgemeinheit weniger guten Handlungsweisen abzuhalten und sie zu lohnenderen anzuhalten.

Mit den Jahren verbesserte der Jesaja-Konzern seine Propheten immer weiter und festigte deren Reputation, bis ihre Vorhersagen allgemein akzeptiert wurden. Womit faktisch begann, was später als die »Gewissheitsrevolution« bezeichnet werden sollte. Propheten erhielten weitreichende Befugnisse in allen Lebensbereichen, vor allem der Rechtsprechung. Kam es zu Eheproblemen, konsultierte ein Paar einen auf zwischenmenschliche Beziehungen spezialisierten Propheten, der Zugriff auf ihre Gehirne erhielt, alle dort gespeicherten Daten verarbeitete, die wahrscheinlichste Entwicklung bestimmte und ihnen zu einer adäquaten Verhaltensweise riet. Je umfassender das Problem und je größer die darin verwickelten Parteien waren, desto bedeutender hatte der schlichtende Prophet zu sein.

Propheten hatten exzellente numerische Fähigkeiten, wurden permanent upgegradet und lebten ewig. Sie konnten sich zu jedem gewünschten Gehirn Zugang verschaffen, während ihr eigenes Gehirn selbstverständlich nicht zugänglich war, unter anderem weil, wüsste eine der Konfliktparteien, wie das Urteil ausfallen würde, dies Einfluss auf ihr Verhalten hätte, wodurch sich notwendigerweise wiederum die Entscheidung des Propheten ändern musste. Das wäre in etwa, wie bei einer Zeitreise die Vergangenheit zu ändern und so die Zukunft zu beeinflussen, hatte Max Isaac einmal die Komplexität der Arbeit eines Propheten zu erklären versucht, als sie noch ein Zimmer im Oxford Institute teilten. Seit der Jesaja-Konzern das Propheten-Wesen etabliert hatte, waren Gewalt und Kriege so gut wie nicht mehr existent. Heutzutage endeten alle Konflikte in einem Kompromiss.

Der Jesaja-Konzern hatte es sich auch zur Aufgabe gemacht, ein Wirtschaftsmodell zu entwickeln. Seine Ökonomiepropheten berechneten in jedem Quartal den erforderlichen Etat und legten den Steuersatz auf Konsumgüter fest, um die Staatsausgaben zu decken. Abgesehen von der Steuer auf Produkte waren alle anderen Steuern abgeschafft, da sich die Verbrauchssteuer als effektivster Weg erwiesen hatte, für eine gerechte Lastenverteilung unter den verschiedenen Gesellschaftssektoren zu sorgen. Selbstverständlich war auch ein Zugriff auf die Gehirne der Wirtschaftspropheten nicht möglich, aus Furcht vor Marktmanipulationen.

Parallel zum Aufstieg des Konzerns hatte sich auch Max' Karriere entwickelt. Innerhalb weniger Jahre war er erst zum Distriktpropheten, dann zum interdisziplinären Propheten und schließlich zum Höchsten Propheten von Cordless ernannt worden.

»Wenn er mit Flute reden will, muss er nicht zu ihm gehen«, sagte Isaac wie zu sich selbst.

Gugel versuchte es mit einer harmlosen Erklärung: »Er ist ein alter Freund, vielleicht hat er nur mal vorbeigeschaut, um Flute in schwierigen Zeiten Mut zu machen.«

»Oder aber das, was er ihm zu sagen hatte, war sehr sensibel, und er wollte sich nicht auf das B2B verlassen.«

»Auch eine Möglichkeit«, pflichtete Gugel lustlos bei.

»Ich wüsste zu gern, worüber sie geredet haben.«

»Du kommst nicht in das Gehirn eines Propheten.« Gugel flüsterte beinahe. »Auch für Flutes POV brauchst du die Genehmigung eines diensthabenden Propheten, und am Ende wird das bei Max landen und er wird wissen, dass du ihm nachspioniert hast«, fügte er mit bebender Stimme hinzu.

Isaac seufzte und bestellte noch zwei Verdünner. Ein virtueller Barmann riet ihm, es langsamer angehen zu lassen, und Isaac ignorierte ihn. Jacob und Queen, ein Detective-Gespann, das offen mit Isaac und Gugel um den Exzellenzbonus konkurrierte, ließ sich neben ihnen auf die Barhocker fallen. Neunmaliges, schnelles Klopfen zeigte an, dass sie sich in ihren Gesprächskanal eingeloggt hatten.

»Weißt du, warum der Laden hier La Casa Blů heißt?«, fragte Jacob.

»Ja«, gab Isaac zurück.

Unbeeindruckt fuhr Jacob fort: »Weil das eine Polizistenbar

ist, und früher, als Polizisten noch Uniformen trugen, da waren die blau.« Er war schon leicht angetrunken.

»Für so was verschwendest du das bisschen Kapazität, das in deinem Gehirn noch übrig ist?« Gugel amüsierte sich.

»Das hat *er* mir erzählt.« Jacob deutete auf Isaac und lachte wiehernd.

»Kein Wunder, dass wir nach Punkten vorne liegen.«

»Dass ihr den spektakulärsten Fall des Jahrhunderts übertragen bekommen habt, hat sicher nicht geschadet«, meinte Queen mit unverhohlenem Groll.

Gugel grinste. »Das ist nicht meine Schuld, dass ihr beschlossen hattet, in Gel zu baden, anstatt zum Tatort zu kommen.«

»Bist du dir da sicher?« Queen brachte ihr Gesicht auf Tuchfühlung an Gugels heran. »Bist du sicher, dass ihr nichts damit zu tun habt?«

»Beruhig dich, Queen. Wir haben euer Gefährt nicht sabotiert«, mischte sich Isaac ein. Queen sah ihn einen Augenblick lang an und ging dann auf Abstand zu Gugel. Alle schwiegen für eine Weile, bis Isaac etwas einfiel. »Sag mal, Queen, der Selbstmord dieses Maradona von DreamCap, das war doch euer Fall, nicht?«

»Ja, und?«

»Dann hast du noch den Zugangscode zu Flutes Gehirn?«

»Möglich«, erwiderte Queen, jetzt schon neugieriger.

»Kannst du mir den übermitteln?«

»Was soll das?« Gugel stellte Isaac über Privatmodus zur Rede.

»Warum sollte ich das tun?«, gab Queen zurück.

»Wenn ich mir ohne Genehmigung eines diensthabenden Propheten und mit einem Code, der nicht zu meiner Ermittlung passt, Zugang zu Flutes Gehirn verschaffe, stehen die Chancen nicht schlecht, dass sie mir Punkte abziehen und ihr in der Wertung für die Prämie an uns vorbeizieht.«

Queen sah Jacob an, der schon ziemlich hinüber war und nur mit den Achseln zuckte, worauf sie Isaac die Maradona-Akte weitergab. »Ich hoffe, du weißt, was du tust«, meinte sie im Privatmodus zu ihm.

»Ich hoffe wirklich, du weißt, was du tust«, murrte Gugel in derselben Sekunde über Privatmodus.

Queen musste Jacob stützen, als beide kurz darauf die Bar verließen. Isaac verabschiedete sich nicht von ihnen, er war bereits in die Erinnerungen von Flutes Gehirn vertieft. Schnell hatte er dessen POV von der Unterhaltung mit Max gefunden. Er sah sich den Clip einen Moment lang an und teilte ihn dann mit Gugel. Gugel zuckte zusammen, als er den Höchsten Propheten scheinbar zu ihm selbst sprechen sah: Max saß Flute gegenüber, und beide tranken sie Cognac.

»Die Liga startet nächste Woche, nach Champs Verurteilung«, sagte Max.

»Ohne den Krüppel habe ich kein Team. Ich habe Senderechte und Abonnements nur dank ihm verkauft bekommen.« Flutes Stimme war gebrochen. Der POV schwenkte zur Wand, wo die Projektion eines Clips lief, der Maradona als Jungen beim Fußballspielen zeigte.

»Ich kann dir nicht gestatten, noch einen Krüppelspieler zu holen«, fuhr Max fort. Flute richtete den Blick wieder auf den Propheten. »Alle meine Szenarien besagen, das würde zu Unruhen führen, die Gewaltausbrüche in ganz Creepland nach sich ziehen könnten, ja vielleicht auch in anderen Sapiensautonomien.«

»Ich verstehe«, sagte Flute niedergeschlagen.

»Siehst du?«, meinte Gugel und klang merklich erleichtert. »Eine logische Erklärung. Und jetzt, um Gottes willen, lösch diesen POV.«

Auch Isaac musste sich eingestehen, dass er erleichtert war, was aber vielleicht dem Einfluss der erheblichen Menge an

Neurotransmitterverdünnern geschuldet war, die er intus hatte. Er rief den Date4Night-Filter auf und sondierte die Frauen, die in der Bar waren.

Gugel, der den Peripheralblick seines Partners bemerkte, verstand, woher der Wind wehte. »Ich bin dann mal weg.« Er stand auf, lud die Rechnung herunter und bestätigte sie.

»Du musst nicht gehen«, sagte Isaac, ein wenig verlegen.

»Hey, nach drei Tagen bei den Zurückgebliebenen würde ich auch suchen.« Er verharrte noch einen Moment lang, schien zu überlegen, ob er noch etwas sagen sollte, rang sich schließlich aber nur zu einem Lächeln durch und ging.

Isaac scannte von Neuem die Umgebung. In einer Ecke der Bar saß Francesca, die 34 Prozent generelle Übereinstimmung mit ihm aufwies und 66 Prozent in Bezug auf seine gegenwärtige Stimmungslage. Die sexuelle Konnektivität zwischen ihnen lag bei mehr als 80 Prozent, und sie hatten mindestens 34 gemeinsame Interessengebiete und fast 225 ähnliche Erlebnisse, darunter 16 prägnante. Er schickte ihr eine Anfrage und bekam nach weniger als einer Minute eine positive Antwort. Isaac dachte, wie sonderbar, dass er in kaum zwei Minuten mehr von ihr wusste, als er in fast zwei Tagen über Yulia erfahren hatte.

Um kurz vor zehn waren sie in seiner Wohnung. Im Eingangsbereich wartete ein Paket von DreamCap auf ihn.

»Was ist das?«, fragte Francesca.

»Eine Schreibmaschine.« Er öffnete den Koffer einen Spalt weit, lächelte, drehte ihn um und klappte den Deckel auf. Eingespannt in Flutes Adler-Maschine war ein schon vergilbter Briefbogen:

Nicht immer wissen wir, was wir brauchen, bis wir es benutzen.
Flute

Francesca berührte das Papier. »Sexy«, sagte sie. Isaac klappte den Koffer zu und führte sie ins Schlafzimmer. »Kaum zu glauben, dass man solche Apparate mal verwendet hat«, sagte sie, während sie sich auszog.

Isaac dimmte die Helligkeit seiner Augen herunter. »Es gab eine Zeit, da hat diese Maschine für epochale Veränderungen gesorgt. Schreibmaschinen haben die Druckrevolution einen entscheidenden Schritt vorangetrieben und sie allen zugängig gemacht.« Isaac erlaubte sich den kleinen Exkurs, nachdem er in Francescas Info gesehen hatte, dass sie »Gespräche über jedes Thema auf der Welt und auch aus anderen Welten« mochte. Tatsächlich übermittelte sie Interesse, und Isaac fuhr fort: »Die Schreibmaschine hat für gewaltige Veränderungen in vielen Lebensbereichen gesorgt. Die Organisationskultur vor allem in Unternehmen hat sich fundamental gewandelt. Da die ersten Maschinen schwerfällig waren und die Bewegung der Typenhebel langsam, wurde eine besondere Anordnung der Tastatur festgelegt, die nicht dem Alphabet entsprach. Buchstaben aus häufig verwendeten Kombinationen wurden weit auseinander platziert, um die Tippgeschwindigkeit zu reduzieren und so den Typenhebeln zu ermöglichen, ihre Bewegung zu vollenden, bevor die nächste Type angeschlagen wurde. Anderenfalls hätte sich die Maschine einfach verhakt. Diese Anordnung der Tastatur wurde auch beibehalten, nachdem die Mechanik verbessert worden war, und sogar die Computertastatur folgte ihr, obwohl das schon keinen Sinn mehr ergab.« Isaac schickte Francesca ein paar Bilder zur Veranschaulichung.

»Das wusste ich nicht«, sagte sie und streckte sich auf dem Bett aus.

»Weil wir nicht mehr tippen. Die Einzigen, die noch Tastaturen verwenden, sind die Krüppel, und auch von denen sind die meisten inzwischen zum Diktieren übergegangen. Aber zu ihren Hochzeiten hatte die Schreibmaschine enormen Einfluss darauf, welche Auffassung Menschen von sich selbst hatten. Plötzlich konnte jeder ein Dokument erstellen, das amtlich und bedeutsam aussah«, sagte Isaac, während er sein Hemd auszog und in den Schrank warf. Danach schälte er sich aus der Hose. »Besonders die Tätigkeitsfelder, in denen es hauptsächlich ums Schreiben ging, wie Literatur, Journalismus und Drehbuchschreiben, erlebten eine wahre Blüte. Mit einem Mal war jeder Schriftsteller.« Er ließ sich neben Francesca aufs Bett sinken. »Das Klappern der Schreibmaschine, das zu ihrem Erkennungsmerkmal wurde, verschmolz im allgemeinen Bewusstsein mit dem Bild eines Autors, der in seinem verrauchten Kämmerchen energisch in die Tasten haut, wie getrieben tippt und die sich aufrollenden Seiten aus der Maschine zieht. Das neunmalige Klicken, mit dem wir uns heute auf einem Kommunikationskanal anmelden, ist im Grunde genommen nichts anderes als das neunmalige Anschlagen der Typen auf einer Schreibmaschine. Früher, als B2B noch Texte verwendete, war es das Wort ›Gestatten‹. Das Tippen ist zwar verschwunden, aber das Geräusch geblieben.«

»Faszinierend.« Francesca rutschte näher an Isaac heran und legte ihm die Hand auf die Brust.

Er ließ seine Finger über ihren nackten Leib gleiten und küsste ihre Brustwarzen. »Die Schreibmaschine hat auch eine wichtige Rolle bei der feministischen Revolution gespielt«, sagte er und wechselte von der einen Brustwarze zur anderen. »Bis zu ihrer Erfindung waren Frauen meistenteils Hausfrauen, Krankenschwestern oder Lehrerinnen. Die Schreibmaschine ermöglichte es vielen Frauen, das Haus zu verlassen und im Büro zu arbeiten, als Sekretärinnen der Männer.«

»Mmm ..., Sekretärinnen der Männer.« Francesca löste sich von Isaac, ging auf alle viere und wandte ihm den Kopf zu. »Komm zum Diktat«, sagte sie. Was Isaac tat.

Als er am Morgen aufwachte, war sie schon nicht mehr da.

Er aktivierte seine Werktagsaufwachsequenz. Während er das Croissant aß und dazu Kaffee trank, ploppte eine Nachricht von Date4Night auf: »Möchtest du Francesca noch einmal treffen?« Er bestätigte. Sein Blick fiel auf den Koffer auf dem Wohnzimmertisch. Er ging hin und klappte ihn auf. »Nicht immer wissen wir, was wir brauchen, bis wir es benutzen.« Er musste an seinen Vater denken, den Ersten, der ihm im Virtuellen Museum von Berlin eine Schreibmaschine gezeigt hatte. Oder war es ein PC gewesen … Er loggte sich in die Nachlassbibliothek seines Vaters. Isaac hatte nicht viel Datenmaterial über ihn, zumindest nicht in sofort verfügbarem Format. Ein POV fand sich, in dem sein Vater als junger Mann zu sehen war, wie er einen IBM-Computer anschaltete, um seinem Sohn zu zeigen, was dieses Internet war, das die Sapiens benutzt hatten. Isaac erinnerte sich, dass es furchtbar langsam und überladen von Textmaterial gewesen war. Die Seiten hatten eine Ewigkeit gebraucht, um sich aufzubauen, was ihn damals aber nicht gestört hatte, weil ihn die historische Demonstration seines Vaters faszinierte. Aber warum schickte Flute ihm ein Geschenk, und noch dazu eines, das er von seinem toten Kompagnon bekommen hatte? Was versuchte er ihm damit zu sagen?

Er verband sich mit der Homepage von DreamCap. »DreamCap – Make your unconscious conscious«, versprach der Introclip. Isaac lud die App in sein Gehirn und erhielt die Optionen, seine eigenen Träume aufzuzeichnen und die Träume seiner Kontakte zu sehen. Außerdem konnte er sich die Träume von Prominenten anschauen oder anonyme Träume, in denen Prominente vorkamen. Er machte sich einen Kaffee und begann, durch die Träume von Verwandten und Menschen zu surfen, die er mochte. Lustige Träume waren darunter, erotische und absonderliche. Ich kann verstehen, warum das süchtig macht, dachte er. Kurz überlegte er, nach Yulias Träumen zu suchen, doch dann fiel ihm ein, dass das aussichtslos wäre. Was ihn auf eine andere Idee brachte. Er ließ eine Suche durchlaufen nach allen Träumen, in denen Champ vorkam. Davon fanden sich reichlich, vor allem erotische Träume von Frauen, aber einige auch von Männern. Obwohl er davon ausging, die Chance wäre gering, aktivierte er als Suchfilter »Albträume«. Es gab nur einen einzigen Albtraum, in dem Champ vorkam, aber der brachte Isaac fast dazu, seinen Kaffee fallen zu lassen. Der Clip war nahezu identisch mit dem POV von Champs Attacke, der in Stefans Gehirn gefunden worden war. Isaac schloss die App und begann, im Zimmer auf und ab zu gehen, wobei sein Gehirn auf Hochtouren arbeitete. Er öffnete die App erneut und versuchte herauszufinden, wessen Traum das ursprünglich gewesen war, aber die Quelle war anonym. Er war schon im Begriff, einen diensthabenden Propheten einzuschalten und sich die entsprechende Erlaubnis zu holen, zögerte dann aber. Stattdessen überlegte er, Flute anzurufen und ihn zu fragen, wessen Traum das sei, was ihm jedoch zu gefährlich erschien. Schließlich verband er sich mit Gugel und sagte, er müsse ihn auf der Stelle im Savoy treffen. Sechs Minuten später saßen beide bereits in einer Privatkabine im zweiten Stock des Cafés.

Das Savoy war eine altmodische Institution, die hauptsächlich von Senioren besucht wurde oder von Paaren, die nicht gesehen oder erkannt werden wollten. Isaac bestellte kalten Tee und Pancakes und sagte sich, das sei ja nur, um keinen Verdacht zu erregen. Gugel bestellte nichts. Nach kurzem Schweigen bat er Gugel, die DreamCap-App herunterzuladen. Gugel tat, wie ihm geheißen, fragte aber, wozu. Isaac sagte, es gebe dort einen Clip, den er sich anschauen solle. Gugel fragte, warum er den nicht einfach mit ihm teile, und Isaac erwiderte, er wolle, dass sein Partner selbst sehe, woher der Clip stamme. Gugel zuckte verständnislos mit den Achseln. Isaac instruierte ihn, was er suchen solle, und nahm derweil einen großen Bissen von dem Pancake, während Gugel sich den Albtraum ansah, in dem Champ mit gezogener Waffe angestürmt kam und schoss.

»Wer hat das geträumt?« Gugel war leichenblass.

»Weiß ich nicht.«

»Und wie ist das von der App in das Gehirn des jämmerlichen Stefans gekommen?«

»Keine Ahnung.«

»Vielleicht hat Stefan das geträumt?«

»Vielleicht, aber das hieße noch immer, dass der POV ein Traum ist und Champ nicht der Mörder. Oder zumindest, dass er Stefan nicht auf diese Weise umgebracht hat.«

»Wenn Champ nicht der Mörder ist, wer dann?«

Isaac zuckte mit den Schultern. Genau in dem Augenblick verlangte Chief Black, sich in ihr Gespräch einloggen zu dürfen. Isaac bestätigte.

»Warum ist der Fall noch nicht abgeschlossen und an den Jesaja-Konzern übermittelt worden?«, wollte der Polizeichef ohne ein Wort der Begrüßung wissen.

»Es gibt neue Entwicklungen«, erwiderte Isaac.

»Was denn für neue Entwicklungen?« Chief Black klang ungehalten.

»Entwicklungen. Triff dich mit uns im Savoy.«

Der Chief schwieg für einen Moment, als versuchte er zu verstehen, warum er sich die Mühe machen und in die Altstadt kommen sollte. Schließlich seufzte er. »Was soll's, ich hab schon lange keine Pancakes mehr gegessen. Zehn Minuten.«

»Was ist nur so Besonderes an diesen Pancakes?«, fragte Gugel.

Isaac sah ihn mit entrücktem Blick an und empfand auf einmal Mitleid mit seinem jungen Partner, der von der Last der Ermittlung erkennbar gezeichnet war. »Du kannst nicht aufhören, die zu essen. Probiere selbst.« Er schob ihm den Teller hin. »Ich hätte sie ohnehin nicht essen dürfen.«

»Lass dir endlich einen normalen Magen einbauen. Deine Essstörungen sind längst über jeden guten Geschmack hinaus«, stichelte Gugel, wenn auch nicht ohne eine gewisse Milde. Isaacs Miene verfinsterte sich trotzdem, aus Gewohnheit. Gugel lächelte. Er teilte ein Stück Pancake ab und schob es sich in den Mund. Und gleich darauf noch eines und noch eines.

Isaac wollte etwas sagen wie: »Habe ich dir nicht gesagt, die sind unglaublich?« Aber da realisierte er, dass sein Partner keine Kontrolle mehr über seine Handlungen hatte und wie von Sinnen immer weiter aß, das Gesicht zu einer panischen Fratze verzogen. Isaac versuchte ihn zu stoppen, musste aber feststellen, dass er sich nicht mehr bewegen konnte und ebenfalls in einer Art Dauerschleife gefangen schien. Immer wieder sagte er sich das, ich hänge fest, bis sein Gehirn zu überhitzen begann und er das Gefühl hatte, es würde jede Sekunde in Flammen aufgehen. Bevor er das Bewusstsein verlor, sah er noch, wie Gugel vom Stuhl fiel, von Konvulsionen geschüttelt am Boden lag und immer noch versuchte, sich die Pancakes, die schon nicht mehr da waren, in den Mund zu stopfen.

4. Kapitel: Der Mann, dem das Gesicht in Grimm erstarrte

Das Erste, was Isaac sah, als er die Augen öffnete, war, dass er nicht gut sehen konnte. Das Zweite, was er bemerkte, war der Geruch, und obwohl er keine verbale Information dazu erhalten hatte, verstand er, dass es Krankenhausgeruch war. Dann kam der Lärm. Weißer Lärm, wie ein lästiges Summen. Auch wenn er sich noch nie zuvor in einem solchen Zustand befunden hatte, begriff Isaac, dass er offline war. Seinem hybriden Gehirn fehlten sämtliche digitalen Befähigungen, und es konnte weder mit externen Netzwerken kommunizieren noch mit den internen Systemen seines Körpers. Sein Kopf schmerzte, wie alle anderen Körperteile auch, nur dass er nicht sicher war, was was war. Ein Arzt kam ins Zimmer, zumindest vermutete Isaac das, da er keine Möglichkeit hatte, an Informationen über den Mann zu gelangen.

Der Arzt blieb neben seinem Bett stehen und sah Isaac einen Moment lang an, als verstünde er nicht, womit er es zu tun hatte und warum es ihm nicht gelang, das Hirn des Patienten auszulesen, der vor ihm lag. Dann schlug er sich mit der Hand vor die Stirn, sah auf den Bildschirm über Isaacs Bett und sagte endlich: »Hallo, Isaac. Ich bin Doktor Chen. Du befindest dich in einem Krankenhaus und bist offline. Du hattest einen Hirnabsturz und bist jetzt abgeschaltet, bis wir herausgefunden haben, was geschehen ist. Bis dahin entspanne dich und lass deinen Körper sich daran gewöhnen, nur mit seinem biologisch-analogen Gehirn zu funktionieren. Das wird anfangs nicht leicht sein, aber bleibe ruhig und denke nicht zu viel.«

Isaac versuchte aufzustehen, schaffte es aber nicht, seinen Beinen den Befehl zu übermitteln. Stattdessen schnellte seine Hand zur Seite und riss einen Schlauch ab, der von der Wand in seinen Hals führte. Eine rosafarbene Flüssigkeit spritzte in alle Richtungen. »Was ist passiert?«, wollte er fragen, doch sein Mund brachte nur »was was was« zustande.

Der Arzt schloss den Schlauch wieder an. »Versuch, dich auszuruhen.« Das war keine Empfehlung: Der Arzt injizierte Isaac eine Substanz, die ihn bewegungsunfähig machte, seinen Körper sedierte und seine Gedanken verlangsamte. Dann schwenkte er einen Bildschirm vor Isaacs Gesicht, startete einen Film, schenkte Isaac noch ein Lächeln, das sich im besten Fall als mitfühlend deuten ließ, und verließ den Raum.

»Willkommen im Karlovy Vary Hospital«, sagte Doktor Chen, diesmal auf dem Bildschirm. »Wenn du mich siehst, bedeutet das, du bist offline. Keine Sorge, unser Gehirn ist imstande, elementare Aktionen auch ohne digitale Kapazitäten durchzuführen. Ich bin hier, um dir in Erinnerung zu rufen, wie. Möchtest du fortfahren, sage ›ja‹.«

»Nein«, sagte Isaac.

»Großartig«, fuhr Doktor Chen fort. »Jetzt werden wir lernen, den Körper zu bewegen. Schaue auf den Körperteil, den du bewegen möchtest, und versuche ihm zu befehlen, sich zu bewegen.«

Isaac schaute auf sein Bein und versuchte, es zu bewegen. Eine gelbe Flüssigkeit begann durch einen Schlauch zu rinnen, der mit seinem Geschlechtsorgan verbunden war. Isaac versuchte erneut, das Bein zu bewegen.

»Ausgezeichnet«, hörte er den Arzt vom Bildschirm sagen, bevor es ihm gelang dagegenzutreten. Der Bildschirm stürzte zu Boden und erlosch. Isaac hatte es schon immer gehasst, wenn man ihm etwas beibrachte. Er erlernte Dinge gern aus eigener Kraft, hatte sonst das Gefühl zu betrügen.

»Ich sehe, du lebst und strampelst«, sagte Chief Black, als er in Begleitung von Doktor Chen ins Zimmer kam. Isaac versuchte, sich aufzusetzen, schaffte es aber nur, sich ein wenig zu straffen. Der Chief musste ihm helfen.

»Oh, nein«, rief Doktor Chen, als er den zerbrochenen Bildschirm am Boden sah. »Das ist schon der dritte, den wir verlieren. Dabei müssen wir die extra aus Creepland kommen lassen.« Konsterniert kniete er sich hin und begann die Überreste einzusammeln.

»Wenn du uns einen Moment geben könntest«, übermittelte ihm der Chief.

Chen richtete sich auf, sah den Polizeikommandanten einen Moment lang an, als fragte er sich, wer in dieser Situation mehr Autorität besaß. »Du musst deine Stimme benutzen, er hat kein B2B«, sagte er schließlich in beleidigtem Ton.

»Versuch, nichts zu sagen, und hör nur zu«, sagte der Chief

mit heiserer, ungewohnter Stimme, als der Arzt das Zimmer verlassen hatte. »Heute Morgen um zehn Uhr wurde zeitgleich im Hirn von mehr als zehntausend Hybriden ein Virus aktiviert. Das Virus zwang die Betroffenen dazu, die letzten zwei von ihrem Gehirn durchgeführten Aktionen zu wiederholen, wie in einer Dauerschleife. Im Moment sprechen die Berichte von mehr als fünftausend Toten und Tausenden von Verletzten, einschließlich derjenigen, die nicht von dem Virus befallen wurden, aber durch ihre Umgebung zu Schaden gekommen sind.« Der Chief verstummte.

Isaac brachte mit einiger Mühe nur ein einziges Wort heraus: »Gugel?« Der Chief senkte den Blick und schüttelte den Kopf. Isaac spürte, wie ihm Hitze in die Wangen schoss. Er schloss die Augen und drehte den Kopf weg.

»Er hat gegessen, bis er erstickt ist«, sagte der Chief sanft. »Wir wissen noch nicht, wer dafür verantwortlich ist, aber im Augenblick sieht alles nach einem Terroranschlag aus. Wir schalten niemanden wieder online, bis wir nicht sicher Bescheid wissen, da das Virus möglicherweise erneut aktiviert wird, wenn wir dich ans Netz nehmen. Wie du dir denken kannst, herrscht Panik in der Öffentlichkeit …«

Doktor Chen kam mit einem Tablett zurück. Er wies den Chief an, dem Patienten jetzt Ruhe zu gönnen.

Das Essen auf dem Tablett verbreitete einen penetranten Geruch, der Isaac ein schreckliches Übelkeitsgefühl bescherte. Er schlug die Augen auf. »Was bin ich?«, fragte er schließlich.

Der Chief tauschte Blicke mit dem Arzt. »Der Doc wird dir alles erklären. Versuch erst mal, dich auszuruhen«, sagte er und ging.

Isaac sah den Arzt an, der seufzte. »Als das Virus aktiviert wurde, gab dein Gehirn gerade Befehl an dein Gesicht, Unmut zu zeigen. Und das hat es dann immer wieder getan, bis es überhitzte und sich selbst abgeschaltet hat, mithilfe eines eingebauten Shutdowns, der Schlaganfälle verhindern soll.« Er stellte das Tablett neben dem Bett ab. »Unglücklicherweise hat sich dein Gehirn abgeschaltet, als du verärgert geguckt hast.« Der Arzt schluckte. »Und jetzt ist dein Gesicht so erstarrt.«

Isaac schüttete alles, was sich auf dem Tablett befand, auf das Schränkchen neben seinem Bett und hielt sich das Nirosta-Tablett wie einen Spiegel vors Gesicht. Eine grimmige Fratze starrte ihn an. Flehend hob er die Augen zu dem Arzt.

»Im Moment gibt es nicht viel, was wir machen können«, sagte Chen mit betretenem Lächeln. »Solange dein Gehirn noch abgeschaltet ist, lässt sich die Erstarrung nicht lösen.« Isaac versuchte, sein Gesicht mit den Händen zu entkrampfen, doch es nahm augenblicklich wieder die grimmige Miene an. »Möglicherweise kannst du auch andere Körperteile nicht kontrollieren, oder sie funktionieren nur partiell. Zumindest, bis wir dich wieder angeschlossen haben«, sagte der Arzt und ließ sich auf Isaacs Bett nieder. »Du hast großes Glück gehabt. Weil du das letzte Update nicht heruntergeladen hattest, war dein Betriebssystem ein wenig verlangsamt, und deshalb ist dir das Gehirn nicht komplett verschmort.«

Isaac ließ sich verzweifelt zurücksinken. Der Arzt erzählte weiter von den Tragödien, die das Virus in ganz Cordless gesät hatte, während er, ohne es zu bemerken, von dem Schnitzel und den Pommes frites des Patienten naschte. So sei ein Mann auf dem Höhepunkt des Geschlechtsakts an Herzinfarkt gestorben und hätte damit fast seine Partnerin umgebracht, bei der das Virus zwar nicht aktiviert wurde, die sich aber nicht unter ihm habe befreien können. Maschinenführer hätten mit ihrem schweren mechanischen Gerät ganze Gebäude zerstört, Bodybuilder so lange Gewichte gestemmt, bis sie darunter zusammengebrochen seien.

»Zu leise hier«, stieß Isaac mit Mühe hervor.

Der Arzt brauchte eine Sekunde, um zu verstehen, was der

Patient sagen wollte. »Das ist ein Krankenhaus für besondere Fälle. Man hat dich gestern Nacht hierher überstellt. Die regulären Krankenhäuser sind das reinste Tollhaus.« Er lachte.

Isaac war überrascht, was der Arzt jedoch nicht bemerkte, da sein Gesicht grimmig erstarrt blieb. »Besondere?«, fragte er schließlich.

»Ja, das Hospital gehört dem Jesaja-Konzern«, erklärte der Arzt mit unverhohlenem Enthusiasmus in der Stimme. »Ich bin zwar neu hier, aber die Bedingungen sind unglaublich. Das Essen ist wirklich auf dem Niveau eines Sternerestaurants. Du hast doch einen Magen, oder?« Er schaute zu Isaacs Krankenakte auf dem Bildschirm, nur dass dort kein Bildschirm war. Dann hielt er ihm den Teller hin, auf dem sich ein halbes Schnitzel und einige wenige, noch nicht verspeiste Pommes frites verloren.

Isaac stieß den Teller von sich. Mit einem Mal fühlte er sich todmüde, die physischen und mentalen Anstrengungen hatten ihn vollkommen erschöpft. Er schloss die Augen und schlief einfach ein. Ohne seine Einschlafsequenz zu aktivieren, die Adrenalindosis zu reduzieren oder die Augen herunterzudimmen. Und noch sonderbarer war, dass er einen Traum hatte, der ihn jäh erwachen ließ. Es war schon spät, wahrscheinlich gegen Mitternacht, und Isaac begann zu schreien.

Die diensthabende Ärztin kam ins Zimmer gestürzt. »Du musst nicht schreien, es gibt hier einen Notfallknopf«, sagte sie und reichte ihm ein Glas Wasser.

»Ich brauche den Chief«, stieß Isaac hervor.

»Der Polizeichef schläft jetzt.«

»Es ist dringend!«, schrie er.

Die Ärztin zögerte eine Sekunde. »Okay, ich habe ihn auf meinem Kanal.«

»Sag ihm, es ist DreamCap.«

»Was?« Dann erklärte sie: »Er fragt das.«

»Was ist mit Flute?«

»Ist tot, ist in seinem Whirlpool gestorben, an dem Virus«, wiederholte die Ärztin die lakonische Antwort des Chiefs.

»Es ist DreamCap. Jeder, der mit der App zu tun hatte, ist betroffen. Check das, und du wirst sehen, alle, bei denen das Virus aktiviert wurde, sind DreamCap-User.«

Die Ärztin blieb eine Weile stumm. »Er sagt, du hast recht«, bestätigte sie schließlich. »Das wird sehr viele Menschen beruhigen, dass das Problem nur auf DreamCap-User beschränkt ist.«

»Ich muss dir von dem Clip erzählen, in dem Champ zu sehen …«, begann Isaac, doch die Ärztin unterbrach ihn.

»Du musst mir gar nichts erzählen, solange ich nicht bei dir bin.« Isaac verstummte. Der Chief hatte natürlich recht. »Er sagt, er sieht dich morgen«, meinte die Ärztin. »Gute Arbeit.«

Isaac wusste nicht, ob sie so dachte oder noch immer der Chief aus ihrem Mund sprach. Jede noch so kleine Aktion schien ihn zu Tode zu erschöpfen. Wieder schlief er ein und wachte erst nach zehn Stunden auf.

In den darauffolgenden Tagen versuchte Isaac, sich an sein Offline-Gehirn zu gewöhnen. Er lernte, so weit als möglich seinen Körper zu kontrollieren. Zusätzlich zu seinem erstarrten Gesicht bewegten sich einige Zehen nicht, und die linke Augenbraue war vollkommen gelähmt. Auch versuchte er, die letzten Ereignisse in irgendeine logische Abfolge zu bringen, doch ohne viel Erfolg. Er konnte nicht sagen, ob es daran scheiterte, dass sie nichts miteinander zu tun hatten, oder an der begrenzten Denk- und Analysefähigkeit seines Gehirns. Er empfand das starke Bedürfnis, sich mit jemandem auszutauschen, aber der Chief kam nicht am nächsten Tag und auch nicht am übernächsten. Dafür besuchte ihn seine Tochter, doch es war ein peinlicher und frustrierender Besuch. Er versuchte, ihr Einzelheiten zu entlocken über das Geschehen in der Welt, tat sich aber schwer, etwas davon zu begreifen. Mehrfach bat er, sie solle langsamer sprechen und das Gesagte wiederholen. Am Ende resignierten sie beide und saßen die restliche Zeit einfach da und schwiegen.

Isaac konnte nicht verstehen, warum es Menschen gab, die sich entschieden, das Bewusstsein abkoppelnde Drogen zu nehmen, und bereit waren, aus freien Stücken ihr Gehirn abzuschalten. Das war so empörend, dass er schon nicht mehr wusste, ob er wütend war, weil er blockiert war, oder blockiert, weil er wütend war. Den nächsten Tag nutzte Isaac, um zu üben, wie er seine Gedanken ordnen und organisieren konnte. Dazu nutzte er das Notizbuch und den Bleistift, die er Gugel mitgebracht hatte. Auch hatte er eine Brille bekommen, die sein Sehvermögen fokussierte, da er nicht mehr über die digitale Fähigkeit dazu verfügte. Die Brille entsprach zwar nicht genau seiner Sehstärke und hatte keine Zoomfunktion, wie sie die digitalen Augen besaßen. Auch fehlten ihr Helligkeits- und Kontrastkontrolle, ganz zu schweigen von Retuschier- und Korrekturfiltern, aber wenigstens sah er jetzt nicht mehr verschwommen.

Nach einer Woche endlich erschien der Chief, zusammen mit dem Höchsten Propheten. Im gepflegten Garten des Krankenhauses unternahmen sie einen Spaziergang um den Teich. Es war ein perfekter Frühlingstag, mit angenehmen dreiundzwanzig Grad. Isaac ging langsam. Der Höchste Prophet brachte ihn auf den neuesten Stand. Das Problem war tatsächlich ein Virus, das in den Gehirnen von Hybriden eingepflanzt worden war, die die DreamCap-App heruntergeladen hatten. Menschen, die die App nicht genutzt hatten, waren bislang geschützt davor. Das Virus war allem Anschein nach eingepflanzt worden, als die App noch Sicherheitslücken aufwies. Noch war nicht bekannt, wer hinter dem Anschlag steckte. Es gab einige Ermittlungsrichtungen, die mehrheitlich zum antihybriden Untergrund der

Williams führten. Auch waren Versuche unternommen worden, den Betroffenen, deren Gehirne noch abgeschaltet waren, ein antivirales Bakterium zu implantieren, welches das Virus aufspüren und neutralisieren sollte. Doch das war nicht einfach, denn in dem Moment, in dem man das befallene Gehirn anschaltete, würde umgehend auch das Virus wieder aktiviert werden. Und da es sich um ein sehr aggressives Virus handelte, war nicht vorherzusehen, wie es sich verhielt. Wahrscheinlich besaß es singuläre Eigenschaften, und niemand konnte bisher sagen, in welcher Mutationsform es sich reproduzieren und welche neuen, bösartigen Eigenschaften es noch annehmen würde.

Isaac schwieg die meiste Zeit, vor allem, weil es ihm schwerfiel, gleichzeitig zu gehen, zu verstehen und zu sprechen. Irgendwann zog er das Notizbuch hervor und las daraus vor: »Der Clip, der Champs Angriff auf Stefan zeigt, war ein Traum, der von DreamCap stammt.«

»Entweder er stammt von dort, oder er ist dorthin gelangt«, sagte der Chief.

»Es scheint keine Verbindung zwischen den beiden Fällen zu geben«, erklärte Max Isaac, der wirkte, als hätte er Schwierigkeiten zu folgen. »Möglich, dass der Clip durch eine Sicherheitslücke in Stefans Gehirn auf die Seite von DreamCap gelangt ist und nicht umgekehrt. Was bedeutet, dass er keinen Traum aufgezeichnet hat, sondern die Realität.«

»Stefan hatte, wie alle Spieler der DreamCap Warriors, freien Zugriff auf die Traumaufzeichnungsfunktion. Immerhin gehörte die App ja dem Hauptsponsor des Teams.«

Isaac schüttelte ungeduldig den Kopf und zog erneut sein Notizbuch zurate. »Jemand hat Stefans Gehirn den Traumclip mit Champ eingepflanzt.«

»Warum sollte jemand so etwas tun?«, fragte der Prophet sanft.

»Er wollte, dass wir glauben, Champ wäre der Mörder.« Isaac spuckte beim Sprechen vor Anstrengung und Aufregung. »Aber ich bin dahintergekommen, und da hat er versucht, mich umzubringen.«

»Jemand hat fünftausend Menschen getötet, um dich umzubringen?«, fragte der Chief, während er sich winzige Speicheltropfen aus dem Gesicht wischte. »Der Anschlag scheint ein eigenständiges, von einer radikalen Gruppierung lange vorbereitetes Ereignis zu sein. Es ist kein Zufall, dass der 14. Juli gewählt wurde.«

Instinktiv versuchte Isaac, eine Suche nach diesem Datum durchlaufen zu lassen, aber natürlich vollkommen vergebens.

»Der Tag der Bastille«, half ihm der Prophet, der Isaacs Not erahnte. »Und selbstverständlich auch der offizielle Jahrestag des Beginns der Gewissheitsrevolution. Der Tag, an dem die Systeme des Jesaja-Konzerns zum alleinigen Entscheider in allen Lebensbereichen erhoben wurden.«

Doch Isaac hatte Mühe, eine Verbindung herzustellen zwischen der Bastille und Jesaja.

»Wie auch immer«, fuhr Max fort. »Wenn wir dich wieder online haben, werden wir das gesamte Ermittlungsmaterial in deinem Kopf überprüfen. Ich schließe kein Szenario aus.«

Sie hatten das Ende des Teichs erreicht. Für kurze Zeit herrschte Schweigen, und Isaac nahm an, dass sie im Privatmodus miteinander kommunizierten. Fühlte sich so auch ein Sapiens? Großer Gott, dachte er, ich bin ein Krüppel!

Keine Minute später erschien Doktor Chen auf einem privaten Schweber. »Morgen wollt ihr ihn also online stellen? Ausgezeichnet. Eine ganze Reihe geschädigter Gehirne sind ja schon angeschaltet worden, und in den meisten Fällen ist das Experiment bisher ganz gut verlaufen.« Er sah den Chief und den Propheten an, wie um Bestätigung zu erhalten. »Ich habe dir für morgen früh einen Operationstermin angesetzt«, meinte er zu Isaac und schwebte davon. Sekunden später war er wieder da. »Und vergiss nicht, du darfst nichts essen oder trinken.«

»Nicht er wird die Operation durchführen«, beruhigte Max Isaac. »Er ist nur der Neffe von jemand Wichtigem.« Dann verabschiedeten sich der Prophet und der Chief und ließen Isaac verwirrt und mit grimmiger Miene mitten auf dem Weg stehen.

Etwas sagte ihm, dass es nicht sicher war, wieder online zu gehen. Er spürte, er konnte niemandem trauen. Wenn jemand es geschafft hatte, einen Traum zu implantieren und Menschen dazu zu bringen, in Dauerschleife ein und dieselbe Handlung immer wieder auszuführen, dann gab es nichts, was ihn daran hinderte, in sein Gehirn zu gelangen und dort vielleicht sogar ein Geständnis zu platzieren, dass er, Isaac, für den Mord verantwortlich war.

Er holte Gugels Notizbuch heraus und schrieb:

Stefans Ermordung hängt mit allem zusammen. Finde heraus, wer Stefan ermordet hat, und du weißt, wer für den Anschlag verantwortlich ist und versucht, dich umzubringen.

Als Doktor Chen am nächsten Morgen kam, um Isaac in den Operationssaal zu bringen, fand er ihn nicht in seinem Bett vor. Er war auch nicht im Garten oder sonst wo auf dem Gelände des Karlovy Vary Hospital.

5. Kapitel: Eine Nacht ohne Erinnerung

Als es Abend wurde, nutzte Yulia, anstatt von der Polizeistation direkt nach Hause zu gehen, eine Regenpause für einen Zwischenstopp im Lebensmittelgeschäft um die Ecke. Der Laden war so gut wie leer, sowohl an Kundschaft als auch an

Waren. Außer etwas Gemüse, das alles andere als frisch wirkte, und übrig gebliebenem, wenig ansprechendem Brot hatte der alte Verkäufer nicht viel zu bieten. Er sagte, am nächsten Tag komme neue Ware, so zumindest habe man ihm versichert. In ein paar Tagen würde sich bestimmt alles wieder beruhigt haben, es herrsche einfach Vorkriegsstimmung, und die Leute hätten begonnen, Vorräte zu horten. Dann holte er unter seinem Verkaufstresen ein Gebäckteilchen hervor und reichte es Yulia. Hat meine Frau gemacht, sagte er zwinkernd. Yulia lächelte und dankte ihm. Auf dem Nachhauseweg sprang sie über eine Pfütze, knickte beim Aufkommen um und fiel hin. Das Gebäck kullerte davon, und sie musste gegen die Tränen ankämpfen. Der Regen hatte wieder eingesetzt. Zum ersten Mal seit langer Zeit hoffte sie, Jiří würde auf dem Heimweg vorbeikommen, zu ihr. Sie hob die Augen. Die Straße war leer. Sie setzte sich auf dem Bordstein auf und säuberte notdürftig ihren Rock. Das aufgeschlagene Knie blutete, und ihr Knöchel schmerzte. Sie stand auf, und ihr Fuß signalisierte dem Gehirn, er dürfe nicht belastet werden, doch sie ignorierte das. Als sie es endlich nach Hause geschafft hatte, sah sie im Hauseingang die Silhouette eines Mannes. Erst hoffte sie, es sei Jiří, aber als sie näher kam, war sie überrascht, das Gesicht des Hybrid-Detectives zu erkennen. Er wirkte so verärgert, dass Yulia nur fragen konnte: »Was ist passiert?«

»Lass uns reingehen«, sagte er.

Yulia nahm die drei Eingangsstufen, konnte aber ihre Schmerzen nicht verbergen.

»Du blutest ja«, sagte Isaac und beeilte sich, sie zu stützen.

»Der Knöchel, ich bin in eine Pfütze gefallen. Ein krüppeliger Krüppel bin ich.« Sie lachte verlegen. Ihr Arm war um Isaacs Nacken geschlungen, und die nassen Sachen klebten ihr am Körper. Sie schleppten sich einen langen Gang entlang und erreichten ihre Wohnungstür. Yulia löste sich von ihm und wühlte in ihrer durchnässten Umhängetasche nach dem Telefon. »Mausetot«, sagte sie resigniert. »Der Tag wird immer trostloser.« Sie sah Isaac im fahlen Licht des Treppenhauses an. Er schaute noch immer grimmig. »Du hast ja noch den Code … Kannst du die Tür öffnen, bitte?«

»Nein«, erwiderte er und murmelte, als er Yulias verständnislosen Gesichtsausdruck sah: »Ich bin abgeschaltet.«

»Heiliger Mist! Du bist ein Opfer des Terroranschlags …« Isaac nickte. Sie setzten sich auf den Boden im Hausflur. Plötzlich fiel ihr etwas ein. »Verstehst du mich überhaupt?«, fragte sie auf Englisch.

»Mehr oder weniger. Mein Tschechisch ist ein wenig eingerostet«, antwortete er in tatsächlich ziemlich rostigem Tschechisch.

Yulia fragte sich, warum ihr das bis jetzt nicht aufgefallen war. Sie sah ihn an. »Und das Gesicht?«

»Ist erstarrt.«

»Denkst du, es hängt mit der Ermittlung zusammen?«

Yulias Frage überraschte ihn. »Ja. Ich habe etwas herausgefunden, von dem jemand wollte, dass ich es nicht weiß.«

»Dass Champ nicht der Mörder ist?«

Scharfsinnig ist sie, dachte Isaac und nickte nach kurzem Zögern.

»Wer dann?«

»Ich weiß es nicht. Sie haben dafür gesorgt, dass ich abgeschaltet werde.« Dann erzählte er Yulia von den Ereignissen, die dafür gesorgt hatten, dass er am Ende mit erstarrter grimmiger Miene im Flur ihres Treppenhauses saß.

»Es tut mir leid um Gugel«, sagte sie, als er geendet hatte. Isaac zuckte mit den Achseln. »Wahrscheinlich mochte er mich nicht«, sagte sie gedankenverloren.

»Er mochte deine Sorte nicht«, sagte Isaac.

»Krüppel?«

»Frauen.«

Yulia stutzte für einen Moment und nickte dann.

»Es gibt diese Tendenz bei der hybriden Polizei, Gegensätze zu einem Team zu vereinen. Hat irgendwas zu tun mit der Diversität von Ideen«, sagte Isaac.

»Klingt wie eine Polizeikomödie aus dem 20. Jahrhundert«, sagte Yulia, und Isaac ließ ein Schnauben hören, das sie als eine Art von Lachen deutete. Sie betrachtete sein Gesicht. »Darf ich?«, fragte sie. Isaac nickte. Yulia hob die Hand und berührte sein Gesicht. Sanft versuchte sie, es zu lösen, doch es glitt sogleich wieder in seine grimmige Fasson. Sie zog seine Mundwinkel zu einem Lächeln in die Höhe und ließ wieder los. Unwillkürlich lachte sie leise. »Tut mir leid.« Sie verbarg ihren Mund mit der Hand. »Aber du hast eine Brille auf, das ist lustig.«

»Die Brille ist lustig?«

»Nein … ja … Das heißt, das erinnert mich an einen alten Witz.«

»Einen Witz?«

Yulia seufzte und holte tief Luft. »Wie verkleidet sich ein Hybride als Sapiens?«

Isaac blieb stumm.

»Er setzt sich eine Brille auf und lächelt.« Isaacs Miene blieb grimmig. »Du lächelst nicht«, sagte sie beschämt.

»Eins von zweien ist doch nicht schlecht«, meinte Isaac schließlich und rückte die Brille auf seiner Nase zurecht. Yulia lächelte.

Genau in dem Moment erschien ihre ältliche Nachbarin im Hausflur, gefolgt von einem tropfnassen, zerfledderten Hund. »Hitler, bei Fuß!«, befahl sie der Kreatur, die mehr hinter ihr hergeschleift wurde, als dass sie auf eigenen Beinen lief.

»Frau Čapek, kann ich einen Moment Ihr Telefon haben?« Yulia war aufgesprungen, den schmerzenden Knöchel ignorierend. Isaac erhob sich ebenfalls. Die Alte beäugte Yulia und den fremden Gast misstrauisch.

»Er gehört zur mir«, sagte Yulia.

»Hitler?«, fragte Isaac verwundert und streichelte den Hund.

»Er ist eine echte Bestie«, erwiderte Frau Čapek, wie um Isaac zu bedeuten, er solle nicht mal den Versuch unternehmen, sich mit ihr anzulegen. »Ich wollte ihn Napoleon nennen, aber er ist ein großer Hund. Und einen Stalin hatte ich schon. Der ist mir vor einem Jahr gestorben. Er war auch riesig, größer noch als Hitler.«

»Wie nett«, sagte Isaac. Soweit er sich entsann, war auch der kommunistische Diktator eher kleinwüchsig gewesen, doch er war nicht sicher. Aus Gewohnheit erteilte er seinem Gehirn den Befehl, nach »Stalin« zu suchen, und war abermals überrascht, als nichts geschah.

»Krieg ich das Telefon?«, bat Yulia erneut, diesmal mit mehr Nachdruck. Die Alte zog, noch immer argwöhnisch, ihr Telefon hervor. Yulia riss es ihr beinahe aus der Hand. Sie rief Jiří an. »Hey, ich bin's ... kannst du mir die Tür öffnen, mein Telefon ist tot.« Yulia lächelte der Alten zu, als sich die Tür ihrer Wohnung öffnete. »Nein, du musst nicht kommen. Ich melde mich später bei dir.« Sie legte auf und gab das Telefon zurück. »Er lässt schön grüßen«, meinte Yulia noch, bevor Isaac und sie in der Wohnung verschwanden.

Yulia humpelte gleich ins Schlafzimmer, um aus den nassen Sachen zu kommen. Isaac nahm auf dem Sofa Platz und schaute verstohlen nach der Tür, die halb offen geblieben war. »Fühl dich frei, dir einen Drink zu machen oder etwas zu essen, falls du etwas findest«, rief Yulia aus dem Schlafzimmer. »Es ist nicht viel da, die Läden sind ziemlich leer gefegt, die Leute haben angefangen, Vorräte zu horten. Aber ein paar Tomaten und eine Dose Anchovis müssten noch da sein, und im Tiefkühler ist Brot.«

Isaac sah sich um. Der Raum wirkte ganz anders als beim letzten Mal, als er noch online gewesen war. Er meinte, jetzt mehr Details zu bemerken, vielleicht im Wissen, dass er sich hinterher keinen POV davon würde anschauen können. Auf dem Sofa neben ihm lag falsch herum ein aufgeschlagenes Buch. Isaac nahm es in die Hand.

»Hast du es gelesen?« Yulia kam ins Zimmer, ihre Haare bürstend. Sie trug ein grünes Kleid aus dünnem Stoff.

Isaac legte den Roman zurück, als wäre er bei etwas Verbotenem ertappt worden. »Nein.«

»Solltest du aber. Das ist mein Lieblingsautor. Er ist stark beeinflusst von den großen tschechischen Klassikern.« Sie setzte sich neben ihn.

»Ich habe keines gelesen«, sagte Isaac.

»Keines der großen Werke der tschechischen Literatur?«

»Kein Buch.«

Yulia unterbrach das Bürsten. »Noch nie?«

»Wir lesen nicht. Wir absorbieren Informationen als Einheiten.« Gedankenverloren warf er einen Blick auf Julias Ausschnitt, und ihm war klar, dass sie es mitbekam.

»Das ist unglaublich. Und auch, wie ihr die Lautstärke der Ohren kontrollieren könnt. Und die Wiederholungen.«

»Die Wiederholungen?«

»Na, dass ihr euch immer wieder anschauen könnt, was ihr gesehen habt.«

»Wir nennen das: Erinnerung«, sagte Isaac.

Yulia lachte und legte die Bürste beiseite. »Und auch diese B2B-Sache … Ich habe nie verstanden, wie man reden kann, ohne zu sprechen.«

»Man denkt einfach etwas und sendet das, an wen immer man will. Für uns ist das ganz natürlich. Man denkt darüber nicht nach, so wie man etwas fokussiert. Du fühlst, wann du dich in einem offenen Kanal befindest und wann in einer privaten Konversation«, sagte Isaac. »Bei uns gilt es als unhöflich, mit der eigenen Stimme zu sprechen. Und erst recht an einem öffentlichen Ort.«

»Befremdlich.«

»Ich bin sicher, wenn Affen Menschen sehen, erscheint ihnen das auch befremdlich, dass die mit Worten kommunizieren und nicht, indem sie sich Flöhe aus dem Pelz pulen«, sagte Isaac.

»Danke vielmals.« Yulia lachte.

Isaac verstand, seine Bemerkung war arrogant, aber er war sich nicht sicher, warum. Denn ironischerweise war ausgerechnet sein Konzentrationsvermögen im Moment auf dem Niveau eines Affen. Er verspürte das Bedürfnis, sein Notizbuch hervorzuholen und die Dinge auf Papier zu ordnen, hielt sich aber zurück. Er sah Yulia an, betrachtete sie zum ersten Mal ohne die Korrekturfilter des hybriden Gehirns. Sie erschien ihm jetzt sogar noch schöner. Vielleicht funktionieren die Filter nicht bei jemandem, der schon schön ist, überlegte er. Oder vielleicht hatte sein gegenwärtiger Zustand sein Schönheitsideal verändert und sein Geschmack war triebhaft geworden, urwüchsig und wild, bestimmt von prähistorischen Überlebensinstinkten. Oder vielleicht hatte er einfach nur gelernt, Dinge zu schätzen in dem Augenblick, in dem sie geschahen.

»Aber Hybride schreiben noch immer Bücher«, sagte Yulia.

»Es wird immer Leute geben, die Bücher schreiben«, erwiderte Isaac beinahe verächtlich. Er griff erneut nach dem Roman. »Wovon handelt er?«

»Schwer zu sagen«, erwiderte Yulia nach kurzem Nachdenken. »Es geht um eine futuristische Welt, oder zumindest um eine Spiegelung der Zukunft, wie der Autor sie sich vorstellt.« Sie straffte sich ein wenig. »Es ist eher phantastisch als prophetisch und springt auch immer wieder vor und zurück in der Zeit. Ineinander verschachtelte Geschichten und sehr viele verschiedene Stilrichtungen – Komödie, Tragödie, Kriminalroman. Wie die Bibel, in gewissem Sinne.«

Isaac blätterte ein wenig in dem Buch.

»Und jetzt, da du abgeschaltet bist?«, fragte Yulia.

»Was ist da?« Isaac löste sich aus seinen Gedanken.

»Erinnerst du dich noch an die Bücher, die du gelesen hast? Die du absorbiert hast, meine ich …«

»Ich erinnere mich nur an wenig. Habe das Gefühl, viel Wissen zu besitzen, aber es ist weggesperrt, und ich komme nicht ran.« Yulia sagte nichts, und Isaac versuchte es mit einer anschaulicheren Erklärung: »Stell dir vor, du möchtest Informationen zu einem vergessenen Autor des 20. Jahrhunderts namens Miloš Kublik finden, hast Zugang zum Internet, aber nicht die Möglichkeit, eine Suche durchzuführen. Also musst du aus dem Gedächtnis die vollständige URL des Archivs vergessener tschechischer Autoren fischen und sie ins Adressfeld eingeben. Und dann baut sich die Seite so langsam auf, dass du nicht einmal sicher bist, ob sie überhaupt noch existiert. Außerdem lässt sich immer nur eine Seite aufrufen, da es an Speicherkapazität fehlt, und du musst immer erst ein Fenster schließen, um ein anderes öffnen zu können. Das ist, wie bei einer angeregten Unterhaltung dabeizusitzen und nur einzelne Wörter zu verstehen. Du fühlst dich klein und dumm, dick und hässlich …« Isaac brach ab, weil er mit einem Mal begriff, dass er dabei war, zu beschreiben, wie Yulia, ja, wie alle Sapiens sich fühlen mussten, wenn sie mit Hybriden zu tun hatten. Er sah Yulia an, die nachdenklich schien. Sie wirkte weder klein und dumm noch dick und hässlich auf ihn, im Gegenteil. Er verspürte ein übermächtiges Bedürfnis, sie zu umarmen, doch sie stand auf und ging in die Küche, um Tee zu machen. Isaac blieb sitzen.

Yulia kam zurück mit einem Tee, der bittersüß schmeckte. Schweigend schlürften sie eine Weile aus ihren Tassen. Yulia sah ihn an, betrachtete sein Gesicht von Nahem. »Wie alt bist du überhaupt?«

»Einhundertsiebzig.«

»Du siehst nicht einen Tag älter aus als einhundertneunundsechzig«, meinte Yulia lächelnd. Sie legte eine Hand auf sein Gesicht. »Deine Augen lachen, das sehe ich«, sagte sie. »Aber sie bergen auch Traurigkeit, wie der Ozean.« Wir sind nicht so verschieden, wenn es um Traurigkeit geht, dachte sie.

Isaac fühlte sich mit einem Mal niedergeschlagen. Er brauchte einige Zeit, um das zu verstehen, da kein virtueller Psychiater sich meldete, der ihm riet, seine Serotonin- oder Adrenalindosierung zu erhöhen. Manchmal ist deine Stimmung so im Fluss, dass du nicht weißt, was es ist, bis es dir jemand sagt. Plötzlich fragt dich eine: »Warum bist du traurig?«, und du realisierst – hey, ich bin traurig. Isaac hätte dies mit Worten nicht formulieren können, noch verspürte er ein Bedürfnis dazu. Er fühlte nur, dass er zu nichts Lust hatte und vollkommen leer war. Wie die Schale einer überreifen, schrumpeligen Frucht. Was beinahe etwas Spaßiges hatte, wäre es nicht so schmerzlich gewesen.

Du durchschaust mich, dachte Yulia. Jedes Wort, jeder Satz, sicher siehst du, wie transparent ich bin. Und meine Stimme klingt wie die einer anderen.

Isaac schloss die Augen, neigte den Kopf ein wenig und ließ ihre Hände über sein Gesicht wandern.

»Du siehst nicht älter aus als vierzig«, sagte sie irgendwann. Isaac spürte ihren warmen Atem auf seinem Gesicht, ehe sie ihn auf seine grimmig verkniffenen Lippen küsste. »Das wollte ich schon am ersten Tag tun, als ich dich gesehen habe.« Isaac erwiderte ihren Kuss, erstarrte dann aber. »Was ist los?«, fragte Yulia.

Er senkte verlegen die Augen, denn er wusste so wenig über sie. Hatte keine Ahnung, was ihre sexuellen Vorlieben betraf, welche Stellungen sie mochte, welche Fetische. Er sah sie an und spürte nur, wie er von ihr angezogen wurde.

Yulia schien zu verstehen. »Du warst noch nie mit einer wie mir zusammen?«

Isaac schüttelte mit dem Kopf. Sie drückte ihn nach hinten und setzte sich auf ihn. Dann zog sie ihr Kleid aus und küsste ihn. Isaac ließ sich von ihr leiten. Sie streifte ihm das T-Shirt über den Kopf, hob sich ein wenig, damit er sich aus seiner Hose schälen konnte, und rieb sich wieder an ihm, bis sie eine Erektion spürte, schob ihren Slip beiseite und führte ihn in sich. Isaac fühlte sich, als wäre alles, was er bisher gewesen war, bloß vergeudete Zeit. Er wollte ihr das sagen, fand aber die Worte nicht. Yulia bewegte sich weiter vor und zurück, behielt ihn die ganze Zeit tief in sich. Erst, als sie spürte, dass er noch steifer geworden war, begann sie, das Becken auch auf und ab zu bewegen. Sie drückte seine Hände auf ihr Gesäß, wies ihn an, sie zu dirigieren. Er tat es ein paarmal, stoppte sie dann, als sie über ihm war, und hinderte sie, ihn wieder in sich aufzunehmen. Er wollte spüren, wie es war, nicht in ihr zu sein.

Yulia konnte nur die Spitze seines erigierten Glieds zittern fühlen. »Ich will«, flüsterte sie.

»Was?«

Yulia war nicht sicher, ob er nicht verstand oder sie nur reizen wollte, was sie noch mehr erregte. »Ich will«, rief sie. »Komm. Nimm mich.«

Isaac ließ los und Yulia sank auf ihn nieder und nahm ihn ganz in sich auf. Jetzt konnte sie schon nicht mehr an sich halten. Alle Wildheit und Gewalt, der Druck, der sich in den zurückliegenden Wochen, ja vielleicht Monaten in ihr aufgestaut hatte, brachen aus. Sie hörte nicht einmal, was sie schrie. Zum ersten Mal in seinem Leben hatte Isaac das Gefühl, seine Situation nicht zu verstehen und nicht kontrollieren zu können, vor allem nicht seinen Körper. Er kam in ihr, ohne zu wissen, ob es ihm erlaubt war. Blut, Schweiß, Tränen, Speichel, Schaum, Erbrochenes, Sperma. Immer, wenn eine Empfindung aus uns hervorbricht, wird sie von einer Körperflüssigkeit begleitet, dachte er. Yulia blieb noch einen Moment lang auf ihm sitzen, ehe sie sich von ihm löste, aufstand und ins Bad ging. Eine Minute später war das Wasserrauschen zu hören. Isaac hob seine Hose vom Boden auf. Versuchte zu verstehen, was genau er gerade erlebt hatte. Immer hatte er beim Sex das Gefühl gehabt, eine Rolle zu spielen, die von ihm erwartet wurde. Die Partnerin, die menschliche Natur, die genetische und kulturelle Prägung – alle wollten befriedigt sein. Doch diesmal war es anders gewesen, diesmal hatte er all das ausgeblendet. Er versuchte, den gerade entstandenen POV zu aktivieren, ehe er begriff, dass er die Fähigkeit dazu nicht mehr besaß. Was ihn traurig machte.

Yulia kam in ein Handtuch gewickelt aus dem Bad und rubbelte mit einem zweiten ihre Haare trocken. »In der Dusche ist ein Handtuch, und auf dem Bett liegen ein paar von Jiřís Sachen. Ihr habt beinahe dieselbe Größe.«

»Wann habt ihr euch getrennt?«, fragte er, als sie sich neben ihn aufs Sofa setzte.

»Jiří und ich? Vor einem Monat. Kurz, bevor du hergekommen bist, um Champ mitzunehmen.«

»Und wie lange wart ihr zusammen?«

»Siebzigtausend Jahre.« Yulia lachte. »Sieben«, fügte sie schnell hinzu, während sie sich die Haare weiter trocknete. »Bist du verheiratet? Oder in einem Vertrag oder wie immer das bei euch heißt?«

»Vor drei Jahren habe ich einen Zwanzigjahresvertrag beendet«, sagte Isaac.

»Das werde ich nie verstehen: Wie kann man von vornherein festlegen, wann man aufhört, sich zu lieben?«

»Man hört nicht auf, sich zu lieben, man hört auf, zusammen zu sein.«

»Und was, wenn man jemanden vermisst?«, fragte Yulia mit rauer Stimme.

»Ein Vertrag lässt sich stets erneuern, und auch die Erinnerungen sind ja immer verfügbar. Fast immer«, fügte er nach einer Sekunde hinzu, erhob sich und ging duschen.

Auch Yulia stand auf und ging in die Küche. Sie bereitete vier Bruschettas mit frischen Tomaten und Olivenöl zu und kehrte damit ins Wohnzimmer zurück. Isaac kam aus der Dusche, in ihrem Bademantel, der ihm ein gutes Stück zu kurz war. Sie lachte. »Noch zu früh für Jiřís Sachen?«

»Ein Sekündchen«, scherzte Isaac, vielleicht zum ersten Mal, seit er abgeschaltet worden war. Er nahm eines der Bruschettas. Mit einem Mal merkte er, wie hungrig er war, und stellte gleichzeitig fest, er war dabei zu verstehen, wie er auf seinen Körper hören musste, auf dessen Wünsche und Bedürfnisse, ohne über sein Hybridgehirn online zu sein. Er nahm einen großen Bissen.

»Du guckst grimmig. Wenn du mir nicht sagst, ob es dir schmeckt, kann ich es nicht wissen.«

»Schmeckt.«

Yulia lächelte und nahm sich selbst eines. »Und was machen wir jetzt?«

Isaac stockte mitten im Zubeißen. Er war sich nicht sicher, was er sagen sollte. Sie kannten sich ja gar nicht, und er hatte wenig Erfahrung in Beziehungsdingen.

»Ich meinte wegen der Ermittlung«, sagte Yulia, als sie verstand, nicht verstanden worden zu sein. Aus der Schublade des Tischs beförderte sie eine Whiskeyflasche und zwei Gläser zutage und goss ihnen beiden eine ordentliche Portion ein. »Ich habe das Gefühl, jemand versucht, einen Flächenbrand auszulösen. Und das ist nicht die übliche ›Ihr-wollt-uns-vernichten-Sapiens-Paranoia‹. Auf der Straße kann man spüren, dieser Anschlag wird nicht folgenlos bleiben.«

»Ja, das hat einen Nerv gesoffen«, sagte Isaac.

»Du meinst: getroffen.«

»Richtig: getroffen.«

»Wer versucht hat, Champ den Mord an einem Hybriden anzuhängen, und nicht irgendeinem Hybriden, sondern einem Fußballstar, der hat es abgesehen auf die ohnehin schon angespannten Beziehungen zwischen uns und ...« Sie stockte.

»... uns.«

»Ja. Wer hat ein Interesse daran zu beweisen, dass Krüppel nicht in Frieden mit Hybriden leben können?«, fragte sie einen Moment später.

»Ich weiß es nicht. Aber in dem Augenblick, in dem ich dahintergekommen bin, dass der POV von Champ in Wahrheit ein Traum ist, den man in Stefans Erinnerung implantiert hat, hat man versucht, mich umzubringen.«

»Wir müssen das öffentlich machen, müssen den Leuten zeigen, dass jemand versucht, uns schlechtzumachen, die Krüppel. Die ganze Region ist ein einziges Pulverfass ...«

»Es gibt keine Beweise«, unterbrach sie Isaac.

»Ist der Originalclip, der zeigt, dass es ein Traum ist, nicht auf der Homepage von DreamCap?«

»Sie haben ihn wahrscheinlich längst gelöscht.«

»Aber du hast doch den Clip, zusammen mit der Chronik, die zeigt, woher er stammt.« Yulia war aufgestanden.

»Ja, aber er ist in meinem Gehirn, und ich habe keinen Zugriff darauf. Und sobald ich wieder online bin, können sie das Virus aktivieren oder mich innerhalb von Sekunden orten.«

In dem Augenblick klopfte es an der Tür. Yulia und Isaac sahen sich überrascht und alarmiert an, gaben keinen Laut von sich. Erneutes Klopfen, diesmal energischer. Yulia fingerte ihre Pistole aus der Schublade, entsicherte sie geräuschlos und näherte sich auf Zehenspitzen der Tür, als diese plötzlich aufsprang. Yulia richtete die Pistole auf den Einbrecher, der erschrocken einen Satz zurück machte.

»*Jesus*, Jiří, ich hätte dich fast erschossen!«

Der verstörte Jiří lehnte sich an die Wand und versuchte, wieder zu Atem zu kommen. Sein Blick fiel auf Isaac, der in Julias Bademantel auf dem Sofa saß. »Was macht der hier?«

»Er ist abgeschaltet«, erwiderte Yulia.

»Das ist kein Grund für eine solche Visage.«

»Es ist erstarrt ... das Gesicht ... bei dem Attentat ist es in dem Zustand eingefroren«, stotterte Yulia.

Jiří machte ein paar Schritte auf Isaac zu, noch immer ängstlich, und besah sich sein Gesicht. Dann brach er in Gelächter aus. »Das ist wirklich zum Schießen«, sagte er, nachdem er sich ein wenig beruhigt und sich einen Whiskey eingegossen hatte.

»Was machst du hier, Jiří?«, fragte Yulia ungeduldig, sich der Ironie wohl bewusst, dass sie vor wenigen Stunden noch sein Erscheinen herbeigesehnt hatte.

»Du hast mich angerufen«, gab Jiří zurück, ohne den Blick von Isaac zu wenden, wie ein Fisch, der sich vergewissert, dass der Hai auch satt genug ist und nicht gedenkt, ihn zu fressen.

»Damit du mir die Tür öffnest.«

»Ich dachte, das ist ein Vorwand, damit ich komme.«

»War es nicht.«

»Okay, ich habe mir Sorgen um dich gemacht«, sagte er und musterte erneut Isaac. »Er trägt eine Brille, wie sonderbar ... Ist das nicht sonderbar?«

»Jiří, du kannst jetzt wieder gehen, es ist alles bestens.«

»Das merke ich«, sagte Jiří und wandte sich an Isaac: »Ist euer Sex auch so kalkuliert und vorhersehbar wie euer Fußball?« Isaac wurde rot. »Oje, es stimmt!«

»Er errötet, weil es nicht stimmt«, sagte Yulia und deutete zur Tür. Die Wahrheit ist, Isaac war rot geworden, weil er keine Ahnung hatte, ob dem so war oder nicht. Er überlegte, ob er vielleicht etwas tun sollte. Etwas Männliches. Aber das erschien ihm lächerlich.

»Ich dachte, angesichts der Lage sei es angebracht, wenn ich hier wieder einziehe, bis sich alles beruhigt hat«, sagte Jiří leiser.

»Danke, aber hier ist schon ein Mann, der mich beschützt«, spottete Yulia und schob ihn Richtung Tür.

»Das habe ich nicht gemeint. Draußen herrscht ein Gefühl wie am Vorabend des Ersten Weltkriegs.«

»Warst du dabei?«, fragte Yulia sarkastisch und drängte ihn noch ein Stückchen weiter zur Tür.

»Natürlich nicht, aber Stefans Ermordung erinnert doch an das Attentat auf den Thronfolger Franz Ferdinand, das die gesamte Region in Brand gesteckt hat. Jeder, der nur ein bisschen Geschichtssinn hat, wird die ähnlichen Umstände bemerken. Wir sind Österreich-Ungarn und die ...«, er deutete auf Isaac, »... die sind Nazis. Das heißt die Deutschen. Die Preußen, ich meine, die sind hinterher Nazis geworden. Der Hybride kann das bestätigen, oder?« Er sah Isaac an, der nur mit grimmiger Miene zurückstarrte.

»Ich habe dir doch gesagt, er ist offline«, wiederholte Yulia. Jiří stand jetzt schon im Hausflur, und Yulia machte Anstalten, ihm die Tür vor der Nase zuzuschlagen.

»Giulia ...«, rief er plötzlich, und Yulia hielt inne. Jiří war der Einzige, der sie so nannte. Sie trat hinaus auf den Flur und schloss die Tür hinter ihnen. Dafür öffnete sich die Tür auf der anderen Seite des Flurs einen Spalt weit.

»Es ist alles in Ordnung, Frau Čapek«, herrschte Yulia die Nachbarin an, die hastig ihre Tür wieder schloss.

»Ich denke, du solltest nicht mit ihm zusammen sein«, sagte Jiří, als sie wieder alleine waren.

»Schon verstanden«, schnappte Yulia zurück.

»Jetzt ist er abgeschaltet, taktet also wie du, aber in dem Moment, in dem er wieder online ist und ein Hybride, wird er dich verlassen.«

»Damit komme ich klar.«

»Denk doch mal nach, welcher Hybride, der etwas auf sich hält, würde mit einer Sapiens zusammen sein? Für ihn ist das doch, als würde er eine Zurückgebliebene vögeln.«

»Oh, vielen Dank, Jiří.«

»Das ist, als würde ich eine Schimpansin rammeln.«

Yulia seufzte. »Du bist bloß eifersüchtig.«

»Natürlich bin ich das! Ich bin ein Krüppel, wie du! Ich habe keine Anti-Eifersuchts-App, die die Eifersuchtsneuronen im Gehirn täuscht, oder wie immer diese Scheiße heißt.«

»Gute Nacht, Jiří.« Sie wandte sich von ihm ab.

»Ich denke nicht, dass du ein Kind bekommen solltest.« Jiří senkte die Augen. Yulia blieb stehen. »Ich denke, wir beide sollten zusammen nach Amerika fahren.«

Yulia holte tief Luft. Es gab Zeiten, da hätte sie sich sehnlichst gewünscht, so etwas von Jiří zu hören. Ja, überhaupt eine entschiedene Haltung, ganz gleich, welche. »Komm, lass uns ein andermal darüber reden«, meinte sie schließlich. »Das ist jetzt nicht der Zeitpunkt, davon anzufangen. In meinem Leben gibt es zu viel Ungewissheit, im Leben generell.«

Jiří nickte. Es schien, als wollte er noch etwas sagen, überlegte es sich dann aber anders. Er strich Yulia nur mit der Hand über die Wange und ging ohne ein weiteres Wort.

Isaac war die ganze Zeit über auf dem Sofa sitzen geblieben und hatte versucht, das Gespräch durch die Tür mit anzuhören, doch ohne die Hörfähigkeiten seines hybriden Gehirns war das ein Ding der Unmöglichkeit.

Yulia kam zurück in die Wohnung. »Entschuldige«, sagte sie, ließ sich neben Isaac sinken und goss sich noch einen Whiskey ein. Dann warf sie ihm einen Blick zu. »Ich kann nicht sagen, ob du tatsächlich verärgert bist oder nicht.«

»Mir tut der Kopf weh«, sagte Isaac.

Yulia stand auf, ging ins Schlafzimmer und kam mit einer

Schachtel Kopfschmerztabletten und ihrem elektronischen Pad zurück. Sie reichte Isaac eine Tablette und fing an, auf dem Pad etwas zu studieren.

»Was ist das?«

»Eine Tablette.«

»Und wohin kommt die?«

»In den Mund«, sagte Yulia geistesabwesend, während sie auf dem Pad etwas suchte.

Isaac verzog das Gesicht. »Das Zeug schmeckt bitter.«

Yulia nahm die Augen von dem Pad. »Du sollst sie ja auch schlucken.« Sie schenkte Isaac noch einen Whiskey ein und reichte ihm das Glas. »Ah, da ist es ja.«

Isaac linste nach dem Gerät. »Ich dachte, ich hätte alles von euren Computern gelöscht«, sagte er überrascht.

»Als ihr Champ vernommen habt, habe ich die Akte auf mein persönliches Pad gespiegelt, das nicht mit dem Polizeinetzwerk verbunden ist. Das machen wir immer bei gemeinsamen Ermittlungen mit den Robocops.« Isaac fragte sich, wie ihm das in all den Jahren, da er mit der Sapiens-Polizei zu tun gehabt hatte, verborgen bleiben konnte. »Unser Netz ist zwar primitiv, aber es schlüpft unter eurem Radar durch«, beantwortete Yulia seine ungestellte Frage. Isaac machte ein indigniertes Gesicht und verstand eine Sekunde später, wie wenig effektiv das war. »Das sieht wirklich wie eine Collage aus. Als hätte jemand gewollt, dass du denkst, es ist ein Traum«, sagte sie. Isaac sah sich zum wer weiß wievielten Mal den POV an, in dem Champ vor dem Hintergrund von Palmen an einem Tropenstrand mit gezückter Waffe angestürmt kommt und schießt. Plötzlich riss er ihr das Pad aus der Hand. »Dieser Song«, sagte er.

»›Where is My Mind‹?«

»Ja, den habe ich gehört, als das Virus bei mir aktiviert wurde.«

»Was soll das heißt, du hast ihn gehört? Wo?«

»In meinem Kopf. Ich habe ihn immer wieder in meinem Kopf gehört, als Dauerschleife.«

»Warum solltest du so was hören?«

»Weiß ich nicht, das muss Teil des Virus sein … wie eine Signatur.«

»Eine Signatur?«

»Von dem, der das Virus geschaffen hat, vermute ich.«

Yulia nahm das Pad wieder an sich. Sie gab eine kombinierte Suche nach Viren, Hackern und dem Song ein. Isaac sah ihr zu und fand, das war eine furchtbar komplizierte Vorgehensweise. »Bingo, hier ist ein Artikel von vor fünf Jahren.«

Sie reichte Isaac das Pad, doch er gab es ihr gleich zurück. »Könntest du … ich lese sehr langsam, wenn was geschrieben ist …« Worauf Yulia ihm den Artikel vorlas:

Der Hacker Rosa Jacob Field, bekannt auch als Surfer Rosa, wurde heute aufgrund mangelnder Beweise aus der Haft entlassen. Rosa war vor einer Woche festgenommen worden unter dem Verdacht, von den Computern der Komerčni Banka mehr als eine Million Glollar entwendet zu haben, doch fanden sich wie gesagt keine hinreichenden Beweise, die ihn mit der Tat in Verbindung bringen, weshalb seine Haftentlassung verfügt wurde. Es ist dies jedoch nicht das erste Mal, dass Hacker Rosa krimineller Machenschaften verdächtigt wird. Anfang der achtziger Jahre wurde er der Mitgliedschaft in der Organisation »Die Williams« bezichtigt, einer antihybriden Untergrundbewegung, die verantwortlich zeichnete für mehrere Terroranschläge gegen in Creepland lebende Hybriden und verschiedene Attentatsversuche in Cordless. Letztendlich wurde Surfer Rosa unter dem Verdacht des Handels und der Verbreitung von bewusstseinsabspaltenden Drogen festgenommen und zu einer Freiheitsstrafe von zehn Jahren verurteilt, die er in der Haftanstalt Theresienstadt verbüßte.

Yulia sah Isaac an. Seine Augen waren geschlossen, und sein Atem ging regelmäßig. Sie weckte ihn.

»Verzeih«, sagte er. »Ich kann das nicht kontrollieren.«

»Bis wohin hast du gehört?«

»Rosa, Hacker.«

Yulia verband sich mit dem Polizeinetzwerk und ließ eine Suche nach Rosa durchlaufen. »Er ist vor ein paar Jahren freigekommen und seither mehrfach der Infiltration und Sabotage verschiedener Computernetzwerke beschuldigt, jedoch in keinem der Fälle verurteilt worden. Rosa scheint aber bei allen seinen Aktionen ein Erkennungszeichen zu hinterlassen, das mit seinem Namen in Verbindung steht. Das kann das Bild einer Rose sein oder eines von Rosa Parks oder ein Song, in dem das Wort *rose* vorkommt.«

»Wie ›Where is My Mind‹ auf *Surfer Rosa*, dem Album der Pixies«, sagte Isaac, freudig überrascht, dass er noch immer imstande war, der hakenschlagenden Ermittlung zu folgen, auch wenn er sie selbst nicht mehr leiten konnte. Ein wenig ermuntert nahm er Yulia das Pad ab und begann, den Artikel über Rosa zu studieren. Dann ließ er den angehängten Videoclip abspielen. Rosa war zu sehen, wie er auf den Stufen des Gerichtsgebäudes stand, bei einer offenbar improvisierten Pressekonferenz, und sagte, er sei froh, dass die Gerechtigkeit obsiegt habe.

»Für einen Krüppelhacker hat er ganz schön viele Rechtsanwälte bei sich«, sagte Yulia.

»Das ist keine Rechtsanwältin.« Isaac hielt das Video an und deutete auf eine junge Frau mit roten Haaren, die ein wenig nach hinten versetzt neben Rosa stand. Yulia vergrößerte den Ausschnitt und sah Isaac fragend an. »Die Königin der Nacht«, sagte Isaac und spürte, dass er sein Gehirn bis aufs äußerste strapazierte. »Noc, die Geliebte von Stefan.«

»Was macht sie bei Rosa?«

»Sie leistet ihm bestimmt keinen juristischen Beistand, so viel ist sicher«, sagte Isaac und spürte ganz allmählich seine Schlagfertigkeit zurückkehren.

»Wir müssen Rosa finden«, sagte Yulia.

»Wenn ich doch nur online wäre …« Isaac haderte.

»Zieh dir was an, wir gehen.«

»Wohin?«

»Eine menschliche Suchmaschine finden.«

Isaac fiel kein Grund ein, sich ihr zu widersetzen.

6. Kapitel: Babylon

Carla war eine hybride Zoologin und Dokumentarfilmerin, die ihr Leben der Erforschung prähybrider Kulturen gewidmet hatte. Sie gehörte zu den Mitbegründern der Stiftung zur Bewahrung des Erbes der menschlichen Rasse und stand der weltweiten Kampagne zum Schutz der Rechte von Lebewesen vor. Ihr erster Dokumentarfilm, *Sapiens im Nebel*, hatte ihr internationale Anerkennung und zahlreiche Preise eingetragen, darunter den Friedenspreis des Jesaja-Konzerns. Und sie war die einzige Hybride, die jemals den von Creepland verliehenen Bill-Gates-Orden am Bande erhalten hatte. Als Yulia und Isaac das Babylon betraten, war Carla gerade in eine offenbar angeregte Diskussion mit einem braun gebrannten, perfekt rasierten Mann vertieft, der ebenfalls Hybride zu sein schien, da beide lautlos miteinander kommunizierten. Der Club war so gut wie verwaist im Vergleich zum letzten Mal, als Isaac dort gewesen war. Außer den Hybriden steckte ein Pärchen am dunklen Ende der Bar die Köpfe zusammen, und eine Clique nicht unbedingt energiegeladener junger Leute saß um einen der Ecktische versammelt. Der junge, dunkelhäutige Barkeeper brachte vor lauter Langeweile Gläser auf Hochglanz. Yulia ging auf den Tisch zu, an dem die beiden Hybriden saßen, und stellte ihnen Isaac vor, jedoch ohne zu sagen, woher sie sich kannten.

»Hilf uns mal bei einem kleinen Disput, meine Schöne«, begrüßte Carla Yulia ansatzlos. Sie war schon leicht angetrunken. »Ich sage, was Religionen den Garaus gemacht hat, ist die Abwesenheit des Todes, während Pete behauptet, der Fortschritt hätte die Religion getötet.«

»Ich habe nicht gesagt, der Fortschritt, ich sage, die Leute haben aufgehört, an Gott zu glauben, weil es keinen Bedarf mehr für ihn gibt. Wir haben ihn mit unseren Fähigkeiten übertroffen«, verteidigte der Mann, der Pete hieß, seine These.

»Welche unserer Fähigkeiten haben was übertroffen?« Howie Alexander, der Clubbesitzer, war an ihren Tisch getreten. Er trug einen hellblauen Anzug und hielt eine Flasche Whiskey in der Hand.

»Nicht eure Fähigkeiten, unsere«, sagte Pete.

»Was ist damit?«, wollte Howie wissen.

»Sie haben Gott getötet.«

»Gott ist tot?«, rief Howie übertrieben theatralisch. »Ich muss mehr Nachrichten schauen.«

»Ich habe nicht die Instrumente, dir zu erklären, dass es Gott nicht gibt. Du würdest es einfach nicht verstehen«, fuhr Pete fort.

»Verstehe ich nicht«, Howie zwinkerte Carla zu, während er eine Runde Whiskey ausschenkte.

»Gott hat dich nicht mit der Einsicht beschenkt zu verstehen, dass er nicht existiert«, unternahm Pete einen anderen Erklärungsversuch.

»Gott sei Dank!« Howie hob sein Glas. Carla lachte.

»Es gibt keinen Gott, keine Seele und kein Jenseits«, verkündete Pete. »Das sind alles nur elektrische Signale und Wechselwirkungen zwischen Materialien. Und frag mich nicht, wie alles angefangen hat. Es hat keinen Gott gegeben, und es hat auch nicht irgendwann angefangen. Unendlichkeit gilt in beide Richtungen. Noch ein Konzept, das ihr nie verstanden habt.«

»Amen«, sagt Howie und leerte sein Glas in einem Zug. Alle anderen taten es ihm nach.

»Und was war dann vor dem Urknall?«, fragte Yulia.

»Ein anderes Universum, das auch aus einem Urknall hervorgegangen war, sich ausdehnte, zusammenzog und am Ende implodierte. Und davor genau das Gleiche. Wir haben es inzwischen geschafft, drei Universen zurückzuschauen.«

»Ihr könnt zurückschauen?«, fragte Howie.

»Es gibt eine Art Teleskop, mit dem sich in die Vergangenheit schauen lässt.«

»So wie man unter Hypnose in eine vorherige Inkarnationsform zurückkehrt?«, sinnierte Howie und füllte die Gläser von Neuem.

»Es gibt keine vorherige Inkarnation, das ist alles nur ein Gemisch aus Erinnerungen, die die Leere ausfüllen, denn die Hypnose versetzt dich an einen Zeitpunkt, an dem du noch kein Bewusstsein hattest«, gab Pete zurück und wandte sich wieder an Yulia: »Wenn wir Sterne betrachten, sehen wir im Grunde genommen ihre Vergangenheit, da ihr Licht sehr lange gebraucht hat, um bei uns anzukommen. Mithilfe der Beobachtung von Lichtrefraktionen haben wir gelernt, unser Universum quasi von außen zu betrachten und so in seine Vergangenheit zu blicken. Was nicht heißt, dass wir zurück in der Zeit gehen oder historische Ereignisse sehen können, wie etwa die Agrarrevolution, die Französische Revolution oder, wenn wir bei dem Beispiel bleiben, jede andere Revolution.«

»Abgesehen natürlich von der Gewissheitsrevolution«, sagte Carla.

»Gewiss«, bekräftigte Pete.

»Auf die Gewissheitsrevolution.« Howie nutzte die Gelegenheit, sein Glas zu leeren. Die anderen folgten seinem Beispiel. »Schmeckt er dir nicht«, fragte Howie Isaac, als er dessen grimmig verzogene Miene bemerkte.

»Ich bin Alkohol nicht gewohnt«, meinte Isaac ausweichend.

Carla unternahm einen neuen Anlauf, ihre Theorie darzulegen: »Was unter den Hybriden die Religion ausgemerzt hat, ist die Tatsache, dass wir den Tod überwunden haben. Ohne Jenseits braucht es auch keine Riten mehr. Denn wodurch unterscheidet sich der Mensch vom Tier?«

»Werkzeuge?«, versuchte Howie.

»Kommunikation?«, schlug Pete vor.

Carla schüttelte den Kopf. »Bestattungsriten«, sagte sie mit Nachdruck. »Der Augenblick, in dem wir, vor beinahe einhunderttausend Jahren, angefangen haben, unsere Toten zu bestatten, ist der Augenblick, in dem wir den Tod herausgefordert haben. Der Moment, in dem wir damit begonnen haben, an die Wiederauferstehung zu glauben und Belege dafür zu finden, ist der Augenblick, in dem wir Gott erschaffen haben.«

»Ich hätte schwören können, es war andersherum«, sagte Howie.

»Und seit es dem Homo hybridus gelungen ist, den Tod zu überwinden, besteht kein Bedarf mehr an einem Gott, ist ein System von Belohnung und Strafe nicht mehr vonnöten«, fuhr Carla fort.

»Aber auch wir sterben«, wandte Pete ein. »Das ewige Leben ist doch vor allem theoretisch. So gut wie niemand hat die Möglichkeiten und finanziellen Ressourcen, seinen Körper unbegrenzt konservieren zu lassen. Und selbst wenn, kriegt man aufgrund der Überbevölkerungsgesetze keine Genehmigung.« Er bedeutete Howie, sein Glas abermals zu füllen. »Ich zum Beispiel habe noch vierundfünfzig Jahre zu leben, sofern ich keine Verlängerung bekomme.«

Howie seufzte. »Was würde ich geben für noch einmal vierundfünfzig Jahre.«

»Du kannst dich freiwillig für eine Weltraumdelegation melden und bekommst dreihundert Jahre. Oder du versuchst im Lotto ewiges Leben zu gewinnen«, sagte Carla.

»Oder ein Studienstipendium über fünfundzwanzig Jahre vom Jesaja-Konzern zu ergattern«, stichelte Pete.

»Ich habe das Stipendium ehrlich verdient, obwohl ich mir der Ironie schon bewusst bin, dass meine Studie zu Sterblichen meine eigene Sterblichkeit aufschiebt.« Carla prostete den Sapiens zu. »Wie viele Jahre bleiben dir denn noch?« Die Frage galt Isaac, nachdem sie ihr Glas geleert hatte.

»Ein Monat«, antwortete Isaac zögernd. Yulia sah ihn erstaunt an. »Wenn ich den Exzellenzbonus bekomme, dann noch ein weiteres Jahr«, fügte er hinzu, ehe ihm einfiel, dass er auf Exzellenzpunkte verzichtet hatte, um Zugang zu Maradonas Mordermittlungsakte zu bekommen. Er musste an die Bibliothek in seinem Gehirn denken, die einen Teil der Daten und des Bewusstseins seiner Eltern enthielt, und an die im Gehirn seiner Tochter, die sehr bald schon auch seinen Nachlass aufnehmen würde. Und zum ersten Mal in seinem Leben erfüllte ihn dieser Gedanke mit Bedauern. Doch er hätte nicht sagen können, ob er daher rührte, dass er offline war oder dass ihm nur noch so wenig Zeit blieb.

»Das Leben ist eine unendliche Geschichte.« Howie gab eine weitere Runde aus. »Auf das Leben!«

Alle leerten ihre Gläser in einem Zug und versanken für einen Moment in nachdenkliches Schweigen. Yulia war überrascht, wie normal und folgerichtig es sich anfühlte, mit den Hybriden und mit Isaac über das Ende zu sprechen, da im Hintergrund über ihrer eigenen Welt auch so etwas wie ein drohendes Ende schwebte.

Pete hob die Stille auf. »Im Nahen Osten sind viele Sapiens noch immer religiös: Juden, Muslime, Christen, *fucking* Scientologen – alles haben die da. Ihre Kleriker sagen, eines Tages wird Gott uns Hybriden bestrafen, weil wir satanische Ketzer sind. Aber die meiste Zeit sind sie damit beschäftigt, sich gegenseitig zu bekriegen.« Er füllte sein Glas selbst nach. »Ein verfluchter Ort.«

»Pete war Hybridkonsul in der Sapiensautonomie von Mesopotamien, bevor er nach Creepland berufen wurde«, berichtete Carla.

»Konsul?« Isaac warf einen besorgten Blick zu Yulia. Wahrscheinlich gab es längst einen Haftbefehl gegen ihn, der an alle Polizeikräfte und Konsuls gegangen war. Abermals bedauerte er, nicht online zu sein und über Privatmodus mit Yulia kommunizieren zu können, aber dann fiel ihm ein, dass er sich ja auch dann nicht über B2B mit ihr hätte verbinden können.

»Eines der schlimmsten Autonomiegebiete auf der Welt«, fuhr Pete fort, den Isaacs Anwesenheit nicht im mindesten zu kümmern schien.

»Warst du auch in Amerika?«, fragte Yulia.

»In Amerika, im Sudan, in der Mongolei ... Ah, nein. In der Mongolei war ich nur auf einer POV-Tour des dortigen Konsuls.«

Yulia wollte ihn gerade nach der amerikanischen Kolonie befragen, als Jiří hereinkam.

»Seht mal, wen wir da haben: Yulia und ihr Dolly«, sagte er, als er sie bemerkte. Er war schon ziemlich angetrunken und hielt eine Flasche unter den Arm geklemmt. Singend näherte er sich ihrem Tisch: »I said hello, Dolly. Well, hello, Dolly. It's so nice to have you back where you belong ...«

Unaufgefordert und zu Yulias Unbehagen ließ er sich am Tisch nieder.

»Warum nennen wir euch überhaupt Dollys?«, fragte Howie Carla leise.

»Das erste genetisch geklonte Lebewesen überhaupt war ein Schaf namens Dolly«, antwortete Jiří an ihrer Stelle.

»Und aus irgendeinem Grund denkt ihr, das würde uns beleidigen«, meinte Pete zu Howie, sah dabei aber Jiří an.

»Nur um bei Bedarf jemanden daran zu erinnern, dass ihr Maschinen seid und nicht menschlich«, sagte Jiří und starrte dabei Yulia an.

»Du bist betrunken«, wehrte sie ab.

»Der Mensch ist doch letztendlich auch ein biologischer Computer«, warf Carla mit der ihr typischen Liberalität ein. »Was ändert es da, ob man euch geklont, optimiert oder konstruiert hat oder ihr über nicht organische Komponenten verfügt?«

»Wollt ihr vielleicht echtes Fleisch, vom Tier?«, schlug Howie vor. Als keine Antwort kam, machte er dem Barkeeper ein Zeichen: »Rahim, bring uns mal eine Schlachtplatte.«

»Ja, wir alle sind eine große, glückliche Familie, die Addams Family«, meinte Jiří spöttisch.

Pete ließ sich nicht lumpen: »Selbst in den besten Familien hast du manchmal ein zurückgebliebenes Kind.«

Carla warf ihm einen vorwurfsvollen Blick zu. »Die Sünde des Menschen die Geschichte hindurch war, zu denken, er wisse alles: wie die Welt erschaffen wurde, für wen und warum. Erst, als diese Auffassung ins Wanken geriet, als Francis Bacon behauptete, wir dürften überhaupt nichts glauben, da begann die Gewissheitsrevolution.« Sie nahm einen großen Schluck. »Doch auch heute noch sind wir so arrogant zu glauben, wir hätten das meiste schon entdeckt, hätten die Geheimnisse des Universums entschlüsselt, Newtons Gesetzmäßigkeiten, die Evolution, die Atome und Quanten, den Urknall und die dunkle Materie. Als die Telepathische Revolution kam und wir begonnen haben, direkt von Gehirn zu Gehirn zu kommunizieren, waren wir sicher, das ist die letzte Revolution, doch dann kam die Gewissheitsrevolution.«

»Die meisten Menschen haben doch schon immer in dem

Gefühl gelebt, es gäbe keine neuen Kontinente mehr zu entdecken, keine neuen Kreaturen oder Bakterien«, sagte Pete.

»Genauso in der Kunst: Zumeist meinen wir, es gibt keine neuen Geschichten mehr und dass alle Liebeslieder schon geschrieben und alle musikalischen Variationen komponiert sind«, bekräftigte Carla.

»Der Gedanke, jemand von vor, sagen wir, eintausend Jahren wird in unsere Zeit versetzt und erleidet einen Riesenzukunftsschock – der hat mich immer mit großer Befriedigung erfüllt«, sagte Howie.

»Es ist doch nichts schöner, als den Fortschritt der Menschheit auf Kosten der Rückständigen zu bemessen«, kommentierte Jiří.

»Dabei ist sowohl für Arroganz wie auch für Stolz kein Platz«, fuhr Howie fort. »Immerhin habe nicht ich die Menschheit dorthin gebracht, wo sie heute ist. Ich bin in den Fortschritt hineingeboren, aber im Grunde genommen besteht zwischen mir und einem Menschen aus der Vergangenheit gar kein Unterschied. Wenn ihr mich tausend Jahre in der Zeit zurückreisen ließet, würde ich nicht einen Deut mehr wissen als er, wie man die Menschheit auf ihr gegenwärtiges Niveau bringt. Außer dem Rad könnte ich nichts erfinden, und auch das wäre im Zweifel nicht mal rund und eben.«

»Verstehst du nicht?« Jiří wurde laut. Er deutete auf die Hybriden. »Für die da bist du der Primitive, Rückständische von vor tausend Jahren. Ein Haustier, ein Schoßhündchen, ein sprechender Affe.«

»Bin ich nicht!«, widersprach Howie. »Die sind eine direkte Fortsetzung von mir. Sogar den Namen Homo hybridus haben wir Sapiens erfunden.«

»Weshalb er auch nicht wirklich zutreffend ist«, bemerkte Pete.

»Ja, wir waren uns unschlüssig, ob nicht Homo arrogantus zutreffender wäre«, zischte Jiří.

»Wärt ihr ein bisschen mehr Hybriden, hättet ihr verstanden, dass es kein guter Name ist«, fuhr Pete unbeirrt fort.

»Seid ihr denn keine hybriden Kreaturen? Eine Kombination aus Organismus und Maschine?«, fragte und verkündete Jiří in einem.

»Darum geht es nicht. Auch Howies Herzschrittmacher ist eine Maschine, genauso wie Isaacs Brille.« Isaac hatte Mühe, der philosophischen Diskussion zu folgen. »Die Singularität des hybriden Gehirns, das ist das Allesentscheidende«, fuhr Pete fort. Er leerte sein Glas. »Ihr hättet einen Namen wie Homo singularis wählen müssen. Oder Superman.«

»Oder Homo Gottlosis«, schlug Howie vor.

»Wenn nur der denkende Mensch so gedacht hätte wie Howie.« Pete hob sein Glas, nur um festzustellen, dass es leer war. Howie beeilte sich, ihm nachzufüllen.

»Tanzbären«, meinte Jiří mit unverhohlenem Abscheu. »Für die bist du nur eine Kuriosität. Eine andere Spezies.«

»Bin ich nicht«, protestierte Howie.

»Genau genommen schon«, meldete sich Carla zu Wort, die für einen Moment den liberalen Hut ab- und den zoologischen aufgesetzt hatte. »Biologisch betrachtet gehört ihr zwar zur Familie des Menschen, werdet aber als andere Spezies definiert. Denn um zwei Arten von Menschen als zu ein und derselben Spezies gehörig zu definieren, müssten sie sich paaren und fortpflanzen können.«

»Aber Sapiens können von Hybriden schwanger werden«, warf Yulia ein, ohne dabei Isaac oder Jiří anzusehen.

»Das stimmt«, sagte Carla. »Aber ihr Nachwuchs wird unfruchtbar sein, wird sich also nicht selbst fortpflanzen können. Esel und Pferd können sich zwar paaren, doch ihre Kreuzung, das Maultier, wird unfruchtbar geboren.«

»Und du bist die Eselin«, wies Jiří Yulia ihre Rolle in dieser Analogie zu.

»Es hat zwar auch Fälle von sapiohybriden Kindern gegeben, die fruchtbar waren, vor allem im präsingulären Zeitraum«, fuhr Carla fort, »aber solche Fälle werden immer seltener. Im hybriden Gehirn gibt es einen Schutzmechanismus, der Samen oder Eizellen abtötet, sobald ein sexueller Kontakt mit einem Sapiens festgestellt wird.«

Auch wenn es offline ist?, wollte Yulia fragen, tat es aber nicht.

»Selbst wenn wir nichts als Samenzellen sind, wollen sie uns nicht«, hielt Jiří Howie vor. »Seit sie an der Macht sind, gehen wir nur noch rückwärts. Unsere Welt ist wie eingefroren, und wir sind den ganzen Tag bloß damit beschäftigt zu überleben. Es gibt bei uns keinen wissenschaftlichen Fortschritt mehr und kaum noch technologische Entwicklungen. Die Olympiade nehme ich mit Brille und Kopfhörern auf, verdammt noch mal!«

»*Sie* sind unsere technologische Evolution«, Howie wies auf Carla und Pete. »Sie sind die Hochleistungskamera, die wir entwickelt haben. Sie sind unsere größte Erfindung, und ich liebe sie, als wären es meine eigenen Kinder.«

»Du meinst, die Kinder, die die Hybriden dir nicht erlaubt haben zu haben«, stichelte Jiří.

Doch Howie reagierte nicht beleidigt. »Sie sind unsere Nachkommen, unsere natürliche evolutionäre Weiterentwicklung.«

»Es gibt keine Evolution mehr!«, blaffte Jiří. »Sie töten uns schon im Samenstadium, spielen Gott.«

»Gott ist tot«, verkündete Howie und legte Jiří tröstend die Hand auf die Schulter.

»In der hybriden Welt lässt sich Hierarchie leicht festlegen«, erklärte Carla. »Es gibt keine Ränge oder Dienstgrade mehr. Beförderungen erfolgen allein auf Grundlage einer Kalkulation von Erfolgen, Hardware- und Softwarekomponenten, Tests und motorischen Fähigkeiten. Nicht nur bei Polizei und Armee, auch in Wirtschaftsunternehmen, in Management und Sport. So gibt es weniger Konflikte und folglich auch weniger gewalttätige Auseinandersetzungen.«

»Und gibt es doch Konflikte, werden diese durch einen Propheten entschieden, der sämtliche Auswirkungen berechnet und allen Beteiligten die Lust auf Zerstörung und Schäden nimmt«, fügte Pete hinzu.

»Und das ist das Prinzip der Gewissheitsrevolution«, resümierte Carla.

»Unsere Welt wird nicht durch einen einzelnen Menschen beherrscht, sondern durch verschiedene Kraftzentren«, erklärte Pete. »Die Gesetze sind sehr fluide, und alle verständigen sich auf nur eines: das Prinzip der Gewissheit. Dieses wird durch die Propheten umgesetzt und garantiert eine Balance zwischen den verschiedenen Interessengruppen. Die Propheten bestimmen auch, woran Mangel besteht und was produziert werden muss. Wir produzieren Menschen für unterschiedliche Zwecke und Anforderungen. Einige werden geboren, um Rechtsanwälte zu sein, andere Ökonomen, Polizistinnen, Propheten oder Künstlerinnen. Schulen gibt es bei uns nicht. Und so gut wie keine Krankenhäuser oder Kranke. Die meisten Krankheiten kuriert unser Gehirn, indem es die chemische Balance wiederherstellt. Krebserkrankungen gibt es nicht mehr, genauso wenig wie Depressionen. Auch keine Drogen, keine Prostitution und keinen Alkoholismus.« Pete leerte sein Glas.

»Abgesehen nur von bewusstseinsabschaltenden Drogen«, schränkte Carla ein. »Unser Gehirn ist schließlich nicht in der Lage, sich selbst abzuschalten.«

»Eine Welt ohne *sex, drugs and rock 'n' roll*«, konstatierte Jiří. »Was ein Spaß.«

»Ehrlich gesagt ist das Hauptproblem der hybriden Welt das Wetter«, gestand Pete. »Und das nicht etwa, weil wir das Wetter nicht kontrollieren könnten, sondern weil wir uns nicht auf ein optimales Klima einigen können.« Dabei sah er Carla vorwurfsvoll an, als scheiterte die Einigung an ihr.

Sie überging seinen Blick. »Unser Hauptproblem ist fehlender Speicherplatz. Es gibt schon Kampagnen, Leute zu ermutigen, Informationen aus ihrem Hirn zu löschen.«

»Aber wo ist das Problem, eine Serverfarm auf dem Mond oder sonst wo zu errichten?«, fragte Howie, dem der Alkohol allmählich zusetzte.

»Weil sie keine Computer mehr haben«, erklärte Jiří.

»Keine Computer?«

»Sie *sind* die Computer, Howie! Das versuche ich doch, dir zu sagen. Sie sind verfickte Maschinen, haben ein Betriebssystem im Gehirn, SuperBrain 2.0.«

»Beta«, fügte Pete hinzu, und unklar war, ob er spaßte.

»Und dennoch hat alles mit uns angefangen, mit unseren ganz gewöhnlichen Sapienshirnen«, beharrte Howie. »Auch das Gehirn der Sapiens lässt sich upgraden.«

»Das ist möglich«, bestätigte Carla. »Aber der Prozess ist kompliziert und bringt nur Teilresultate.«

»Was sie sagen will, ist: Das kostet sehr viel Geld«, erklärte Jiří. »Niemand wird dein Gehirn upgraden, Howie, und dafür kannst du Danke sagen. Besser unser Gehirn als der Computer, den die im Kopf haben.«

»Es wird immer Leute geben, die Angst vor dem Fortschritt hat«, sagte Pete. »Die ersten Filme über Künstliche Intelligenz lieferten apokalyptische Szenen, in denen Computer die Herrschaft über die Welt übernehmen. In *WarGames* von 1983 geht es um einen außer Kontrolle geratenen Computer, der einen Atomkrieg gegen die Sowjetunion durchspielt, und als er vom Netz genommen wird, gelingt es ihm, ein Notstromaggregat zu benutzen.«

»Pete ist Cineast, er hat alle jemals produzierten Filme eingespeist bekommen«, erklärte Carla.

»Aber euch kann man nicht vom Strom nehmen«, brummte Jiří halb fragend.

»In *Matrix* zum Beispiel«, fuhr Pete fort, »wird eine Welt gezeigt, in der Menschen nur noch lebende Batterien für Maschinen sind. Wobei, nebenbei gesagt, *Matrix* der historische Grund ist, warum heute bewusstseinsabkoppelnde Drogen in aller Regel als rotes Pulver, und Drogen, die einen sich wieder mit dem Netz verbinden lassen, als blaues Pulver angeboten werden.«[38]

Rahim trat an ihren Tisch mit einem Teller voller Würstchen. Pete griff sich ein besonders rotes und sprach kauend weiter. »In all diesen Filmen, in denen der Mensch gegen die Maschine kämpft, triumphiert er am Ende trotz seiner physischen und kognitiven Unterlegenheit, und das nur dank seines Schöpfergeists und seiner Menschlichkeit, die der Maschine angeblich abgehen.«

»Ich hatte immer das Gefühl, das ist mehr Wunschdenken als plausible Möglichkeit«, sagte Howie, den Mund voll Wurst, und reichte den Teller an Isaac weiter. Der nahm sich eine Scheibe und schob ihn Carla zu, die höflich ablehnte.

»Ich bin überzeugt, hätten die Neandertaler einen Hollywoodfilm über das Vordringen des Homo sapiens in ihre Welt gedreht, wäre der Neandertalerheld ein warmherziger, liebender Typ, der alles für seine Familie, sein Volk und seine Rasse tut, während ihr, die Homo sapiens, als seelenlose und amoralische Kreaturen dargestellt worden wärt, die sich nur der begrenzten Ressourcen des Globus bemächtigen wollen«, fuhr Pete hitzig fort. »Tatsächlich sind wir Hybriden Botschafter des Fortschritts, doch ihr seht lieber grausame Eroberer in

---

38 Im Film *Matrix* wird der Held vor die Wahl gestellt, eine rote Pille zu nehmen, die ihn von der virtuellen Welt, mit der er verbunden ist, trennt, oder eine blaue, die ihn in der Simulation belassen würde [Anm. M. K.].

uns, Kolonialisten, Konquistadoren und Vernichter von Kulturen.«

»Weil es ja stimmt!«, rief Jiří. »Ihr kontrolliert unsere Geburtenrate, testet uns, erteilt Genehmigungen, wer Kinder haben darf und wer nicht, und wir sollen euch auch noch Danke sagen dafür? Danke, Master Hybride, dass du uns erlaubst, uns fortzupflanzen, danke für diese schönen Muschelketten, und nehmt ruhig all unser Land. Ihr habt uns in Gettos gesperrt und uns unsere Frauen genommen« – er starrte Isaac wütend an, der Mühe hatte, den Blick zu erwidern –, »und jetzt habt ihr endlich einen Vorwand gefunden, diesen Ort hier ein für alle Mal zu vernichten.«

»Vernichten …?«, wiederholte Howie ehrlich erschrocken.

»Niemand vernichtet hier irgendwas. Das ist die übliche Sapiensparanoia.« Pete legte Howie die Hand auf die Schulter, und tatsächlich schien sich der ein wenig beruhigen zu lassen, kam die Zusicherung doch von einem Hybridkonsul.

Jiří aber war nicht so einfach zu beruhigen: »Ihr könntet die Temperatur hier erhöhen und uns alle grillen, oder ein Erdbeben auslösen, Überschwemmungen, und natürlich jederzeit ein gutes, altes Blutbad anrichten.«

»Ein Massaker wäre so was von letztes Millennium«, winkte Pete ab und zwinkerte Howie zu.

»Dann eben Krankheitserreger, Viren … Fehlt es euch etwa an Möglichkeiten?«

»Fürs Erste seid ihr es doch, die versuchen, uns zu vernichten«, bemerkte Pete.

»Es gibt nicht den geringsten Beweis, dass es ein Sapiens war, der das gemacht hat.« Jiří war laut geworden.

»Wer sonst?«

»Was denkst du, Isaac?« Brüsk wandte sich Jiří an den alten Detective. »War es ein Hybride, der das gemacht hat, oder ein Krüppel?«

Isaac fühlte, wie ihm speiübel wurde.

»Seht ihr? Kaum schaltet man einen Hybriden ab, und schon vergisst er zu denken«, sagte Jiří.

»Er ist abgeschaltet?« Howie klang ehrlich überrascht.

»Hey, Howie, hier verurteilen wir niemanden. Das sagst du doch immer …«, bemerkte Carla.

»Aber er ist ein Polizeioffizier.«

»Ein abgeschalteter Cop?«

»Er wurde nach dem Virusanschlag abgeschaltet«, erwiderte Yulia und warf Jiří einen grimmigen Blick zu.

»Ich war sicher, du bist auf Rot«, sagte Carla. Anstatt zu antworten, sprang Isaac auf und rannte zur Toilette.

»All diese genetischen Manipulationen, und ihr seid nicht mal in der Lage, mit einem Stück Wurst fertigzuwerden?« Jiří lachte.

»Sehr erwachsen«, zischte Yulia.

»Das ist alles nur Neid«, steuerte Howie bei, ohne zu verstehen, wie richtig er damit lag. »Die hybride Welt ist einfach besser.«

Was Pete mit den Lobeshymnen auf seinesgleichen fortfahren ließ: »Je hochentwickelter die Kommunikation zwischen Menschen ist, desto mehr verschafft ihnen das einen Vorteil. Die linguistischen Fähigkeiten des Homo sapiens bescherten ihm einen Vorteil gegenüber allen Tieren und anderen menschlichen Rassen. Die Erfindung eines Schriftsystems wiederum war etwas sehr Komplexes, weshalb es nur sehr wenige davon gab und die Zivilisation, die sofort eines verwendete, im Vorteil gegenüber anderen war. Die Druckkunst dann verschaffte den Europäern einen Vorteil gegenüber Arabern und Chinesen. Wir Hybriden jedoch haben zugunsten schnellerer Kommunikationsmittel auf die Schrift verzichtet. Das ist unsere Stärke, unser Vorteil gegenüber den Sapiens. Nicht Intelligenz oder gesteigertes physisches Vermögen, sondern Kommunikation, unsere Fähigkeit, mehr Menschen schneller und effektiver zu organisieren und sie miteinander zu synchronisieren.«

»Was euch aber anscheinend noch immer keinen Vorteil beim Fußball bringt«, seufzte Jiří, den die Diskussion und das Gelage sichtlich erschöpft hatten.

»Sicher tut es das«, sagte Pete. »Aber wir brauchen einen von euch, damit alle sehen, wie sehr wir im Vorteil sind.«

»Ich meinte, die Leute gucken sich doch lieber die Paralympics an …«, sagte Jiří. »Auch wenn wir weniger gut und langsamer sein mögen, zeigen wir mehr …«

»… Menschlichkeit? Schon wieder diese romantische Verklärung.« Pete war der Verzweiflung nahe.

Howie versuchte, das leidige Thema zu wechseln. »Wenigstens werden morgen die Paralympics wieder aufgenommen. Vielleicht haucht das diesem Jammertal neues Leben ein.«

»Die Paralympics werden wieder aufgenommen?«, fragte Isaac, der genau in diesem Moment etwas weniger derangiert von der Toilette zurückkam, nachdem er sich zum ersten Mal in seinem Leben übergeben und das Gesicht unter kaltem Wasser abgespült hatte.

»Ja«, bestätigte Jiří. »Zwischen dem Jesaja-Konzern und der Regierung von Creepland herrscht Funkstille, also könnt ihr uns mal, und wir machen, was wir wollen. Wir haben uns endgültig von euch losgesagt. Es lebe der Eskapismus …« Er wollte schon sein Glas nachfüllen, doch Yulia hielt ihn zurück. Er sah sie einen Moment lang an, als erwöge er, sich zu widersetzen, gab am Ende aber nach. »Fuck it, ich muss ohnehin morgen die Spiele dokumentieren.« Er beförderte sein Telefon zutage, um zu bezahlen. Howie versuchte, ihn daran zu hindern. »Die einzige Sapiensidee, die überlebt hat, ist nicht die Demokratie oder der Glaube an Gott oder der Veganismus, sondern das verfickte Geld, das ist das Einzige, was wir erfunden haben, das noch immer funktioniert«, sagte Jiří und bezahlte. Dann kam er auf die Beine und wankte von dannen, ohne sich von jemandem verabschiedet zu haben.

»Ich werde auch mal«, sagte Pete. Er gab Carla einen Kuss, schüttelte Howie und Yulia die Hand und wandte sich dann an Isaac. »Hat mich gefreut, dich kennenzulernen. Ich hoffe, du bist bald wieder online. Das heißt, nur wenn du es willst, natürlich.«

Isaac versuchte zu verstehen, ob irgendeine Prophezeiung oder Drohung darin lag. Besorgt sah er zu Yulia.

»Wegen Pete müsst ihr euch keine Sorgen machen«, sagte Carla, als hätte sie seine Gedanken gelesen. »Er hat schon so lange mit Sapiens zu tun, dass er ein Stockholmsyndrom entwickelt hat.«

»Heißt das, er hält sich für ein Genie?«, fragte Howie.

»Nein, das ist das Jerusalemsyndrom. Und daran leiden alle Hybriden.«

»Das ist das Syndrom, bei dem sich ein Entführungsopfer mit seinen Entführern identifiziert«, erklärte Yulia.

»So viele Syndrome und so wenig Zeit«, meinte Howie und erhob sich, um zu gehen, doch nicht, bevor er sich von allen mit einer Theatralik verabschiedet hatte, als wäre es das letzte Mal.

»Wir brauchen Hilfe«, sagte Yulia zu Carla, sobald sie allein waren. Sie zog ihr Telefon hervor und zeigte Carla ein Bild von Surfer Rosa. »Ich will eine Suche nach ihm in Auftrag geben. Adresse, POVs, Gespräche, alles, was uns hilft, ihn zu finden.«

Carla schaute Yulia unverwandt an, danach Isaac. Schließlich warf sie einen Blick auf Rosas Bild. »Nichts«, sagte sie Sekunden später.

»Nichts?«, fragte Isaac ungläubig.

»Ich habe ihn noch nie gesehen. Eine Adresse findet sich auch nicht.« Sie versuchte es erneut. »Ich muss zugeben, das ist sonderbar.«

»Na ja, er ist eben ein Hacker«, meinte Yulia und ließ sich resigniert zurücksinken. Doch plötzlich kam ihr eine Idee. »Such auch nach ihr«, sagte sie und zeigte Carla ein Bild von Noc.

»Ich glaube, ich habe sie gefunden«, sagte Isaac, noch ehe Carla dazu kam, etwas zu erwidern.

»Bist du wieder online?«, fragte Yulia, ohne etwas Furchtsames in ihrer Stimme verbergen zu können.

Isaac schüttelte den Kopf. »Sie ist hier, dort am Ende der Bar. Ich habe jetzt eine Stunde vergeblich versucht, mich zu erinnern, woher sie mir bekannt vorkommt.«

Yulia warf verstohlen einen Blick auf die Blondine, die in der Ecke an der Bar saß und abwechselnd mit einem Mann tuschelte und knutschte, der zu alt und zu fett wirkte, um ein Hybride zu sein.

»Sie trägt das Haar nicht mehr rot, deshalb habe ich sie nicht erkannt.«

»Hat mich gefreut, dass ich helfen konnte«, sagte Carla und gab sowohl Yulia als auch Isaac einen Kuss zum Abschied. »Ihr seid ein bezauberndes Paar«, sagte sie zu beider Verlegenheit. Dann tilgte sie die berauschende Wirkung des Alkohols aus ihrem Körper und verschwand.

Yulia und Isaac gingen zum Ende der Bar.

»Noc?«, fragte Yulia.

»Das ist mein Name«, sagte die Blondine mit vom Trinken belegter Stimme, ohne aufzublicken.

»Wir müssen mit dir reden«, sagte Isaac.

»Vereinbart einen Termin«, mischte sich der Fette ein.

»Verschwinde«, sagte Yulia und zückte Waffe und Polizeimarke. Der Mann sah zu, dass er wegkam, jedoch erst, nachdem er sein Glas geleert hatte.

»Musste das sein? Weißt du, wie schwer es ist, flachgelegt zu werden, wenn du abgeschaltet bist?«

»Warum bist du abgeschaltet?«, fragte Isaac.

Sie drehte sich zu ihm um und betrachtete ihn ausgiebig, als erwöge sie, ihn anstelle des Mannes zu nehmen, der sich einen Moment zuvor verabschiedet hatte. »Und du? Warum bist du abgeschaltet, Dolly?«

Isaac verstand nicht, wie sie ihn als Hybriden erkannt hatte.

»Guckt er immer so grimmig?«, sagte Noc zu Yulia. Und dann zu Isaac: »Das wird dich dahinschmelzen lassen …«, ehe sie ihm, ohne eine Antwort abzuwarten, einen langen Kuss auf die Lippen drückte. »Oh, ein ganz Harter«, sagte sie, nachdem sie sich von ihm gelöst hatte und sah, dass sein Gesicht unverändert grimmig war. Sie war schon im Begriff, auch Yulia zu küssen, doch die stoppte sie.

»Wo finden wir den hier?« Sie zeigte Noc das Bild von Rosa.

Mit einem Mal war das Lächeln aus dem Gesicht der jungen Frau wie weggewischt. »Den findet ihr nicht«, sagte sie endlich. Sie holte eine kleine Glasampulle aus ihrer Handtasche, öffnete sie, schüttete ein bisschen rotes Pulver auf den Tresen und begann, es zu einer Line zusammenzuschieben. »Du willst Rosa nicht finden, glaub mir«, sagte sie mit zitternder Stimme. »Er hat mein Leben zerstört, und das wird er auch mit eurem machen.« Sie sah Isaac an. »Falls er es nicht schon getan hat.« Dann beugte sie sich über den Tresen, um das Pulver zu sniffen, doch Isaac hinderte sie daran. Sie schaute sich um, ob irgendjemand ihr zu Hilfe kommen würde. Doch da war niemand.

»Wir bestehen darauf«, sagte Yulia.

»Bitte …« Noc sah Isaac flehend an. »Wenn ich mich verbinde, findet er mich.«

»Surfer Rosa?«, fragte Isaac.

Noc wurde hysterisch. »Er kann in mein Gehirn rein und da machen, was er will.«

Yulia ohrfeigte sie und war überrascht festzustellen, wie gut das Klischee funktionierte, denn tatsächlich beruhigte sich Noc ein wenig.

Isaac goss ihr einen Whiskey ein. »Hat er dich dazu gebracht, Stefan zu erschießen?«

»Schlimmer. Mit ihm zu schlafen«, sagte Noc und leerte ihr Glas. Isaac füllte nach.

»Komm schon, Süße, spuck's aus«, meinte Yulia ungehalten, die Erinnerung, wie Noc Isaac geküsst hatte, noch im Kopf.

Noc seufzte. Sie erzählte den Detectives, dass sie sich auf ein Verhältnis mit Rosa eingelassen hatte, als sie noch jung war, und dass es ihn sehr getroffen hatte, als sie sich von ihm trennte. Er behauptete, der Grund wäre allein, weil er ein Krüppel sei, und schikanierte sie über einen längeren Zeitraum auf verschiedene Weise, was erst aufhörte, als man ihn verhaftete. Die Anklage jedoch war fingiert: Mithilfe von Kontakten war es Noc gelungen, dafür zu sorgen, dass Rosa der Zugehörigkeit zum antihybriden Untergrund der Williams beschuldigt wurde.

»Er ist dahintergekommen, und jetzt hast du Angst, er will sich an dir rächen?«, fragte Isaac, allerdings ein bisschen zu sanft für Yulias Geschmack.

»Vor zwei Monaten hat er angerufen, hat gesagt, er will die Sache aus der Welt schaffen und sich entschuldigen. Er meinte, ich solle zu ihm in seine Wohnung kommen«, erzählte Noc. »Zu dem Zeitpunkt war ich schon mit Champ zusammen und habe ihm gesagt, ich sei nur bereit zu kommen, wenn Champ mitdürfte. Rosa hat gesagt, kein Problem, und dass er ohnehin ein großer Fan von Champ sei, noch aus der Zeit, als er für Sparta Harrachov gespielt hatte. Als wir dann bei ihm waren, hat er mich so gut wie gar nicht beachtet, hat nur mit Champ geredet und versucht, ihn zu überzeugen, nicht zu den Hybriden zu wechseln und bei den Paralympics zu bleiben. Wir sind in aller Freundschaft auseinandergegangen, wie man so schön sagt.« Sie holte tief Luft, nahm noch einen Schluck und linste verstohlen nach dem roten Pulver.

»Und?«, drängte Yulia.

»Nach einer Woche geschah etwas Sonderbares: ich fing an, mich von dem jämmerlichen Stefan angezogen zu fühlen.«

»Warum sonderbar?«, wollte Isaac wissen.

»Weil vorher unser Übereinstimmungsquotient quasi bei null gelegen hatte. Und plötzlich haben wir eine allgemeine Übereinstimmung von siebzig Prozent und eine sexuelle von über neunzig.«

»Also bist du von Champ zu Stefan gewechselt?«, fragte Yulia uncharmant.

»Man kann sich dem nicht widersetzen«, sagte Noc. »Du verstehst das nicht.«

Yulia wollte etwas entgegnen, hielt sich aber zurück.

»Ich hatte das Gefühl, jemand spielt mit meinen Hormonen herum«, fuhr Noc fort. »Aber bei den Kontrollen, die ich gemacht habe, war nichts zu finden. Inzwischen war Champ hinter die Sache mit Stefan gekommen und drehte durch, wie nur ein Sapiens es kann.«

»Rosa hat also dich benutzt, um Champs Eifersucht zu wecken, damit er Stefan ermordet«, stellte Isaac fest.

»Champ hat niemanden ermordet, der wäre nicht mal in der Lage, einer Fliege was zuleide zu tun.«

»Warum behaupten das bloß immer alle«, wunderte sich Yulia vernehmlich.

»In der Nacht, in der Stefan ermordet wurde, bin ich durch eine Benachrichtigung der DreamCap-App aufgewacht«, fuhr Noc fort.

»Du hast DreamCap?«, fragte Isaac.

»Alle Spieler des Teams und ihre Partnerinnen können die frei nutzen.«

»Und was war das für eine Benachrichtigung?«, hakte Yulia nach.

»So was in der Art von: ›Ihr Traum wurde erfolgreich aufgezeichnet und steht zur Ansicht bereit.‹ So eine Standardbenachrichtigung eben. Ich habe mich in den Traum eingeloggt und konnte sehen, wie Rosa mich vergewaltigt. Das Problem war nur, dass ich mich nicht erinnern konnte, so etwas geträumt zu haben.«

»Wir erinnern uns nicht immer an unsere Träume«, wandte Yulia ein, sich selbst zu einem Teil der Welt der Hybriden machend.

»Aber ich habe auch WetDreamz, und dort wurde nichts aufgezeichnet.«

»WetDreamz?«, fragte Yulia.

»Eine App zum Aufzeichnen und Teilen von erotischen Träumen«, erklärte Isaac verlegen.

»Das war eine Botschaft: Rosa wollte, dass ich weiß, er kann mein Gehirn kontrollieren, kann Sachen darin implementieren.«

»Und seitdem bist du auf TurnOff?«, fragte Isaac mitfühlend.

»TurnOff?« Yulia verstand nicht.

»Bewusstseinsabkoppelnde Drogen.« Isaac deutete auf das rote Pulver. »Das schaltet das hybride Gehirn für ein paar Stunden ab.«

»Wenn's hochkommt, eine Stunde. Das Zeug ist Mist«, sagte Noc. Dann schien sie wie elektrisiert. »Kann ich was von deinem haben?«, wandte sie sich flehend an Isaac.

»Ich habe nichts. Ich wurde nach dem Attentat abgeschaltet, durch das Virus.«

Noc seufzte enttäuscht. »Kann ich?« Sie deutete auf die rote Linie auf dem Tresen. »Es lässt schon nach.«

»Wir benötigen Rosas Adresse«, sagte Isaac sanft.

»Ich weiß sie nicht mehr.«

»Dann geh online«, sagte Yulia.

»Wenn ich das mache, findet er mich«, flüsterte Noc.

Yulia sah Isaac an, der den Blick senkte. »Es tut mir leid, Noc«, sagte er schließlich.

Die junge Frau seufzte erneut. Dann holte sie eine weitere Glasampulle aus ihrer Tasche, öffnete sie, löffelte mit dem Fingernagel ein wenig blaues Pulver hervor und sog es mit der Nase ein. »Das beschleunigt es.«

Tatsächlich straffte sich ihr Körper innerhalb nur einer Minute, ihre Pupillen verkleinerten sich, und sie wirkte klar und nüchtern. »Pierre-Ménard-Straße 6, Appartement 48.« Sie sah Isaac flehend an, der nur nickte, worauf sie hastig die rote Linie schnupfte und gleich darauf wieder in einen Zustand schläfriger Abgestumpftheit versank.

»Komm, das ist außerhalb der Stadt«, drängte Yulia Isaac. »Wir müssen vorher noch aufs Revier und den Sergeanten um einen Streifenwagen anbetteln.«

»Wir können sie so nicht hierlassen.« Isaac deutete auf Noc.

Nichts hätte Yulia lieber getan als das, doch sie half Isaac, die schwankende junge Frau aus dem Club zu manövrieren.

»Danke«, murmelte Noc, als sie endlich im Fond des Wagens saß und ein wenig zu sich kam.

»Woher wusstest du, dass ich Hybride bin?«, fragte Isaac, da Yulia den Wagen durch die Nacht steuerte.

Noc wirkte noch immer benebelt. »Wusste ich, dass ...«

»Als wir zu dir an die Bar gekommen sind, hast du mich gleich Dolly genannt. Woher hast du das gewusst? Es war ja keiner von uns online.«

»Der Geruch«, murmelte Noc.

»Was für ein Geruch?«

»Wir haben Mundgeruch. Dollys haben Mundgeruch. Hat was damit zu tun, dass wir kaum sprechen.«

Isaac warf Yulia einen Blick zu, die nickte. »B2B hat auch seine Nachteile.«

Isaac versuchte, seinen eigenen Atem zu riechen, konnte aber nichts Ungewöhnliches feststellen.

»Wir riechen nichts, weil wir unsere Gehirne üble Gerüche

abblocken lassen, schon als Kinder«, sagte Noc. »Erst als ich offline war, habe ich begriffen, ich stinke.« Sie lachte, und Isaac fand, dass ihr Lachen sanft und glucksend klang.

»Und was passiert bei einer Leiche oder einem Feuer?«, fragte sich Yulia.

»Wir kriegen das mit, aber ohne wirklich etwas zu riechen. Man erhält eine Warnung«, erklärte Isaac.

»Alles bei euch wird irgendwie gefiltert«, stellte Yulia fest, was beinahe vorwurfsvoll klang.

»Aber Menschen sind schöner, schlanker …«, sinnierte Noc. »Und du bekommst sie so, wie du möchtest: schwarz mit jungenhaftem Oberlippenbärtchen.«

Endlich waren sie bei Surfer Rosas Adresse angelangt. Yulia rollte an Haus Nr. 6 vorbei und stellte den Streifenwagen am Ende der Straße ab. »Du bleibst hier«, befahl sie Noc und stieg mit Isaac aus.

»Wenn ihr TurnOff findet, bringt mir was mit. Der Hurensohn hat immer welches da«, rief Noc ihnen nach.

Das alte, verwahrloste achtgeschossige Gebäude ließ an ein heruntergekommenes, stinkendes Grandhotel denken. Isaac und Yulia durchquerten das Foyer und betraten den Aufzug, standen nebeneinander, als sich einen Augenblick später die Tür vor ihnen schloss.

Isaac beäugte die Knöpfe. »Wie bediene ich das?«

»Du drückst einfach einen«, sagte Yulia. »Aber warte.« Sie wandte sich ihm zu und küsste ihn leidenschaftlich. Isaac schlang die Arme um sie und drängte sie gegen die Kabinenwand, küsste ihren Hals und schob die Hand in ihren Slip. Yulia machte sich von ihm los, drehte sich um und stützte sich mit beiden Händen am Spiegel ab. Sie wandte den Kopf nach ihm um. Isaac öffnete seine Hose, hob ihren Rock an, zog ihr den Slip herunter und drang in sie ein. Yulias Muskeln kontrahierten. Sie stieß einen lautlosen Schrei aus und drückte mit der Hand unbeabsichtigt mehrere Knöpfe. Als der Fahrstuhl im achten Stock anhielt, war schon alles vorbei. Hastig ordneten sie ihre Sachen und traten auf den Flur, standen genau vor der Tür von Appartement 48.

Die Wohnung schien dunkel. Sie waren entweder zu spät oder zu früh gekommen. Isaac presste ein Ohr an die Tür und bedeutete Yulia, dass er nichts hörte. Yulia klopfte, erst einmal und dann erneut. Nichts rührte sich. Sie zog ihre Pistole, und Isaac versetzte der Tür einen Tritt. Das betagte Schloss leistete kaum Widerstand und gewährte ihnen Zutritt. Die Wohnung war verlassen. Den Fliegen und Kakerlaken nach zu urteilen, die sich auf dem schmutzigen Geschirr in der Spüle tummelten, war schon eine ganze Weile niemand mehr hier gewesen, zumindest niemand mit einem Mindestmaß an Hygiene. Isaac ging ins Schlafzimmer. Die Kleiderschranktüren standen offen, und es schien, als hätte jemand hastig Sachen herausgerissen. Er öffnete die oberste Schublade der Kommode neben dem Bett, die halb leer war und ebenfalls wirkte, als wären auch daraus in aller Eile Dinge mitgenommen worden. »Keine Zahnbürste«, rief Yulia aus dem Badezimmer. In der zweiten Schublade fand Isaac Autogrammkarten mit den Unterschriften von Paralympicsspielern, darunter auch eine von Champ. Außerdem weitere Artikel, die mit den Spielen zu tun hatten: Stadionhefte, Abrisse von Eintrittskarten und Teamschals. Der Hacker schien ein Hardcorefan zu sein. In der dritten Schublade entdeckte Isaac, neben ein paar offenbar schon getragenen Unterhosen, eine Ampulle mit rotem Pulver, die er einsteckte.

»Einen Computer gibt's auch nicht«, sagte Yulia, als er ins Wohnzimmer kam.

»In aller Eile aus dem Staub gemacht?«

»Als Hacker solltest du wenigstens einen Computer zu Hause haben, nehme ich mal an«, sagte Yulia. »Es sei denn, du verwendest so was da.« Sie deutete in die Zimmerecke.

»Das ist nicht seine«, sagte Isaac, während er die Adler-Schreibmaschine in Augenschein nahm, die dort auf einem Bücherstapel thronte. »Die gehörte Maradona, Flutes Geschäftspartner bei DreamCap. Er war das erste Opfer des Virus.« Dann berichtete er Yulia von Maradonas POV, auf dem zu sehen war, wie er außer sich immer wieder dieselbe Zeile tippte und dabei das rote Pulver schnupfte, wie von Sinnen bis zu seinem tragischen Tod.

»Warum könnte Rosa ihn umgebracht haben?«, fragte Yulia. »Was hatte Maradona herausgefunden?«

Eine Stimme von der Tür ließ Isaac und Yulia zusammenfahren. »Habt ihr was gefunden?«

»Ich habe gesagt, du sollst im Wagen bleiben! Jesus! Ich hätte dich fast erschossen.«

»Ihr seid vor Stunden weg, und das Zeug lässt nach«, sagte Noc an den Türrahmen gelehnt und zeichnete mit dem linken Fuß imaginäre Linie auf den Fußboden.

Isaac zog die Ampulle aus der Tasche und reichte sie ihr. »Warte im Wagen«, sagte er.

Noc besah sich mit entrücktem Blick den Inhalt der Ampulle, warf Isaac einen Luftkuss zu und tänzelte davon.

»Ich kaufe ihr dieses ganze Schmetterlinge-und-Regenbogen-Gehabe nicht ab«, meinte Yulia.

»Sie ist harmlos.«

»Verbrennen soll sie«, stieß Yulia unbedacht aus.

Hätte er gekonnt, hätte Isaac gelächelt. Das Objekt der Eifersucht einer Frau zu sein war eine neue, auf sonderbare Weise aber angenehme Erfahrung für ihn. War das die berühmte Sapiensliebe, mit der sie sich immer so brüsteten? Hinderte sein hybrides Gehirn, wenn es online war, ihn daran, der Romantiker zu sein, der er hätte sein können? Denn auch, wenn er verbunden war, war er ein Nostalgiker. Solange er zurückdenken konnte, hatte er eine Schwäche für die Vergangenheit gehabt, für Geschichte und Antiquitäten. Er betrachtete die Schreibmaschine und dachte an die, die Flute ihm geschickt hatte, und an dessen Nachricht: »Nicht immer wissen wir, was wir brauchen, bis wir es benutzen.« Er schaute zu Yulia, die in den Papieren auf dem Tisch wühlte. Bis du aufgetaucht bist, wusste ich nicht, dass ich dich brauche, wollte er ihr sagen.

Yulia blickte auf und sah ihn nachdenklich an. »Warum wird jemand, der rotes Pulver snifft, nicht abgekoppelt?«, fragte sie. Isaac verstand nicht, worauf sie hinauswollte. »Wenn du TurnOff sniffst, solltest du doch eigentlich offline sein und nicht in einem Loop. Es sei denn, das rote Pulver ist nicht TurnOff, sondern …«

»… TurnOn!« Endlich verstand Isaac. »Noc …« In dem Moment hörten sie einen Wagen auf der Straße aufheulen, rannten zum Fenster und sahen noch, wie der Streifenwagen die Straße hinunterraste und an ihrem Ende, anstatt nach links oder rechts abzubiegen, mit hoher Geschwindigkeit in einen dort abgestellten Lastwagen krachte. Isaac und Yulia stürzten aus der Wohnung. Unten angekommen, hasteten sie zum Wrack des Streifenwagens, in dem Noc das Lenkrad umklammert hielt und immer wieder aufs Gaspedal trat.

»Sie ist in einem Loop«, sagte Yulia und versuchte, Nocs Hände vom Steuer zu lösen.

»Yulia!«, rief Isaac. Der Gastank des Lasters lief aus.

Yulia versuchte noch, Noc aus dem Wagen zu ziehen, doch Isaac packte ihre Hand, riss sie mit sich und warf sich über sie. Einen Moment lang geschah nichts, und Yulia sah Isaac vorwurfsvoll an. Eine Sekunde später explodierte der Wagen und schleuderte sie beide in die Luft. Isaac war als Erster wieder auf den Beinen. Er suchte seine Brille und fand sie in einiger Entfernung am Boden, völlig zerstört und unbrauchbar. »Komm«, sagte er zu Yulia, die sich nicht vom Anblick der in Flammen stehenden Noc losreißen konnte und sich fragte, ob ihre eigenen Worte magische Kräfte besaßen. Isaac zog sie mit sich. »Wir haben weniger als drei Stunden, um da hinzukommen.«

»Wohin?«

»An den einzigen Ort, an dem die Chance besteht, Surfer Rosa zu finden.«

7. Kapitel: Die Paralympics

Per Anhalter und mit Taxis brauchten Yulia und Isaac am Ende etwas mehr als drei Stunden bis zum Stadion. Das erste Spiel hatte bereits angefangen, als Yulia dem Ordner am VIP-Eingang ihre Polizeimarke zeigte. Auf dem Rasen kämpften die Spieler von Sparta Harrachov und die Wiener Freudianer um den Ball, was wild und einigermaßen brutal wirkte. Auf den Rängen ging es nicht weniger wild zu: Wetten, Handgemenge, bengalisches Feuer und Rauchgranaten. Über den Tribünen waren im Stadionrund riesige Bildschirme verteilt, auf denen das Spiel aus verschiedenen Kameraeinstellungen übertragen wurde, darunter auch mehrere aus der Perspektive von Spielern beider Mannschaften. Isaac und Yulia bahnten sich ihren Weg durch die Menge.

»Auch wenn er hier ist, dürfte er schwer zu finden sein«, sagte Isaac. Yulia wollte etwas antworten, aber ein strittiger Pfiff des automatischen Schiedsystems brachte die Menge auf. »Was ist passiert?«

»Abseits«, brüllte Yulia.

»Abseits?«

Yulia überlegte, ob sie den zum Scheitern verurteilten Versuch unternehmen sollte, es ihm zu erklären, und wurde sich mit einem Mal ihrer überheblichen Einstellung ihm gegenüber bewusst. Die Ironie daran amüsierte sie.

»Isaac!«, rief eine Stimme hinter ihnen. Er brauchte eine Sekunde, bis er Pete erkannt hatte, den Hybridkonsul.

»Du hast einen Bart«, stellte Yulia leicht überrascht fest.

»Habe ich mir heute Morgen stehen lassen. Frech, was?«

Yulia aber sah nur Isaac an.

»Ich brauche deine Hilfe«, meinte der zu Pete. »Ich muss wissen, ob sich dieser Mann hier im Stadion befindet.« Er nahm Yulia ihr Telefon ab und zeigte dem Konsul Rosas Bild. »Er wird wegen Mordes und eines Terroranschlags gesucht«, fügte Isaac hinzu, während der Konsul das Bild betrachtete und sich dabei wahrscheinlich im Netz kundig machte, um wen es sich handelte.

Schließlich nickte er und ließ den Blick über die Tribünen schwenken, bis er stoppte. »Sektor I, Reihe 29, Sitz 11.«

»Und was jetzt?«, fragt Isaac Yulia.

»Jiří!«, rief Yulia laut. Jiří saß in der ersten Reihe und verfolgte konzentriert das Spiel. Wegen der rosafarbenen Brille brauchte Isaac eine Sekunde, bis er ihn erkannt hatte. »Jiří«, rief Yulia erneut.

»Warte bis zur Halbzeit, ich nehme auf«, sagte er, ohne die Augen vom Spielfeld zu nehmen.

Yulia zog ihm die Brille vom Kopf. Auf einem der Riesenbildschirme waren jetzt der Boden und Yulias Schuhe zu sehen, inmitten von Erdnussschalen.

»What the fuck, Yulia!«

»Ich brauche deinen Wagen«, sagte Yulia. »Es ist wichtig.«

Während Yulia mit Jiří verhandelte, nutzte Pete die Gelegenheit, um sich Isaac zu nähern und ihm ins Ohr zu flüstern: »Morgen evakuieren sie das Konsulat. Nur, damit du Bescheid weißt.« Dabei verbreitete er eine säuerliche Wolke, die Isaac endlich verstehen ließ, was mit »Dolly-Geruch« gemeint war. »Ich bin in die Sapiensautonomie in Beirut versetzt worden. Willst du mitkommen?«

»Nach Beirut?« Ohne die persönliche Info des Konsuls aufrufen zu können, war Isaac außerstande einzuschätzen, ob es sich bei dem Angebot um eine humane Geste oder eine romantische Avance handeln mochte.

»Wie auch immer. Wer kann, sollte besser von hier verschwinden«, meinte Pete und wandte sich wieder dem Spiel zu.

Yulia kam zurück, in der Hand den Schlüssel von Jiřís Wagen. Isaac dankte Pete, ehe Yulia und er sich aufmachten zu Sektor I. Dort angekommen, reichte Yulia Isaac ihre Dienstwaffe. »Schaff ihn runter ins Parkhaus, ich hole den Wagen.« Sie wandte sich zum Ausgang.

Isaac erklomm die Tribüne und begann, sich durch die Zuschauermenge zu boxen, die geschlossen aufgesprungen war, um ein Tor der Freudianer zu feiern. Als er sich bis in die Nähe von Sitz 11 vorgekämpft hatte, sah er Rosa, der frenetisch seinen Schal schwenkte und jubelte. Im selben Moment wurde das Spiel wieder angepfiffen, und die Zuschauer nahmen Platz, während Isaac als Einziger gut sichtbar stehen blieb. Rosa bemerkte ihn, starrte ihn einen Moment lang an und erkannte ihn überraschenderweise. Sofort sprang er auf und stürzte Richtung Ausgang davon. Isaac setzte ihm nach. Rosa stürmte die Treppe hinab und warf hinter sich alles um, was ein Hindernis für Isaac sein konnte, der ihn mit gezogener Pistole verfolgte. Als sie die Parkdecks erreicht hatten, schien Rosa nicht weniger schnell zu rennen als ein Hybrider. Er war schon drauf und dran zu entkommen, als plötzlich Yulia mit Jiřís Wagen auftauchte, die Beifahrertür aufriss und den überraschten Rosa jäh zu Fall brachte. Der Wagen kam quietschend zum Stehen, Yulia sprang heraus und war mit einem Satz bei Rosa, der sich schwankend wieder aufgerappelt hatte, noch immer benommen. Sie packte seine Hand, drehte sie auf den Rücken und drückte sein Gesicht gegen die Seitenscheibe des Wagens.

»Du fährst«, sagte sie zu Isaac, der jetzt keuchend auch eingetroffen war.

»Ich kann nicht fahren«, sagte Isaac.

Yulia sah ihn überrascht an. Dann packte sie Rosas Kopf und rammte ihn gegen den Wagen. Rosa sank bewusstlos zu Boden. Yulia öffnete den Kofferraum, und Isaac half ihr, den Hacker hineinzuhieven. »In den zweihundert Jahren, die du jetzt schon lebst, hast du keine Zeit gefunden, Fahren zu lernen?«, fragte Yulia, während sie den Wagen die Serpentinen der Parkhausrampe hinaufsteuerte.

»Einhundertsiebzig«, murmelte Isaac. Der Wagen schoss auf die Straße. Yulia dachte nicht daran, vom Gas zu gehen. Das Adrenalin in Isaacs Blut befand sich inzwischen auf einem Level, das sein Gehirn ihm niemals erlaubt hätte, wäre er online gewesen. Er sah auf Yulias Hand, die das Lenkrad umklammert hielt. »Du zitterst.«

»Wäre es unangebracht, jetzt zu vögeln?«, fragte sie, ohne Isaac anzuschauen.

»Morgen werden alle hybriden Konsuln aus Creepland evakuiert«, sagte Isaac. Yulia warf ihm einen überraschten Blick zu. Sie kramte in ihrer Tasche und beförderte einen Joint zutage. »Dann eben das Zweitbeste«, sagte sie und steckte ihn sich zwischen die Lippen. »Guck mal, ob da drin Feuer ist«, sie deutete auf das Handschuhfach.

Sie verließen gerade das Stadtzentrum und hielten auf einen verlassen wirkenden Industriekomplex zu. Isaac öffnete das Handschuhfach und wühlte darin herum. Außer einem Feuerzeug, einer Dose Halspastillen und einem schwarzen Stoffring fand sich auch eine weitere rosafarbene Dokumentationsbrille, »Eigentum der Paralympics«. Isaac reichte Yulia das Feuerzeug und setzte die Brille auf, die seine Sehfähigkeit aber überhaupt nicht verbesserte. Yulia steckte den Joint an, nahm einen tiefen Zug und reichte ihn Isaac, der aber ablehnte. Er legte die Brille zurück ins Handschuhfach und zog ein blaues Band hervor, an dem eine transparente Ausweismarke hing, die er kannte. »Warum hat Jiří eine Einreisegenehmigung für Cordless?«, fragte er.

»Wir sind zusammen hingefahren«, antwortete Yulia, ohne ihn anzusehen. Und fügte einen Moment später hinzu: »Wir haben die Zulassungstests für ein Kind gemacht.«

»Zulassungstests?«

»Der Jesaja-Konzern schreibt Krüppeln vor, dass sie sich genetisch untersuchen lassen und Intelligenztests absolvieren, bevor er ihnen die Erlaubnis erteilt, ein Kind zu bekommen«, antwortete Yulia und spürte abermals die Erniedrigung und Demütigung, die sie damals empfunden hatte.

Isaac dachte eine Sekunde lang nach, und dann traf ihn die Erkenntnis wie ein Schlag. »Du hast bestanden, aber er nicht ... Und deshalb habt ihr euch getrennt.«

»Das ist nicht der Grund. Nicht der einzige, zumindest.«

Es gibt diesen Moment, in dem du zu einem Seismographen wirst. Jedes Wort hat dann Gewicht, jede Pause Bedeutung. Jede noch so kleine Bewegung wird aufgezeichnet und verarbeitet. Und du versuchst zu verstehen: Hat es ein Beben gegeben?

Yulia bog auf ein Areal ab, das wie ein verlassener Schrottplatz für Satellitenteile wirkte. Der Wagen kam schlingernd zum Stehen, und sie stiegen aus. Isaac öffnete den Kofferraum und zerrte Rosa heraus, der wieder bei Bewusstsein war. Er versuchte, auf die Beine zu kommen, doch Yulia versetzte ihm einen Tritt, der ihn wieder zu Boden warf.

»Okay, okay, schon verstanden. Ihr habt hier das Sagen«, keuchte Rosa. Er setzte sich auf, lehnte sich an ein Satellitenschrottteil und klopfte sich den Staub ab. »So ermüdend«, murmelte er bei sich. Isaac trat zu ihm. Rosa musterte sein grimmig verzerrtes Gesicht. »Ich sehe, mein Loophole war nicht nett zu dir«, sagte er. Dann wandte er sich an Yulia: »So habe ich das

Virus genannt. Loophole. Verstehst du? Das ist ein Wortspiel. Eine Lücke, die einen Loop auslö…«

Isaac verpasste ihm einen Faustschlag ins Gesicht. »Das ist für den Loop.« Eine zweite Faust kam gleich hinterher. »Und das ist für Gugel.« Jetzt fühlte er sich besser.

Rosa zog sich hoch, betastete seine blutende Lippe und lächelte. »Das mit Gugel tut mir leid. Es gibt Angenehmeres, als an Pancakes zu ersticken.« Er lachte.

Yulia konnte Isaac nur mit Mühe davon abhalten, ihn diesmal zusammenzuschlagen. »Du fängst besser an zu reden.«

»Was willst du wissen?«, fragte Rosa amüsiert. Anscheinend ängstigte die Situation ihn nicht im Geringsten.

»Hast du Stefan erschossen?«

»Warum sollte ich so etwas tun? Ich könnte keinem …«

»… keinem Insekt etwas antun. Ich weiß«, fauchte Yulia.

»Keinem Fußballer«, sagte Rosa. »Was kümmern mich Insekten?«

»Du hast in seinem Gehirn den POV eingepflanzt, der Champ belastet«, sagte Isaac.

»Warum sollte ich ihn belasten wollen? Ich verehre Champ, habe sogar eine Autogrammkarte von ihm.«

»Du warst sauer, weil er dir Noc weggeschnappt hat.«

»Noc?« Rosa lachte hämisch. »Was habe ich mit dieser Nutte zu schaffen? Verbrennen kann sie.«

Yulia und Isaac sahen sich an.

»Du bist komplett auf dem Holzweg, denkst wie ein Krüppel«, fuhr Rosa fort, noch immer amüsiert.

»Ihr wolltet euch an Champ rächen, weil er von den Paralympics in die Hybridliga gewechselt ist«, sagte Isaac.

»Wer hat ein Interesse daran, dass Krüppel und Hybride nicht zusammenspielen?« Rosas Frage war rhetorisch gemeint.

»Die Williams?«, schlug Isaac vor.

»Ich hoffe für dich, du bist weniger blöd, wenn du online

bist«, ulkte Rosa. »Es gibt keine Williams. Das ist eine Erfindung der Hybriden, gedacht, die Krüppel in Gettos zu sperren. Vorwärts, Spatzenhirn, wer hat am meisten was gegen ungewisse Dinge?«

»Der Jesaja-Konzern?«, sagte Yulia.

»Selbst die Zurückgebliebene hat's kapiert – Halleluja!«, rief Rosa und hob Augen und Hände zum Himmel, als wollte er Gott danken.

Abermals versuchte Isaac, sich auf ihn zu stürzen, und wurde erneut von Yulia zurückgehalten. Zum ersten Mal seit Wochen spürte er, die grimmige Miene entsprach seinen Gefühlen. Selbst Yulias Berührung vermochte nicht, ihn zu besänftigen. Rosa nutzte den Moment, in dem Yulia ihm den Rücken zuwandte, und griff nach einer Eisenstange, die vor ihm auf der Erde gelegen hatte. Isaac schrie: »Yulia!«, und sie vermochte noch, herumzufahren und sich schützend den Arm über den Kopf zu halten. Doch der Schlag kam nicht. Rosa schien wie erstarrt. Etwas hielt ihn davon ab, die Eisenstange niedergehen zu lassen. Am Ende sank er kraftlos zu Boden.

»Was ist passiert?«, fragte Yulia, aufgewühlt, der Gefahr entronnen zu sein.

»Er hat eine ›Orange‹«, sagte Isaac.

»Eine ›Orange‹?«, riefen Yulia und Rosa wie aus einem Mund.

»Das ist ein Gewaltunterdrückungsmechanismus«, erklärte Isaac. »Der wird bei Kriminellen oder Leuten mit einer Vorgeschichte von Gewaltausbrüchen installiert. In dem Moment, in dem die ›Orange‹ eine sich anbahnende gewalttätige Handlung identifiziert, löst sie auf der Stelle Schwäche und Erschöpfung aus.«

»Aber warum hat er einen solchen Mechanismus?«, fragte Yulia.

»Seit wann bist du Hybride?«, wollte Isaac von Rosa wissen.

»Denkst du, ich hätte von einem Krüppellaptop die Dream-Cap-Seite hacken können?« Rosa grinste und schaute erneut zum Himmel. Aus den Wolken tauchte ein Militärgefährt auf. Es landete auf dem Schrottplatz, und drei Hybridsoldaten in voller Kampfmontur sprangen heraus und kamen auf Isaac zumarschiert.

»Er hat ihnen übermittelt, dass ich hier bin«, sagte Isaac zu Yulia.

Rosa lachte meckernd. »Du? Niemand interessiert sich mehr für dich, du *Krüppel.*«

Die Soldaten stießen Isaac beiseite, und einer von ihnen packte sich Rosa über die Schulter und marschierte mit ihm zu ihrem Gefährt zurück.

»Du bist ein Dinosaurier, eine ausgestorbene Spezies«, schrie Rosa noch, ehe sie ihn in das Gefährt verfrachtet hatten, das abhob und in den Wolken verschwand, wie es gekommen war.

Isaac und Yulia sahen einander an, sprachlos.

Yulia besann sich als Erste. »Wenn er eine ›Orange‹ hat, dann kann er es nicht gewesen sein, der Stefan erschossen hat. Wie ist er überhaupt ein Hybride geworden?«

»Ich weiß nicht«, antwortete Isaac. »Aber es gibt nur einen Ort, der ein solches Upgrade autorisieren kann.« Er bedachte sie mit einem zärtlichen Blick, Yulia ließ den Wagen an, und sie fuhren los.

Das ist kein Wettbewerb

RE: Ein Autor auf der Suche nach einem Wettbewerb, oder: Die Bibel 2.0 Beta, eine Open-Source-Geschichte

von Prof. Bella Yarkon-Bergman

Lieber Uri,
mein Name ist Bella, und ich bin die Enkelin von Samuel Hugo Bergman, erster Rektor der Hebräischen Universität in Jerusalem und einer der Unterzeichner der Wettbewerbsstatuten für die Abfassung einer Kurzgeschichte mit dem Titel »Der Mann, dem das Gesicht in Grimm erstarrte« von Pavel Klemczek, über die Du in Deinem Blog berichtet hast. Mir fiel ein, mein Großvater pflegte in seiner Schreibtischschublade Schriftstücke aufzubewahren, die von persönlichem Wert für ihn waren. Eines davon ist ein auf Tschechisch verfasstes Dokument, das neben seiner Unterschrift auch die von Max Brod, Felix Weltsch und Deinem Großvater Anschel Katz trägt. Erst nahm ich an, es sei eine tschechische Ausfertigung der Wettbewerbsstatuten, die Du gefunden hattest, doch dann bat ich einen tschechischspra-

chigen Kollegen, es zu übersetzen, und fand heraus, dass es gut sechzehn Jahre nach dem Wettbewerb verfasst wurde und eine Art Appendix zum Regularium darstellt. Es trägt den Titel: »Der Mann, dem das Gesicht in Grimm erstarrte: Leitlinien zum Verfassen einer gemeinschaftlichen Erzählung im Gedenken an unseren Freund Franz Kafka«. Eine Kopie füge ich bei.
Ich hoffe, ich konnte Dir behilflich sein. Solltest Du Fragen haben, bitte zögere nicht, Dich an mich zu wenden.
Bella

Der Mann, dem das Gesicht in Grimm erstarrte: Leitlinien zum Verfassen einer gemeinschaftlichen Erzählung im Gedenken an unseren Freund Franz Kafka

Aus dem Tschechischen von Prof. Daniel Carmon

Mit Ablauf der dreißigtägigen Trauerzeit nach dem Hinscheiden unseres geliebten Freundes Franz Kafka haben wir, Mitglieder des ehemaligen literarischen Zirkels an der Karls-Universität zu Prag, beschlossen, eine Erzählung herauszugeben, die gemeinsam von uns allen zu seinem Gedenken verfasst werden soll. Als junge, in Träumen befangene Studenten hatten wir dereinst gemeinsam eine Erzählung schreiben wollen, was sich indes als keine einfache Aufgabe erweisen sollte. Meinungsverschiedenheiten aller Art bezüglich Inhalt und Vorgehensweise traten auf. Angesichts der Krise schlug unser Freund Franz Kafka vor, ein jeder von uns solle für sich an einem Kapitel arbeiten, ohne zu wissen, was die anderen schreiben. Auch verwies er darauf, dies sei doch eine passende Allegorie auf unsere Welt, in der wir so

manches Mal die Geschichten der Charaktere, die unser Leben ausmachen, nicht kennen und nur die Resultate ihres Handelns erleben. In seinem Gedenken also werden wir versuchen, es so zu halten.
Vier Kapitelsynopsen werden erdacht und, per Losentscheid, auf die vier noch verbliebenen Mitglieder des Zirkels verteilt. Die Aufgabe des Kollationierens und Lektorierens wird unser Freund Anschel Katz übernehmen, in dem Versuch, die Behauptung unseres nicht minder gelehrten Freundes Maxi Brod zu belegen, der zufolge in der modernen Literatur die Rolle des Lektors wenigstens so bedeutsam geworden ist wie die des Autors selbst. Anschel zeichnet auch verantwortlich dafür, ein fünftes und abschließendes Kapitel zu schreiben, das als eine Art Nachwort dienen soll. In der Hoffnung, dass es uns gelingt, vom heutigen Tag in einem Jahr die Erträge des Experiments zu veröffentlichen, das unser begabter Freund ersonnen, möge sein Andenken gesegnet sein.

Im Folgenden die Kapitelentwürfe der Erzählung »Der Mann, dem das Gesicht in Grimm erstarrte«, von Anschel Katz, Samuel Hugo Bergman, Felix Weltsch und Max Brod:

Erstes Kapitel – Die Erfindung der Schreibmaschine verändert das Leben einiger Angestellter der »Staatlichen Fabrik für Bleistifte und Schreibwaren«. Aus unbekannter Ursache erstarrt das Gesicht eines leitenden Direktors in Grimm, was seine ganze Welt ins Wanken geraten lässt und droht, ihn seine Stellung zu kosten.
Autor: Samuel Hugo Bergman

Zweites Kapitel – Die Sekretärin des Direktors erfährt mancherlei Drangsal, die ihr bürgerliches Leben aus den Fugen

geraten lässt. Sie trifft einen geheimnisvollen Fremden und lässt sich, obschon verheiratet, auf ein Abenteuer ein.
Autor: Anschel Katz

Drittes Kapitel – Der leitende Direktor wird durch seinen Stellvertreter und Vertrauten hintergangen, der die missliche Lage des Vorgesetzten zu seinen Gunsten ausnutzt. Während sich dieser beim Arzt befindet, übernimmt der Stellvertreter seine Position, indem er eine Schreibmaschine verwendet, um ein offiziell anmutendes Ernennungsschreiben zu fabrizieren.
Autor: Max Brod

Viertes Kapitel – Der gehörnte Gatte der Sekretärin versucht, seine Frau im Duell zurückzugewinnen. Es kommt zum Kampf zwischen Stift und Schreibmaschine, zwischen Altem und Neuem, zwischen Romantik und Fortschritt. Der leitende Direktor kämpft derweil darum, seine Stellung im Unternehmen zu sichern. Er unterzieht sich einer innovativen Behandlungsmethode, die ihn zurück in seine Erinnerungen reisen lässt, um dem Problem des in Grimm erstarrten Gesichts auf den Grund zu gehen.
Autor: Felix Weltsch

Fünftes Kapitel – Die Dinge klären sich. Wer geht als Sieger hervor und wer erleidet eine Niederlage? Wer bleibt am Leben, wer stirbt und wer landet im Irrenhaus? (Wird geschrieben, nachdem alle Kapitel vorliegen.)
Autor: Anschel Katz

Es sind dies allgemeine Entwürfe, die sich lediglich als Empfehlung verstehen.
Viel Erfolg.

Vorwort von Uri Jitzchak Katz, trockene, auf die reinen Fakten beschränkte Version, bloße Information, eine Art von »… was bisher geschah«, ohne ein Wort darüber, wie ich an diese Fakten gelangt bin und mein Leben auf dem Weg dorthin in tausend Stücke gegangen ist

Im Jahre 1908 versammelten sich fünf Studenten der Prager Karls-Universität und gründeten einen literarischen Zirkel unter dem Namen »Der enge Prager Kreis«. Die Gruppe umfasste Anschel Katz, später Schriftsteller und Korrektor; Samuel Hugo Bergman, später erster Rektor der Hebräischen Universität in Jerusalem; Felix Weltsch, später Journalist; Max Brod, später Publizist, Schriftsteller und Komponist; und Franz Kafka, der später zu Franz Kafka werden sollte. Der Kreis kam regelmäßig zusammen, um sich gegenseitig Texte und Aufsätze vorzulesen, die man geschrieben hatte. Bei einem der Treffen kam es zur Diskussion über ein Thema, das die jungen Mitglieder beschäftigte: Schreibtechniken. Felix Weltsch behauptete, das Schreiben auf einer Schreibmaschine beeinflusse nicht nur die Form des Geschriebenen, sondern auch dessen Inhalt. Anschel pflichtete ihm bei, merkte jedoch an, das Ergebnis sei nicht unbedingt nur zum Guten, da die Schreibmaschine den Effekt besitze, diejenigen, die sie benutzten, förmlicher, weniger frei und ein wenig arrogant werden zu lassen. Weltsch hielt dagegen, wenn jemand, der auf einer Maschine schreibe, das von ihm Fabrizierte sehe, empfinde er ein klein wenig mehr Respekt für sich selbst und seine Profession. Alle waren der Ansicht, das Thema sei wert, näher beleuchtet zu werden. Dies war die Geburtsstunde der Idee, eine gemeinsame, von allen Mitgliedern verfasste Erzählung zu Papier zu bringen, über den Einfluss der fortschrittlichen Technologie und der Moderne auf das literarische Schaffen im Allgemeinen und den Einfluss der Erfindung der Schreibmaschine im Besonderen.

Als Erstes galt es, ein Pseudonym zu finden, unter dem die Erzählung erscheinen sollte. Verschiedene Namen wurden in den Ring geworfen, darunter auch Akshub Fewembrofak, bestehend aus den Anfangsbuchstaben der Mitglieder. Als Franz Kafka schließlich den Namen Pavel Klemczek vorschlug, gingen erst alle Augenbrauen in die Höhe, doch dann fing Max Brod an zu lachen, und alle anderen stimmten mit ein. Klemczek, ehemals ein Kommilitone von ihnen, war inzwischen Beamter beim Staatlichen Patentamt, wo auch Kafka und Anschel arbeiteten. Er war ein übellauniger Zeitgenosse, der sich immerzu beklagte und wiederholt schon bei Bemerkungen mit antisemitischem Hautgout ertappt worden war. Er war das, was man am wenigsten mit einem Autor in Verbindung brachte: grau, humorlos und wenig eloquent. Max Brod wartete umgehend mit einem Titel für die Erzählung auf, die Pavel Klemczeks Namen tragen sollte: »Der Mann, dem das Gesicht in Grimm erstarrte«. Alle lachten von neuem und waren sich einig, einen passenderen Titel konnte es nicht geben.

Weit weniger einig waren sich die jungen Literaten, was den Inhalt der Erzählung anging. Anschel wollte über einen Direktor bei der »Staatlichen Fabrik für Bleistifte und Bürobedarf« schreiben, der in einer sich rasant wandelnden Welt des Fortschritts seinen Platz nicht mehr findet. Kafka drängte auf eine Erzählung, in der in einem Büro Angestellte/Schriftsteller gezwungen sind, auf ihren Schreibmaschinen ein Kapitel einer Geschichte zu schreiben, ohne zu wissen, was die anderen schreiben, und er vertrat auch die Ansicht, dies genau sei die Form, in der die Mitglieder des Zirkels ihre Erzählung schreiben sollten. Felix Weltsch wiederum wollte über eine Schreibmaschine schreiben, die im Schlaf die Träume von Menschen aufzeichnet, während Samuel Hugo Bergman eine Geschichte über eine Zaubertinte im Sinn hatte, die gleichzeitig an zwei verschiedenen Orten auf der Welt Dinge zu Papier bringt. Max Brod schlug schließlich vor, das Ganze zu einem Wettbewerb zu machen, und nur wenige Minuten später war eine Satzung ausformuliert und Einigung über ein Preisgeld in Höhe von fünfzig Kronen erzielt, zehn von jedem Teilnehmer.

Gerüchte über den Wettbewerb machten auf dem Campus schnell die Runde, weshalb beschlossen wurde, diesen für die Allgemeinheit zu öffnen. Die Zahl der Teilnehmer wuchs und mit ihr auch der sich anhäufende Geldbetrag, bis der Zirkel entschied, bei der Tschechischen Nationalbank auf den Namen »Pavel Klemczek« ein Schließfach zu eröffnen, in dem eine Abschrift der Wettbewerbsstatuten sowie das gesamte Preisgeld deponiert wurden. Der Schlüssel wurde Anschel anvertraut, der als der Verantwortungsvollste der Gruppe galt und sich noch nie betrunken hatte.

Die Kunde von dem Wettbewerb erreichte schließlich auch Pavel Klemczek selbst, der nicht zögerte, Anschel einen erbosten Brief zu schicken mit der Aufforderung, seinen Namen nicht weiter zu verwenden. Außerdem schrieb er an den Bankdirektor, dass ihm zu Ohren gekommen sei, es gebe ein Schließfach auf seinen Namen, zu dem er bizarrerweise aber keinen Zugang habe. Ja, Klemczek begab sich gar in die Bankfiliale und versuchte, das Schließfach öffnen zu lassen, doch ohne Erfolg, da er nicht im Besitz des Schlüssels war. Unverrichteter Dinge zog er wieder ab, aufgebracht und griesgrämig wie üblich, nicht jedoch, bevor er den jüdischen Direktor der Bank einer Konspiration beschuldigt hatte, mit dem Ziel, sich nicht weniger als des gesamten Finanzwesens des Österreichisch-ungarischen Kaiserreichs zu bemächtigen. Die Mitglieder des Zirkels aber ließen sich nicht einschüchtern und priesen bei jeder sich bietenden Gelegenheit Klemczek und seine Geschichte von dem »Mann, dem das Gesicht in Grimm erstarrte«, bei gesellschaftlichen Anlässen, literarischen Debatten und sogar in Form eines fiktiven Interviews, das die zionistische Literaturzeitschrift *Die Sargträger* angeblich mit dem Autor geführt hatte. Es scheint, als hätten sie aus der Affäre größtes Vergnügen gezogen, obgleich – oder vielleicht gerade weil – das Objekt ihrer Lobpreisungen sich so entschieden dagegen verwahrte. Doch Klemczeks Sorge um seinen guten Ruf sollte sich als unbegründet erweisen. Gegen Ende des Jahres 1908 verließ Kafka Prag, um gemeinsam mit Karl Hermann, dem Mann seiner Schwester, eine Asbestfabrik zu eröffnen. Der literarische Zirkel trat erst immer sporadischer und dann gar nicht mehr zusammen, die Gruppe löste sich auf, und der Wettbewerb wurde eingestellt.

Erst 1924 trafen sich die Mitglieder des »Engen Kreises« wieder, auf der Beerdigung Franz Kafkas, dessen Lunge im Kampf mit der Tuberkulose und den Asbestfasern unterlegen war. Die Freunde erinnerten sich ihres Wettbewerbs und kamen überein, Anschels Idee einer Geschichte über einen Direktor der »Staatlichen Fabrik für Bleistifte und Bürobedarf«, der dem rasanten Fortschritt nicht gewachsen ist, und die von Kafka vorgeschlagene Methode seien zweifelsohne der beste Ansatz. Sie würden das Preisgeld im Schließfach verwenden, um die komplette Erzählung zu veröffentlichen und sie dem

Andenken ihres verstorbenen Freundes zu widmen. Umgehend war eine Liste mit vier Kapiteln und kurzem Abriss vom Inhalt jedes Kapitels erstellt. Jedes Mitglied des Zirkels würde ein Kapitel schreiben. Bei der Auslosung bekam Anschel das zweite Kapitel zugeteilt. Außerdem wurden ihm das Lektorat der Erzählung sowie die Abfassung eines fünften Kapitels übertragen, das als eine Art Epilog dienen sollte. Vereinbart wurde schließlich, dass sie sich nach Ablauf eines Jahres wiedertreffen würden, um den Text zu kollationieren und in Druck zu geben, doch wie so viele unserer Brüder hatte Anschel Katz noch vor Jahresende sein Heimatland verlassen und war nach Palästina gegangen, um es zu bebauen und von ihm erbaut zu werden, jedoch auch, um die Behörden daran zu hindern, seinen sechzehnjährigen Sohn Jitzchak für die kaiserliche Armee zu rekrutieren. Zu einer Wiedervereinigung der Freunde sollte es nicht mehr kommen, und die Geschichte von dem »Mann, dem das Gesicht in Grimm erstarrte«, verlor abermals an Fahrt. Alle paar Jahre erhielt Anschel eine Skizze oder einen Kapitelentwurf auf Tschechisch von einem der verbliebenen Mitglieder des Zirkels oder einen Brief, in dem er nach seiner Meinung zu dieser oder jener Sache gefragt wurde oder man seine Erlaubnis erbat für eine Wendung, die die Geschichte nehmen sollte. Doch dies alles schien mehr eine Pflichtübung zu sein oder ein Vorwand, in Kontakt zu bleiben. Auch Anschel selbst, der in jenen Jahren als Korrektor am Rabbi Kook Institute in Jerusalem arbeitete und in seinem Schreiben vornehmlich mit dem Zionismus befasst war, um beißende, ja erboste Kritiken an dessen Institutionen zu Papier zu bringen, gab das ambitionierte Projekt dran. Sein Sohn Jitzchak bereitete sich zu der Zeit gerade darauf vor, mit anderen einen Kibbuz zu gründen, und absolvierte eine von der Palmach durchgeführte militärische Grundausbildung. Um ihm Abwechslung in den langen Stunden des Wacheschiebens zu verschaffen, schickte Anschel seinem Sohn das gesamte schriftliche Material und bat ihn, eine kohärente Geschichte daraus zu edieren.

Avraham-Kollektiv, 15. Oktober 1942

Teurer Vater,
ich habe Zippora in groben Zügen die Geschichte des »Mannes, dem das Gesicht in Grimm erstarrte«, erzählt. Sie hat ihr sehr gefallen und ihre Zuneigung zu mir noch wachsen lassen. Es bleibt uns daher keine andere Wahl, als Klemczek als Ehrengast zu meiner Hochzeit einzuladen. Ich hoffe, die einzelnen Kapitel zu einer Erzählung gefügt zu bekommen, solange ich noch am Leben bin …
Gewiss wirst Du Dich fragen, was es mit diesem Übermut auf sich hat, der mich befallen hat. Wir haben heute erfahren, im nächsten Monat wird der erste Spatenstich gemacht, am Berg Hebron! Der Kibbuz wird »Kfar Etzion« heißen. Wir werden bloß ein paar Stunden Fußmarsch von Euch entfernt sein und eine einzige nur mit dem Wagen. Vielleicht können wir beide das nächste Pessachfest schon bei uns im Kibbuz feiern. Lichte Tage liegen vor uns, Tage, die ein in Grimm erstarrtes Gesicht aufhellen. Vielleicht sollte die Geschichte ja so enden: Liebe und Erfüllung besänftigen das Herz. Erwäge dies für das Schlusskapitel.
Der Deine, Jitzchak

Jitzchak war nicht gegeben, die Kollationierungsaufgabe zu Ende zu bringen, da die Errichtung des neuen Kibbuz auf dem felsigen Land das meiste seiner Zeit in Anspruch nahm. Ende 1947, kurz nachdem die Vereinten Nationen ihren Teilungsplan für Palästina verkündet hatten, erfolgte die Blockade der Siedlungen des Etzion-Blocks. Am 5. Januar wurden alle Frauen und Kinder aus dem belagerten Siedlungsblock evakuiert.

Auch Jitzchaks Frau Zippora und ihre beiden Söhne Amos und Jerucham brachte man nach Jerusalem. Jitzchak gab Zippora eine handschriftliche Kopie der ersten fünf Kapitel der Erzählung mit, die er trotz allem noch zu edieren vermocht hatte. Zippora übergab das Manuskript an ihren Schwiegervater, Anschel Katz, der es in seinem Büro im Rabbi Kook Institute in Jerusalem aufbewahrte. Zippora Sonnenfeld, die Kibbuzsekretärin, die sich geweigert hatte, evakuiert zu werden, und zusammen mit den Männern geblieben war, fertigte auf einer Schreibmaschine eine weitere Fassung der Geschichte, die dann offenbar bei den Kriegsanstrengungen von Nutzen war. Doch wie? Hob die Geschichte die Moral der Verteidiger? Oder diente sie dazu, verschlüsselte Meldungen der Palmach zu übermitteln? Das bleibt ein Rätsel. Aus welchen Gründen auch immer gelangte eine Version davon aber offenbar in die Hände eines arabischen Jungen namens Hamdha al-Husseini. Hamdha verstarb 1982 im Libanon. Vielleicht ist der Rest der Geschichte mit ihm begraben worden oder vielleicht mit meinem Großvater Jitzchak am Berg Hebron auf immer verloren gegangen.

Ein Autor auf der Suche nach Antworten, oder: Ein Gespräch mit dem Lektor

»Ich habe Schwierigkeiten mit dem Vorwort«, gestand ich meinem Lektor.

»Nutze deine Fähigkeiten.«

»Die intellektuellen?«

»Natürlich nicht. Die komischen. Du hast gerade mal zehn Jahre Schulbildung und bist hin und wieder auf Wikipedia unterwegs – macht dich das zu einem Intellektuellen?«

»Ich bin Autodidakt«, sagte ich entschuldigend.

»Du bist ein fauler Sack.«

»Das Internet hat mir die Lust genommen, kreativ zu sein«, fuhr ich fort. »Alles existiert schon. Und außerdem kann man nicht mehr sagen, man hätte von irgendwas nicht gehört, weshalb es unmöglich geworden ist, noch irgendwo was zu klauen. Also, zu leihen.«

»Dann schreib darüber«, sagte er, was heißen sollte: Ich habe jetzt zu tun, mach, was du für richtig hältst.

»Habe ich, und du hast gesagt, das sei konfus und wirr im Stil.«

»Weil es konfus und wirr im Stil war«, erwiderte mein Lektor, jetzt schon einigermaßen ungehalten.

»Ist die Bibel auch, und das hat ihrer Popularität keinen Abbruch getan.«

Aber es stimmt, ich hatte meine eigene Stimme offenbar noch nicht gefunden. Vielleicht habe ich ja auch gar keine, vielleicht ist, was mein Schreiben ausmacht, dass ich konfus und nicht kohärent bin? Vielleicht sollte ich, dem Modernismus entsprechend, nur von Rätseln erzählen, die keine Lösung haben? Schließlich bewegen wir uns ja die meiste Zeit unseres Lebens zwischen unterschiedlichen Stilen und unbeantworteten Fragen.

»Bin ich ein Igel oder ein Fuchs?«, fragte ich mich laut.

Aus der hebräischen Wikipedia:

Der Igel und der Fuchs ist der Titel eines Essays von Isaiah Berlin, möglicherweise sein bekanntester Text, verfasst 1953 zum Geschichtsverständnis des russischen Autors Lev Tolstoi. Der Titel bezieht sich auf ein Versfragment, das dem im 7. Jahrhundert v. Chr. lebenden griechischen Dichter Archilochus zugeschrieben wird: »Der Fuchs weiß viele Dinge, aber der Igel weiß eine große Sache.« Berlin verwendet dieses Zitat, um das Spannungsverhältnis zwischen Monismus und Pluralismus zu erörtern. So behauptet er, Schriftsteller und Denker ließen sich in zwei Kategorien einteilen: Igel – all jene, die *»alles auf eine einzige, zentrale Einheit beziehen […], ein einziges, universales, gestaltendes Prinzip«*. Zu ihnen zählt er Geistesgrößen wie Dante, Platon, Pascal, Hegel, Dostojewski, Nietzsche, Ibsen und Proust. Und Füchse – Denker, *»die viele, oft unzusammenhängende und sogar widersprüchliche Ziele verfolgen […], die leben, handeln und denken in einer Weise, die eher zentrifugal als zentripetal zu nennen ist«*. So zum Beispiel: Shakespeare, Herodot, Aristoteles, Montaigne, Erasmus, Molière, Goethe, Puschkin, Balzac und Joyce.

»Was würdest du denn gerne sein?«, fragte mein Lektor nach kurzem Schweigen.

Eine schwere Frage. Einerseits leben wir in einer Zeit, in der jeder, der über Google verfügt, ein veritabler Fuchs sein kann. Und andererseits auch in einer Zeit, in der sich ein Künstler nicht mit einer einzigen Igeldoktrin begnügen kann. »Vielleicht bin ich eine neue, nie gesehene Spezies. Eine Kreuzung aus allen Tieren, die es gibt, ausgestorbene mit eingeschlossen.«

»Wenn du schon Isaiah Berlin zitierst, dann kann ich dir sagen: Die stilistische Freiheit, die du für dich in Anspruch nimmst, ist die Freiheit der Wölfe und der Tod der Schafe.« Er nahm einen Schluck von seinem Tee. »Und die Schafe sind deine Leser«, fügte er hinzu, für den Fall, dass ich die Analogie nicht verstanden hätte.

»Es ist schon alles gesagt, in allen Stilen.« Ich lehnte mich zurück, um meinem Verdikt glaubwürdige Verzweiflung zu verleihen.

»Komm, lass uns versuchen, das in kleine, verdaulichere Happen herunterzubrechen«, sagte er und bestellte den Schmortopf nach Art des Hauses, als hätte er sich resignierend damit abgefunden, dass unser Treffen länger als beabsichtigt dauern würde. »Wie weit bist du mit der Geschichte?«

»Ich habe mich von Julia getrennt«, sagte ich.

Er sah mich überrascht an.

»Auch das Feedback aus dem Netz ist dürftig. Bis auf die Geschichte von Kublik habe ich nichts bekommen, was gut genug wäre.«

»Und du meinst nicht, das hat was mit deiner Schreibblockade zu tun?«, fragte er, meine letzte Bemerkung ignorierend.

»Vielleicht. Ich weiß nicht, was was bedingt hat.« Er nickte. »Was aber letztlich auch egal ist.« Es war nicht das erste Mal, dass ich verlassen worden war, genauso wie ich auch schon verlassen hatte. Jemanden verlassen ist auf jeden Fall besser. Selbst wenn auch das nicht einfach ist, und sei es nur, weil dabei die Zärtlichkeit auf der Strecke bleibt.

»Deine Suche nach einem Stil«, begann mein Lektor und verstummte. »Alles kann geschehen, aber nicht alles wird geschehen«, fuhr er einen Moment später fort. Ich nickte. Er hatte gerade den Aphorismus zitiert, den ich groß ausgedruckt in meinem Arbeitszimmer hängen hatte. »Auch bei der Suche nach einem Stil muss das das Motto sein. Das genau muss dein Stil sein. Löse die Dinge eines nach dem anderen, nicht alle auf einmal. Oder leg dich einfach auf die Couch.« Der Schmortopf kam. »Was ist in Jordanien passiert?«

»Das war, bevor Julia mich verlassen hat.«

Überrascht schaute er von seinem Gericht auf. »Also ist sie gerade erst weg?«

»Wir haben kaum was gefunden.« Ich überging die Bemerkung. »Da war ein Taxifahrer, dessen Großvater hat ihm als Kind ein arabisches Volksmärchen erzählt, ›Der Kalif, der immer wütend war‹. Er behauptet, sein Großvater sei ein Neffe Abd al-Qadir al-Husseinis gewesen, des Falangistenführers, dessen Miliz meinen Großvater ermordet hat. Und dass er als so eine Art Spion für den Palmach gearbeitet habe.« Ich reichte ihm ein Foto von einem älteren Mann und einem kleinen Jungen, die auf einem Eselskarren sitzen. Auf der Rückseite stand auf Arabisch: »Khalil und Hamdha al-Husseini, Jaffa, 1942.«

»Wir wissen, dass eine Fassung von ›Der Mann, dem das Gesicht in Grimm erstarrte‹ in Jitzchaks Handschrift bei seinem Vater Anschel in Jerusalem gelandet ist. Offenbar hat meine Großmutter Zippora sie ihm mitgebracht, als im Januar 1948 die Frauen und Kinder aus Kfar Etzion evakuiert wurden. Und Jitzchak schreibt in seinem letzten Brief an Zippora: ›Dov sagt, wenn das alles vorbei ist, gibt er eine Sammlung mit Erinnerungen vom Tag des Angriffs heraus, und auch die Geschichte über den Mann, dem das Gesicht in Grimm erstarrte, die uns im Krieg so sehr geholfen hat und die Zippora mit der Schreibmaschine schon größtenteils abgetippt hat.‹ Das schreibt er, nachdem seine Frau bereits nach Jerusalem evakuiert worden ist, weshalb eine andere Zippora gemeint sein muss, Zippora Sonnenfeld nämlich, die mit den Männern in der belagerten Siedlung geblieben war und als Sekretärin die meisten Dokumente des Kibbuz getippt hat. Vielleicht hat sie ja auch den Rest der Geschichte abgetippt? Aber wenn dem so sein sollte, wo ist dann die maschinengeschriebene Version abgeblieben, und wie genau hat sie im Krieg geholfen? Aber wenn sie die Geschichte abgetippt hat, warum haben wir dann nur einen Teil in Jitzchaks Handschrift gefunden? Wenn es ein gedrucktes Exemplar gegeben hat, wer hat es bekommen? Und wie zum Teufel ist der Neffe von Abd al-Qadir al-Husseini an eine Geschichte mit ähnlichem Titel aber ganz anderem Inhalt gekommen? So viele Fragen und so wenige Antworten …«

»Ich weiß nicht, ob du ein Igel bist, aber ein Fuchs bist du noch nicht«, sagte mein Lektor. Er betrachtete das Foto von Khalil und Hamdha al-Husseini noch einmal eingehend, bevor er es mir zurückgab. »Konzentrier dich auf Jitzchaks Geschichte«, meinte er, wieder über seinen Teller gebeugt.

»Ich weiß so gut wie nichts von ihm.«

»Dann denk dir was aus. Er war ein Mensch wie du und ich, mit Gefühlen, Gedanken und Problemen. Wir neigen ja dazu zu glauben, unsere Eltern seien keine Menschen gewesen. Dass sie niemals Menschen waren, niemals Fehler oder Unsinn gemacht haben, weil wir sie immer als die verantwortungsvollen Erwachsenen gesehen haben oder weil sie zu anderen, harten Zeiten aufgewachsen sind oder weil die Aura der Gründergeneration sie umgab. Aber sie waren genauso aus Fleisch und Blut wie wir, waren schön und hässlich und dumm.« Er nahm einen Schluck von seinem Wein und hinterließ einen fettigen Abdruck am Glas. »Nimm deine Kriegsgeschichte und projiziere sie auf ihn.«

»Aber mein Krieg war idiotisch, lächerlich, überflüssig und grotesk.«

»Ist das nicht jeder Krieg?«, fragte er mit schmalem Lächeln. Und als er sah, dass ich noch immer zögerte, versuchte er eine andere Richtung. »Dann erzähl die Geschichte von dir und Julia.« Er winkte der Kellnerin, ihm die Rechnung zu bringen. »Hast du nicht gesagt, die ganze Idee stamme von ihr, und dass sie es war, die dich ›Der Mann, dem das Gesicht in Grimm erstarrte‹ genannt hat?«

»Ich weiß nicht, ob ich das vor allen ausbreiten will.«

»Im Vorwort musst du keine Angst haben, etwas auszubreiten.«

»Das ist schon lange kein Vorwort mehr.«

»Etwas zu löschen ist das geringste Problem.«

»Nicht für mich.«

»Für mich schon. Ich hätte zum Beispiel längst alle Kindheitserinnerungen und die aus deiner Armeezeit gestrichen. Die haben mit nichts was zu tun.«

»Aber wir hatten doch entschieden, es kommt alles rein, ungefiltert, wie in der Bibel.«

»Dann entscheiden wir jetzt eben, dass nicht alles reinkommt.« Er beäugte die Rechnung. »Angefangen von diesem Satz hier.«

»Der soll nicht rein?«

»Nein.«

Das ärgerte mich. »Aber in der Bibel ist es doch auch so, da gibt es Teile, die zusammenhangslos scheinen. Würdest du etwa das Buch Jona streichen oder die Klagelieder Jeremias?«

»Ohne mit der Wimper zu zucken«, gab mein Lektor zurück, ohne mit der Wimper zu zucken.

»Ich verstehe nicht, wie meine Geschichte mit Julia etwas mit alldem zu tun haben soll.«

»Oh, bitte, tu mir einen Gefallen.« Er zahlte. »Du bist doch ein Geschichtenerzähler? Dann erzähl eine.«

Aus dem Nichts wird die Flut kommen

Bei einem zufälligen Gespräch mit einem imaginären Freund wurde mir bedeutet, ich solle zum Psychologen gehen. Einem echten, keinem imaginären. Im Kopf formulierte ich ein paar Fragen vor: Wen vermisst du – die, die dich glücklich gemacht hat, oder die, die du unglücklich gemacht hast? (Es müsste nicht wen heißen, sondern was, ich vermisse, was ich war, als ich mit ihr zusammen war.) Zu welchem Moment würdest du zurückkehren, zum ersten Mal oder zum letzten? (In letzter Zeit neige ich zum ersten, und zum ersten Mal in meinem Leben akzeptiere ich, dass es jederzeit das letzte sein könnte.) Welche hat ihren Stempel hinterlassen – die, die dir gesagt hat, du sollst gehen, oder die, die verschwunden ist? (Was am Ende bleibt, sind die kleinen Dinge. Kaffee auf dem Balkon, die, die nicht schlafen konnte, wenn die Laken nicht weiß waren.) An wen denkst du mehr zurück – an die, die du unsagbar geliebt hast, oder die, die dich schrecklich liebte? (Das ist natürlich nicht die Frage. Die Frage ist, warum es nicht ein und dieselbe ist.) Wen würdest du um Verzeihung bitten – die, die du nicht geliebt hast, oder die, die du nicht allein geliebt hast? (Rückblickend weiß ich es schon nicht mehr. Ich werde die um Verzeihung bitten, der ich es nicht gesagt habe.) Auf wen wärst du nicht bereit zu verzichten – auf die, die dir das Herz gebrochen hat, oder auf die, die du noch immer liebst? (Die Herzensbrecherin ist mit der Zeit vergangen, und auf die, die ich noch immer liebe, habe ich schon lange verzichtet.) Wovor hast du mehr Angst, alleine zu sterben oder ewig zu leben? Ewig zu sterben oder alleine zu leben? Zu leben, um zu sterben, oder für immer allein? Warum ist das, was ich will, immer schlecht und destruktiv, überflüssig und schädlich, und warum will es mich nicht zurück? Warum liebe ich nur Tiere?

Nach der Frage blieb nichts mehr zu fragen. Ich hatte das Gefühl, würde ich die Antwort darauf finden, verstünde ich alles. Am Ende bin ich nicht zum Psychologen gegangen. Ich bin Autodidakt – alles, was ich nicht aus eigener Kraft lerne, gilt mir als trügerisch und defätistisch. Ich habe alleine gelernt, ein Instrument zu spielen, habe selbst und für mich selbst Lesen und Schreiben gelernt. Habe noch nie nach Rezept gekocht. Ich will alles alleine entdecken, will unsagbare Fehler selbst begehen. Ich kann mich selbst fragen, was ich fühle und was das mit mir macht, was ich gedacht habe, warum es mir ständig schlecht geht und warum ich nur Tiere liebe. Ich kann mir selbst sagen, dass Fragen wichtiger sind als Antworten. Ich kann alles alleine, ich brauche niemanden. In jungen Jahren habe ich (aus eigener Kraft) gelernt, dass alles vergänglich ist, dass am Ende alles endet und ich alleine bleiben werde. Das ist eine sich selbst erfüllende Prophezeiung, sagt mein Freund. Du bist nur hier wegen der Wüste, erwidere ich. Und weil sie nicht hier ist, füge ich in Gedanken hinzu, damit er es nicht hört. Gäbe es ein Wundermittel, würde ich es nehmen; es ist ermüdend, die ganze Zeit zu versuchen herauszufinden, um welche Krankheit es sich handelt. Denn etwas mache ich falsch. Weil es mir nicht gut geht, weil ich nicht schön genug bin, weil ich die ganze Zeit müde bin oder schlafe. Etwas ist nicht in Ordnung daran, was ich mache, oder zumindest nicht in der richtigen Ordnung.

Denn etwas funktioniert nicht, findet sich nicht, ist nicht eingetreten, wie ich dachte, es würde kommen. In meinen wildesten Phantasien war ich nicht wild genug, habe gedacht, es würde schon noch alles werden, denn etwas muss sich ändern, es kann nicht sein, dass du ständig das Gefühl hast, etwas falsch zu machen, dass etwas nicht funktioniert, etwas tot ist, dass du nichts wirklich weißt. Denn etwas muss passieren, auch wenn das hieße, sich über die Feiertage das Leben zu nehmen, dem scheußlichsten Klischee entsprechend. Der Tod verlangt keine Originalität, er begnügt sich mit Einsamkeit. Ein Mensch muss wissen, wann Schluss ist, und auch Schluss machen können. Er darf nicht immer das Gefühl haben, etwas falsch zu machen, darf nicht denken, dass es überhaupt ein Richtig gibt, aber – und immer gibt es ein Aber – etwas funktioniert nicht, manchmal bin ich es und manchmal du, und manchmal ist niemand schuld. Aber immer ist es nicht für immer. Die einzige Konstante ist, dass es konstant nicht läuft. Ich stelle die falschen Fragen und bekomme auch darauf keine Antworten. Ich frage die falschen Leute, und sie verschwinden. Abermillionen von Elektronen kollidieren, auch mit mir zuweilen. Denn etwas mache ich falsch. Ich sitze an den falschen Orten, treibe mich in unguten Ecken herum, in Vierteln, in denen ich nichts zu suchen habe, auf belanglosen Partys. Du bist ein Magnet für beschädigte Frauen, hat mir mal eine gesagt, die sich von mir angezogen fühlte, für eine Sekunde. Aber ich bleibe bei dem, was ich bin, kenne nichts anderes, bin für nichts qualifiziert, auf nichts vorbereitet, nicht auf Erdbeben und auch nicht auf Dürreperioden. Bin jedes Mal von neuem überrascht, obwohl ich schon mehr als einmal nur gewarnt worden bin, dass die Flut aus dem Nichts kommen wird. Das Einzige, wofür ich geeignet bin, ist das, was ich nicht richtig mache. Ich muss alle Möglichkeiten in Erwägung ziehen, alle Optionen auskosten. Kann kein Essen auf dem Teller zurücklassen, kann nicht aufhören zu duschen, bis kein warmes Wasser mehr da ist, kann nicht lieben, bis es unmöglich ist, kann nicht schreiben ohne Vorgaben, kann nicht sagen, *ich kann ohne dich nicht sein*, solange du bei mir bist. Kann Fehler nicht zugeben, kann nicht sagen, *entschuldige, das war falsch*. Kann nicht lügen, kann Dinge nicht akzeptieren, für die es keine Erklärung gibt, kann nicht nicht reparieren, was ich kaputt gemacht habe, kann nicht sagen, *ich liebe dich*, wenn ich es nicht meine, kann nicht mitten in einem Film oder einem Buch oder einer Beziehung aufhören, kann nicht sagen, es wird schon alles werden, wenn ich nicht sicher bin, dass alles werden wird. Kann ein Wort nicht zweimal wiederholen. Bin nicht fähig dazu. Schlicht und einfach nicht. Kann Dinge nicht ungelöst lassen, lose Enden, ungerade Fünfen, nicht abgebrochene Brücken. Kann nicht mit dir sein, dich aber auch nicht gehen lassen, kann den Gedanken nicht ertragen, du bist mit einem anderen zusammen. Kann nicht weinen, aber fange ich damit an, kann ich nicht mehr aufhören. Und ich kann nicht sagen, warum, vielleicht ist es Freude, vielleicht ein Unglück, aus dem Nichts kommt die Flut. Einmal, bei einem ersten Date, hat mich eine gefragt, was ich mir selbst wünsche. Und plötzlich konnte ich meine Beine nicht mehr bewegen. Nicht, dass ich es versucht hätte, ich wusste einfach, ich kann nicht. Ich wollte es auch nicht versuchen, hätte noch ein Scheitern nicht ertragen. Was würde passieren, wenn ich versuche, die Beine zu bewegen, und es nicht schaffe? Denn solange ich es nicht versuche, besteht noch die Chance, dass es möglich ist. Und dann ist sie aufgestanden und gegangen, und ich bin sitzen geblieben. Denn ich war nicht sicher, ob ich meine Beine bewegen kann, und hatte keine Lust, ausgerechnet in dem Moment herauszufinden, ich kann es nicht. Vor allen hinzustürzen, eine Entschuldigung murmeln, *tut mir leid, ich hatte vergessen, dass ich verkrüppelt bin*. Und dann war es auch schon zu spät, das schmale Fenster hatte sich geschlossen. Eine gewaltige Welle, die ebenso schnell verebbt, wie sie sich auftürmt. Und so konnte ich plötzlich wieder gehen, nur dass ich nichts mehr hatte, wohin ich hätte gehen sollen. Ich rief ihr nach: Wir alle schreien doch, zeigen unser Gefieder. Das ist ein Standardtanz, ein primitives, animalisches Balzen. Ich hülle es in schöne Worte, in ausgesuchte Zitate, in Geklimper und Geläut. Jawohl, Geklimper und Geläut. Ich wickle es in Humor, in Witze, in lautstarkes, übertriebenes Lachen. Ich nicke auch viel, und du tust genau dasselbe. Denn du bist ebenfalls müde, hast auch schon alles gehört und gesehen. Das ist derselbe Tanz und dasselbe Gefieder. Dreißig-Sekunden-Werbespots, die versuchen, uns das immer gleiche Produkt zu verkaufen. Aber dann kommt aus dem Nichts die Flut, und das ist atemberaubend. Wassermassen umspülen dich mit ungesagten Worten, Worten, die die ganze Zeit dort gewesen sind, wenn auch nicht unbedingt in dieser Anordnung.

Jedes Mal, wenn ich in dir bin, kann ich nicht verstehen, was ich draußen gemacht habe.

Es gibt keine Erklärung dafür, ganz sicher keine logische. Unmittelbare Kommunikation. Wie beim Schreiben. Zumeist geschieht gar nichts. Meistens sind es nur Wörter, die du setzt und die sich zu einem Satz, einem Gedanken verbinden. Gewöhnlich lesen wir nur, überfliegen die Wörter und wandern weiter zu den Wörtern danach, zu weiteren Sätzen. Aber manchmal gibt es diesen seltenen Augenblick, in dem die Wörter ihre Bedeutung verlieren. Oder richtiger: zusätzliche Bedeutungen gewinnen, nicht nur wörtliche. Etwas im Klang, in der Sprachmelodie. Du verstehst, dass du nicht verstehen musst. Es gibt diesen Moment, in dem du weißt, du hast es geschafft, exakt den Punkt zu treffen. Du liest einen Satz schon nicht mehr, du siehst ihn. Siehst die ganze Seite wie einen binären Code, wie eine in sich geschlossene Einheit. Die Buchstaben verwandeln sich in eine greifbare Idee, eine Form, Gestalt. Godot springt plötzlich aus den Wörtern und fragt unschuldig: »Habt ihr auf mich gewartet?« Der Gesandte sucht Hiob nicht heim, der Prediger findet unter der Sonne Neues, Hamlet beschließt zu sein, denn es ist nichts faul im Staate Dänemark. Es gibt diesen Moment, dass du weißt, du bist gut. Auch wenn du hinterher denkst, du hättest phantasiert, aber in dem Moment ist es wahr. Ein Augenblick nur, in dem alle verstehen, was du gemeint hast, als du sagtest, aus dem Nichts kommt die Flut. Verstehst du?

Sie sitzt da schweigend, schaut dich mit weit aufgerissenen Augen an, versteht nicht, was du von ihr willst, was du versuchst zu sagen, ausgerechnet in einem Restaurant, ausgerechnet beim Essen, ausgerechnet zwischen einem Bissen und dem nächsten. Schon seit Minuten dreht sie die Gabel in ihrer Pasta, wickelt den ganzen Inhalt des Tellers auf, wartet auf eine Pause in deinem Monolog, damit sie sich die Nudeln in den Mund schieben kann. Es gibt diesen Moment, erklärst du ihr, da bist du perfekt betrunken, exakt so betrunken, wie es sein muss. Nicht zu stark und nicht zu wenig. Doch der ist schwer zu fassen, entschlüpft so wie die Gegenwart genau dann, wenn du versuchst, ihn zu benennen. Du versuchst immer, ihn zu bewahren, trinkst noch ein bisschen, hörst auf, wenn es sein muss. Aber das funktioniert nicht, du wirst wieder nüchtern und siehst, ihr passt nicht zueinander, oder du bist komplett benebelt und versprichst ihr den Mond und die Sterne. Und dann kommt aus dem Nichts die Flut, und eine große Traurigkeit überspült dich, steigt und drückt dir die Kehle zu, lässt alles winzig werden, was war. Du sagst dir, das hat nichts mit dir zu tun, das ist Glück oder Pech, ist stochastisch unabhängige Wahrscheinlichkeit. Nur, weil es schon hundertmal nichts geworden ist, heißt das nicht, dass du jetzt eine Sechs würfelst. Denn bei jedem Wurf ist die Chance identisch, eine Pechsträhne garantiert nicht, dass etwas Gutes passieren wird. Aber es kommt der eine, seltene Moment, in dem ich auf einen Gedankenstummel trete und ihn aussprechen muss, bevor er weg ist, selbst wenn du es bist, der ich ihn mitteilen muss. Du verstehst nicht, dieser Moment, das bist du, das ist ein Augenblick ohne Worte, ohne Bedingungen, ist Empfindung, Gefühl, Liebe ohne Erklärung, ohne Logik, dumme Liebe. Verstehst du?

Sie nickt, ich lächle. Sie lacht, ein bisschen zu laut. Wir haben jede Menge Verteidigungsmechanismen, wir sind wie zwei Menschen in einer Ritterrüstung, die enormen Lärm macht, wenn man sich bewegt, Geklimper und Geläut. Ja, Geklimper und Geläut. Was du da gerade empfindest, ist Abscheu, sagt dir eine innere Stimme. Man hat dich mit Wissen geflutet, mit Verständnis. Erwartet von dir, dass du berührst, belustigst. Du hast einen gehäuften Teelöffel voll von dir selbst geschluckt, kannst aber noch immer nicht sagen, was der Geschmack ist. Die Fadheit will nicht weggehen. Also falte ich das Gefieder wieder ein, wahre das Schweigerecht, ohne grandiose Verlautbarungen, ohne hektische Bewegungen. Denn alles, was ich sage, kann vor dem Hohen Gericht der Erinnerung gegen mich verwendet werden. Ich erinnere mich, wie ich mal zu einem Klassentreffen gegangen bin, aber nicht einem meiner eigenen Klasse. Ich kam zufällig an einer Tür im Kongresszentrum vorbei, ein Schild verkündete »Ehemaligentreffen«, und ich sah Leute ungefähr in meinem Alter eintreten. Also bin ich auch rein, hauptsächlich, weil ich schon schick angezogen war. Auf einem kleinen Tisch lagen Aufkleber mit Namen. Ich schwankte zwischen Michal und Ido. Michal wäre eine leicht zu erzählende Geschichte: »Ich habe mich immer fremd in meinem Körper gefühlt, anders, als Frau, eingesperrt in den Körper eines Mannes.« Am Ende nahm ich Ido – der lernen würde, nicht mehr zu spät zu kommen. Ich klebte mir den Namen an die Brust und stand mit einem Glas Punsch in der Ecke. Normalerweise falle ich nicht gerne auf, und ich beschloss offenbar deshalb, Ido würde anders sein. Ich trat zu einem Grüppchen von drei Männern und zwei Frauen, die laut lachten. »Hi«, sagte ich, »worüber wird geredet?« »Die Geschichte mit Avi und den Unterhosen auf der Klassenfahrt«, sagte ein fetter Typ. »Und wie er es geschafft hat, die Direktorin zu überzeugen, das seien meine.« Wieder lachten alle. Ich auch. »Avi und seine Späße«, sagte ich. »Erst gestern hat er versucht, mich am Telefon hopszunehmen. Der wird anscheinend nie erwachsen.« Alle verstummten, und der Fette sagte: »Avi ist im Libanon gefallen.« Und eine der Frauen zischte: »Du warst schon immer ein Arschloch, Ido.« Es tat mir leid um Ido, um Avi, der tot war, und um meine stets grottenschlechten Entscheidungen. Ich stand wieder allein mit dem Punsch in der Hand, als eine füllige Person zu mir trat. Der Aufkleber an ihrer mächtigen Brust verkündete »Rakefet«. »Ido, bist du das?«, fragte sie, erkennbar schon reichlich betrunken. Wir umarmten uns. Sie sah mich lange an. »Du hast dich überhaupt nicht verändert«, sagte sie schließlich. Untergehakt gingen wir auf die Terrasse, um zu rauchen. »Erzähl mir, was du so machst, ich will alles wissen.« Ich erzählte ihr, ich sei geschieden und hätte zwei bezaubernde Kinder, Uri, der Ältere, und die kleine Rakefet. Sie schaute mich unverwandt an und sagte: »Rakefet? Ich glaub's nicht.« Ich gestand ihr, ich hätte den Namen schon immer gemocht, ihren Namen, und sie sagte: »Oh, Ido. Wenn ich doch nur mit dir zusammengeblieben wäre. Ich meine, wir sind Seelenverwandte, du und ich.« Dann erzählte sie, ihr Mann habe sie verlassen, als er dahinterkam, dass sie keine Kinder haben kann, worauf sie mit einem windigen Typen nach Australien geflogen und dort abgestürzt sei – Drogen, Prostitution, dann Religion und am Ende eine Sekte. Irgendwann habe sie Heimweh bekommen, und jetzt sei sie eben wieder hier, sei zurück. Doch die ganze Zeit, als sie dort echt am Ende war, habe sie nur an mich gedacht. Und an den Satz, den ich immer gesagt habe, als Warnung. »Aus dem Nichts wird die Flut kommen?«, fragte ich. »Wir recht du hattest«, sagte sie. Und nach kurzem Schweigen: »Du hattest immer so gute Augen.« Sie fragte, ob ich nicht aus diesem »Guck-mal-was-ich-im-Leben-alles-erreicht-habe-Wettbewerb« aussteigen und irgendwo anders hingehen wolle. Zu ihr – oder vielleicht doch besser zu mir. Wir gingen zusammen zum Ausgang, und ich sah aus dem Augenwinkel noch, wie eine Frau »Rakefet« auf einen Sticker schrieb und ihn sich anklebte. Meine Rakefet war schon zu betrunken, um noch gehen zu können. Ich musste sie stützen. Wir hielten ein Taxi an, und ich bugsierte sie hinein. Gab dem Fahrer einen Hunderterschein und sagte, er solle sie fahren, wohin sie wolle. »Komm, lass uns nicht zerstören, was war, Rakefet«, sagte ich und küsste sie. Sie nickte. »Vielleicht im nächsten Leben«, sagte sie. Ich warf die Tür zu, und das Taxi fuhr los. Ich ging wieder rein, an die exquisite Hotelbar. Immerhin hatte ich mich ja schon mal in Schale geworfen.

Es gibt Menschen, die sind eingestürzt, ihre Haut ist wächsern und dünn, sie laufen herum wie normale Sterbliche, aber wenn sie den Mund auftun, kommt Staub heraus. Wie standen die Chancen, dass ich ausgerechnet an jenem Abend, in meinem fluiden und sanften Zustand, dort Julia an der Bar treffen würde? Wie bizarr. Auf dem schmalen Grat zu sein zwischen »ich habe noch so viel zu sagen, zu tun, zu erleben, zu schaffen« und dem »genug, es reicht«. Also warte ich, hoffe, dass alles bald vorbei ist. Dass die Befangenheit nicht anhält und der Trübsinn keinen Kummer mehr macht. Das Schweigen wird nicht peinlich sein, Reue, Ekel und Häme werden verschwinden und die Schuld nicht die deine sein. Und du wirst dir deine Fehltritte verzeihen, große wie kleine, die himmelhohen Erwartungen und den Kopf im Sand. Jedes Mal, dass du geschwiegen hast, allen Unsinn, den du von dir gegeben hast, wenn du dich mal wieder aufspieltest. Und auch die Abscheu vor dem Banalen, dem Trivialen wird verschwinden, vor dir selbst. Du wirst deine Fehler umarmen, die Narben, Irrtümer und Kompromisse. Gedanken werden zurückkehren, die du in die dunkelsten Ecken verdrängt hast. Und alle Charaktere, die du gespielt hast, wenn du nicht du selbst warst, werden kommen, um zu gratulieren. Der Sozialist, der Intellektuelle, der Charmeur, der Gepeinigte, ja sogar der Entfremdete wird kommen, wird am Rand stehen mit einer Pfeife oder Zigarre im Mund. Die Niederlagen werden endlich schweigen, brutal vergewaltigt, in gut gepolsterten Räumen. Jedes »Nein«, das du in deinem Leben eingesteckt hast, wird zu einer vagen Erinnerung. Jede Zurückweisung wird unter der Last ihres Vorwands zusammenbrechen. Alles, was dir im Hals gesteckt hat, was du weder schlucken noch ausspeien konntest, wirst du schlucken oder herauswürgen. Wirst die Kerze an beiden Enden anzünden, den Kuchen verspeisen und ihn ganz lassen. Alle, die du so sehr geliebt hast, dass es schmerzte, werden vergessen sein, und jede, die dich für immer liebte, wird sterben. Die, die gegangen ist, wird weinend auf allen vieren angekrochen kommen, und jede unerfüllte Liebe wird erfüllt werden, bis zum Überdruss. Du wirst keinen Schmerz empfinden, und dass alles geschrieben steht, dass alles zum Guten ist, dass eine Mitzwa mit einer Übertretung einhergeht, wird dich nicht stören. Du wirst nicht fragen, wohin alle Flüsse fließen oder alle Lachse ziehen. Und die, die weg sind, um nie wiederzukommen, werden zurückkehren. Auf einen Schlag werden Angst und Alter, werden Falten, Begierde und üble Gerüche verschwunden sein. Du wirst meinen, dein ganzes Leben habe auf diesen Augenblick hingeführt, den Moment, in dem du nicht mehr fragen wirst, wozu das alles nötig war. Du wirst mit einer Decke über den Knien im Schaukelstuhl auf dem Balkon sitzen, und aus dem Nichts wird die Flut kommen. Aber du wirst nicht überrascht sein, wirst es gewusst haben. In einer Sekunde wird alles vorbei sein, wirst du alles wissen, alles erinnern. Das erste Mal, dass es passierte, ziemlich am Anfang, war, als wir unterwegs zu einem Restaurant waren, und auf dem Weg zum Wagen blieb Julia mitten auf der Straße stehen. Ich ging noch ein paar Schritte weiter, blieb auch stehen und drehte mich um zu ihr. Leichter Regen setzte ein. »Was ist?«, fragte ich. »Nichts«, sagte sie. »Ich wollte dich anschauen.« »Also, bitte …«, sagte ich beschwichtigend. Ich glaube, das war das letzte Mal, dass ich glücklich war, als die Wolke brach und der Regen mich von Kopf bis Fuß bis auf die Haut durchnässte. Wir rannten los und sprangen ins Auto. Aus dem Nichts wird die Flut kommen, sagtest du. Ein Vulkan muss nicht ausbrechen, sagte ich. Er muss auch nicht aktiv sein, sagtest du. Er muss nicht einmal ein Berg sein, sagte ich. Er muss auch gar nicht sein, sagtest du. Schade, dass wir uns nicht eher kennengelernt haben, sagte ich. Wie viel eher?, fragtest du, auf der Schule, im Kindergarten, in einem früheren Leben? Wir haben uns in einem früheren Leben gekannt, sagte ich. Wir waren beim Zirkus. Du warst eine Frau mit Bart und ich ein Bär auf einem Dreirad. Wir haben uns in einem früheren Leben gekannt, sagtest du, wir waren ein Besteck, haben in der Küchenschublade Löffelchen geschlafen. Wir haben uns in einem früheren Leben gekannt, waren Statisten bei einem Stummfilm, sagte ich, und in den Drehpausen haben wir stundenlang geredet. Wir haben uns in einem früheren Leben gekannt, sagtest du, waren Roma auf einer Kirmes. Ich war damals schon ein Muskelmann, sagte ich, und du eine Hypnotiseurin. Wir haben uns in einem früheren Leben gekannt, sagtest du: Wir sind rein in ein Gebäude und haben uns schon im Aufzug geküsst. Are you going down?, hast du gefragt. Wir haben uns in einem früheren Leben gekannt, sagte ich. Ich war eine Schönheit, und du hast geschlafen. Wir haben uns in einem früheren Leben gekannt, sagtest du: Wir waren

Propheten. Ich habe gesagt, das Ende ist nah, und du hast gewusst, dass es das ist, was ich sagen werde. Wir haben uns in einem früheren Leben gekannt, sagte ich, im viktorianischen England. Du hast geschwankt, ob du den Sherry im Salon oder in der Bibliothek nehmen sollst, und ich habe dir den Kamin gekehrt. Wir haben uns in einem früheren Leben gekannt, sagtest du. Ich war eine Flamencotänzerin und du ein Matador. Ich habe all meinen Charme eingesetzt, um dich zu bezwingen, sagte ich, und du hast gekämpft wie ein Stier. Wir haben uns in einem früheren Leben gekannt, sagtest du. Wir waren parallele Linien, denn noch war nicht bewiesen, dass sie sich nie treffen. Wir haben uns in einem früheren Leben gekannt, sagte ich, im Römischen Reich. Arm in Arm saßen wir und haben seinem Untergang zugeschaut. Wir haben uns in einem früheren Leben gekannt, sagtest du, vor Unzeiten, vor der Sintflut. Du warst Noah, und ich war ein Seepferdchen, das versucht, auf die Arche zu kommen. Ich sagte, aber es dürfen nur Paare rein, und du sagtest, ich bin ein Seepferdchen, bin beides, männlich und weiblich. Und ich sagte, du bist ein Seepferdchen, warum musst du dann auf die Arche? Und du sagtest, für dich. Wir haben uns in einem früheren Leben gekannt, sagte ich, wir waren Wettervorhersagen. Du warst starke Winde und Überschwemmungsgefahr, und ich war üblich für die Jahreszeit. Wir haben uns in einem früheren Leben gekannt, sagtest du, im kältesten Winter seit zwanzig Jahren. Du warst ein Knoten in einer Plastiktüte und ich steifgefrorene Finger. Wir sind da, sagte ich und brachte den Motor zum Schweigen. Sie rührte sich nicht, mein Herz schlug heftig, und ich brachte es auch zum Schweigen. Du sagst Dinge, die mich zum Weinen bringen, sagte sie. Ich denke an dich und bekomme keine Luft mehr, sagte ich. Das lässt uns nicht viele Optionen. Sie lachte. Nein, sagte ich, zu ersticken und zu weinen. Es dauerte lange, bis das Essen kam. Ich spielte zerstreut mit dem Salzstreuer. Ich sehne mich nach etwas, das nicht geschehen ist, sagte sie, als Antwort auf eine nicht gestellte Frage. Dann entdeckte sie eine Wimper auf meinem Hemd, nahm sie vorsichtig mit der Fingerspitze auf, schloss die Augen und pustete. Es wird nicht wahr werden, sagte ich, das ist ein Nasenhaar, und wir mussten schrecklich lachen. Ich höre alles, was du mir sagst, sagte sie, nur nicht in dem Moment, in dem du es sagst. Alle fühlen wie alle, sagte ich, nur nicht zur selben Zeit. Jeder Knochen in meinem Körper freut sich einzeln auf dich, sagte sie, und ich sage ihnen, wenn wir nicht zusammenhalten, verlieren wir. Guckt euch die Muskeln an, wie sie sich alle anspannen, wenn er in der Nähe ist. Ich will dich die ganze Zeit, sagtest du. Will dich immerzu in mir haben, bei Hitze, bei Kälte, in der Bank, wenn ich irgendwo warten muss. Du machst etwas mit mir, das nicht real ist. Ich füge dich in Erinnerungen ein, an Orten, an denen ich alleine war. Stelle mir vor, du sagst zu mir: Ich will dich die ganze Zeit, ich will dich die ganze Zeit, ich will dich immerzu, dich. Eine Flut von Worten, die sich nicht vorhersehen, nicht stoppen lässt. Wenn du nur dein Gehirn abstellen könntest, für eine Sekunde nur. Denn du bist unmittelbar davor auszubrechen, eine Sekunde noch, und alles kommt raus, du bist auf dem Siedepunkt, bist eine Insel chaotischer Stabilität, bist ein Vulkanausbruch, bist der unkontrollierte Lachanfall bei einer Gedenkveranstaltung. Du bist das letzte Wort, nachdem nichts mehr zu sagen ist. Du bist das Menetekel an der Wand, bist die Pistole im ersten Akt, bist der Beginn einer wunderbaren Freundschaft, nachdem die dicke Dame schon gesungen hat. Du bist die globale Erwärmung, bist ein Hurrikan mit nettem Namen, ein Wirbelsturm, der langsam näher kommt, bist ein Tsunami, ein Beben im Herzen des Meeres, und plötzlich bin ich ein Katastrophengebiet. Du bist aus dem Nichts kommt die Flut. Du bist mir so ähnlich, dass einem schlecht wird. Zöge ich einen geraden Strich zwischen uns, wäre es der allerkürzeste, und noch in einem Jahr würde ich dich hier alleine an der Bar finden, trinkend, genau dort, wo ich dich zurückgelassen habe. Ich versuche, mich an alles zu erinnern, alles aufzunehmen, denn wenn ich verstehe, wo es begonnen hat, werde ich vielleicht auch wissen, wo es geendet ist. Ich betrachte sie, wenn sie schläft. Du bist eine Variable in der Gleichung, hat sie gesagt, mit dir verliere ich das Gefühl in den Fingerspitzen. Mit dir will ich alles, was eigentlich weniger wollen bedeutet. Ich will die Empfindung verlieren, sagte sie, manchmal ist das Nichtvorhandensein perfekt. Du bist keine Variable in der Gleichung, du bist eine Unbekannte. Und vielleicht bin ich ja nur mit dir besonders. (Wäre ich eine Zahl, dann eine Primzahl – teilbar nur durch dich und durch mich selbst.) Vielleicht lässt sich genauso schwer wissen, wo du aufhörst, wie, wo ich anfange. Vielleicht. Aber obwohl es bei jedem anders ist, ist der Kontext immer ähnlich. Immer ist Liebe mit im Spiel, Hass, Kränkung, Trennung. Der Täter ändert sich, doch das Verbrechen bleibt immer gleich. Vielleicht ist die Flut jedes Mal eine andere, sie hinterlässt aber immer ein Katastrophengebiet. Vielleicht ähnelt die Sehnsucht nach der einen nicht der nach einer anderen. Vielleicht, sagst du. Vielleicht spannt sich ja zwischen leidenschaftlicher Liebe und abgrundtiefem Hass ein dünnes Seil. Du gehst langsam darüber, jeden Schritt ausbalancierend, um nicht zu einer Seite abzustürzen. Und manchmal weißt du nicht einmal, dass du bereits im freien Fall bist. Du steckst in einem Vertigo, alle Instrumente zeigen an, du rast auf die Erde zu, aber solange du den Knall nicht hörst, glaubst du im Steigflug zu sein. Und obwohl du die Risse von Anfang an siehst, bist du sicher, sie zuspachteln oder zumindest damit leben zu können, und wenn nicht, sie dann eben mit einem schönen Bild zu verdecken. Dann stehst du eines Tages auf, und das ganze Haus liegt auf dir. Das Menetekel war an der Wand, die eingestürzt ist, aber du hast nichts sehen wollen, bist mit dem Kopf durch die Wand, hast die Warnsignale ignoriert, gleich am Anfang, unterwegs zu meiner Wohnung. Halte dich fern von mir, hat sie gesagt, alles, was ich berühre, verwelkt und geht ein. Ich fuhr zusammen, als ich sah, ihre Hand ruhte noch immer auf meiner Schulter, berührte mich, und dachte, ich werde dich nie lieben, so wie du mich nie lieben wirst. Aber es ist das erste Mal, und du steckst in einem Vertigo, meinst, du bist unterwegs nach oben, da tatsächlich schon der Absturz begonnen hat. So, wie du vom Moment deiner Geburt an im Grunde langsam stirbst. Du bemerkst es nicht, weil das Leben trügerisch ist, sich selbst in kleine Portionen unterteilt und erträglich macht. Kindheit, Arbeit, Feste, Sex – Dutzende von kumulierenden, lebenslangen Strafen. Aber die Zweifel sind wie schlafende Agenten, halten sich jahrelang bereit, bis sie eines Tages durch irgendetwas geweckt werden, ein Wort, eine Geste, und dich von innen liquidieren, ohne zu wissen, dass der Krieg, der kalte, längst vorüber ist. In einem lichten Moment erkennst du, dass alles trübe, alles künstlich ist. Die Zeit scheint sich nicht zu bewegen, Krümel um Krümel wischen wir weg, vom Tisch, von den Kleidern. Das Leben, das sind winzig kleine, mikroskopisch große Fasern, wie Asbest. Ich fülle meine Lungen damit, und sie töten mich von innen.

Jedes Mal, wenn wir ein befreundetes Paar bei uns zu Gast hatten, hatte ich das Gefühl, wir führten etwas auf, spielten, erwachsen zu sein. Es ist etwas Anachronistisches dabei, Freunde zu Gast zu haben, wenn ihr ein Paar seid, ein bisschen was von den Siebzigern. Man serviert Erdnüsse und Oliven. Macht den guten Cognac auf. Redet über Aktuelles. Stellt sich vor, wie es andersherum wäre, wenn er mit dir zusammen wäre und ich mit ihr. Wären sie und ich ein ähnliches Paar wie du und ich? Und natürlich – wie wären wir im Bett? Plötzlich realisierst du, du bist im Grunde genommen nur Kulisse für das Leben von anderen. Beruhig dich, stiehl ihnen nicht die Show. Ja, du lebst in einem Theaterstück, wer hat Angst vor Virginia Woolf? Du. Und das flutet dich, du läufst über, sitzt still, wühlst in der Schüssel mit den Erdnüssen, in der jetzt nur noch Schalen liegen. Versuchst, noch eine einzige Erdnuss zu finden, und wartest darauf, dass es vorbeigeht, weißt aber noch nicht einmal, was, vielleicht der Regen. Es gibt Gefühle, die sind ein Echo auf etwas, das du mal geschrien hast, vor langer Zeit, als du Dinge noch gespürt hast. Also sitzt du auf der Bettkante, die Beine wahrscheinlich überschlagen, und wartest. Führst ein imaginäres Gespräch mit ihr. Das bist nicht du, ich bin das, ich kann nicht mehr, ich will weniger, fang nicht an zu weinen, seit wann rasierst du dir die Beine nicht mehr, ich bin innerlich tot, man muss auch nachgeben und loslassen können, das führt zu nichts, entwickelt sich nicht, hat keinen Flow, keine Zukunft, und ständig Vorwürfe, ohne Ende, der Tank ist leer, der Akku muss aufgeladen werden, ein *total loss*, es ist vorbei, ist nicht mehr, was es mal war, vielleicht nie gewesen ist, ist abgekühlt, entfremdet, und ich will mich entwickeln, wachsen, will nicht jeden Tag das Gleiche essen, aber du suchst nach einem Vater, und ich hasse das Dorf, dachte nicht, dass es sich zu so etwas entwickeln würde, es sollte ja von Anfang nur was auf Zeit sein, was Vorübergehendes, ohnehin passen wir nicht zueinander, dein Lachen ist enervierend und zu laut, du bist nur noch ein einziges Geklimper und Geläut, warst nicht immer so, außerdem würden wir hässliche Kinder haben, und ich halte dich nur auf, du hast etwas viel Besseres verdient, nachdem man mich geliebt hat, hasst man mich, das passiert immer, ist auch mir passiert, ich bin eine Primzahl, bin nur durch eins und mich selbst teilbar, bin emotional verkrüppelt, kann nicht lieben, das ist nur das Ego, wir beide wollen es eigentlich gar nicht, haben den Zug verpasst, sind vom Gleis abgekommen, du bist nicht bei mir, und das ist nicht, was ich gesucht habe, du weißt nicht wirklich zu nehmen, zu geben, Wünsche zu erfüllen, zu wünschen, sagst nicht, was du wirklich willst oder meinst, bis es zu spät ist, und es ist wirklich schon spät, komm, lass uns morgen reden, denn wir sind auf verschiedenen Routen unterwegs, sind parallele Linien, die sich nicht treffen, auch nicht in früheren Leben, wir laufen im Kreis, alles ist technisch, mechanisch, wir machen einen Haken an Sachen, außerdem habe ich dir nicht den Mond und die Sterne versprochen oder bis in alle Ewigkeit, Menschen ändern sich, das passiert, du bist nicht offen, und immer dieselbe Stellung, wenn überhaupt mal, ich erinnere mich schon gar nicht mehr ans letzte Mal oder an das erste, das unvergessliche, als du sagtest, Unruhe müsse mit Stille gefüllt werden. Ich habe keine Lust, Zeit zu verschwenden, will nicht etwas tun und es bereuen, drum herumschleichen, es fühlt sich an wie Rückwärtsgehen, es ist ja nur eine Pause, vielleicht kommen wir noch mal zusammen, vielleicht in einer anderen Zeit, einem nächsten Leben oder in einem Paralleluniversum oder wenn ich depressiv wäre, doch du kannst mich nicht glücklich machen, so traurig es auch ist, aber man kann nicht sagen, wir hätten es nicht versucht. Doch wo haben wir uns verirrt? Ich habe alles gegeben, und ich will alles, alles steht dir zu, und du hast mehr verdient, man muss verzichten können, ich könnte auch lügen, das Letzte, was ich wollte, ist dich verletzen, besser, kurzen Prozess machen, als es dahinsiechen zu lassen, und hätte ich gewusst, dass es so endet, hätte ich nicht damit angefangen, das ist ein ganz schlechter Film, ist nicht wahr, ein Albtraum ist das, ich wünschte, es wäre alles ein Traum. Es wird andere geben, wir reden nur, warum das über Jahre hinziehen, komm, lass uns persönliche Kränkungen beiseitelassen, wir ziehen uns schon gegenseitig nicht mehr an, das Leben geht weiter, ich fühle mich mies, schade, ich liebe dich, aber … Aber wir sind zwei getrennte Sonnensysteme, jedes mit seinen eigenen Planeten. Für zwei Sonnen ist kein Platz, das ist zu heiß, zu grell. Ich sehe dich von weitem aufgehen und untergehen, was passiert ist, musste passieren, getrennte Sonnensysteme. Ich bin der Flut müde, sage ich ihr in meiner Phantasie, ist mir egal, woher sie kommt, denn sie geht ins Nichts. Vielleicht schafft sie es bis vor unsere Tür, aber dann wird sie schon müde und schwach sein. Ein bisschen schmutzige Gischt nur, die sich auflöst und versickert. Ich stelle mir dich vor, wie du dabei bist, dir mich vorzustellen. Vielleicht tust du dasselbe, und wir sind gefangen in einer endlosen Dauerschleife, zwei Spiegel, die einander unaufhörlich reflektieren. Sag nicht, du willst dasselbe, wenn du es nicht zeitgleich willst. Mach mir keine Komplimente, das bedrückt mich nur, wenn sie ausbleiben. Lach nicht, streichle nicht. Liebe bricht aus wie eine Krankheit, schlummert dort wie ein feindlicher Agent. Also sind wir still, reden nicht. Bloß sie nicht aufwecken, die Dämonen. Sag nicht, komm, wir gehen und schauen, wie sie schlafen. Wie ermüdend das ist, Hoffnungen nicht zu erfüllen, die man in dich gesetzt hat, will ich ihr sagen. Und wie grausam von mir, Hoffnungen in dich zu setzen. Sag mir nicht, ich bin ein Genie, und wenn doch, dann sag es wenigstens ständig, damit ich mich daran gewöhne, damit ich nichts anderes höre. Damit es zu einem Grundrauschen wird. Und sag nicht, du vermisst zeitweise etwas, wenn du die restliche Zeit Dinge vermisst, die nicht passiert sind. Das ist der Anfang vom Ende, der Riss, durch den sich der Zweifel einschleicht, durch den das Wasser bis ins Fundament rinnt. Untreue beginnt schließlich im Kopf, lange, bevor tatsächlich etwas passiert, manchmal sogar, noch ehe man zusammen ist, ja zuweilen, bevor man sich überhaupt kennengelernt hat. Vielleicht eine, die du vorher gekannt hast und die wie ein Schläfer in deinem Kopf ist, eine tickende Zeitbombe. Eines Tages aktiviert irgendein Trigger sie, irgendein flüchtiger Reiz, du wirst nicht mal wissen, was genau. Vielleicht beim Einkauf bei Ikea, vielleicht bei einer Familienhochzeit musst du plötzlich an sie denken, die Tickende, und fragst dich: Wo die jetzt wohl steckt? Und was mache ich hier bloß, was? Mit Musik aus den Achtzigern und der dicken Tante, die allein auf der Tanzfläche ist mit einem kleinen Mädchen im rosafarbenen Kleid und welk gewordenem Dessert in der Hand. Sie wird dich fragen: »Wem simst du da die ganze Zeit?« Und aus dem Nichts wird die Flut kommen, vielleicht innerhalb eines Monats, eines Jahres vielleicht. Du wirst sagen, sie hat alles weggespült, und jetzt könnt ihr einen Neuanfang wagen, wenn sie denn will. Aber es ist schwer, nach einer Untreue weiterzuleben. Man lässt zwar alles hinter sich, denn sonst kann man ja nicht weitermachen. Geht zu Ikea, zu einer Hochzeit, vielleicht sogar zur eigenen. Aber die Untreue ist immer da, wie eine tickende Zeitbombe, die eines Tages durch irgendwas scharf gemacht wird. Die Untreue ist der Strick, von dem man spricht im Haus des Gehängten, der trauernde Vater auf der Abiturfeier. Sie wird sie niemals einsetzen, es ist die apokalyptische Waffe, die Atombombe, die nur zur Abschreckung bestimmt ist. Sie muss nur eine Andeutung machen, und schon weißt du Bescheid, gibst nach und entschuldigst dich. Denn Untreue ist ein Verbrechen, das nicht verjährt. Aber die Untreue ist nur ein Symptom, nicht die Krankheit selbst, das weiß sie so gut wie du. Du ertappst dich dabei, wie du Munition für die nächste Runde hortest, Wut und Beschwerden sammelst, sie vernachlässige sich selbst, ihren Körper und deinen. Es ist ein Kampf der Gehirne, ein Krieg. Du hast mir die Luft zum Atmen genommen, hast mich eingekerkert, wirst du ihr sagen, du bist mindestens genauso schuld, bist so selbstgerecht und rein, bist immer müde, hast nicht wirklich verziehen und willst eigentlich gar nicht. All das geht dir durch den Kopf, wenn du am Strand sitzt und sie losgeht, etwas zu trinken holen. Die Untreue beginnt im Kopf, sagst du zu dem Platz, an dem sie gesessen hat. Du musst ja nicht fliegen, es reicht, wenn du nicht am Boden zerschellst, sagst du dir selbst. Aber dann kommt aus dem Nichts die Flut, ein Wort, eine Geste, ein abfälliges Augenrollen, eine zynische Bemerkung oder bloß eine Beleidigung. Du sagst dir, sie ist sauer oder verletzt oder es sind die Hormone. Aber beim nächsten Mal wird sie irgendetwas Persönliches gegen dich verwenden, das du ihr mal gesagt hast. Etwas, das du in einem sanften, intimen Moment nur ihr erzählt hast. Sie wird diese Sanftheit ausnutzen, um dir zu zeigen, wie schwach du bist, wird deinen Tonfall nachahmen, obwohl du murmelst, du würdest nie so reden. Aber auch das wird sie in einem weinerlichen Tonfall nachäffen, den es nie gegeben hat. *So rede ich gar nicht ...* Danach gibt es nur noch Blicke, Schweigen, Türenschlagen, Schubladen, die aufgerissen werden, spätnachts, wenn du tust, als würdest du schlafen, um ihr bloß nicht die Befriedigung zu verschaffen, dich gestört zu haben. Und das geht immer weiter so. Erst ein paar Tage und: *Komm, lass uns nicht mehr streiten.* Danach eine ganze Woche und: *Vielleicht reicht es jetzt mal?* Dann ein Monat und am Ende: *Mach, was du willst, ich gehe.* Du wirst die Tür hinter dir zuwerfen, willst zurück, um noch etwas zu sagen, aber die Tür ist ins Schloss gefallen, und klopfen, nur um dann loszuschreien, willst du nicht. Und wenn du wiederkommst, sitzt sie mit einer Zigarette im Dunkeln auf dem Sofa. Beim nächsten Mal, nachts um drei, wird sie gar nicht da sein. Um sechs hörst du die Tür aufgehen und rührst dich nicht, atmest nicht. Um ihr bloß nicht zu zeigen, dass es dich juckt. Und vielleicht juckt es dich ja wirklich schon nicht mehr. Warum bist du dann noch hier? Geh! Nein, geh du doch! Warum hast du mir nicht von Anfang an gesagt, dass du so bist? Warum hast du mir nicht gesagt, dass du eine Schlampe bist? Sie wird dir einen Schubser verpassen, wird die Gemüsereibe nach dir werfen, die du in der Spüle hast liegen lassen, ohne sie sauber zu machen, obwohl sie dich mehrfach darum gebeten hat. Du nimmst deine Jacke, und sie sagt, komm nicht wieder, und wirft den Kartoffelschäler nach dir, und du wirfst ihn zurück und triffst sie an der Stirn, mit Wucht, denn du kannst besser und härter werfen, und sie stößt dich aus der Wohnung und versucht, die Tür hinter dir zuzumachen, und dann wird aus dem Nichts die Flut kommen, werden Leid und Traurigkeit in deine Hand dräniert, bis du hinterher nicht einmal mehr weißt, woher das kam oder was genau passiert ist. All die Momente, in denen du so getan hast, als würdest du schlafen, als wärst du das Opfer, der Betrogene, der gepeinigte Heilige, sind einfach aus dir hervorgebrochen. So wirst du es hinterher dem Freund erzählen, bei dem du auf dem Sofa landest und nur daran denkst, was sie gerade deinen Sachen antut, den Büchern, Platten, dem Computer. Später in der Nacht wirst du anrufen, wirst um Verzeihung bitten. Und dich dabei ärgern, dass du eine Schuld eingestehst, wo du dich doch nur selbst verteidigt hast.

All das geht dir durch den Kopf, als du mit ihr an der Bar sitzt, in deinem präsentablen Outfit, die Speisekarte studierst und überlegst, was du bestellen sollst, etwas Leichtes, aber Raffiniertes. Vielleicht Ravioli. Und du bestellst noch ein Bier, ein kleines aber. Um in der Balance zu bleiben, im Zustand exakter Trunkenheit, in dieser Gegenwart, die gerade vergeht, aber sogleich wieder ersteht, alles kann geschehen, aber nicht alles wird geschehen, sagst du dir, und alles ist gut, ist im Lot, das ist kein Todesröcheln, das sind Wachstumsschmerzen, und man muss nicht fliegen, es genügt, nicht am Boden zu zerschellen. Du nimmst noch einen Schluck. Du setzt alle Hoffnung in mich, sagst du zu ihr, das ist eine ganz schön schwere Verantwortung für meine schmalen Schultern, doch mit großer Verantwortung kommt auch große Kraft, vielleicht wirst du noch zu einem Superhelden, vielleicht zu einem Schurken. Denk nicht so viel, sagt sie, lebe den Augenblick. Aber wie lässt sich etwas leben, das jede Sekunde endet? Ich bin ein Punkt, durch den die Zeit verstreicht! Habe meine Schlagkraft, meine

Schwerkraft, meine Kraft verloren. Ich bin eine stochastisch unabhängige Wahrscheinlichkeit. Das ist mir zu hoch, wird sie sagen, und du wirst dich unendlich klein fühlen. Alle schönen Worte werden nichts nützen, alle Zauber nicht verfangen, und keine Flut wird etwas hinwegspülen. Am Morgen wird sie schon nicht mehr da sein. Und du wirst dir sagen, es habe sie vielleicht nie gegeben. Und dass du ein Idiot bist. Dass das passieren musste, weil es am Ende passiert ist. Es wird enorm wehtun, aber es ist ein Schmerz, der auf viele Tage verteilt wird, ein Schmerz in Raten – Kindheit, Arbeit, Feiertage. Kleine Schmerzen, Bröckchen für Bröckchen, und dass ihr nicht zusammen seid, heißt nicht, dass du alleine bist. Du sagst dir, es ist Zeit, zurückzustecken, durchs Regal zu wischen, lockerzulassen, und andere Klischees mehr. Denn vielleicht sind wir nur Kulisse der Landschaft, sind Statisten der Werbespots, Fahrer von Ladungen, Fotografen, die für Katzen arbeiten. Bis aus dem Nichts die Flut kommt, kommt aus dem Nichts die Nausea. In einem Café mittags am Schabbat schaust du dich um und siehst, dass alle traurig sind oder am Boden, gebrochen sind oder kurz vor dem Zusammenbruch, von sich selbst enttäuscht oder von anderen, nicht mehr können oder allen sagen, bloß nicht aufgeben. Alle sind zynisch oder egoistisch oder egozentrisch oder kleingeistig oder geizig oder essen mehr, als sie können. Alle hassen oder mögen etwas schlicht nicht oder lügen, sie würden es doch tun. Alle sind Philosophen oder Intellektuelle oder wissen alles über alles oder googeln es. Alle sind unausgeschöpftes Potenzial oder unmittelbar davor, groß rauszukommen, oder warten auf den Tod, damit man sie postum entdeckt. Und alle sind Schriftsteller oder Lyriker oder Regisseure oder Designer oder Drehbuchautoren oder kellnern im Moment. Alle haben gelacht, als sie das gehört haben, und damit du es weißt, sie lachen so gut wie nie. Alle trainieren oder arbeiten an sich oder nehmen ab oder lassen sich therapieren oder operieren oder joggen oder walken oder machen Yoga oder Pilates oder hören auf zu rauchen oder zu trinken oder zu leben. Alle sind irrsinnig talentiert und witzig, dass du dir in die Hose machst, sind begnadete Musiker oder Genies mit den Händen oder reden nicht nur oder machen alles, und das schnell, alle sind mehr, sind aus ganz anderem Holz geschnitzt oder haben Kräfte entdeckt, von denen sie nicht wussten, dass es sie gibt, oder Leben gerettet oder sind bei dem Versuch gestorben, sind schöne Worte bei Nachrufen. Alle sind alt oder jung oder kindisch oder dröge oder Dudes oder fresh oder Gangster oder Aufreißer oder schwul oder cool oder Hipster, bestellen einen halben doppelten Espresso und definieren alle im Verhältnis zu anderen. Alle sind auf der Suche oder verzweifelt oder raus aus einer Beziehung oder gerade frisch liiert oder haben die Krise oder jemandem eine von einem anderen organisiert. Und alle schlafen mit allen oder mit jedem, der bereit ist. Alle gucken keine Realityshows oder haben nicht mal einen Fernseher. Alle sind unterwegs oder kommen zu spät oder sind in fünf Minuten da oder haben nur fünf Minuten oder ein Gespräch zu führen oder sind gleich bei dir. Alle sind nur für eine bestimmte Zeit hier. Alle haben für den König von Marokko Musik gemacht oder waren Köche des Kalifen oder Spross einer Rabbinerdynastie oder in Russland Ingenieure oder sind mit Moses durch die Wüste gezogen oder 1948 aus dem Haus geflohen, in dem ich wohne. Alle lieben Pop oder Indie-Rock oder Hiphop oder fahren zum Reading Festival. Alle spielen Gitarre oder haben acht Jahre Klavier gelernt oder haben heute Abend einen Auftritt vor drei Leuten, du solltest auch kommen, so was hast du noch nicht gehört, und bring ruhig alle mit. Alle sind von Freunden umgeben oder Bekannten oder Kollegen oder Familie oder einer Unterstützergruppe oder Gemeindemitgliedern oder Tausenden von Usern und Followern. Alle sind einsam. Alle leben am Abgrund oder an der Schwelle, auf Drogen oder Pillen oder sind high vom Leben oder von Gott oder sind Veganer oder Ultralinke, alle stehen auf der Bühne, und alle sind Schauspieler. Alle sind fett oder ungepflegt oder rasieren sich nicht oder kriegen Glatze oder Schuppen oder haben Ausschlag oder Lepra oder verfaulen oder sind von Würmern zerfressen oder taube Nüsse, alle waren wir mal schön auf Bildern. Alle sind Facebook-Größen oder Influencer oder App-Entwickler oder haben schon TED-Vorträge gehalten oder einen Clip gemacht, der viral gegangen ist, alle sind Kapaune im Hühnerstall des globalen Dorfes. Alle sind Schweine oder Diebe oder Antatscher oder unterschlagen was oder sind Vergewaltiger oder Schläger oder Sadisten, missbrauchen oder betrügen oder sind korrupt oder treiben es mit Minderjährigen. Ihr seid alle Huren. Alle wollen jemanden, der sie nicht will oder es vielleicht nur nicht sagt. Alle sind emotional verkrüppelt oder wissen nicht, was gut für sie ist, oder sind nicht bereit, sich zu verpflichten, oder begreifen nicht, dass es vorbei ist, oder können nicht loslassen. Alle sind gerade zurück aus Thailand oder durch Südamerika gereist oder haben in New York gewohnt oder in Paris studiert oder in Neuseeland gearbeitet oder sind Geisha in Tokio gewesen oder von einem All-Inclusive zurück, und alle haben weniger bezahlt als du. Alle sind im Kibbuz groß geworden oder in Armut oder kommen aus einem strenggläubigen Haushalt oder waren mal ein Mann oder eine Frau oder straight oder haben von verbotenen Früchten gekostet, alle waren mal hässliche Entlein und sind jetzt Schwäne. Alle wollen ein Kind oder einen Hund oder eine Katze oder eine Wohnung oder ein Haus im Grünen oder Liebe oder einen akademischen Titel oder eine Bar aufmachen oder einen guten Job oder eine Gehaltserhöhung oder sich beruflich neu orientieren oder Atmosphäre oder einfach alles. Alle streiten oder reden nicht mehr miteinander oder haben seit Jahren keinen Kontakt oder erinnern sich nicht mehr, was der Grund war, oder bitten um Verzeihung, und alle lieben so doll, dass sie hassen – und zwar dich. Alle sind Klischees oder Stigmata oder Schablonen oder haben Vorurteile oder verallgemeinern grob. Alle sind hohle Metaphern oder Galeerensklaven. Bumm, bumm, bumm. Alle sind schadenfroh oder lästern in aller Öffentlichkeit oder hinter dem Rücken oder im stillen Kämmerlein oder zerreißen sich auf Zeitungsseiten das Maul. Alle warten an der Ecke oder in der nächsten Kurve, dass du strauchelst oder stürzt oder stirbst. Alle sitzen in einer Sackgasse oder sehen den Horizont nicht mehr oder stecken fest, oder es sind nicht sie, die auf der Stelle treten, sondern die anderen, die immer in Bewegung sind. Alle bauen auf jemand anderen, der sie aus dem Morast zieht, oder warten auf etwas, das passiert, oder auf die Hand des Zufalls oder auf die Ruhe nach dem Sturm oder auf das Unheil aus dem Norden, alle wollen aufwachen, aber wie viel soll man denn schlafen können? Alle lieben mich oder hassen mich oder kennen mich nicht oder haben gedacht, ich sei jemand anderes, oder dass es mit mir anders sein würde. Alle wissen, was am besten für mich ist, oder waren mal genau dort, wo ich jetzt bin. Alle sind ein Vulkan oder ein Erdbeben oder aus dem Nichts kommt die Flut, alle sind nicht glücklich. Macht, was ihr wollt, sage ich mir, und alle nicken.

Denn alle sind in alle verliebt, nur nicht zur selben Zeit. Also gehst du, hängst ein Schild an die Tür: *Bin ausgeklinkt, komme gleich zurück.* Im Radio berichten sie von schweren Regenfällen, es bestehe die Gefahr von Überschwemmungen an niedrig gelegenen Orten. Und alle Schilder sagen mir, ich soll anhalten, abbremsen, im niedrigen Gang bleiben. Alle Schilder drohen, warnen. *Vorsicht Straßensperre!* Ein verschlafener Soldat starrt auf ein altes Foto von dir, und ihr könnt beide nicht glauben, dass du das bist. Manchmal, erkläre ich ihm, muss man, um die ganze Inschrift zu sehen, auf Abstand zur Wand gehen. Muss mitunter in ein anderes Land fahren, in die Wüste, muss abschalten, das Telefon, das GPS. Muss das Gehirn ausschalten, das Radio, die Nachrichten, die Meldungen über drohende Überschwemmungsgefahr. Denn ohne abzuschalten, kann man nirgendwohin flüchten, und aus dem Nirgendwo kommen die Überschwemmungen, alle wissen das, sagen es aber nicht, reden nicht, machen stattdessen noch einen Fake-Urlaub aus Hochglanzprospekten mit Fotos von lächelnden Menschen, in der Hand einen Cocktail mit Schirmchen, Männer mit Waschbrettbauch und Frauen ohne Periode und riesige Meeresschildkröten. Alle Schilder sagen mir, ich soll anhalten, langsamer werden, zurückbleiben. Der Himmel verfinstert sich, akute Gefahr von Überflutungen an niedrig gelegenen Orten, heißt es. Und da ist das Schild, »Meeresspiegel«. Ich ignoriere es und fahre weiter, sinke, winde mich, tauche, schlafe, aus dem Nichts kommt die Flut und wird mich schon wecken. Wie damals, beim ersten Mal, zu Chanukka, als wir mit meiner Jugendgruppe in die Wüste gefahren sind. Es war der regenreichste Winter seit zwanzig Jahren und der kälteste überhaupt. Den ganzen Tag sind wir gewandert, auch bei Regen. Wir waren zwar jung und hatten keine Erfahrung, aber klar war, das würde ein ausgemachter Albtraum werden. Die Kälte drang uns in die Knochen, die vollgesogenen Rucksäcke wogen wie Blei, die nassen Sachen wärmten kaum, und wir zogen eine weitere Schicht nach der nächsten darüber. Am Abend entzündeten wir ein Lagerfeuer und rollten unsere Schlafsäcke eng beieinander darum aus. Am dritten Abend bemerkte ich, dass es immer dasselbe Mädchen war, das ihren Schlafsack neben meinem platzierte und ihren Po in meine Richtung schob. Durch die vielen Kleidungsschichten und die Schlafsäcke ließ sich schwer sagen, ob das mit Absicht geschah. Aber auch in den beiden darauffolgenden Nächten im Krater und im Steinbruch lagen wir nebeneinander. Als wir in der Mehlhöhle kampierten, spürte ich bereits ihren Atem an meinem Hals, was sich wunderbar warm bei all der Kälte anfühlte. Den ganzen nächsten Tag marschierte ich zitternd vor Kälte, aber auch in Erwartung der kommenden Nacht. Am letzten Abend kam heftiger Wind auf, und die Temperaturen sanken. Nach kurzer Beratschlagung beschlossen unsere Leiter, wir würden in einem ausgetrockneten Flussbett schlafen, das uns vor dem eisigen Wind schützen sollte. Wir rollten unsere Schlafsäcke auf den Flusskieseln aus, aber in einiger Entfernung von der Gruppe, hinter einem Knick, um ein bisschen Privatsphäre zu haben. Die Schlafsäcke zu einem großen verbunden, schlüpften wir hinein. Der Welt entzogen, verbargen wir uns vor dem stärker werdenden Regen und hielten uns fest umschlugen (was aber nicht alles war). In unserer Welt war es schon nicht mehr kalt, gab es keinen Wind oder Regen mehr, keine Spielchen um Ehre oder die Sorge, was die anderen sagen würden, die Gruppenleiter, die in der Zwischenzeit alle aus dem Flussbett geholt hatte, alle bis auf uns, die Verborgenen. Erst war nur ein dumpfes Dröhnen zu hören, wie von fernen Kriegstrommeln. Doch der Lärm wurde lauter, wurde zu einem rollenden Donner, und dann fing die Erde an zu beben. Wir sprangen auf und rannten zur Uferböschung. Aus dem Nichts kam die Flut, und eine gewaltige Schlammwelle riss alles mit, was sich ihr in den Weg stellte. Steine, Felsen, Äste und zwei miteinander verbundene Schlafsäcke. Hinterher redeten wir nicht. Nicht im Bus und auch nicht in den Tagen danach. Wenn du jung bist, neigst du dazu, in allem Zeichen zu sehen, und erst mit den Jahren lernst du, sie zu ignorieren. Hin und wieder muss ich an sie denken, an sie und an die Schlammflut, die mich mit sich nehmen wollte. Manchmal lasse ich mich von meiner Phantasie mitreißen, und manchmal werde ich in meiner Phantasie mitgerissen. Unerfüllte Liebe ist das konstante Gefühl, Dinge seien ungelöst geblieben, hat Julia einmal gesagt, als wir auf einem Vorsprung des Bergs Aaron standen und wie Moses auf das verheißene Land schauten, auf den Berg, die Wüste, die Stufen der Arava-Senke, die dich jetzt hellwach halten, Augen auf die Straße, niedriger Gang. Ich fahre weiter, und die Traurigkeit füllt beständig den kleinen Innenraum, wie Wasser, das einströmt. Kurz vor Sodom ist der Traurigkeitspegel schon so weit gestiegen, dass ich mit dem Kopf fast an den Wagenhimmel stoße. Nacheinander gehen die Kontrollleuchten an: Benzin, Öl, Wasser, Luft. Wohin?, fragt der verschlafene Soldat. Bin ich hier nicht schon mal durchgekommen? Dreh einfach um und fahr zurück. Dorthin, woher du gekommen bist, zu jemandem, den du verlassen hast, jemandem, den es kümmert. Langsam, langsam. Hol erst mal Luft, trink etwas. Hast du jemanden, den du anrufen kannst? Hab keine Angst, dass du mit niemandem zusammen bist, heißt nicht, du bist allein. Aus dem Nichts kommt die Flut, und aus dem Nichts verschwindet sie wieder. Strömt wie alle Flüsse zum Meer. Wenn du überlebt hast, davon zu erzählen, dann erzähl. Das wird nicht leichter. Erzähl mir etwas, das ich nicht weiß, wirst du wahrscheinlich sagen. Die Sonne ist fast schon untergegangen, und die Wüste signalisiert mir, es wird kalt. Ich schichte das Holz auf, das ich mitgebracht habe, mache Feuer, setze Wasser auf, lege die Wurzel hinein und lasse sie langsam kochen, ziehe mich aus. Sinai, 1979, am Strand von Rafiach, ein Taucher erklärt mir, wie ich aus einem Unterwasserstrudel komme: »Kämpf nicht dagegen an, das kostet nur unnötig Kraft. Tauch bis zum Boden, dort ist er schwächer.« Weißer, leicht gräulicher Schaum bildet sich am Rand des Topfs, ich nehme ihn vom Feuer, rühre, bis ein kleiner Strudel entsteht, und gieße ein, warte, bis es abgekühlt ist, schaue zum Himmel und kippe das Ganze in einem Schluck hinunter. Keine Selbstfindung ohne die Chance, dabei den Tod zu finden. Was okay ist, eine Mitzwa, die mit einer Übertretung einhergeht. Also sitze ich nackt in der Wüste. Wenn die Farbe abgeht, entdeckst du eine weitere Schicht und denkst, du bist am Ende angelangt. Und plötzlich stellst du fest, guckt man schräg auf eine Uhr, zeigt sie schon nicht mehr die Zeit an, und dass du nicht verrückt bist, denn jeder Mensch hat tatsächlich einen Zwillingshund. Und es ist keine Flut, wenn es nicht aus dem Nichts kommt, ist keine Flut, wenn du nicht mitgerissen wirst, wenn etwas nicht über seine Ufer tritt. Wau. Wau. Wau. Ich stellte mir den Moment vor, in dem du kommst, den Moment, in dem du erfährst, ich bin tot, und bin versucht zu denken, es ist derselbe Gesichtsausdruck, dasselbe schmerzverzerrte Erstaunen, denn jedes Mal war wie das letzte. Tausendmal war ich auf meiner eigenen Beerdigung, und tausendmal hat es geregnet. In den Tagen der Schiwa wechselten alle meine Geliebten stumme Blicke, wie eine okkulte Sekte, lauerten darauf, wer die Erste sein würde, die aufsteht und sich von den Burekas nimmt. Ich muss eine Liste machen, sage ich mir laut, lasse mich zurück in den Sand sinken, der noch warm ist, und werde von einem gelben Skorpion gestochen. Nur, dass es kein Skorpion ist, sondern die Lügen, die ich mir selbst erzählt habe, und gelb ist er auch nicht, er ist schwarz. Alles, was wir tun, hat Auswirkungen, jedes Zwinkern, jede Bewegung, jedes Wort. Deshalb rühre ich mich nicht. Liege ganz starr, wie jemand, der von einer Schlange gebissen wurde, damit sich das Gift nicht verteilt. Vielleicht waren wir deshalb so kalt: Wir wollten den Moment einfrieren. Damit sich das Gift nicht verteilt. Vielleicht war ich auch nur so, und du warst bloß meine Reflexion. Ich fragte mich, ob Hunde sich wohl langweilen, was mich aus irgendeinem Grund traurig machte, aber es hätte auch jeder andere Gedanke sein können. Zum Beispiel an ein einsames Elektron, das in einem Atom umherschwirrt. Das so ist, jeden Tag, den ganzen Tag. Mit den Jahren habe ich mich aufgespalten. Ein Teil von mir ist zurückgeblieben, jedes Mal, wenn ich eine verließ. Wir hätten sein oder nicht sein können, wären wir andere gewesen oder zumindest nicht wir selbst. Der Unterschied zwischen zusammen sein und nicht scheint marginal, willkürlich. Ein Sekundenbruchteil hierhin oder dorthin, und alles wäre anders gekommen. Versäumnisse sind eine Illusion, lassen dich glauben, es hätte am Anfang eine Chance bestanden. Etwas Bedeutungsloses zu tun ist bedeutungslos, und ich habe keinen Platz für bedeutungslose Erinnerungen. Habe keine Geduld für Frauen, die sich nicht in mich verlieben, habe ich mal zu einer gesagt, wem, weiß ich nicht mehr. Erzwing es nicht, schreib ich, mir selbst. Erzwing es nicht. Denk an die Zeit, als du jede haben konntest, nur, weil es dir egal war. Eine belebte Straße mit geschlossenen Augen überqueren, in einer Bar mit geschlossenen Augen sitzen. Es ist etwas Trauriges in deinen Augen, aber das kann man nicht sehen. Also schläfst du jetzt, manchmal allein, manchmal nicht in deinem eigenen Bett, manchmal bist du wach im Schlaf. Machst dasselbe, was andere machen, nicht in derselben Reihenfolge und nicht zur selben Zeit. Und eines Tages wird auch das vorbei sein, erinnerst du dich? Erinnerst du dich, dass du ihr gesagt hast, eines Tages wirst du ihr sagen: »Erinnerst du dich, dass ich dir gesagt habe, eines Tages werd ich's dir sagen?« Erinnerst du dich, wie ich dir, als der Winter zu Ende ging, gesagt habe, er wird wiederkommen, der Winter, obwohl das nicht so aussah, obwohl du dir nicht vorstellen konntest, anders als im T-Shirt herumzulaufen. Aber ich wusste, eines Tages wird aus dem Nichts die Kälte kommen. Wusste aber nicht, dass wir da schon nicht mehr zusammen sein würden. Offenbar leben wir von einer Kälte zur nächsten und werden vermutlich nicht mehr zusammenkommen. Ein Beduinenjunge taucht aus dem Nichts auf, setzt sich ans Feuer. Obwohl er nicht fragen wird, lege ich mir Antworten zurecht: Das ist nichts, ich hab etwas ins Auge bekommen, das ist eine Allergie, das ist mir noch nie passiert, das ist überhaupt nicht zu scharf oder zu heiß, nein, mir ist nicht kalt, kühl, ich kriege das hin, kann das alleine tragen, wir müssen nicht anhalten, um zu fragen, ich weiß, wo das ist, und das wird dich nicht stechen, ist nicht giftig, im schlimmsten Fall mache ich dir eine Mund-zu-Mund-Beatmung oder den Heimlich-Griff, eine Wiederbelebung oder Beerdigung, du weißt ja, dass ich immer für dich da bin, und ich tue, was du mir sagst, und wenn ich könnte, würde ich bleiben, es ist ja nie zu spät, außer jetzt gerade, sorry, Süße, ich muss morgen früh raus, und das riecht nicht gut bei dir, ich habe ein schlechtes Gefühl, verlasse mich auf meinen Bauch, bin immer bereit zuzuhören, meine Tür steht immer offen, es ist einfach keine gute Zeit, und wenn es andersherum wäre, würdest du dich genauso verhalten wie ich, ich habe nur versucht zu helfen, ich bin nicht sauer, das ist mein normaler Gesichtsausdruck, es ist rein platonisch, keine Sorge, das war eine einmalige Sache, hatte keine Bedeutung, und wenn du es nicht wissen wolltest, warum hast du dann gefragt? Das bist nicht du, und ich bin es nicht, einen Schirm brauchen wir nicht, das hört gleich auf, wir warten hier eine Sekunde, der Sonne nach ist es fünf und den Sternen nach dort Norden, von dort droht Ungemach, von dort wird die Flut kommen, wer hat dir gesagt, die kommt aus dem Nichts? Die Wahrheit ist nur eine missglückte Lüge, eine Lüge, die für wahr genommen wird. Allein ist ein nicht ausgereiftes Zusammen, Dialog ist ein Monolog zwischen zwei Menschen, enttäuschte Liebe das Gefühl, Dinge sind ungelöst geblieben. Liebe ist vergänglich, Hass für immer. Eine verpasste Chance schmeckt wie eine bittere Erdnuss, es braucht eine ganze Hand davon, bis sie vergessen ist, und von da ab wirst du dir jede ganz genau anschauen – welche von euch ist faul? Traurigkeit ist ein Symptom: Sobald einer davon spricht, hast du das Gefühl, sie auch zu haben. Gefühle sind verschiedene Arten von Alkohol: Mixt du sie, erbrichst du. Traurigkeit ist eine stürmische See: Du kannst darin schwimmen, planschen, sie sogar durchqueren, aber wozu?

Traurigkeit ist wie unterschiedliche Schlangenarten: Einige greifen an, andere lähmen oder erwürgen und manche verfallen in Winterstarre und warten, dass es wärmer wird. Die Erinnerung ist wie ein grünes Feld: Von weitem sieht es ganz lieblich aus, aber seinerzeit bist du dort im Matsch versunken. Sehnsucht ist wie ein Schwarm winziger Fische, du näherst dich ihnen, und sie flitzen in alle Richtungen davon, du wirfst ihnen Krümel hin und kannst zuschauen, wie sie sich von neuem zusammentun. Es gibt Menschen, die vermisst du, wenn du noch mit ihnen zusammen bist. In der Sekunde, in der ihr euch begegnet, weißt du, eines Tages wird dir all das fehlen, was ihr noch nicht gemacht habt. Die größte Sehnsucht gilt Dingen, die noch nicht geschehen sind. Worte, die du mir entgegenschleuderst, sind wie gischtende Wellen. Ich stehe auf den Felsen und lasse sie mich überspülen, denn ich liebe das Meer, und es ist nur Wasser, ist nur noch ein Tag. Aber jeder Tag, der vergeht, kommt obendrauf. Du sagst dir, es ist nur noch ein Tag, und dass es nichts zu bedeuten hat, nichts draufpackt und nichts abzieht. So sagst du dir. Aber die Tage werden zu Wochen, die Wochen zu Monaten und die Monate zu Jahren. Deshalb zerteilen wir das Leben in Tage, sagt deine Großmutter, in kleine Häppchen. Das ganze Leben sammelst du Freunde, lernst Leute kennen, knüpfst Kontakte, und wenn du gehen willst, fesseln sie dich, du ziehst, und sie ziehen den Knoten enger. Wir leben von einer Mahlzeit zur nächsten, und jede Mahlzeit ist ein weiterer Punkt, wie bei einem Kinderspiel verbinden wir die Punkte, fragen uns, was am Ende wohl herauskommt, ein Kamel, eine Leiter. Jeder Mensch ist ein Punkt, sagt deine Großmutter auf ihrem Sterbebett. So zu denken macht es ihr leichter, versüßt die bittere Pille. Ich streiche ihr über den Kopf und sage, nicht reden, spar deine Kraft. Sparen wozu? Denkst du über all die Momente nach, die du verschwendest hast, dann ist das Verschwendung. Und gleichzeitig hast du gedacht, das ist noch eine Mahlzeit, noch eine Arbeit, noch eine zufällige Begegnung. Schließlich muss man ab und an was essen, hast du dir gesagt. Aber die im Sterben liegende Frau lässt nicht locker, macht weiter mit diesen Im-Sterben-liegen-Klischees. Er war so gut aussehend, hat gesagt, er sei bereit, für sie zu sterben, doch sie hat gesagt, ich will, dass du für mich lebst. Was mich daran erinnert, wie du dich in halbdurchsichtiger Bluse vor dem Hintergrund eines Wasserfalls für ein Foto in Pose geworfen hast, in Nepal. Ich habe den Augenblick in die Länge gezogen, habe so getan, als wäre ich noch mit der Kamera beschäftigt, wusste, das wird noch ein Punkt. Ein dokumentierter. Warum bestehen Leute darauf, bei Neonbeleuchtung zu sterben?, fragt sie. Aus demselben Grund, aus dem sie sich nicht davon abbringen lassen, damit zu leben, denke ich. Eine Krankenschwester bedeutet mir, mal Pause zu machen. Sie zieht den Vorhang zu. Aus dem Nichts wird die Flut kommen. Im Foyer riecht es nach hausgemachtem arabischem Essen, das eine Familie ihrem Patienten mitgebracht hat. Warum ist unser Todeserlebnis immer dasselbe? Immer ist eine Familie dort, und immer riecht es nach einem letzten Mahl. Ich gehe, mir das Gesicht spülen. Verspüre einen gewaltigen Drang, den Spiegel sauber zu machen. Das Glück wird ganz plötzlich auftauchen, so ist es ja immer, sagst du dir. Wie der Sommer, in einem Augenblick zitterst du noch vor Kälte, und im nächsten schwitzt du schon wie blöd, lächelst und isst Wassermelone. Zurück im Zimmer, scheint es, als schliefe sie. Ich nehme meine Jacke und wende mich zur Tür. Sei nicht noch ein Punkt, sagt sie mit geschlossenen Augen. Ihre Atemzüge sind schwer. Vielleicht sind es ihre letzten.

Ich erinnere mich plötzlich, wie aus dem Nichts, spüre, dass ich schon nicht mehr ich bin, sage laut meinen Namen, aber aus meinem Mund kommt mein zweiter, der verhasste, der Name meines Großvaters. Plötzlich bin ich er, ich bin Jitzchak, und der Beduinenjunge ist Hamdha, der mir Wasser einflößt, das ich sofort wieder erbreche, wie die Worte, die mit einem Mal aufsteigen, aus dem Nichts kommt die Flut, die Schreibblockade bricht auf. Ich greife mir einen Schreibblock und fange an, zu schreiben wie ein Wahnsinniger, soll der Lektor doch alles Überflüssige streichen. *Es gibt keinen Lektor*, schreit mich der Lektor an, ich ignoriere ihn, versuche, mich an all die Frauen zu erinnern, die Male, die für immer verloren sind, schreibe ich sie jetzt nicht auf. Das eine Mal im Yarkon-Park, nur wenige Schritte vom Weg entfernt. Es war schon dunkel, aber hätten die Jogger angehalten, hätten sie uns sehen können, ein Mann, der an einen Baum gelehnt steht, und eine Frau im Minirock, die ihm den Rücken zuwendet. Aber ihr Slip hängt ihr auf den Knöcheln. Oder das eine Mal, als mittendrin auf der Ibn-Gabirol-Straße eine Bombe hochging und sofort die Sirenen losheulten und alles voller Blaulichter war. Es war komisch weiterzumachen, trotz allem waren ja Menschen gestorben. Aber es wäre auch komisch gewesen aufzuhören, das Leben geht ja weiter. Ausgerechnet an Dinge, die mir damals banal erschienen, erinnere ich mich. Die Frau, die ins Schlafzimmer ging und nackt wiederkam, sagte: »Kommst du?« Als ich ihr folgte, war sie schon auf allen vieren auf dem Bett, wartete. Sah mich im Spiegel an, ohne den Kopf nach mir zu drehen. Oder das eine Mal auf dem Sofa, auf dem zur Straße offenen Balkon. Als wir anfingen, uns zu küssen, dachte ich, wenn jetzt unten jemand vorbeikommt, kann er sie sehen, vielleicht ja sogar ihr Mann. Und auf dem Parkplatz gegenüber ging alle paar Sekunden eine Autoalarmanlage los. Auch das eine Mal auf der Holzterrasse im Garten, als wir die Nachbarn (oder schlafende Dämonen) nicht wecken wollten, ich ihr eine Hand in den Mund schob, sie kräftig zubiss und wir beide unseren Schrei unterdrücken mussten. Oder der Moment, in dem wir beide innehielten, uns in die Augen sahen und lächelten. Ich sagte, ich würde mich immer an diesen Augenblick erinnern, und jetzt erinnere ich mich daran, weil ich das damals sagte. Aber auch, weil es sich aus irgendeinem Grund nicht komisch anfühlte. Und die, die sich mit den Händen an der Wand abstützte und die Beine spreizte. »Ich bin klatschnass«, sagte sie. »Kein Wunder«, sagte ich, »wir sind in der Dusche.« Sie lachte nicht. (Ein bisschen trocken war sie.) Ich erinnere mich an Örtlichkeiten wie den Raum mit dem Bett in der Mitte auf einer Bühne. Sie erklärte, das sei, damit ich mich wie bei einem Auftritt fühle. Für mich fühlte es sich mehr nach einem Altar an, einer Opferung (aber dennoch gab ich eine Zugabe). Und Zeiten, ich erinnere mich an Zeiten. Zum Beispiel an den Vorabend eines Jom Kippur, nach dem fünften oder sechsten Mal, als wir uns schweißüberströmt wie zwei Boxer trennten und jeder in seine Ecke des Bettes wankte. »Wann fängt das Fasten an?«, fragte ich. »Wir haben noch Zeit für eine kleine Sünde«, sagte sie. Setz dich langsam auf mich, bis du dich wohlfühlst, bis aus dem Nichts die Flut kommt. Bis du nicht mehr still sein kannst. Wie sonderbar es ist, mit einer Frau zu reden, in der du mal warst. Eine ganz banale Unterhaltung, als wäre nichts gewesen. Als hätte sie dich nicht in sich aufgenommen, dich umhüllt. Wir schieben das weg, sagen, es hatte keine Bedeutung, war nichts Ernstes und schon lange her, das passiert andauernd – aber, hey, du bist in einem anderen Menschen gewesen! Ist mehr denn möglich? Und zuweilen fragst du dich, wie du verloren hast, was du hattest, den Weg. Umsonst wirst du um das Rückkehrrecht kämpfen, verlorene Heimat. Wirst versuchen zu verstehen, wo du falsch abgebogen bist, warum du nicht zurückkannst. Ich bin doch nur kurz raus, eine rauchen, Luft schnappen, die Welt sehen, einen Freund besuchen. Und plötzlich findest du dich allein im Regen stehend wieder, nass bis auf die Knochen. Ich hätte dir ein Schild umhängen sollen: »Bin gleich wieder da!« Und du wirst das Gefühl haben, es war alles nur ein Traum, dass es vielleicht nie passiert ist, dass du jemanden so tief kennengelernt hast wie nur möglich, dass du in einem anderen Menschen gewesen bist. Jedes Mal, wenn ich in dir bin, kann ich nicht verstehen, was ich draußen gemacht habe. Ich lasse meine Hand über den Bauch nach unten wandern, nur dass dort anstelle des bekannten, röhrenförmigen Organs eine Muschi ist. Eine gepflegte weibliche Muschi. Ein wenig überrascht berühre ich das Geschlechtsorgan furchtsam mit den Fingerspitzen. Und da fängt es an zu sprechen (was Sinn macht, da es ja Lippen hat). Es sagt: »Hi.« Und ich, der ich fast vom Tag meiner Geburt an mit Worten vertraut bin, habe Mühe, welche zu finden, sage nur: »Hallo, Herr Muschi. Sind Sie männlich? Darf ich Herr zu Ihnen sagen?« Und er sagt: »Jawohl, ich bin männlich, aber Sie können das ›Herr‹ weglassen. Nennen Sie mich einfach ›Muschi‹. Kein Grund, so förmlich zu sein. Herr Muschi, das ist mein Vater.« Noch immer verwirrt, frage ich mich laut, wie eine Muschi denn männlich sein kann. Und noch dazu an einem männlichen Körper – bin ich denn überhaupt noch ein Mann? »Sie sind einer, und hören Sie auf herumzuschwänzeln. Machen Sie das jetzt mal nicht zu was Feministischem oder Misogynem. Es ist nur eine Muschi, kein Grund, einen Tiger daraus zu machen. Na los, sagen Sie es ein paarmal, dann verliert es seine Bedeutung.« Muschi Muschi Muschi Muschi Muschi Muschi Muschi. Ich übergebe mich. »Also, was machen wir?«, frage ich. »Was Sie immer machen«, sagt er. Ich lege die Hand an ihn, schrubble ein bisschen, während ich Fußball gucke, der HaPoel verliert schon wieder. Ein Haufen Muschis, sage ich, und wir lachen beide. Ich will dich anrufen, will dir erzählen, wir sind uns jetzt ähnlich. Der Beduine meint, ich suche nur nach einem Vorwand. Was stimmt, denn jeden Tag denke ich daran, dich anzurufen oder dir eine Nachricht zu schicken oder dir zufällig auf der Straße über den Weg zu laufen. Überlege jeden Tag, was ich einkaufen soll, damit du vielleicht zum Essen kommst. Jeden Tag schaue ich mir den Film an, den wir sehen wollten, weil wir ihn zusammen sehen wollten. Jeden Tag überlege ich, dich anzurufen oder dir eine Nachricht zu schicken, eine Mail oder einen Brief, ein Telegramm oder eine singende Grußkarte, obwohl ich nicht sicher bin, ob es die noch gibt. Jeden Tag will ich dir einen Song schicken oder einen Clip oder ein Bild. Von uns beiden zusammen oder eins von dir allein. Oder von einer riesigen Meeresschildkröte. Jeden Tag checke ich Flugpreise, Verfügbarkeit von Hotelzimmern und das Wetter an all den Orten, an denen wir sein wollten. Jeden Tag überlege ich, dich anzurufen oder dir wenigstens eine Nachricht zu schicken oder bloß ein Smiley, zur Not auch ein trauriges. Jeden Tag plane ich den Nachhauseweg so, dass ich an dem Haus vorbeikomme, in dem wir gewohnt haben, an unserem. Im Fenster ist Licht, schemenhafte Silhouetten hinter dem Vorhang, vielleicht unsere – das ist alles Lichtjahre weg für mich. Jeden Tag komme ich dort vorbei, wo du mal für eine Woche gearbeitet hast, oder da, wo ich dich mal mit einer Freundin Kaffee trinken sah. Jeden Tag starre ich auf das Telefon, versuche, dich mit telepathischen Kräften dazu zu bringen, mich anzurufen oder mir eine Nachricht zu schicken oder auch nur ein Smiley, zur Not sogar ein trauriges. Jeden Tag finde ich im Schrank ein Kleidungsstück von dir oder ein Haargummi oder einen Ohrring oder einen Ring, ein T-Shirt von mir, das du mal getragen hast, oder eine Hose, für die du mich ausgelacht hast, weil man genau sehen konnte, in welcher Richtung mein Schwanz lag. Oder bloß ein schlichtes weißes Unterhemd. Jeden Tag will ich anrufen, will dir sagen, ich hätte uns einen Tisch vorbestellt in dem einen Restaurant oder eine Nacht reserviert in dem Gästezimmer oder eine Übernachtung in dem Hotel, in dem nie was frei ist. Oder für diesen Workshop in der Wüste, bei dem nicht geredet wird und es keine Telefone gibt, sodass man sich nicht anrufen kann oder ein Smiley verschicken, nicht mal ein trauriges und auch kein schweigendes. Jeden Tag will ich dich anrufen, will dir sagen, ich hätte dieses Zusammenpressen der Lippen und das Verziehen des Mundes von dir geklaut, das dir aber viel besser steht. Will dir sagen, dass man bei manchen Dingen die Verbindung nicht so leicht finden kann, aber dranbleiben muss. Sand und Glas, Kohle und Diamanten, Mandeln und Cyanid, du und ich. Wahrscheinlich werden wir nicht einer Meinung sein, wer was ist und wer wer. Ich bin der, der es mag, wenn du dir auf die Lippen beißt, durchs Haar wuschelst und die Hand zur Faust ballst, als wolltest du sagen, was mache ich nur mit all diesem Gefühl – und kann ich es aufheben für Zeiten, wenn ich mal keines habe? Aber es gibt Dinge, die gehen nicht zusammen, so hartnäckig du es auch versuchst. Öl und Wasser, Benzin und Streichholz, Wunde und Salz, du und ich. Das tut uns beiden weh, wer auch immer wer sein mag. Es kommt vor, dass ich eine Erscheinung von dir habe und ein Gespräch mit dir führe. Manchmal kanzelst du mich ab, und manchmal schweigst du. Ich konzentriere mich auf die Schönheit. Wenn Zartheit auf Härte trifft, reicht das aus, wenn auch nur gerade so. Von Anfang an konnte ich den Vulkan sehen, der jeden Augenblick auszubrechen drohte, den Lavastrom, der alles in Flammen aufgehen lassen würde, was sich ihm in den Weg stellt. Ich konnte sehen, wie aus dem Nichts die Flut käme, wie die Welt untergehen musste, und ich mit ihr. Ich bin heute an deinem alten Haus vorbeigekommen, in Jaffo, in der Straße, deren Name ein Horror für alle Legastheniker ist, »Abed ar-Ra'uf al-Bitar«. Habe gedacht, wenn ich schnell genug fahre, bin ich da, bevor du weg bist. Was absolut keinen Sinn macht, genauso wenig wie, dass du weg bist, oder so schien es zumindest am Anfang. Und tatsächlich habe ich dich dort mit der Hündin spazieren gehen sehen, einen schwarzen Kaffee in der Hand, mit dem du dich in dem kleinen Park gegenüber von der maronitischen Kirche auf eine Bank gesetzt hast. Ich dachte, ich wäre in der Zeit zurückgereist, aber alles war zu präsent. Dann verstand ich, ich war seitwärts in der Zeit gefahren, war in eine Seitengasse geraten, in der die Zeit stehengeblieben war. In der Clinton-Snack-Bar stand der Typ, der aussieht wie Clinton, als Clinton noch relevant war. Ich wollte zu dir gehen, aber das war, bevor wir uns kennenlernten, ich hatte Angst, die sich anbahnende gestörte Zukunft zu stören. Also ließ ich mich in der Nähe nieder und tat, als würde ich mich mit meinem Smartphone beschäftigen. Du hattest noch kein Smartphone und warst mit deinem Kaffee, der Hündin und der Umgebung beschäftigt. Manchmal sehe ich alles, was war, und alles, was sein wird. Ja, manchmal sehe ich alles, was sein wird, so klar und deutlich, dass mir der Verdacht kommt, es könnte schon passiert sein, und dass wir dies alles nur wieder und wieder leben, ohne es zu wissen. Wir leben alle Möglichkeiten, bis es im Grunde genommen nicht die eine richtige Möglichkeit mehr gibt. Das Leben ist ein Grundrauschen, und bis es nicht aufhört, begreifst du nicht, dass es das war, was gestört hat. Als ich den Kopf hob, warst du schon nicht mehr da, bist vielleicht zurück nach Hause, oder vielleicht hat sich die Zeit synchronisiert. Vielleicht fühlten jetzt alle zur selben Zeit gleich. Mir fiel ein, dass ich keine Milch gekauft hatte. Die ganze Zeit über, da wir zusammen waren, habe ich nicht ein einziges Mal Milch gekauft. Was sonderbar ist, da ich immer die Einkäufe besorgt habe. Aber ich trinke keine Milch, nicht mal im Kaffee. Den trinke ich schwarz. Vielleicht deshalb habe ich, als ich einkaufen war, nie an Milch gedacht. Bin ungerührt daran vorbeigegangen. Wobei es nicht so ist, dass ich keine Sachen kaufen würde, die ich selbst nicht konsumiere. Zum Beispiel habe ich immer darauf geachtet, dass die Kekse, die sie gerne zum Kaffee aß, da waren. Aber die Milch schaffte es einfach nicht auf die Liste, vielleicht, weil es etwas so Fundamentales ist. Deshalb fehlte ihr immer Milch. Sie hat sich nie beklagt, hat gesagt, sie würde am Morgen welche kaufen, bei ihrer Morgenrunde mit der Hündin, ihrer Runde. Sie würde *ihre* Milch für *ihren* Kaffee kaufen, auf *ihrer* Runde. Alles ihrs. Mit der Zeit wurde keine Milch zu kaufen zu meiner kleinen Revolte. Und auch die Kekse vergaß ich mitunter. Nicht absichtlich, wenn du etwas nicht nutzt, kriegst du nicht mit, wenn es alle ist. Daran muss ich denken, als ich am Abend das Frühstücksmüsli mit der Milch esse, die ich am Mittag gekauft habe. Daran und wie ich keine Milch gekauft habe. Denn so gewöhnt man sich, wenn du ein Paar bist, gibt es Gewohnheiten. Eingefahrene Regeln sind wie das Porzellan im Schrank, um das ihr, wie zwei Elefanten, auf Zehenspitzen herumlauft, bis eines Tages einer nicht aufpasst und etwas zu Bruch geht. Jemand versteht nicht, warum du ihm keine Milch mitgebracht hast, warum ist das so kompliziert? Ihr streitet und vertragt euch wieder, sagt, es ist ja nichts passiert, und dass es nur ein Symptom ist und gut, dass es mal raus ist, morgen ist sicher alles vergessen, um vergossene Milch jammert man nicht, und ich liebe dich, fällt mir ein, ihr zu sagen, was sich müde und komisch anfühlt, denn wenn du etwas nicht nutzt, kriegst du nicht mit, wenn es alle ist.

Vier Uhr morgens, ich komme an der Skulptur des auf dem Kopf stehenden Affen vorüber, wechsle auf der Promenade von einer Fahrspur auf die nächste. Jemand hat es eilig, über die Straße zu laufen, ich bremse ab. Der Rasensprenger auf der Verkehrsinsel folgt mir mit seinem Blick. Du brauchst niemanden, sage ich mir. Ich kriege alles alleine hin (außer die Einsamkeit zu ertragen). Warum ist das so kompliziert, warum finde ich nur dann, wenn du in meinen Armen bist, die Worte, die dich in meine Arme bringen? Warum geht das nicht auf? Ich addiere eins und eins – warum kommt bei mir »alleine« heraus? Wenn du eine Rechenaktion wärst, wärst du eine Subtraktion und ich ein einfacher Bruch. Ich hole tief Luft, atme Luft ein, die in den Lungen von anderen war, vielleicht sogar in ihren. Geborgte Luft. Ich kann unsere Atemzüge synchronisieren, auch wenn wir weit voneinander entfernt sind. Ich schließe die Augen und atme langsam. Ich hätte dich so akzeptieren müssen, wie du bist. Hätte mich für dich ändern müssen. Wir hätten uns auf einem Bahnsteig im Regen Lebewohl sagen müssen, wie die arme Julia. Ich hätte wissen müssen, dass es nicht gut enden würde, hätte mich jedes Mal verhalten müssen, als wäre es das letzte. Hätte wissen müssen, das Leben geht weiter, die Welt dreht sich weiter, als wäre die Zeit nicht stehengeblieben, als wäre ich nicht in dir gewesen. Eine riesige Welle rollt auf mich zu, ich versuche zur Seite zu entkommen, aber auf dem Meer gibt es keine Seiten, gibt nur auf oder ab, und oben waren wir schon. Eine Trennung ist wie ein Todesfall, erst realisierst du es nicht, danach trauerst du, und am Ende fängst du an, an die Wiederauferstehung der Toten zu glauben. Sitzt mit Fremden bei einer Séance und könntest schwören, dass sich das Glas bewegt hat, dass die Flamme der Kerze flackert. Eines Tages wird all dieser Lärm aufhören, und ich werde alles hören können. Was langweilig und wundervoll sein wird. Eines Tages werde ich vergessen haben, dass es dich schon nicht mehr gibt. Ich werde denken: »Ich frage mich, wo sie wohl steckt.« Weil du für mich gestorben warst, lange bevor du getötet wurdest. Wie ein alter Song, den man mal gemocht hat und nicht mehr versteht, warum, aber man summt ihn trotzdem vor sich hin, weil man den Text noch weiß. Ich will eine Liebe, die ich schon mal hatte, eine Liebe, gegen die ich Antikörper entwickelt habe, die nicht ansteckend, nicht tödlich ist. Ich will eine Liebe, die nirgendwohin geht, die nur Automatik fährt, die vielleicht nicht mal einen Führerschein hat. Ich will eine Liebe ohne Metaphern, ohne Vergleiche. Eine Liebe, zu der man sagen kann: Nimm dir ein paar Farben, setz dich hin und mal still in der Ecke, während wir reden. Ich will eine langweilige Liebe, ohne waghalsige Wendungen im Plot oder komplexe Charaktere, ohne Schlüsselereignis, Cliffhanger und Spezialeffekte. Ich will eine brav flimmernde Liebe in Schwarz-Weiß. Ich will eine Liebe, die Hintergrundrauschen ist, die ich nicht höre, bis sie für einen Moment aussetzt. Ich will eine unerhebliche, triviale Liebe. Nicht stark wie der Tod. Eine schwache Liebe, deren Stimme nicht zu hören ist. Nicht Jakobs Liebe zu Rachel, sondern Jakobs Liebe zu Lea, eine Lea-Liebe. Ich brauche nicht einmal eine neue Liebe, es kann auch eine gebrauchte sein, Secondhand, aus dem Heim oder sogar von einer Verleihfirma. Ich will eine Liebe, die durch die Tür eintritt und sich nicht durchs Fenster stiehlt, die ganz sicher nicht wie eine Flut aus dem Nichts kommt. Ich will eine Liebe, die zu Hause bleibt, eine Liebe, die sagt, es ist schon spät, komm, lass uns schlafen gehen. Ich will nicht nur eine Liebe, die nicht sehen kann, ich will auch, dass sie stumm, taub und geruchsblind ist. Ich will eine Liebe ohne Zähne, ohne Lügen und ohne Beine, will ein Liebe mit dem Gedächtnis eines Goldfischs. Worüber haben wir gesprochen? Egal, ich liebe dich. Habe ich dir das gesagt? Vielleicht. Auch egal, ich liebe dich. Bis zum Tod, zumindest bis zum Tod der Liebe. Ich will eine unheilbar kranke Liebe, die gut auf die Therapie anspricht. Wie macht ihr das?, frage ich den Beduinen wortlos. Ihr lebt von Tag zu Tag, von Stunde zu Stunde. Von dem Moment an, in dem du geboren wirst, stirbst du langsam ab. Wozu? Du bist ein Schräubchen in einer Maschine, die Schräubchen herstellt für eine Schraubenfertigungsmaschine. Wir personifizieren den Tod, geben ihm das Gesicht eines Engels, damit wir ihn verstehen, mit ihm fertigwerden können, denn wie schwer soll das sein, einen Sonderling mit Sense in Schach zu halten? Eines Tages werde ich vergessen, dass du gewesen bist, werde vergessen, dass du geboren wurdest. Werde denken, ich hätte das geträumt. Eines Tages werde ich vergessen haben, dass es dich schon nicht mehr gibt. Werde jemanden auf der Straße sehen und denken, das könntest du sein. Werde mich nach und nach wieder an dich erinnern. Vielleicht bist du es ja auch, und wir werden verlegen lachen. Eines Tages wirst du einem anderen von mir erzählen. Werde ich eine Anekdote in eurer sich anbahnenden Geschichte sein. Du wirst sagen: »Guck jetzt nicht hin, aber siehst du den Typen da? Der war mal du.« Eines Tages wirst du jemand anderem von mir erzählen, wenn wir uns zufällig begegnen. »Also du bist das«, wird er sagen und mich von unten bis so weit nach oben mustern, wie er kann. »Du siehst nicht gerade sagenumwoben aus«, wird er sagen. »Und du siehst nicht aus wie ein Latin Lover«, werde ich dem Zwerg antworten. Zwei Männer beäugen sich mitten auf der Straße, mustern einander. Und der gemeinsame Nenner: dieselbe Frau, die sie beide mal geliebt hat. Nicht gleichzeitig, nacheinander. Sie versuchen, Ähnlichkeiten zu finden, im Äußeren, der Art, sich zu bewegen, in Stil, Kleidung, Sprechen. Auf den ersten Blick sind sie sich gleichermaßen ähnlich wie verschieden. Zögernd geben sie Einzelheiten preis, ich bin Musiker, du bist lustig, ich liebe Filme, du kochst ausgezeichnet. Es ist, wie in den Spiegel zu schauen, aber einen dieser Jahrmarktsspiegel. Die, die dich fett, ausgemergelt oder zu klein geraten aussehen lassen. Und du lachst, weil du weißt, das bist du nicht. Plötzlich hast du noch einen zweiten Vergleichspunkt, und zwischen den beiden Punkten verläuft nur eine Linie. Sie ist die Linie, sie verbindet zwischen euch. Ist sie langsam von dem einen zum anderen gewechselt oder mit einem Satz? Denn wenn ich dahinterkomme, was sie an ihm findet, verstehe ich, was sie in mir gefunden hat. Oder wichtiger – was ihr gefehlt hat. Er ist das bei mir fehlende Element, ist das X in der Gleichung. Ich plus er ist gleich das, was sie will. Zwei Männer sehen einander an. Wachwechsel. Machtwechsel. Wie eine Schlange, die sich häutet, weg mit dem Alten und her mit dem Neuen. Schon bald wirst du zu einer vagen Erinnerung werden, einer, bei der man in der ersten Sekunde unschlüssig ist, ob es sie überhaupt gegeben hat. Wenn sich das Universum abkühlt, zieht es sich zusammen, zu einem Punkt. Einem Punkt, der geklärt ist. Hamdha ist jetzt ein alter Mann. Er putzt eine bejahrte Flöte und sagt, die Antwort finde sich im Libanon, das letzte Kapitel, und dass er es dort gesucht, aber seinen Tod gefunden hat, und wenn ich hinfahre, solle ich seine Geliebte um Vergebung bitten, und Israel Shetach, seinen Freund. Ich sage, ich könne nicht so einfach in den Libanon fahren, das sei ein verfeindeter Staat. Aber Julia kann, sagt er, ohne ein Wort über seine Lippen zu bringen. Das ist keine Schande, sich zu entschuldigen. Er spielt auf seiner Flöte, und ich weiß nicht, ob er mich meint oder sie. Also entschuldige ich mich: Es tut mir leid, dass ich mich nie entschuldigt habe, bis es für dich keinen Unterschied mehr machte. Mir tut leid, dass es vorbei ist, leid, dass du schon nichts mehr brauchst. Entschuldige, dass ich weiß, wohin ich mir meine Entschuldigung schieben kann. Entschuldige all die Sachen, die vielleicht nie gewesen sind. Entschuldige, dass ich beides war, Richter und Henker. Entschuldige meine fehlende Geduld bei Unwissenheit. Entschuldige meine Ehrlichkeit, das war nicht der Wunsch, etwas mitzuteilen, sondern bloße Arroganz. Entschuldige, dass ich eingeschlafen bin, während du geredet hast, oder dir auf die Brust gestarrt habe. Entschuldige, dass ich dich nicht in den Arm genommen habe, als ich noch konnte. Entschuldige, dass ich dich nicht gestreichelt habe, als du noch wolltest. Entschuldige, dass ich nicht über Nacht geblieben bin, und verzeih, dass ich aufgewacht bin. Entschuldige, dass ich Träume hatte und sie nicht verwirklicht habe. Entschuldige, dass ich mich gelegentlich wiederholt habe, und verzeih, wenn ich abfällig war. Verzeih das aus dem Nichts kommt die Flut, ich hätte feinfühliger sein können, verständiger. Verzeih, dass ich betrogen und gelogen und alles gewollt habe, dass ich mich nicht mit weniger begnügt habe, mit dem Nötigsten. Entschuldige, dass ich nicht gesagt habe, was ich nicht gewagt habe zu denken. Entschuldige, dass ich nicht alles war, was du wolltest, dass ich bin. Entschuldige, dass ich am Rand gestanden und mein Leben betrachtet habe wie ein Biograph, ein Historiker oder Komiker. Ja, verzeiht, dass ihr das von mir hören musstet, aber ihr seid adoptiert, gehört nicht wirklich dazu, ihr seid Flüchtlinge der Realityshow des Lebens. Verzeih, aber ich liebe dich und habe nicht alles gemeint, was ich nicht gesagt habe. Ich werde mich ändern, das verspreche ich. Werde die Apologien weglassen. Das ist bloß ein Euphemismus für Schuld, für das sich Lossagen von Verantwortung. Ich entschuldige mich auch bei dir, Hamdha. Verzeih, dass ich dich getötet habe. Danke, sagt er, die Zeit heilt alle Wunden, sagt er, aber sie tut es, indem sie amputiert, und gelegentlich verspürst du ein Jucken oder Kribbeln, wo die Hand jetzt fehlt. Er wird wieder zum Beduinen, ist wieder bei den Klischees, aller Anfang ist schwer, aber jedes Ende ist ein Neuanfang, der auch schwer zu werden verspricht. Alle Klischees stimmen, es gibt viele Fische im Meer der Tränen. Ich schlafe ein, und als ich am Morgen aufwache, ist er schon nicht mehr da. Die Seiten sind über die ganze Weite der Wüste verteilt, vom Wind verworfen wie von einem unbarmherzigen Lektor. Ich erhebe mich langsam, die Erinnerung eines dumpfen Schmerzes im Magen, der noch nie so leer war. Ich hebe eine Seite auf. »Israel Shetach um Verzeihung bitten«, steht darauf.

Der Mann, dem das Gesicht in Grimm erstarrte
Von Jitzchak Jeschajahu Katz
Sechste Niederschrift – aus dem Archiv des Allgemeinen Sicherheitsdienstes, Urkundensammlung des Militärgouverneurs, Jaffo 1949–1956. Überstellt aus dem Archiv des ETZEL, Akte 3043/Thelemas, Dienstag, 27. April 1948

6. Kapitel

Aufruhr im Patentamt – Entführung

Aufruhr im Patentamt

Gugel lag gekrümmt am Boden, und der Schmerz brandete in Wellen in seinem Magen an, jede Welle größer und ungestümer als die vorherige. Er sah zur Uhr. Es war halb fünf. Ihm schien, als stünde die Zeit still, oder schlimmer noch – als liefe sie rückwärts. Aufrührerische Gedanken kamen ihm in den Sinn: Warum müssen wir uns verstellen? Warum weiß ein Mensch nicht, was ein anderer ihm gegenüber empfindet? Warum ist alles nur Intrige, Ränke und Rangordnung? Warum sind nicht alle gleich? Warum können ein leitender Direktor und ein einfacher Abteilungsleiter nicht dasselbe Waschkabinett benutzen? Schließlich verspüren doch alle das Gleiche, alle haben die gleichen Bedürfnisse und Träume, warum also sich hinter Mauern verstecken? Bevor seine Mutter den Verstand verlor, hatte sie ihm immer eine wunderbare Gutenachtgeschichte erzählt, von einer geheimnisvollen Maschine, die Träume zu lesen imstande war. Als er ein kleiner Junge war, war ihm diese Idee phantastisch erschienen, doch als er heranwuchs, hatte ihn die Angst beschlichen, eines Tages könnte tatsächlich jemand eine solche Maschine erfinden, die seine Träume verriete. Wann hatte er begonnen, sich seiner Träume zu schämen, fragte er sich, und wie konnte es sein, dass jetzt alle seine Träume zu einem einzigen verkümmert waren: auf einer Klosettschüssel zu sitzen.

Zur selben Zeit war Jiří Sopček, Julias Ehemann, im Begriff, zum dritten Mal in nur einer Woche vom Generaldirektor des Patentamtes gerügt zu werden. Zu Beginn der Woche war er für seine Tagträumerei gerügt worden und am Tag darauf, weil er sich morgens verspätet hatte. Doch Jiří wollte ihm nicht erzählen, dass seine Frau Julia ihm seit Tagen schon keine Beachtung mehr schenkte und er den Verdacht hegte, sie habe heimlich ein Verhältnis. So unkonzentriert und nicht bei der Sache war er, dass er es nicht einmal bemerkte, als der Generaldirektor an diesem Nachmittag an seinen Tisch trat.

»Jiří Sopček!«, blaffte der Generaldirektor, und Jiří sprang erschrocken auf. »Vielleicht können der Herr mir mal erklären, warum Verehrtester für die Breite des Quadratzylinders achtzehn Meter anstatt achtzehn Zentimeter eingetragen hat? Oder trägt er sich vielleicht mit dem Gedanken, den Quadratzylinder in die Länder des Ostens zu exportieren, nach Russland oder Georgien, obschon ich bezweifle, dass er auch dort einen Menschen von derartigem Kopfumfang finden wird.«

»Es ist mein Fehler«, murmelte Jiří.

»In der Tat, und zwar ein gravierender!« Der Generaldirektor hob die Stimme, damit alle ihn hörten. »Der Quadratzylinder ist eine Erfindung, die das Antlitz der Menschheit verändern wird, und Sie nehmen das auf die leichte Schulter!« Er holte ein Taschentuch heraus und tupfte sich damit die Mundwinkel. »Mir bleibt nichts anderes, als Ihnen zum dritten Mal eine Rüge …«

In dem Moment kam ein junger Mann mit Ziegenbärtchen in den Saal gestürmt und verlangte, man möge auf der Stelle seine Erfindung zum Patent anmelden, eine »Komfortdruckmaschine für den persönlichen Gebrauch«. Der Generaldirektor versuchte ihm zu erklären, im Augenblick seien alle seine Beamten mit der Registrierung anderer Patente beschäftigt, doch davon wollte der exaltierte junge Mann nichts hören. Aus einer Kiste zog er eine schachtelförmige, aus Eisen gefertigte Maschine, aus der kleine Metallstecken ragten, ein jeder mit einem Buchstaben an der Spitze. Behände kurbelte er ein Blatt Papier in die eine Seite der Apparatur und begann, die Stecken zu betätigen, die einen infernalischen Lärm produzierten, als Eisen auf Eisen schlug. Es vergingen nur Sekunden, und das Blatt ward in Fetzen gerissen. Der junge Erfinder schaute bekümmert. »Es braucht noch ein paar kleine Justierungen, aber ich versichere Ihnen, mit dieser Maschine lässt sich eine Seite erstellen, die aussieht, als wäre sie aus einem Buch entnommen.«

Der Generaldirektor gab sich unbeeindruckt. »Wie ich schon sagte, wir sind mit laufenden Anträgen befasst. Kommen Sie in einem Jahr wieder.«

»Unmöglich!« Der junge Mann geriet außer sich. »Wie ich erfahren habe, wird in Amerika bereits an einer ähnlichen Erfindung gearbeitet, ›Typenschreiber‹[39] nennen sie sie da. Und ungeachtet dieses törichten Namens soll die Entwicklung schon weit fortgeschritten sein.«

»Ich bedauere, mein Herr«, sagte der Generaldirektor ohne einen Hauch von Bedauern. Er packte den jungen Mann beim Arm und zog ihn Richtung Ausgang.

39 Auf tschechisch: *typ-spisovatel.* Der Autor scheint das englische Typewriter wörtlich ins Tschechische übersetzt zu haben: *typ* ist »Type« und *spisovatel* »Schreiber«. Der im Tschechischen gebräuchliche Ausdruck für Schreibmaschine ist jedoch *psací stroj* [Anm. J. K.].

Doch dieser riss sich los und sprang mit einem Satz auf Jiřís Schreibtisch. »Sechs Jahre arbeite ich an dieser Erfindung, sechs Jahre! Meine Frau hat mich verlassen, weil sie unsere Armut und das Geklapper der eisernen Typen nicht mehr ertragen konnte. Aber all das ist die Mühe wert, denn die ›Komfortdruckmaschine für den persönlichen Gebrauch‹ wird eine echte Revolution auslösen! Hinweg mit Bleistiften und Schreibfedern!« Er sprang von einem Tisch zum nächsten und klaubte alle Schreibgeräte zusammen. »Die braucht ihr nicht mehr, ihr seid befreit!« Und dann begann er, die Bleistifte entzweizubrechen. Der unliebsame Zwischenfall endete erst mit dem Eintreffen der Polizei, die den tobenden Jüngling ins Gefängnis eskortierte – oder vielleicht gleich in eine Nervenheilanstalt. Da im Patentamt aber kein Schreibgerät mehr verblieben war, musste der Generaldirektor die Belegschaft wohl oder übel nach Hause schicken. Jiří ward so nicht nur vor einer verhängnisvollen dritten Rüge bewahrt, sondern traf auch eine Stunde früher als sonst zu Hause ein. Doch als er die Wohnung betrat, fand er die Sparbüchse, die für gewöhnlich ganz hinten im Kleiderschrank versteckt lag, offen auf der Kommode stehen, geleert bis auf den letzten Groschen. Und auf dem Tisch gewahrte er einen Zettel mit Julias Handschrift:

Ich war traurig, das hatte einen Grund, jetzt bin ich froh, verzeih.

Er faltete den Zettel zusammen, verließ das Haus und begann, energischen Schrittes zur »Staatlichen Fabrik für Bleistifte und Schreibwaren« zu marschieren, fest entschlossen, seine Frau zur Rede zu stellen und sie geradeheraus zu fragen, ob sie ein Verhältnis habe. Julia hatte sich immer beklagt, er sei nicht energisch genug, und jetzt würde er ihr beweisen, wie sehr sie sich getäuscht hatte. Er betrat den Schreibsaal und verlangte vom erstbesten Angestellten, der ihm über den Weg lief, er solle ihn zum Schreibtisch seiner Frau geleiten. Doch Julia war nicht an ihrem Platz. Ein anderer Angestellter erklärte, sie sei vor Stunden schon weg und noch nicht zurück. Doch beide konnten nicht sagen, wohin sie gegangen war. Obschon seine Selbstsicherheit ein wenig ins Wanken geriet, verlangte Jiří, an Ort und Stelle auf seine Frau warten zu dürfen. Dagegen hatte der Bürodiener nichts einzuwenden, und Jiří ließ sich auf Julias Stuhl sinken. Doch es vergingen nur wenige Minuten, und eine Frau um die vierzig erschien, auf dem Kopf einen imposanten, mit Straußenfedern geschmückten Hut. Schnellen Schrittes durchmaß sie den Hauptsaal, bis sie bei Jiří angelangt war und verlangte, auf der Stelle ihren Gatten zu sehen, den leitenden Direktor. Jiří begann etwas Unverständliches zu stammeln, doch zu seinem Glück kam ihm einer der Angestellten zu Hilfe und erklärte der Dame, er sei bloß der Mann der Sekretärin. »Und wo ist die?«, verlangte die Frau des leitenden Direktors zu erfahren. Der Angestellte erwiderte, er wisse es nicht. »Und wo ist mein Herr Gemahl?« Auch darauf hatte der Mann keine Antwort. »Ich werde hier auf ihn warten«, sagte die Frau des leitenden Direktors. Der Angestellte brachte ihr einen Stuhl und kehrte an seinen Arbeitsplatz zurück. Um fünf begann die Belegschaft, sich zu verabschieden, und bald schon waren nur noch Jiří und die Frau des leitenden Direktors im Schreibsaal zurückgeblieben.

»Der leitende Direktor ist verschwunden, zusammen mit seiner Sekretärin«, sagte die Frau schließlich. »Finden Sie nicht, das ist ein eigenartiger Zufall?«

»Eigenartig?«, fragte Jiří.

»Jawohl, eigenartig!«, stieß die Frau wutschnaubend aus. »Sehr eigenartig, bedenkt man die Nachricht, die mir von einem Kurier zugestellt wurde, in der mein Mann mir mitteilt, er habe mich verlassen.«

»Auch ich habe eine Nachricht von meiner Frau bekommen!« Jiří war aufgesprungen.

»Alles ist sonnenklar. Die Turteltauben sind zusammen ausgeflogen«, zischte die Frau.

»Und haben alle meine Ersparnisse mitgenommen«, setzte Jiří hinzu.

»Die Ersparnisse!«, entfuhr es der Frau des leitenden Direktors. »Ich muss sofort zur Bank!«

»Mich dünkt, die hat bereits geschlossen«, sagte Jiří.

»Dann werde ich eben die ganze Nacht auf dem Trottoir warten, bis sie am Morgen die Türen öffnen, und sei es nur, um diesen Lumpen daran zu hindern, mein Geld zu stehlen!«

Sie wandte sich schon zum Ausgang, als plötzlich ein Wasserrauschen zu hören war aus dem Comptoir des leitenden Direktors. Jiří und die gehörnte Direktorengattin sahen einander erstaunt an.

Entführung

Als Gugel auf die große Uhr an der Wand schaute und sah, es war fünf nach fünf, hätte er vor Freude beinahe laut geschrien. Er kam auf die Beine und hockte Sekunden später auf der Toilette. Kein Zweifel, das war eine schwere physische und mentale Prüfung gewesen, doch er hatte sie heldenhaft bestanden und bewiesen, er war der Stellung eines leitenden Direktors sehr wohl würdig. Ja, vielleicht eines Tages gar der des Herrn Generaldirektors. Er erhob sich und ließ das Wasser rauschen, bis er ganz zweifelsfrei sah, dass keine Hinterlassenschaften mehr zu entdecken waren. Doch als er sich umdrehte, gewahrte er zu seiner Bestürzung die Frau des leitenden Direktors und Julias Mann mit offenem Mund in der Tür stehen.

»Ich habe die Toilette nicht benutzt, ich schwöre«, rief der

Abteilungsleiter. Die Frau besann sich als Erste. Ohne den Blick von Gugel zu nehmen, wandte sie sich an Jiří, der hinter ihr stand. »Mich dünkt, das genau ist gemeint, wenn man sagt, ›mit heruntergelassenen Hosen erwischt‹.«

Gugel beeilte sich, seine Beinkleider hochzuziehen. »Wohin wollen Sie denn, meine Dame?«, fragte er, als sie auf dem Absatz kehrtmachte.

»Ich muss zu meinem Gatten, ehe es zu spät ist«, erwiderte die Frau des leitenden Direktors und war schon im Begriff zu gehen.

Doch flink wie eine Katze war Gugel mit einem Satz zwischen ihr und der Tür. »Das kann ich nicht erlauben. Sie müssen mir versichern, dass Sie weder Ihrem Gatten, dem leitenden Direktor, noch dem Herrn Generaldirektor oder der Regierungsagentin mit dem roten Barett etwas sagen, obgleich das Verteilen von ein paar Bleistiften an Kinder im Park nun wahrlich kein Verbrechen ist.«

»Sehen Sie, wie mein Herr Gemahl sich aufführt?« Das galt Jiří, der die ganze Zeit mit der ihm eigenen Passivität dabeigestanden hatte. »Er geht sich vergnügen und überlässt an seiner Stelle die Leitung einem Umnachteten.« Entschieden wandte sie sich nun an Gugel: »Geben Sie auf der Stelle die Tür frei!« Doch Gugel rührte sich nicht. Worauf sie sich wieder Jiří vornahm: »Was stehen Sie da herum wie ein Golem? Tun Sie doch etwas!«

Jiří trat zögernd zu Gugel: »Guten Tag, mein Herr. Mein Name ist Jiří Sopček, ich bin der Mann von Julia Sopček, der Sekretärin. Ich nehme nicht Partei bei dieser Sache. Dürfte ich bitte gehen?« Gugel rührte sich nicht, und Jiří fuhr fort: »Ich versichere, niemandem ein Wort zu sagen. Sie können sich auf mich verlassen. Ich bin Beamter im Patentamt, und jeden Tag vertrauen mir Menschen Geheimnisse in großer Zahl an … Und es ist unmoralisch, einen Menschen einzusperren, der nichts mit alldem zu tun hat.«

»Niemand geht irgendwo hin!«, bellte Gugel. »Und Sie, ›der Mann der Sekretärin‹ … Ihre Frau hat mir alles von Ihrem Treiben mit der Französin erzählt, also kommen Sie mir nicht mit Moral. Noch weiß ich nicht, was hier gespielt wird, aber ihr seid alle verdächtig.«

»Mein Treiben mit wem?«, fragte Jiří konsterniert.

»Das ist doch eine lächerliche Farce«, meinte die Frau des leitenden Direktors und wandte sich zum Fenster. »Ich rufe jetzt um Hilfe, und in wenigen Sekunden wird die Polizei hier sein und Sie hinter Gitter bringen …«

Da zog Gugel einen Bleistift aus der Tasche und drückte ihn der Gattin des leitenden Direktors wie ein Messer an den Hals. »Lassen Sie es, wenn Ihnen Ihr Leben teuer ist, Werteste. Das ist zwar nur ein stumpfer Bleistift, mit dem sich schon nicht mehr recht schreiben lässt, aber ich bin sicher, ich vermag ihn in Ihren fetten Hals zu rammen, und wenn Sie das nicht umbringt, dann wird es das giftige Blei der Mine tun.«

Die Frau erstarrte. »Das wagen Sie nicht«, stieß sie schließlich mit zittriger Stimme unsicher hervor. »Nicht einmal Sie sind derart wahnsinnig.«

Doch Gugel brachte seinen Mund nur nahe an ihr Ohr heran und muhte wie eine Kuh: »Muh, muh, muuuhhh.«

Israels Geschichte

»Er ist im Kuhstall«, begrüßte mich ChaimJaakov, als ich an einem Freitagmorgen in Kfar Etzion eintraf. Woraus ich schloss, dass er nicht der ChaimJaakov war, den ich brauchte. Den ChaimJaakov, der das Archiv betreute, traf ich wenig später, als er zurück von den Kühen war. »Ich habe dir alles zusammengestellt, was ich über Israel Shetach finden konnte«, sagte ChaimJaakov, während er versuchte herauszufinden, welcher der unzähligen Schlüssel an seinem Bund die Tür des Archivraums aufschlösse. »Die Leute, die zurück in die Vergangenheit wollen, werden immer weniger«, murmelte er, als könnte er meine Gedanken lesen.

»Ich war sehr überrascht zu erfahren, dass es einen solchen Menschen überhaupt gegeben hat«, sagte ich.

»Hat es, und ob«, sagte ChaimJaakov. »Das war ein Typ, dein Israel Shetach. Am Telefon sagtest du, sein Name sei dir im Traum erschienen?«

»So in etwa«, stotterte ich. Als Google keinen Israel Shetach finden konnte, hatte ich, einer Eingebung folgend, ChaimJaakov angerufen.

»Ich erinnere mich noch gut an Israel«, sagte er jetzt, während er einen kleinen Karton auf den Tisch stellte. »Er erschien

Anfang der siebziger Jahre im Kibbuz, kurz nachdem wir hier angefangen hatten, und behauptete, er hätte Fotos, die nur wenige Minuten nach dem Massaker von 1948 entstanden seien, als er als Araber verkleidet hier gewesen war. Du wirst das lesen, es steht alles hier drin.« Er zog ein dickes Heft aus dem Karton. »Gleichzeitig hat er gesagt, er würde uns das Material nur überlassen, wenn wir einwilligen, die Fotos zu vergrößern und sie im Speisesaal aufzuhängen. Natürlich haben wir abgelehnt. Die Aufnahmen wären der Verdauung wirklich nicht zuträglich gewesen. Wie auch immer, die sind auch hier drin ... Was für ein Typ, er war schon ein bisschen ein Prahlhans.« ChaimJaakov lachte.

»Und wie ist am Ende sein Material dann trotzdem hier gelandet?«, fragte ich, während ich vorsichtig in den vergilbten Seiten blätterte.

»Er ist vor ein paar Jahren gestorben, und als sein Nachlass versteigert wurde, hat der Kibbuz ihn erworben. Im Lande Israel braucht es Geduld.«

»Um zu warten, dass alle sterben?«, fragte ich.

»Das wäre auch eine Möglichkeit.« Sein Lächeln hatte etwas Doppeldeutiges. »Du bleibst heute Nacht hier. Ich habe dir ein Zimmer bei meinem Bruder besorgt, seine Älteste übernachtet dieses Wochenende in ihrem Seminar.«

»Aber ihr beiden wisst immer, wer Chaim und wer Jaakov ist, oder?«

»Nicht immer.« Er lächelte abermals.

Ich dankte ihm und sagte, ich würde versuchen, alles bis zum Anbruch des Schabbats durchzusehen.

»Schaff, so viel du kannst. Ich komme dann und hole dich zur Synagoge ab.« Was keine Frage, sondern eine Ansage war.

In dem Karton fanden sich außer dem Tagebuch Fotos und mehrere Zeitungsausschnitte. In einem langen Artikel aus der *Davar* berichtete Israel, er sei in Ägypten aufgewachsen und zunächst nur wegen eines Radrennens nach Palästina gekommen. Später habe er sich dann zur Palmach gemeldet. Aufgrund seiner Herkunft und weil er fließend Arabisch sprach, sei es ihm gelungen, die Reihen der arabischen Freischärler am Berg Hebron zu infiltrieren. Dem Reporter sagte er Folgendes:

> Mithilfe eines arabischen Freundes, der Sympathien für die jüdische Sache hegte, gelang es mir, mich als arabischer Fotojournalist auszugeben. Er nahm mich dann mit zu den Operationsbasen der Freischärler. Ich konnte den Einheiten bei der Ausbildung zusehen, verfolgte ihre Vorbereitungen und wurde sogar Zeuge einiger der von ihnen verübten Gräueltaten. Selbstverständlich trug ich Sorge, meine Informationen an die zuständigen Verantwortlichen bei der Hagana weiterzuleiten, und wurde von diesen sogar ermutigt, meine konspirativen Aktivitäten fortzusetzen, die – das darf ich sagen – mehr als nur ein Quäntchen Gefahr bargen.

Am Ende des Artikels fand sich ein Foto, auf dem eine Bande bewaffneter arabischer Freischärler zu sehen war. Die Bildunterzeile lautete: »Abd al-Qadir al-Husseini schult seine Soldaten vor der Schlacht um das Kastell, bei der er getötet wurde.« Und mit rotem Filzstift hatte jemand einen Pfeil hinzugefügt, auf einen jungen Mann weisend, der seitlich von al-Husseini stand, und danebengeschrieben: »Der junge Jassir Arafat.«

Auf einem anderen Bild war Israel Shetach selbst zu sehen, im langen Mantel, ähnlich dem der arabischen Freischärler, mit weißer Kufija und Dolch am Gürtel, und neben ihm ein lang aufgeschossener, hagerer junger Mann. Darunter stand: »Der arabische Freund und ich.« Ich besah mir den Freund genauer und meinte, er könnte Isak ähnlich sehen, unserem Taxifahrer in Jordanien. Weitere Zeitungsausschnitte in dem Karton erzählten die Lebensgeschichte Israel Shetachs, die mit Leichtigkeit drei opulenten Hollywoodstreifen als Vorlage hätte dienen können. Im Unabhängigkeitskrieg hatte er in Jerusalem und in der Negevwüste gekämpft. In den fünfziger Jahren war er als Kundschafter in Gaza an der Jagd auf Terroristen beteiligt. Er behauptete, der einzige jüdische Kundschafter in der gesamten israelischen Armee gewesen zu sein. In den sechziger Jahren dann verdiente er sich seinen Lebensunterhalt, indem er abenteuerlustige Israelis über die Grenze nach Jordanien schmuggelte, damit sie die Nabatäerstadt Petra besuchen konnten. Als ich schließlich alle Zeitungsartikel und auch die Berichte gelesen hatte, die Israel an die Hagana übermittelt hatte, und mich schon seinem Tagebuch zuwenden wollte, kam ChaimJaakov herein und meinte: »Es wird Zeit, dass wir uns für den Einzug des Schabbats bereit machen.« Eine Stunde später stand ich in einen Gebetsmantel gehüllt in der Synagoge neben beiden ChaimJaakovs. Nach dem Gebet erzählte ich ihnen, das letzte Mal, dass ich einen Tallit getragen hätte, sei bei meiner Bar-Mitzwa gewesen, genau vor fünfundzwanzig Jahren und eben hier im Kibbuz. Ja, es sei sogar derselbe Wochenabschnitt gelesen worden.

Am nächsten Tag schmökerte ich den ganzen Vormittag über in Israels Tagebuch, atemlos wie in einem Kriminalroman. Er neigte zu reichlich Pathos und sparte bei jeder sich bietenden Gelegenheit nicht mit Lobeshymnen auf sich selbst. Was Wahrheit und was Übertreibung war, ließ sich oft nicht sagen. So erzählte er zum Beispiel, in seiner Kindheit in Ägypten habe seine Mutter ihn bis zum Alter von dreizehn in Mädchenkleider gesteckt, um den Satan zu täuschen, damit dieser ihr nicht ihren Erstgeborenen nahm. Diese doppelte Identität aber habe ihn, wie Israel blumig darlegte, schon früh auf die Rolle seines Lebens vorbereitet, nämlich als ein als Araber verkleideter Spion zu dienen. Wobei er sich mehr als einmal nur versprochen hatte und beinahe gefasst worden wäre. Einmal, so berichtete er, sei er bei einem Treffen der Bandenchefs mit dem Mufti von Jerusalem, Hadsch Amin al-Husseini, zugegen gewesen, als einer von ihnen sagte: »Araber, Juden und Briten sind in allem uneins, nur in einer Sache sind sie sich einig: Die Juden töten Araber, die Briten töten Araber, und auch die Araber töten Araber.« Am nächsten Tag habe der Spaßvogel aufgeknüpft an einem Baum in Hebron gehangen.

Am Nachmittag erschien ChaimJaakov mit einem Teller Huhn, Reis und Salat und einem kleineren mit Kuchen. »Hast du gefunden, was du suchst?«, fragte er und deutete mit den Augen auf das aufgeschlagene Tagebuch.

»Das wirft in der Tat Licht auf Großvater Jitzchaks Geschichte. Ich bin aber nicht sicher, ob es reicht, sie zu erzählen, oder ob ich der Richtige dafür bin.«

»Warum nicht?«

»Weil ich vieles aus meiner Phantasie ergänzen müsste oder Dinge abklopfen, die es vielleicht nie gegeben hat oder die nicht stimmen.«

»Wenn wir von jemandem erzählen, erzählen wir immer auch etwas über uns selbst«, bemerkte ChaimJaakov.

Leichter Schwindel überkam mich, denn seit dem Morgen hatte ich nichts gegessen. Ich schlang mit großen Bissen den Kuchen hinunter und spürte den Zucker Körnchen für Körnchen in meinem Blutkreislauf zirkulieren.

»Habe ich dir überhaupt schon erzählt, wie deine Großmutter mir das Leben gerettet hat?«, fragte ChaimJaakov wie nebenher. Überrascht sah ich vom Kuchen auf, und er begann zu erzählen, wie er als Baby am Abend eines Schabbats hohes Fieber bekommen hatte. Meine Großmutter Zippora, die Krankenschwester des Kibbuz, bat, ihn nach Jerusalem ins Krankenhaus bringen zu dürfen, sehr zum Missfallen des Oberrabbiners des Gush, der eine Entweihung des Schabbats unbedingt vermeiden wollte. Doch Zippora habe sich nicht beirren lassen und ihn im einzigen Pritschenwagen des Kibbuz nach Jerusalem gefahren, ins Hadassah Hospital. »Meine Mutter behauptet, wäre deine Großmutter nicht so stur geblieben, säße sie heute nur noch mit Chaim da.« Womit ChaimJaakov ungewollt preisgab, dass er nicht der Chaim in ChaimJaakov war.

»Was für eine Geschichte«, sagte ich und aß weiter.

ChaimJaakovs Augen folgten dem Kuchen, der in meinen Mund wanderte. »Woher ist das?«, fragte er und deutete auf meine gespaltene Oberlippe.

»Geburtsfehler«, sagte ich, meine Standardantwort bemühend. Von frühester Kindheit an war ich gezwungen gewesen zu erklären, woher diese Entstellung an meiner Lippe rührte, was nicht immer leicht war. Erst verzerrte mein gespaltener Gaumen meine Aussprache. Außer meiner Mutter verstand niemand ein Wort von dem, was ich sagte, weshalb ich zu einer Sprechtherapie für Kinder geschickt wurde, einer *speech therapy* oder – wie ich es in einem Wort aussprach – einer Spitztherepie. Im Grunde genommen weißt du, du hast deine Artikulationsprobleme im Griff, wenn du »speech therapy« klar und verständlich sagen kannst. Die Hauptschwierigkeit jedoch, meine Gaumenspalte zu erklären, war, dass ich es selbst nicht wirklich verstand, nicht, wodurch sie bedingt war, und vor allem nicht, warum ausgerechnet ich das Pech haben musste, damit geschlagen zu sein und mit dem Spott, der Verachtung oder dem Mitleid, die mich von frühester Kindheit an begleiteten. Mit den Jahren entwickelte ich zunehmende Immunität und pflegte andere Fähigkeiten, die mir halfen, mir im sozialen Umfeld meinen Platz zu sichern. Ich entwickelte Humor und ganz ansehnliche sportliche Fertigkeiten. Und ein dickes Fell. Ich bemühte mich, in allem ausgezeichnet zu sein, wagemutig und erfindungsreich. Zu schreiben, Musik zu machen, zu fotografieren und zu kochen. Woher kannst du das alles?, fragte Julia mich mal. Ich bin nicht mit solch eindrucksvollen Anlagen gesegnet wie du, scherzte ich. Ich muss mich anstrengen, um gemocht zu werden.

»Der Prophet Jesaja hat von sich selbst gesagt: ›Denn ich bin unreiner Lippen und wohne unter einem Volk von unreinen Lippen‹«, sagte ChaimJaakov leise. »Und Rabbi David Kimchi zufolge war es das, was ihn erst zum Propheten machte.«

Unwillkürlich strich ich mit der Hand über meine gespaltene Oberlippe und wandte mich verschämt ab, tat so, als würde ich angestrengt aus dem großen, nach Osten gehenden Fenster schauen, durch das man die restaurierten Schützengräben und Bunkeranlagen aus dem Unabhängigkeitskrieg sah, in denen mein Großvater Jitzchak wahrscheinlich sein Leben gelassen hatte. Langsam und nicht ohne Mühe wandte ich mich wieder um und sah ChaimJaakov an. Erzähl seine Geschichte, sagten seine Augen. Oder vielleicht war es auch der kalte, spätherbstliche Wind dort am Berg Hebron, der es pfiff.

Jitzchaks Geschichte

Schon am Anfang des Winters wusste Jitzchak, er würde sterben. Blieb nur noch herauszufinden, wie und durch wen. In einem Augenblick, den man vielleicht als Offenbarung bezeichnen könnte, sah er, oder spürte vielmehr, den eigenen Tod. Das war, als er und seine Frau Zippora in der Abenddämmerung, kurz vor Ausgang des Schabbats, über die unbefestigte Straße ihrer Siedlung spazierten. Die Reifen der Fahrzeuge hatten in der Mitte der Piste eine Erhebung entstehen lassen, und nur dort erlaubte sich das Unkraut, ein wenig die Köpfe zu heben. Es schien, als hüllte sich die ganze Siedlung, ja vielleicht der gesamte Berg Hebron, in diese letzten Augenblicke friedvoller Stille, bevor neue Tage harte Arbeit und viel Mühsal brächten. Mit ausgreifenden Schritten kam ihnen Dov entgegen. »Auf zum Abendgebet, Reb Jitzchak«, sagte er mit der ihm eigenen Schroffheit, versehen stets mit einem halben Lächeln, als er an ihnen vorbeihastete. Jitzchak nickte nur. Gerade eben erst war ihm sein Tod erschienen, und jetzt hatte er das Gefühl, ein solcher Moment, in dem er mit seiner Frau dahinspazierte, würde nicht wiederkommen. Um der Wahrheit Genüge zu tun, es war nicht das erste Mal, dass er seinen eigenen Tod vorhersah, sondern schon das dritte. Das erste Mal war noch zu Hause in

Tschechien gewesen, in Karlovy Vary, in den Sommerferien des letzten Schuljahres am Lyzeum, als er mit seinen Freunden am Flussufer gesessen und plötzlich das Gefühl gehabt hatte, sie nie wiederzusehen. Er hatte das sofort als hasenfüßigen Pessimismus abgetan, war jedoch gegen die physische Dimension dieses Wissens nicht angekommen. Es war so etwas wie ein vorweggreifendes Déjà-vu, ein Gefühl, etwas werde sich ereignen, das du schon immer gewusst hast. Das zweite Mal aber war noch greifbarer gewesen. Drei Jahre vor diesem Wintertag war das. Er hatte seinen Sohn zum ersten Mal die Augen aufschlagen sehen und gewusst, der Junge würde eines Tages ohne Vater aufwachsen. Seinen eigenen Tod sah er in den Augen seines Sohnes sich spiegeln, doch das ängstigte ihn nicht, denn der Blick des Kleinen bestärkte ihn. Die Tatsache, dass Amos in jenem Moment nicht geweint hatte (so wenig wie in vielen anderen auch nicht), gab Jitzchak das Gefühl, so sei nun mal der Lauf der Welt, den alle zu akzeptieren hatten. Von dem Tag an nannte er seinen Sohn bei sich »mein Waisenkind« oder »Motl«, nach dem Waisenknaben in der Erzählung von Scholem Alejchem. Er gab acht, dass seine Frau und sein Vater die Prophezeiung nicht hörten, und nur, wenn er den schwarzäugigen Kleinen auf den Arm hob und mit ihm im Zimmer auf und ab ging, sang er ihm etwas vor von einem »glücklichen Waisenjungen«, zu einer Melodie, die er in seiner Kindheit gehört hatte. Und manchmal sprach er ihm auch das Kaddisch für Waisen vor, das der Junge wahrscheinlich irgendwann benötigen würde.

Es war ein sonniger Tag, auch wenn bereits ein kalter Wind durch die noch jungen Bäume fegte. Zippora trug einen Schal, und den kleinen Amos hatten sie in einen Wollpullover mit Kapuze gesteckt, den die Großmutter zu stricken begonnen und Zippora vollendet hatte. Der Junge sprang über die Erdhaufen, zu beiden Seiten gehalten von der Hand seiner Eltern, und krakeelte bei jedem Satz fröhlich »Hops«. Am Ende des Fahrwegs wartete die Todesprophezeiung auf Jitzchak. Diesmal reagierte er überrascht und hätte beinah die Hand des Jungen losgelassen, der gerade durch die Luft schwang. Vielleicht, weil er sich inzwischen an das Leben und den Jungen gewöhnt hatte und ihm die ganze Sache mit dem Tod als Hirngespinst erschien. Zippora spürte, dass etwas nicht stimmte, sagte aber nichts. Die Erfahrung hatte sie gelehrt, es machte keinen Sinn, ihren Mann nach seinen Gefühlen oder Befindlichkeiten zu fragen, es sei denn, man wollte eine lakonische, ausweichende Antwort zu hören bekommen. Ironischerweise sollte sie es sein, die sich nach seinem Tod diese emotionale Deformation zu eigen machen und sie sogar an ihre Nachfahren vererben würde, als, wie die moderne Psychologie es bezeichnet, »genetische Variation«. Zippora hatte gelernt, die winzigen Schwankungen in Jitzchaks Stimmung zu registrieren. Der Seismograph, der sich zwischen Eheleuten herausbildet, schlug jedes Mal an bei ihr, wenn sich eine Wolke der Bedrückung auf ihren Mann legte.

Wortlos kehrten sie zurück zum Kibbuz und betraten mit den letzten Nachzüglern die Synagoge. Jitzchak hüllte sich in seinen Tallit und nahm neben Dov Aufstellung. Als die Gebete fast vorüber waren, machte Dov ihm ein Zeichen, ihm nach draußen zu folgen, wo Avraham bereits auf sie wartete. Zu dritt marschierten sie schweigend zu einer einsamen Eiche auf einem Hügel, ein paar Kilometer entfernt. Jitzchak fragte nicht, warum sie dorthin wollten, denn aus Erfahrung wusste er, Avraham gab nicht gerne Einzelheiten preis, hegte allerdings den Verdacht, Avraham genoss auch das Drama. Als er Dov gegenüber dies einmal äußerte, hatte der gelacht, die Vermutung aber weder bestätigt noch entkräftet. Und tatsächlich ergriff Avraham nach einigen Minuten stillen Ausschreitens das Wort. Er sprach leise, jedoch ohne seine Schritte zu verhalten und die feindliche Umgebung aus den Augen zu verlieren. »Gestern war ich in Beit Ummar zu einem Treffen«, sagte er, ohne ein Wort über die Natur des Treffens zu verlieren oder warum dieses ausgerechnet am Schabbat stattgefunden hatte. Plötzlich blieb er stehen, bedeutete Jitzchak und Dov, es ihm gleichzutun, und fixierte in einiger Entfernung eine Silhouette. »Wahrscheinlich ein Schakal«, meinte Dov. Wortlos ging Avraham weiter. Unter den Arabern der umliegenden Dörfer galt er als der »Muchtar von Kfar Etzion«, war derjenige, der in Friedenszeiten Kontakt zu den arabischen Nachbarn hielt. Doch seit dem Teilungsbeschluss der Vereinten Nationen und der Anerkennung des Rechts des jüdischen Volkes auf einen eigenen Staat waren alle Kommunikationskanäle verödet, zumindest offiziell. Avraham aber hatte noch immer seine Kontakte, durch die er an Informationen kam. Einmal hatte Jitzchak ihn mit einer Kufija auf dem Kopf sich durch das hintere Tor davonstehlen sehen. Doch auch da hatte er sich des Gefühls nicht erwehren können, die Maskerade und der klandestine Abgang waren vor allem für die Augen eines Beobachters bestimmt.

Sie erreichten den Baum, und Avraham ging einmal darum herum, um sicherzustellen, dass niemand in der Nähe war. Dov setzte sich auf die Erde, streifte einen Schuh ab und schüttelte ein peinigendes Steinchen heraus. Nachdem er die Umgebung sondiert hatte, wandte sich Avraham an Jitzchak. »Unser Verbindungsmann hat einen Weg gefunden, die arabischen Milizen zu infiltrieren, mithilfe eines arabischen Jungen. Aber der Junge sagt, er ist erst bereit, das zu tun, nachdem er Jitzchak aus Kfar Etzion getroffen hat. Hast du eine Ahnung, warum?«

Hatte Jitzchak nicht. »Ich kenne keine Kinder. Vielleicht meint er ja Jitzchak Reich. Oder Jitzchak Posner oder …«

»Er hat gesagt: ›Isak aus Kfar Etzion‹«, unterbrach ihn Avraham. »›Isak mit der Geschichte über den krummen Mann.‹«

Jitzchak wirkte verwirrt. Doch Dov kam ihm zu Hilfe: »Die Geschichte über den Mann, dem das Gesicht in *Grimm* erstarrte.«

Jitzchak lächelte. »Hamdha? Der Sohn von Khalil? Ein netter Junge …«

»Ein junger Mann«, korrigierte Avraham. »Kann man ihm trauen?«

Jitzchak war nicht sicher, was er sagen sollte. Er hatte Khalil und Hamdha schon drei Jahre nicht mehr gesehen.

»Woher kennst du ihn überhaupt? Er spricht fließend Hebräisch.«

Jitzchak wollte schon antworten, als plötzlich hinter ihnen im Buschwerk etwas raschelte. Die drei Männer verstummten. Avraham spannte seine Pistole. *»Min hadha?«*[40], rief er in die Dunkelheit. Doch es kam keine Antwort.

Mehr als vier Jahre zuvor, an einem Freitagabend im Frühjahr 1943, hatte eines der Neugeborenen hohes Fieber bekommen. Zippora, Jitzchaks Frau, die als Krankenschwester des frisch gegründeten Kibbuz fungierte, wich nicht vom Bett des Säuglings, doch da es an allem fehlte, konnte sie nicht mehr tun, als feuchte Kompressen aufzulegen, um den fiebernden kleinen Körper zu kühlen. Als sie jedoch einsah, dass es ihr nicht gegeben war, ihn so zu behandeln wie erforderlich, ging sie zu Dov, dem Sekretär des Kibbuz, und bat, er solle sie nach Jerusalem fahren. Rabbi Nerije, der Oberrabbiner aller religiösen Kibbuzim, der zufällig gerade im Sekretariat weilte, sagte, sie würden es wohl nicht bis zum Anbruch des Schabbats nach Jerusalem schaffen, ganz sicher aber nicht wieder zurück, und Dov wandte ein, der Fiat sei in keiner guten Verfassung, und auch, dass sie, führen sie nach Jerusalem und blieben dort über Nacht, den ganzen Kibbuz ohne ein Fahrzeug sich selbst überlassen würden. Rabbi Nerije riet ihr, auf Gott zu vertrauen. Zippora hörte sich alles an und nahm dann die Schlüssel des Pritschenwagens vom Brett. »Es kommt nicht alles vom Him-

40 Arabisch: Wer ist da? [Anm. U. K.].

mel«, sagte sie und ging, ohne sich noch einmal umzudrehen. Sonst hätte sie gesehen, wie Dov den aufgebrachten Rabbiner daran hinderte, sie aufzuhalten. Von der Sekretariatsbaracke ging Zippora mit dem in eine Decke gewickelten Säugling zu ihrem Mann, und gemeinsam fuhren sie nach Jerusalem. Den ganzen Weg über wechselten sie nicht ein Wort. Jitzchak schwankte zwischen Stolz auf seine Frau und Fassungslosigkeit über ihre Unverfrorenheit, ja musste sich eingestehen, dass er den dazu erforderlichen Mut nicht gehabt hätte. Als sie beim Hadassah Hospital angelangt waren, stieg Zippora aus und befahl ihrem Mann, zum Kibbuz zurückzufahren. Auf dem Rückweg von Jerusalem aber blieb der Fiat liegen. Jitzchak wartete stundenlang am Straßenrand, doch nicht ein Fahrzeug kam vorbei. Kurz vor Anbruch der Dunkelheit ächzte quietschend ein von einem Esel gezogener Karren die Straßen entlang. Auf dem Rücken des Esels ritt ein älterer Araber im braunen Hemdgewand und mit einer schwarz-weiß gewürfelten Kufija auf dem Kopf. Auf dem Karren lagen bunt gemischt Dinge, die auf den ersten Blick aussahen wie Schrott – und auf den zweiten auch noch. Auf etwas, das aussah wie eine umgedrehte, rissige und verbeulte Emaillebadewanne, hockte ein etwa zehnjähriger Knabe, der ein verblichenes gelbes Nachthemd trug und in den Himmel schaute. Der Esel blieb neben Jitzchaks Pritschenwagen stehen, und der Araber sagte: »*Sholem alejchem.*« Überrascht von diesem das Exil und die zurückgelassene Heimat wachrufenden Gruß antwortete Jitzchak beinahe unweigerlich: »*Alejchem haSholem.*« Er sah den Jungen an, der seinen Blick ernst erwiderte, aus bemerkenswert hellen graublauen Augen. Der Araber, der sich als Khalil vorstellte, aus dem Dorf Beit Ummar, erzählte, er sei ein Geschichtenhändler, auch wenn er in Wirklichkeit sein Brot als Schrotthändler verdiene. Er sagte, am Morgen werde er Hilfe holen, doch die Nacht über würden sie ihm Gesellschaft leisten und ihn vor Räuberbanden schützen, die zuweilen die Gegend unsicher machten. Khalil versicherte, sobald sie ihn sähen, würde ihm kein Haar gekrümmt werden, da er Witwer sei und seine verstorbene Frau die Schwester keines Geringeren als Abd al-Qadir al-Husseini, des Bruders von Haddsch Amin al-Husseini, dem Großmufti von Jerusalem. Die Dunkelheit senkte sich herab, und sie entzündeten ein Lagerfeuer.

In den darauffolgenden Wochen wurde die zufällige Begegnung zur festen Gewohnheit. Auf einem der Bergrücken rings um den Kibbuz schichteten sie Holz für ein Feuer auf, kochten starken, süßen Kaffee und erzählten einander die ganze Nacht hindurch Geschichten, während der hellhäutige, ernste Junge ihnen lauschte und sie aus klaren, ernsten Augen beobachtete. Am Morgen dann marschierten sie in eines der Dörfer, um Maschinen und Werkzeug für die Schlosserei zu kaufen, die Jitzchak im Kibbuz einrichtete, dieselbe Schlosserei, in der er später Minen fertigen würde, die er in ebenjenen Bergen rund um den Kibbuz vergrub. Khalils Geschichten waren meistenteils phantastische arabische Märchen, Geschichten aus *Tausendundeiner Nacht*, aber auch chinesische Parabeln, kaukasische Sagen und romantische Ghaselen, bei denen Jitzchak errötete und sich fragte, wie Khalil den Jungen derart erotischen Inhalten aussetzen konnte. Jitzchak seinerseits steuerte Geschichten aus dem Schtetl bei, von Agnon, Scholem Alejchem und Mendele Moicher Sforim. Und Geschichten, die er von seinem Vater und denjenigen gehört hatte, die in sein Haus kamen, aber auch von Jules Verne, Maupassant, Gogol, Kafka und Tschechow. Und einmal improvisierte er sogar eine geraffte Fassung der Geschichte von dem »Mann, dem das Gesicht in Grimm erstarrte«. Khalil hörte mit großem Vergnügen zu und kommentierte gelegentlich, zu dieser oder jener Geschichte gebe es ein arabisches Pedant. Er fragte Hamdha, ob er sich noch an die Geschichte über den-und-den erinnere, der sich genau wie der-und-der aufgeführt habe, nur dass er dabei nicht wie eine Kuh muhte, sondern wie ein Hahn krähte, und der Junge nickte stumm. Niemals sprachen sie über Politik oder persönliche Belange. Mit der Zeit lernte Jitzchak, dass sich Khalil seiner Geschäfte wegen offenbar viel in Jaffa aufhielt und dass Hamdha sein einziger Sohn war. Seine Frau, wie gesagt, ein Mitglied der angesehenen Familie al-Husseini, war im Kindbett gestorben. Doch Khalil pflegte kaum Kontakt zu seinem Schwager und vermied es generell, über Politik zu reden. Das einzige Mal, dass Khalil auf die Lage im Land zu sprechen kam, war kurz nach der Invasion der Alliierten in der Normandie. Sie saßen und tranken Tee. Der Frühling stand schon in voller Blüte, doch die Nachtluft in den Bergen war noch kühl. Khalil wirkte ungewohnt still. Er nahm einen Schluck von seinem Tee und berichtete Jitzchak dann, er habe die Absicht, nach Jaffa zu ziehen, zu einer Frau, mit der er schon eine Weile zusammen sei. »Der Junge braucht eine Mutter«, sagte er. Und, nachdem er länger geschwiegen hatte: »Jetzt, da ihr bald fertig seid mit den Nazis, werdet ihr gegen uns kämpfen.«

»Und wer wird siegen?«, fragte Jitzchak mit angedeutetem Lächeln.

»Der, der nichts zu verlieren hat«, erwiderte Khalil, ebenfalls lächelnd.

In den darauffolgenden Wochen nahmen die Spannungen zwischen Juden und Arabern immer mehr zu, und Jitzchaks Treffen mit Khalil wurden seltener, bis sie irgendwann ganz aufhörten. Das letzte Mal, dass er Khalil und Hamdha gesehen habe, sei genau genommen hier gewesen, an der einsamen Eiche, wie er Dov und Avraham jetzt erzählte.

Avraham schwieg längere Zeit und stieß dann plötzlich ein kreischendes Heulen aus wie von einem Fuchs. Aus der Dunkelheit löste sich ein dunkelhäutiger junger Mann von vielleicht zwanzig Jahren, der einen langen Mantel übergeworfen hatte, wie ihn die arabischen Milizionäre trugen. Auf dem Kopf hatte er eine rot-weiße Kufija und um die Hüften einen Dolch gegürtet. Eine lederne Tasche hing ihm am breiten Lederriemen gekreuzt vor der Brust. »Das ist al-Masri. Aber in Wahrheit ist er kein Araber, und al-Masri ist auch nicht sein richtiger Name«, sagte Avraham mit der ihm eigenen Theatralik.

Jitzchak nickte dem Mann in seiner Aufmachung nur zu, der seinerseits die Augen nicht von ihm ließ.

»Al-Masri arbeitet für den ND«, erklärte Avraham.

»Was soll das sein, der ND?«, fragte Jitzchak.

»Eine geheime Einheit der Hagana.«

»Ich dachte, die Hagana selbst sei eine geheime Organisation«, sagte Jitzchak.

»Der ND ist doppelt und dreifach geheim«, stellte Avraham gewichtig fest.

»Es ist die Abkürzung für Nachrichtendienst«, erklärte Dov.

»Wann hast du Leila getroffen?«, fragte der Fremde plötzlich. Sein Hebräisch war vom nicht zu überhörenden Tonfall der Palmachniks – Geringschätzung vermischt mit Borniertheit, Arroganz, unmäßigem Selbstbewusstsein und, natürlich, einer gehörigen Portion Übermut. Jitzchak war überrascht, vor allem aber darüber, dass die Frage ihn nicht überraschte. Triffst du eine Frau wie Leila, weißt du beinahe mit Gewissheit, das ist erst der Anfang der Geschichte.

»Das war zu Beginn des Monats Siwan, 5705«, erwiderte er.

»Im Mai 1945«, übersetzte Dov für den Palmachnik, der Jitzchak weiter herausfordernd anstarrte.

Jitzchak setzte sich.

Dov beförderte den Finjan zutage, den verbeulten arabischen Kupferstieltopf für den Kaffee, und schwenkte ihn nach Avraham, der ihm mit den Augen bedeutete, ein Feuer zu machen. »Setz dich doch, Israel«, forderte er den Fremden auf. »Hierher trauen sich die Araber nie.«

Israel sah sich noch einige Sekunden lang skeptisch um, gab sich dann zufrieden, legte Tasche und Dolch ab und setzte sich ebenfalls. Und Jitzchak begann zu erzählen.

Nur wenige Tage vor der Kapitulation der Deutschen trafen sich Jitzchak und Khalil wieder. Es war Sonntagmittag, und Jitzchak arbeitete in der Schlosserei. Als er den Blick von der Drehbank hob, sah er Khalil in der Tür stehen. Jitzchak führte ihn durch den Kibbuz, zeigte ihm die Obstplantage, die Kinderhäuser, die Synagoge und das religiöse Kulturzentrum. Danach ging es zu den Stallungen, den Kühen und dem Sanatorium, ein Anziehungspunkt für Besucher – krank oder gesund – aus dem ganzen Land. Sogar in der *Davar* hatte es geheißen, im Land gebe es keinen zweiten Ort mit solch guter Luft.

Khalil war beeindruckt. »Das alles habt ihr in fünf Jahren geschafft?«

»In nicht einmal fünf Jahren«, erwiderte Jitzchak mit unverhohlenem Stolz.

»Muslime und Christen bauen in die Höhe, die Juden in die Breite«, Khalil lächelte. Sie ließen sich am äußersten Ende des Pflaumenhains nieder, am »Sattel des Muchtars«, wie die schmale Kluft genannt wurde, durch die seit jeher der Weg führte, der Kfar Etzion mit Beit Ummar verband. Khalil betrachtete das Dorf, in dem er geboren war, und berichtete Jitzchak dann, er sei mit Hamdha nach Jaffa gezogen.

»Wie geht es deinem prächtigen Jungen?«, erkundigte sich Jitzchak.

»Das Leben in einer Stadt, die nie schläft, ist nicht einfach für einen Jungen, dessen Kindheitslandschaft hier geformt wurde, in den Bergen Hebrons.« Er deutete mit der Hand nach der Stadt auf dem Berg. »Und dein Sohn?«

»Der kleine Amos kann schon krabbeln, und seine Neugier ist nicht zu stillen«, erzählte Jitzchak mit leuchtenden Augen.

»*Ajsen?*«[41], fragte Khalil lächelnd.

»*Ajsen*«, bekräftigte Jitzchak und lächelte ebenfalls.

Nachdem beide eine Weile geschwiegen hatten, meinte Khalil mit einem Mal: »Warum gibst du mir die Geschichte nicht mit, die du nicht geschrieben bekommst, die über den griesgrämigen Mann, und ich gebe sie Leila zu lesen?«

»Die ›Geschichte über den Mann, dem das Gesicht in Grimm erstarrte‹, meinst du. Und ich schreibe sie nicht, ich überarbeite sie nur. Geschrieben haben viele daran. Es ist eine lange Geschichte …« Indes war es tatsächlich so, dass Jitzchak zu dem Zeitpunkt schon beinahe alle Hoffnung aufgegeben hatte, die »Geschichte über den Mann, dem das Gesicht in Grimm erstarrte«, jemals in irgendeine geordnete, sinnvolle Form zu bekommen.

»Leila ist der klügste Mensch, den ich kenne.« Khalil überging Jitzchaks gestotterte Erklärung einfach. »Sie spricht sieben Sprachen. Und sie ist halb Jüdin, halb Araberin. Ihre Mutter stammt aus einer wohlhabenden Familie im Libanon, und ihr jüdischer Vater war ein ägyptischer Dichter, der sogar vor dem König gelesen hat. Sie kann dir beim Schreiben helfen.«

»Beim Überarbeiten«, murmelte Jitzchak und erwog, ob er Khalil auch hinsichtlich Ägyptens korrigieren sollte, wo es seines Wissens nach schon seit vielen Jahren keinen König mehr gab.

Khalil erging sich derweil weiter in Elogen auf die Frau seines Herzens. »Leila ist eine kultivierte Frau und ihr Haus voller Bücher.« Und als er sah, dass Jitzchak sich für die Idee nicht erwärmen mochte, versuchte er es mit bestechender Logik: »Eine Geschichte, in die so viele Juden verwickelt sind, braucht eine ordnende Hand von außen.«

---

41 Jiddisch für »Eisen« [Anm. U. K.].

»Aber sie ist doch selbst halb Jüdin.« Jitzchak unternahm den Versuch, Logik mit Logik abzuwehren.

»Keine Sorge, sie wird ihre arabische Seite verwenden. Außerdem hättest du so Gelegenheit, meinen Besuch zu erwidern und dir mein neues Haus anzuschauen, jetzt, da ich das deine bestaunt habe.«

An dieser Stelle der Geschichte unterbrach Avraham: »Du hast den Araber den Kibbuz besichtigen lassen?« Ob er nur erstaunt war oder doch ungehalten, ließ sich nicht sagen.

»Beruhig dich«, beschwichtigte Dov. »Das war '45, da hatten wir noch nicht mal die Stellungen.«

»Also war Hamdha bei dieser Begegnung nicht dabei?«, fragte Israel. Der Besuch eines Arabers im Kibbuz schien ihm nicht den Schlaf zu rauben, er war mehr an dem Jungen interessiert.

»Nein«, erwiderte Jitzchak und berichtete, Hamdha habe er erst zwei Wochen später getroffen, als er eine Besorgungsfahrt nutzte, um Khalil und Leila in Jaffa zu besuchen.

Leilas Haus stand ganz am Ende der Count-Straße, gleich neben dem prachtvollen Bau des Cliff-Hotels. Genau genommen bestand es aus sechs kleineren Häusern, die um einen großen, gepflasterten Hof gruppiert waren, in dessen Mitte ein kleiner Garten lag. Als Jitzchak zögernd durch das schwere Eisentor trat, sprang Khalil auf und begrüßte ihn mit herzlicher Umarmung. Eine junge Frau mit pechschwarzem Haar und nicht minder schwarzen Augen saß in einem breiten Hängesessel. Sie trug ein eng geschnittenes dunkelblaues Kleid mit hohem Kragen, der ihren langen, wohlgeformten Hals umspielte. Jitzchak nahm an, dass es Leila sein musste. Ihre Schönheit, die jeden Mann zu magnetisieren vermochte, einerlei, ob er aus Jaffa oder vom Berg Hebron kam, ließ keinen anderen Schluss zu. Neben ihr saß ein Mann um die fünfzig im schwarzen Anzug und mit gepflegtem Schnurrbart, der schweigend zuhörte, da sie leise zu ihm sprach und beide gemächlich vor und zurück schaukelten. Als Jitzchak den Hof betrat, schaute sie auf und lächelte, unterbrach ihre Rede jedoch nicht. Der kleine Hamdha saß etwas abseits und spielte mit alten Wasserhähnen und Rohrstücken, die er auseinandernahm und wieder zusammensetzte.

Khalil stellte ihn als »Jitzchak« vor und verwendete das arabische »Isak« nicht, mit dem er ihn bei ihren Treffen in den Bergen sonst immer ansprach. Der Mann, den Khalil als Abed ar-Ra'uf al-Bitar vorstellte, schüttelte Jitzchak herzlich die Hand. »Und das ist Leila«, sagte Khalil und drängte Jitzchak, doch in einem der Korbstühle Platz zu nehmen. Auf Hebräisch bat er Hamdha, dem Gast, der einen langen Weg hinter sich hatte, etwas zu trinken zu bringen. Jitzchak sagte, er sei nur aus dem nahe gelegenen Rischon LeZion gekommen und müsse nichts trinken. Es sei auch schon spät, er werde nur das Manuskript überreichen und dann alle wieder ihren Geschäften überlassen; außerdem stünde draußen der Fiat unbeaufsichtigt, auf der Ladefläche eine Schreibmaschine, die das Exekutivkomitee eigens nach Kfar Etzion geschickt habe, und er sei in Sorge, die könne bei jemandem, der zufällig am Wagen vorbeikäme, Begehrlichkeiten wecken. An dieser Stelle mischte sich der Herr im Anzug ein und sagte in fließendem Französisch zu Jitzchak, solange er hier bei ihm sei, würde ihm nicht ein Haar gekrümmt. Jitzchak sah erst ihn an und dann Khalil, der lachte und meinte: »Du kannst Abed ruhig glauben. Immerhin ist er der Bürgermeister von Jaffa.« Da kam Hamdha mit einem Tablett wieder, darauf ein Kännchen Kaffee, Gläser und Datteln, Rosinen und Oliven in drei verschiedenen Farben. Offenbar hatte alles schon bereitgestanden für die Ankunft des Gastes. Jitzchak zögerte noch, als Leila auf Hebräisch sagte: »Was sollen Araber mit einer hebräischen Schreibmaschine? Setz dich.« Ihr Ton war sanft, aber bestimmt. Er setzte sich und warf verstohlen einen Blick nach ihr. Sie nahm eine getrocknete Feige, die mit honiggetränkten Nüssen gefüllt war, und reichte sie ihm wortlos, und erneut sah sich Jitzchak außerstande abzulehnen. Ihm schwante, er würde sich niemals etwas widersetzen können, um das diese Frau ihn bäte. Aus seiner ledernen Umhängetasche holte er einen mit Band verschnürten Stoß Seiten und reichte ihn Leila, die geschickt den Knoten löste.

»Noch kannst du es dir überlegen«, sagte er. »Sicher hast du Wichtigeres zu tun, als eine unvollständige Erzählung zu lesen.«

»Qu'est-ce que c'est ça?«, fragte der Bürgermeister interessiert.

Während Leila das Manuskript durchsah, berichtete Jitzchak dem Bürgermeister vom Gang der Ereignisse, der die Mitglieder des literarischen Zirkels veranlasst hatte, eine Geschichte im Gedenken an Franz Kafka zu schreiben, unter dem Pseudonym Pavel Klemczek. Als er die Namen der an dem Projekt Beteiligten aufzählte, darunter Größen der europäischen Literatur, allen voran Kafka selbst, schien dies wenig Eindruck auf die Anwesenden zu machen. Erst, als er den Namen Hugo Bergman erwähnte, sah Leila auf. »Der hier?«, fragte sie.

»Ja«, bestätigte Jitzchak. »Das erste Kapitel. Hugo hatte begonnen.«

Leila betrachtete erneut die Seiten. »So habe ich mir seine Handschrift nicht vorgestellt«, sagte sie. »So rund, sogar ein wenig feminin. Andererseits passt das genau.« Sie erklärte, sie sei eine Anhängerin und große Verehrerin sowohl von Martin Buber als auch von Hugo Bergman. Auch Bergmans Doktrin, sich nicht rückhaltlos an die religiösen Rechtsbestimmungen der *Halacha* zu halten, sondern zu sagen, »es kommt nicht vom Himmel«, unterstütze sie. Jitzchak musste lächeln. Seine Frau Zippora trat ihm vor Augen, und sie mit Leila zu vergleichen behagte ihm. Leila verschnürte den Stoß Blätter wieder, stand auf, entschuldigte sich und ging ins Haus. Khalil war erkennbar sehr stolz auf seine junge Freundin. Ihr Leben sei nicht einfach gewesen, bemerkte er.

Jitzchak erfuhr, Leilas Vater, ein ägyptischer Jude, stammte aus einer wohlsituierten Musikerfamilie in Kairo, und ihre Mutter, eine Muslimin, war in Mardsch Uyun im südlichen Libanon aufgewachsen, wo ihre wohlhabende Familie Ländereien besaß. Sie hatten sich in den zwanziger Jahren an der Universität von Beirut kennengelernt, das nach dem Sykes-Picot-Abkommen[42] zu einer in allen Belangen französischen Stadt geworden war – einem Paris des Nahen Ostens. Er studierte Literatur und Philosophie, und sie hatte die Absicht, ein Lehrerdiplom zu erwerben. Die beiden verliebten sich, heirateten – ungeachtet des alle Nationalitäten und Grenzen überschreitenden Widerstands ihrer Familien – und zogen nach Jaffa, auf halbem Weg zwischen Kairo und Beirut gelegen. Das junge Paar hätte jedoch nicht unterschiedlicher sein können, was kulturelle Prägung und persönliches Temperament betraf, und dies machte das gemeinsame Leben in einem fremden Land nicht eben leichter. Leilas Vater, ein sanfter junger Mann, ein der Lyrik zugetaner Intellektueller, verschanzte sich am liebsten mit einem Buch in den eigenen vier Wänden, während ihre Mutter eine Frau voller Energie war, die gerne tanzte, ausging und ein vielfältiges gesellschaftliches Leben führte. Das Jaffa der Zeit nach dem Ersten Weltkrieg erschien ihr klein und öde im Vergleich zu Beirut mit seinem französischen Flair und dem pulsierenden Nachtleben. Als Leila geboren wurde, waren die

42 1916 zwischen England und Frankreich unterzeichneter Vertrag, benannt nach den beiden Vertretern der Außenministerien, Mark Sykes und Charles François Georges-Picot, der zum Ziel hatte, die Einflusszonen der beiden Großmächte auf den nahöstlichen Gebieten des Osmanischen Reiches zu regeln [Anm. U. K.].

Differenzen und Meinungsverschiedenheiten ihrer Eltern schon nicht mehr zu überbrücken. Doch sie hielten es noch fünf weitere Jahre miteinander aus, bis sie sich schließlich scheiden ließen, ihre Mutter in den Libanon zurückkehrte und ihr Vater in Jaffa blieb. Wenn Leila gefragt wurde, pflegte sie zu sagen, sie habe keine Nationalität. Als Jüdin erkannte man sie nicht an, da das Judentum sich über die mütterliche Abstammungslinie definierte, doch nach dem patrilinealen Islam galt sie auch nicht als Muslimin. Und so, wie die Religionen bestrebt waren, Leila in die Arme der jeweils anderen zu treiben, taten es auch ihre Eltern nach der Trennung. Zunächst ging Leila in den Libanon, doch ihre Mutter sah im intellektuellen Aufblühen der Tochter eine Reflexion ihres geschiedenen Mannes, und die Spannungen nahmen immer mehr zu. Mit zwölf fuhr Leila nach Jaffa, um bei ihrem Vater zu leben. Doch der sanfte, nachsichtige Mann vermochte nicht, den rebellischen Charakter der Tochter zu bändigen, in dem er ironischerweise seine geschiedene Frau wiedererkannte. Mit vierzehn wurde Leila auf eine katholische, französischsprachige Mädchenschule geschickt, doch als sie von der Oberin auf ihrem Zimmer mit einem Jungen erwischt wurde, verwies man sie von dort. Womit sie auch aus dem Schoß des Katholizismus verstoßen war. Einige Jahre lang zog sie von Haus zu Haus. In der noch jungen hebräischen Stadt Tel Aviv arbeitete sie in einigen der Cafés, die dort jeden Tag eröffnet wurden. Sie versuchte sogar, in einem Kibbuz Fuß zu fassen, in einer kommunistischen Kommune in Galiläa und in Dörfern der Drusen und Beduinen. So pendelte sie zwischen Zionismus und Panarabismus, bis sie am Ende wieder in Jaffa landete und als Zimmermädchen im luxuriösen Cliff anfing. Das Hotel wurde geführt von einem Mann namens Barakat, gemeinsam mit seiner Frau, einer Schweizerin, und ihren beiden Söhnen, Peter und Johnny. Mit der Zeit wurde Leila zum Mitglied der Familie, ja man ließ sie sogar eines der Hotelzimmer bewohnen. Als Khalil in ihr Leben trat, zogen sie in eines der kleinen Häuser des Komplexes neben dem Hotel, das für ein Paar mit Kind geeigneter war.

Leila kam zurück auf den Hof, im schwarzen Abendkleid und das Haar mit einer roten Spange onduliert, die zu ihrem roten Lippenstift passte. Die Männer erhoben sich. Auch Jitzchak kam auf die Beine. »Wohin geht ihr?«, fragte er Khalil.

»*Wir* gehen in die Howard«, korrigierte ihn Leila. Da unschwer zu erraten war, dass er von ihr keine weiteren Informationen erhalten würde, sah er Khalil fragend an.

»In die Howard-Straße«, erklärte Khalil. »Wo die meisten Clubs und Cafés sind.«

Jitzchak begann, etwas zu murmeln, es sei schon spät und er müsse zurück zum Kibbuz, doch Leila unterbrach ihn: »Komm, wir haben viel zu besprechen. Du erwartest ja wohl nicht von mir, eine Geschichte zu Ende zu schreiben, ohne ihren Verfasser zu kennen.« Und schon wandte sie sich zum Tor. Jitzchak wollte sagen, er erwarte sehr wohl von ihr, die Geschichte zu redigieren, ganz losgelöst von der Identität ihres Verfassers, der er zudem ja auch gar nicht sei, und außerdem erwarte er nicht, dass sie irgendetwas zu Ende schreibe. Doch stattdessen folgte er den anderen, darunter auch Hamdha, der zu Jitzchaks Erstaunen bei den nächtlichen Vergnügungen der Erwachsenen offenbar dabei sein würde.

Leila legte ein strammes Marschtempo vor. Hin und wieder ergriff sie Khalils Hand, um über eine Pfütze oder einen Haufen Pferdeäpfel zu setzen. Und so wanderten sie geraume Zeit durch die schmalen Sträßchen Jaffas, wobei der Bürgermeister wie ein Fremdenführer über jedes Haus und Gebäude etwas zu berichten hatte, an dem sie vorüberkamen. »Hier ist die Seifenfabrik der Damianis. Im ganzen Land findet man keine bessere Seife. Leute aus allen arabischen Ländern kommen nach Jaffa, um sie zu kaufen. Die Rezeptur ist geheim, doch es heißt, sie würden Zitrusessenzen beimischen. Und dort, die Straße weiter runter, befindet sich das Nabil-Kino und dahinter das Alhambra-Theater, wo die berühmte ägyptische Sängerin Umm Kulthum vor vielen Jahren einmal aufgetreten ist. Mein Vater war bei dem Konzert.«

»Das war im Apollo-Kino«, korrigierte Leila ihn und lächelte Jitzchak verschwörerisch zu.

Doch ihr Fremdenführer ließ sich von seinem Irrtum nicht anfechten und fuhr eifrig fort: »Das ist die St. Georg, eine griechisch-orthodoxe Kirche und die älteste in ganz Jaffa. Benannt ist sie nach dem heiligen Georg, einem Märtyrer und Wundertäter, der aber genau genommen in Lud geboren wurde.« Khalil machte Hamdha ein Zeichen, der sich beeilte, den Bürgermeister wieder einzufangen, der sich vor lauter Verve seiner Erklärungen von der Gruppe gelöst hatte und in ein falsches Sträßchen abgebogen war. Doch auch das brachte seinen Redefluss nicht für eine Sekunde zum Stocken: »Und dort ist das Haus von Simon dem Gerber.« Abed ar-Ra'uf deutete auf ein von einer hohen Steinmauer mit eisernem Tor umstandenes Haus. Obgleich er noch nie von dem berühmten Haus gehört hatte, nickte Jitzchak bestätigend.

Khalil grinste vielsagend: »Das Gerben war eine der am wenigsten geachteten, weil äußerst geruchvollen Professionen. Und dies Haus hier wurde nur zum Wallfahrtsort, weil der heilige Petrus hier übernachtet hat.« Jitzchak stellte überrascht fest, wie beruhigend es war, die vertraute Stimme seines geschichtenerzählenden Freundes zu hören. Er schenkte Khalil ein Lächeln, der fortfuhr: »Petrus nahm im Haus des Gerbers Simon seine Bleibe, obwohl dieser zu den am wenigsten geachteten Einwohnern der Stadt zählte, denn die Gerber waren nicht nur wegen ihres Gestanks berüchtigt, sondern auch ihrer Armut wegen und wurden gesellschaftlich geächtet.«

Was Leila auf den Plan rief, eine eigene, moderne Interpretation des Neuen Testaments beizusteuern: »Im Haus des Gebers zu wohnen ist ein Beleg für die demokratischen und egalitären Absichten des frühen Christentums und für den Ursprung seiner Kraft in den Anfängen: das Proletariat.«

»Was ja viele Religionen am Beginn ihres Weges charakterisiert«, kommentierte der Bürgermeister. »Das Judentum, der Islam ...«

»... der Kommunismus, der Zionismus«, ergänzte Leila und lächelte Jitzchak erneut zu.

Jitzchak betrachtete das schlichte Steinhaus, das von zwei Türmen überragt wurde, der linke der Leuchtturm von Jaffa und der rechte das Minarett der Moschee.

»Die Dschama al-Bodrus ist eine der ältesten Moscheen von Jaffa.« Der Bürgermeister nahm seine Rolle als Stadtführer wieder auf, in dem Gefühl, auf sicheren Boden zurückgekehrt zu sein. »Sehen Sie, mein Freund«, das galt Jizchak, »in Jaffa gibt es alles, Juden, Christen und Muslime.« Dabei deutete er auf Jitzchak, Khalil und auf sich selbst. Jitzchak schaute zu Khalil, der, soweit er wusste, mitnichten Christ war, doch der ließ ihn mit den Augen verstehen, dem gerade Gehörten keine Beachtung zu schenken.

Sie gingen um das Rathaus herum und gelangten zum Khan Manuli, einer Karawanserei, wo einst Händler abgestiegen waren, die ihre Geschäfte nach Jaffa führten. Abed ar-Ra'uf deutete auf einen schlaksigen Jungen mit nacktem Oberkörper, der sich geschmeidig durch die Tischreihen bewegte und überall tiefe Schalen verteilte. »Das ist der junge Hassan, der Msabaha serviert, die sein Vater Ali zubereitet. Eine bessere gibt es im ganzen Land nicht.« Jitzchak nickte, da der Bürgermeister innehielt, als überlegte er, ob sie nicht haltmachen sollten, um eine Portion des vorzüglichen Hummus zu sich zu nehmen. Verstohlen hielt er im Grüppchen nach Verbündeten für seinen Plan Ausschau. Jitzchak hatte noch nie die Obsession der Araber für Hummus verstanden und ihre nicht enden wollenden Debatten, wo es den besten zu finden gab. Sie passierten das britische Postamt und blieben vor einem Schild mit französischer Aufschrift stehen: »Rue Negib Bustros«.

Die Bustros war sehr breit, belebt und lärmend. Menschen, Fahrzeuge und sogar Pferdewagen strömten in bunter Mischung in beide Richtungen. Leila verharrte einen Moment lang, als überlegte sie, wohin sie gehen sollten. Niemand machte Anstalten, sie zu drängen oder ihre Entscheidung zu beeinflussen. Am Ende hakte sie sich bei dem Jungen unter und begann loszumarschieren, grüßte in einem fort Passanten, als beträte sie am Schabbesabend den Speisesaal eines Kibbuz. Sie folgten der Straße, die inzwischen von Bustros zur Howard geworden war, und kamen am mondänen Hotel Kaminitz vorüber. Leila überraschte ihn mit ihren Kenntnissen der zionistischen Geschichte, als sie sagte, hier habe Herzl gewohnt nach seiner Ankunft in Jaffa.

Abed ar-Ra'uf wusste noch Informationen zu liefern, die auf den ersten Blick nichts mit dem Zionismus zu tun hatten: »Das Haus gehört den Sursoks, einer der reichsten Familien Beiruts. Sie waren auch im Besitz großer Ländereien in Galiläa, in den nördlichen Tälern und am Golf von Haifa. Und nicht gerade wenig davon hat die Familie an den Jüdischen Nationalfonds verkauft. Den größten Teil des Jesreeltals, genau genommen.« Was wiederum bewies, letztendlich hing alles doch mit dem Zionismus zusammen.

»Die Architektur des Hauses hat den typischen Stil der Bauten Jaffas im 19. Jahrhundert zugunsten einer französischen Kolonialarchitektur aufgegeben, auch wenn sie der hiesigen Tradition treu geblieben sind und italienischen Marmor verwendet haben.« Leilas Kommentar hingegen war überraschend neutral und ohne politischen Ballast.

Schließlich standen sie vor einem Gebäude, das wie ein Hotel oder ein mondänes Appartementhaus wirkte. Der aus Ziegeln gemauerte Bogen über dem Eingang trug die hebräische Inschrift »Frieden über Israel«. Sie traten ein, durchquerten ein ausladendes Foyer und gelangten in einen zum Teil überdachten Innenhof, wo der Circle Sportive residierte, ein Café und Nachtclub, das an einen Pariser Salon gemahnte: schwere Kronleuchter, Seidenvorhänge und Kellner in gestärkten weißen Hemden und roten Fliegen, die dem Etablissement eine aristokratische und zugleich orientalische Note verliehen – eine lokale Version westlicher Vergnügungsstätten.

»Es ist noch früh und nicht allzu voll«, erklärte Leila Jitzchak, der im Gegenteil der Meinung war, der Club sei bereits sehr gut besucht, ja überfüllt. Er ließ den Blick über die bunt gemischte Gästeschar wandern: britische Offiziere, Beamte der Mandatsregierung, Wasserpfeife schmauchende muslimische Würdenträger, die sich angeregt mit Damen in Abendgarderobe unterhielten, junge Frauen in leichten, frühlingshaften Kleidern, die mit Tarbusch tragenden Herren plauderten, Händler in billigen Jacketts, die sich an Geschäftsleute im noblen Dreiteiler heranmachten, Parteifunktionäre, die mit Armeeoffizieren kungelten, und der Patriarch an einem Tisch mit dem Imam. Da wird der Wolf beim Lamm wohnen, dachte Jitzchak bei sich.

Das Grüppchen setzte sich auf niedrige Schemel um einen kleinen, runden Tisch in der Ecke. Ein Kellner beeilte sich, ihnen als Erstes einen Teller gesalzene Mandeln und einen Krug Wasser zu bringen. Leila winkte einem Mann in seinen Sechzigern zu, der einen eleganten blauen Anzug trug und sich mit einem hochgewachsenen britischen Offizier unterhielt. Als er sie bemerkte, kam er an ihren Tisch. Der Bürgermeister erhob sich ihm zu Ehren, und Jitzchak und Khalil taten es ihm nach. Leila und Hamdha blieben sitzen. Der Mann stellte sich als Iskandar vor, gab den Männern die Hand, küsste Leila die Rechte und gab dem Jungen, der aber nicht reagierte, einen freundlichen

Klaps auf den Kopf. Iskandar Awwad oder Alexander Howard, ein aus dem Libanon stammender maronitischer Christ und einer der reichsten Männer Jaffas. Er sei Mitglied der Freimaurer, daher die Inschrift »Frieden über Israel« über dem Eingang des Hauses, erklärte er Jitzchak in perfektem Französisch. Jitzchak seinerseits stellte sich vor, doch Leila ergänzte, er sei der Sohn eines berühmten Schriftstellers, ein Freund von Kafka und Martin Buber. Ihr Gastgeber, nach dem immerhin eine ganze Straße benannt war, zeigte sich beeindruckt. Jitzchak versuchte noch abzustreiten, als der Kellner Gläser und eine Flasche Raki brachte, deren Bestellung Jitzchak entgangen sein musste. Doch Iskandar bedachte den Kellner mit ungehaltenem Blick und befahl ihm auf Arabisch, dem ehrenwerten Gast auf der Stelle einen ehrenwerten Whiskey zu bringen. Jitzchak versuchte zu widersprechen, doch wie zuvor schon Leila ignorierte auch Iskandar seine Einwände vollkommen. Er füllte die Gläser mit Raki und reichte sie an die Runde, auch an Jitzchak. »Bis der Hauptgang kommt, trinken wir einen Schluck Raki. Ein türkischer Freund hat ihn mir geschickt und versichert, das sei die Lieblingssorte des Paschas.« Jitzchak nippte an dem süßlichen Anisschnaps und war überrascht festzustellen, dass ihm dieser gar nicht mal übel schmeckte. Wie die anderen es vorgemacht hatten, leerte er sein Glas in einem Zug und spürte, wie ihm das Getränk sofort zu Kopf stieg.

»Erzähl mir von deiner Frau«, bat Leila, als die Unterhaltung am Tisch in mehrere kleine Gesprächsinseln zerfiel.

»Zippora?«, rief Jitzchak erschrocken, als genügte allein die Erwähnung ihres Namens, um sie vor ihm erstehen zu lassen.

»Ein schöner Name«, sagte Leila. »Hast du ein Bild?«

Jitzchak zog ein Foto seiner Frau in Krankenschwestertracht aus dem Portemonnaie.

Leila betrachtete das Bild ausgiebig. »Was für eine eindrucksvolle Frau. Ich könnte mich auf der Stelle in sie verlieben.«

Sie gab Jitzchak das Foto zurück. »Vielleicht würde ich sie dir sogar ausspannen.« Sie lächelte.

Jitzchak wurde schwindelig. Sicher war das hochprozentige Getränk schuld, das er nicht gewohnt war, vielleicht aber auch die sexuelle Libertinage, ihm ebenso wenig vertraut. Plötzlich fühlte er sich, als wäre er im Schtetl – in Agnons fiktivem Szybusz oder einer von Bashevis Singers Spelunken –, nur dass hier anstelle von Jiddisch und Polnisch Arabisch und Französisch gesprochen wurde, der Fes den Schtreimel ersetzt hatte und die Finger nicht mehr mit den Schaufäden des Tallits spielten, sondern mit den Perlen der Gebetskette und natürlich Arak anstatt Kartoffelschnaps getrunken wurde.

Bald darauf erschien der Kellner mit einer Flasche Whiskey, im Schlepptau einen älteren britischen Gentleman im weißen Leinenanzug und Strohhut, der auf einen Gehstock mit goldenem Knauf gestützt ging. »Ich hätte mir denken können, dass der sechsunddreißig Jahre alte Single Malt zu dir wandert«, sagte der Engländer näselnd, offensichtlich schon ein wenig betrunken. Der Hausherr stellte ihn als Lord Harold vor, Journalist und Diplomat Ihrer königlichen Majestät, und Jitzchak als berühmten Schriftsteller, einen Freund Kafkas. Der Brite nickte und ließ sich schwerfällig auf einen Hocker sacken, der zu klein für ihn war.

»Warum trinkt ihr dieses Gift?«, wollte der Lord wissen, nahm Jitzchak ungefragt dessen noch halb volles Glas aus der Hand und sah sich nach einem Ort um, wohin er es ausschütten konnte. Als er keinen fand, zuckte er mit den Achseln, leerte das Glas und verzog angewidert den Mund. »Die Türken sind schon lange weg, aber ihren ekelhaften Raki haben sie euch hinterlassen«, sagte er, goss einen Whiskey ein und reichte ihn Jitzchak.

»Eines Tages werdet auch ihr weg sein, und von euch wird nur der Whiskey bleiben«, sagte Abed ar-Ra'uf.

Der Engländer bedachte ihn mit einem strengen Blick. »Wir

sind wie ein Tripper, uns wird man nicht los«, sagte er und leerte sein Glas in einem Zug.

»Harold, bitte«, meinte der Clubbesitzer nachdrücklich. »Wir haben hier eine Lady, ein Kind und nicht zu vergessen einen berühmten Schriftsteller.«

»Er ist kein Kind mehr, und ich bezweifle, ob sie eine Lady ist«, polterte der Lord weiter. »Und was den berühmten jüdischen Schriftsteller angeht – selbst Herzl, der König der Juden, hatte Tripper.«

»Sie sind betrunken«, konstatierte Iskandar.

»Auf den Tripper!« Der Engländer hob sein Glas und seine Stimme und trank, ohne dass jemand sich seinem Toast angeschlossen hätte.

»Die Römer haben Mauern und Aquädukte hinterlassen, die Kreuzfahrer und die Byzantiner Festungen ... Was werden die Briten hinterlassen außer Alkoholfahnen?«, fragte Leila auf Deutsch.

Howard warf ihr einen Blick zu, der von Verachtung nur so triefte, und war schon im Begriff, etwas zu entgegnen, doch da sprang Leila von ihrem Platz auf, um zwei junge Männer zu begrüßen, die ihrem Tisch zustrebten, in eleganten Anzügen und die Kufija lose auf dem Kopf tragend, ohne den ringförmigen Agal, wie es Mode war bei jungen arabischen Studenten. »Hamudi, Fahri! Ich dachte, ihr seid schon weg ...«, rief Leila auf Französisch und küsste jeden dreimal, einmal auf jede Wange und dann noch einmal.

»Wir sind so gut wie unterwegs«, sagte der Größere der beiden. »Wer kommt mit nach Beirut?«

»Shwaje, shwaje«,[43] sagte Leila und bedeutete dem britischen Lord, er solle den Kreis erweitern, damit sie sich dazugesellen konnten.

---

43 Arabisch: langsam, langsam [Anm. U. K.].

Wieder wurde Jitzchak vorgestellt, erneut als Schriftsteller von Weltruf, und abermals fand er keine Gelegenheit, die Dinge richtigzustellen. Die Brüder Damiani waren christliche Araber aus wohlhabendem Elternhaus. Fahri, der Jüngere der beiden, studierte Pharmazie an der Universität von Beirut, während Hamudi für die drei großen Fischtrawler verantwortlich war, die der Familie gehörten. Wie Leila vorausgesagt hatte, füllte sich der Club immer mehr.

Schon bald stießen auch Peter und Johnny dazu, die Söhne des Inhabers des Hotel Cliff, Leilas Gönner. Sie nahmen Platz, ein jeder mit seiner Freundin auf dem Schoß: Die eine war eine jemenitische Tänzerin in einem recht freizügigen, mit Goldbrokat bestickten schwarzen Kleid und die andere die Tochter des französischen Konsuls. Der Letzte, der zu der fidelen Runde stieß, war ein Brite um die vierzig, der einen gewöhnlichen Straßenanzug trug und von Iskandar einfach nur mit »Clayton« vorgestellt wurde. Leila flüsterte Jitzchak »C. I. D.«[44] ins Ohr, wobei er jedoch nicht sicher war, ob das eine Feststellung oder nur eine Vermutung war. Sie goss ihm, dem Briten, der sich neben Jitzchak niederließ, und sich selbst noch einen Whiskey ein, hob dann ihr Glas und rief laut auf Englisch: »Auf den Sieg!«

»*Shwaje, shwaje*, noch ist Hitler nicht tot«, meinte Hamudi und leerte sein Glas in einem Zug.

Ohne nachzudenken, stürzte auch Jitzchak seinen Whiskey herunter, der noch stärker war als der Raki und ihm einen peinlichen Hustenanfall bescherte.

---

44 Das *Criminal Information Department* war Teil der britischen Polizeistreitkräfte im Mandatspalästina. Seine Agenten und Informanten observierten die politische Entwicklung sowohl innerhalb des jüdischen *Jischuv* wie auch unter der arabischen Bevölkerung und waren später vor allem mit der Bekämpfung des wachsenden jüdischen Widerstands gegen die britische Herrschaft in Palästina befasst [Anm. M. L.].

Der C. I. D.-Mann klopfte ihm jovial auf den Rücken. »Woher bist du?«, fragte er, als Jitzchak wieder Luft bekam.

»Aus Kfar Etzion, das ist ein religiöser Kibbuz am Berg …«

»… am Berg Hebron«, sagte der Engländer zu Jitzchaks Überraschung.

»Was soll das heißen, ein religiöser Kibbuz?«, fragte die Tochter des französischen Konsuls.

»Das ist ein Kibbuz, in dem alle Mitglieder gläubige Juden sind, Kippa tragen und die Gebote halten«, erwiderte Jitzchak auf Französisch.

»Ich dachte, die Zionisten sind nicht religiös. Die, die ich im Konsulat sehe und in Tel Aviv, sind es kein bisschen. Auch du siehst überhaupt nicht aus wie diese Schwarzgekleideten in Jerusalem.«

»Auch unter den Zionisten gibt es Religiöse«, gab Jitzchak zurück und rückte instinktiv die Kippa auf seinem Kopf zurecht.

»Ein religiöser Kibbuz ist wirklich eine ziemlich kreative Erfindung der Juden, zwei widersprüchliche Strömungen zu vereinen«, sagte Leila.

»Widersprüchlich?«, wunderte sich Jitzchak leise.

»Es besteht doch ein Widerspruch zwischen den Zionisten, die das Land erlösen wollen, und den Strenggläubigen, die untätig dasitzen und auf die Erlösung warten. Ein religiöser Kibbuz ist eine Kreuzung zwischen Prädestination und Entscheidungsfreiheit des Menschen.«

»Ist denen nicht heiß im Sommer, in ihren schwarzen Sachen?«, fragte die Tochter des Konsuls, um zum Thema zurückzukehren, das sie offenbar mehr interessierte.

»Warum ausgerechnet am Berg Hebron?«, fragte sich dagegen Abed ar-Ra'uf, der, obschon er sein Jackett abgelegt hatte, noch immer verschwitzt wirkte. »Warum errichtet man ein jüdisches Dorf inmitten einer rückständigen, dörflichen arabischen Bevölkerung? Die Araber in den Bergen Jerusalems sind nicht gebildet und aufgeklärt wie die in Jaffa. Sie sind primitiv. Und Khalil, mein Freund, verzeih mir, aber auch dein Schwager und all die Hadsch Amins sind nicht bereit, eine Meinung gelten zu lassen, die nicht ihre eigene ist. Viele der Araber, die sich ihnen widersetzt haben, sind auf jeden Fall nicht in ihren Betten gestorben.« Er goss allen nach und presste dabei verächtlich hervor: »Abd al-Qadir ist ein tumber, kriegslüsterner Bauer, der im Leben noch kein Buch in der Hand gehabt hat.«

»Von einem Gläschen Cognac ganz zu schweigen.« Khalil hob sein Glas und nahm einen Schluck.

»Abd al-Qadir al-Husseini ist Ihr Schwager?« fragte Clayton neugierig.

»Mein ehemaliger Schwager«, gab Khalil zurück. »Seit ich verwitwet bin, bin ich an niemanden mehr gebunden.«

»Ich weiß nicht, ob mich das kränken oder ärgern soll«, sagte Leila mit halb gekränktem, halb verärgertem Blick.

»Wo würdet ihr denn meinem Freund Isak raten, sich niederzulassen?«, fragte Khalil in die Runde, um der missgestimmten Frau und dem neugierigen C.I.D.-Mann das Wort abzuschneiden.

»Warum nicht hier in Jaffa?«, schlug Peter mit typisch schweizerischer Neutralität vor. »Im Viertel Dschabalija gibt es reichlich freie Flächen, in der Nähe der Obstplantagen.«

»In Dschabalija?« Der Bürgermeister schien überrascht.

»Ein religiöser Kibbuz im Herzen einer arabischen Stadt, so was hat es noch nicht gegeben«, rief Leila und hob ihr Glas. »Auf den Kibbuz Dschabalija!«

»Auf den Kibbuz Dschabalija!«, riefen alle und leerten ihre Gläser.

»Eigentlich ist es egal, welchen Ort ihr wählt«, eröffnete der Bürgermeister Jitzchak vertraulich, als sich der Trubel ein wenig gelegt hatte. »Wo immer ihr euch entscheidet, in unserem Land zu siedeln, ihr seid herzlich willkommen.«

»Denken Sie nicht, die Juden werden eine eigene Souveränität anstreben?«, fragte Clayton.

»Ein jüdischer Staat könnte auf Dauer nicht inmitten dieses großen arabischen Meeres existieren und würde das Schicksal der Kreuzfahrerstaaten teilen«, prophezeite der Bürgermeister. »Aber uns, den aufgeklärten Arabern, obliegt die Pflicht, diese jüdische Einwanderung exzellenter, talentierter Menschen willkommen zu heißen und sie im Schoß des großen Arabiens aufzunehmen. Das sind gebildete Leute des Buchs, vielsprachig und professionell. Die Juden haben die Länder des Islams, in denen sie ansässig waren, immer vorangebracht, von Spanien bis Bagdad. Die Juden müssen sich im arabischen Nahen Osten assimilieren, so wie sie es in den arabischen Staaten tun, wo ihnen von Königen königliche Ehren zuteilwerden. Ja, die Juden müssen arabische Musik und Speisen übernehmen und nicht das fade, gräuliche europäische Essen, das nichts in dieser Weltregion zu suchen hat. Anderenfalls werden sie hier immer ein Fremdkörper bleiben.« Womit er sich und Jitzchak einen weiteren Arak eingoss.

Lord Harold erwachte derweil aus einem kleinen, berauschten Nickerchen. »Hätten die Juden nicht unter anderen Völkern gelebt, hätten sie niemals so lange überdauert. Ohne äußeren Feind bringt ihr euch doch gegenseitig um«, belehrte er Jitzchak.

»Ich denke, Sie unterschätzen die Zionisten ein wenig«, meinte Clayton zu dem Bürgermeister, wobei er den leicht antisemitischen Kommentar des Lords einfach ignorierte und stattdessen eine Analyse der nahen Zukunft lieferte. »Der Zionismus hat drei Stoßrichtungen: eine politische, eine militärische und eine extremistische. Und alle drei haben ein Ziel – das gesamte biblische Land Israel zu kontrollieren, einschließlich

Transjordaniens und des südlichen Teils von Syrien, vielleicht sogar auch den Südlibanon. Uneins sind sie nur hinsichtlich der Umsetzung und Erreichung dieses Ziels.«

»Libanon?« Fahri, der libanesische Student, schien konsterniert.

»Die politische Führung wird versuchen, palästinensisches Land zu erwerben und vollendete Tatsachen zu schaffen, um irgendwann ein Komitee der Vereinten Nationen zu beeinflussen, das über eine Teilung des Landes zu entscheiden hat«, fuhr Clayton fort. »Die Militärs, sprich die Hagana und vielleicht auch Teile des Etzel, wollen dasselbe – nur schneller. Sie werden versuchen, die Araber in Angst und Schrecken zu versetzen, und sie so lange terrorisieren, bis sie aus ihren Häusern flüchten.«

Der Bürgermeister schnaubte verächtlich, er werde sein Haus niemals verlassen.

»Und die Extremisten?«, fragte Leila.

»Die werden wahrscheinlich etwas Extremes anstellen«, sagte Clayton ohne auch nur die Andeutung eines Lächelns. »Alle wissen, was es sein wird, aber keiner weiß, wann.« Dieser letzte Satz war an Jitzchak gerichtet, als appellierte der Engländer an ihn, keine extremistischen Taten zu begehen oder zumindest der politischen Führung eine entsprechende Botschaft zu übermitteln.

»Aber sind Sie nicht der Ansicht, die Juden haben ein Anrecht auf einen eigenen Staat?«, fragte Peter den Bürgermeister ar-Ra'uf, doch noch ehe dieser dazu kam zu antworten, mischte sich Fahri ein, der von Idealen durchdrungene Student: »Der Zionismus ist eine kolonialistische Invasion, genau wie die spanische Invasion nach Südamerika oder das Vordringen der Belgier nach Afrika oder von euch Engländern nach Asien.« Er warf Clayton einen Blick zu und wandte sich dann wieder an Jitzchak, sah ihm in die Augen. »Der Zionismus ist Kolonialismus unter dem Deckmantel eines biblischen Anspruchs, der längst nicht mehr besteht. Die Zionisten versuchen, sich als so eine Art amerikanische Pioniere auszugeben, die loszogen, den Westen zu besiedeln, friedliebende Cowboys. Aber nicht, dass wir uns täuschen: Frieden brachten die Siedler dem Westen keinen. Es war der Goldrausch, der sie anlockte.«

»Man kann wohl schwerlich behaupten, die Jagd nach dem Gold habe die Zionisten hergebracht«, verteidigte Peter die ins Land gekommenen jüdischen Einwanderer.

Der Lord hielt abermals eine ganze eigene Erklärung parat: »Sie sind hergekommen, damit niemand ihnen das Gold abnimmt, das sie so viele Jahre den Europäern gestohlen haben. Auf dem Rücken der Einheimischen haben sie sich dort bereichert.«

»Warum können nicht alle hier zusammenleben?«, fragte die Tochter des französischen Konsuls und sah ihren Schweizer Freund mit weit aufgerissenen Augen an, der, auch wenn er eine Antwort darauf gehabt hätte, diese beim Anblick ihrer Augen gewiss wieder vergessen hatte. »Schaut doch nur, wie wir hier alle miteinander auskommen – Juden, Christen, Muslime aus Europa, Afrika und Asien, die trinken und ägyptische, jordanische und französische Gerichte genießen und dazu in einem Sprachengemisch reden wie im Turm von Babel«, fuhr sie fort, und Jitzchak fragte sich, ob er ihr erzählen sollte, wie die biblische Erzählung vom Turmbau zu Babel geendet hatte.

»Die Juden haben Angst, die arabische Mehrheit könnte Gesetze erlassen, die sie unterdrücken, während die Araber Angst haben, die Juden könnten ihre politischen Kontakte in alle Welt nutzen, um sie um ihr Land zu bringen«, lieferte Clayton eine wenig Hoffnung machende Erklärung.

»Die Juden wären ja mit einer Teilung des Landes einverstanden, doch die Araber sind es, die eine solche ablehnen«, sagte Peter.

»Und warum sollten wir dem zustimmen?«, insistierte Fahri. »Das ist ja wie beim salomonischen Urteil ... Die Juden sagen: Teilt das Land in der Mitte durch. Aber wir sind die echte Mutter des Säuglings, wir würden eher sterben, als darauf zu verzichten.«

»Was ist das, das salomonische Urteil?«, fragte die Tochter des französischen Konsuls, die noch immer auf Peters Schoß saß.

Fahri wollte schon antworten, doch Khalil kam ihm zuvor: »Lass meinen Jungen das erklären«, sagte er und wies auf Hamdha, der in recht gutem Französisch begann, die Geschichte von König Salomons Urteil zu erzählen. Als er geendet hatte, applaudierten alle, und Khalil strich seinem Sohn liebevoll über den Kopf, umarmte und küsste ihn. Bemerkenswert war, dass anders als Kinder seines Alters sonst sich der Junge nicht gegen die Zärtlichkeitsbekundungen wehrte oder deshalb beschämt gewirkt hätte.

»Also wer einverstanden ist, das Land zu teilen, liebt es nicht wirklich?«, fragte die Tochter des Konsuls und sah dabei Jitzchak an.

»Um einen Krieg zu verhindern«, murmelte Jitzchak.

»Eine Mitzwa, die mit einer Übertretung einhergeht«, sagte Leila auf Hebräisch zu Jitzchak und lächelte.

»Die Zionisten haben dieses Land entwickelt wie noch niemand zuvor. Sie haben Städte errichtet, Kibbuzim, haben Sümpfe trockengelegt. Jahrhunderte haben die Araber hier gesessen und so gut wie nichts getan«, stellte Peter fest und ließ dabei alle Neutralität fahren, zu der ihn seine Herkunft eigentlich verpflichtete.

»Die Araber sind faul«, polterte der Lord, als wollte er zeigen, dass seine antisemitischen Ressentiments zu gleichen Teilen auf alle verteilt waren, die keine Briten waren.

»Nicht faul – geruhsam«, korrigierte Hamudi. »Oder habt

ihr schon mal versucht, einen Sumpf trockenzulegen, nachdem ihr Lamm gegessen habt? *Shwaje, shwaje.*«

Alle lachten.

»Aber von Lamm versteht ihr was«, gestand der Lord zu und hielt nach dem Braten Ausschau. Als er ihn auf dem Tisch nirgends entdecken konnte, streckte er Leila sein Glas hin mit der Bitte, einen weiteren Whiskey eingeschenkt zu bekommen.

»Tut mir leid«, sagte Leila. »Das ist meine faule Seite.« Doch Jitzchak nahm ihr die Flasche aus der Hand und goss dem Engländer ein.

»Die Kurzsichtigkeit und der fehlende Realismus der Juden wie der Araber gleichermaßen erstaunen mich«, meinte der Lord versöhnlich, als er einen neuen Drink in der Hand hielt. »Beide haben noch nie auf die Logik gehört, und jetzt, im Angesicht der Resultate ihres Irrsinns, können sie diese noch immer nicht sehen.« Alle am Tisch blickten ihn erstaunt an ob der bestechenden Logik seiner Worte, vor allem aber, da diese zur Abwechslung mal keinerlei rassistisches oder beleidigendes Beiwerk hatten. »Ich nehme daher an, die Geschichte wird sich wiederholen: Die Juden werden für den eigenen Untergang sorgen und die Araber zurück in ein rückständiges feudales Regime versinken«, fuhr der Lord fort und versetzte so dem Zuber Respekt, den er soeben erworben hatte, einen Fußtritt.

»Und warum bist du hergekommen, Isak?«, fragte Iskandar, um die Diskussion von der nationalen auf die persönliche Ebene zu befördern.

Jitzchak drehte sich der Kopf. »Um der Einberufung durch die Armee des Kaisers zu entgehen«, sagte er auf Hebräisch, vom Alkohol zu entwaffnender Ehrlichkeit verleitet.

»Na, das hast du ja gut hinbekommen!« Khalil lachte herzlich. »Er ist vor den europäischen Kriegen geflüchtet und in die hiesigen geraten«, übersetzte er auf Arabisch für die Runde, die das mit lautem Lachen quittierte. Selbst der britische C.I.D.-Agent lächelte.

»*Inta madjnun!*«[45] Hamudi schenkte Jitzchak ein Lächeln.

»Und du, meine Schöne«, wandte sich Iskandar an Leila. »Als Repräsentantin beider Völker – für wen bist du?«

Leila holte tief Luft und sagte mit ihrer tiefen und gelassenen Stimme: »Was ist so beängstigend an einem binationalen Staat? Wozu brauchen wir überhaupt eine Nationalität? Wir alle haben doch gesehen, wohin der Nationalismus in Europa geführt hat – zu zwei Weltkriegen. Vielleicht ist es an der Zeit, den Nationalismus mal beim Rezept für den Kuchen wegzulassen?« Sie legte eine Pause ein, in dem Wissen, dass niemand sie unterbrechen würde. »Ich bin aufseiten der Hellenisten. Und ich bin gegen die Zeloten, gegen die Makkabäer, die Sikarier mit ihrem ›Soll meine Seele mit den Philistern sterben‹, bin gegen die, die in Massada den Freitod wählten, bin gegen Bar Kochbas Aufständische. Ich bin aufseiten derjenigen, die sich integrieren wollen, die Teil dieses Landes sein wollen und nicht Teil irgendeiner Nation.«

»Ihr wisst alle so viel«, meinte die Tochter des Konsuls staunend und sah Hamudi an, der ihr mit einem Was-soll-man-machen-Blick antwortete, als wäre es eine Strafe des Himmels, Dinge zu wissen, wenn man an einem Ort wie diesem lebte. Und doch war ihm anzumerken, dass er gern von ihr zu denen gezählt wurde, die viel wussten.

Leila ließ einen Moment verstreichen und sagte dann, der Tanz zwischen dem jüdischen Ethos eines auserwählten Volkes und der Erfahrung der Verfolgung als Volk habe ein Paradoxon geschaffen, das sie »paranoider Narzissmus« nannte. Narzissmus und Paranoia hätten, so behauptete sie, die Zionisten dazu gebracht, die Schwierigkeiten zu ignorieren, die sie in der Re-

---

45 Arabisch: Du bist verrückt [Anm. U. K.].

gion erwarteten, und ihnen ermöglicht, das Land zu besiedeln und zu entwickeln. Aber sie hätten sie auch mit moralischer Blindheit geschlagen gegenüber dem Unrecht, das die Araber zu erleiden hatten, deren Land dies seit alters her gewesen sei. Jitzchak entgegnete, die Nachrichten, die aus Europa kämen, bewiesen doch, »dass wir keinen anderen Ort haben«, womit er Leila im Handumdrehen unausgesprochen ihre Zugehörigkeit zum jüdischen Volk absprach. Leila hielt dagegen, das sei in der Tat ein Problem, dürfe jedoch »nicht auf unsere Kosten« gehen, und flüchtete sich so in den Schoß der großen arabischen Nation. Jitzchak sagte, es sei nicht auf ihre Kosten geschehen, sondern ein Gewinn. »Wohin sonst hätten wir den gehen sollen?«, fragte er.

»Nach Beirut«, sagte Hamudi und erhob sich.

Überrascht wandte Jitzchak ihm den Kopf zu, eine Bewegung, die sich angesichts der Menge an Alkohol, die er konsumiert hatte, als zu abrupt erwies. Mit der libanesischen Option auf jeden Fall hatte er nicht gerechnet.

»Ich bringe den kleinen Apotheker hier zurück nach Beirut«, sagte Hamudi und nahm seinen jüngeren Bruder in den Arm, der sich elegant daraus befreite. »Wer kommt mit? Peter? Johnny? Seid nicht solche Schweizer! Wir sind vor Mitternacht da. Die Mädchen nehmen wir auch mit, drehen eine kleine Runde, und dann liefere ich euch wieder beim Hotel ab, noch ehe eure Mama aufgewacht ist …« Doch die Schweizer lehnten mit eidgenössischer Höflichkeit ab. Worauf Hamudi den Versuch unternahm, Leila und Khalil zu überreden. Als auch die ablehnten, schlug er vor, Hamdha mitzunehmen. Ihn zu einem Mann zu machen, wie er sagte.

Khalil lächelte. »Und wer kümmert sich um mich, während der Junge dort mit euch eine gute Zeit bei den Franzosen hat?«

»Das ist schon das zweite Mal, dass ich ein bisschen beleidigt bin«, sagte Leila, und alle lachten, bis auf Hamdha, den der

Gedanke, von seinem Vater getrennt in den Libanon zu fahren, offenbar ängstigte.

»Der Junge wird noch reichlich Gelegenheit haben, nach Beirut zu kommen«, sagte Khalil und legte Hamdha die Hand auf die Schulter.

»Was ist mit dir, Isak? Bist du schon mal in einem Mercedes gefahren?«, fragte Hamudi.

Angetrunken, wie er war, erwog Jitzchak für einen Moment tatsächlich, das Angebot anzunehmen. Mit einem Mal erschien ihm alles ganz einfach, ja sogar logisch. Der Nahe Osten war plötzlich nur noch ein kleines Dorf, und wer weiß, wann der Zionist, der er war, noch einmal Gelegenheit bekommen würde, den Libanon zu besuchen, wenn überhaupt. Er machte den Mund auf, um zu antworten, doch genau in dem Moment begann das kleine Orchester zu spielen, und eine beleibte arabische Frau im schwarzen Hidschab erklomm eine Obstkiste, die zur improvisierten Bühne wurde. Von überall her wurden Liedtitel gerufen.

»*Amal!*«,[46] rief Leila laut. Die Sängerin sah sie unverwandt an, ehe sie einen *Mawwal* trällerte, um den Musikern Rhythmus und Tonart vorzugeben. Dann begann sie mit tiefer, rauer Stimme zu singen, fast wie ein Klageweib. Johnnys jemenitische Freundin rutschte von seinen Knien und begann zu tanzen, langsam und sinnlich. Die Tochter des Konsuls gesellte sich zu ihr, bewegte sich aber wenig anmutig und nicht im Takt.

Über das Land wir fallen her, ein Bund der Gewissenlosen
Und erst vom Blut getränkt unser Schwert zurück in die Scheide soll finden

Leila übersetzte das Lied für Jitzchak aus dem Arabischen ins

46 Arabisch: Hoffnung – أمل [Anm. U. K.].

Hebräische, und er konnte ihren warmen Atem an seinem Ohr spüren.

Sommers wie winters werden wir uns sammeln
In Städten, Dörfern, ein Bund der Verfluchten
Geht die Sonne auf, werden wir sie angreifen
In jeder Straße soll das Blut strömen
Da wir die Götzenbilder der Ungläubigen zerschlagen
Niemand auf der Welt soll die Religion des Propheten vergessen
Die Häuser unserer Feinde gehen in Flammen auf
Die Paläste von Jaffa baden in Gärten
In denen alles gedeiht, was die Seele begehrt.

Zum ersten Mal, seit er nach Palästina gekommen war, überkam Jitzchak das Gefühl, es sei nicht sein Land, und dass er eigentlich keine Verbindung dazu hatte und es nicht verstand. Selbst während der landwirtschaftlichen Schulung für das Leben im Kibbuz und der Wächterausbildung bei der Palmach, als die Altgedienten sich über die Neuen lustig machten und sie schikanierten, hatte er sich nicht derart fremd gefühlt. Eine große Traurigkeit überkam ihn, wie immer, wenn er an eine ferne Zukunft dachte. Und ihm dämmerte, keiner war im Recht oder Unrecht, niemand war schuldig oder unschuldig. Es gab nur zwei parallele Linie, die sich niemals treffen würden – ganz gleich ob am Himmel, auf Erden oder im Leben. Die Sängerin verlor sich derweil ganz in ihrer gefühlvoll und mit viel Pathos vorgetragenen Elegie. Jitzchak warf einen Blick zu Khalil und sah, dass er Tränen in den Augen hatte.

Als das Lied vorüber war, bat Jitzchak alle um Verzeihung, aber er müsse zurück zum Kibbuz. Khalil fragte, ob er mitfahren könne. Er müsse nach Beit Ummar, um von dort noch ein paar Sachen zu holen. Er weckte Hamdha, der bereits in einer Nische schlief. Leila blieb noch im Club, und Jitzchak verabschiedete sich hastig von ihr, aus Angst, sie könnte ihn überreden, auch zu bleiben. Dann marschierten Khalil und er zu Fuß zurück ins Al-Ajami-Viertel und genossen die kühle Nachtluft, die ihnen den Alkohol aus dem Körper zog. Beim Haus angelangt, bat Jitzchak Khalil, er möge ihm das Manuskript zurückgeben. Ihm sei nicht wohl dabei, seinem Freund die Verantwortung für das Originalmanuskript aufzubürden.

»Leila wird enttäuscht sein«, sagte Khalil leise.

»Jetzt, da es im Kibbuz eine Schreibmaschine gibt«, versprach Jitzchak, »werde ich es abtippen und euch ein Exemplar schicken. Vielleicht bitte ich auch meine Frau Zippora, das zu übernehmen. So lernt sie, die Schreibmaschine zu bedienen, und wir beide hätten eine doppelte Mitzwa getan.«

Khalil sah seinem Freund in die Augen, doch der erwiderte den Blick nicht. Schließlich nickte er und flüsterte Hamdha etwas zu, der im Haus verschwand und kurz darauf mit dem Stoß Seiten zurückkam. Doch bevor er sie Jitzchak reichte, schaute er nochmals zu seinem Vater, um eine letzte Bestätigung zu erhalten.

Die Fahrt zum Berg Hebron verlief schweigend. Als sie die einsame Eiche erreicht hatten, bat Khalil Jitzchak, sie dort aussteigen zu lassen. Er erklärte sich nicht, aber Jitzchak verstand, es war gefährlich geworden, sich in seinem Dorf in Gesellschaft eines Juden zu zeigen. Sie stiegen aus, und Khalil umarmte Jitzchak lang. Dann marschierten Vater und Sohn los und waren schon bald vom Wadi und der Dunkelheit verschluckt.

»Und du hast sie nie wiedergesehen?«, fragte Avraham, als Jitzchak geendet hatte.

»Und du hast ihr kein Exemplar der Geschichte geschickt?«, fragte Israel.

»Wir hatten keinen Kontakt mehr«, erwiderte Jitzchak. »Ich

weiß nicht, was Leila widerfahren ist oder Khalil. Ob er hier ist oder in Jaffa, ob er am Leben ist oder tot …«

»Er ist tot«, sagte Israel mitleidlos. »Die Milizen haben ihn der Kollaboration mit den Juden bezichtigt. Sie haben ihn vor den Augen seines Sohnes liquidiert.«

Jitzchak kamen die Tränen. »Der arme Hamdha …«

»Ich brauche die Geschichte«, sagte Israel, und Jitzchak sah ihn verständnislos an. »Die Geschichte von dem ›Mann, dem das Gesicht in Grimm erstarrte‹.«

»Warum?«, fragte Jitzchak, noch immer bestürzt über die furchtbaren Neuigkeiten.

Israel antwortete nicht.

»Wir brauchen sie einfach, Jitzchak«, sagte Avraham.

»Es gibt keine Geschichte«, beharrte Jitzchak.

Avraham und Israel erhoben sich, entfernten sich ein paar Schritte und berieten. Dov legte Jitzchak tröstend die Hand auf die Schulter.

Avraham und Israel kamen zurück.

»Vor ein paar Wochen«, begann Avraham, »ist Israel in Kontakt getreten zu einer Frau in Jaffa. Sie hat ihm von dem Jungen erzählt, dem Neffen des Milizenführers Abd al-Qadir al-Husseini. Seit dem Tod seines Vaters ist er bei seinem Onkel und den Freischärlern in den Bergen. Doch Hamdha hegt, milde gesagt, einen Groll gegen die Männer, die seinen Vater ermordet haben, und will uns helfen. Die Frau hat ein Treffen mit Israel zuwege gebracht und Hamdha überzeugt, ihm zu helfen, die Milizen zu infiltrieren. Der Junge will kein Geld, er will nur, dass man ihm die Geschichte gibt, die er als Kind von dir gehört hat.«

»Warum?«, fragte Jitzchak.

»Ich glaube, er ist in Leila verliebt«, erklärte Israel und ließ so Avrahams bemüht theatralischen Schleier der Geheimhaltung fallen. »Er ist ein empfindsamer Junge. Sie hat sich für diese Geschichte von dir interessiert, wollte wissen, wie sie endet, und da hat er ihr versprochen, sie ihr zu bringen. Er meint, auf diese Art kann er Kontakt zu ihr halten.«

»Oh, Hamdha.« Jitzchak seufzte.

»Folglich brauchen wir die Geschichte«, fuhr Avraham fort. »Wir geben sie dem Jungen, und im Gegenzug verschafft der unserem Freund hier, al-Masri, Zugang zu den Milizen, indem er sich als Journalist und Fotograf von *al-Jom* ausgibt.« Damit zog er aus Israels Ledertasche eine alte und nicht besonders große Kodak-Kamera, als wollte er seinem Ersuchen Nachdruck verleihen.

»Aber es gibt keine Geschichte«, wiederholte Jitzchak. »Da ist nur der Beginn des ersten Kapitels, ein paar Skizzen und Entwürfe für andere Kapitel, und das war's.«

»Dann gebt ihm eben nicht die ganze Geschichte auf einmal«, riet Dov. »So bleibt er weiter motiviert, uns zu helfen.«

»Er hat recht«, meinte Avraham zu Israel. »Wir geben ihm die Geschichte häppchenweise.« Israel nickte. »Scheibchenweise, wie eine Wurst«, fuhr Avraham fort. »Für jede Information bekommt er ein Scheibchen von der Geschichte.«

»Es gibt keine Geschichte!«, beharrte Jitzchak, offenbar zu laut, denn die anderen sahen sich nervös um. »Die Geschichte ist ungeschrieben«, erklärte er, diesmal ruhiger. »Sie haben sie nicht geschrieben. Weder Kafka noch Max Brod, Hugo nicht und mein Vater auch nicht.«

»Dann schreibst du sie eben«, schlug Israel vor und löste so auf einen Schlag ein beinahe ein halbes Jahrhundert währendes Dilemma.

»Ich?«

»Wer sonst? Meine Großmutter auf Rädern etwa?« Israel verfiel abermals in den schnoddrigen Duktus der Palmach-Kämpfer.

Jitzchak kam ein Vers aus dem Buch Jesaja in den Sinn: *Weh mir, ich vergehe! Denn ich bin unreiner Lippen und wohne unter einem Volk von unreinen Lippen.* Aber er sagte nichts.

»Er erwartet, die Geschichte zu lesen, die er von dir gehört hat, also schreib sie«, sagte Dov sanft.

Jitzchak fand nichts mehr, was er hätte entgegnen können.

»Es ist zum Wohle deines Staates«, gab Avraham noch einen Schuss Zionismus hinzu, der gar nicht notgetan hätte.

Sie kamen überein, dass Jitzchak jede Woche ein neues Kapitel der Geschichte von dem »Mann, dem das Gesicht in Grimm erstarrte« zu schreiben hätte, das sie unter den Felsen hinter dem Russischen Kloster verstecken würden. Dann verabschiedeten sie sich von Israel, der wieder in die Dunkelheit verschwand, und kehrten kurz vor Mitternacht in den Kibbuz zurück. Abermals also war Jitzchak gefordert zu redigieren, zu übersetzen und nun sogar den Flickenteppich einer Geschichte zu ergänzen, die zu Beginn des Jahrhunderts als literarisches Experiment ambitiöser tschechischer Studenten begonnen hatte und jetzt als Lösegeld für Informationen von nationaler Tragweite dienen sollte. Strikt untersagt war ihm, seinen echten Namen zu verwenden oder jeden anderen echten Namen, weshalb er weiter das kafkaeske Pseudonym verwendete – Klemczek. Sich wohl bewusst, dass Leila, die letztendlich ja das gesamte Manuskript in Händen halten würde, eine scharfsinnige und intelligente Frau war, kamen sie überein, dass Jitzchak all seine Begabung würde aufbieten müssen, um der Geschichte den authentischen Anstrich zu verleihen, sie wäre tatsächlich vor Jahrzehnten schon in Prag von den größten aufstrebenden Talenten ihrer Zeit geschrieben worden. Außerdem müsse die Geschichte auf der Maschine geschrieben werden, um den Eindruck zu verwischen, sie könnte nur von einer einzelnen Person verfasst sein. »Du musst verstehen«, erklärte Avraham andeutungsreich, »die Bereitschaft eines Menschen, zu spionieren und im Grunde genommen sein Land und seine Nächsten zu verraten, ist eine delikate und komplizierte Angelegenheit, insbesondere wenn romantische Bande am Werk sind zwischen den Akteuren. Wir müssen alles tun, damit Leila keinen Verdacht schöpft. Wenn sie denkt, sie wird ausgenutzt und hinters Licht geführt, weiß man nicht, wie sie reagiert. Nichts ist gefährlicher als eine verletzte Frau. Vielleicht will sie dann keine weiteren Kapitel mehr erhalten oder nicht mehr mit Israel oder mit Hamdha sprechen. Und dann fällt das Kartenhaus zusammen. Ist sie raus, ist auch Hamdha raus, und am Ende könnte vielleicht gar Israels Tarnung auffliegen.«

Jitzchak versprach zu tun, was er konnte. Unglücklicherweise hatte er aber gerade die Verantwortung für das Versorgungsdepot übertragen bekommen, von dem der gesamte belagerte Gush Nahrungsmittel, Ausrüstung und Medikamente bezog. Die Aufgabe, die Bedürfnisse der vier betroffenen Siedlungen zu veranschlagen und die wenigen, unschätzbar wertvollen Vorräte unter ihnen zu verteilen, kostete ihn die meisten Stunden des Tages. Hinzu kamen noch die täglichen Wachdienste und Verteidigungsaufgaben. Worauf Dov einen Plan ausheckte: Jitzchak sollte in der Krankenstation über Rückenschmerzen klagen, und er, als Sekretär des Kibbuz, würde ihm dann einen Gehilfen für das Depot bewilligen, der ihm Arbeit abnähme und ihm ermöglichte, sich jeden Tag eine Stunde dem Schreiben zu widmen. Und so kam es. Zippora, die eingeweiht war, stellte ein offizielles Formular aus, das die Rückenprobleme ihres Mannes bestätigte und ihm eine Stunde Ruhe am Tag auferlegte. Jede Woche übergab Jitzchak einen Stoß eng mit der Hand beschriebener Blätter an die andere Zippora im Kibbuz, Zippora Sonnenfeld, die auch als Schreibkraft diente, und diese gab ihm die Seiten zurück, abgetippt auf ebenjener Adler-Schreibmaschine, die er vor jetzt beinahe drei Jahren in den Kibbuz gebracht hatte. An dem Tag, an dem er Leila in Jaffa besucht hatte. Die abgetippten Seiten gingen als Nächstes an Avraham, der sie zusammengerollt in einen ausgehöhlten Ast steckte und diesen am zuvor vereinbarten Ort zwischen den Felsen in der Nähe des Russischen Klosters versteckte. Eben dorthin kamen einmal in der Woche Israel und Hamdha. Während der eine die Umgebung im Auge behielt, hockte sich der andere mit heruntergelassenen Hosen hin, als verrichtete er sein Geschäft, doch in Wahrheit nahm er die Geschichte an sich und platzierte an ihrer Stelle das Nachrichtenmaterial, das Avraham nur Stunden später dann einsammelte, wahrscheinlich mit derselben Vorgehensweise.

Das Material, das Hamdha und Israel lieferten, umfasste Informationen zu Angriffsplänen und Waffenbeständen, Fotos von militärischen Führern und Ausrüstung. Zuweilen wurden Trainingsmethoden beschrieben, Versorgung und Moral der Kämpfer. Wie viele dazugekommen und wie viele abgängig waren, wie viele aus den Dörfern stammten und wie viele der vereinten Arabischen Befreiungsarmee angehörten. Israels Kamera machte ihn bei den Freischärlern beliebt, und sie zeigten ihm alles, Profanes wie streng Geheimes. Sie baten ihn, Fotos von ihnen zu machen, als Andenken oder um sie Frau und Kindern zu zeigen oder, was am allerwichtigsten war, die Bilder in der Zeitung zu veröffentlichen, damit die Juden sie sähen und es mit der Angst zu tun bekämen. Niemand hege Verdacht gegen ihn, wie Jitzchak von Avraham und Dov berichtet wurde. Sein Äußeres, sein Auftreten und auch sein perfektes Arabisch weckten Vertrauen. Er verbeuge sich gen Mekka und bete mit allen anderen, schieße auch auf die Konvois, wenn es sein musste, bemühe sich aber, nicht zu treffen. Nicht wenige Vögel hätten schon ihr Leben gelassen für die Sache, witzelte Avraham.

Bis Jahresende hatte Jitzchak fünf Kapitel der Geschichte vom »Mann, dem das Gesicht in Grimm erstarrte« an Hamdha geliefert. Anfang 1948 beschloss die Führung des Gush, in Absprache mit den politisch und militärisch Verantwortlichen in Tel Aviv, die Evakuierung aller Frauen und Kinder aus den belagerten Siedlungen. Am 5. Januar rollten zwei Command Cars und zwei britische Jeeps durch das Tor des Kibbuz, um den Konvoi sicher nach Jerusalem zu eskortieren. Vor dem Speisesaal fanden sich lauter Paare ein, als wären sie im Begriff, die Arche Noah zu besteigen, nur dass sie diesmal verurteilt waren, voneinander Abschied zu nehmen. Während die einen einem sicheren Hafen zustrebten, blieben die anderen, um sich der drohenden Flut entgegenzustemmen. Auch Jitzchak und Zippora standen dort etwas abseits, jeweils mit einem der Söhne auf dem Arm, und versuchten, ihrem letzten Gespräch einen möglichst unbefangenen, alltäglichen Ton zu verleihen, um nicht den Kindern – oder vielleicht auch sich selbst – Angst oder Beklemmung zu übermitteln. Jitzchak half Amos, auf den Armeelaster zu klettern. Er sah dem Jungen in die Augen, in der Hoffnung, dort seine eigene Zukunft gespiegelt zu sehen, doch der Kleine war zu aufgeregt wegen der bevorstehenden Fahrt und zu unruhig, um seinen Blick zu erwidern. Jitzchak küsste ihn auf die Stirn und drängte ihn, sich einen guten Platz zu suchen und sich an der hölzernen Bordwand festzuhalten. Dann umarmte er Zippora, die den schlafenden Säugling auf dem Arm hielt, und reichte ihr den mit einem dünnen Band verschnürten Stoß Seiten. »Gib das meinem Vater«, sagte er. Und fügte hinzu, als fürchtete er, seine Bitte könnte nach einem Abschied für immer klingen: »Seine Meinung ist sehr entscheidend.« Zippora küsste ihren Mann. Sie sah ihm lange in die Augen, erklomm dann den Lastwagen und setzte sich neben den aufgeregten Amos. Der schwere Motor hustete einmal, ehe er ansprang, das Getriebe krachte, und dann setzte sich der Konvoi in Bewegung, rollte durch das Tor des Kibbuz und die steile Zufahrt hinab.

Zusammen mit den anderen sah Jitzchak der Fahrzeugkolonne schweigend nach. Avraham kam und stellte sich neben ihn. Wortlos legte er dem Freund die Hand auf die Schulter.

»Endlich ein bisschen Ruhe und Frieden«, meinte Jitzchak zu Avraham, der ihn verdutzt ansah und dann in lautes Gelächter ausbrach.

»*Lachn is gsunt*«,[47] sagte Avraham, als er sich wieder beruhigt hatte.

»*Ober lachn oif sich allejn is a bruche*«,[48] vollendete Jitzchak das Sprichwort.

»*Sanen ihr meschugge*«,[49] grinste Avraham. »Kein Wunder, dass sie dich liebt.«

»Wer?«

»Leila. Sie hat zu Israel gesagt, die Geschichte ist wundervoll und du bist brillant.«

Jitzchak rang sich ein Lächeln ab. An jedem anderen Tag hätte ihn ein solch unerwartetes Kompliment sicher erfreut, doch jetzt sagte er nur lakonisch: »Danke.«

»Nein, wir haben dir zu danken. Ohne deine Geschichte hätten wir nicht entschieden, zu evakuieren und uns für den nahenden Angriff zu rüsten.«

»Du übertreibst«, sagte Jitzchak und machte schon Anstalten, zurück zum Depot zu gehen.

Avraham kam ihm nachgeeilt. »Vielleicht ... Sie will dich treffen, aber Israel hat ihr gesagt, das sei unmöglich. Ich denke, weil er eifersüchtig ist.«

»Und vor allem, weil es tatsächlich unmöglich ist.« Jitzchak ging weiter und versuchte, Leilas Gestalt nicht vor Augen zu haben – nicht an einem Tag wie diesem.

»Das auch.« Avraham klopfte Jitzchak auf die Schulter und

47 Jiddisch: Lachen ist gesund [Anm. U. K.].

48 Jiddisch: Aber über sich selbst lachen ist ein Segen [Anm. U. K.].

49 Jiddisch: Du bist verrückt [Anm. U. K.].

ging in die andere Richtung, wobei er vor sich hin murmelte: »Endlich ein bisschen Ruhe und Frieden ... *wos far a meschuggener.*«[50]

Erst als Zippora fort war, begriff Jitzchak, wie sehr sie fehlte und wie sehr er sie vermisste. Warum müssen wir erst etwas verlieren, um es wertzuschätzen?, fragte sich Jitzchak. Und wenn wir etwas nicht vermissen, warum erinnern wir uns dann nicht mehr an dieses Gefühl, an die Einsamkeit und Bedrückung? Schade, dass wir Vergangenes nicht vermissen, ehe es zur Vergangenheit wird. Schade, dass wir uns nicht danach sehnen, gemeinsam zu Abend zu essen, während wir es gerade tun und denken, es ist nur ein weiteres belangloses Gespräch, bloß ein gewöhnliches Omelett. Meine Vorstellungskraft ist auf das Hier und Jetzt beschränkt, auf den Winter, die Kälte. Wir können uns nicht vorstellen, eines Tages am Strand zu sein, in Badehose, und dass uns zu heiß ist.

An einigen dieser Gedanken ließ Jitzchak Ephraim teilhaben, einen Studenten der Geologie von der Hebräischen Universität, der geschickt worden war, in der Hilfsbrigade der Palmach auszuhelfen. In einer bitterkalten Nacht hockten sie nebeneinander im Wachposten 6 und spähten auf die Berge im Süden. Ephraim blies sich in die Hände und rieb sie aneinander. Auf Russisch verfluchte er erst die Kälte, dann seine Mutter, die ihn auf die Welt gebracht hatte, und zu guter Letzt den Regimentskommandeur, der ihn eingeteilt hatte, hier auf öde Felsen aufzupassen. »Ich dachte, du magst Felsen«, meinte Jitzchak zu dem Studenten der Geologie, der sich weigerte, die Ironie darin zu verstehen, und ebenso ihn verfluchte, wenn auch wohlmeinend.

Ephraim, der eigentlich Efim geheißen hatte, bevor er aus Russland hergekommen und in den zionistischen Schmelztiegel

---

50 Jiddisch: Was für ein Verrückter [Anm. U. K.].

gefallen war, war ein stämmiger, breitschultriger junger Mann mit großem Kopf und platt gedrückter, ein wenig nach vorn geneigter Stirn, die ihm das Aussehen einer Schildkröte verlieh. Seine Angewohnheit, an Karotten oder Gurken zu nagen, war nicht eben hilfreich, die Ähnlichkeit zwischen ihm und dem sein Haus mit sich herumtragenden Kriechtier zu widerlegen. Er hatte eine kurze militärische Unterweisung bei der Palmach durchlaufen, ehe man ihn hergeschickt hatte, um bei den Verteidigungsaufgaben des Kibbuz zu helfen, doch hatte diese seiner äußerst niedrig angesiedelten Angstschwelle nicht aufgeholfen. Das kleinste Geräusch ließ ihn aufschrecken. Schüsse, die gelegentlich zu hören waren, brachten seinen Schildkrötenhals auf der Stelle dazu, sich zu versteifen. Auch seine Leidensgrenze lag erstaunlich niedrig. Fortwährend beklagte er sich über die Kälte, die Hitze oder zuweilen auch über beides gleichzeitig. Und nie schmeckte ihm das Essen. Was ihn aber nicht davon abhielt, sich zu beklagen, es sei nicht ausreichend für einen Burschen seiner Ausmaße. Er murrte, seine Waffe sei veraltet, dass die Befestigungsanlagen nicht befestigt genug waren, seine Kleider nicht ausreichend warm und die Karotten keine Würste. Auch wurde er nicht müde, Palästina mit Russland zu vergleichen, und er erklärte, hierzulande werde Studenten kein Respekt entgegengebracht, während diese in Russland nicht gehalten seien, irgendetwas zu tun außer angesehene Professionen zu erlernen wie etwa die eines Eisenbahningenieurs. Nicht wie hier, wo es keine Eisenbahnen gebe, nur Felsen und Steine, sodass ihm nichts anderes geblieben sei, als Geologie zu studieren.

Jitzchak schraubte seine Trinkflasche auf und goss sich und Ephraim schwarzen Kaffee ein, in der Hoffnung, dies würde den verbitterten Studenten ein wenig zum Schweigen bringen. Ephraim nahm einen Schluck und beklagte sich sofort, der Kaffee sei kalt und zudem kein Wodka. Jitzchak fragte, ob Efim denn keine Sorge hätte, während des Wacheschiebens Alkohol zu konsumieren, worauf Ephraim erwiderte, vor Wodka müsse man nun wirklich keine Angst haben, denn wenn überhaupt, würde der ja Ängste verfliegen lassen. Er hob seinen Becher und prostete Jitzchak zu, als wäre tatsächlich Wodka darin. Genau in dem Augenblick kam David Ben-David mit frischem, heißem Kaffee in den Unterstand gestürzt, was Ephraim veranlasste, panisch aufzuspringen, den kalten Kaffee über sich zu verschütten und von neuem zu fluchen. David berichtete von Meldungen, die eingetroffen waren, über einen zu erwartenden Angriff noch in dieser Nacht, auf das Russische Kloster und aller Wahrscheinlichkeit nach auch auf den Wachposten auf dem Sattel. Ein Teil der Jordanischen Legion sei bereits da, und man müsse damit rechnen, dass die südlichen Posten schon bald bombardiert würden.

»Was? Welche Posten?« Ephraim gab den Versuch auf, den Kaffeefleck von seiner Uniformhose gewischt zu bekommen.

»Das erklär ich dir später«, sagte Jitzchak. Er zog zwei Tafeln Schokolade aus der Tasche und gab sie David. »Für Jehoschua und Avraham.«

»Avraham ist zu Danny und seinen Männern ins Kloster«, sagte David.

»Das Depot zu leiten bringt auch Vorteile«, lächelte Jitzchak, da David die Schokolade in seinem Ranzen verstaute und verschwand.

»Und was ist mit uns?« Ephraims Angst vor dem Krieg schien für einen Moment durch seine Angst vor dem Hunger verdrängt. Jitzchak beförderte eine dritte Tafel Schokolade zutage und warf sie ihm zu. »Was wird denn nun passieren?«, fragte Ephraim, den Mund voll von Schokolade, Karotten und Kaffee.

Jitzchak erklärte, das Russische Kloster sei ein strategisch wichtiger Punkt, den die Araber allem Anschein nach in dieser Nacht versuchen würden einzunehmen. »Sie werden auch versuchen, den Posten auf dem Sattel zu nehmen, denn von dort können sie uns mit Granaten beschießen und so mögliche Verstärkungseinheiten binden, die dann nicht zum Kloster vorstoßen und helfen können.«

»Woher wisst ihr das alles?«

»Wir wissen es eben.«

Und wie um seine Worte zu bekräftigen, schlug in dem Moment eine Mörsergranate nur wenige Meter vor Posten 6 ein und ließ ein halbes Dutzend Sandsäcke zusammen mit Jitzchak und Ephraim durch die Luft fliegen.

Jitzchak war als Erster wieder auf den Beinen. »Ephraim?«, rief er, als er den verhinderten Eisenbahningenieur nicht entdecken konnte. »Efim?« Da tauchte unter zerrissenen Jutesäcken endlich der große Schädel auf. Jitzchak sah ihn einen Moment lang an und fing an zu lachen.

»Was?«, brüllte Ephraim.

»Du siehst aus wie eine Schildkröte«, brachte Jitzchak unter Tränen hervor.

»*Ty sumasschedschi.*«[51] Noch immer furchtsam, rappelte sich Ephraim auf, klopfte sich den Sand ab und setzte sich neben Jitzchak. Dann entdeckte er am Boden einen Karottenstummel, befreite ihn von Sand und schob ihn sich in den Mund. »Ich hoffe, mein letztes Abendmahl sind keine Karotten.«

Der Mörserbeschuss dauerte die ganze Nacht. Die meisten Granaten gingen jedoch nicht im Kibbuz nieder. Jitzchak konnte nur hoffen, dies hieß, dass ihre Stellungen auf der Anhöhe dem Angriff standgehalten hatten. Die wenigen todesmutigen Bauern aus den umliegenden Dörfern, die auf eigene Faust versuchten, die Posten im Sturmangriff zu überrennen, konnten mit Leichtigkeit in die Flucht geschlagen werden. Als der Morgen graute, hörten die Gefechte auf.

---

51 Russisch: Du bist verrückt [Anm. U. K.].

Dov trat am frühen Morgen in den Wachunterstand. »Es ist vorbei«, sagte er. »Einfach war es nicht, aber wir haben sie abgewehrt. Kommt, wir müssen die Ernte einfahren.«

»Ernte?«, fragte Ephraim mit zittriger Stimme. Die turbulente Nacht hatte ihn nicht jünger werden lassen.

»Nach dem Mähen ernten wir«, erwiderte Dov mit ausdrucksloser Miene.

Jitzchak rappelte sich auf und trat aus dem Unterstand. Seine Beine gaben ein bisschen nach, da er die ganze Nacht starr und steif gelegen hatte. Er streckte sich, und dann begannen sie zu dritt in Richtung des Klosters zu marschieren, um den Toten Waffen, Munition und Ausrüstung abzunehmen, ehe von den Briten eskortierte Fahrzeuge einträfen, um die Leichen der Männer zu bergen. Am Fuße des Hügels trennten sie sich, und jeder nahm einen anderen Pfad, der hinauf zum Kloster führte. Der Morgen war empfindlich kühl, doch Jitzchak war froh darüber, da die frische, schneidende Luft alle Anspannung aufzusaugen schien, die sich im Laufe der Nacht in ihm angestaut hatte. Ihm wurde warm beim Gehen, und die Häuser des Kibbuz verschwanden allmählich hinter ihm. Am Rand des Pfads lag ein Soldat. Jitzchak schüttelte ihn, doch er war so reglos und still wie die Felsen, auf denen er ruhte, auch wenn ringsum kein Blut zu sehen war. Jitzchak nahm dem Toten sein Gewehr und den Patronengürtel ab und hängte sie sich zu seiner eigenen Flinte über die Schulter. Dann hört er Schritte und warf sich flach auf den Boden, wobei die beiden Waffen scheppernd aneinanderstießen.

»Wer da?«, rief eine Stimme mit unverkennbar rumänischem Akzent.

Jitzchak antwortete mit der Parole: »Ewiges Jerusalem!«

Ein Trupp Palmach-Kämpfer tauchte hinter der Spitzkehre auf. Sie waren geschickt worden, um den Abschnitt der Straße von Chirbet Bet Sawir bis zum Kloster zu sichern, und gehörten zu einer Gruppe, die gerade erst aus Flüchtlingslagern in Deutschland, Rumänien und auf Zypern ins Land gekommen und sogleich von der Palmach rekrutiert worden war. In Decken gewickelt, sahen die Männer mit ihren hohen Stiefeln und Fellmützen und den Flinten mit aufgepflanztem Bajonett noch am ehesten aus wie ein Haufen Kosaken. Obschon sie über Stunden bei Regen im Matsch gelegen hatten, waren sie ausgelassener Stimmung und voller Adrenalin. Ihr Kommandeur, der mit dem rumänischen Akzent, schleppte eine tote Hyäne über der Schulter. Zwei Hyänen seien auf eine Mine gelaufen, erklärte er Jitzchak, die eine sei in Fetzen geflogen, die andere aber durch die Druckwelle getötet worden und ganz geblieben. »Schon mal Hyänenkebab gegessen?«, fragte er mit meckerndem Lachen, das verdächtig nach dem einer Hyäne klang.

Als sie das Kloster erreichten, war Jitzchak überrascht zu sehen, wie stark es beschädigt war. Die Mauern waren von Kugeln und Mörsergranaten durchsiebt, das Dach war eingestürzt, und sämtliche Fenster waren zu Bruch gegangen. Um das Kloster verteilt lagen die Leichen Dutzender Araber in der Uniform der Milizionäre. Waffen und Munition hatte man ihnen bereits abgenommen. Zusammen mit den Kosaken betrat Jitzchak das Kloster. In der großen Halle saßen Soldaten in Grüppchen beisammen, die meisten von ihnen gelöster Stimmung, und tauschten Triumphgeschichten aus. Die Luft war zum Schneiden und roch nach Schießpulver und – aus irgendeinem Grund – auch nach Bananen. Die Kosaken gesellten sich zu dem Rest ihres Regiments, das unweit der schweren Holzportale lagerte. Jitzchak legte das eingesammelte Gewehr und die Munition zu den Waffen, die sich in einer Ecke türmten. Das Hyänenlachen des Rumänen hallte von den dicken Steinmauern wider. Auch die um ihn herum Lagernden lachten. Wahrscheinlich hatte er den Witz mit dem Kebab noch mal zum Besten gegeben. Plötzlich wurde kräftig an die Klostertüren gehämmert. »Wer da?«, fragte der Rumäne und zwinkerte seinen Kameraden zu.

»Aufmachen!«, kam es mit unverkennbar russischem Akzent zurück.

»Parole?« Der Kosake hatte offenbar noch nicht genug von seinen Späßen.

»Dein Arsch!« Ephraim war nicht zum Spaßen zumute. Die inzwischen aufgehende Sonne und die überall verstreut liegenden Leichen der Araber bekamen seinen ohnehin schon schwachen Nerven nicht. Zu seinem Glück tauchte genau in dem Moment ein Berg Munitionsmagazine und Trinkflaschen auf, und dahinter Dov, der ihm bedeutete, ihm zu folgen und keine fünf Schritte weiter durch ein großes Loch, das in der Mauer klaffte, hineinzuschlüpfen.

Dov lud seine Ernte ab und kam zu Jitzchak. Er klopfte sich den Hut am Oberschenkel ab und ließ eine mächtige Staubwolke aufsteigen. »Nicht übel«, sagte er, die Schäden inspizierend. Mönche in braunen Kutten liefen umher und verteilten Bananen. Jitzchak und Dov lehnten dankend ab, und Ephraim nahm sich gleich drei. Für die beiden anderen mit, erklärte er dem Mönch, der gar keine Erklärung verlangt hatte.

Zwei Soldaten schafften jemand auf einer Trage herein. »Avraham ...«, rief Jitzchak und eilte mit Dov zu dem Verwundeten.

»Bist du in Ordnung?«, fragte Dov.

Avraham war bis auf die Unterwäsche entkleidet und sein Bein blutüberströmt. Die Soldaten setzten die Trage vorsichtig ab, und Avraham richtete sich ein wenig auf. »Er wurde ins Bein getroffen und hat drei Stunden da draußen gelegen. Er hat viel Blut verloren«, sagte einer der Soldaten und zog den Verband um Avrahams Bein strammer.

»Unsinn«, meinte Avraham abfällig. »Ich hab nur zwei Kugeln in den Unterschenkel gekriegt, alles fein.« Doch ihm war anzumerken, dass er Schmerzen hatte. Ein Mönch kam vorüber und legte ihm wortlos eine Banane auf den Bauch.

Plötzlich wurde es laut, und ein Freudengeschrei erklang. Schnell machte das Gerücht die Runde: Abd al-Qadir al-Husseini war bei den Gefechten am Kastell getötet worden. Avraham, Dov und Jitzchak lagen sich in den Armen. Auch Ephraim kam zu ihnen, umarmte sie und vergaß nicht, sich Avrahams verwaiste Banane zu greifen. Gegen zehn fuhren die Briten vor, um die Verwundeten abzutransportieren. »Du kommst mit mir«, sagte Avraham zu Jitzchak. Sie halfen ihm von der Trage auf und stützten ihn auf dem Weg zum Command Car. Als man ihn hochgehievt hatte, kletterte Jitzchak ihm nach. »Letzte Woche hat unser Freund uns einen Wink gegeben, es werde einen koordinierten Angriff auf das Kastell und das Kloster geben«, berichtete Avraham Jitzchak unter dem Röhren des Motors. Er erzählte weiter, er habe die Information sogleich an Ibrahim Hasbun, den Pächter des Klosters, weitergegeben, der schon immer seinen jüdischen Nachbarn gewogen gewesen sei, nicht zuletzt wegen des andauernden Streits mit muslimischen Extremisten. »Wir haben mit ihm vereinbart, dass wir das Kloster und seine Bewohner unter unseren Schutz stellen. Als die Araber gestern angegriffen haben, wartete also eine Überraschung auf sie.« Avraham ließ ein trockenes Lachen hören, das schnell zum trockenen Husten wurde. Jitzchak reichte ihm seine Trinkflasche. Zwischen einem mühsamen Schluck und dem nächsten sprach Avraham weiter: »Siehst du, wie das läuft? Da tippt ein Jude eine Geschichte auf der Schreibmaschine, und eine Woche später hat er die Kontrolle über ein russisches Kloster, und der Milizenführer ist tot. Kein schlechter Tag, würde ich sagen.« Er nahm einen letzten Schluck und gab Jitzchak die Trinkflasche zurück. »Jetzt wirst du mich vertreten müssen«, sagte er ernst.

»Ich?« Jitzchaks erstaunter Ausruf übertönte sogar den Motorenlärm.

»Das ist ganz einfach. Du verkleidest dich als Araber und reitest hoch zu dem Felsenhügel. Neben dem Felsen, der aussieht wie ein Kamelhöcker, hockst du dich hin und tust, als würdest du … na, wie die beim Palmach sagen: ›einen Haufen machen‹. In dem Höcker ist ein Spalt. Da drin findest du das Material von Israel und darein legst du das nächste Kapitel der Geschichte.«

»Die ist fast fertig«, wandte Jitzchak ein.

Zum ersten Mal sah Avraham ihn an, ohne zu lächeln. »Die ist nicht fertig, bis wir hier fertig sind, und wenn du einen sprechenden Hund auftreten lassen müsstest.«

Mit einem Mal wirkte er erschöpft, lehnte sich zurück und schloss die Augen. Jitzchak tat es ihm gleich. Als er erwachte, waren sie schon im Kibbuz. Er begleitete Avraham zur Krankenstation und ging dann weiter zu seiner Kammer, wo er, ohne seine Uniform auszuziehen, aufs Bett fiel, um im nächsten Moment schon zu schlafen, wie er seit vielen Monaten nicht mehr geschlafen hatte.

Dov weckte ihn am Abend und händigte ihm einen ganzen Stoß Briefe aus. »Gestern ist eine Maschine gelandet.«

»Ist das Flugfeld in Betrieb?«, fragte Jitzchak und sah die Briefe durch. Einer war von seinem Vater, zwei von Zippora und ein weiterer von seiner Schwester Zila.

»Ja, Gott sei Dank. Aber eine Sekunde später kreuzten Mohnblumen[52] auf und haben alles durchsucht. Die Munition haben sie konfisziert, aber wenigstens die Briefe wurde gerettet.«

»Das sind wirklich Bastarde«, kommentierte Jitzchak, die zweite, weniger schmeichelhafte Bezeichnung für die Soldaten der Mandatsmacht verwendend, und öffnete den Brief von Zippora.

---

52 Bezeichnung des jüdischen *Jischuv* für die britischen Soldaten, bezugnehmend auf deren rote Barette, die an Mohnblumen erinnern [Anm. U. K. u. M. L.].

Dov verstand den Wink und erhob sich. Aus seiner Tasche zog er einen langen schwarzen Überwurf und eine braune Kufija und legte beides neben Jitzchak aufs Bett. »Avraham lässt dir ausrichten, du reitest heute Nacht. Ich sorge dafür, dass Amotz außerhalb des Zauns am Posten 6 angebunden steht. Sei vorsichtig.«

Jitzchak begann, den Brief zu lesen, war jedoch zerstreut, wie zu erwarten bei jemandem, der schon bald zu einer geheimen und riskanten Mission aufbrechen sollte. Zippora versuchte in ihrem Brief, wie immer zu klingen, als wollte sie ihrem Mann nicht noch zusätzliche Sorge bereiten. Sie berichtete von einer amüsanten Begegnung im Haus seines Vaters Anschel, als Samuel Josef Agnon zu Besuch war. Offenbar hatten Anschel und sie den egozentrischen Autor gefoppt, indem sie ihn davon zu überzeugen versuchten, Pavel Klemczek sei der größte tschechische Schriftsteller von allen. Jitzchak aber vermochte nicht, sich genug zu konzentrieren, um den Scherz wirklich zu erfassen.

Kurz vor Mitternacht dann galoppierte er auf dem Hengst Amotz durch die Nacht, als Araber verkleidet. Vielleicht bin ich ja wirklich ein amerikanischer Cowboy, dachte er bei sich. Wie der, den er John Wayne mal hatte spielen sehen, in Jerusalem im Kino, unerschrocken seine Postkutsche durch ein Meer feindseliger Apachen lenkend. Doch im Spalt zwischen dem Felsenhöcker steckte nur ein Zettel. »Donnerstagnacht, gelber Berg«, stand dort. Jitzchak schwang sich wieder aufs Pferd und galoppierte in die Schwärze der Nacht. Als er sich Posten 6 näherte, fiel ein Schuss, der ihn nicht traf, aber sein Pferd scheuen und ihn abwerfen ließ. Er brach sich fast den Rücken an einem der Felsen und hörte eine vertraute Stimme: »Wer da?«

»Erst fragen, dann schießen«, beschwerte sich Jitzchak.

»Jatzek?«, rief Ephraim verwirrt. »Warum bist du ein Araber?« Der Student half ihm auf. Ein stechender Schmerz im

Rücken verhieß nichts Gutes für Jitzchaks weitere Karriere als Cowboy.

Dov kam angerannt. »Bist du in Ordnung?« Jitzchak nickte nur.

»Ich dachte schon, ich hätte einen Araber erlegt«, grummelte Ephraim enttäuscht und hockte sich wieder in seinen Unterstand.

Dov und Jitzchak brachten Amotz zurück in den Stall. »Haben sie was hinterlegt?«, forschte Dov. Jitzchak reichte ihm den Zettel, den Dov gründlich studierte. »Gut«, sagte er schließlich. »Wir treffen sie am Donnerstag.« Jitzchak streichelte dem Hengst den Hals und gab ihm einen Karottenstummel, den er – nicht ohne Mühe – Ephraim abgerungen hatte.

Genau in der Mitte des Gush, an einer Wegkreuzung, gab es eine kahle, von blassgelbem Gestein bedeckte Erhebung, die »der gelbe Berg« genannt wurde. Die Schmerzen im Rücken hatten Jitzchak bewogen, diesmal auf das Pferd zu verzichten. Und auch auf die Verkleidung als Araber. Denn er war zu dem Schluss gekommen, die Chance, sich als Jude eine Kugel zu fangen, war nicht größer als die für einen Araber. Kurz vor Mitternacht hatte er den Berg erreicht und ließ sich nieder, um zu warten. In der Ferne blinkten Lichter, allem Anschein nach vom Kibbuz Ma'ale HaChamischa, und im Westen streifte der Suchscheinwerfer eines britischen Armeelagers durch die Nacht. Auch im Dorf Beit Ummar glänzten Lichter, und weiter unten tasteten sich die Scheinwerfer eines Wagens über die Straße, während noch woanders ein Streichholz angerissen wurde und eine Zigarette aufglühte, und alle diese Lichter vermischten sich mit dem Licht der Sterne, mit der Erinnerung an das Licht im Fenster der Wohnung, die mal ihre war, als er eines Nachts dort vorübergekommen war. Hinter dem Vorhang bewegten sich schemenhafte Silhouetten, vielleicht unsere, dachte er, das lag alles Lichtjahre zurück für ihn, war vielleicht in einem anderen Leben gewesen. Im Dorf, auf dem unbefestigten Weg, hatten die Räder der Fahrzeuge in der Mitte eine Erhebung entstehen lassen, und nur dort erlaubte sich das Unkraut, ein wenig die Köpfe zu heben und eine Barriere zwischen uns zu errichten, wenn wir am Abend dort spazieren gingen. Wir haben uns in einem anderen Leben gekannt, sagte sie. Manchmal fühle ich mich wie eine leere Schale, fügte sie einen Moment später hinzu. Dann hebe ich einen Stein auf und halte ihn ganz fest in der Hand, nur um etwas zu spüren, sagte sie. Und schon da hatte er gewusst, es blieb nur noch abzuwarten, wie und durch wen.

Eine Hand auf seiner Schulter ließ ihn aufschrecken. »Hast du geschlafen?«, fragte Israel. Es abzustreiten, ergab keinen Sinn.

Jitzchak kam auf die Beine und bemerkte erst da den Jungen, der hinter Israel stand. »Hamdha …«, rief Jitzhak und wollte ihn umarmen. Doch Hamdha wich einen Viertelschritt zurück, was Jitzchak innehalten ließ, die Arme in der Luft erstarrt.

»Wo ist Avraham?«, fragte Israel.

»Er wurde beim Gefecht am Kloster verwundet. Aber keine Sorge, es geht ihm gut. Er hat nur was am Bein abbekommen, aber das bereitet ihm Mühe beim Gehen. Ich vertrete ihn.« Er griff in seinen Ranzen und zog das letzte Kapitel der Geschichte hervor. Hamdha machte einen Schritt vor und nahm ihm die Seiten aus der Hand. Israel ließ sich auf einem Felsen nieder und bedeutete Jitzchak, sich neben ihn zu setzen. Hamdha blieb stehen, las und sah sich dabei immer wieder um. Jitzchak war bewegt zu sehen, wie groß der Junge in den drei Jahren geworden war, in denen er ihn nicht gesehen hatte. Seine eingefallenen Wangen trugen sogar schon ersten Bartflaum.

Israel berichtete Jitzchak, zwei syrische Offiziere, entsandt von General Fausi al-Qawuqdschi, hätten bei Chirbet Bet Sawir ein großes Ausbildungslager errichtet, sodass sie sich jetzt ein neues Versteck suchen mussten. »In Chalchul gibt es einen Lehrer, der späht den ganzen Gush aus«, fuhr Israel fort. »Er beobachtet unsere Posten, notiert die Wachwechsel, wie der Transport geregelt ist und so weiter. Seine Berichte gehen an die Milizen und die Legion. Ihr müsst von jetzt an also ständig Zeiten und Routen ändern.« Jitzchak nickte. »Bei den Milizen hegen sie inzwischen den Verdacht, es gäbe eine undichte Stelle. Auch die haben inzwischen bemerkt, die Juden sehen arg viele ihrer Bewegungen und Strategien vorher. Jetzt, da Abd al-Qadir tot ist, sind sie nervös wie nie. Es dauert nicht mehr lange, und die zeigen auf das sonderbare Gespann, das sich bei ihnen herumtreibt.« Jitzchak hörte zu, ohne etwas zu sagen. »Hamdha hat vorgeschlagen, wir geben ihnen irgendwas, um ihr Vertrauen zu gewinnen.«

Jitzchak sah Hamdha an, doch dessen Blick blieb verschlossen. »Was denn?«

»Ich weiß nicht«, erwiderte Israel. »Es muss etwas Bedeutsames sein, damit sie das Gefühl haben, wir gehören zu ihnen.«

Jitzchaks Kopf arbeitete auf Hochtouren. Welche Informationen konnten sie weitergeben? Am Ende schossen sie sich damit noch selbst ins Knie. Und konnte man Hamdha trauen? Vielleicht spielte er ein doppeltes Spiel, hatte sich mit Leila zusammengetan, um den Arabern zu helfen, schließlich war Blut ja dicker als Wasser …

»Eine Mitzwa, die mit einer Übertretung einhergeht«, sagte Hamdha.

Jitzchak sah ihn verblüfft an. »Eine Mitzwa, die mit einer Übertretung einhergeht«, wiederholte er zögernd.

Israel schien Jitzchaks Skrupel zu erraten, zog ein kleines Foto aus seinem Ranzen und reichte es ihm. Auf dem Bild waren schwerbewaffnete Milizionäre zu sehen, die marschierten. »Das ist das letzte Bild von Abd al-Qadir al-Husseini vor der Schlacht am Kastell. Ich habe es gemacht. Dort hat er den Tod gefunden.« Mit den Augen deutete er auf Hamdha. Jitzchak verstand noch immer nicht. »Er hat den Tod gefunden durch unfreundlich freundliches Feuer ...«

»Hamdha?«, flüsterte Jitzchak überrascht. Er sah den Jungen an, der aber schon wieder in die Geschichte vertieft war.

»Er hat bekommen, was er verdient hat«, erklärte Israel mit allem gewünschten Pathos. »Wir sagen ihnen, wo das Munitionsversteck ist. Das nimmt ein bisschen Druck aus der Sache. Ihr schafft dann das Zeug einfach woandershin. Lasst nur ein paar Granaten da, damit es eine schöne Explosion gibt.«

»Ich leite das an die Führung weiter«, versprach Jitzchak. Sie vereinbarten, der Übergabeort wäre von jetzt an auf dem Sattel des Muchtars, beim antiken römischen Bassin. Israel stand auf und ging. Hamdha verweilte noch einen Moment, schien etwas sagen zu wollen, drehte sich dann aber um und verschwand in der Dunkelheit. Vielleicht habe ich das alles nur geträumt, dachte Jitzchak auf dem Rückweg.

In den darauffolgenden Tagen wurden Beschuss und Geschützlärm zur Routine. Die allgemeine Hysterie nahm ab, und die surrealistischen Szenen der ersten Gefechtsnacht wiederholten sich kaum noch. Abend für Abend hielt Jitzchak Wache am Posten 6. Manches Mal gingen Granaten in der Nähe des Unterstands nieder, und zuweilen waren Schüsse zu hören. Zumeist waren es keine koordinierten Angriffe, sondern spontane Aktionen Einzelner, die sich vom Imam dieser oder jener Moschee hatten aufstacheln lassen und losgezogen waren, um Juden zu töten. Nach seiner Wachschicht schlich sie Jitzchak zum römischen Bassin, um zu sehen, ob neues Material von Israel und Hamdha dort wartete. Wenige Tage vor dem Pessachfest wurden Proviant und Briefe an Fallschirmen abgeworfen. Jitzchak bekam jeweils einen Brief von seinem Vater und von Zippora. Und einen von Leila. Sie dankte ihm darin für die Geschichte, ohne darzulegen, was nicht dargelegt werden musste.

Sie schrieb, sie warte auf jedes neue Kapitel wie ein Kind, das einen Detektivroman als Fortsetzung in der Zeitung liest, und pries sein Talent. Er war nicht sicher, ob das heißen sollte, sie wusste, dass er die Geschichte schrieb. Sie äußerte die Hoffnung, nach dem Krieg würden sie sich alle wiedersehen, sagte aber nicht explizit, wer mit »alle« gemeint war. Und sie schloss mit: »In Liebe, Leila«. Auch Anschel pries das Schreibvermögen seines Sohnes. Die Kapitel, die Zippora ihm übergeben habe, seien wirklich vielversprechend, schrieb er. Er berichtete Jitzchak, er sei im Besitz des Schlüssels zu einem Bankschließfach in Prag, wo das Preisgeld des Schreibwettbewerbs warte, und er erklärte seinen Sohn zum Gewinner: »Die Juroren sind der Ansicht, die Größe einer Geschichte bemisst sich nach der Wirkung auf ihre Leser. Und kein Zweifel besteht, dass Deine Geschichte, mein Sohn, Schicksale beeinflusst wie vielleicht noch keine Geschichte zuvor.« Anschel schränkte noch ein, er sei zwar nicht befugt, den Gewinner alleine zu bestimmen, doch er sei sicher, seine Freunde hätten keine Einwände. »Du hast über einige der größten Autoren unseres Jahrhunderts triumphiert«, fügte Anschel hinzu. »Was vielleicht Beleg genug ist, dass es in der Literatur vor allem auf Geduld und Entschlossenheit ankommt. Was aber die große Begabung nicht mindert, mit der die Geschichte geschrieben ist. Ich harre der Fortsetzung.«

Vielleicht würden sie nach dem Krieg die einzelnen Kapitel der Geschichte ja tatsächlich zusammenfügen und endlich herausgeben, wie Dov gesagt hatte. Eine Geschichte wie diese, die uns in unserem Kampf so sehr hilft, ist würdig, veröffentlicht zu werden und ihren Verfasser aller Welt bekannt zu machen. In Friedenszeiten, dachte Jitzchak, würden Kinder sie lesen, würden nicht von Kriegen und Opfern lesen, sondern von einem gewöhnlichen Mann, dem das Gesicht in Grimm erstarrte. Vielleicht würde sogar sein Sohn sie seinen Kindern vorlesen und seinen Enkeln. Und die würden stolz auf ihren

Großvater und Urgroßvater sein, auch wenn sie ihm dies nicht ins Gesicht sagen würden, ja auch wenn er dann nicht mehr am Leben wäre, um die Lorbeeren zu ernten. Und Leila, er und Zippora, sie würden in dem kleinen Hof in Jaffa auf der geflochtenen Korbhängebank sitzen und über die Geschichte und ihre Bedeutung sprechen, die offensichtliche wie die verborgene. Leila würde ihm und Zippora noch einen Raki eingießen. Und dann würden sie schlafen gehen. Das Peitschen von Schüssen aus Richtung des Sattels schreckte Jitzchak aus seinen Träumen auf.

»Das war knapp«, sagte Gogol, der zusammen mit Jitzchak Wache schob, beugte sich ein wenig vor, lud sein Lewis-Maschinengewehr und gab eine kurze Salve in die von der Dunkelheit verhüllten Obstplantagen ab. Er hieß eigentlich Jaakov, aber alle nannten ihn Gogol, nach Nikolai Gogol, dem von ihm verehrten ukrainischen Schriftsteller. Er war Anfang des Winters in den Gush gekommen, nachdem die Belagerung begonnen hatte. Er feuerte eine weitere Salve in die Dunkelheit.

»Shwaje, shwaje«, sagte Jitzchak. »Spar dir deine Munition, du schießt auf Johannisbrotbäume.«

»Das habt ihr dort gepflanzt?«, fragte Gogol ungläubig, als die Gefahr vorüber schien.

»Warum nicht? Immerhin ist das eine der sieben …«

»… der sieben Arten des Landes Israel. Ich weiß. Aber bekanntermaßen braucht der Johannisbrotbaum siebzig Jahre, bis er Früchte trägt.«

Jitzchak mochte Gogol, der in vielem sehr beschlagen war, allerdings auch zu einer gewissen Arroganz neigte und die Angewohnheit hatte, die Sätze seiner Gesprächspartner ungeduldig zu vollenden. »Und was ist schlecht daran?«, fragte Jitzchak verwundert.

»Nicht schlecht. Nur optimistisch eben.« Gogol steckte sich eine Zigarette an, wobei er die Flamme mit der Hand abschirmte und dann die Glut, jedes Mal, wenn er einen tiefen Zug nahm, damit sie nicht gesehen wurden. »Wenn wir unsere Taten beurteilen, müssen wir uns fragen: Wie viel Einfluss haben wir auf den Gang der Geschichte, sind wir doch nicht mehr als ein Grashüpfer? Sollten wir nicht bedenken: Welche Auswirkung hatte ein ausgestorbenes Tier? Welches Erbe hat ein Mammut hinterlassen? Was ist von den Dinosauriern geblieben?« Er drückte die Zigarette am Boden aus. »Fossiles Öl«, stellte er mit einer gewissen Verdrossenheit fest. »Wir alle werden letztendlich zu Erdöl. Das schwarze Gold, um das kommende Generationen meinen, Kriege führen zu müssen, zu töten und getötet zu werden.«

Sie lauschten wieder auf die Geräusche der Nacht. Auch ich werde, überlegte Jitzchak, ein Fossil in Form dieses Buches hinterlassen, das vor allem etwas über mich aussagen wird.

»*Shwaje, shwaje?*«, fragte Gogol mit etwas Verspätung.

»Langsam, langsam«, übersetzte Jitzchak.

Gogol zog ein kleines Notizbuch hervor, in dem er Dinge festzuhalten pflegte, die er noch nicht gewusst hatte, Erinnerungen oder auch so gut wie alles andere. »*Shwaje, shwaje* – langsam, langsam auf Arabisch«, schrieb er. »Hier im Lande Israel sind wir zu tausend verschiedenen Zungen zurückgekehrt«, sagte er und klappte sein Notizbuch zu. »Im Exil haben wir Jiddisch gesprochen. Eine einzige Sprache, die uns, den jüdischen Händlern, einen Vorteil gegenüber den Gojim verschaffte. Ein Süßwarenhändler aus Bayern konnte genauso gut mit einem Pelzhändler aus der Ukraine wie einem Eierkaufmann aus dem Sudentenland korrespondieren, und das im Unterschied zu allen anderen Völkern, deren Sprachen der Fluch des Turms von Babel in Tausende von Idiomen zerschlagen hat.« Abermals klappte er sein Notizbuch auf und schrieb etwas hinein, wobei es den Anschein hatte, als neigte er das Büchlein etwas zu sich, damit Jitzchak nichts von den Eingebungen lesen konnte.

In dem Augenblick trat Ephraim in den Unterstand, der von einer Patrouille zurückkam, um Jitzchak bei der Wache abzulösen. Er wirkte aufgeregt.

»Wie viele?«, fragte Gogol.

»Zwei!«, stieß Ephraim bloß hervor.

»Waren das die Schüsse, die wir vom Sattel gehört haben?«, fragte Jitzchak.

»Ja. Zwei ›Cousins‹ wollten hier offenbar Ärger machen. Wir haben sie erwischt.« Und damit es keine Missverständnisse gab, fügte er hinzu: »Ich habe geschossen.«

»Der Lastwagen mit den Medaillen ist liegen geblieben, sonst hättest du längst eine«, foppte ihn Gogol.

»Dov sagt, du kannst jetzt los, die Sache klären, die du klären musst«, meinte Ephraim zu Jitzchak und ignorierte auf bemerkenswert russische Weise den Sarkasmus des Ukrainers. »Er sagt, ihr trefft euch danach.«

Jitzchak nickte. Er verließ den Wachunterstand und marschierte zum antiken römischen Bassin. Vielleicht hatte auch vor zweitausend Jahren, während des großen Aufstands gegen die Römer, jemand dort ein Papyrus mit einer Geschichte versteckt und im Gegenzug Informationen erhalten, dachte er. Kann es sein, dass du das alles zu sehr genießt?, fragte er sich. Du denkst dir diese Geschichte aus und siehst nicht, wie um dich herum alles zusammenbricht? Denn du vermischt alles, erfindest Menschen, Orte und Ereignisse, Dinosaurier und Römer, Gesichter, die in Grimm erstarren. Er suchte das Bassin ab, doch dort war nichts. Als er zurück in seine Kammer kam, saßen dort bereits Dov und Avraham. Jitzchak berichtete ihnen, schon seit drei Tagen keine Informationen mehr von Israel und Hamdha erhalten zu haben, obwohl das Kapitel der Geschichte, das er dort vor einer Woche deponiert hatte, weg war. Plötzlich kam ihm ein entsetzlicher Gedanke: »Zwei! Ihr habt zwei am Sattel erwischt!«

»Das waren nicht die beiden«, beruhigte ihn Dov.

»Der Etzel hat vor zwei Tagen Jaffo eingenommen«, sagte Avraham.

Jitzchak dachte laut nach: »Dann könnten sie nach Jaffa gefahren sein, um Leila zu helfen.«

»Wahrscheinlich.« Avraham rutschte auf seinem Stuhl hin und her.

»Wie steht's mit dem Bein?«, fragte Jitzchak.

»Mit einem Fuß im Grab.«

»Sie hat mir einen Brief geschickt«, sagte Jitzchak im nächsten Moment. »Leila.«

»Was schreibt sie?«

»Nichts Besonderes«, gab Jitzchak zurück, ohne das Gefühl loszuwerden, nicht die Wahrheit zu sagen. »Der Brief ist von vor über einem Monat ... Sie sagt, sie mag die Geschichte.«

»Na, du hast den Preis ja nicht von ungefähr gewonnen.«

»Du hast einen Preis gewonnen?«, fragte Avraham.

Jitzchak erzählte ihm von Anschels Brief und von dem Preisgeld, das in einem Bankschließfach in Prag auf ihn wartete.

»Wie viel ist es?«

»Gut einhundert Kronen.«

»Und das wären?«

»Rund einhundertfünfzig Lira.«

»Mit Ach und Krach Munition für einen Tag«, lachte Avraham.

»Selbst ein Tag ist besser als nichts.«

»Solange kein Kontakt zu ihnen besteht, macht es keinen Sinn, ihnen noch irgendwelche Informationen zu geben. Das Waffenversteck haben wir auf jeden Fall unter den Kuhstall verlegt«, sagte Dov.

»Zumal morgen ja der amerikanische Plan diskutiert werden soll«, fügte Avraham hinzu.

Gemeint war die Zusammenkunft des Exekutivkomitees des

Gush, auf dem sie über den amerikanischen Vorschlag abstimmen würden, sich zu ergeben und den Berg Hebron unter dem Schutz des Roten Kreuzes zu verlassen. Dov sagte, die Chance, dass der Vorschlag angenommen würde, sei verschwindend gering. »Wahrscheinlich wird entschieden werden, bis zur letzten Patrone zu kämpfen«, sagte er. »Für den Gush zu sterben.«

Dov half Avraham auf. »Ich geh ins Bett. Wir müssen morgen früh raus und arbeiten.« Avraham stützte sich auf Dov, als sie das Zimmer verließen, und Jitzchak hörte ihn noch murmeln: »Wir haben ja nicht alle in Prag Millionen auf der Bank liegen.«

Der Mann, dem das Gesicht in Grimm erstarrte
Von Jitzchak Jeschajahu Katz
Siebte Niederschrift – aus dem Archiv des Allgemeinen Sicherheitsdienstes, Urkundensammlung des Militärgouverneurs, Jaffo 1949–1956. Überstellt aus dem Archiv des Etzel, Akte 3043/Thelemas, Dienstag, 27. April 1948

7. Kapitel

Bei der Bank – Alles bereit zur Reise –
Manches klärt sich

Bei der Bank

Als der Angestellte der Tschechischen Nationalbank am Morgen die Niederlassung betrat, wartete dort bereits ein erster Kunde mit grimmiger Miene vor seinem Tisch.

»War mein böses Weib schon da, um das ganze Geld abzuheben?«, fragte der leitende Direktor ohne ein Wort der Begrüßung.

»Nein.«

»Wenn dem so ist, geben Sie es mir auf der Stelle«, fuhr er fort, noch immer mit grimmiger Miene.

»Gewiss doch, wenn ich Ihnen auch meine Vorbehalte gegen einen derart übereilten Schritt anzeigen muss.«

»Die Vorbehalte sind zur Kenntnis genommen, holen Sie das Geld.«

»Sogleich. Nur wenn ich erfahren dürfte, welchen Grund

hat der plötzliche Weggang eines über Jahre so treuen Kunden?

»Ich habe eine neue Frau und brauche das Geld sofort.«

»Sicher. Ich möchte Ihnen jedoch einen doppelt so guten Zinssatz als den marktüblichen anbieten, vielleicht überzeugt Sie das, Ihr Geld bei uns zu belassen und nicht zu einer anderen Bank zu wechseln.«

»Ich wechsle zu keiner anderen Bank, ich brauche das Geld, um zu verreisen. Bringen Sie es endlich her, bevor meine Frau kommt!«

»Herzlichen Glückwunsch, der Herr ist wirklich ein gerissener und knallharter Geschäftsmann. Das Armdrücken geht an Sie. Ich mache Ihnen Konditionen, die man in dieser Bank noch nicht gehört hat: einen Zinssatz von fünf Prozent!«

Der leitende Direktor verlor allmählich die Geduld. »Das ist ja wie mit einer Wand zu reden, ja schlimmer noch.«

»Warum sagen Sie so etwas, mein Herr? Im Gegensatz zu einer Wand habe ich Gefühle. Und kann eine Wand Ihnen sagen, wie es um Ihr Konto bestellt ist? Kann eine Wand Ihnen Ihr Geld auszahlen?«

»Nein«, gestand der leitende Direktor. »Aus einer Wand bekommt man kein Geld.«

»Und kann eine Wand Ihnen von einem exklusiven Bonus berichten, den nur Sie erhalten, unter der Bedingung, dass Sie Ihr Geld für mindestens ein weiteres Jahr bei uns lassen?«

Der leitende Direktor sprang auf und rief so laut, dass es durch die ganze Niederlassung hallte: »Ich will mein Geld jetzt und auf der Stelle, bar und auf die Hand!«

»Selbstverständlich, mein Herr«, flüsterte der Bankbeamte. »Einen Zinssatz von acht Prozent?«

Alles bereit zur Reise

Als er ins Hotel zurückkam, fand er Rosa genau dort vor, wo er sie zurückgelassen hatte, im Bett schlafend. Er küsste sie auf die Wange.

»Du bist ein weiteres Mal nicht weggelaufen«, sagte sie verträumt.

»Es ist alles bereit für die Reise«, sagte der leitende Direktor und klopfte auf die lederne Aktentasche, die er in der Hand hielt. »Wir haben das Geld und zwei Billetts für den Schnellzug, der in anderthalb Stunden geht.«

Rosa sprang aus dem Bett. »Gib mir fünf Minuten.« Sie wandte sich zum Bad, machte aber sogleich kehrt, kam angelaufen, fiel dem leitenden Direktor um den Hals und flüsterte: »Mon amour.«

»Ich liebe dich«, sagte der leitende Direktor unwillkürlich und überraschte damit nicht nur sich selbst, sondern auch Rosa, die sich unversehens von ihm losmachte, ihm in die Augen schaute und in wildes Gelächter ausbrach. »Verzeih«, murmelte der leitende Direktor. »Ich wollte dich nicht brüskieren. Ich verstehe, das war voreilig ...«

»Es ist nicht der Zeitpunkt«, unterbrach ihn Rosa, bemüht, ihr Lachen zu unterdrücken. »Es ist dein Gesicht, die eine Hälfte grimmig, die andere lächelt.« Sie lachte abermals laut auf.

Der leitende Direktor hastete zum Spiegel, und tatsächlich, Rosa hatte recht: Sein erstarrtes Gesicht hatte sich zur Hälfte gelöst. »Also hatte der Doktor trotz allem recht – das Medikament wirkt.«

»Bravo! Dann nimm noch eine ordentliche Ration, und wir brechen auf.«

Jäh verfinsterte sich die gelockerte Gesichtshälfte des leitenden Direktors wieder. »Ich brauche noch mehr davon.«

»Dann kaufen wir welches, wenn wir im Dorf sind«, schlug Rosa vor.

»Nein, es ist ein ganz besonderes Medikament«, erklärte der leitende Direktor. »Es beruht auf Vertrauen und ist nur bei einem chinesischen Arzt zu bekommen, der in Wahrheit gar kein Chinese ist ... Unwichtig. Ich muss nochmals zu dem Doktor, aber ich bin zurück, noch ehe du deine Tasche für die Reise gepackt hast.« Er küsste Rosa auf die Wange und stürzte aus dem Zimmer.

»Ich werde hier auf dich warten«, rief Rosa ihm nach. Und dann noch: »Mon amour.« Aber das hörte der leitende Direktor schon nicht mehr.

Manches klärt sich

»Sehr interessant«, sagte Doktor Chen, während er sich das nur noch zur Hälfte in Grimm erstarrte Gesicht des leitenden Direktors besah. »Eine solch große Veränderung in so kurzer Zeit.«

»Ich habe alles getan, was Sie mir geraten haben, verehrter Herr Doktor«, berichtete der leitende Direktor aufgeregt. »Ich habe nur noch gesagt und getan, was ich empfinde und wirklich möchte. Habe ganz und gar an die Heilkraft Ihrer Medizin geglaubt.«

Der Arzt rieb sich genüsslich die Hände. »Das ist ein Fall, der an den führenden Universitäten Europas gelehrt gehört, damit alle Skeptiker ein Einsehen haben und von der Kraft der chinesischen Heilkunde erfahren. Das ist ein Grund zum Feiern.« Aus einem Schränkchen holte er eine Flasche Cognac und goss davon in zwei Gläser, von denen er das eine dem leitenden Direktor reichte. »Das ist kein imaginärer Cognac, Verehrtester, sondern ein vorzüglich echter. Auf Ihr Wohl!«

»Auf die Liebe!« Der leitende Direktor leerte sein Glas in einem Zug. Der Arzt schenkte sogleich nach. »Sie haben mein Leben gerettet, Doktor. Und nicht nur das Gesicht, auch die Seele, die in einem mürrischen und grimmigen Menschen eingesperrt war. Jawohl, grimmig. Jahre habe ich in nicht enden wollendem Grimm gelebt.«

»Der größte Feind des Abenteuers ist die Gewohnheit«, bestätigte der Arzt.

»Sie haben ja so recht, Sie Koryphäe. Eine Gewohnheit wird man schwerer los als Bettwanzen. Ich zum Beispiel habe viele Jahre lang nur mit der Feder geschrieben und mir angewöhnt, die Spitze mit der Zunge zu befeuchten, damit die Tinte nicht eintrocknet. Mit der Zeit ist die Schreibfeder verschwunden und durch den Bleistift ersetzt worden, doch die Angewohnheit, die Spitze anzulecken, ist geblieben.«

Das Lächeln des Arztes war auf einen Schlag wie weggewischt. »Sie lecken die Spitze des Bleistifts an?«

»Die Macht der Gewohnheit«, erwiderte der leitende Direktor, noch immer lächelnd.

»Ihnen noch einen guten Tag«, sagte der Arzt aufgebracht, nahm dem fassungslosen leitenden Direktor das Glas aus der Hand und dirigierte ihn energisch Richtung Tür. »Das nächste Mal, dass Sie zum Arzt gehen und sich über eine Gesichtslähmung beklagen, vergessen Sie nicht zu erwähnen, dass Sie zum Vergnügen an Bleistiften lecken. Das wird helfen, eine Bleivergiftung bei Ihnen zu diagnostizieren.«

»Eine Bleivergiftung?«

»Hören Sie auf, an Bleistiften zu lecken, ja an Schreibgeräten allgemein, und Ihr Gesicht wird wieder. Guten Tag.« Damit schloss er die Tür hinter ihm.

»Was soll ich mit dem Medikament machen?«

»Stellen Sie sich vor, es sei Eis in der Waffel!«, kam es durch die geschlossene Tür.

Als der leitende Direktor zurück ins Hotel kam, war Rosa verschwunden und mit ihr die Tasche mit dem Geld. Einen Brief hatte sie ebenso wenig hinterlassen wie die Zimmerrechnung beglichen. Alle Versuche, dem Hoteldirektor zu erklären, warum er nicht zahlen könne, halfen nichts, und am Ende wurde die Polizei gerufen und der leitende Direktor in Handschellen aufs Revier gebracht. Er kam in eine Arrestzelle und war bass erstaunt, dort seinen Untergebenen zu entdecken. Gugel hockte nackt auf einer Pritsche und verbarg seine Schamteile nur mittels eines riesigen, mit Pfauenfedern geschmückten Damenhuts.

»Was machen Sie hier?«, fragte der leitende Direktor konsterniert.

»Muhhh«, machte Gugel.

Eine Stunde später erschien der Herr Generaldirektor und beglich die Hotelrechnung, worauf die Polizisten den leitenden Direktor auf freien Fuß setzten.

»Danke«, sagte der leitende Direktor zum Herrn Generaldirektor.

»Das ist kein Geschenk, sondern ein Darlehen zu unvorteilhaften Konditionen«, erwiderter der Herr Generaldirektor trocken.

»Und was ist mit ihm?« Der leitende Direktor wies auf Gugel, der versuchte, an einer der von dem Hut sich spreizenden Pfauenfedern zu lecken.

»Sein Fall ist komplizierter«, erklärte der Herr Generaldirektor. »Er wird der Entführung beschuldigt, des versuchten Mords und des Vandalismus an Büroinventar.«

Wie sich herausstellte, war Gugel, nachdem er die Gattin des leitenden Direktors und Jiří, den Mann der Sekretärin, festgesetzt hatte, abermals von Konvulsionen gepackt worden. Und da er seine Geiseln nicht allein lassen wollte aus Angst, sie würden flüchten, hatte er seine Gedärme in seine Hose entleert. Am Morgen, als die Angestellten zur Arbeit erschienen, hatten sie einen durchdringenden Gestank aus dem Büro des leitenden Direktors wahrgenommen. Als sie die Tür öffneten, waren sie schockiert, die Frau des leitenden Direktors und den Mann der Sekretärin mit einer Krawatte aneinandergefesselt vorzufinden, während Gugel splitternackt vor einer Wand stand, auf der die Worte »Die Frau des leitenden Direktors töten?« prangten, und mit dem Inhalt seiner Gedärme Argumente für und wider daran schrieb. Fünf kräftige Bürogehilfen waren erforderlich, um den armen Abteilungsleiter zu überwältigen, der den Verstand verloren hatte.

Auch auf Jiří Sopček wartete eine Überraschung, als man ihn endlich befreit hatte und er nach Hause kam. Während er sich ein Glas Milch aus der Kühlkiste in der Küche eingoss, bemerkte er eine Schachtel auf der Anrichte, die nicht dort gelegen hatte, als er das Haus verließ. Er nahm sie zur Hand und besah sich die Aufschrift. »Dewar-Flasche«, stand da. Jiří legte sie wieder hin und ging ins Schlafzimmer, wo seine Frau Julia im Bett lag und schlief. Jiří zog seine Kleider aus und schlüpfte neben sie.

Julia drehte sich um zu ihm und legte ihre Hand auf seine Brust. »Ich liebe es, dass du nicht durchsetzungsfähig bist«, sagte sie, noch immer mit geschlossenen Augen. »Wie ich gehörst auch du zu den Menschen, die sich führen lassen und nicht selbst führen. Es gibt Menschen, die kommen aus dem Nichts, wie die Flut. Sie reißen uns mit, und wir lassen uns mitreißen. Aber auch wir, die sich mitreißen lassen, haben einen Platz auf dieser Welt, auch wir haben eine Aufgabe. Nicht alle können Hauptdarsteller sein, jemand muss auch das Publikum geben. Schließlich existiert keine Aufführung ohne Publikum.« Sie verstummte für eine Sekunde. »Und es ist gar nicht schlimm, das Publikum zu sein. Das ist weit weniger ermüdend«, sagte Julia und schlief wieder ein.

Julijas Geschichte

Al-Intiqad, Libanon, 16. September 1992. Zum 10. Jahrestag des Massakers von Sabra und Schatila
Von Julija Hidschasi
Aus dem Arabischen übersetzt von Isak Abu Hamdha al-Husseini
Aus dem Englischen übersetzt von Uri Jeschajahu Katz

Eines Tages im Frühling 1982, ich spielte mit meiner Cousine Nadja gerade im Hof, riefen mich meine Eltern ins Haus und stellten mir meinen Großvater Hamdha vor. Bis zu dem Augenblick waren die einzigen Großväter, die ich kannte, Opa Makhluf und Opa Fahri gewesen, von dem sich jetzt auf einmal herausstellte, dass er mein Stiefgroßvater war. Großvater Hamdha war schlank, sonnengebräunt und drahtig und wirkte zwanzig Jahre jünger als die Großväter, die ich bisher gekannt hatte. Sein dunkles Haar war voll und fast so dicht wie das meines Vaters. Alles an ihm strahlte Stärke und Kraft aus, und nur seine hellen Augen verrieten eine gewisse Schüchternheit. Er saß neben meiner Großmutter Leila, die ich noch nie so steif und verlegen gesehen hatte. Auch meine Mutter wirkte ruhelos, kam und ging andauernd in die Küche, unter dem Vorwand, Erfrischungen zu servieren. Mein Vater Khalil, dessen Ähnlichkeit mit seinem Vater nicht zu leugnen war, rief mich zu sich und sagte: »Julija, das ist Hamdha al-Husseini, dein Großvater. Mein Vater.« Der Name al-Husseini sagte mir nichts, und Großvater Hamdha unternahm nichts, seine prominente Herkunft anzudeuten: Er war der Neffe Haddsch Amin al-Husseinis, des Großmuftis von Jerusalem und berühmten palästinensischen Führers in den Tagen des 1948er-Krieges gegen die Zionisten. Im Gegenteil, bescheiden reichte er mir seine große und raue Hand und sagte: »Julija, ein Name, der fast so schön ist wie du.« Ich glaube, das war das erste Mal in meinem Leben, dass ich errötete, was bei Oma Leilas Blässe noch mehr auffiel, die die ganze Zeit nur dasaß, ohne den Mund aufzumachen. Opa Fahri, Omas Mann, der noch seinen Laborkittel trug, was belegte, dass man ihn wegen des Besuchs des unangekündigten Gastes eilends aus seiner Apotheke herbeordert hatte, saß neben Leila und hielt die ganze Zeit ihre Hand, entweder um sie zu bestärken oder aber um sicherzustellen, dass sie nicht weglief. So zumindest will es mir heute aus der Distanz der Jahre erscheinen.

Endlich hatte ich meine Hand aus Hamdhas Griff befreit, und Mutter sagte, ich könne spielen gehen. Mir war sehr warm, und ich bat um Erlaubnis, im Fluss baden zu gehen. Zu Beginn des Frühlings führte der Fluss bei unserem Dorf viel kaltes Schmelzwasser aus den Bergen. Doch die Antwort lautete Nein. Als einziges Kind einer Mutter, die nicht noch einmal schwanger werden konnte, war mir in meiner Kindheit so gut wie alles verboten. Doch zur Überraschung aller kam mir der Gast zu Hilfe. »Ich hätte nicht übel Lust auf ein Bad im Fluss«, sagte er und stand auf. »Kannst du mir zeigen, wo die beste Stelle ist, Julija?« Ich nutzte die Fassungslosigkeit der Erwachsenen und ging, ohne sie noch einmal anzuschauen. Und mein Herz schlug wild, als mein gerade neu gewonnener Großvater mir nachkam. Beim Fluss angelangt, zog Hamdha sich aus bis auf die Unterhose, sprang ins Wasser und stieß einen

Schrei aus. »Kalt!« In der Aufregung hatte ich vergessen, einen Badeanzug mitzunehmen, und obwohl ich erst elf war, schämte ich mich, im Schlüpfer schwimmen zu gehen. Also zog ich nur die Schuhe aus, setzte mich ans Ufer und planschte mit den Füßen im Wasser, das so kalt war, dass mir schwindelte. Hamdha kam aus dem Fluss gewatet und ließ sich neben mir nieder, aber nicht zu nah, und wandte mit geschlossenen Augen das Gesicht der Sonne zu. Zwei israelische F-16-Kampfjets donnerten über uns hinweg. Hamdha öffnete die Augen.

»Die Besatzungsarmee«, sagte ich, etwas, was ich die Erwachsenen ständig sagen hörte.

»Was haben sie denn besetzt?«, fragte Hamdha interessiert.

»Unser Land, Palästina.«

»Bist du aus Palästina?«

»Nein«, sagte ich, ein bisschen verwirrt. »Aber Oma und Opa. Und die PLO befreit es, und wir können schon bald zurückkehren.« Ich gab weiter wieder, was ich die Erwachsenen sagen gehört hatte, wenn auch schon weniger selbstgewiss als zuvor.

»Möchtest du denn nach Palästina zurückkehren?«, fragte Hamdha mit einem Lächeln.

Ich wurde rot. »Nein.«

»Ich auch nicht«, sagte mein Großvater und schaute wieder mit geschlossenen Augen in die Sonne.

»Bist du von der PLO?«, fragte ich.

Hamdha lachte. »Nein, ich bin nicht von der PLO.«

»Auch Oma Leila mag die PLO nicht«, sagte ich. »Sie sagt, das sind Kinder, die mit Streichhölzern spielen.«

»Das klingt ganz nach Leila«, meinte Hamdha, noch immer lächelnd.

Als wir zurückkamen, saßen im Wohnzimmer nur noch meine Mutter, mein Vater und Oma Leila. Sie hatten offenbar gestritten, denn als wir eintraten, verstummten sie.

»Guten Abend«, sagte Hamdha.

Oma Leila stand auf und verließ wortlos den Raum. Mama brachte mich unter die Dusche. Ihr war anzusehen, sie hätte gerne Einzelheiten von mir gehört. Papa und Hamdha blieben im Wohnzimmer. Ich hörte nur, wie Papa sagte: »Also, wie ist es so in Bahrain? Ich wollte schon immer mal an den Golf …«

Als ich am nächsten Morgen in die Küche kam, saßen dort schon mein Vater, Hamdha, Leila und Opa Fahri und unterhielten sich leise. Alle frühstückten, bis auf Oma, die wie üblich nur schwarzen Kaffee trank und dazu ihre unvermeidliche Kent-Zigarette rauchte, die sie nur aus dem Mund nahm, um einen Schluck Kaffee zu schlürfen. Alle verstummten, als ich eintrat. Mama stellte mir einen Teller mit zwei Pita-Broten hin, die mit Labane bestrichen und mit ein wenig Olivenöl beträufelt waren, und dazu eine pürierte Tomate.

»Sie ist ein ernstes Mädchen«, bemerkte Hamdha.

»Sie ist ein gutes Mädchen«, sagte mein Vater und strich mir über den Kopf. Mama drängte mich aufzuessen, da meine Cousine Nadja schon da war, um mich für die Schule abzuholen.

»Nach der Schule gehen wir zum Fluss«, sagte Hamdha. »Aber diesmal nimmst du einen Badeanzug mit«, hörte ich noch, wie er mir nachrief.

Und so wurde unser nachmittägliches Bad im Fluss zu einer festen Gewohnheit. Großvater Hamdha erzählte mir dort wundervolle Geschichten über Könige und Propheten, von Ali Baba und den vierzig Räubern, von dem Kalifen, der immerzu wütend war, und einem geheimen Indianerstamm. »Eine gute Geschichte ist mehr wert als Gold«, sagte Hamdha. »Das hat mir mein Vater Khalil gesagt.«

»Khalil, wie Papa?«

»Ja.« Er sagte, er habe von Khalil gelernt, dass es nur sehr wenige Geschichten gebe auf der Welt. »Kennst du Shakespeare?«, fragte er.

Ich nickte. »Daher stammt mein Name. Von *Romeo und Julia*. Oma Leila hat ihn für mich ausgesucht«, sagte ich stolz.

Hamdha lächelte erneut. »Sieben Geschichten gibt es auf der Welt, so hat Shakespeare gesagt. Und im Grunde genommen hat er sie alle selber erzählt.« Er stockte für einen Moment. »Es gibt Geschichtenerzähler, die wissen alles, und es gibt Geschichtenerzähler, die wissen nur eines: was ihnen selbst passiert. Welche Art von Geschichtenerzählerin willst du werden?«

Ich wurde rot. Noch nie hatte ich jemandem verraten, dass ich Schriftstellerin werden wollte.

Außer Märchen und Fabeln erzählte Hamdha mir Geschichten über seine Kindheit am Berg Hebron und über seine Abenteuer in Jaffa, in Jordanien und den Emiraten am Golf. Immer redete er mit mir wie mit einer Erwachsenen und sparte auch peinliche Details nicht aus, die ihn selbst manches Mal nicht im besten Licht erscheinen ließen. Seine Lebensgeschichte war wie eine aus *Tausendundeiner Nacht*, die Oma mir immer erzählte. Einmal hatte er jemanden gerettet, der in Bahrain von einer Ölbohrinsel ins Meer gefallen war, in dem es von Haien nur so wimmelte. Ein andermal erzählte er, wie er in Gefangenschaft geraten war und im Jemen Huthi-Rebellen bedienen musste oder wie er zum Übersetzer des Schahs von Persien wurde. Oft, wenn ich ihn fragte, ob dieses oder jenes tatsächlich passiert sei, lächelte er nur und sagte: »Vielleicht ist es passiert, oder vielleicht wird es noch passieren.«

»Warum bist du uns bis jetzt nie besuchen gekommen?«, fragte ich ihn einmal.

Hamdha holte tief Luft und sagte, bis vor kurzem habe er nicht einmal gewusst, dass es uns gibt, Papa und mich. In der Nakba habe er als Freischärler in der Miliz gekämpft, die sein Onkel, Abd al-Qadir al-Husseini, befehligte, während Leila in einem Dorf in Galiläa gewesen sei. Als die israelische Armee die Leute in ihrem Dorf niedermetzelte und vertrieb, habe er davon nichts gewusst, und auch nicht, dass sie schwanger war. Sosehr er sich auch bemüht habe, es sei ihm nicht gelungen, in Erfahrung zu bringen, was ihr widerfahren war. »Wenn eine Frau nicht will, dass man sie findet, dann ist es, als hätte der Erdboden sie verschluckt«, sagte er.

»Aber du hast sie gefunden.«

»Im Nahen Osten braucht es Geduld«, lächelte Hamdha. »Eine Geschichte muss langsam erzählt werden, man kann nicht alles auf einmal preisgeben.« Eines Tages habe er auf einer Ölbohrinsel einen jungen Mann getroffen, der aus Safsaf vertrieben worden war, dem Dorf, in dem auch Oma Leila gewesen war. Der junge Mann erinnerte sich an Leila, weil sie ihm mehrfach das Leben gerettet hatte, als sie zu Fuß aus dem eroberten Galiläa flohen, die Grenze überquerten und bis nach Mardsch Uyun marschierten, wo Leila Verwandte hatte. Außerdem hatte der junge Mann ihm erzählt, Leila sei auf jenem Fluchtmarsch schwanger gewesen. Worauf Hamdha eins und eins zusammenzählte, zum ersten Mal in seinem Leben in ein Flugzeug gestiegen und in den Libanon gekommen war.

»Also wirst du jetzt an Opa Fahris Stelle mit Oma Leila zusammen sein?«, fragte ich.

Hamdha lachte. »Ich werde an der Stelle von niemandem sein«, sagte er nach einer Weile.

Auch zu Hause beruhigten sich die Dinge ein wenig. Papa und Hamdha waren sofort ein Herz und eine Seele, als würden sie sich schon seit Jahren kennen. Auch Mama, die unnötige Dramen noch nie gemocht hatte, wurde ihm gegenüber milder. Und selbst Opa Fahri wurde wieder so mürrisch wie gewohnt, doch mehr nicht. Nur Oma Leila blieb dem Gast gegenüber zurückhaltend, ja schien ihm aus dem Weg zu gehen. Doch ich konnte spüren, wie ihr Herz schneller schlug, wann immer er zugegen war. Das Wetter wurde allmählich wärmer, im kleinen

Schwimmbecken weiter oben am Fluss tummelten sich jeden Tag die Kinder, und Opa Hamdha fungierte als eine Art Bademeister dort. Alle Kinder liebten und bewunderten ihn, und ich war stolz, dass er mein Großvater war. Es hätte ewig so weitergehen können, wären in jenem Sommer nicht die Panzer der israelischen Armee in den Libanon eingerollt.

Am 3. Juni versuchten Freiheitskämpfer der Organisation von Abu Nidal, ein Attentat auf das Leben des israelischen Botschafters in London, Shlomo Argov, zu verüben. Er wurde schwer verletzt, und am nächsten Tag begann die Luftwaffe des Feindes, den Südlibanon zu bombardieren. Den Großteil des Tages und des darauffolgenden verbrachten wir bei unseren Nachbarn, die einen Keller hatten, während die israelischen Kampfflugzeuge erbarmungslos ihre Bomben abwarfen und die Verbände der PLO mit Granatfeuer antworteten. Mitten in der Nacht wachte ich auf und stieg die Treppe hinauf zur Toilette im Erdgeschoss. Im Wohnzimmer saßen Hamdha und Leila und diskutierten auf Französisch. Auch mein Vater war dort. Sie versuchten ihn von irgendetwas zu überzeugen. Er saß nur mit gesenktem Kopf da und hörte zu. Hamdha war so erregt, wie ich ihn noch nie zuvor gesehen hatte. Er redete schnell, und man merkte, das Französische war ihm wohlvertraut. Schließlich sagte er auf Arabisch: »Ich kenne sie. Es wird nicht bei Luftangriffen bleiben.« Am nächsten Tag packten wir ein paar Koffer und fuhren nach Sidon, zu Verwandten von Mama. Opa Fahri entschied sich, in Mardsch Uyun zu bleiben. Er wurde eine Woche später getötet, ausgerechnet durch eine syrische Granate, die irrtümlich im Dorf einschlug. Als wir am Mittag bei unseren Cousins in Sidon eintrafen, hatten die israelischen Panzer bereits die Grenze zum Libanon überquert.

Wir wohnten beim Bruder meiner Mutter, Onkel Samir, der ein hoher Fatah-Funktionär war. Den ganzen Tag über gingen Kämpfer und Waffen in seinem Haus ein und aus, und die

Stimmung war euphorisch. Nach drei Tagen sagte Mama, wir führen weiter nach Beirut. Onkel Samir gab uns einen Brief an einen Freund in der PLO-Führung mit. »Er wird sich um euch kümmern«, sagte er und küsste seine Schwester zum Abschied. Mein Vater rief nach mir und bat mich, auf Mama und Oma achtzugeben. »Kommst du nicht mit?«, fragte ich mit zitternder Stimme. Doch Papa küsste mich nur auf die Stirn. »Ich sehe dich bald wieder«, sagte er. Das waren seine letzten Worte an mich.

»Mach dir keine Sorgen, Julija«, sagte Onkel Samir. »Dein Papa und ich werden die Zionisten besiegen und ins Meer treiben.« Er lächelte Leila zu, die sein Lächeln nicht erwiderte.

»Wenn die Deutschen uns nicht alle umbringen konnten, warum denkst du dann, ein paar Bengel mit RPGs sollten das schaffen?«

Samir stutzte. »›Uns‹?«

»Das hat ein jüdischer Freund in Jaffa mir mal gesagt«, erwiderte Leila kühl.

»Was ist mit dir, Abu Khalil? Bleibst du nicht, um mit uns zu kämpfen?« Samirs Frage galt Hamdha.

»Ich bin fertig mit Kämpfen. Ich kämpfe nur noch für die Liebe«, sagte Hamdha, zwinkerte mir zu und sah Leila an. Oma umarmte wortlos meinen Vater und schickte danach erst Hamdha einen vorwurfsvollen Blick, als wäre das Ganze allein seine Schuld.

»Willst du nicht zu den Siegern gehören?« Samir unternahm einen weiteren Rekrutierungsversuch.

»Der siegt, der nichts zu verlieren hat«, erwiderte Hamdha.

Doch Samir ließ nicht locker: »Bei der Kastell-Brigade[53] suchen sie noch erfahrene Kämpfer.«

---

53 Eine der vier libanesischen Fatah-Brigaden, benannt nach bekannten historischen Siegen [Anm. U. K.].

»Ihr habt eine Brigade, die *Kastell* heißt?«, fragte Hamdha erstaunt.

»Ja, nach dem heroischen palästinensischen Sieg in der Kastell-Schlacht, 1948.«

»Ich habe mit meinem Onkel Abd al-Qadir al-Husseini am Kastell gekämpft«, sagte Hamdha, nachdem er einen Moment geschwiegen hatte. »Wir erlitten dort eine schmerzliche Niederlage, und mein Onkel fand den Tod.«

Samirs Miene gefror. Erzähle niemandem vom triumphalen Sieg in der Schlacht am Kastell, der selbst am Kastell gekämpft hat. »Und *Fatah* rückwärts gesprochen ist *Hataf*[54]«, sagte Hamdha und ließ den Dolch des Spotts noch einmal in der Wunde kreisen.

Gegen Abend waren wir in Beirut, bei Onkel Hamudi, dem Bruder von Opa Fahri, der weitaus weniger mürrisch war als dieser, dafür aber Zaubertricks beherrschte. Auch wenn die sich darauf beschränkten, eine Münze verschwinden zu lassen oder an einer Hand scheinbar den Daumen abzunehmen, genügte es, ein elfjähriges Mädchen zu beeindrucken. Oma stellte ihm Hamdha vor, der ihm herzlich die Hand schüttelte und bemerkte, sie hätten sich vor langer Zeit schon einmal in Jaffa getroffen, als er noch ein Kind war.

»*Allah justur*[55] – du bist Khalils Sohn!«, rief Hamudi und umarmte ihn bewegt.

»Das war kurz nach dem Krieg, dein Bruder und du, ihr wolltet mich für eine Nacht mit nach Beirut nehmen und einen draufmachen«, sagte Hamdha.

»Dafür ist es nie zu spät«, scherzte Hamudi.

Wir blieben nur eine Nacht bei ihm. Seine Wohnung war

54 Arabisch: plötzlicher Tod oder Herzinfarkt [Anm. U. K.].

55 Arabisch: Gott behüte [Anm. U. K.].

ziemlich klein und hatte nur ein Schlafzimmer. Am Abend erschien Hamudis Freund, ein großgewachsener, muskelbepackter junger Deutscher, um ein paar Sachen aus dem Kleiderschrank zu holen und allen zu zeigen, wie wenig angetan er war, seine Wohnung zu räumen. Ich fragte meine Mutter, wer das sei, und sie sagte, er sei der Mitbewohner von Onkel Hamudi. »Wenn er der Mitbewohner ist, wo ist dann sein Zimmer?«, fragte ich und bekam keine Antwort. Mama schlief auf dem Sofa im Wohnzimmer, der Onkel auf Decken, die auf dem Teppich ausgebreitet wurden, und das Bett im Schlafzimmer teilten sich Hamdha und Oma Leila mit mir in der Mitte. Nachts waren von ferne Explosionen zu hören. »Sie rücken vor«, sagte Hamdha. »Hab keine Angst, *ya binti*[56]«, sagte Oma und nahm mich in den Arm, und Opa Hamdha umarmte uns beide. Ich war noch nie und werde nie wieder so traurig und zugleich glücklich sein wie in dem Augenblick. Am nächsten Tag fuhren wir zu der neuen Bleibe, die man uns im Flüchtlingslager Schatila organisiert hatte.

Wir waren drei Tage in Beirut, als die zionistische Armee Tyros und Sidon einnahm. Die Stimmung war ziemlich gedrückt. Von Papa hatten wir keine Nachricht, und Mama stand kurz vor einem Nervenzusammenbruch. Unsere neue Wohnung im Flüchtlingslager Schatila teilten wir uns mit einer anderen Familie, die aus Tyros geflohen war. Sie hatten vier Kinder, die acht Jahre alten Zwillinge Said und Mahmud, Nasir, der in meinem Alter war, und die vierzehnjährige Nadine, die Älteste. Außerdem waren da noch die Mutter Fatima und die Großeltern, an deren Namen ich mich nicht mehr erinnere. Nachts wurden Matratzen und Matten auf dem Boden ausgebreitet. Die Jungen schliefen in einem Zimmer und die Mädchen in

56 Arabisch: Meine Tochter [Anm. U. K.].

dem anderen. Am Abend traf Onkel Samir von der Front ein, hungrig und erschöpft, und schlief fast vierundzwanzig Stunden am Stück. Auch er hatte keine Nachricht von Papa. Als er endlich aufstand und sich zu uns gesellte, saßen wir alle im Wohnzimmer und sahen uns im Fernsehen an, wie Italien und Polen das Eröffnungsspiel der Fußballweltmeisterschaft bestritten, die in dem Jahr in Spanien stattfand. Ich mochte und verstand Fußball nicht, aber dieses Gefühl von Normalität war schön. In der Halbzeitpause gab es Nachrichten, in denen die Heldentaten der PLO-Kämpfer an den verschiedenen Frontabschnitten gefeiert wurden. Onkel Samir, der das Ganze mit ausdrucksloser Miene verfolgte, teilte offenbar das Siegesgefühl nicht. Als der israelische General Ariel Scharon auf der Mattscheibe erschien, buhten und pfiffen alle.

»Wie fett der geworden ist! Heute würde ich den nicht mehr geschleppt bekommen«, bemerkte Opa Hamdha zum Erstaunen aller. Dann erzählte er, im Krieg von 1948, nach den Gefechten am Berg Hebron, sei er kriegstraumatisiert gewesen und ins Kloster Latrun gegangen, um sich zu erholen und wieder Mut zu fassen. Eines Tages hätten die Zionisten versucht, die britische Polizeistation in Latrun einzunehmen, aber die Palästinenser und die Jordanier hätten mit schwerem Feuer geantwortet und sie in die Flucht geschlagen. Als er dann mit einer Herde Schafe unterwegs war, hörte Hamdha von irgendwoher zwischen den Felsen schwache Rufe und fand einen verwundeten israelischen Soldaten, der um Wasser flehte. Hamdha gab ihm zu trinken und schleppte ihn zu einem Punkt der Straße, der von den Zionisten kontrolliert wurde. »Und das war Ariel Scharon«, schloss er.

Mein Vater galt etwas mehr als drei Monate als vermisst. An dem Tag, an dem Baschir[57] ermordet wurde, erfuhren wir, dass

57 Baschir Gemayel, christlich-maronitischer Milizenführer. Wurde nach seiner

er tot war. Mama zerfetzte sich die Kleider und riss sich die Haare vom Kopf, rannte ins Freie und schrie wie von Sinnen. Erst nachdem man ihr etliche Beruhigungsmittel gegeben hatte, fand sie für ein paar Stunden Schlaf. Oma Leila saß den ganzen Tag über wie erstarrt in der Küche, nickte nur und dankte allen, die kamen, um sie zu trösten und ihr Beileid auszusprechen. Ich versteckte mich über Stunden im Kleiderschrank, wo niemand mich fand, mich aber auch niemand suchte. In der Nacht, als meine Tränen getrocknet waren, ging ich in die Küche, um etwas zu trinken. Oma Leila saß noch immer dort. Und Opa Hamdha mit ihr. Die Maroniten würden Rache nehmen, sagte er. »Die kenne ich noch aus Jaffa«, erwiderte Leila geringschätzig. »Komm, lass uns von hier fliehen, Luna«, sagte er sanft. »Wohin?«, fragte sie mit brüchiger Stimme. »Oman, Irak, Iran, Amerika ... Wir laufen einfach weit weg von den Juden und den Arabern und ihren verrückten Kriegen.« »Ich bin es leid wegzulaufen. Mein ganzes Leben laufe ich weg.« Hamdha legte ihr die Hand auf die Schulter, und diesmal schob sie sie nicht weg. Ich begann erneut zu weinen, und Hamdha bemerkte mich. »Julija ...«, rief er mit Tränen in den Augen. Dann besann er sich, nahm meine Hand und sagte: »Komm, wir gehen ein bisschen raus und atmen gute Herbstluft.«

Am äußersten Ende des Lagers saßen wir dann auf einem Blechdach und schauten dorthin, wo das Meer sein sollte. Hamdha sprach so leise, dass er kaum zu hören war. »Ich war ein bisschen älter als du, als mein Vater vor meinen Augen ermordet wurde. Er hieß auch Khalil. Mein Vater war ein kluger, friedliebender Mensch. Hat sich immer Geschichten und Lieder ausgedacht. Einmal hat er mir gesagt, wenn das Leben dich schlägt, schlag nicht zurück, selbst wenn es angefangen

---

Wahl zum libanesischen Staatspräsidenten am 14. September 1982 durch einen Bombenanschlag getötet [Anm. U. K.].

hat. Als er starb, brach eine Welt für mich zusammen, und nur Leila war mir Mutter und Schwester und heilte die Wunden in meinem Herzen. Als die Unruhen in Jaffa begannen, war ich in den Bergen bei Jerusalem. Ich gab meine wichtige Aufgabe dort auf und fuhr, um Leila zu retten. Ich war etwas älter als sechzehn damals. Leila wollte ihr schönes Haus in Jaffa nicht verlassen. Ein jüdischer Freund von mir half mir, sie zu überzeugen, sie müsse gehen. In jener Nacht sind wir in ein Dorf in Galiläa gefahren. Wir waren da schon sehr verliebt. Ich wäre bereit gewesen, alles für sie zu tun. Unseren jüdischen Freund haben wir zurück nach Jaffa geschickt, damit er versucht, ihre wenigen Sachen zu retten, aber in Wahrheit suchten wir nur einen Vorwand, um allein zu sein. Es war dort, in jenen Tagen, dass wir uns geliebt haben, und dort wurde auch dein Vater gezeugt. Aus einer großen Liebe, die endlich frei war.« Ich fing wieder an zu weinen. Hamdha nahm mich in den Arm. Am nächsten Tag drangen die Falangisten ins Flüchtlingslager ein, und das Massaker begann.

Jahrelang hatte ich keinerlei Erinnerung an diese furchtbaren drei Tage. Komplette Blockade. Im letzten Golfkrieg dann fiel eine verirrte irakische Rakete, die Tel Aviv gegolten hatte, auf Beirut. Die Explosion ließ nach und nach weggesperrte Erinnerungen in mir hochkommen, Bruchstücke von Bildern. Und dann brachen wie eine Flutwelle Szenen über mich herein: Kinderleichen, Frauen mit abgehackten Händen; eine Mutter, die verblutete; eine Großmutter, abgeschlachtet wie ein Lamm. Aus dem Nichts war mit einem Mal Hamdha da, hob mich auf den Arm und rannte mit mir zu einem Loch im Lagerzaun. Davor stand ein israelischer Panzer, auf dem zwei Soldaten saßen und aus einem großen Kassettenrekorder Musik hörten. Ein Falangist verfolgte uns, doch als er den Panzer sah, stoppte er ab. Mein Großvater sprach die Israelis in perfektem Hebräisch an, bis auch ich für einen Moment sicher war, neben mir stünde ein Israeli, und erschrak. Auch die Soldaten schienen überrascht. Hamdha sagte etwas zu dem Offizier, das ich natürlich nicht verstand, und der nickte schließlich. Dann kniete sich mein Opa vor mich hin und sagte: »Geh zu ihnen, sie werden dich beschützen, meine schöne Julija.« Er stieß mich in Richtung der Soldaten und machte kehrt, wobei er zu dem Falangisten etwas sagte wie: »Komm, lass uns spielen.« Ich trottete zu den Israelis, aber noch ehe ich bei ihnen angelangt war, hörte ich einen Schuss. Ich fuhr herum und sah Hamdha auf den Knien, die bluteten. Und dann schoss der Falangist ihm in den Kopf. Ich rannte zu ihm und warf mich auf seinen Körper. Der Falangist wollte auch mich erschießen, doch plötzlich sah er auf Hamdhas Hand und zögerte. Mein Großvater hielt eine blutbesudelte Seite mit hebräischen Buchstaben umklammert, und der Falangist muss gedacht haben, es sei eine Seite aus der Bibel. Tatsächlich jedoch war sie bestimmt bloß aus irgendeinem Buch gerissen. Aber das Zögern des Falangisten genügte dem israelischen Offizier, angestürmt zu kommen, mich zu packen und wegzutragen. Ich weiß nicht, was Hamdha den Israelis gesagt hatte oder warum er plötzlich eine Seite aus einem hebräischen Buch in der Hand hielt, die außer vom frischen Blut meines Großvaters noch von weiteren, älteren Blutflecken bedeckt war. Wie und warum war diese Buchseite in seinen Besitz gelangt? Offenbar werde ich das nie erfahren. Es gibt Geschichten, denen ist bestimmt, ohne Ende zu bleiben. Oder in diesem Fall – ohne Anfang.

An alles, was danach passierte, erinnere ich mich nur noch verschwommen. Aber das Unvermögen der PLO in jenem Krieg hat sich mir eingebrannt. Jetzt, zehn Jahre danach, da israelische Kampfjets uns Tag und Nacht von neuem bombardieren, sage ich euch, meinen palästinensischen Brüdern und Schwestern, was ich auch meinem heldenhaften Ehemann und unseren Brüdern, den tapferen Hisbollah-Kämpfern, sage: Wir müssen bereit sein. Denn sie werden es nicht bei Luftangriffen belassen. Das war die Prophezeiung meines Großvaters Hamdha, den ich das Glück hatte kennenzulernen, wenn auch nur für die Dauer eines Wimpernschlags. Möchtest du denn nach Palästina zurückkehren?, hat mich mein Großvater einmal gefragt. Damals wusste ich nicht, was ich darauf antworten sollte, aber heute weiß ich es. Ich will leben. Auch wenn dies bedeutet, alles andere zu töten. Und den Besatzer aus dem Südlibanon und aus Palästina zu vertreiben, um meinen Opa Hamdha zurückzubringen in die Jerusalemer Berge und meine Oma Leila in Jaffa zu begraben. Und Khalil, meinen wunderschönen Vater, am Fluss in Mardsch Uyun.

Julija Hidschasi al-Husseini

Vorwort des Lektors zum Nachwort

An einem der schalen Morgen des Sommers 2006, auf dem Höhepunkt des zweiten Libanonkriegs, rief mich der Cheflektor des Verlags an und fragte, ob mir bekannt sei, dass mein halb tschechischer Autor nach einem Nervenzusammenbruch in eine psychiatrische Klinik eingeliefert worden war. »Er kann keinen Kontakt zu seiner Freundin herstellen«, sagte er.

Ich sagte, ich wisse davon. Sie hätten schon seit geraumer Zeit keinen Kontakt mehr.

»Sie ist jetzt offenbar im Libanon«, sagte er. Das wiederum hatte ich nicht gewusst.

Noch am selben Vormittag fuhr ich zu der Klinik in Zichron Ja'akov. Eine imposante russische Krankenschwester geleitete mich in einen imposanten Garten, wo Uri auf einer Bank in der Sonne saß und ziemlich bei Verstand wirkte. Doch Neuigkeiten hatte er keine für mich. Das letzte Kapitel von »Der Mann, dem das Gesicht in Grimm erstarrte« war nicht zu finden, Miloš Kublik war gestorben, bevor er seine Novelle vollendet hatte, Uri war zusammengebrochen und Jitzchaks Geschichte Stückwerk geblieben. Ich fragte nicht, doch er schien nicht vorzuhaben, sie je zu Ende zu schreiben. Er deutete an, er sei unzufrieden mit der Geschichte, und dass alles Weitere für ihn wahrscheinlich nur darauf hinausliefe, eine banale Gefechtsszene schreiben zu müssen. Und mein erschöpfter Autor schien nicht eben begeistert von der Aussicht, insbesondere jetzt, mitten in einem erneuten Krieg. Der Donner der Kanonen hatte seine Musen zum Schweigen gebracht. Niedergeschlagen lamentierte er ein weiteres Mal, es sei ja alles irgendwo, irgendwann und von irgendwem schon einmal geschrieben worden, alles finde sich im Netz in dieser oder jener Form: alle Geschichten, Gedichte, Artikel, Bilder, Melodien, Zeichnungen, Statuen – alles. Ich versuchte ihn zu überzeugen, jeder Künstler empfinde früher oder später so, doch seine Geschichte sei so anders, so bizarr, dass ich nicht einmal wüsste, wie es mir gelingen sollte, sie für das Buchcover zusammenzufassen.

»Die Odyssee einer vergessenen tschechischen Novelle in den Nahen Osten, während die Welt den Niedergang des geschriebenen Wortes erlebt«, schlug der alte Uri vor, aus dem angesichts seiner Lage nur zu verständlichen phlegmatischen Nebel, in dem er schwamm. Ich lachte. Doch er fand gleich zurück zu mürrischer Bedrücktheit: »Alles hätte geschehen können und nichts ist geschehen.«

»Was macht sie im Libanon?«, fragte ich sanft.

Uri erzählte, es gebe einen Anhaltspunkt, das letzte Kapitel der Geschichte könnte dort sein, was er wiederum Julia gegenüber angedeutet hatte, die daraufhin mithilfe ihres tschechischen Passes in den Libanon geflogen war, um es zu suchen.

»Und warum denkst du, ist es dort?«, fragte ich, da ich den Eindruck hatte, seine Abwehrmauer bekam erste Risse.

Uri erzählte, wie er Israel Shetachs Tagebuch gefunden hatte, in dem dieser schilderte, wie er, als Pressefotograf getarnt, mit Hamdha al-Husseinis Hilfe erfolgreich die arabischen Milizen am Berg Hebron infiltrierte. Was sie, nach Israels Aussage, nur für eine Frau aus Jaffa namens Leila getan hatten, die halb

Jüdin, halb Araberin war und in die beide verliebt waren. Es war ihnen gelungen, der Hagana eine Menge Informationen zuzuspielen, doch Ende April 1948 hatte die militante, revisionistische Untergrundorganisation des Etzel Jaffa eingenommen, ohne Absprache mit der Hagana. Drei Tage lang versetzten die Kämpfer des Etzel die Einwohnerschaft in Angst und Schrecken, die schließlich, noch unter dem Eindruck des Massakers in Deir Jassin und ermutigt von den Juden, zu einem großen Teil floh. Israel und Hamdha waren in Sorge um Leila, die in den Augen des Etzel als assimilierte, abtrünnige Jüdin galt, also schlimmer noch als bloß Araberin. Sie brachten Leila nach Safsaf, einem arabischen Dorf in Obergaliläa, gut zehn Kilometer nordwestlich von Safed gelegen, wo Hamdha Verwandte hatte. Israel fuhr zurück nach Jaffa, wollte versuchen, noch etwas von Leilas Besitz zu retten, doch die Etzel-Leute hatten das meiste bereits geplündert, ehe sie von den Briten gezwungen worden waren, die Stadt wieder zu verlassen. Was Uri auf die Idee brachte, im Archiv des Etzel zu suchen, das unlängst erst ins Archiv der Militärverwaltung eingegliedert worden war, das sich wiederum im Archiv des Allgemeinen Sicherheitsdienstes findet. Nach einer wahren Sisyphossuche stieß er dort auf weitere Kapitel von »Der Mann, dem das Gesicht in Grimm erstarrte«, die in Leilas Haus in Jaffa beschlagnahmt worden waren, offenbar, da sie auf Hebräisch auf offiziellem Briefpapier des Kibbuz Kfar Etzion geschrieben waren, was bei den Sicherheitsorganen für Argwohn gesorgt haben muss. Das letzte Kapitel jedoch blieb unauffindbar.

Aus Israels Tagebuch erfuhr Uri zudem, dass, während Hamdha mit Leila in Galiläa war und Israel in Jaffa, um zu versuchen, zumindest etwas von ihrem Besitz zu retten, das Schicksal es wollte, dass die arabischen Milizen und die jordanische Legion einen Großangriff auf den Etzion-Block planten. Und Hamdha und Israel waren nicht dort, um die militärische Führung mit Informationen zu versorgen, was, wie Israel behauptete, den Gush gerettet hätte. Sie trafen erst Minuten nach dem Gemetzel dort ein. Israel hatte Mühe, seine falsche Identität zu wahren, und wollte sich nach eigenen Worten als Jude zu erkennen geben, doch Hamdha hielt ihn davon ab und rettete so ihrer beider Leben, denn hätte der Mob erfahren, wer sie in Wirklichkeit waren, wären sie wahrscheinlich im Handumdrehen gelyncht worden.

Nach dem Blutbad, das für beide Männer gleichermaßen traumatisch war, trennten sich ihre Wege. Hamdha erlitt eine Art Nervenzusammenbruch und flüchtete sich ins Kloster Latrun, aus Angst, seine Rolle als Spion und Kollaborateur könnte aufgedeckt werden und die Milizen könnten sich an ihm rächen. Israel wurde in die Negevwüste geschickt, um dort zu kämpfen, wo er nach eigener Aussage sogar die Beduinen als Späher übertraf. Und Leila blieb noch ein paar Monate in Safsaf, aber am 29. Oktober 1948 griffen Verbände der Hagana das Dorf an, im Rahmen der Operation »Chiram« zur Eroberung ganz Galiläas. Nachdem die Dorfbewohner sich ergeben hatten, fesselten jüdische Soldaten zwischen fünfzig und siebzig Zivilisten die Hände und erschossen sie. Nach dem Massaker flohen die übrigen Bewohner nach Syrien und in den Libanon. Israel schreibt in seinem Tagebuch, er habe Hamdha über die bevorstehende Besetzung Galiläas informiert, und dass Hamdha tatsächlich nach Safsaf gefahren sei, diesmal in der Verkleidung eines Palmach-Kämpfers. Doch er kam abermals zu spät und traf nur Stunden nach dem Massaker dort ein. Ob Leila am Leben geblieben war und es geschafft hatte zu fliehen, konnte er nicht sagen, und auch Israel gelang es nicht, Näheres herauszufinden. Die nächsten Jahre lebte Hamdha im Dorf Imwas bei Latrun, das sich unter jordanischer Herrschaft befand. Er heiratete eine Nonne, die er während seiner Genesung im Kloster Latrun kennengelernt hatte. Sie bekamen zwei Kinder. In den fünfziger Jahren begannen er und Israel wieder zusammenzuarbeiten und schmuggelten abenteuerlustige Israelis über die Grenze nach Jordanien, um verbotenerweise die Nabatäerstadt Petra zu besuchen. Israels Part war, die Kunden zu einem Punkt an der Grenze zu bringen, wo sie ungesehen hinüberkonnten. Hamdha wartete bereits auf der anderen Seite, kleidete die Israelis in einheimische Gewänder und fuhr sie mit seinem Taxi nach Petra. Unterwegs erzählte er ihnen, ganz wie sein Vater Khalil, Geschichten und Fabeln und brachte sie am nächsten Tag wieder zurück. Israel berichtet in seinem Tagebuch von nicht unerheblichen Summen, die sie für ihre Dienste erhielten. 1967 dann, mit Ausbruch des Sechs-Tage-Kriegs, eroberte die israelische Armee das Dorf Imwas, vertrieb die Bewohner und zerstörte Hamdhas Haus, um eine Begradigung der Straße nach Jerusalem zu ermöglichen und etwaige Ansprüche im Zuge eines künftigen Friedensabkommens zu verhindern. Abermals war Hamdha gezwungen, alles aufzugeben und mit seiner Familie zu fliehen, diesmal nach Amman. Israel gibt an, er habe versucht, Hamdha zu rekrutieren, um als Spion für den jüdischen Staat tätig zu werden, doch Hamdha habe abgelehnt, und der Kontakt zu ihm sei abgebrochen. Hamdha hat danach offenbar noch eine Weile als Touristenführer nach Petra gearbeitet.

In den siebziger Jahren schließlich, nach den Ereignissen des Schwarzen Septembers, verließ Hamdha, der Kriege müde, sein Land, seine Familie und sein Haus und zog los, um in den ölreichen Emiraten am Persischen Golf zu arbeiten. Sein Sohn Khalil, da schon ein junger Mann, nahm seinen Platz als Taxifahrer und Tourguide ein.

An diesem Punkt hatte Uri bereits verstanden, Isak al-Husseini, der Taxifahrer, der Julia und ihn seinerzeit nach Petra gebracht hatte, war Khalils Sohn und Hamdhas Enkel. Er nahm Kontakt zu ihm auf und erzählte ihm von der unglaublichen

Verkettung der Ereignisse. Isak befragte daraufhin seine Großmutter, die ehemalige Nonne aus Latrun, und diese erzählte ihm, ihr Mann Hamdha habe tatsächlich eine lange verloren geglaubte Geliebte gehabt, die er schließlich aber im Libanon ausfindig gemacht und dabei herausgefunden hatte, sie hatte einen Sohn von ihm, dessen Name – wenig überraschend – ebenfalls Khalil war. In den achtziger Jahren war Hamdha zu Leila in den Libanon geflogen, unglücklicherweise jedoch genau zu dem Zeitpunkt, da der erste Libanonkrieg ausbrach. Und nachdem er bereits vier Mal in seinem Leben zu spät zu Massakern gekommen war, schaffte er es diesmal beim fünften rechtzeitig und wurde im September '82 im Flüchtlingslager Schatila ermordet. Isak gelang es, Hamdhas Enkelin aufzuspüren, eine libanesische Journalistin namens Julija, die das Massaker überlebt hatte. Er schickte Uri einen Artikel, den sie anlässlich des zehnten Jahrestags des Blutbads in Sabra und Schatila geschrieben hatte. Darin wird angedeutet, sie sei im Besitz des letzten, von Jitzchak verfassten Kapitels, das Hamdha offenbar von dem im Sterben liegenden Jitzchak entgegengenommen hatte. Uri schickte ihr eine E-Mail, in der er sie bestürmte, ihm eine Kopie von Jitzchaks letztem Fragment zu überlassen, doch vergeblich. Julija, offenbar mit einem Hisbollah-Kämpfer verheiratet, ist, gelinde gesagt, nicht unbedingt proisraelisch eingestellt. Hier nun war uns Isak zu Hilfe gekommen und eigens in den Libanon gefahren, um seine gerade neu gewonnene Verwandte zu überreden, ihm das Kapitel zu zeigen, das sich in ihrem Besitz befand. Und von Isak hatte Uri erfahren, dass auch seine Julia sich gerade in Beirut aufhielt. Obwohl sie, aus ungeklärter Ursache, den Kontakt zu Uri abgebrochen hatte, schickte er ihr weiterhin E-Mails und hielt sie auf dem Laufenden. Uri erfuhr von Isak, Julia und er wohnten bei Julija in ihrer Wohnung im Beiruter Stadtteil Dahije und versuchten sie zu überreden, ihnen die Geschichte zu zeigen. Sie kämen wirklich gut miteinander aus, vor allem Julija und Julia, sodass er optimistisch sei, die Chancen stünden gut. Unglücklicherweise aber brach genau da der zweite Libanonkrieg aus, und der Kontakt zu Isak riss ab. Uri bekam noch eine letzte E-Mail von ihm, mit einem Foto, auf dem er Julija und Julia im Arm hält, die unverkennbar hochschwanger ist. Was Uri seinen Zusammenbruch erleiden ließ. Man fand ihn in seiner Wohnung, wo er obsessiv stundenlang E-Mails geschrieben hatte, an jeden, von dem er annahm, er könne ihm irgendwie helfen. Nach angeblich dreißig Stunden Dauertippen war das zu einem wirren Wortauswurf geworden, der an eine zufällige, willkürliche Unzahl von Leuten ging. Es blieb nichts anderes, als ihn gewaltsam von der Tastatur wegzuziehen und ihn zwangseinzuweisen. In dieser Phase war ich wirklich in großer Sorge, nicht nur um meinen Autor und seinen labilen seelischen Zustand, sondern auch, um ehrlich zu sein, um das Schicksal des Buchprojektes. Denn offenbar schien der Roman dazu verurteilt, dass ihm mehr als nur ein Ende verwehrt bleiben würde.

Der Mann, dem das Gesicht in Grimm erstarrte
Von Jitzchak Jeschajahu Katz
Achte Niederschrift – aus dem Archiv des Allgemeinen Sicherheitsdienstes, Urkundensammlung des Militärgouverneurs, Jaffo 1949–1956. Überstellt aus dem Archiv des Etzel, Akte 3043/Thelemas, Dienstag, 27. April 1948

8. Kapitel

Im Sanatorium – Manches geht wieder seinen Gang

Im Sanatorium

Das Städtchen Karlovy Vary ist bekannt für seine gute Luft und die heißen Quellen, Balsam für jede gepeinigte Seele. Und just aus diesem Grund beheimatete es das »Staatliche Sanatorium für an Geisteskrankheiten Leidende und stark Verwirrte«. Gugel saß auf einer Bank im Garten und genoss die frühsommerlichen Strahlen der Sonne, als die Tagesschwester einen jungen Mann mit Ziegenbärtchen neben ihn setzte. »Das ist Herr Gugel«, erklärte die Schwester seinem Banknachbarn. »Wie Sie hat er auch mit Büromaterial zu tun. Ist es nicht so, Herr Gugel?« Gugel lächelte nur. Er hatte das Muhen drangegeben, als er begriff, dies führte nur zu weiteren Stromschlägen und Fixierungen. Die Schwester ließ den jungen Mann zurück und ging zum Gebäude. Gugel schlug abermals sein Notizbuch auf und notierte darin: »Materialien, die hilfreich sein können zum Bau einer Leiter, so hoch wie der Krankenhauszaun oder höher«.

»Schon bald werden Sie den nicht mehr brauchen«, sagte das Ziegenbärtchen und deutete auf den Bleistift in Gugels Hand. »Meine Erfindung, ›Der Schreibapparat‹, wird alle anderen Schreibgeräte überflüssig machen.«

Gugel reagierte nicht.

»Ich habe den Namen von ›Komfortdruckmaschine für den persönlichen Gebrauch‹ zu ›Schreibapparat‹ geändert. Ich gestehe, das ist weniger anschaulich, aber sehr viel einprägsamer.« Er betrachtete prüfend Gugels Gesicht, um zu erfahren, wie viele Details seiner Erfindung er preisgeben konnte. »Ich habe die Buchstaben auf der Tastatur anders angeordnet, und zwar nicht mehr in alphabetischer Reihenfolge. Buchstaben, die zusammen häufig verwendet werden, wurden weit voneinander platziert, um die Schreibgeschwindigkeit zu verlangsamen und jede Typenstange ihre Bewegung vollenden zu lassen, ehe der nächste Buchstabe dran ist. Jetzt verwirrt es sich nicht mehr! Nichts verwirrt sich mehr!«, rief der Ziegenbart laut.

Gugel beachtete ihn nicht und listete derweil in seinem Notizbuch Baumaterialien auf: »Baumstämme, Bettpfosten, trockene Makkaroni, Krücken ...«

»Auch das können Sie wegwerfen«, fuhr der junge Mann enthusiastisch fort und riss Gugel das Notizbuch aus der Hand. Behände sprang er auf die Bank und hielt das Notizbuch, so hoch er konnte. »Wie lässt sich eine Leiter bauen, wenn man, um an die Anleitung zum Bau einer Leiter zu kommen, eine Leiter braucht?«, fragte er. Gugel kam auf die Beine und fuchtelte mit dem Bleistift wie mit einem Messer vor dem Gesicht des Mannes herum, der ihm gleich das Notizbuch zurückgab. »Ich werde extra für Sie ein Schreibgerät von der Größe einer Hand erfinden, in das Sie dann all Ihre Treffen, Erinnerungen und Geliebten schreiben können ...«

Gugel hatte sich wieder ans äußerste Ende der Bank gesetzt,

schrieb mit der einen Hand und schirmte mit der anderen das Geschriebene ab.

»Die Tage des Bleistifts sind gezählt«, verkündete der Mann, noch immer mit gerecktem Hals auf der Bank stehend, als spräche er zu einer begeisterten Menge. »Wie in der Natur wird auch in der Welt der Schreibgeräte nur der Stärkste überleben. Sie können mich in ein Irrenhaus sperren, aber den Fortschritt können sie nicht aufhalten!« Er verbeugte sich.

Gugel hörte nicht zu. Er hatte den stumpf gewordenen Bleistift weggesteckt und einen anderen, frisch angespitzten hervorgeholt: »Stuhlbeine, Tischbeine, Lampenständer, Lampe, Harke, Rechen, Mistgabel, Holzbein, Deckenbalken aus der Küche, Kutschrad, Mundharmonika, Galoschen, Feuerholz, Nudelholz ...«

Manches geht wieder seinen Gang

In den Tagen nach dem unerquicklichen Zwischenfall der Geiselnahme kam der leitende Direktor grimmiger denn je ins Büro. Wozu er allen Grund hatte, gewiss: Sein Gehalt teilte er sich mit dem Herrn Generaldirektor und seiner Frau, während er selbst gezwungen war, in einer billigen und heruntergekommenen Absteige zu nächtigen. Und wäre nicht der Biskuitvorrat, den Gugel rechtzeitig geordert hatte, er wäre womöglich noch verhungert. Obgleich schon einmal gestrichen, war an der Wand seines Büros noch immer verblasst, aber deutlich zu lesen: »Die Frau des leitenden Direktors töten?« Der leitende Direktor beeilte sich nicht, einen Maler zu bestellen, um eine weitere Farbschicht darüber pinseln zu lassen. Einige Wochen lang versuchte er noch, Rosa aufzuspüren, doch am Ende gab er auch das auf.

Julia versank ebenfalls in ihre Arbeit und verließ das Büro

kaum noch, nicht einmal zur Mittagspause. Den größten Teil des Tages verbrachte sie hinter ihrem Schreibtisch, lernte, den neuen Schreibapparat zu bedienen, und goss sich dann und wann einen heißen Kaffee aus der Dewar-Flasche ein. Mit der Zeit geriet der Zwischenfall allmählich in Vergessenheit, und der Name Gugel wurde zu einer flüchtigen Episode. Und nur hin und wieder zog eine Wolke der Traurigkeit über Julias Gesicht. Niemand, nicht einmal sie selbst, wusste, warum.

Ein Autor auf der Suche nach einem Schreibgerät, oder: Eine Unterredung mit dem Lektor im Irrenhaus

»Genug mit diese Gesicht, Sie haben Besucher«, sagte die russische Schwester. Julia, dachte ich sofort. Sie meint »Besucherin«, aber ihr Hebräisch ist nicht gut genug, deshalb hat sie »Besucher« gesagt.

»Salut salaud«, sagte mein Lektor und ließ sich neben mir auf die Bank sinken. Ich war weder fähig noch willens, meine Enttäuschung zu verbergen. »Bleib so, ich fotografiere dich fürs Cover«, sagte er. »Für ›Der Mann, dem das Gesicht in Grimm erstarrte‹«, schob er nach, als ich nicht reagierte. »Weil du grimmig bist.«

»Ich hab's verstanden«, sagte ich, noch immer grimmig.

»Schön, ich dachte schon, die Stromschläge hätten dir das Hirn gegrillt.«

»Warum bist du gekommen?« Was halb als Frage, halb als Klage gemeint war.

»Da ist ja jemand heute auf der falschen Seite des Lithiums aufgestanden.« Er hatte noch immer nicht genug von Irrenhausklischees. Zog dann ein riesiges, aus einem halben Baguette gemachtes Sandwich aus seinem Umhängebeutel.

»Ich glaube, ich habe dich noch nie essen sehen«, sagte ich.

»Hast du was von Julia gehört?«, fragte er mit vollem Mund. Ich schüttelte den Kopf. »Und von Isak?«

Wir saßen dort in dem wirklich imposanten Garten. Der Herbst hatte schon begonnen, doch der Himmel war noch wolkenlos. »Nicht ein Wölkchen am Himmel«, sagte ich laut und danach noch einmal im Stillen bei mir.

»Also, was wird jetzt mit dem letzten Kapitel?«, fragte mein Lektor und schob ein Stück Schnitzel zurück, das drohte, aus dem Baguette zu entwischen.

»Was ändert das? Ist tot, verschwunden, nicht existent, wie ich, wie du, wie dieses Gespräch, das niemals erscheinen wird, wie wir alle.«

»Das ist nicht gut«, sagte er, und ich war nicht sicher, ob er das Buch meinte oder seinen sich in seine Bestandteile auflösenden Snack. »Was ist mit Jitzchaks Geschichte? Warum hast du die nicht beendet?«

»Ich habe keinen Computer. Die lassen mich nicht ins Internet, weil ich dann gleich wieder anfange, obsessiv E-Mails zu schreiben.«

»Ich bin sicher, du wirst hier irgendwo so etwas wie einen Stift auftreiben können«, sagte er und holte die zweite Hälfte des Baguettes hervor.

»Das ist nicht so einfach, wie es scheint. Spitze Gegenstände sind hier verboten.«

»Ich werde dir einen im Baguette reinschmuggeln.«

»Wozu? Wenn es etwas gibt, das noch überflüssiger ist als Kriege, dann sind es Kriegsgeschichten. Außerdem: es weiß doch ohnehin schon jeder, wie es enden wird.«

»Dass jemand stirbt, heißt noch nicht, dass es damit endet«, sagte er und nahm einen solchen Bissen, dass ihm selbst seine Lieblingsbeschäftigung schwerfiel: mit vollem Mund zu reden. »Und was ist mit Kubliks Geschichte?«, fragte er schließlich.

»Ist gestorben«, sagte ich und fragte mich, ob nicht auch das schon gesagt worden war.

»Dass jemand stirbt, heißt noch nicht, dass es damit endet«, wiederholte er. Mit einem Happs hatte er sein Baguette aufgegessen, fischte einen Bleistift aus seinem Beutel und warf ihn mir zu. »Du bist ein Schriftsteller? Dann stell dich.«

Die Paralympics, oder: Der Mann, dem das Gesicht in Grimm erstarrte

8. Kapitel: Epilog

Der Regen hatte endlich aufgehört, eine bleiche Mittagssonne kam für einen Moment hinter den Wolken hervor und strich Yulia, die langsam erwachte, übers Gesicht. Sie brauchte eine Sekunde, um sich zu erinnern, dass sie in Jiřís Wagen saß, auf dem Weg zur Transitstation. Sie schaute zu dem Mann, der neben ihr das Fahrzeug sicher lenkte. Er lächelte ihr zu. Es war schwer zu glauben, aber nur zwei Monate waren vergangen, seit sie mit Isaac am Eingang nach Cordless gestanden hatte, als die Gefahr der Vernichtung über dem Getto schwebte.

»Ich komme wieder«, hatte Isaac an jenem Tag gesagt.

»Das sagt ihr alle …« Vergeblich versuchte Yulia, dem Abschied etwas Unbeschwertes zu verleihen. Isaac küsste sie. Sie gab sich kindisch spröde, ehe ihr Widerstand in sich zusammenfiel und sie ihn küsste, als wäre es das letzte Mal.

Dann betrat Isaac die Transitstation Harrachov und stellte sich in der Schlange für Hybride an, die schnell vorankam, obgleich Scharen von Leuten Creepland verließen. In der Gegenrichtung reiste niemand ein. »Sie müssen online sein, um einreisen zu können«, teilte ein gelangweilter junger Grenzschutzoffizier ihm mit und sah Isaac dabei kaum an.

»Ich kann nicht«, erwiderte Isaac.

»Kein Zutritt nach Cordless, wenn Sie abgeschaltet sind. Wenn Ihnen ein TurnOn fehlt, können wir Ihnen eines injizieren. Der Preis variiert, je nach operativer Versicherung, die Sie haben, und wird Ihnen berechnet, sobald Sie online sind.« Er zog eine Spritze mit blauer Flüssigkeit aus der Tasche.

»Sehen Sie mich an«, sagte Isaac und hob das Kinn des jungen Offiziers an. »Und jetzt führen Sie eine gründliche Gesichtssuche durch, wie Sie es in Ihrer Ausbildung gelernt haben.«

Der junge Mann richtete seinen Blick für eine Sekunde auf Isaac. »Shit ... Sie werden gesucht!« Für einen Moment schien er nicht zu wissen, was er tun sollte. Wahrscheinlich war ihm Ähnliches noch nie passiert. »Warten Sie hier«, sagte er schließlich. Minuten später erschien ein Polizeioffizier, legte Isaac Hand- und Fußfesseln an und verfrachtete ihn in einen Schwebgleiter. Isaac war froh, dass Yulia nicht Zeugin dieses Schauspiels war. Aus dem Schwebgleiter wechselten sie in ein Gefährt und legten den Flug ins Zentrum von Prag schweigend zurück. Diesmal würde er nicht im Lokál haltmachen, um etwas zu essen. Nach knapp einer Stunde landeten sie.

»Alles kann geschehen, aber nicht alles wird geschehen«, verkündete die imposante, in die Marmorwand eingelassene Inschrift in der prachtvollen Lobby des Jesaja-Konzerns. Der Polizeioffizier stieß Isaac in einen Schweber. »Von hier geht's allein für dich weiter«, sagte er.

»*Run*«, befahl Isaac, und der Schweber schoss fast dreihundert Stockwerke in die Höhe. Eine Sekunde, bevor der Schweber die Decke des Gebäudes erreicht hatte und drohte, den gefesselten Detective zu zerquetschen, öffnete sich eine

Schleuse und sog sie ein. Dahinter lag ein riesiges, ovales Büro mit gläsernen Wänden. Die Einrichtung war antik, inklusive Fußbodenbeleuchtung und eines schweren Eichenholzschreibtischs, hinter dem Max saß, der Höchste Prophet. In seinem Rücken schmiegte sich wie eine Bienenwabe eine große, in Dutzende von Fächern unterteilte Bücherwand an die gläserne Außenmauer und ließ gefiltert das Tageslicht herein. In den Fächern standen auch Bücher, vor allem aber unzählige antike Gebrauchsgegenstände: Plattenspieler, Computer, ein Bügeleisen und nicht wenige Waffen. Isaacs Hand- und Fußfesseln öffneten sich, und er trat von dem Schweber.

Max lächelte. »Alle Achtung. Die Möglichkeit, du würdest es rauskriegen, und noch dazu ohne hybrides Gehirn, war eine der Prognosen mit der geringsten Wahrscheinlichkeit überhaupt.«

»Danke«, erwiderte Isaac trocken.

»Was selbstverständlich nicht das Geringste ändert«, fuhr Max fort. Isaac schien ihm nicht recht folgen zu können. »Jeder Punkt in der Zeit, alles, was geschieht, beginnt als ein einzelnes, isoliertes Ereignis, das in einem Urknall zu Abermillionen künftigen Möglichkeiten explodiert. Eine Art schier unendliches Universum von Dingen, die passieren können«, erklärte Max geduldig. »Aber genau wie das physische Universum zieht sich auch das Universum der Möglichkeiten immer weiter zusammen, je mehr Zeit vergeht, bis zu einem einzigen Punkt, der im Grunde genommen das ist, was am Ende geschieht. Wir nennen ihn ›Punkt der Enthüllung‹, und von dort kommt es dann zum nächsten Urknall.« Da Isaac nichts sagte, folgerte der Höchste Prophet, dass er offenbar nichts von alldem verstand. »Nehmen wir einmal an, du fällst von einem hohen Gebäude«, wagte er einen erneuten Anlauf, diesmal langsamer und anschaulicher. »Unterwegs können jede Menge Dinge passieren, unendlich viele Möglichkeiten. Du könntest zum Beispiel mit einem Gefährt zusammenstoßen, das sich dort im Luftraum befindet, oder du bekommst einen Herzinfarkt oder landest auf einem Trampolin, das jemand zufällig unten hingestellt hat, oder es könnten dir, als evolutionäres Wunder gewissermaßen, sehr schnell Flügel wachsen, die dich fliegen lassen. Aber letztendlich, je näher du dem Boden kommst, reduzieren sich die Möglichkeiten auf nur noch zwei: leben oder sterben. Und am Ende wird eines von beiden geschehen.«

»Alles kann geschehen, aber nicht alles wird geschehen.«

»Genau.« Max lächelte. »Aber nehmen wir einmal an, ich sei interessiert daran, das Endergebnis soll sein, dich am Boden aufschlagen zu sehen.« Er deutete auf den Fußboden, aber klar war, er meinte weiter unten. »Hier beginnt es interessant zu werden. Ich müsste die Dinge rückwärts entwickeln, vor deinen Aufprall eine Kette von Ereignissen setzen, die dich dorthin geführt haben.« Er drehte sich um, nahm aus einem Regalfach eine Pfeife und stopfte sie mit Tabak, den er aus einem anderen Fach fischte. »Einer der Vorzüge daran, Prophet zu sein, ist, dass du alle möglichen Blockaden in deinem Hirn aufheben kannst. Zum Beispiel die angeborene Aversion gegen das Rauchen, die wir bei der neuronalen Installation jedes Menschen vorschreiben.« Er steckte sich die Pfeife an, schmauchte ein bisschen und inhalierte kräftig. »Oder nehmen wir ein anderes Beispiel«, fuhr er fort und ließ ein Rauchwölkchen in die Weiten seines Büros entschweben. »Um die Aufnahme eines Krüppels in unsere Fußballliga zu torpedieren, muss man einen hybriden Spieler töten und den Mord Champ anhängen. Dazu ist erforderlich, mit der Morduntersuchung ein nicht gerade brillantes Ermittlergespann zu betrauen, das dazu neigt, nicht allzu gründlich zu arbeiten.« Noch ein Rauchwölkchen stieg auf. »Doch dann hat ihr Gefährt einen Schaden, und sie müssen auf dem Weg zum Tatort notlanden.«

»Jacob und Queen.«

»Und stattdessen bist du aufgekreuzt. Was zwar nicht meine erste Wahl war, aber noch immer eine Möglichkeit, die einkalkuliert worden war. Sie hat ganz sicher den Gang der Ereignisse verändert und das Universum der Möglichkeiten durcheinandergewirbelt, doch wie du siehst: Das Endergebnis hat sie nicht beeinträchtigt.«

»Warum sollte ein Krüppel nicht in der Hybridliga spielen?«

Der Höchste Prophet bedachte Isaac mit fragendem Blick, als verstünde er nicht, was daran nicht klar war. »Weil die unvorhersehbar sind«, sagte er schließlich und legte die ausgegangene Pfeife weg. »Die zweitstärkste Körperschaft in Cordless, nach dem Jesaja-Konzern, ist die Wettföderation. Schon seit einigen Jahren verzeichnen die empfindliche Verluste zugunsten der Paralympics. Und deren Lobbyisten haben Druck auf unsere Wirtschaftspropheten ausgeübt, in einem Szenario zu zeigen, dass ein Rückgang des Wettaufkommens zu einem gesamtökonomischen Kollaps führen könnte. Was natürlich ausgemachter Blödsinn ist, aber wie gesagt, die Föderation hat einige Macht. Also haben sie die Genehmigung erbeten, Krüppel in unsere Liga aufzunehmen. Ich hatte keine andere Wahl, als ihnen zu erlauben, zumindest einen Versuch durchzuführen, ein Pilotprojekt. Doch mir war klar, es musste scheitern.«

»Warum?«

»Eine Welt, die nichtvorhersehbare Elemente und Faktoren integriert, macht es einem Propheten schwer, zu funktionieren«, erklärte Max ungewohnt geduldig. »Und wenn unsere Fähigkeit, künftige Auswirkungen vorherzusehen, beeinträchtigt wird, wenn das Prinzip der Gewissheit Risse bekommt – dann wird das Vertrauen in die Instanz der Propheten erschüttert. Menschen würden aufhören, die Lebenserwartung, die wir ihnen zuteilen, zu akzeptieren, würden verlangen, ewig zu leben. Sie würden die logische Prognose in den Wind schlagen, eine Rebellion werde noch vor Ablauf ihrer Lebenszeit zum sicheren Tod führen. Und von dort ist es nur noch ein kleiner Schritt bis zu Aufruhr, Gewaltausbrüchen, Eigentumskonflikten und einem wirtschaftlichen Kollaps von ganz Cordless. Als Höchster Prophet hatte ich die Verantwortung, das zu verhindern.«

»Also hast du dafür gesorgt, dass der Versuch bei den DreamCap Warriors stattfindet, wo die Spieler eine Sicherheitslücke haben, die es dir ermöglicht, in ihr Gehirn einzudringen und es zu manipulieren.«

Max seufzte. »DreamCap ist eine traurige Geschichte. Das hätte phantastisch werden können. Ich selbst habe Milliarden in die App investiert.«

»Aber dann habt ihr entdeckt, dass sie einen Sicherheitsbug hat.«

»Wir haben ihn entdeckt?« Max schnaubte verächtlich. »Nein, haben wir nicht. Wir haben ihn erschaffen.«

»Ihr habt ihn erschaffen?«

»Die DreamCap-App war ein Hit, alle haben sie installiert. Die Idee, ich würde Zugriff auf fast jedes Gehirn in Cordless erhalten, war ein Traum. Ein Traum ...« Er war sichtlich angetan von der Ironie seines Wortspiels.

»Also hast du allein zum Wohle der Allgemeinheit gehandelt?«, fragte Isaac süffisant.

»Selbstverständlich«, erwiderte Max vollkommen ernst. »Wenn ich sehe, eine meiner Prophezeiungen wird nicht eintreten, könnte ich mir Zugang zu jedem Gehirn verschaffen und ihm helfen, eine Entscheidung in die gewünschte Richtung zu treffen. Das würde bedeuten, die Erfolgsquote der Prophezeiungen erheblich zu verbessern und so eine noch gewissere Welt zu erschaffen.«

»Aber dann hat Maradona festgestellt, die App ist gehackt worden«, stellte Isaac fest.

»Noch ehe ich etwas unternehmen konnte, war er damit schon an die Öffentlichkeit gegangen, und innerhalb kürzester Zeit brach alles in sich zusammen.«

»Also hast du ihn ermordet«, sagte Isaac.

»Ich?«

In der Sekunde öffnete sich der Boden, und ein Schweber lieferte Surfer Rosa ab, der gerade dabei war, genüsslich ein Eis aus der Waffel zu essen. Er war frisch geduscht und ordentlich frisiert, aber sein Gesicht zeigte noch Spuren der Schläge, die Yulia und Isaac ihm verabreicht hatten.

»Was habe ich verpasst?«, fragte er, sprang von dem Schweber und kam auf Isaac zumarschiert. »Einmal lecken?« Er rammte dem Detective fast das Eis ins Gesicht. Isaac musste an sich halten, um ihn nicht erneut zu schlagen.

»Isaac hat gerade herausgefunden, dass du es warst, der Maradona getötet hat«, sagte Max.

Rosa seufzte wehmütig. »Eine meiner ersten Arbeiten.«

»Wirklich ein Meisterwerk.« Die Geringschätzung sprach aus Isaacs Stimme.

»Tu das nicht ab, so einfach war es nicht«, protestierte Rosa. »Ich hatte es zwar geschafft, ein Loophole in der App zu implantieren, aber Maradona hat irgendwie Wind davon bekommen, dass etwas nicht stimmt, und war ständig offline. Ich musste mich als TurnOff-Dealer ausgeben und ihm rotes Pulver verkaufen.«

»Nur, dass es in Wahrheit TurnOn war, und in der Sekunde, in der er wieder online war, hat sich das Virus initialisiert und ihn in den Loop katapultiert.«

»Das war so lustig«, erinnerte sich Rosa und mimte abwechselnd hektisches Tippen und verzweifeltes Sniffen, um am Ende zappelnd am Boden zu liegen und wie eine tollwütige Hyäne zu lachen. Als er sich beruhigt hatte, setzte er sich auf. »Wären die Polizisten, die das untersucht haben, etwas cleverer gewesen, hätten sie auf mich kommen müssen«, sagte er und war mit einem Sprung wieder auf den Beinen.

»Aber Jacob und Queen waren nicht clever. Deshalb haben sie ja auch den Fall übertragen bekommen«, kommentierte Max. »Nichts blieb dem Zufall überlassen.«

»Du hast Nocs Blut an deinen Händen«, presste Isaac hervor.

Rosa zuckte mit den Achseln. »Das war nur die Kirsche auf der Torte.«

»Und wie hast du Stefan erschossen? Du hast doch eine ›Orange‹?«

»Genau, warum hast du mir eine ›Orange‹ verpasst?«, blaffte Rosa Max an.

»Wir würden doch keinen Krüppel upgraden, ohne eine Versicherungspolice in Händen zu haben«, gab Max zurück. »Nicht, dass plötzlich ein primitiver Sapienstrieb bei ihm erwacht und er noch jemanden erschießt.« Er drehte sich um zu der Bücherwand, entnahm einem der Fächer eine Beretta und drückte sie Rosa in die Hand.

Rosa beäugte begeistert die Pistole, entsicherte sie und richtete die Waffe auf Isaac. Doch dann fing seine Hand an zu zittern und sank kraftlos herab. »Eine Scheiße«, fluchte er.

Isaac starrte Max an. »Du hast Stefan erschossen. Nur ein Prophet, dessen Gehirn nicht durchsucht werden kann und der jeden POV zu löschen imstande ist, auf dem er ungewollt zu sehen ist, könnte unbemerkt zu Stefan gelangen und ihn erschießen.«

»Nicht ganz. Es musste ja noch immer dafür gesorgt sein, dass es aussieht, als hätte jemand das Ganze wie einen Selbstmord wirken lassen wollen. Ich habe bloß die Pistole im ersten Akt platziert.«

»Du hast die Pistole am Tag zuvor dort deponiert, und als Stefan in die Kabine gekommen ist, hast du sein Gehirn gehackt und ihn dazu gebracht, sich selbst zu erschießen«, sagte Isaac mehr zu sich selbst.

»Das ist auch ein Weg, es zu beschreiben.«

»Und was ist mit Champ in der Gasse hinter dem Babylon passiert? Wie hat er das Bewusstsein verloren?«

»Ein synthetisches Virus, das für einen Bewusstseinsverlust sorgt, wenn es aktiviert wird.«

»Und von wem hatte er das?«

»Von Noc.«

»Ich habe sie schon in den achtziger Jahren damit infiziert«, prahlte Rosa. »Habe sie so oft bewusstlos werden lassen, dass man hätte meinen können, sie leidet an Epilepsie.« Er lachte. »Aber sie war sicher, es sind Begleiterscheinungen von dem vielen TurnOff, das sie genommen hat. Die Schlampe hat wirklich zu feiern verstanden.«

»Alles war minutiös geplant, wie nach Drehbuch«, fuhr Max fort, der es erkennbar genoss, von seinem epischen Werk zu erzählen. »Jacob und Queen sollten Stefan finden und vor allem den POV, den wir in sein Gehirn verpflanzt hatten. Einen POV, in dem Champ auf ihn schießt. Und ihm den Mord anhängen. Doch dann bist du aufgekreuzt, und alles änderte sich.«

»Weil ich dahintergekommen bin, dass der POV mit Champ eigentlich ein Traum war«, sagte Isaac.

Max winkte ab. »Das war nicht weiter tragisch.«

»Weil du das nicht herausfinden konntest, ohne die DreamCap-App in dein Gehirn zu laden«, soufflierte Rosa.

»Denn dann habt ihr das Virus aktiviert«, sagte Isaac, grimmiger denn je, »um mich umzubringen. Und nebenbei habt ihr noch mehr als fünftausend andere Menschen getötet, darunter auch meinen Partner.«

»Ich musste ein paar Anpassungen vornehmen«, sagte Max.

»Und all der Aufwand, nur um einem Krüppel den Mord an einem Hybriden anzuhängen und so alle Chancen auf eine

Kooperation zwischen Sapiens und Hybriden zunichtezumachen.«

Rosa brach in Gelächter aus. »Er hat es noch immer nicht verstanden.«

Max seufzte bloß. »Der Grund für alle Konflikte und Kriege lässt sich in einem einzigen Wort fassen: Gefälle. Wirtschaftliches Gefälle, Wissensgefälle, Machtgefälle.« Er erhob sich und begann, langsam in seinem imposanten Büro auf und ab zu gehen. Isaac folgte ihm mit den Augen, bemüht, nicht ein Wort zu verpassen. »Du hast Angst vor mir, weil ich stärker bin, klüger. Du bist neidisch auf mich, weil ich reicher bin, schöner. Du hasst mich, weil ich auf einem besseren Stück Land sitze, auf fruchtbarerer Erde, und dir der Rücken wehtut und die Zähne verrotten. Ich werde dir meine Tochter nicht zur Frau geben, weil deine Gene weniger gut sind als meine. Wir hassen die Nazis nicht, weil sie versucht haben, ein ganzes Volk zu vernichten und als Untermenschen zu stigmatisieren, sondern weil das Ganze auf einem Irrtum basierte. Die jüdische Rasse war nicht minderwertiger als jede andere Rasse.« Er holte tief Luft. »Aber heute sind die Sapiens tatsächlich minderwertiger.« Max blieb vor Isaac stehen.

»Du willst das Getto vernichten!«, rief Isaac erschrocken.

»Und da sag noch einer, Krüppel sind dumm ...«, flachste Rosa.

Die Erkenntnis traf Isaac wie ein Schlag: »Du bist ein Computer, der die Welt beherrschen will.«

»Das ist der sapiensischste Satz, den ich je gehört habe.« Max seufzte. Er legte Isaac die Hand auf die Schulter. »Damit es keine Konflikte mehr gibt, muss vollkommene Gleichheit herrschen. Wenn alle das Gleiche haben, habe ich keinen Grund mehr, das zu wollen, was du hast. Ich liege nicht mehr mit dir im Wettstreit, wenn ich von vorneherein weiß, es geht unentschieden zwischen uns aus. Und wenn wir über dieselbe physische Kraft verfügen, kann ich dich nicht schlagen und du mich nicht besiegen. Das ist das Gleichgewicht, das den Frieden auf der Welt bewahrt.«

»Aber du stehst über allen.«

»Um für Gleichheit zu sorgen, brauche ich einen kleinen Vorteil.« Max lächelte und nahm sein langsames Durch-den-Raum-Schlendern wieder auf. »Um die Gewissheit zu maximieren, brauche ich Kontrolle. Ich muss zum Beispiel bestimmten Personen eine ›Orange‹ einpflanzen. Oder ich muss eine Frau, die sich von einem Fußballspieler angezogen fühlt, dazu bringen, sich für einen anderen Spieler zu begeistern. Und ich muss ein Virus verbreiten können, das im Gehirn von Hybriden einen Loop auslöst.«

»Die Freiheit der Wölfe ist der Tod der Lämmer«, murmelte Isaac.

»Was?«, fragte Rosa.

»Isaiah Berlin, ein Philosoph …« Max blieb stehen. »Nutz die Suchfunktion, wozu habe ich dir ein hybrides Gehirn gegönnt?«

»Ja, wieso eigentlich hast du sein Gehirn upgegradet?«, fragte Isaac.

»Er ist Teil eines notwendigen Kuhhandels. Er hat ein Upgrade als Hybride erhalten und ich dafür die Möglichkeit, einen Krüppel des Terrorismus zu beschuldigen, und obendrein einen Grund, Creepland von der Landkarte zu nehmen.« Max strahlte vor Zufriedenheit.

»Also gibt es überhaupt keinen antihybriden Untergrund, keine Williams?«

»Alles unsere Erfindung.«

»Der Name ist von mir«, spreizte sich Rosa. »Nach William Golding, Autor eines Romans mit dem Titel *Die Erben*, in dem es um …«

Max sah ihn an, und Rosa verstummte. »Das hybride Gehirn kann mitunter sehr anstrengend sein«, meinte Max zu Isaac.

»Er ist ein stinkender kleiner Fisch«, sagte Isaac und fragte sich, warum er Rosa so sehr hasste.

»Kannst du mir die ›Orange‹ für einen Moment nur deaktivieren?«, bat Rosa. »Ich erschieße ihn eben, und dann aktivierst du sie wieder.«

Isaac nahm den Blick nicht von Max. Er wusste nicht, was er angesichts der Möglichkeit empfand, sein Leben könnte jeden Augenblick enden.

»Warum ihn töten?«, sagte Max. »Er ist harmlos. Offline. Ein Krüppel.« Er sah Isaac an. »Sobald du online gehst, wird das Virus aktiviert, und du stirbst an irgendeinem idiotischen Loop. Vielleicht an Hyperventilation oder hysterischem Augenzwinkern. Oder beim obsessiven Versuch, deinen E-Mail-Account zu öffnen. Oder du bekommst einen nicht enden wollenden Schluckauf oder irgendein anderes Virus, das wir dir beschert haben, zum Beispiel eines, das die Phosphodiesterase-Enzyme hemmt und dich an einer Dauererektion krepieren lässt.« Er sah zu Rosa, der abstoßend kicherte. »Nein, es gibt keinen Grund, Isaac zu töten. Er kann keinen Schaden anrichten.« Rosa rollte enttäuscht mit den Augen. »Du dagegen«, fuhr Max fort, »stellst ein Problem dar.«

»Ich?« Rosa schien alarmiert.

»Du weißt von allem. Und außerdem ... Du weißt, dass ich beim Zusammenbruch von DreamCap Milliarden verloren habe. Und ein Prophet, der einen Milliardenverlust erleidet ... Das sieht gar nicht gut aus.«

Rosas Hand hob sich wie von selbst und richtete die Waffe gegen seinen Kopf. Er wich zurück. »Max, ich werde nichts sagen. Ich schwöre bei Gott. Ich werde niemandem etwas erzählen.«

»Vielleicht. Aber du bist jetzt ein Hybride, und jeder hat Zugriff auf dein Gehirn und kann Informationen daraus herunterladen. Und das macht dich zu einem eminent gefährlichen Gehirn.«

Bevor Rosa dazu kam zu antworten, hatte sein Finger schon dreimal abgedrückt. Er brach zusammen und blieb liegen. Winzige Blutspritzer besprenkelten Isaacs Brille, doch er nahm den Blick nicht von Rosas Leiche.

»Schade, dass es so weit kommen musste«, sagte Max leichthin. Er ließ den Blick noch eine Sekunde lang auf Rosas still vor sich hin blutendem Leichnam ruhen und wandte sich dann Isaac zu. »Auch ein Szenario, in dem du das Rätsel lösen könntest, habe ich vorhergesehen. Obwohl du zugeben musst, das war einigermaßen unwahrscheinlich. Ich hätte nicht gedacht, dass du es ohne hybrides Gehirn schaffst.« Isaac blieb stumm. »Beim Beginn eines Schachspiels weiß man nicht, wer siegen wird. Die Chancen stehen absolut gleich, alles kann passieren.«

Isaac seufzte leise. Warum musste irgendwann immer die Schachmetapher herhalten?

»Nach sechs Zügen bekommt man eine erste Ahnung, wer vorne liegt. Und nach zwölf Zügen kannst du beinahe mit Gewissheit voraussagen, wer siegen wird, aufgrund der Konstellation auf dem Brett, aber vor allem durch eine Analyse der Handlungsmuster der Spieler.«

»Und wer wird siegen?«

»Das ändert nichts. In einer Welt der Unendlichkeit gibt es keinen Sieger.«

Isaac blinzelte skeptisch.

»Ich mache nur Spaß. Natürlich bin ich es, der siegt«, lachte Max. »Ich hatte einkalkuliert, wenn du es herschaffst, dann mit abgeschaltetem Gehirn und somit ohne jegliche Möglichkeit, irgendetwas von alldem zu beweisen.« Er ließ sich hinter seinem Schreibtisch nieder. »Die Lösung des Rätsels hat dich im Grunde genommen also zu einem Leben als Krüppel verurteilt. Du kannst abgeschaltet hier in Cordless bleiben oder in eine der Sapiensautonomien gehen. Zu Creepland allerdings würde ich dir nicht raten – dessen Zukunft erscheint mir nicht rosig. Vielleicht nimmst du ja Petes Einladung an und gehst mit ihm ins Konsulat nach Beirut, oder du fährst mit deiner kleinen Krüppelfreundin nach Amerika. Ich habe gehört, es gibt dort eine sehr besondere Sapiensgemeinschaft, die sich ›Die Alte Welt‹ nennt. Die haben weder Computer noch Maschinen, ein echtes Spinnerparadies.« Er verstummte für einen Moment und steckte sich seine Pfeife neu an. »Obwohl ich nicht mal sicher bin, ob dort Brillen erlaubt sind.« Er schaute auf zu Isaac, der ihn unverwandt anblickte. »Deine Brille sieht anders aus als die, die du hattest …«, sagte er langsam und beinahe wie zu sich selbst. Plötzlich war das Lächeln wie weggewischt, die Kinnlade klappte herunter, und die Pfeife fiel polternd zu Boden. Ein Ausdruck des Entsetzens trat auf sein Gesicht.

Isaac nahm die rosafarbene Brille ab. »Eigentum der Paralympics«, las er den Aufdruck auf der Innenseite des Bügels vor.

Max war mit einem Satz bei ihm und riss ihm die Brille aus der Hand. Er setzte sie auf und klickte sich wie von Sinnen mit den Augen durch das Interface. »Wie kannst du es wagen, mit diesem primitiven Scheiß herzukommen?«, brüllte er.

Der Regen hatte wieder eingesetzt. Pferde galoppierten über eine Weide, deren Gras weich und einladend aussah. Fasziniert betrachtete Yulia die Szene durch die Seitenscheibe des fahrenden Wagens. So fühlt sich die Illusion von Freiheit an, dachte sie. Wie schnell die Stimmung eines Menschen sich ändert, wie das Wetter. Entspannt saß sie jetzt auf dem Beifahrersitz, doch vor zwei Monaten hatte ihr Herz gerast, als sie sich an der Transitstation Harrachov von Isaac verabschiedete und zurück zum Stadion fuhr. Auf der Ehrentribüne hatte sie fieberhaft nach Jiří Ausschau gehalten. »Ich brauche deine Hilfe.«

»Was denn diesmal?«, fragte er, ohne die Augen vom Spiel zu nehmen.

»Die Brille aus deinem Handschuhfach ... Lässt sich damit auch etwas auf die Anzeigetafeln hier übertragen?«

»Wenn sie angeschaltet wäre und ich meine hier abschalten würde.«

»Dann schalte sie ab!«

»Yulia, ich verliere meinen Job ...«

»Du verlierst dein Leben, unser aller Leben«, unterbrach ihn Yulia.

Jiří sah sie an. Für einen Moment füllte Yulias schönes, wenn auch grimmig dreinschauendes Gesicht die riesige Anzeigetafel über der Gegentribüne. Dann schaltete Jiří seine Brille aus. Einige Sekunden lang blieb die Anzeigetafel schwarz, und dann erschien Max darauf, dabei, sich hinter dem Schreibtisch seines Büros eine Pfeife zu stopfen. Es brauchte einen Moment, bis das ganze Stadion beim Anblick des Höchsten Propheten von Cordless verstummt war. Auch die Akteure unten auf dem Rasen hörten auf zu spielen. Jiří schaltete den Ton an. Minutenlang verstand bis auf Yulia niemand im Stadion, was genau er da sah. War das Geständnis des Höchsten Propheten, sowohl für den Mord an Stefan als auch für den Terroranschlag verantwortlich zu sein, echt? Und wollte er tatsächlich Creepland vernichten? Woher und wie wurden diese Bilder überhaupt übertragen?

Als Max Rosa dazu brachte, sich selbst zu erschießen, und Blutspritzer die Anzeigetafel zu bedecken schienen, fingen die Zuschauer an zu begreifen, dass sie gerade Zeugen eines historischen Moments wurden. Augenblicke später, als Max die Brille an sich riss und sie aufsetzte, begannen Wut und Empörung bereits wie ein Hornissenschwarm über dem Stadion zu kreisen. Für einen Moment erschien noch Isaacs grimmiges Gesicht auf der LED-Anzeigetafel, und Yulia meinte, ein Lächeln darauf zu sehen. Dann erloschen alle Bildschirme im Stadion und wurden schwarz.

Im Büro des Höchsten Propheten schleuderte Max die Brille zu Boden und zertrampelte sie. Kopflos begann er zu überprüfen, wer sein Geständnis alles gesehen hatte. Aber natürlich war es zu spät, um zu versuchen, es zu löschen. Zu viele Krüppel hatten es gesehen. Und schlimmer noch: Die Hybriden, die im Stadion waren, hatte alles gesehen und in ihren hybriden Gehirnen abgespeichert. Max begann fieberhaft, Abermillionen von Möglichkeiten durchzuspielen, was jetzt geschehen würde. Doch in keinem einzigen der Szenarien wollte es ihm gelingen, ungeschoren davonzukommen. Mit grimmiger Miene stand er da und war zum ersten Mal in seinem Leben ratlos.

Fast zwei Monate waren vergangen, als Isaac vor Yulias Tür in Creepland gestanden und geklopft hatte. Yulia öffnete, nur in T-Shirt und Slip. »Du hättest selbst aufschließen können, jetzt, wo du wieder online bist.« Sie kehrte zum Sofa zurück, ließ sich darauffallen und starrte, ohne Isaac hereinzubitten, auf den Film, der im Fernsehen lief.

Isaac betrat die Wohnung, blieb aber stehen. »Es tut mir leid, dass ich nicht früher kommen konnte«, sagte er leise. »Es hat viel Durcheinander gegeben mit Max' Verhaftung und meiner Neuinstallation. Und ich habe Zeit gebraucht, mich wieder einzugewöhnen.«

»Und du hast vergessen, wie man anruft, vermute ich«, sagte Yulia, ohne die Augen von dem Film zu nehmen.

Isaac schaute zum Bildschirm, auf dem ein Schwarz-Weiß-Streifen flimmerte. Ohne es zu wollen, ließ er eine Suche durchlaufen und fand heraus, dass es sich um einen Western mit John Wayne handelte.

Yulia sah endlich zu ihm auf. »Glückwunsch zu dem Preis.«

»Danke. Das Nette daran ist, ich habe dreißig weitere Jahre bekommen. Zusammen mit der Auszeichnung muss die Welt mich jetzt noch etwas mehr als fünfzig Jahre ertragen.« Er lächelte verlegen.

»Ich mochte dich lieber mit der grimmigen Miene«, sagte Yulia und wandte sich wieder dem Film zu.

»Ich bin dann mal weg«, sagte Isaac schließlich. »Gugel wartet draußen auf mich.«

»Er lebt?«, fragte Yulia trocken.

»Ja, reiche Eltern. Sie haben ihn reanimiert.« Er stand einen Moment lang schweigend da und sagte dann: »Ich werde dich nie vergessen. Was du für mich getan hast. Nie.«

Wenn du wenigstens den Anstand hättest, dich offline von mir zu verabschieden. Du bist doch der Krüppel hier, ein seelischer Krüppel. Ihr alle seid Krüppel, wollte Yulia ihn anschreien. Doch stattdessen stellte sie nur den Ton lauter.

Isaac zog eine transparente Karte aus der Tasche und hielt sie Yulia hin. »Die Genehmigungen, um die du gebeten hattest.« Yulia rührte sich nicht. Isaac legte die Karte auf den Tisch. Er wollte sagen: »Auf Wiedersehen«, aber das wäre gelogen gewesen. Er verharrte noch einen Moment, drehte sich dann um und ging.

Yulia erinnerte sich, wie sie in der Sekunde zusammengebrochen war, in der sich die Tür hinter ihm schloss.

Die Straße wurde kurviger. Der Regen hatte aufgehört, aber morgendlicher Nebel waberte noch rechts und links davon. Dieser Nebel ist eine Metapher, dachte sie. Aber wofür, ist schwer zu sagen. Und wie eine Antwort brachen mit einem Mal letzte Strahlen einer herbstlichen Sonne durch die Wolken. Yulia schob ihr Hemd hoch und entblößte ihr Bäuchlein. »Damit ihm ein bisschen warm wird.«

Jiří legte die Hand darauf und lächelte. »Wir sind gleich bei der Transitstation ›Alaska‹. Halt schon mal die Dokumente bereit.«

Yulia nickte, unternahm aber nichts. Ein Schwarm Vögel am Himmel zeichnete flüchtige Schattenrisse auf die Erde, die schon bald vom Schnee bedeckt sein würde.

Ein Autor auf der Suche nach einem Ende

Wie fängt man ein Ende an? Wahrscheinlich vom Anfang her, vom Anfang des Endes. Was erzählt, was verbirgt man, was hebt man sich für das Ende auf? Vielleicht ist es wie im Leben, man fängt vom Ende her an, vom Tod, und arbeitet sich dann zurück. Das Leben ist eine Geschichte mit im Vorhinein bekanntem Ende. Regen folgt auf Regen, und am Ende beginnt die große Trockenheit. Aber kaum möglich zu wissen ist, ob es sich wirklich um den allerletzten Regen des Frühjahrs handelt oder danach doch noch ein Nachzügler kommt. Manchmal geht der Regen auch ganz woanders nieder, in einem anderen Land, einer anderen Zeit. Er füllt ferne Flüsse an, lässt sie über die Ufer treten, und dann kommt aus dem Nichts die Flut und reißt dich mit, spült dich in Geschichten von Menschen mit anderen Fluten. Wie weiß eine Geschichte, dass sie an ihr Ende gelangt ist, dachte Jitzchak, da er mit einem leeren Blatt im Wachunterstand hockte.

Am Morgen jenes Tages war der Himmel noch klar und ungetrübt gewesen. Durch das große Fenster der Synagoge hatte Jitzchak hinaufgeschaut. Nicht ein Wölkchen am Himmel. Doch eine Stunde später setzte der Beschuss ein und gleich darauf das Donnern der Artillerie, der dem Kloster galt. Der Granatbeschuss war wie immer, doch die Heftigkeit des Gewehrfeuers ließ Jitzchak vermuten, dass frische, schwer bewaffnete Einheiten der Jordanischen Legion eingetroffen sein mussten. Wie schade, dachte er, dass wir nicht mehr von Hamdha und Israel hören, was uns bevorsteht und wie das Ende anfängt. Das Leben ist eine Geschichte mit bekanntem Ende. Lerne, damit zu leben.

Er verließ die Synagoge, rannte zu seiner Kammer, um das Gewehr zu holen, und von dort zum Wachposten 6. Ephraim saß bereits hinter dem Maschinengewehr. »Die haben heute früh angefangen«, sagte er zur Begrüßung. »Klopfen uns weich.« Nach etwa einer Stunde mussten sie mit ansehen, wie ein großer Verband der Legion immer näher an das Kloster heranrückte. Im allerletzten Moment tauchte eine Brigade der Palmach auf und holte die Verwundeten raus, ehe die Jordanier das Kloster einnahmen. Danach trat Stille ein. Das alles verfolgte Jitzchak wie in einem Film durch die Öffnung des Unterstands. Er zog das leere Blatt hervor und suchte nach etwas zum Schreiben.

»Ein Brief?«, fragte Ephraim und reichte ihm einen Bleistiftstummel.

»Ja«, log Jitzchak. Mit einem Mal fühlte er, er war müde, unsagbar müde, von allem. Das alles war so anstrengend. In seinen Briefen hatte er seinen Liebsten alle Einzelheiten der trostlosen Realität vorenthalten. Die Gefechte zu schildern ergab keinen Sinn. Wenn es etwas gab, das noch überflüssiger als Kriege war, dann waren es Kriegsgeschichten. Stattdessen hatte er sich Sachen ausgedacht, Geschichten: ein neuer Pullover, sein Versuch, einen Kuchen zu backen, wie er *Kremslach* gegessen hatte und wie lang sein Bart schon war. Das Leben ist eine Geschichte mit von Anfang an bekanntem Ende. Was es weder interessanter noch weniger interessant macht. Also behilfst du dir mit Lügen, um die Sorge zu nehmen und ein Gefühl von Normalität zu erzeugen. Was solltest du auch sonst schreiben? Dass du seit Anfang des Winters weißt, du wirst sterben? Vielleicht ist das ja nur eine Prophezeiung, die du dir in den Kopf gesetzt hast, die sich vielleicht – aber vielleicht auch nicht – erfüllen wird. Überhaupt, wer hat dich zum Propheten berufen, du Mann einer unreinen Lippe? Wer bist du denn, dass du dich mit Jesaja vergleichst, mit Moses auf dem Berg Nebo, mit Isaak auf dem Berg Moriah, auf dem Weg zur Opferung? Vielleicht werden sie auch dich im letzten Moment retten? Vielleicht kommt es ja vom Himmel? Vielleicht steht alles dort geschrieben? Im schwarzen Marmorblock verbirgt sich ein einziger Engel, und du bist nur ein Werkzeug in Gottes Hand, das ihn befreien muss. Vermagst du es und befreist den Engel aus dem Block, wird er rechtzeitig auf die Erde niedersteigen und dich im letzten Moment vor dem Sensenmesser erretten. »Na, das hast du ja gut hinbekommen …«, erinnerte sich Jitzchak an Khalils Worte, als er ihm erzählt hatte, er sei nach Palästina gekommen, um der Einberufung durch die Armee des Kaisers zu entgehen. Er fing an zu lachen.

Ephraim warf ihm einen besorgten Blick zu. »Verlierst du jetzt auch den Verstand, wie Gogol?«

Das, worauf er anspielte, war vor kaum einem Monat passiert, wenige Tage, nachdem die Belagerer Verstärkung aus dem Irak erhalten hatten. Drei Tage lang hatte der Kibbuz unter schwerem Feuer gelegen, waren Dutzende Granaten eingeschlagen, von denen eine im Kuhstall für eine gewaltige Explosion sorgte und fast alles Vieh tötete. Was Gogol nicht wohlwollend aufnahm. Er kam aus dem Unterstand gestürzt und stürmte ohne Deckung auf die Angreifer zu, schrie: »Das ist für die Kühe!«, und versah jeden seiner Feuerstöße mit einem gellenden »Muuuhh«. Was die Araber, zumal die aus den Nachbardörfern, verwirrte und kopflos den Rückzug antreten ließ. Alle lachten, bis auf Gogol selbst, der immer weiterschoss und muhte. Am Ende waren drei Mann nötig, um ihn zu bändigen. Er wurde in die Krankenstation in Ein Tzurim gebracht und von dort weiter nach Jerusalem. Jitzchak hatte sich einige Male nach seinem Befinden erkundigt, jedoch keine Antwort erhalten. Beim Gedanken an die armen Kühe kamen ihm die Tränen, und er fragte sich, warum allein der Tod von Tieren ihm solche Reaktionen abnötigte. All die surrealen Szenen, die der Krieg zeichnet, dachte Jitzchak, umkreisen mich wie Monde, ohne mich je zu berühren. Ich entgehe ihnen, so wie die Granaten mich verfehlen. Oder bin ich es, der die Granaten verfehlt? Vielleicht bin ich ja auch schon verrückt, mache bei allem mit, bin bereit, jeden Befehl auszuführen, bis an die Grenze des Absurden. »Ich bin Schwejk!«, erkannte er plötzlich und war so verblüfft von seiner Einsicht, dass er sie laut aussprach.

»Du bist was?«, fragte Ephraim, diesmal schon in ehrlicher Sorge.

»Ich geh Bonbons holen.« Er verließ den Unterstand und rannte gebückt in Richtung des Kommandoraums. »Bring auch welche für das Bren[58] mit«, hörte er Ephraim ihm nachrufen. Auf dem Dach des Kulturhauses standen zwei Palmachniks in Unterhosen und genossen die ersten Sonnenstrahlen des Frühlings, eine bukolische Szene, die sich schon bald ins Gegenteil verkehren würde. Er betrat den großen Saal, in dem sie erst vor einem Jahr Pessach gefeiert hatten wie nie zuvor und der jetzt als Hauptquartier diente. Auf einem Feldbett in der Ecke saß müde und abgekämpft Jaakov, der Brigadekommandeur, und gab Befehle an die Zugkommandeure aus. Dov, Chasani und Avraham standen über den Tisch gebeugt, auf dem eine große Karte des Gush ausgebreitet lag.

58 Bren Gun: leichtes, halb automatisches Maschinengewehr [Anm. U. K.].

»Wir haben das Kloster verloren«, meinte Dov zur Begrüßung.

»Ich hab's gesehen«, gab Jitzchak zurück. Er entnahm der Munitionskiste zwei geladene Magazine und fünfhundert Schuss Munition für das Bren. Chasani quittierte es mit einem Blick.

»Alle Stellungen sind gefallen. Es sind rund zweitausend Araber. Und zwanzig gepanzerte Fahrzeuge«, bilanzierte Dov in trockenem Ton. »Sie haben den Gush zweigeteilt, haben uns von allen anderen Siedlungen abgetrennt und eingekreist.«

Da kam Jaakov vom Bett hoch und trat zu dem Telegraphen, der zu rattern begann. »Die Volksleitung und der gesamte Jischuv nehmen in Sorge und Verehrung Anteil am ungleichen Kampf, der euch beschieden«, las er vor. »Eure Standhaftigkeit war nicht nur ehrenvoll, sondern hat, mittel- und unmittelbar, zur Errettung Jerusalems beigetragen. In der Gewissheit, dass ihr eure Stellungen tapfer halten und nicht zurückweichen werdet, gezeichnet: Der Vorsitzende der Volksleitung, David Ben-Gurion.« Jaakov vermochte nicht, die Resignation zu überspielen, die sich seiner Stimme bemächtigte.

»Wir sind bloß ein Bauer auf dem Schachbrett, der die Königin zu verteidigen hat – Jerusalem«, sagte Dov.

Jitzchak zumindest wusste mit einer weniger abgedroschenen Metapher aufzuwarten: »Eine Mitzwa eben, die mit einer Übertretung einhergeht.« Draußen setzte der Beschuss wieder ein, und er wollte sich schon von allen verabschieden, fühlte aber, er musste zuvor noch etwas sagen. Etwas Unbeschwertes, aber Kluges. »Das Leben ist eine Geschichte mit allseits bekanntem Ende. Gefällt sie dir nicht, dann steig aus.« Die Kameraden lächelten. Was nicht wenig ist, in Anbetracht unserer Lage, dachte Jitzchak. Er wartete, dass das Feuer etwas nachließ, als wäre von einem Regenguss die Rede, und trat schließlich ins Freie. Die Fläche vor ihm diente Kugeln und Granaten sichtlich als willkommenes Ziel. Jitzchak begann zu rennen, stolperte über zerborstene Felsbrocken und Mauerstücke. Die Erde ringsum war von den Granaten in Krater und Spalten zerpflügt und erschwerte sein Fortkommen sehr. Dachabdeckungen und Wellblechstücke rollten umher. Steinsplitter trafen ihn an der Hand, und Blut begann von den Fingern zu tropfen. So überflüssig, dachte Jitzchak, als direkt neben ihm eine Granate einschlug und ihn wie ein Blatt flatternd in die Luft warf. Als er die Augen aufschlug, stellte er fest, er war noch am Leben, aber seine Beine waren von Granatsplittern gespickt und vielleicht auch gebrochen. Auf jeden Fall gelang es ihm nicht, sie zu bewegen. Er lehnte sich zurück und schaute nach oben. Kein Dunst am Himmel, dachte er bei sich. Und sagte es laut, war aber nicht sicher, ob es ihm gelang, da er sich selbst nicht hören konnte. Auch war er nicht sicher, ob er »Dunst« oder »Gunst« gesagt hatte, was ihn aus irgendeinem Grund amüsierte. »Nicht im Himmel ist es«, sagte er. Nach einigen Minuten kehrte sein Gehör allmählich zurück. Das Leben ist eine Geschichte mit allseits bekanntem Ende. Du wirst nichts verpassen, keine Sorge. Was wird wohl das Letzte sein, was ich sehe?, dachte er. Wird es ein Mensch sein oder ein Ort? Er dachte an seine Familie, seine Frau, an Hamdha, Khalil und Leila, an Orte, an denen er gewesen war, und solche, an die er immer gewollt hatte: die Karlsbrücke in Prag, den Eiffelturm in Paris. Mühsam zog er das Blatt hervor und begann fieberhaft zu schreiben. Dann verlor er das Bewusstsein. Als er wieder zu sich kam, war es relativ still. Auf der Fläche zwischen dem Speisesaal und dem Hauptquartier hatten sich in der Zwischenzeit viele der Kameraden aus den Unterständen und Stellungen versammelt. Zwei waren aufs Dach gestiegen und hatten eine weiße Fahne gehisst, während andere noch dabei waren, Waffen untauglich zu machen, damit sie nicht dem Feind in die Hände fielen. Die ersten Araber tauchten auf, Soldaten der Legion. Sie durchbrachen den

Zaun, befahlen allen erst, sich auf den Boden zu setzen, und dann, aufzustehen und die Hände zu heben. Einer der Araber richtete eine Thompson-Maschinenpistole auf sie, und ein anderer war schon im Begriff, eine Handgranate zu werfen, doch die Offiziere der Legion hinderten sie daran. Plötzlich kam ein gepanzerter Wagen auf den Platz gerumpelt, aus dem zu beiden Seiten schwere Maschinengewehre ragten. Mehrere Soldaten sprangen heraus und ein Fotograf in westlicher Kleidung mit rot-weiß gewürfelter Kufija auf dem Kopf. Er begann die Juden zu fotografieren, die mit hocherhobenen Händen dastanden. Von dort, wo er lag, konnte Jitzchak nicht entscheiden, ob es Israel war oder nicht. Er versuchte, sich ein wenig aufzurichten, und stellte fest, dass er in einer ziemlich großen Blutlache lag. Als das Haupttor gesprengt war, kam eine Gruppe bewaffneter Dörfler hereingestürmt, angeführt von einem Mann um die siebzig, der die Meute mit Versen aus dem Koran anfeuerte. Avraham trat aus dem Hauptquartier und kam über den Platz gehumpelt. Auf seine guten Kontakte zu den Notablen der Gegend vertrauend, näherte er sich dem Alten, hob die Hände und rief laut: »*Challas!*« Genug! Sie wechselten einige Worte auf Arabisch, dann fiel ein Schuss. Avraham brach zusammen. Das war das Zeichen, und alle Maschinenpistolen begannen zu bellen. Von überall her drangen Araber in den Kibbuz ein und stürmten in blindem Zorn und wild »Deir Jassin« brüllend voran. Die, die nicht von den ersten Salven niedergemäht worden waren, schlugen sich durch den Mob und flohen in alle Richtungen. Tausende von Bewohnern der umliegenden Dörfer strömten herein und begannen, den Kibbuz zu brandschatzen. Viele von ihnen wurden von anderen erschossen, darunter auch Frauen und Kinder, und etliche traten auf Minen und wurden in Stücke gerissen. Doch all das sah Jitzchak nicht mehr. Am Boden liegend, konnte er nur noch seinen Sohn Amos sehen, der durch ein Feld auf ihn zugelaufen kam, in einem Gewand, wie Josef es von seinem Vater Jakob bekommen hatte. Doch er, Jitzchak, lag geknebelt und an die Erde gefesselt, über ihm ein helläugiger Engel mit dem Sensenmesser in der Hand.

Der Mann, dem das Gesicht in Grimm erstarrte

Letztes Kapitel Amerika!

»Und vor wem sind Sie auf der Flucht?«

Rosa schlug die Augen auf. Auf dem Deckchair neben ihr saß ein älterer Herr mit akkurat frisiertem Bart und Schnurrbart. »Verzeihung?«

»Menschen, die alleine nach Amerika fahren, tun dies, weil sie auf der Flucht vor jemandem sind oder hinter etwas herjagen.«

»Und warum, mein Herr, denken Sie, dass ich alleine reise?«

»Ich sitze jetzt seit zwei Stunden neben Ihnen an Deck. In dieser Zeit ist meine Frau ungefähr sechsmal hier gewesen, meine Kinder achtmal und meine Schwiegermutter bestimmt dreißigmal, während Sie ungestört schlafen konnten.«

Rosa lächelte. »Ich fahre nach Amerika, um Schauspielerin zu werden.«

»Dann sind Sie nicht auf der Flucht, sondern auf der Jagd.«

»Auf der Jagd?«

»Nach Ruhm und ewiger Glorie.«

Rosa lachte. »Und wonach sind Sie auf der Jagd, mein Herr?«

»Stahl.«

»Stahl?«

»Ja, ein neues Metall, zehnmal stärker als alle auf der Welt existierenden Metalle. Und die Amerikaner verstehen es nicht nur, sich gegenseitig an die Gurgel zu gehen, sondern auch, den besten Stahl der Welt zu fertigen.«

»Und was, mein Herr, machen Sie, wenn Sie diesen Stahl in Ihrem Besitz haben?«

»Hohe Türme errichten, gewaltige Statuen, unendlich lange Brücken und Gebäude, deren Spitze an den Wolken kratzt.«

»Ist das denn nicht gefährlich?«, fragte Rosa.

»Nicht, wenn sie aus Stahl gebaut sind.«

Plötzlich trat eine Frau zu ihm, die recht außer sich schien. »Gustav, die Zwillinge sind beide gefallen!«

Der Herr aber wirkte nicht allzu beunruhigt. »Was ist diesmal passiert?«, fragte er und zwinkerte Rosa zu.

»Sie haben auf der Treppe Fangen gespielt und sind gestolpert. Wie durch ein Wunder ist nichts passiert. Doch das alles hätte vermieden werden können, würdest du hier nicht den ganzen Tag in der Sonne sitzen und dich stattdessen ein bisschen mehr deinen Kindern widmen, wie ich dich gebeten habe.«

»Ich bin gleich bei ihnen«, erwiderte der Mann, und die Frau machte auf dem Absatz kehrt und ging, noch immer Vorhaltungen und Klagen murmelnd, ab. »Meine Frau ist vom dramatischen Fach. Vielleicht sollte sie Schauspielerin werden, wie Sie«, sagte der Mann und erhob sich von seinem Stuhl. »Es war angenehm, mit Ihnen zu plaudern, Fräulein …«

»Julia«, sagte Rosa.

»Also, Fräulein Julia, ich wünsche Ihnen, dass Sie der Welt Ihren Stempel aufdrücken.«

»Das wünsche ich Ihnen auch, Herr …«

»Eiffel. Alexandre Gustave Eiffel.«[59] Er verbeugte sich, drehte sich um und stieg hinab in den Bauch des Schiffes.

Rosa hielt nach einem Decksteward Ausschau. Wenn sie nur einen sähe, könnte sie ihn bitten, ihr ein Sandwich oder vielleicht etwas Obst zu bringen oder vielleicht gar beides. Obgleich sie vor nicht einmal zwei Stunden zu Mittag gegessen hatten, verspürte sie schon wieder Hunger. Es musste wohl die Seereise sein, die ihren Appetit anregte, dachte sie. Seit sie an Bord des Schiffes war, gut einen Monat schon, aß sie in einem fort. Nicht tragisch, tröstete sie sich, eine Schauspielerin hat ein bisschen fülliger zu sein. Abermals hielt sie nach dem Decksjungen Ausschau, der offenbar andere Passagiere bedienen gegangen war. Sie schloss die Augen und umklammerte die Griffe der Ledertasche zu ihren Füßen. Ein kühler Wind wehte, ein Vogelschwarm zog vor der Sonne dahin, jemand rief: »Amerika!«, und alle Welt kam an die Reling gestürzt.

---

59 Alexandre Gustave Eiffel, später bekannt geworden als der Erbauer des Eiffelturms in Paris, reiste dem Vernehmen nach im Sommer 1874 in die Vereinigten Staaten, um bei der Planung des Eisen- und Stahlskeletts zu helfen, das die Freiheitsstatue tragen sollte. Ob er jedoch mit Familie reiste oder allein, ist nicht bekannt [Anm. U. K.].